le Ter

CW01638899

MÉMOIRES
DE MADAME
LA DUCHESSE DE TOURZEL

GOUVERNANTE
DES ENFANTS DE FRANCE
DE 1789 À 1795

Édition présentée par
Jean Chalon

Notes établies par
Carlos de Angulo

MERCVRE DE FRANCE

© *Mercure de France, 1969 et 1986.*

PRÉFACE

« Madame, j'avais confié mes enfants à l'amitié, aujourd'hui, je les confie à la vertu. » Par ces paroles, Marie-Antoinette accueille Mme de Tourzel qui devient ainsi, le 26 juillet 1789, gouvernante des enfants de France, poste laissé vacant par le prompt départ de Mme de Polignac en émigration.

La vertu, comme le bonheur, ne supporte que le pluriel : c'est donc aux vertus de Mme de Tourzel que la reine confiait le Dauphin et Madame Royale. Car Mme de Tourzel les a toutes, les cardinales, les théologales, et quelques autres encore si l'on considère comme une vertu l'art de vivre sans déchoir pendant les pires épreuves, la fidélité à un idéal, et fille de cette dernière, la mémoire la plus minutieuse et parfois, la plus implacable. De quoi vous rendre insupportable à votre entourage. Or, il n'en est rien. Mme de Tourzel est estimée à la cour et chérie de ses enfants, « la meilleure des mères », écrira Pauline de Tourzel dans ses *Souvenirs de quarante ans*.

Le plus bel éloge que l'on puisse faire de cet inséparable trio formé par Mme de Tourzel, ses qualités et ses *Mémoires*, c'est que l'ennui en est absent. Et cette absence constitue l'un de leurs nombreux mérites. Ces *Mémoires* qui vont de juillet 1789 à la fin de 1795, se lisent d'un trait. Comment résister à « l'élégance de l'expression, à la beauté des sentiments, à la violence des passions», celles de la Révolution française, racontées et expliquées par un témoin qui se trouve toujours «aux premières loges», c'est-à-dire partout, et jusque dans la berline qui s'enfuit vers Varennes? Si j'ai cité — en les entourant de guillemets et en intervertissant l'ordre des termes — l'un des plus célèbres passages de la préface de *Bérénice*, c'est que Mme de Tourzel a le don de transformer la Révolution en une tragédie de Racine. Seule, l'unité de lieu n'est pas respectée. Celle de temps, non plus, me direz-vous? Que si, la Révolution, celle que présente Mme de Tourzel, va à une telle vitesse qu'elle pourrait tenir en un seul jour. Ce matin, on prenait la Bastille et à la tombée de la nuit commencent les massacres de Septembre...

Qui est donc cette Mme de Tourzel dont les *Mémoires* parurent tardivement, à la fin du siècle dernier, pour être la manne des historiens qui les utilisèrent largement et dont nous publions aujourd'hui le texte intégral?

Louise-Élisabeth-Félicité-Françoise-Armande-Anne-Marie-Jeanne-Joséphine de Croy-Havré naît à Paris le 11 juin 1749. C'est le cinquième enfant de Louis-Ferdinand-Joseph de Croy, duc d'Havré, prince et maréchal héréditaire du Saint-Empire, grand d'Espagne, etc., et de Marie-Louise-Cunégonde de Montmorency-Luxembourg. Son père meurt, tué au combat de Filingshausen en 1761. À treize ans, elle fait donc connaissance avec l'adversité et en acquiert une maîtrise de soi qui ne la quittera jamais. Trois ans plus tard, le 8 avril 1764, Mlle de Croy-Havré épouse Louis-François du Bouchet, premier marquis de Tourzel, grand prévôt de France. C'est le mariage de la Vertu et de l'Honneur. M. de Tourzel, autant que le permettent les devoirs de sa charge, se tient éloigné d'une cour où règnent le vice et la

Dubarry. Suivant l'exemple conjugal, Mme de Tourzel se montre peu à Versailles et partage son temps entre Paris et le château de Sourches, près du Mans. Elle se consacre entièrement à l'éducation de son fils, Charles-Louis-Yves et de ses quatre filles, les futures duchesse de Charost, comtesse François de Sainte-Aldegonde, comtesse Louis de Sainte-Aldegonde et comtesse de Béarn. La réussite de cette éducation est telle que le bruit s'en répand à la cour et ne contribuera pas peu à fixer le choix de Marie-Antoinette quand il s'agira de remplacer sa chère Polignac, « inutile mais irremplaçable », comme le sera plus tard, dans un autre domaine, et de son propre aveu, Anna de Noailles.

À l'avènement de Louis XVI, Versailles vit revenir des familles, les austères Tourzel en tête, que les désordres de Louis XV vieillissant avaient rebuté et qu'attiraient les vertus que l'on prêtait au jeune roi et celles que l'on espérait de la non moins jeune reine. Hélas ! Mme de Tourzel semble vouée aux drames et aux deuils. Elle devient veuve à trente-sept ans, en novembre 1786.

Pendant une chasse à courre, M. de Tourzel dont le cheval s'est emporté, se fracasse la tête contre une branche d'arbre. Il meurt huit jours après, pleuré par le roi, la reine, la cour et aussi par Mme de Tourzel qui dit à son fils : « J'ai tout perdu ; il ne me reste plus qu'un seul espoir en ce monde, c'est que vous soyez aussi vertueux que l'homme dont vous embrassez le cadavre. » Tout Greuze et tout Diderot sont là ! Le roi se montre à la hauteur de tant d'émouvant stoïcisme en conservant au fils la charge du père. On fit vainement observer à Louis XVI que le nouveau marquis de Tourzel n'avait pas encore atteint la majorité, indispensable pour exercer les fonctions de grand prévôt de France. « Les Sourches ne sont point mineurs, répondit le roi ; la mort de

M. de Tourzel me touche beaucoup. Bon père de famille, sage, religieux et fidèle, il laisse, jeune, une réputation intacte et des affaires en bon ordre : belle leçon pour tant d'autres qui n'en laissent que de mauvaises. » Sitôt cette oraison funèbre terminée, Mme de Tourzel quitte la cour et se consacre à l'éducation de sa dernière fille, non mariée, Pauline, qui deviendra sous le Directoire comtesse de Béarn, et l'auteur, comme on le sait, des *Souvenirs de quarante ans*.

De 1787 à 1789, Mme de Tourzel vit dans la retraite, sans ignorer pour autant les événements, l'agitation du royaume, les intrigues du duc d'Orléans et la convocation des États généraux. C'est alors que la place de gouvernante des Enfants de France, qui était un honneur des plus enviés, se change en un poste plein de dangers. Avant de se résoudre à l'accepter, Mme de Tourzel hésita, comme nous le raconte Pauline, dans ses *Souvenirs* :

« Le combat entre ses affections particulières et le souvenir de la bonté que le roi et la reine lui avaient témoignée à l'époque de la mort de mon père dura plusieurs jours. Mais le sentiment des malheurs de cette royale famille, le spectacle de l'abandon où beaucoup de ceux qui l'entouraient l'avaient déjà laissée, l'emportèrent. Elle se résigna au sacrifice qu'on lui demandait ; c'en était un alors, et un bien grand, on pouvait déjà prévoir quelques-uns des malheurs cachés dans l'avenir. » Mais Mme de Tourzel, dans ses pires prévisions, ne pouvait imaginer la fuite à Varennes où elle joua l'un des principaux rôles, celui de la baronne de Korff, la prise des Tuileries, le Temple où elle put rester avec la famille royale du 11 au 19 août 1792, et les massacres de Septembre dont elle échappera, avec sa fille Pauline, quasiment par miracle, comme on le verra en lisant ses *Mémoires*.

Mme de Tourzel ne quitta les prisons de la Révolution que pour être poursuivie et exilée par Napoléon. Dès les premiers jours de la Restauration, Louis XVIII voulut récompenser le dévouement de la gouvernante des enfants de France en lui conférant le titre héréditaire de duchesse. Cela n'empêcha pas Mme de Tourzel de faire une définitive retraite consacrée à écrire ses *Mémoires* et à faire la charité. Elle mourut le 15 mai 1832, à l'âge de quatre-vingt-deux ans. Inhumée à l'église d'Abondant, son épitaphe résume admirablement toute sa vie :

Ici repose
L.E.F.F.A.M.J. de Croy
Duchesse de Tourzel
Gouvernante des enfants de France
Courageuse dans l'adversité
Fidèle à Dieu et au roi
Véritable mère des pauvres
Elle a passé en faisant le bien
Vénérée de tous
Ardemment aimée de ses enfants
Elle mourut à l'âge de 82 ans
Qu'elle repose en paix.

La crainte du blasphème aura certainement empêché d'écrire dans cette épitaphe : « Fidèle au roi et à Dieu ». Car Mme de Tourzel à Versailles, c'est sainte Bernadette à la grotte de Lourdes. Elle croit en la Présence royale, le roi est un saint, la reine est « toujours grande dans les malheurs » (que ne l'a-t-elle été dans les jours heureux !), le Dauphin et Madame Royale sont des anges. Dans ce paradis prérévolutionnaire, Mme de Tourzel ferait volontiers figure de bienheureuse si l'enfer n'était là, tout proche, sous les fenêtres où défilent ces « monstres » qu'elle ne nommera jamais sans des « frémissements d'indignation », Santerre, Mirabeau, La Fayette, Necker. Ce dernier, par exemple, « inquiète » Mme de Tourzel comme ses descendantes, un siècle plus tard, diront : « La Chine m'inquiète », et le retour en Suisse du père de Mme de Staël est ainsi commenté dans ses *Mémoires* : « ... Il quitta enfin la France pour n'y plus revenir, emportant avec lui un chagrin et une inquiétude qui, joints à la douleur que lui causa la perte de sa femme, rendirent sa vie amère jusqu'à son dernier soupir. » Et voilà comment les méchants sont punis et les bons sont récompensés : il y a dans la duchesse de Tourzel un côté comtesse de Ségur, qui, à la fin de ses livres, réserve les beaux mariages aux petites filles modèles et marie Gisèle à un M. de Palma qui se trouve bientôt ruiné.

Le monde de ces *Mémoires* est celui de la prédestination. Un brin janséniste, la très catholique Tourzel écrira à plusieurs reprises, que l'on doit rester où Dieu nous a placé. Croyance qui, si elle avait été plus répandue, aurait suffi à empêcher la Révolution... Mme de Tourzel, est-ce encore l'influence de Pascal et de ces messieurs de Port-Royal ? aime les considérations du genre « si le nez de Cléopâtre... ». Témoin ce commentaire, fort juste d'ailleurs, qui accompagne le récit de la fête de la Fédération : « Si le roi eût profité de cette circonstance pour voyager dans ses provinces et pour annoncer à cette revue qu'il allait se rendre au vœu qu'elle lui exprimait par l'organe de ses députés ; qu'il ne voulait point d'autre garde que celle des habitants des lieux qu'il allait parcourir, et qu'il ne voulait être accompagné dans ces voyages que par les bons fédérés qui lui témoignaient tant d'attachement, il eût déconcerté l'Assemblée et l'aurait mise dans la position d'avoir recours à ses bontés. » Considération que renforce l'aveu de Barnave à Madame Élisabeth, lors du retour de Varennes et qu'a noté Mme de Tourzel: « Il parlait avec Madame Élisabeth des événements de la Révolution, et nommément de la Fédération ; et sur ce que cette princesse parlait des vues qu'avait eues l'Assemblée en la décrétant : "Ah ! Madame, ne vous plaignez pas de cette époque, car si le roi en eût su profiter, nous étions tous perdus." »

Là, se trouve l'un des secrets de la mémorialiste et de sa force : c'est sa conviction. La conviction du témoin qui affirme : j'y étais, j'ai vu, j'ai entendu. La véhémence courtoise de Mme de Tourzel vous empoigne et vous vous demandez si vous n'avez déjà pas vécu cet exode, ces émeutes, ces cris de mort. Il est vrai que, pour les temps troublés que nous traversons, ces *Mémoires* constituent un précieux traité de « Comment réussir à traverser sans encombre une révolution ». Pour cela, un autre secret de Mme de Tourzel : ne jamais cesser d'être ce que l'on est, grande dame ou simple cocher. Et de plus, savoir affronter la foule. Comment ? Suivez l'exemple de Mme de Tourzel :

« Je mis sur-le-champ pied à terre ; je renvoyai ma voiture à mes gens, et je me déterminai à traverser cette foule pour rentrer aux Tuileries. Elle refusa d'abord de me laisser passer ; et je fus obligée de la haranguer, en lui disant qu'étant la gouvernante de Monseigneur le Dauphin, il fallait que je l'allasse retrouver : "Vous feriez bien mieux, disaient-ils, de le garder. — Trouveriez-vous bon, leur répondis-je, que la bonne de vos enfants raisonnât sur vos actions, refusât de vous obéir, et vous dictât la conduite que vous devriez tenir ?" Cette réponse les calma un peu, et je gagnais toujours du terrain, lorsque, à ma grande satisfaction, l'officier de garde me fit entrer. J'ai toujours observé que lorsqu'on avait le malheur de se trouver au milieu d'un peuple ameuté, on en tirait meilleur parti en lui parlant avec une contenance ferme et assurée, qu'en lui laissant apercevoir la plus légère trace de frayeur.»

Cette «contenance ferme et assurée» ne devait guère quitter Mme de Tourzel que le Dauphin appelait Mme Sévère. L'intimité de cette Mme Sévère avec la famille royale grandit au fur et à mesure de la Révolution; elle est l'amie des mauvais jours, la confidente exemplaire, ce qui nous vaut d'irremplaçables témoignages. Personne ne sous-estime son importance puisque c'est le ministre d'Espagne en personne qui vient lui apprendre l'assassinat du roi de Suède pendant un bal masqué: «J'étais chez Monseigneur le dauphin, et M. Ocharitz, ministre d'Espagne, me fit prier de descendre dans mon appartement, ayant quelque chose à me dire. Je lui trouvai le visage consterné, et il m'apprit le malheur dont on venait de recevoir la nouvelle. "Les ministres du roi ne lui ont peut-être pas appris, me dit-il, cet horrible événement, et je crois utile que vous le lui fassiez savoir sur-le-champ."»

Mme de Tourzel a un tel sentiment de sa propre dignité, voire de sa grandeur, que cela l'empêche de se jeter, comme une Campan, tête perdue dans l'anecdote. En lisant ses écrits, on chercherait vainement à savoir comment la reine était vêtue pendant les journées de juin ou les mets que préférait le roi. Ses *Mémoires* ne sont pas destinés à édifier l'avenir sur sa propre personne: Mme de Tourzel appartient vraiment à cette génération pour qui le moi est à jamais haïssable et on ne trouvera dans toutes ses pages que deux mentions vraiment personnelles: c'est pour nous dire que sa santé n'est pas bonne. Et la seule fois où «les liens sacrés du sang» se feront sentir, c'est à la veille des massacres de Septembre, quand on vient lui arracher sa fille Pauline. Dans sa cellule de la prison de la Force — où elle se trouve en compagnie de la princesse de Lamballe —, Mme de Tourzel se souvient alors qu'elle est mère et oublie momentanément les divinités dont elle a la charge : le Dauphin et Madame Royale.

Bref, ces *Mémoires* sont une histoire de la Révolution vue à travers les lunettes de la Restauration et les yeux d'une haute et puissante dame. Laquelle se révèle être un reporter-né. Elle sait noter l'essentiel et parfois, pour notre plaisir, elle abandonne les grandes vues d'ensemble pour le petit tableau, ce que l'on appelle la « chose vue ». Si nous avons rapporté plus haut les commentaires dont elle accompagna la fête de la Fédération, qui, mieux que Mme de Tourzel, a su en rendre l'atmosphère ? « On voyait à la fois à l'ouvrage des ouvriers, des bourgeois, des chartreux et autres religieux de différents ordres, des militaires, de belles dames, des hommes et des femmes de toutes les classes et de tous les états de la société, travailler suivant leurs facultés. (...). On entendait de temps en temps les cris répétés de : "Vive la Nation ! Les aristocrates à la lanterne !" et les "Ça ira", etc., appelés hymnes patriotiques par *les dames passionnées de la Révolution. Plusieurs d'entre elles, même de la plus haute classe de la société, s'y fatiguèrent tellement qu'elles en tombèrent malades, et finirent par être victimes de leur zèle patriotique.* »

Je souligne ces dernières lignes pour mieux marquer l'analogie entre les belles écervelées de la Révolution et certaines actrices de notre temps qui, en coquetterie avec les partis extrêmes, envoient, le dimanche, leur soubrette vendre les journaux de ces partis...

Mme de Tourzel n'a pas eu, et pour cause, connaissance des principes marxistes. Elle n'en est pas moins capable d'expliquer comment naît et se propage une révolution. Les futurs Castro devraient apprendre d'elle comment on peut profiter de la faiblesse des uns, tirer parti de la hardiesse des autres, ou manœuvrer ce personnage de tous les temps qu'est un La Fayette, un jouet semblable à ce toton que Pauline de Tourzel donna au Dauphin pendant la captivité du Temple. Sa mère n'a rien à voir avec de pareils velléitaires. C'est une âme forte, avec toutes ses vertus que, décidément, nous renonçons à compter !

Le 13 mai 1968

JEAN CHALON

MÉMOIRES
DE LA DUCHESSE
DE TOURZEL

CHAPITRE PREMIER

Année 1789

Appelée par mon souverain à la place honorable de gouvernante des Enfants de France[1], à l'époque où la Révolution commençait à prendre le caractère le plus effrayant, je reçus le précieux dépôt qui m'était confié, avec la ferme résolution de consacrer ma vie à répondre à la confiance de Leurs Majestés, et à leur prouver le respectueux attachement dont j'étais pénétrée pour leurs augustes personnes.

Mgr le Dauphin[2], âgé de quatre ans, était d'une figure charmante et d'une intelligence surprenante, qui se développait chaque année de manière à donner les plus hautes espérances, si la méchanceté des hommes n'avait enseveli dans le tombeau tant de grâces, d'espérances et de qualités propres à soutenir dignement le rang où le ciel l'avait placé.

Comme tous les yeux étaient ouverts sur Mgr le Dauphin, la Reine me demanda de ne pas le perdre de vue un instant, et de me borner à une surveillance générale sur Madame[3], qui, étant âgée de dix ans, devait recevoir une éducation qui ne pouvait se rapprocher de celle de son frère.

La tendresse de la Reine pour ses enfants lui faisait désirer d'être fréquemment avec eux; j'eus l'honneur d'approcher de très-près cette noble et courageuse princesse, et d'apprécier ses grandes qualités. C'est pour moi un besoin de rappeler le récit des vertus de mes augustes et infortunés souverains, ainsi que d'offrir à leur mémoire l'hommage de l'attachement que je leur conserverai jusqu'à mon dernier soupir.

Trop d'événements douloureux ont déchiré mon cœur et contristé mon esprit pour n'avoir pas affaibli ma mémoire; les fréquentes arrestations que j'ai éprouvées et les dangers que j'ai courus ne m'ayant pas permis de conserver les notes que j'avais faites, je ne puis plus écrire que les faits qui se rappellent le plus à mon souvenir, dans les événements si frappants dont j'ai eu le malheur d'être témoin.

Je m'établis à Versailles, les premiers jours d'août 1789. Le Roi et la Reine ne pouvaient voir sans effroi les décrets désorganisateurs de l'Assemblée se succéder avec une rapidité effrayante. La plupart des domestiques de la famille royale étaient gagnés par les factieux, en étaient les espions et leur rendaient le compte le plus exact de tout ce qu'on y faisait, de ceux qui y étaient admis et des diverses impressions qu'elle éprouvait. D'autres personnes, qui désiraient conserver à la fois leur influence politique et leur attachement pour Leurs Majestés, jetaient dans l'esprit de celles-ci des inquiétudes continuelles, sous prétexte de leur rendre compte de ce qui se passait, les empêchant ainsi de prendre un parti décisif, en leur mettant perpétuellement sous les yeux les inconvénients qui en pourraient résulter.

Au mois de septembre de cette année, le Roi, fatigué de sa position et ne pouvant se dissimuler l'avantage que tiraient les factieux de la proximité de Paris, pensa sérieusement à quitter Versailles. Il voulait, en s'éloignant de cette ville, ôter la possibilité de réaliser des projets que les propos incendiaires des Jacobins ne donnaient que trop de raisons de redouter. Leurs Majestés, toujours pleines de bonté, eurent celle de me prévenir de me mettre en mesure de partir sans aucune préparation, si les circonstances l'exigeaient. Elles n'étaient point encore décidées sur le lieu où elles devaient s'établir, et je l'ai toujours ignoré ; mais elles changèrent bientôt d'avis et se résolurent à rester à Versailles.

Cependant les victimes se multipliaient, et les crimes restaient impunis. La populace de Versailles pensa mettre à la lanterne un malheureux boulanger, dont tout le crime était à ses yeux de faire deux sortes de pain ; elle pilla sa boutique, et l'on eut bien de la peine à le tirer de ses mains. On profita de cette circonstance pour faire sentir à la municipalité la nécessité d'augmenter la force répressive ; elle autorisa en conséquence le comte d'Estaing[4], commandant de la garde nationale de Versailles, à solliciter l'arrivée d'un secours de mille hommes de troupes réglées, et le régiment de Flandre reçut l'ordre de se rendre à Versailles.

L'esprit de ce régiment était alors excellent, ainsi que celui des chasseurs de Lorraine, qui était alors en garnison à Meudon. Ces deux corps, réunis aux gardes du corps, étaient plus que suffisants pour donner au Roi la possibilité de quitter Versailles sans éprouver la plus légère difficulté, et il eût peut-être évité par cette mesure tous les malheurs qui l'ont conduit à sa perte.

Les gardes du corps, attachés du fond du cœur à la famille royale, pénétrés de regret de s'être laissé entraîner à présenter au Roi des réclamations déplacées, désiraient ardemment trouver l'occasion de réparer leur faute et donner des preuves de l'attachement que leur conduite héroïque a si évidemment prouvé. Ils résolurent d'employer tous les moyens possibles pour empêcher la corruption du régiment de Flandre, le conserver fidèle au Roi, et ils se flattaient d'y réussir en lui inspirant estime et confiance. Ils commencèrent par leur proposer un repas de corps, où ils invitèrent tout ce qu'il y avait de troupes à Versailles[5]; et quoique la composition de la garde nationale de cette ville pût leur donner quelque inquiétude, elle n'en fut pas moins invitée à ce repas, qui se donna dans la salle de la Comédie.

Il était superbe, et chacun des convives témoignait un tel attachement au Roi et à la famille royale, qu'on engagea Sa Majesté à combler leurs vœux en les honorant de sa présence. L'arrivée du Roi, accompagné de la Reine et de M. le Dauphin, fit le plus grand effet: les cris de: Vive le Roi, la Reine, M. le Dauphin et toute la famille royale! n'eurent pas besoin d'être commandés; c'était l'élan du cœur, et l'on reconnut encore en ce moment celui des Français. L'émotion qu'éprouvaient toutes les personnes fidèles au Roi rendit cette soirée aussi touchante qu'intéressante. Les cœurs et les têtes étaient tellement électrisés, que Sa Majesté aurait été accompagnée de tous ces braves gens, partout où elle aurait voulu se retirer. On ne profita malheureusement pas de cette bonne disposition, et les factieux, furieux et inquiets du sentiment qu'inspirait encore la personne du Roi, ne perdirent pas un moment pour gagner le régiment de Flandre et soulever les esprits.

Ils feignirent d'abord les plus vives inquiétudes sur les suites d'un repas qui n'était, disaient-ils, que le prélude de la contre-révolution; ils parvinrent ensuite à organiser un mouvement assez violent pour forcer le Roi à venir à Paris et consommer plus facilement l'exécution de leurs desseins. Quoiqu'ils cachassent encore le projet de renverser le Roi de son trône pour y placer le Duc d'Orléans, la violence de leurs déclamations contre leur souverain et la conduite du côté gauche de l'Assemblée ne laissaient que trop apercevoir le vœu réel de leur cœur.

JOURNÉES DES 5 ET 6 OCTOBRE, ET ARRIVÉE À PARIS

Quand les factieux eurent disposé la populace au rôle qu'ils voulaient lui faire jouer, ils rassemblèrent leurs troupes auxiliaires, composées de tous les bandits de la capitale, et s'en allèrent tumultueusement en armes à l'Hôtel de ville se plaindre de la rareté du pain. Elle était, disaient-ils, occasionnée par des accaparements faits par ordre de la Cour, qui voulait, par la famine, les remettre sous le joug du despotisme. Ils forcèrent les membres de la Commune à donner l'ordre à M. de la Fayette de conduire la garde nationale à Versailles, pour obliger le Roi à venir à Paris, et à ramener par sa présence l'abondance dans la capitale. Une troupe de brigands, parmi lesquels étaient beaucoup d'hommes habillés en femmes et de poissardes ivres, qui avaient l'air de véritables furies, précéda la garde nationale, forçant à la suivre toutes les personnes qu'elle rencontrait sur son chemin.

Le Roi était à la chasse et n'avait pas la moindre connaissance de ce qui se passait à Paris, lorsque M. de la Devèze, gentilhomme dauphinois[6], vint l'avertir de la marche de ces bandits. Les chevaux de Mgr le Dauphin étaient mis pour aller à la promenade ; il eût été bien facile à la Reine de monter dans sa voiture avec Madame et d'aller rejoindre le Roi. On n'en eut malheureusement pas l'idée, et le Roi inquiet revint sur-le-champ à Versailles.

M. de Narbonne-Fritzlar, qui se trouvait en ce moment auprès du Roi, supplia Sa Majesté de lui donner quelques troupes, avec quelques pièces de canon, l'assurant qu'elle serait bientôt débarrassée de cette troupe de bandits. « Il faut, dit-il, garder les ponts de Sèvres et de Saint-Cloud. Ou elle renoncera à son projet, ou elle passera par Meudon. Placé alors sur les hauteurs, je la canonnerai, et avec de la cavalerie, je la poursuivrai dans sa fuite, de manière qu'il n'en rentrera pas un seul dans Paris. » Le Roi, qui espérait toujours ramener, par sa bonté, les esprits égarés, ne put se déterminer à adopter un projet qui devait faire couler le sang de ses sujets, et laissa arriver sans obstacle cette armée de brigands, incapables d'éprouver d'autre sentiment que celui de la rage et de l'espoir du pillage.

M. de Saint-Priest[7], ministre de la maison du Roi, conseilla alors à ce prince de partir de Versailles, et il y paraissait disposé, lorsque l'ayant quitté un instant pour conduire à l'abbaye de Saint-Cyr madame de Saint-Priest, près d'accoucher, M. Necker profita de son absence pour jeter dans l'esprit du Roi tant d'inquiétudes sur les suites de ce parti, et sur l'impossibilité de pouvoir trouver l'argent nécessaire pour la subsistance des troupes et de sa maison, qu'il le fit changer de résolution.

Pendant toutes ces incertitudes, les brigands entouraient les grilles du château, et ayant appris la défense de tirer sur eux, ils attaquèrent les gardes du corps, en blessèrent beaucoup, en massacrèrent plusieurs, et se répandirent dans Versailles. La garde nationale de cette ville, qui s'était jointe à eux, commença à faire feu sur les gardes du corps, et ce fut de ses rangs que partit le coup qui cassa le bras à M. de Savonnières[8], officier des gardes du corps. Ceux-ci, frémissant de douleur et de rage de ne pouvoir se défendre, restèrent cependant impassibles ; la crainte d'exposer les jours du Roi et de la famille royale retenait leurs bras, et il est impossible de rencontrer un dévouement plus héroïque que le leur.

Le Roi, profondément affligé de ce qui se passait, parut penser encore à quitter Versailles, et donna l'ordre de faire monter les voitures au château ; mais elles furent arrêtées par les propres gens de l'écurie de Sa Majesté et par la garde nationale de Versailles, et il ne fut plus question de départ. Le Roi avait fait venir une partie des gardes du corps dans les cours du château, et ensuite sur la terrasse de l'Orangerie, d'où il les fit partir pour Rambouillet, sous la conduite du duc de Guiche[9], ne gardant que ceux qui faisaient le service de l'intérieur du château.

Pendant que ce dernier était investi, et que les brigands parcouraient la ville, l'Assemblée ne s'occupait que de faire sanctionner son décret du 30 septembre, pour l'acceptation des premiers articles de la Constitution, et nommément de la déclaration des Droits de l'homme. Elle décréta d'abord que le président irait à la tête d'une députation demander au Roi l'acceptation pure et simple du décret. Elle ne voulut point écouter les représentations du Roi sur l'inconvénient de donner sa sanction à des décrets isolés, sans avoir vu l'ensemble de la Constitution ; et quoique, pour ôter toute défiance sur ses intentions, il consentît à donner cette sanction, la réserve qu'il y avait mise de conserver en entier entre ses mains le pouvoir exécutif et de ne s'expliquer sur la déclaration des Droits de l'homme que lorsque la Constitution serait achevée, avait extrêmement déplu à l'Assemblée. Celle-ci, plus occupée d'en venir à ses fins que des dangers que couraient le Roi et la famille royale, insista de nouveau sur l'acceptation pure et simple du décret, et fit demander l'heure de Sa Majesté, pour recevoir la députation qu'elle lui enverrait à ce sujet. Le Roi consentit à la recevoir à neuf heures du soir. M. Mounier[10], président de l'Assemblée, était à sa tête ; et croyant le salut du Roi attaché à cette sanction, il le pressa tellement de la donner, que le prince ne put la refuser. Plein d'espoir du succès de cette démarche, le président retourna à l'Assemblée, et ne vit que trop clairement, en y arrivant, quel était l'esprit qui la dirigeait, et qu'on ne pouvait compter sur son appui dans la circonstance critique où l'on se trouvait.

Le Roi, dont la position devenait à chaque moment plus inquiétante, ayant témoigné le désir de consulter l'Assemblée sur le parti qu'il y avait à prendre au milieu de tant de dangers, M. Mounier, accompagné de plusieurs députés, se rendit de nouveau chez le prince, au moment où l'on avertissait celui-ci de l'arrivée de M. de la Fayette, à la tête de la garde nationale parisienne. Le général monta sur-le-champ chez le Roi, et lui dit que n'ayant pu empêcher l'arrivée des Parisiens à Versailles, il venait le défendre avec sa garde nationale, et qu'il suppliait Sa Majesté de vouloir bien lui confier la garde des postes extérieurs du château. Le prince y consentit, et fit relever par la garde nationale les gardes du corps, qui se retirèrent dans leurs salles, dans l'intérieur du château.

Les poissardes demandaient à grands cris à parler au Roi, pour lui porter le vœu des habitants de Paris, et on ne put les calmer qu'en en admettant douze chez le malheureux prince[11]. Sa bonté les désarma, et leurs opinions étaient si changées en retournant vers leurs compagnes, qu'elles faillirent être victimes de leur fureur[12].

Le Roi dit alors à M. Mounier que, vu l'état actuel des choses, il n'avait plus de conseil à demander, mais qu'il l'assurait qu'il ne se séparerait pas de l'Assemblée nationale. M. Mounier y retourna sur-le-champ, et trouva la salle occupée par une multitude de femmes ivres et de bandits. Il y avait un tel tumulte, qu'il se vit forcé de lever la séance.

La Reine montra dans cette journée cette grandeur d'âme et ce courage qui l'ont toujours caractérisée. Sa contenance était noble et digne, son visage calme; et quoiqu'elle ne pût se faire d'illusion sur tout ce qu'elle avait à redouter, personne n'y put apercevoir la plus légère trace d'inquiétude; elle rassurait chacun, pensait à tout, et s'occupait beaucoup plus de ce qui lui était cher que de sa propre personne.

Cette princesse était convenue avec moi qu'au moindre bruit je conduirais ses enfants chez elle; mais elle fit dire à onze heures du soir que si l'on avait de l'inquiétude, je les menasse, au contraire, sur-le-champ chez le Roi. Elle venait d'être avertie des dangers personnels qu'elle pouvait courir dans son appartement, et on l'avait engagée à passer la nuit dans celui du Roi; mais elle s'y refusa positivement: «J'aime mieux, dit-elle, m'exposer à quelque danger, s'il y en a à courir, et les éloigner de la personne du Roi et de mes enfants.» Ce fut le motif du changement de l'ordre qu'elle m'avait donné d'abord.

Le calme succéda au tumulte, et M. de la Fayette[13], qui était retourné dans la ville, s'endormit tellement sur cette apparente tranquillité, qu'il remonta encore au château, pour assurer le Roi et la Reine qu'ils n'avaient plus rien à craindre, les différentes personnes envoyées dans la ville ayant confirmé la tranquillité qui y régnait. La Reine me fit dire à deux heures du matin qu'elle allait se coucher, et qu'elle me conseillait d'en faire autant. Les alarmes que l'on avait éprouvées se dissipèrent. L'illusion fut complète, et chacun se retira tranquillement chez soi.

Les brigands ne s'endormaient pas, et, assurés de la garde nationale de Versailles, ils s'occupaient de l'exécution de leurs projets. Un mélange de superstition qui accompagnait leur barbarie, et qu'on aura peine à croire, les fit aller à six heures du matin chez le curé de Saint-Louis, dans la paroisse duquel ils avaient passé la nuit, pour le prier de leur dire la messe. À peine était-elle finie, qu'une partie de leur horde se répandit dans la ville, força l'hôtel des gardes du corps, massacra ceux qu'elle rencontra, et s'empara de plusieurs autres, qu'elle conduisit à la grille du château pour délibérer sur le supplice qu'elle leur infligerait. L'autre partie força les grilles, et se répandit dans les cours et les terrasses du côté du jardin, pour pénétrer ensuite dans le château. Ces bandits, qui n'éprouvaient aucun obstacle, massacrèrent deux gardes du corps qui étaient en sentinelles sous la voûte de l'appartement de Mesdames[14], tantes du Roi, et leur firent couper la tête par un monstre qui les suivait, et qui se faisait appeler le Coupe-tête[15]. Ils montèrent ensuite le grand escalier et allèrent droit à l'appartement de la Reine. Les gardes du corps, quoiqu'en petit nombre, en défendirent l'entrée avec le plus grand courage; plusieurs furent blessés dangereusement, entre autres MM. de Beaurepaire et de Sainte-Marie; mais ils eurent heureusement le temps de crier: «Sauvez la Reine[16]!» Madame Thibaut, sa première femme de chambre, qui ne s'était heureusement pas couchée, n'eut que le temps de lui donner une robe et de la faire sauver chez le Roi. À peine Sa Majesté avait-elle quitté la chambre, que ces scélérats en forcèrent l'entrée, et, furieux de ne l'y plus trouver, donnèrent des coups de pique dans son lit, pour ne laisser aucun doute sur le crime qu'ils se proposaient de commettre[17].

Pendant que se passait cette horrible scène, M. de Sainte-Aulaire, chef de brigade des gardes du corps et de service auprès de Mgr le Dauphin, entra dans la chambre de ce jeune prince et m'avertit que le château était investi. Je me levai précipitamment, et je portai sur-le-champ Mgr le Dauphin chez le Roi, qui était alors avec la Reine. Le danger qu'elle venait de courir n'avait point altéré son courage; son visage était triste, mais calme. Ne voyant point avec moi Madame, que je n'avais eu que le temps de faire avertir, elle descendit chez elle par un petit escalier intérieur qui y communiquait par mon appartement, et y trouvant mes filles, qui y avaient passé la nuit, elle les rassura, leur dit de monter chez le Roi, et y conduisit Madame avec une fermeté et une dignité remarquables en un pareil moment.

L'appartement du Roi n'était pas encore forcé. Les gardes du corps convinrent entre eux de défendre l'une après l'autre chaque pièce de l'appartement, où un seul se trouverait, tous les autres se relevant successivement, jusqu'à celle où se tenait la famille royale ; et ils attendirent, avec le plus grand courage, la mort, qu'ils ne croyaient pas pouvoir éviter. M. de la Fayette, que sa négligence avait mis dans la plus affreuse position, fit dans cette occasion les plus grands efforts pour engager la garde nationale à défendre le Roi et à sauver les gardes du corps. Les grenadiers le promirent, et frappèrent en conséquence à la porte de la salle de ces derniers, en criant qu'ils venaient comme amis pour les défendre et sauver le Roi.

M. de Chavannes, brigadier des gardes du corps, dit alors à ses camarades : « Mes amis, il faut que l'un de nous se présente à eux pour voir s'ils disent la vérité ; ce sera moi. Retirez-vous tous pour défendre les autres pièces, si nous n'avons rien de bon à en attendre. » C'était un homme de la plus haute stature et de la plus belle figure. Il leur ouvre la porte, enfonçant fièrement son chapeau sur sa tête et leur disant : « Venez-vous nous assassiner, ou défendre avec nous votre Roi ? » Ils se mirent à crier : « Vive le Roi ! nous venons le défendre et vous aussi. »

Le Roi, profondément affligé de voir ses gardes égorgés par cette multitude de brigands qui remplissait les cours du château, ouvrit ses fenêtres et se présenta sur son balcon pour demander au peuple de leur sauver la vie. Les gardes du corps, qui étaient en ce moment auprès du Roi, jetèrent leurs bandoulières pour apaiser leur fureur, et crièrent: « Vive la nation ! » Cette démarche du Roi amollit le cœur de ces tigres ; ils embrassèrent ceux qu'ils allaient égorger, et invitèrent à descendre ceux qui étaient auprès de Sa Majesté, pour partager leurs caresses.

La famille royale se rendit chez le Roi, ainsi que les personnes qui habitaient le château ; chacun était consterné de ce qui se passait, et dans la plus grande inquiétude des suites de cette catastrophe. La Reine, toujours grande dans le malheur, cherchait à rassurer ceux qu'elle voyait effrayés.

Pendant ce temps, l'Assemblée, au lieu de s'occuper des dangers que couraient le Roi et sa famille, se bornait à décréter qu'il en serait inséparable pendant toute la session actuelle.

Le peuple cependant ne perdait pas de vue le but de son entreprise. Il demandait à grands cris que le Roi vînt fixer son séjour à Paris, et M. de la Fayette envoyait avis sur avis pour l'y déterminer. Le Roi, effrayé de tout ce qui se passait, pressé et sollicité de toutes parts, se rendit enfin ; et, malgré sa répugnance de s'établir dans cette ville, il donna sa parole de partir à midi. Cette promesse lui attira les acclamations du peuple, et bientôt les coups de canon et les feux roulants de la mousqueterie y répondirent. Le Roi parut une seconde fois sur son balcon pour confirmer sa promesse, et l'ivresse de cette multitude fut à son comble. On s'empara des gardes du corps que l'on avait arrachés à la mort, et on leur fit prendre des bonnets de grenadiers. Ces braves gens consentirent à se mêler avec eux pour servir d'escorte à la malheureuse famille royale, et j'en remarquai plusieurs suivant à pied la voiture du Roi, plus touchés du malheur de ce prince que de leur situation.

Les poissardes étaient toujours en grand nombre dans les cours du château, chantant, dansant et faisant éclater les transports de la joie la plus bruyante et la plus indécente. La cour de marbre, sur laquelle donnaient les fenêtres de l'appartement du Roi, était remplie de ces femmes, qui, enivrées de leur succès, demandèrent à voir la Reine. Cette princesse parut sur le balcon, tenant par la main Mgr le Dauphin et Madame. Toute cette multitude, la regardant avec fureur, s'écria : « Faites retirer les enfants. » La Reine les fit rentrer et se montra seule. Cet air de grandeur et de courage héroïque à la vue d'un danger qui fit tressaillir tout le monde, imposa tellement à cette multitude, qu'elle abandonna à l'instant ses sinistres projets, et pénétrée d'admiration, elle s'écria : « Vive la Reine ! » On remarqua, comme chose singulière, que toutes les poissardes avaient le teint blanc, de belles dents, et portaient un linge plus fin qu'elles n'ont coutume d'en porter : ce qui prouve évidemment qu'il y avait parmi elles beaucoup de personnes payées pour jouer un rôle dans cette horrible journée.

Le Roi monta en voiture à une heure et demie, quittant à regret le palais qu'il ne devait plus revoir. Il était dans le fond de la voiture, avec la Reine et Madame, sa fille. J'étais sur le devant tenant sur mes genoux Mgr le Dauphin, et Madame était à côté de ce prince. Monsieur et Madame Élisabeth étaient aux portières ; M. de la Fayette, commandant de la garde nationale de Paris, et M. d'Estaing, de celle de Versailles (qui, au lieu de défendre son Roi, l'avait livré si lâchement aux brigands qui étaient venus l'attaquer), étaient tous deux à cheval aux portières de Leurs Majestés. Quel contraste entre leur conduite et celle de leurs ancêtres ! Quelles eussent été la douleur et l'indignation de ces derniers, s'ils eussent pu prévoir que leurs descendants, au lieu de les imiter, s'aviliraient un jour au point de livrer leur Roi à une multitude révoltée, qui les obligerait de suivre servilement sa volonté et ses caprices !

Un grand nombre d'habitants de la ville de Versailles, travaillés par les meneurs de la Révolution, en avaient adopté les principes ; et quoiqu'ils eussent tout à perdre à l'établissement du Roi à Paris, ils éprouvèrent la plus grande joie de son départ. La populace s'assembla dans l'avenue ; une partie suivit les voitures du Roi, une autre grimpa sur les toits des maisons ; tous battaient des mains, criaient : « Vive la nation ! » et ne cessaient d'applaudir à ce qui aurait dû les couvrir de honte et de confusion.

Mirabeau, qui s'était refusé à la motion d'envoyer des députés auprès du Roi dans le moment du danger, fit décréter que cent députés accompagneraient le Prince à Paris, et eut l'audace de sortir du milieu d'eux pour le regarder fixement, quand il passa devant l'Assemblée nationale.

Le cortège de ce malheureux prince était digne de cette effroyable journée. On vit défiler d'abord le gros des troupes parisiennes, dont chaque soldat portait un pain au bout de sa baïonnette. Elles étaient accompagnées d'une populace effrénée, portant sur des piques les têtes des malheureux gardes du corps [18] massacrés par elle. Suivaient des charrettes remplies de sacs de farine, et de poissardes décorées de guirlandes de feuillage, tenant chacune un pain à la main. Toute cette multitude ne cessait de répéter le cri lugubre de : « Vive la nation ! » prélude de toutes les horreurs qui se sont commises pendant la Révolution. Les gardes nationales, parmi lesquelles s'étaient mêlés les fidèles gardes du corps, entouraient la voiture du Roi, qui allait au pas.

Le Roi et la Reine parlaient avec leur bonté ordinaire à ceux qui entouraient leur voiture ; ils leur représentaient combien on les égarait sur leurs véritables sentiments. « Le Roi, leur disait cette princesse, n'a jamais voulu que le bonheur de son peuple. On vous a dit bien du mal de nous; ce sont ceux qui veulent vous nuire. Nous aimons tous les Français, et nous nous faisons une gloire de partager les sentiments de notre bon Roi. » Plusieurs d'entre eux paraissaient touchés de tant de bonté, et disaient naïvement : « Nous ne vous connaissions pas, on nous a bien trompés. »

On jeta, à Sèvres, dans la voiture du Roi, un petit paquet qui tomba sur mes genoux : « Mettez-le dans votre poche, me dit le Roi, et vous l'ouvrirez en arrivant. » Il tomba dans la voiture ; je n'ai jamais su ce qu'il contenait ; mais j'ai supposé, et non sans raison, que c'était quelque horreur propre à affliger le cœur de la malheureuse famille royale.

Le régiment de Flandre formait une haie sur le chemin d'Auteuil à Paris ; il partageait alors les sentiments de la populace, et tous les soldats criaient avec elle : « Vive la nation ! À bas les calotins ! » refrain continuel de toute cette multitude qui remplissait les chemins. Tous ces gens-là, à moitié ivres, tiraient continuellement des coups de fusil. C'est un grand bonheur qu'il n'en soit résulté aucun accident.

M. le duc d'Orléans[19] était sur le chemin de Passy, et ses enfants, avec madame de Genlis[20], sur le balcon de la maison qu'il y avait louée. Il les y avait placés pour jouir à son aise du spectacle de l'abaissement de la famille royale, qui ne put s'empêcher d'en faire la remarque. La Reine en parla historiquement à madame la duchesse d'Orléans, qui soupira sans pouvoir rien répondre. Cette excellente princesse était bien loin de partager les sentiments du duc, son époux. Elle s'aveuglait encore sur son compte, et elle fut complètement malheureuse quand, l'illusion cessant, elle ne put s'empêcher d'apercevoir la part active qu'il prenait à cette affreuse Révolution.

En arrivant à la grille de Chaillot, on aperçut M. Bailly[21], maire de Paris, qui venait présenter au Roi les clefs de cette ville, et haranguer Sa Majesté. Il débuta, suivant son usage, par les paroles suivantes : « *Quel beau jour,* Sire, que celui où les Parisiens vont posséder dans leur ville Votre Majesté et sa famille ! » À ce mot de *beau jour,* le Roi soupira et répondit à M. Bailly : « Je souhaite et désire bien vivement, monsieur, que mon séjour y puisse ramener la paix, la concorde et la soumission aux lois. » Comment M. Bailly pouvait-il se permettre de donner le nom de *beau jour* à celui qui avait pensé être éclairé par le massacre de la Reine ; où le Roi avait vu couler le sang de ses fidèles serviteurs et avait été lui-même accablé d'outrages ? Avec beaucoup d'esprit et d'instruction, M. Bailly n'avait aucune idée des convenances ; il le prouva dans toutes les circonstances qui le mirent en rapports directs avec le Roi et la famille royale. Le Roi comptait arriver le soir aux Tuileries, lorsque M. Bailly le supplia de vouloir bien descendre à l'Hôtel de ville, où toute la Commune était rassemblée, et de l'honorer de sa présence. Le Roi s'y refusa, disant « que sa famille et lui avaient trop grand besoin de repos pour prolonger les fatigues d'une telle journée ». Le maire insista, et M. de la Fayette l'en pressa tellement, et à plusieurs reprises, que le Roi, malgré sa répugnance, fut obligé de s'y laisser conduire.

Pendant le chemin, M. de la Fayette s'approcha plusieurs fois de la voiture de Sa Majesté, l'assurant qu'il serait content de la manière dont il serait reçu dans sa capitale. Les rues étaient illuminées, et les cris continuels de : « Vive le Roi ! » accompagnèrent ce prince depuis son entrée dans la rue Saint-Honoré jusqu'à l'Hôtel de ville. Ils étaient plus bruyants que touchants, et avaient quelque chose de violent et de pénible à entendre.

Arrivé à la place de Grève, la foule était si considérable que le Roi, pour éviter quelque malheur, descendit de la voiture ainsi que la famille royale ; et l'on eut beaucoup de peine à écarter la foule pour lui faire un passage jusqu'à l'Hôtel de ville. M. Bailly fit au Roi un nouveau discours, auquel il répondit avec sa bonté ordinaire. J'étais si occupée de Mgr le Dauphin, excédé de fatigue et endormi entre mes bras, que je n'entendis ni l'un ni l'autre. M. le duc de Liancourt[22], qui accompagnait le Roi, le pria de renouveler sa promesse de se déclarer inséparable de l'Assemblée nationale. Ce malheureux prince, qui était dans la triste position de ne pouvoir rien refuser, acquiesça à cette demande, et les cris répétés de : « Vive le Roi ! » terminèrent enfin cette séance.

Le Roi et la famille royale retournèrent tristement aux Tuileries retrouver leurs fidèles serviteurs, qui étaient en proie à la plus violente inquiétude, dans l'attente de son retour. Rien n'était préparé pour les recevoir : Mgr le Dauphin passa la nuit sans gardes, dans un appartement ouvert de tous côtés, et dont les portes pouvaient à peine se fermer. Je les barricadai avec le peu de meubles que je trouvai, et je passai la nuit assise près de son lit, plongée dans la douleur et les plus tristes réflexions, en considérant, d'après ce qui s'était passé, ce que l'on pouvait attendre d'un peuple capable de se porter à de si terribles excès.

Le réveil de la famille royale fut affreux : les cours et les terrasses des Tuileries étaient remplies d'une foule innombrable de peuple, qui demandait à grands cris à voir le Roi et la famille royale, les uns pour le plaisir de jouir du fruit de leur victoire, le plus grand nombre par curiosité, et quelques-uns par un sentiment d'intérêt et d'attachement à leurs personnes. La famille royale, même les Princesses, furent obligées de prendre la cocarde nationale et de se montrer au peuple à plusieurs reprises, dans un appartement au rez-de-chaussée, qui donnait sur la cour, et qui était occupé par Madame Élisabeth. Chaque fois qu'elle paraissait, on criait: «Vive le Roi et la famille royale!»

La journée se passa ainsi. La foule, qui se renouvelait sans cesse, ne quitta le château qu'à la nuit et revint encore le lendemain. On illumina dans Paris les premiers jours de l'arrivée du Roi, pour surveiller plus facilement les mauvais desseins que l'on redoutait.

Les factieux, dans l'espoir d'émouvoir la populace, envoyèrent sur le pont Royal, vis-à-vis des fenêtres de Mgr le Dauphin, des charrettes remplies de farine, soi-disant avariée, que les forts de la halle et des poissardes jetaient dans la rivière. Ce spectacle ne produisant pas la moindre impression, les charrettes s'en retournèrent et ne revinrent pas.

Ils imaginèrent encore un autre moyen pour indisposer le peuple contre la Reine. Deux jours après l'arrivée de cette princesse, ils insinuèrent dans la classe malheureuse l'idée d'aller lui demander de retirer du Mont-de-piété tous les effets que la pauvreté avait forcé de mettre en gage. La terrasse des Tuileries était couverte de femmes qui s'étouffaient à force d'être pressées, et qui demandaient à parler à la Reine. Les personnes qui entouraient cette princesse en ce moment l'engageaient à acquiescer à leur désir. Je l'en dissuadai, lui représentant le danger de compromettre sa dignité en se prêtant aux caprices de cette multitude, et je lui conseillai seulement de lui faire dire qu'elle s'occuperait des moyens de lui être utile. Tout le monde était si effrayé, que personne n'osait se charger de la commission. J'offris à la Reine de parler moi-même à ces femmes, avec madame la princesse de Chimay, sa dame d'honneur[23]. Elle y consentit; et de l'appartement de cette dernière, qui donnait sur la terrasse des Tuileries, nous haranguâmes cette multitude. Nous lui dîmes que quoique les malheureux eussent de grands droits sur le cœur de la Reine, elle ne pouvait prendre d'engagements sans en connaître l'étendue, mais qu'on pouvait se reposer sur sa bienfaisance et sur sa bonté. Cette démarche la satisfit ; le rassemblement se dissipa, et chacun s'en retourna tranquillement. Peu de jours après, le Roi autorisa la Reine à retirer du Mont-de-piété les effets qui n'excédaient pas la valeur d'un louis.

La même foule et le même empressement pour voir la famille royale continuèrent plusieurs jours. Cette indiscrétion fut poussée à un tel point, que plusieurs poissardes sautèrent dans l'appartement de Madame Élisabeth[24]. Celle-ci supplia le Roi de la loger ailleurs, et elle a toujours conservé depuis pour ce logement une répugnance invincible. On finit enfin par renvoyer le peuple ; et le Roi et la Reine purent rester tranquilles dans leurs appartements.

Prisonniers dans Paris, entourés d'une garde nationale soupçonneuse, défiante et entretenue dans ces sentiments par ceux qui s'en servaient si utilement pour l'exécution de leurs desseins, le Roi et la Reine virent avec la plus vive douleur la nécessité d'éloigner d'eux les gardes du corps, qui n'eussent pas été en sûreté en continuant leurs services auprès de leurs personnes. Errants dans le château des Tuileries, surveillés par la garde nationale, qui regardait avec inquiétude ceux qui leur parlaient, leur position était affreuse. Le Roi les fit remercier de leurs services, leur fit dire qu'il espérait que des temps plus heureux lui permettraient de rapprocher de sa personne des serviteurs si fidèles, et dont il n'oublierait jamais le courage et le dévouement.

La garde nationale, qui les remplaçait auprès du Roi et de la famille royale, ne savait ce qu'elle devait faire. Les honnêtes gens qui s'étaient mis dans ses rangs, par attachement pour le Roi, gémissaient de ne pouvoir rien dire; et les factieux, et ceux qu'ils avaient égarés, triomphaient de l'abaissement de la famille royale et de la douleur de ceux qui avaient conservé pour elle la fidélité que l'on doit à ses souverains.

Le Roi, qui voulait rapprocher de lui ses enfants, partagea son appartement avec Mgr le Dauphin et prit pour lui les cabinets qui étaient à la suite de l'appartement de la Reine. Cette princesse occupa le rez-de-chaussée donnant sur la terrasse des Tuileries; et ayant donné à Madame, sa fille, les petits entresols au-dessus de la chambre du Roi, qui faisaient ses petits appartements, elle en fit accommoder d'autres au-dessus de ses cabinets et de l'appartement du premier gentilhomme de la chambre. On pratiqua, en outre, de petits escaliers particuliers pour que le Roi et la Reine pussent communiquer librement dans l'intérieur de leurs appartements, et dans celui de Mgr le Dauphin et de Madame.

Madame Élisabeth occupa le pavillon de Flore, et Monsieur et Madame[25] allèrent occuper le Luxembourg. Ils venaient tous les jours souper avec le Roi, qui ne dînait plus en public, mais en particulier avec la famille royale, excepté Mgr le Dauphin, qui, trop jeune encore, dînait chez lui à midi.

Le service de la garde nationale finit enfin par s'organiser. Elle avait, outre son commandant, un major, deux aides-majors, six chefs de division, et soixante bataillons, un par chaque district, lesquels avaient un chef appelé commandant de bataillon, et sous ce chef, des capitaines, lieutenants, etc. Il y avait deux canons à chaque bataillon, et des canonniers pour les servir.

M. de Gouvion[26], major de cette garde, et qui avait la confiance de M. de la Fayette, était un bon officier, et, quoique imbu des nouvelles opinions, il conservait encore un fond d'attachement pour la personne du Roi. Il avait du courage et de la fermeté, et j'ai toujours été convaincue qu'on en aurait pu tirer parti, si on lui eût montré plus de confiance, et qu'on eût travaillé à le ramener à son devoir.

Les six chefs de division, qui furent pris dans une autre classe que celle du peuple, étaient : MM. d'Ormesson, Pinon, de Courtomer, de Saint-Christot, Mandat et Charton.

M. d'Ormesson, ancien contrôleur général des finances, a été assez connu pour n'avoir pas besoin d'en parler. J'en dirai autant de M. Pinon, président à mortier, et de M. le marquis de Courtomer.

M. de Saint-Christot, ancien fermier général, était un excellent homme, et parfaitement attaché au Roi. M. Mandat, riche financier, l'était aussi ; mais il était d'un caractère faible, et avait peu de capacité.

M. Charton, ancien négociant, constitutionnel par principes, jouissait d'une bonne réputation et avait d'excellentes manières. Voyant le Roi d'aussi près, il prit pour sa personne un véritable attachement, et ne cessa de lui en donner des preuves. Ces trois derniers périrent pendant la Révolution, victimes de leur dévouement à Sa Majesté.

Le Roi était toujours suivi, lorsqu'il sortait, même pour aller à la messe à la chapelle, d'un chef de division ; la Reine et Mgr le Dauphin ne l'étaient que par des commandants de bataillon, et le reste de la famille par des capitaines.

Les commandants de bataillon étaient assez généralement bien composés, quoiqu'il y eût dans le nombre de bien mauvais sujets, tels que Santerre et plusieurs autres qui ne valaient pas mieux que lui. Un assez grand nombre de personnes n'avaient accepté ces places que par attachement pour la personne du Roi, et dans l'espoir d'être utiles, entre autres M. d'Ogny, directeur général des postes; M. Gauthier, administrateur général; MM. de Perceval, anciens fermiers généraux, et plusieurs autres. Il y avait aussi parmi eux de bons bourgeois, de gros marchands, et ce bon Acloque, brasseur du faubourg Saint-Marceau, si opposé par sa probité et sa fidélité à ce malheureux Santerre[27], brasseur du faubourg Saint-Antoine, dont le nom ne se prononcera jamais qu'avec horreur et indignation.

Chaque bataillon montait la garde au château pendant vingt-quatre heures, et était relevé par un autre au bout de ce temps. Chaque commandant de service auprès du Roi, de la Reine et de Mgr le Dauphin, venait prendre l'ordre en arrivant, au cas qu'ils voulussent sortir, et les capitaines en faisaient autant auprès des autres membres de la famille royale. Le plus grand nombre était respectueux; mais plusieurs d'entre eux, oubliant le respect qu'ils devaient à leurs souverains, et enivrés de leur grade, prenaient un ton de familiarité qui faisait mal à voir. Un nommé Gerdret, entre autres, marchand de dentelles de la Reine, eut la hardiesse de lui proposer, à son arrivée à Paris, de rassembler quelques musiciens de la garde nationale pour lui donner un petit concert: «Je suis étonnée, lui dit cette princesse, que vous, Gerdret, imaginiez de me faire en ce moment une pareille proposition.» Il n'en fut plus question depuis.

Le Roi conserva encore quelque temps plusieurs de ses fidèles sujets, qui occupaient de grandes charges auprès de sa personne, tels que les quatre premiers gentilshommes de sa chambre, le capitaine des cent-suisses de sa garde, le grand Prévôt de France, et le grand Maréchal des logis.

Le duc de Richelieu, père du duc de Richelieu actuel, premier gentilhomme de la chambre, voulut exercer les fonctions de sa charge à l'arrivée du Roi à Paris; mais comme il était mourant, il fut forcé de se laisser remplacer par le duc de Villequier, qui faisait, outre son service, celui du duc de Fleury, trop jeune encore pour exercer les fonctions de sa charge. M. le duc de Villequier ne varia jamais dans sa conduite ni dans son attachement à la personne de Sa Majesté. Il lui donna d'excellents conseils, pleins de sagesse et de fermeté, et il ne l'aurait jamais abandonné, si les factieux n'avaient forcé ce prince à l'éloigner de sa personne.

Le jeune marquis de Duras, depuis duc de Duras, qui venait d'être nommé premier gentilhomme de la chambre depuis la mort du maréchal de Duras, son grand-père, pénétré de l'idée de ses devoirs et de reconnaissance pour les bontés de son Roi, ne le quitta qu'en 1791, sur l'ordre exprès que lui donna le Roi de quitter les Tuileries et même la France, qu'il ne pouvait plus habiter sans danger.

Le duc de Brissac, commandant des cent-suisses de la garde du Roi, était brave, loyal, et un vrai chevalier français. Il témoigna au Roi un attachement sans bornes ; il fut constamment auprès de sa personne, jusqu'au moment où, après la suppression de la garde constitutionnelle du Roi, l'Assemblée législative le décréta d'accusation et l'envoya dans les prisons d'Orléans, d'où il fut conduit à Paris, après les journées des 2 et 3 septembre. Il fut massacré en arrivant à Versailles, victime de son zèle et de son dévouement à la personne de Sa Majesté[28].

Le marquis de Tourzel, mon fils, grand Prévôt de France, ne quitta pas le Roi d'un instant. Toujours auprès de sa personne dans les moments de crise les plus dangereux, il ne cessa de lui donner les preuves d'une fidélité sans bornes, et ne le quitta qu'au moment où ce trop bon et malheureux prince fut conduit au Temple. Il employa tous les moyens possibles pour obtenir de rester auprès de sa personne ; mais, malgré ses démarches réitérées, appuyées même de la demande personnelle du Roi, il ne put obtenir de s'enfermer avec lui.

Le marquis de la Suze, grand Maréchal des logis, continua d'exercer pendant quelque temps les fonctions de sa charge. Son dévouement ne se démentit pas d'un instant.

Le marquis de Brézé, grand Maître des cérémonies, fut toujours fidèle à ses devoirs, et profondément attaché au Roi. Quoique privé des fonctions de sa charge, il resta toujours auprès de sa personne, le suivit aux Feuillants, où il passa la nuit du 10 août, et ne quitta le Prince qu'au moment où la violence le sépara de ceux qui l'avaient accompagné.

Le Roi avait aussi conservé auprès de sa personne de fidèles serviteurs dont il savait apprécier les services, entre autres MM. Thierry et de Chamilly, deux de ses premiers valets de chambre, qui, dans toutes les occasions, lui donnèrent des preuves d'un dévouement dont ils finirent par être victimes l'un et l'autre.

Le corps des huissiers de la chambre conserva aussi une fidélité sans bornes. Plusieurs autres les imitèrent; et ce bon prince me disait un jour, en me parlant de ceux sur lesquels il pouvait encore compter: « J'ai besoin de regarder ceux qui me sont restés fidèles pour consoler mon cœur affligé. »

J'espère qu'on ne trouvera pas cette digression déplacée. Après le récit de tant d'horreurs, j'avais besoin de reposer un moment mon esprit sur des souvenirs plus consolants, et de montrer à ceux qui liront ces *Mémoires* qu'il existait encore des cœurs français qui auraient risqué mille fois leur vie pour la conservation de leur souverain.

M. de la Fayette aurait bien désiré que le Roi consentît à sortir; mais comme il ne pouvait être accompagné que par la garde nationale, il aima mieux se priver d'air et de tout exercice, que de laisser croire qu'il eût abandonné volontairement ses fidèles gardes du corps, et il fut longtemps sans vouloir sortir de son appartement. Les promenades de la Reine et de ses enfants se bornèrent au jardin des Tuileries, où l'on avait fait accommoder un petit terrain entouré de treillages, pour la promenade particulière de Mgr le Dauphin, qui y allait accompagné d'un commandant de bataillon et de quatre soldats de la garde nationale.

Ce jeune prince, extrêmement avancé pour son âge, me demandait souvent la raison de son changement de situation, et me disait : « Je vois bien qu'il y a des méchants qui font de la peine à papa, et je regrette nos bons gardes du corps, que j'aimais bien mieux que ces gardes-là, dont je ne me soucie pas du tout. » Je lui répondis que le Roi et la Reine seraient très-fâchés s'il n'était pas honnête vis-à-vis de la garde nationale, et s'il parlait devant elle de son désir de revoir les gardes du corps ; qu'il fallait toujours les aimer, mais n'en parler qu'entre nous et espérer que des temps plus heureux permettraient au Roi de les rappeler auprès de sa personne. — « Vous avez raison », dit-il ; et de ce moment il cessa d'en parler publiquement. Sa mémoire était admirable, et il avait une pénétration d'esprit si singulière, qu'il faisait, dès l'âge de quatre ans, les réflexions les plus justes sur ce qu'il voyait et ce qu'il entendait.

Il avait pour instituteur l'abbé d'Avaux, qui l'avait été du premier Dauphin et de Madame. C'était un homme de mérite, et qui savait tellement se mettre à la portée des enfants, que le moment de l'étude était pour eux une récréation. Il était très aimé de Mgr le Dauphin, et il l'avait avancé à un point incroyable, trouvant toujours le moyen de lui apprendre, dans ses jeux, quelque chose d'utile et d'agréable. Ce jeune prince était extrêmement curieux, faisait des questions sur tout ce qu'il voyait. Il s'apercevait très-bien si les réponses qu'on lui faisait étaient justes ou non, et avait même alors des reparties assez plaisantes. Un jour que je le reprenais que quelque chose qu'il avait dit mal à propos, une personne qui était chez moi lui dit en badinant : « Je parie que madame de Tourzel a tort, et que Monsieur le Dauphin a toujours raison. » « Monsieur, lui dit-il en riant, vous êtes un flatteur, car je me suis mis en colère ce matin. »

Il voulut faire l'essai de ce qu'il avait à attendre de moi, et voir si je saurais lui résister. Il se refusa, en conséquence, à quelque chose que je lui demandais, et me dit du plus grand sang-froid : « Si vous ne faites pas ce que je veux, je crierai ; on m'entendra de la terrasse, et qu'est-ce que l'on dira ? » — « Que vous êtes un méchant enfant. » — « Mais si mes cris me font mal ? » — « Je vous ferai coucher, et je vous mettrai au régime d'un malade. » Alors il se mit à crier, à taper des pieds, et à faire un tapage affreux. Je ne lui dis pas une parole ; je fis faire son lit, et je demandai un bouillon pour son souper. Alors il me regarda fixement, cessa ses cris, et me dit : « J'ai voulu voir de quelle manière je pourrais vous prendre ; je vois que je n'ai d'autre moyen que de vous obéir ; pardonnez-moi, je vous promets que cela n'arrivera plus. » Le lendemain, il dit à la Reine : « Savez-vous qui vous m'avez donné pour gouvernante ? C'est madame Sévère. »

Comme je ne le tourmentais jamais sans raison, et qu'il aimait à venir chez moi et à voir du monde, il prit bientôt pour moi et pour ma fille Pauline[29] une véritable affection. Il nous disait souvent de la manière la plus aimable : « Mon Dieu ! que je me trouve heureux avec vous ! » Et ma Pauline, il l'aimait au point d'en être jaloux, et c'était la chose la plus plaisante que de voir son petit dépit, s'il croyait qu'elle aimait mieux une autre personne que lui.

Le régiment de Flandre vint me faire une visite de corps en arrivant à Versailles. On parla de cette visite devant Mgr le Dauphin, qui témoigna à la Reine le plus grand désir d'en être témoin. « Mais vous ne saurez que dire à ces messieurs », lui dit cette princesse. — « Ne soyez pas en peine, maman, je ne serai pas embarrassé. » À peine tous les officiers furent-ils entrés, que le jeune prince dit à ceux qui étaient au premier rang : « Je suis, messieurs, ravi de vous voir, mais bien fâché d'être trop petit pour vous apercevoir tous. » Puis remarquant un officier qui était très-grand : « Monsieur, lui dit-il, portez-moi dans vos bras, pour que je voie tous ces messieurs. » Et alors il dit avec une gaieté charmante : « Je suis bien aise, messieurs, d'être au milieu de vous tous. » Tous les officiers étaient transportés et attendris en voyant, dans un âge aussi tendre, un enfant aussi aimable et aussi intéressant, à la veille peut-être d'éprouver de grands malheurs.

Quoiqu'il eût la plus grande facilité pour apprendre tout ce qu'il voulait, il trouvait si ennuyeux d'apprendre à lire, qu'il ne se donnait aucune peine pour y parvenir ; et comme la Reine lui disait qu'il était honteux de ne pas savoir lire à quatre ans : « Eh bien ! maman, je le saurai pour vos étrennes. » À la fin de novembre, il dit à l'abbé d'Avaux : « Il faut cependant que je sache combien j'ai de temps jusqu'au jour de l'an, puisque j'ai promis à maman de savoir lire pour ce jour-là. » Apprenant qu'il n'avait plus qu'un mois, il regarda l'abbé d'Avaux, et lui dit avec un sang-froid inconcevable : « Donnez-moi, je vous prie, mon bon abbé, deux leçons par jour, et je m'appliquerai tout de bon. » Il tint parole, et entra triomphant chez la Reine, tenant un livre à la main, et se jetant à son cou : « Voilà vos étrennes, lui dit cet aimable enfant ; j'ai tenu ma promesse, et je sais lire à présent. » Sa gaieté et ses grâces faisaient tout l'amusement de la Reine, qui n'avait d'autre distraction que celle que lui procuraient ses enfants.

La vie du Roi et la sienne étaient fort tristes : la Reine déjeunait seule tous les jours, voyait ensuite ses enfants, et, pendant ce temps, le Roi venait lui faire une visite. Elle allait à la messe, et s'enfermait ensuite dans ses cabinets. Elle dînait à une heure avec le Roi, Madame sa fille et Madame Élisabeth. Après dîner, elle faisait une partie de billard avec le Roi pour lui faire faire un peu d'exercice, travaillait à la tapisserie et rentrait ensuite dans ses cabinets jusqu'à huit heures et demie, heure à laquelle Monsieur et Madame arrivaient pour souper, et à onze heures chacun se retirait.

Il y avait Cour le dimanche, et jeu le soir, et Cour encore le jeudi matin seulement. La Reine était trop affectée pour penser à aller au spectacle, et son cœur trop affligé pour se livrer à aucune dissipation extérieure.

On continuait à entretenir la fermentation dans Paris ; et la garde nationale, M. de la Fayette à la tête, craignait tellement de se compromettre avec le peuple, qu'on n'employait de mesures répressives qu'à la dernière extrémité. Un malheureux boulanger[30] fut pendu dans une émotion populaire, et la garde nationale arriva trop tard pour sauver la vie à ce pauvre malheureux. Cette faiblesse enhardit ceux à qui le crime ne coûtait rien, et causa bien des malheurs, que plus de fermeté aurait pu faire éviter. Le Roi, qui ne pouvait apporter aucun remède à la continuation de l'anarchie, fut réduit à gémir sur ce nouveau crime, et ne put qu'envoyer des secours à la famille de ce pauvre homme, dont la femme mourut de chagrin quelque temps après la mort de son mari.

Sur ces entrefaites, les présidents des Parlements de Metz et de Rouen déclarèrent, chacun par un arrêté plein de force et de fermeté, qu'ils ne consentaient à cesser leurs fonctions et à se laisser remplacer par la Chambre des vacations que pour ne pas augmenter les malheurs du Roi, et lui donner par là une nouvelle preuve de leur respect et de leur soumission. Le Roi, à qui les arrêtés furent présentés, craignant que cet acte de courage n'attirât de grands malheurs sur ceux qui les avaient rédigés et qui y avaient adhéré, se détermina, par le conseil de ses ministres, à les dénoncer à l'Assemblée, pour se laisser la faculté de lui demander de ne pas sévir contre ceux qui en étaient les auteurs. Ce bon prince craignait tellement d'exposer ceux qui lui donnaient des marques d'attachement, que ce motif fut souvent la cause des actes de faiblesse qu'on lui reproche.

L'Assemblée s'emporta violemment contre les deux Parlements, et voulait les traiter avec rigueur ; mais flattée de voir le Roi s'abaisser jusqu'à demander leur grâce, elle se contenta de les mander à sa barre et de les déclarer incapables d'exercer aucune fonction publique.

Quand elle fut installée dans le manège des Tuileries, elle se crut obligée de donner au Roi une marque de respect, et vint en corps lui présenter ses hommages, ainsi qu'à la Reine. Cette princesse la reçut avec une grâce et une majesté qui l'étonnèrent, et lui imprimèrent un sentiment qu'elle ne s'attendait pas à éprouver. Il ne fut pas de longue durée. On continua à saper les fondements de l'autorité royale.

Plusieurs membres de l'Assemblée, et entre autres le duc de Lévis, proposèrent à la Reine de chercher à gagner Mirabeau[31], et chacun voulait être l'intermédiaire des propositions qu'on lui ferait. M. de Lévis fit l'impossible pour obtenir une audience de la Reine, et vint plusieurs fois chez moi me prier de la lui procurer. La Reine, qui n'avait en cette idée aucune confiance, et qui ne se souciait pas de le voir, éludait toujours, sans vouloir le refuser totalement, de peur de s'en faire un ennemi, lorsque d'autres affaires firent renoncer M. de Lévis au projet qu'il avait formé.

On conseilla au Roi d'avoir des conférences avec les membres de la Commune chargés de l'approvisionnement de Paris, tels que MM. de Vauvilliers, Moreau de Saint-Merry et plusieurs autres. Ce prince les étonna par l'étendue de ses connaissances dans la partie administrative, par son extrême bonté et son amour pour son peuple. Il en ramena le plus grand nombre sur les idées qu'on leur avait données de sa personne, et nommément M. de Vauvilliers, qui voua à ce prince un attachement qui ne s'est jamais démenti.

L'arrestation de M. Augeard[32], secrétaire des commandements de la Reine, causa à cette princesse, ainsi qu'au Roi, un nouveau chagrin ; elle n'eut heureusement d'autre suite qu'une captivité momentanée. Il fut remis en liberté quelque temps après. Il n'en fut pas de même de M. de Favras[33]. Ce dernier avait formé quelques projets pour tirer le Roi de sa cruelle situation. Ils furent découverts, et les factieux, pour intimider ceux qui pourraient en avoir de ce genre, résolurent de forcer le Châtelet à le condamner comme criminel de lèse-nation.

M. de la Fayette, qui redoutait M. le duc d'Orléans, et qui avait travaillé avec succès à lui faire avoir une soi-disant mission pour l'Angleterre, effrayé des intrigues qu'on pouvait encore former, et nommément de celle dont on accusait M. de Favras, qu'on prétendait être dirigée contre lui, irrita la garde nationale à un tel degré, qu'elle mit le plus grand acharnement à la condamnation de ce gentilhomme. Un grand nombre de personnes honnêtes qui étaient dans cette garde en étaient confuses et affligées ; mais elles n'y pouvaient malheureusement rien. Le Roi et la Reine firent l'impossible pour sauver M. de Favras, sans pouvoir y réussir. Pénétrées de douleur, Leurs Majestés se virent obligées de renfermer en elles-mêmes les sentiments qu'elles éprouvaient, dans la crainte de compromettre les personnes qui leur étaient attachées et qui avaient pu avoir des relations avec lui.

Le Roi n'avait aucune part aux intrigues qui se formaient en sa faveur. Ce bon et excellent prince était si effrayé des malheurs qu'entraîne une guerre civile, qu'il préférait souffrir plus longtemps que de voir employer un moyen qui pouvait occasionner tant de maux. Il jugeait malheureusement le cœur des hommes par le sien, et croyait impossible que tant de patience et tant de bonté ne finissent pas par ramener des sujets égarés. Cet espoir lui fit refuser la proposition de M. de Virieu et de plusieurs autres députés, qui offraient de partir pour leurs provinces, et de les exciter sur l'atrocité des journées des 5 et 6 octobre, et sur sa captivité dans Paris. Les désordres qui se commettaient dans les provinces affligeaient sensiblement le Roi, et chaque nouvelle de ce genre qu'il apprenait lui faisait vivement sentir le malheur de ne pouvoir y remédier.

On cherchait continuellement à inquiéter le Roi et la Reine, et l'on avait répandu les bruits les plus sinistres sur un complot qui devait avoir lieu pendant la messe de minuit. Plusieurs personnes tentèrent d'empêcher Leurs Majestés d'y aller, quoiqu'elle dût se dire à la chapelle ; mais elles s'y refusèrent, trouvant que cet air d'inquiétude ne pouvait que produire un mauvais effet. Ne pouvant me défendre de celle qui m'avait été donnée, je refusai d'y aller, et je passai tout ce temps-là auprès de M. le Dauphin, résolue de ne me coucher que lorsque je saurais Leurs Majestés retirées tranquillement dans leur appartement. La Reine, qui le sut, eut la bonté de monter chez M. le Dauphin en sortant de la messe, de me plaisanter sur ma pusillanimité, en y ajoutant les choses les plus aimables sur mon attachement. Il était impossible de ne pas éprouver le dévouement le plus vif pour une princesse qui joignait tant de grâce et de bonté à des qualités si dignes de son rang et de son nom.

CHAPITRE II

Année 1790

Une députation de l'Assemblée, ayant à sa tête M. Desmeuniers, président, vint présenter ses hommages au Roi et à la Reine au sujet de la nouvelle année. Ayant fait espérer au Roi des jours plus heureux, dans le discours qu'il fit à ce sujet: «Je le serai, répondit vivement ce bon prince, du bonheur de mon peuple, qui sera toujours l'objet de mes vœux.» Le président vint ensuite chez la Reine, qui le reçut au milieu de ses deux enfants, et qui lui rappela avec tant de noblesse et de sentiment l'espoir du bonheur qu'il donnait au Roi, que M. Desmeuniers, attendri, ne put cacher le sentiment qu'il éprouvait.

Rien n'était, en effet, plus touchant que de voir cette princesse entourée de deux enfants charmants. L'un, trop jeune encore pour sentir les malheurs qui le menaçaient, portait sur son visage l'empreinte du bonheur et de la gaieté; la jeune princesse, dans un âge où l'on n'aurait dû connaître que ces deux sentiments, commençait déjà la carrière de douleur qu'elle a parcourue avec tant de courage, de douceur et de sensibilité. Le Roi avait pour celle-ci une prédilection toute particulière; et quoiqu'il ne fût pas démonstratif, il ne laissait échapper aucune occasion de faire apercevoir la tendresse qu'il lui portait. La Reine, qui n'en avait pas moins pour elle, se croyait obligée d'user de sévérité à son égard. On lui avait donné de fausses impressions sur le caractère de Madame, qu'elle croyait fière[34] et d'un esprit si dissipé, qu'on ne pouvait sans inconvénient lui laisser voir de jeunes personnes de son âge.

Je n'ai jamais pu concevoir ce qui avait pu donner lieu à cette opinion. Cette jeune princesse était, au contraire, bonne, affable, timide, et avait même besoin qu'on lui inspirât de la confiance. Il lui eût été plus utile de voir un peu plus de monde, que d'être toujours seule dans son appartement, avec ses femmes et la jeune personne à qui la Reine avait permis de partager ses études et ses jeux. Privée si jeune de tout appui, livrée à elle-même dans une cruelle captivité, elle seule a fini son éducation ; le malheur a été son instituteur, et n'a heureusement pas altéré les grandes qualités que les circonstances l'ont mise à portée de développer dans tout le cours de sa vie.

Peu de temps après, l'Assemblée envoya au Roi une nouvelle députation, le président à la tête, pour demander à Sa Majesté de fixer elle-même le montant de sa liste civile, de considérer l'éclat qui devait environner le trône d'un grand Roi, et de ne point écouter cette économie sévère qui prenait sa source dans son amour pour son peuple, et dans ses mœurs patriarcales, qui faisaient de lui le meilleur et le plus vertueux des Rois. « Je suis sensiblement touché, dit le Roi, de la démarche de l'Assemblée ; mais j'attendrai, pour m'expliquer, qu'il y ait des fonds assurés pour le payement des créanciers de l'État et pour les dépenses nécessaires à maintenir l'ordre public ; ce qui me regarde personnellement est le moindre sujet de mes inquiétudes. » Comment une assemblée qui rendait un pareil témoignage aux vertus de son Roi, pouvait-elle continuer à porter des décrets qui ne tendaient à rien moins qu'à le précipiter du trône, et à accumuler par là tant de maux sur notre malheureuse patrie ?

La Chambre des vacations du Parlement de Bretagne, ayant refusé d'enregistrer le décret qui suspendait le Parlement et constituait la Chambre des vacations, fut mandée à la barre de l'Assemblée. Elle était composée de douze magistrats, à la tête desquels était le président de la Houssaye. Ce vertueux magistrat représenta, tant en son nom qu'en celui de ses collègues, avec toute l'énergie possible, l'incompétence de la Chambre pour l'enregistrement de cette loi, et l'impossibilité où elle était de s'attribuer le droit de renoncer à un des privilèges de la Bretagne, qui ne s'était donnée à la France que sous des conditions qu'elle seule pouvait révoquer ; qu'il s'honorait, lui et ses vertueux collègues, de remplir fidèlement les devoirs que leur imposait la qualité de magistrats. En déclarant au Roi et à l'Assemblée qu'ils n'étaient pas compétents pour accéder à un décret totalement contraire aux privilèges de la province[35], ils ne pouvaient qu'expliquer respectueusement les motifs de leur refus.

Mirabeau et les autres députés démagogues répliquèrent avec violence et emportement. Ils voulaient sévir avec rigueur et traiter en criminels de lèse-majesté des magistrats qui refusaient d'obéir à leurs décrets. MM. de Frondeville, de Cazalès[36], d'Éprémenil et plusieurs autres en firent sentir l'inconvénient, et l'Assemblée se borna à décréter que leur résistance à la loi les rendait incapables de posséder aucune fonction de citoyens actifs, jusqu'à ce que, sur leur requête présentée au corps législatif, ils eussent été admis à prêter le serment de fidélité à la Constitution décrétée par l'Assemblée et sanctionnée par le Roi. Ce prince, malgré l'estime et la sensibilité qu'il éprouvait de la courageuse fidélité de ces magistrats, fut réduit à garder le silence, et ne put leur donner publiquement aucune marque de la satisfaction que lui inspirait une conduite aussi ferme que courageuse.

M. le baron de Besenval[37], arrêté depuis la prise de la Bastille, sous le prétexte d'avoir voulu attaquer Paris et en faire égorger les habitants, avait été transféré dans les prisons du Châtelet, où son procès se suivait avec acharnement. MM. Ogier et Garaud de Coulon, membres du comité des recherches, présentaient chaque jour de nouvelles dénonciations, plus absurdes les unes que les autres, et ce dernier, nommément, qui était rapporteur du comité, laissait apercevoir, de la lumière la plus révoltante, le désir de le trouver coupable. On alla même jusqu'au point d'aposter des gens pour exciter la multitude et intimider les juges.

M. Boucher d'Argis, président du Châtelet, se conduisit dans tout le cours de cette procédure avec une fermeté qui lui fit infiniment d'honneur. Il donna des ordres pour contenir les violateurs du bon ordre, et s'adressant aux membres du comité : « Messieurs, leur dit-il, de soixante-quatre témoins entendus contre M. de Besenval, pas un n'a été fourni par le Châtelet, le comité les a tous fournis ; si quelqu'un a des choses plus graves à déclarer contre lui, qu'il se présente. » Un profond silence ayant été la réponse à cette interpellation, on crut que le procès allait finir ; mais le comité déclara qu'il prolongeait encore l'information.

Quelques jours avant la clôture, on excita une émeute à Versailles pour le prix du pain. On publia en même temps dans Paris l'élargissement de M. de Besenval, et l'on annonça le soulèvement des faubourgs. Une foule d'agitateurs se rendit autour du Châtelet, demandant les têtes de MM. de Besenval et de Favras. Vingt-quatre soldats de la troupe soldée s'assemblèrent, le même jour, aux Champs-Élysées, avec des vues séditieuses, et l'on répandit en même temps des bruits de contre-révolution propres à soulever le peuple. On espérait, par ces moyens, parvenir à intimider les membres du Châtelet ; mais on ne put y parvenir. Ils conservèrent le plus grand calme au milieu de toutes ces agitations, et le zèle de la garde nationale prévint les suites de cette insurrection.

MM. de Sèze et de Bruges, avocats de M. de Besenval, le défendirent avec autant de zèle que de fermeté, et témoignèrent leur étonnement de voir le comité des recherches réunir à la fois les fonctions de dénonciateur, de partie et de ministère public, et d'être eux-mêmes accusés d'avoir été à la recherche des témoins.

La fermeté et le sang-froid de M. de Besenval ne se démentirent pas un instant pendant tout le cours de ce procès. Enfin, après l'audition de cent soixante-dix-huit témoins, le tribunal, conformément aux conclusions de M. de Brunville, procureur du Roi, déclara, par l'organe de M. Boucher d'Argis, que M. de Besenval n'était point coupable des crimes qu'on lui imputait ; et, après sept mois de captivité, il recouvra enfin sa liberté.

M. de Besenval fut le lendemain chez le Roi et la Reine, qui lui témoignèrent, de la manière la plus touchante, la joie qu'ils éprouvaient de le revoir, les inquiétudes qu'il leur avait causées, en y ajoutant mille questions sur sa captivité et la manière dont il avait été traité. Il avait été mis sous la garde d'un commandant de bataillon de la garde nationale de Paris, nommé Bourdon de l'Oise. Cet homme était originairement procureur et avait de l'esprit ; mais il était révolutionnaire, violent, inquiet et ombrageux. L'inégalité de son caractère rendait la position de M. de Besenval dépendante de la situation de son esprit. Quand il avait de l'humeur, il le menaçait des dangers qu'il courait ; et dans d'autres moments, il était très-bon pour lui. En rendant compte à Leurs Majestés de la conduite qu'il avait tenue au Champ de Mars, lors de la prise de la Bastille, il fit les plus grands éloges de celle du duc de Choiseul, qu'il avait sous ses ordres, le donna pour un homme de tête dans les occasions critiques, et d'un attachement sans bornes à la personne de Leurs Majestés. Ce témoignage, rendu dans un moment où le Roi et la Reine étaient si émus de tout ce que M. de Besenval avait souffert, fit sur eux la plus vive impression; et de ce moment, ils témoignèrent à M. de Choiseul[38] une confiance toute particulière. M. de Besenval, avec beaucoup d'esprit, avait trop de légèreté pour bien juger les hommes; et, dans cette occasion, il en donna une preuve qui eut des suites bien funestes pour le Roi et pour la France.

Plusieurs députés du côté droit et attachés au Roi, quoique du parti constitutionnel, entre autres MM. Malouet, Redon, etc., pénétrés de la nécessité de lui donner les moyens de faire respecter son autorité, proposèrent une fusion avec ceux du parti royaliste, espérant attirer, par ce moyen, un grand nombre de membres du côté gauche dans leur parti, et former alors une majorité capable d'en imposer aux factieux. MM. de la Chèze, le chevalier de Boufflers et l'évêque de Nancy (M. de la Fare) se rendirent avec eux chez le duc de la Rochefoucauld. MM. de la Fayette, de Maubourg, de la Coste, et le duc de Liancourt, s'y trouvèrent aussi, et l'on proposa pour base de la fusion:

De maintenir la Constitution jusqu'à ce que le temps et l'expérience eussent manifesté les changements que l'on devait y apporter; de conserver la réunion des trois ordres en un seul, et de se hâter de rendre au Roi le pouvoir nécessaire pour gouverner conformément aux principes monarchiques et au vœu de la nation reconnu par l'Assemblée;

De défendre de tout leur pouvoir les droits de l'homme et du citoyen si essentiellement violés ; et, si le complément de la Constitution exigeait encore quelque innovation, d'éviter dans l'exécution les moyens violents, qui ne pouvaient qu'aigrir les esprits et multiplier les malheurs ; d'employer tous leurs efforts pour établir l'ordre et la sécurité, seule ressource pour ramener la confiance, le crédit et la perception des impôts ;

De n'inquiéter personne pour les opinions religieuses, et de laisser jouir la seule religion catholique, à titre de religion nationale, de la solennité du culte public ;

De conserver aux églises une dotation territoriale ; de s'opposer à toute autre aliénation que celle qui avait été faite au mois de décembre 1789, comme secours extraordinaire, jusqu'à ce que la dotation eût été déterminée ; et, sous aucun prétexte, de ne laisser faire d'aliénation ou de meilleure répartition des biens de l'Église, que d'après les instructions et sous la surveillance des provinces qui y étaient intéressées ;

De restreindre les tribunaux au seul pouvoir de juger, et en conciliant la nécessité et la justice, de ne point oublier les égards dus aux anciens magistrats ;

De protéger la liberté de la presse, en réprimant en même temps sa licence par une loi sage et prudemment motivée ;

De contenir la force armée par des lois sévères, et de la subordonner totalement au Roi, à qui l'armée et la garde nationale devaient être soumises, comme le monarque l'était lui-même à la loi ;

De réunir enfin tous leurs efforts pour accélérer la conclusion des travaux de l'Assemblée, et maintenir l'union dans tout le royaume, sous la protection de la loi et du Roi.

Le Roi, qui n'avait en vue que le bonheur de la

France, et qui croyait ce plan propre à ramener les esprits, si chacun voulait consentir à quelques sacrifices pour ramener la paix et la concorde, se décida, par l'avis de ses ministres, à tenter vis-à-vis de l'Assemblée une démarche qu'il croyait propre à remplir ce but. Il s'y rendit en personne le 4 février, et déclara que la gravité des circonstances le conduisait au milieu d'elle, pour lui représenter le danger imminent qu'il y avait à laisser affaiblir chaque jour l'ordre et la subordination, celui qu'entraînaient la suspension et l'inactivité de la justice, la situation critique des finances et l'incertitude sur la fortune publique. Il ajouta que tout se réunissant pour inquiéter les amis de l'ordre et de la prospérité du royaume, il était temps de mettre un terme à tant de maux.

Le discours du Roi peignait tellement sa bonté et son amour pour son peuple, que je ne puis me refuser à en donner un extrait :

« Messieurs, leur dit ce bon prince, un grand but se présente à nos regards ; mais il faut l'atteindre sans accroissement de troubles et de convulsions. J'ai tout tenté pour vous donner les moyens d'y parvenir, et malgré les circonstances difficiles et affligeantes où je me suis trouvé, je n'ai rien négligé pour contribuer au bonheur du peuple. Je ferai, comme j'ai déjà fait, tous les sacrifices nécessaires pour y parvenir ; mais il faut que nous nous secondions mutuellement. Un intérêt commun doit réunir aujourd'hui tous les citoyens, pour ne mettre aucun obstacle à terminer la Constitution ; le temps réformera ce qu'elle peut avoir de défectueux ; mais toute entreprise qui tendrait à la renverser ne pourrait avoir que des suites funestes.

« Mettez fin aux inquiétudes qui éloignent de la France un si grand nombre de citoyens, et dont l'effet contraste avec la liberté que vous voulez établir.

« J'aime à croire que les Français reconnaîtront un jour l'avantage de la suppression d'ordres et d'états, tant qu'il sera question de travailler en commun au bien public ; mais je pense, en même temps, que rien ne peut détruire tout ce qui tend à rappeler à une nation l'ancienneté et la continuité des services d'une race honorée, non plus que le respect dû aux ministres d'une religion que tous les citoyens ont un égal intérêt à maintenir et à défendre.

« Je ne puis vous dissimuler les pertes qu'ont faites ceux qui ont abandonné leurs privilèges pécunieux, et qui ne font plus d'ordre politique dans l'État ; mais ils ont assez de générosité pour se trouver dédommagés, si la nation se trouve heureuse de leurs sacrifices. J'en aurais aussi beaucoup à compter, si je m'occupais de mes pertes personnelles ; mais j'y trouverai une pleine compensation quand je serai témoin du bonheur du peuple.

« Je maintiendrai la liberté constitutionnelle dont le vœu général a consacré les principes, et, de concert avec la Reine, je préparerai de bonne heure le cœur et l'esprit de mon fils au nouvel ordre de choses qui s'établit, et je l'accoutumerai, dès ses premiers ans, à être heureux du bonheur des Français.

« Je ne mets pas en doute que vous ne vous occupiez d'affermir le pouvoir exécutif, sans lequel il ne peut y avoir aucune sûreté au-dedans et au-dehors, et que vous ne perdrez pas de vue que la confusion des pouvoirs dégénère bientôt dans la plus dangereuse des tyrannies.

« Vous considérerez tout ce qu'exige un royaume tel que la France, par son étendue, sa population, ses relations extérieures, et vous ne négligerez pas de fixer votre attention sur le caractère et les habitudes du peuple français, pour ne point altérer, mais entretenir, au contraire, les sentiments de douceur, de confiance et de bonté qui lui ont valu tant de renommée et de considération ; donnez-lui l'exemple de la justice qui sert de sauvegarde à la propriété, et qui est si nécessaire à l'ordre social.

« Joignez-vous à moi pour empêcher les violences criminelles et les excès qui se commettent dans les provinces ; et vous, Messieurs, qui pouvez par tant de moyens influer sur la confiance publique, éclairez ce bon peuple qui m'est si cher, et dont on me dit que je suis aimé, quand on veut me consoler de mes peines. Ah ! s'il savait combien je suis malheureux quand j'apprends qu'il s'est commis quelque attentat contre les personnes et les propriétés, il m'épargnerait cette douloureuse amertume ; il est temps de faire cesser toute inquiétude, et de rendre au royaume toute la force et le crédit auquel il peut attendre.

« Puisse cette journée, où votre Monarque vient s'unir à vous de la manière la plus franche et la plus intime, être un signal de paix et de rapprochement ; que ceux qui s'éloignent de cet esprit de paix et de concorde me fassent le sacrifice de tout ce qui les afflige, et je les payerai de la plus profonde reconnaissance. Ne professons tous, à compter de ce jour, qu'un seul sentiment : l'attachement à la Constitution, et le désir ardent de la paix et de la prospérité de la France. »

M. Bureau de Puzy, président, qui partageait les sentiments que le Roi venait d'exprimer, témoigna, au nom de l'Assemblée, le respect, la gratitude et l'amour que la France devait au patriotisme d'un Roi qui, sans faste, seulement orné de ses vertus, venait contracter l'engagement d'aimer, de maintenir la Constitution et d'obéir à la loi.

Les applaudissements, qui avaient interrompu plus d'une fois le discours du Roi, se renouvelèrent à sa sortie ; le président l'accompagna jusqu'à la porte, et une députation le reconduisit au château. Elle trouva la Reine qui se promenait sur la terrasse des Feuillants avec Mgr le Dauphin. « Messieurs, leur dit cette princesse, je partage tous les sentiments du Roi ; voici mon fils ; je l'entretiendrai souvent des vertus du meilleur des pères et de l'amour de la liberté publique, dont, je l'espère, il sera le plus ferme appui. »

M. Goupil de Préfeln demanda, aussitôt après la sortie du Roi, que tous les députés prêtassent le serment civique ainsi conçu : « Je jure d'être fidèle à la nation, à la loi et au Roi, et de maintenir de tout mon pouvoir la Constitution décrétée par l'Assemblée et sanctionnée par le Roi. » Presque tous les députés, le président à la tête, prêtèrent ce serment ; le garde des sceaux (M. de Cicé, archevêque de Bordeaux), comme député, en fit autant, et tout ce qui composait les galeries s'y joignit en levant les mains.

Le premier vœu de l'Assemblée, exprimé par M. le comte de Clermont-Tonnerre, fut de témoigner à Sa Majesté la reconnaissance du corps législatif par une adresse de remercîments, et d'en présenter également une à la Reine. Elles furent décrétées, et, le soir même, une députation de soixante membres, le président à la tête, se rendit au château.

Après les témoignages de reconnaissance, le président promit au Roi l'oubli de toutes les discussions, le concert de toutes les volontés, et la réunion des intérêts particuliers dans le seul intérêt public, comme devant être le fruit du patriotisme et des vertus de son Roi ; et il termina son discours par demander à Sa Majesté de jouir de la confiance et de l'amour de son peuple, l'assurant que la postérité même ne cesserait de bénir sa mémoire. Le Roi le remercia des sentiments qu'il lui exprimait, lui témoigna l'espérance qu'il concevait de voir les vrais amis du peuple se rallier autour de lui, pour assurer son bonheur et la liberté publique.

La députation fut ensuite chez la Reine, et après lui avoir témoigné la sensibilité de l'Assemblée pour les paroles nobles et touchantes qui lui avaient été transmises de sa part, elle ajouta en regardant Mgr le Dauphin: «Veillez, Madame, sur ce précieux rejeton; qu'il ait la sensibilité, l'affabilité et le courage qui vous caractérisent; vos soins assureront sa gloire, et la France, dont vous aurez procuré le bonheur, en sentira le prix, en pensant qu'elle le doit aux vertus de Votre Majesté.»

Le garde des sceaux avait apporté à la Reine le modèle d'un petit discours à prononcer, d'après celui que lui avait montré le président; mais celui-ci l'ayant changé depuis, la Reine, qui s'exprimait parfaitement sans le secours de personne, répondit d'elle-même à la députation: «Je suis bien sensible, Messieurs, aux témoignages de votre affection; vous avez reçu ce matin l'expression de mes sentiments; ils n'ont jamais varié pour une nation que je me fais gloire d'avoir adoptée, en m'unissant au Roi; mon titre de mère en assure pour toujours les liens.»

La démarche et le discours du Roi à l'Assemblée produisirent un enthousiasme général. M. Bailly proposa d'envoyer au Roi soixante membres de la Commune, pour lui présenter les témoignages de son respect et de son attachement, et de rendre le même hommage à la Reine. Cet avis fut adopté à l'unanimité, et la députation se rendit le lendemain au château; la ville fut illuminée le soir, et il fut décidé qu'on chanterait le *Te Deum*, le dimanche suivant, dans l'église de Notre-Dame.

Le 4 au soir, M. Bailly proposa à l'assemblée générale de la Commune la prestation du serment civique. Chaque membre le prêta individuellement; les spectateurs en firent autant, et l'on proposa d'y admettre la multitude rassemblée sur la place de l'Hôtel-de-Ville. M. Bailly descendit sur le perron et jura, ainsi que l'avaient fait les députés, d'être fidèle à la nation, à la loi et au Roi, et de maintenir de tout son pouvoir la Constitution décrétée par l'Assemblée et sanctionnée par le Roi. Le peuple l'écouta avec le plus profond silence, et adhéra ensuite à son serment par des acclamations réitérées et aux cris de : « Vive le Roi ! »

L'abbé Fauchet employa toute son éloquence pour faire décerner à M. Bailly, dans cette séance, le titre de municipe général de toutes les municipalités du royaume, et à M. de la Fayette, celui de frère d'armes de toutes les gardes nationales du royaume ; mais cette motion fut très-mal accueillie et rejetée de la manière la plus énergique.

Plusieurs personnes et plusieurs membres de l'Assemblée trouvèrent trop vague la clause de maintenir de tout son pouvoir une Constitution qui n'était pas encore terminée, et refusèrent de prêter le serment ; mais, sur l'explication du président, qui déclara que le serment ne pouvait prévaloir sur le droit national de réformer la Constitution, le plus grand nombre consentit à le prêter.

Cette démarche du Roi fut loin de produire l'effet qu'il en attendait. M. Malouet[39], voulant profiter de la sensation qu'avait produite le discours du Roi, proposa le lendemain à l'Assemblée de délibérer sur les demandes du Roi, et fit la motion de consacrer une séance à en examiner les principaux points et les observations auxquelles ils devaient donner lieu. Mais cette motion rencontra tant d'opposition, qu'on passa à l'ordre du jour. M. Malouet déclara qu'il la rendrait publique, et proposa qu'au moins on fît un décret pour demander au Roi de prendre les mesures les plus efficaces et de donner des ordres pour la protection des propriétés et la sûreté des citoyens ; qu'on y ordonnât à tous les corps administratifs et militaires d'exécuter ponctuellement les ordres du Roi, signés par un secrétaire d'État; qu'on déclarât que toute résistance, qui ne serait point motivée sur la violation constatée des décrets constitutionnels, serait punie comme forfaiture; que toute insubordination dans l'armée de terre et de mer le fût conformément aux lois militaires; que ce même décret supprimât le comité des recherches de Paris et ceux qui pourraient être établis dans diverses villes du royaume, et ordonnât au comité des finances de rendre compte incessamment à l'Assemblée du déficit des six derniers mois de l'année 1789.

Le refus de délibérer sur une motion aussi raisonnable démontra visiblement l'esprit de l'Assemblée, et la réunion proposée, sous le titre d'Impartiaux, n'eut pas le succès dont on s'était vainement flatté. Le duc de la Rochefoucauld[40] et ceux de son parti déclarèrent qu'ils ne prétendaient pas faire scission avec l'Assemblée. Les royalistes, qui se méfiaient toujours des constitutionnels, ne montrèrent que plus d'éloignement à s'en rapprocher, et la société des Impartiaux tomba alors dans une sorte de mépris: le nom de *Monarchiens* qu'on donna à ses membres la tourna tellement en ridicule, qu'elle ne put opérer aucun bien.

Le Roi avait bien prévu l'effet que ferait sur les royalistes sa démarche à l'Assemblée. Il n'espérait pas non plus faire impression sur les factieux; mais il voulut tenter ce dernier moyen de ramener ceux qui n'étaient qu'égarés. Son peu de succès augmenta encore le regret de voir ce prince s'engager à soutenir une Constitution non encore terminée, et dont les auteurs, loin de réprimer les excès qui se commettaient journellement dans les provinces, ne tendaient qu'au bouleversement du royaume et au renversement du monarque et de la monarchie.

Les insurrections se multipliaient dans l'intérieur du royaume, et les brigands profitaient de l'impunité pour piller les châteaux, les brûler, et commettre toutes sortes de désordres. L'Assemblée, qui ne perdait pas de vue ses projets de destruction, était beaucoup plus occupée de celle des ordres monastiques et de la vente des biens du clergé, que de la répression de tous ces excès. Une séance fut cependant consacrée à s'en occuper ; mais elle se borna à supplier le Roi de donner des ordres pour l'exécution du décret du 6 août concernant la liberté publique, et à charger le président de l'Assemblée d'écrire aux municipalités où les troubles avaient eu lieu, combien elle était affectée des désordres qui se commettaient, lesquels forceraient le pouvoir exécutif d'employer les forces qui seraient mises à sa disposition pour y mettre ordre. Il est à remarquer que depuis quelque temps l'Assemblée évitait de prononcer le nom de Roi, et se servait de celui de pouvoir exécutif, pour désaccoutumer le peuple du respect qu'il portait à ce nom vénéré depuis si longtemps.

L'abbé Maury[41] et M. de Cazalès firent sentir que le recours au pouvoir exécutif, à qui l'on avait ôté toute force et toute autorité, était évidemment illusoire, et qu'il fallait employer des moyens forts et vigoureux, le défaut de la force publique étant la seule cause de toutes les atrocités.

MM. Voidel et Lanjuinais répondirent à l'abbé Maury ; et le dernier rejeta la cause de tous les crimes qui se commettaient sur la rigueur avec laquelle les seigneurs maintenaient leur autorité. M. de Cazalès démentit victorieusement cette assertion ; mais on n'eut aucun égard aux preuves qu'il produisit à l'appui de son discours, et l'on n'en convint pas moins d'employer les voies de douceur contre ce bon peuple qui brûlait les châteaux. « Ne prostituez pas le nom de peuple, et appelez-les *brigands* », dit M. d'Éprémenil. — « Je dirai, si vous voulez, reprit Robespierre, les citoyens qui brûlent les châteaux; car l'amour de la tranquillité pouvait mettre la liberté en péril. » La conséquence de cette consolante explication fut l'adoption du décret proposé.

Le Roi était profondément affligé du renouvellement de tant d'excès, et avait de plus la douleur de voir dénoncer les citoyens qui se conduisaient avec courage et fermeté. Il fut vivement affecté de voir inculper outrageusement M. d'Albert de Rioms[42], commandant de la marine à Toulon, et M. de Bournissac, prévôt général de Provence, dans le rapport qui fut fait à l'Assemblée sur l'affaire de Toulon et de Marseille.

M. d'Albert de Rioms, ayant voulu punir la désobéissance de deux ouvriers du port de Toulon, souleva contre lui un certain nombre de volontaires de la marine, qui demandèrent justice au peuple de Toulon. M. d'Albert de Rioms, effrayé du danger que pouvait courir l'arsenal par l'effervescence excitée parmi les ouvriers du port, préféra se laisser conduire en prison plutôt que d'opposer une résistance dont les suites pouvaient être si funestes; il se borna à demander que justice lui fût rendue. Cette affaire fut portée à l'Assemblée, qui mit en suspens si la conduite de M. d'Albert de Rioms ne pouvait pas être taxée d'attentat contre la liberté.

M. de Mirabeau et plusieurs autres députés, entre autres un nommé Ricard, député de Provence, s'emportèrent violemment contre M. d'Albert de Rioms, et voulaient renvoyer cette affaire au Châtelet. Mais tous les membres raisonnables de l'Assemblée se réunirent pour rendre à cet officier la justice que méritait sa conduite sage et modérée. Après plusieurs séances, on décréta qu'il n'y avait pas matière à inculpation contre M. d'Albert de Rioms, non plus que contre les officiers accusés dans cette affaire; qu'on lui ferait transmettre par le président le décret qui venait d'être prononcé, et qu'on y ajouterait les témoignages de l'estime de l'Assemblée pour un guerrier qui avait soutenu si glorieusement l'honneur de la nation. On remarqua comme chose bien singulière que les députés les plus acharnés contre M. d'Albert de Rioms non-seulement applaudirent au décret, mais demandèrent, de plus, que les mêmes témoignages d'estime fussent étendus aux officiers de la marine de Toulon qui avaient été impliqués dans cette affaire.

L'affaire de M. de Bournissac fut la matière d'un plus grand nombre de séances. Il avait réprimé par une conduite ferme et courageuse les troubles excités à Marseille par trois individus qu'il avait fait arrêter et remettre entre les mains de la justice. Ils portèrent plainte à l'Assemblée, et les protecteurs de la licence défendirent les auteurs de ces insurrections. Le comte de Mirabeau parla en leur faveur avec sa véhémence ordinaire; et voulant se venger de M. de Bournissac, qui l'avait condamné dans une affaire antérieure à la Révolution, il employa tous les moyens qui étaient en son pouvoir pour le faire trouver coupable; mais il ne put y parvenir, et l'Assemblée renvoya cette affaire devant les juges naturels.

Le régiment de *Vivarais*, en garnison à Béthune, se mit aussi en insurrection. Il refusa de reconnaître pour lieutenant-colonel le chevalier de Maillier, sans pouvoir articuler aucune plainte contre lui. Le Roi, après lui avoir laissé le temps de se repentir, voulant faire cesser un exemple aussi dangereux, ordonna que le régiment quitterait Béthune, qu'on séparerait les soldats fidèles d'avec les révoltés, et qu'on ne garderait aux drapeaux que ceux qui reconnaîtraient l'autorité du chevalier de Maillier. Cet ordre fut signifié au régiment en arrivant à Lens; mais le plus grand nombre des soldats, ayant à leur tête plusieurs bas officiers, refusèrent d'obéir, s'emparèrent des drapeaux, de la caisse et des équipages du régiment, ramenèrent le tout à Béthune, et les déposèrent chez le commandant de la garde nationale. Le marquis de Courtarvel, les officiers, bas officiers et soldats qui étaient restés fidèles, firent les derniers efforts pour sauver les drapeaux ; mais n'ayant pu y parvenir, M. de Courtarvel partit sur-le-champ pour les redemander au maire de Béthune, qui refusa de les donner.

Le Roi, instruit des progrès de cette révolte, cassa tous les soldats et bas officiers qui avaient refusé d'obéir à ses ordres, déclara ne les reconnaître que pour des rebelles qui devaient être livrés à la rigueur des ordonnances militaires, et envoya de nouveaux drapeaux au régiment, regardant les anciens comme souillés. En outre, ayant appris que la ville de Lens était venue au secours du régiment et lui avait fait des avances, il ordonna qu'elle en fût remboursée le plus promptement possible, et chargea le comte de Sommièvre, qui commandait dans la province, de lui marquer sa satisfaction du véritable patriotisme qu'elle avait montré dans cette occasion.

Il y eut aussi une insurrection à Lyon, dirigée contre M. Imbert Colomès, premier échevin et commandant des volontaires de cette ville. C'était un homme d'un mérite distingué. Les services qu'il avait rendus à la tête des volontaires, en maintenant la tranquillité publique dans Lyon et les environs, ne purent le garantir de la fureur des factieux. On souleva le peuple contre lui, et malgré la prudence et la fermeté qu'il montra dans cette occasion, il finit par être obligé de se sauver à Bourg-en-Bresse, où la municipalité le prit sous sa protection ; mais avant de quitter Lyon, il envoya sa démission au consulat.

Il y eut à Béziers, dans le même temps, des rixes sanglantes pour la défense des contrebandiers. Le Limousin, le Quercy, le Périgord, éprouvèrent aussi des pillages et des incendies ; et l'esprit de révolte se manifesta de toutes parts.

L'Assemblée, craignant que ces continuelles dissensions n'altérassent la confiance de la nation, décréta une adresse aux provinces, et chargea M. de Talleyrand de sa rédaction. Elle contenait l'énumération des travaux de l'Assemblée, des soi-disant bienfaits sans nombre qu'elle avait déjà procurés à la nation, et de ceux dont le complément de la Constitution devait encore les faire jouir ; elle les engageait à ne point se laisser décourager par les insinuations de quelques malveillants, et de continuer à mettre leur confiance dans une Assemblée qui mettrait sous la sauvegarde de la nation la Constitution la plus propre à rendre la France libre et heureuse.

Lorsque le rapport de la division du royaume fut fini, M. de Cazalès représenta à l'Assemblée qu'il était nécessaire que, dans le moment où les provinces s'assembleraient, elles pussent juger la conduite de leurs représentants ; que, les dissensions qui existaient entre les différents partis dont l'Assemblée était composée mettant des obstacles continuels au succès de ses travaux, il faisait la motion de faire élire de nouveaux députés à l'Assemblée nationale, dès que les départements seraient formés ; d'exclure les membres de la législature actuelle de celle qui la remplacerait, et de prier le Roi de la convoquer dans une ville distante de Paris de trente lieues au moins ; que c'était l'unique moyen de prouver à la nation que l'Assemblée n'avait pas méconnu son autorité ; de prévenir le soupçon des provinces sur le séjour forcé du Roi dans la capitale, et l'ombrage qu'on pouvait leur donner sur la tenue de l'Assemblée nationale dans une ville dont les intérêts étaient si souvent en opposition avec les leurs. Cette motion occasionna la plus vive indignation parmi les membres du côté gauche de l'Assemblée, et, sans vouloir permettre aucune discussion, elle passa à l'ordre du jour.

On ne négligeait aucune occasion d'exciter la fermentation dans les esprits, et l'on se permettait des calomnies atroces contre les personnes les plus respectables. Plusieurs journaux se permirent d'insérer dans leurs feuilles que le régiment de Condé, en garnison dans la ville de ce nom, venait de mettre en pièces les armes de ce prince et demandait de changer de nom. Le régiment chargea le comte de Sesmaisons, son colonel, de démentir cette nouvelle au nom de tout un corps aussi outrageusement calomnié. Le comte écrivit, en conséquence, la lettre la plus noble, par laquelle le régiment faisait connaître qu'il se faisait gloire de porter un nom aussi illustre dans les fastes de la nation et soutenu avec un nouvel éclat, dans la dernière guerre, par le prince qui en porte aujourd'hui le nom ; et il fit insérer sa lettre dans tous les journaux.

Les têtes étaient tellement renversées, que les membres du bataillon du district Saint-Honoré, pour rendre hommage au décret récemment promulgué, en vertu duquel les fautes, étant déclarées personnelles, ne pouvaient retomber sur les familles des coupables, rendirent avec solennité les derniers devoirs aux corps de MM. Agasse, neveux du président de ce district et suppliciés pour crime de faux actes, accordèrent des grades supérieurs à tous les parents de ces malheureux et vinrent ensuite faire hommage de cette conduite à l'Assemblée, qui leur donna de grands éloges et leur accorda les honneurs de la séance.

La mort de M. de Favras affecta sensiblement toutes les personnes sensées et honnêtes, qui ne purent voir sans indignation l'acharnement que le comité des recherches mettait à sa condamnation. Il était partagé par M. de la Fayette et une grande partie de la garde nationale, et il était poussé à un tel point, que plusieurs de ses membres, quoique très-attachés à la Constitution, se trouvaient honteux de porter un habit sous lequel on se permettait de pareils excès.

Aucun des témoins entendus dans l'affaire de M. de Favras n'avait déposé contre lui. Il n'y avait aucune preuve réelle de conspiration ; les plus fortes présomptions résultaient des seules dépositions des nommés Turcatti et Morel, tous deux recruteurs, l'un dénonciateur avoué, et l'autre accusé par M. de Favras, et qui, pour cette raison, ne pouvait être reçu comme témoin. Ce fut cependant sur de pareilles dépositions, après une séance qui dura jusqu'à six heures du soir, que M. de Favras fut déclaré coupable d'avoir tenté un projet de contre-révolution pour dissoudre l'Assemblée nationale, conduire le Roi à Péronne, et faire périr MM. Necker, de la Fayette et Bailly ; et, en conséquence de cette déclaration, il fut condamné à être pendu et à faire amende honorable à Notre-Dame.

M. Thilorier, son avocat, et le baron de Cormeré, son frère, le défendirent avec toute la chaleur et l'éloquence du sentiment ; mais ils eurent la douleur de voir, par la manière dont on travaillait à influencer ses juges, que leurs efforts seraient inutiles. Toutes les séances de ce procès furent accompagnées d'un tumulte qui ne pouvait manquer d'effrayer les âmes faibles et pusillanimes ; et l'on poussa l'atrocité jusqu'à se permettre de battre des mains en signe d'approbation au prononcé de sa condamnation.

M. Quatremère fit à M. de Favras la lecture de son arrêt, qu'il écouta avec fermeté, l'interrompant cependant à diverses reprises pour protester de son innocence. M. Quatremère, en l'exhortant à profiter des consolations de la religion, les seules qu'il pût lui offrir, ajouta, dit-on, ces paroles : « Votre vie est un sacrifice que vous devez à la tranquillité publique. » — « Mes consolations, dit M. de Favras, sont dans mon innocence. Ah ! que je plains les Français, puisque la dénonciation de deux hommes pervers suffit pour les faire condamner ! » Il demanda le curé de Saint-Paul pour l'assister dans ses derniers moments, et passa une heure et demie seul avec lui. Il monta ensuite dans le tombereau avec fermeté, regardant avec mépris les applaudissements d'une populace ivre et excitée. Arrivé à Notre-Dame, il prit son arrêt, le lut d'une voix ferme et assurée, et prononça ces paroles : « Écoutez, peuple, ce que je vais vous dire ! Je meurs innocent, comme il est vrai que je vais paraître devant Dieu ; j'obéis à la justice des hommes, qui n'est pas, comme vous savez, infaillible. » Il remonta ensuite dans le tombereau avec la même fermeté, et demanda à être conduit à l'Hôtel de ville.

Il y trouva M. Quatremère et deux autres juges, qu'il salua de la manière la plus imposante. Il expliqua ensuite sa conduite par un discours aussi solide que touchant, pardonna aux auteurs de sa mort, et déclara que le refus d'entendre les témoins qu'il voulait produire était la cause du jugement inique qui avait souillé les lèvres qui l'avaient prononcé et les mains qui l'avaient signé. « Ma conduite, ajouta-t-il, est honorable ; j'aimais mon Roi, et je voulais le sauver des dangers qu'il pouvait courir. Je meurs avec le calme que donne la tranquillité de la conscience, et je recommande ma mémoire à l'estime de tous les citoyens vertueux, ainsi que ma femme et mes enfants à qui j'étais si nécessaire. Je demande la grâce des faux témoins s'ils étaient reconnus pour tels ; et que personne n'appréhende les suites d'un complot imaginaire. » Il descendit de l'Hôtel de ville et monta sur l'échafaud avec la même fermeté, donnant l'exemple d'une mort aussi héroïque que chrétienne.

Le Roi et la Reine furent profondément affectés de la condamnation de M. de Favras. Je fus témoin de leur douleur, et je ne puis encore penser à l'état où je vis la Reine quand elle apprit que M. de Favras n'existait plus[43].

On revint encore le 20 février sur la nécessité de prendre des moyens pour rétablir la tranquillité publique. L'abbé Maury, MM. Malouet et de Cazalès regardèrent comme indispensable de commencer par rétablir l'autorité du Roi ; mais Mirabeau et ceux de son parti parlèrent avec une telle chaleur sur le danger que courait la Constitution, si, avant qu'elle fût achevée, on donnait au pouvoir exécutif celui qui lui était réservé, que l'Assemblée se borna à décréter : que l'on ne pouvait se prévaloir d'aucun acte émané du Roi et de l'Assemblée qui ne serait pas revêtu des formes prescrites par la loi, sans être réputé perturbateur du repos public ; qu'on enverrait le discours du Roi, l'adresse de l'Assemblée à toutes les municipalités du royaume, ainsi que les décrets sanctionnés par le Roi, avec ordre de les afficher, aux curés de les publier au prône, et aux officiers municipaux d'employer tous les moyens qui seraient en leur pouvoir pour maintenir la sûreté des personnes et des propriétés ; et dans le cas où des attroupements séditieux les mettraient en danger, de publier la loi martiale. Elle obligeait toutes les municipalités à se prêter main-forte sur leur réquisition réciproque, et les rendait responsables des suites de leur refus. Les communes devaient être de leur côté responsables des dommages qui se commettraient par un attroupement, sauf à avoir recours contre ceux qui en seraient les auteurs ; leur responsabilité devait être jugée par le tribunal du lieu, sur la réquisition du tribunal du district.

Une députation du commerce de tout le royaume et nommément une de celui de Bordeaux, vint représenter que son dépérissement annonçait un anéantissement total, si l'Assemblée n'apportait un prompt remède à l'esprit d'insurrection qui se manifestait dans les colonies. « Les établissements que la France a formés, dirent les membres de ces deux députations, produisent deux cent quarante millions de revenu, dont une balance de quatre-vingts millions en notre faveur. L'existence de six millions de Français est liée à leur sort. Il est reconnu que les Noirs seuls peuvent cultiver les colonies ; elles ne peuvent subsister sans la conservation de la traite et de la servitude des Noirs, et quatre cents millions dus à la métropole par les colonies n'ont d'autre gage que les propriétés de celles-ci. »

L'insurrection se préparait à Saint-Domingue depuis plus de trois mois. Les députés de cette île en avertirent l'Assemblée, qui n'en tint aucun compte, et le gouvernement seul était dans l'inquiétude sur le sort des colonies. L'intendant avait été forcé de fuir ; le commissaire ordonnateur et le procureur général avaient été fort maltraités ; et, pour combler la mesure, M. Ferrand des Grandières, sénéchal, accusé sans fondement d'avoir voulu exciter les mulâtres au Cap et dans les provinces du Nord, fut pendu ; les armes furent enlevées de l'arsenal, on créa de nouvelles milices, et le régiment du Cap s'y incorpora, sous les ordres de M. de la Chevalerie, qu'on nomma capitaine général. On intercepta le plan de convocation pour les assemblées, envoyé par le ministre de la marine, ainsi que deux lettres adressées à M. de Peinières, commandant à Saint-Domingue, pour lui indiquer le mode de convocation, et la conduite qu'il devait tenir.

L'assemblée provinciale du Cap se forma d'elle-même, et nomma pour président M. de la Chevalerie. Elle déclara que tout pouvoir résidait en elle ; que toute autre assemblée était illégale et séditieuse ;

qu'elle ne reconnaîtrait plus M. de Peinières pour commandant, tant qu'il n'aurait pas prêté le serment. Elle cassa le conseil supérieur, rétablit celui du Cap et ouvrit les ports aux étrangers. M. de Peinières attendait toujours les ordres du Roi pour prêter le serment; mais n'en recevant point (ses lettres ayant été supprimées et interceptées), il se détermina enfin à le prêter pour maintenir la paix dans les parties de la colonie qui n'avaient pas encore participé à l'insurrection.

Toutes ces nouvelles causaient la plus vive inquiétude. L'Assemblée, au lieu d'y porter remède, s'occupait, au contraire, de la liberté des Noirs. Les représentations des commerçants devinrent enfin si pressantes, qu'elle se détermina à nommer une commission de douze membres pour faire un rapport sur les colonies. Le Roi, qui en sentait toute l'importance, était fort agité du résultat. On parvint heureusement à faire sentir à Barnave[44], chargé de ce rapport, l'importance de conserver une propriété aussi essentielle à la France; et il promit d'employer tous ses moyens pour que sa rédaction fît cesser toute inquiétude et pour la faire adopter à l'Assemblée. Il tint parole; et le décret, qui fut prononcé d'après le rapport de la commission, était si sage et si modéré, qu'il sauva pour le moment la colonie. Il fut rendu à la presque unanimité, malgré les efforts de Péthion[45], de Mirabeau et des amis des Noirs, qui voulaient sacrifier à leurs principes une colonie si précieuse à la France et d'où dépendait l'existence d'un si grand nombre de Français. Le Roi et la Reine éprouvèrent une joie sensible de ce décret. Ils étaient l'un et l'autre plus occupés des malheurs de la France que de leur propre situation; et il est impossible de trouver un souverain plus attaché à son peuple que ne l'était notre malheureux Roi.

Peu de jours après, Leurs Majestés eurent encore

la satisfaction de voir mettre en liberté M. Augeard, secrétaire des commandements de la Reine. Il était en prison depuis quatre mois et avait été traduit devant le tribunal du Châtelet, établi, comme on sait, par l'Assemblée pour juger les crimes de lèse-nation. MM. Ogier et Garaud de Coulon, membres du comité des recherches, firent l'impossible pour le faire déclarer coupable d'un prétendu projet d'enlever le Roi ; mais l'information l'ayant déchargé de toute accusation, il recouvra sa liberté.

Plusieurs districts, assurés d'être soutenus par l'Assemblée, s'arrogeaient un pouvoir arbitraire et se permettaient les motions les plus incendiaires. Celui des Cordeliers[46] était un des plus remarquables en ce genre. Il était composé de tout ce qu'il y avait de plus turbulent et de plus séditieux dans la capitale. Danton, un de ses membres, ci-devant avocat au Conseil, et qui a depuis figuré d'une manière si cruelle dans la Révolution, ayant été accusé de motions incendiaires, fut assigné au Châtelet pour être ouï, et n'en ayant tenu compte, il fut décrété de prise de corps. Le district prit parti pour lui et envoya une députation à l'Assemblée pour obtenir sa liberté. Il alléguait en sa faveur un décret qui avait absous un procureur du Roi, accusé d'avoir tenu les mêmes propos. L'abbé Fauchet parla en faveur de Danton et d'un arrêté du même district qui demandait l'établissement d'un grand jury pour juger les crimes de lèse-nation. M. Godard fit tellement sentir à l'Assemblée l'inconvenance de cette mesure, qu'elle passa à l'ordre du jour.

Rien n'était aussi effrayant que la facilité avec laquelle on attentait à la liberté des citoyens. Le chevalier de Laizer avait été arrêté quelques jours auparavant par un commissaire du Châtelet, assisté de dix membres de la garde nationale, sur la simple dénonciation d'un inconnu, et avait été conduit en prison ; mais la réclamation du district des Minimes, qui était le sien, lui fit rendre la liberté. Ce district envoya une députation à la Commune pour se plaindre des arrestations arbitraires et demander la suppression du comité des recherches. L'abbé Fauchet, président de la Commune, déclara que ce n'était point le comité qui avait fait arrêter M. de Laizer ; qu'il était indispensable de le conserver, ayant plus fait pour la Révolution que toute autre institution.

Il y eut à l'Assemblée de grandes discussions sur la constitution militaire. L'abbé Maury proposa que l'armée fût aux ordres du Roi, sauf la responsabilité des agents. Une pareille autorité dans les mains du Roi effraya l'Assemblée. Barnave, Alexandre de Lameth[47] et Dubois de Crancé protestèrent et soutinrent que, la souveraineté résidant dans le peuple, on ne devait confier au Roi que le pouvoir de faire exécuter la loi. On décréta que le Roi serait le chef suprême de l'armée, mais qu'il n'y pourrait introduire de troupes étrangères qu'en vertu d'un acte du corps législatif sanctionné par lui ; que chaque citoyen serait admissible aux emplois militaires ; qu'aucun militaire ne pourrait être destitué sans un jugement légal ; que la vénalité de tout emploi militaire serait supprimée ; que tout militaire prêterait le serment civique ; que chaque législature réglerait les sommes à donner pour l'entretien de l'armée, le nombre dont elle devait être composée, la solde de chaque grade, et le mode d'admission ou d'avancement ; que le comité de constitution serait chargé de proposer, le plus promptement possible, un projet sur l'emploi des forces dans l'intérieur du royaume et leur rapport avec le pouvoir civil et les gardes nationales ; sur l'organisation des tribunaux militaires et des formes de jugement ; sur le mode de recrutement en temps de guerre, d'après la suppression du tirage de la milice ; et que le Roi serait supplié de présenter un plan d'organisation pour mettre l'Assemblée en état de délibérer sur les objets du ressort du pouvoir exécutif.

La Chambre des vacations du Parlement de Bordeaux ayant décrété une information contre les brigands qui désolaient les provinces de son ressort, sur la réquisition de M. Dudon, procureur général de cette cour, fut dénoncée à l'Assemblée par l'armée patriotique bordelaise, ainsi que le réquisitoire de M. Dudon. Ce dernier s'était permis de blâmer les suites de la Révolution, faisant le parallèle des malheurs qu'elle occasionnait avec celui du bonheur qu'elle aurait produit si elle eût été mieux conduite. L'Assemblée ordonna un rapport sur cette affaire, et, d'après l'avis du comité, manda à sa barre le président de la Chambre des vacations, ainsi que M. Dudon, à qui elle permit cependant, vu son âge de quatre-vingt-trois ans, de donner par écrit les motifs de sa conduite ; et elle ajouta des remercîments à l'armée patriotique bordelaise pour le zèle qu'elle ne cessait de témoigner depuis la Révolution.

M. Augeard, président de la Chambre des vacations, se rendit sur-le-champ à Paris, parut à la barre, et justifia sa compagnie par un discours plein de force et de sagesse. L'Assemblée en fut irritée à un tel point, que M. de Menou, qui la présidait, s'emporta contre lui de la manière la plus indécente. Il y eut à ce sujet les débats les plus violents. On finit cependant par permettre à M. Augeard de se retirer, en lui disant que l'Assemblée se réservait d'examiner les motifs de la conduite de la Chambre.

La Reine joignit aux tourments qu'elle éprouvait la perte la plus sensible à son cœur. L'empereur Joseph II mourut à Vienne, le 20 février. Il avait toujours tendrement aimé la Reine, la cadette de toutes ses sœurs. Il la regardait comme sa fille et était vivement touché de ses malheurs. Il lui écrivit, les derniers jours de sa vie, la lettre la plus tendre et la plus touchante. Il lui témoignait qu'un de ses regrets les plus vifs en mourant, était de la laisser dans une position aussi cruelle, et de ne pouvoir lui donner des marques réelles de la tendresse qu'il avait toujours conservée pour elle. La Reine, après s'être livrée quelques jours à la douleur, la concentra courageusement en elle-même et reçut les compliments usités en pareille occasion. L'Assemblée lui envoya une députation ayant à sa tête l'abbé de Montesquiou, qui en était président. Ce dernier profita de cette occasion pour rendre au caractère de la Reine l'hommage qui lui était dû, et termina son discours par cette phrase remarquable : « L'Assemblée place son espoir, Madame, dans cette force de caractère qui élève Votre Majesté au-dessus de tous les revers. »

Toujours grande et noble, cette princesse forçait au respect ceux qui étaient les plus disposés à lui en manquer. La Commune de Paris, faisant des recherches sur les événements des 5 et 6 octobre, leurs fauteurs et leurs adhérents, envoya chez cette princesse une députation pour la supplier de lui donner des lumières sur cette effroyable journée : « Non, jamais, répondit-elle, je ne serai la délatrice des sujets du Roi. » Sa réponse à la députation du Châtelet pour le même objet ne fut pas moins noble : « *J'ai tout vu, tout su, et tout oublié.* » Et elle borna sa réponse à ces belles paroles.

L'activité que mettait le Châtelet à trouver les coupables de journées dont les crimes déshonoraient la France lui attira de grands ennemis. Le comité des recherches, effrayé par leurs menaces, et composé d'ardents révolutionnaires, déclara et demanda acte à la Commune de n'avoir à dénoncer que la journée du 6 octobre, regardant la dénonciation de celle du 5 comme antirévolutionnaire. C'était cependant dans cette journée qu'avait commencé l'attaque du château, qu'ils auraient violé si la bonne contenance des gardes du corps ne les eût arrêtés ; qu'ils avaient assassiné deux officiers de ce corps, et fait connaître leurs sinistres projets par les propos affreux qu'ils se permettaient, et en cherchant des issues par où ils pussent pénétrer dans les appartements de la famille royale.

CHAPITRE III

Année 1790

Quoique Madame ne fût âgée que de onze ans, le Roi et la Reine se décidèrent à lui faire faire, à Pâques, sa première communion. Sa piété, qui semblait être née avec elle, rendit cette cérémonie bien touchante. Avant de partir pour l'église de Saint-Germain l'Auxerrois, paroisse des Tuileries, Madame tomba aux pieds du Roi et de la Reine pour leur demander leur bénédiction. Le Roi, pénétré des principes religieux qui seuls ont pu le soutenir dans des malheurs sans exemple, lui parla de la manière la plus touchante sur la grande action qu'elle allait faire, et ajouta en la serrant entre ses bras : « Priez, ma fille, pour la France et pour nous ; les prières de l'innocence peuvent fléchir la colère céleste. » La jeune princesse fondit en larmes, ne put proférer une parole et monta en voiture avec moi, la duchesse de Charost, ma fille, et la baronne de Mackau, sous-gouvernante des Enfants de France, spécialement chargée de Madame. Cette jeune princesse arriva à l'église avec le maintien le plus recueilli, et approcha de la sainte table avec les marques de la dévotion la plus sincère. La Reine assista incognito à cette cérémonie, qui fut de la plus grande simplicité et qui se passa de la manière la plus décente. Leurs Majestés firent distribuer à cette occasion d'abondantes aumônes dans les diverses paroisses de Paris.

Madame avait été instruite par le curé de Saint-Eustache, qui avait de l'esprit, de l'instruction et des mœurs exemplaires. Mais, étant malheureusement d'un caractère faible et timide, il n'eut pas le courage de s'exposer à la persécution qui devait être la suite de l'acceptation de la Constitution civile du clergé. Le chagrin qu'il éprouva de sa faiblesse altéra sensiblement sa santé et abrégea ses jours. Il témoigna le regret le plus sensible de sa faute pendant sa dernière maladie, et ne différa sa rétractation que dans l'espoir de la faire lui-même dans son église; mais la mort le surprit avant d'avoir pu remplir un devoir que la publicité de sa faute avait rendu si nécessaire.

Il se forma en Dauphiné, ainsi que dans plusieurs autres provinces du royaume, des fédérations parlementaires. Celle de la ville de Romans, composée de huit mille personnes, avait à sa tête le baron de Gilliers, commandant des gardes nationales du Dauphiné et du Vivarais. Il fut chargé de présenter au Roi, au nom de ces deux provinces, une adresse qui ne respirait que soumission et désir de voir rendre au Roi une autorité si nécessaire pour le salut de la France et le bonheur de ses sujets. Le baron de Gilliers avait de l'esprit et de la fermeté. Au commencement de la Révolution, il s'était laissé emporter, comme tous les Dauphinois, à un désir exagéré de la liberté; mais, honnête homme et attaché à son Roi, il vit avec douleur qu'il s'était mépris, et il désirait réparer, par des services réels, l'erreur où il s'était laissé entraîner. Il ne varia pas un instant dans cette résolution, et donna plusieurs fois des preuves d'un dévouement qui le firent distinguer de Madame Élisabeth, qui lui donna dans plus d'une occasion des marques de confiance et d'estime.

L'Assemblée, pressée d'apporter un prompt remède à l'état critique des finances, ordonna que le ministre lui rendît compte de leur situation et de ses vues pour leur amélioration. M. Necker[48] se rendit, en conséquence, à l'Assemblée. Après avoir démontré la nécessité de prendre des mesures promptes et efficaces pour arrêter un déficit qui croissait journellement, il indiqua plusieurs moyens d'y remédier, étant loin de désespérer de rétablir les finances d'un royaume qui présentait tant de ressources. L'Assemblée décréta qu'on examinerait son rapport et qu'on destinerait trois séances par semaine pour s'occuper des finances du royaume.

M. Necker portait déjà la peine de son ingratitude et de sa déloyauté. Méprisé de l'Assemblée, détesté des fidèles serviteurs du Roi, sans aucune possibilité de pouvoir satisfaire son ambition, il sentit, mais trop tard, que l'on finit par être la victime de ceux que l'on élève aux dépens de son devoir.

Le moment paraissant favorable pour opérer la destruction du clergé par la vente de ses biens, M. Bailly, pour y parvenir plus promptement, vint proposer à l'Assemblée d'accorder par un décret à la municipalité de Paris la faculté d'acheter pour *quatre cents millions* de biens du clergé, en échange desquels elle souscrirait pour autant de billets remboursables en quinze années, et d'étendre la même faveur, jusqu'à concurrence de pareille somme, aux autres municipalités du royaume. Cette proposition occasionna les discussions les plus vives entre les deux partis de l'Assemblée. Un grand nombre de membres s'élevèrent contre. L'archevêque d'Aix, l'évêque de Nancy et plusieurs autres, montrèrent, avec autant de sagesse que de modération, les inconvénients qu'entraîneraient l'établissement des assignats et la vente des biens du clergé, avant d'avoir pourvu aux dîmes qui formaient une grande partie de ces biens, à la fixation des frais du culte et de ses ministres, et au mode de payement des créances des particuliers sur le clergé. Ils représentèrent qu'en chargeant les municipalités de la vente desdits biens, on courait le risque de les voir dilapider, et de laisser l'État grevé des frais du culte et des créances des particuliers.

Le désir ardent de la majorité de l'Assemblée pour l'expropriation du clergé lui permit à peine d'écouter aucune des raisons alléguées contre la demande de M. Bailly. Elle fut convertie en décret, en y ajoutant la nomination de douze commissaires pris dans l'Assemblée, pour faire, de concert avec la municipalité, l'estimation des biens qui lui étaient accordés. On l'obligea, en outre, ainsi que les autres municipalités, de mettre en vente sur-le-champ lesdits biens, et de les adjuger au plus offrant et dernier enchérisseur, dès qu'il se présenterait quelque acquéreur qui les portât au prix fixé par la Commission. L'Assemblée n'eut garde d'accepter les *quatre cents millions* offerts par le clergé, à la condition qu'on lui laisserait la disposition de ses biens. Un membre du côté gauche en donna naïvement la raison à une personne de ma connaissance, qui lui opposait que pareille somme pouvait opérer la libération de l'État. « Cela peut être, répondit-il ; mais le clergé ne serait pas détruit. »

Dom Gerle, pour fermer la bouche à ceux qui prétendaient que la destruction du clergé entraînerait celle de la religion et amènerait l'admission de toutes les sectes en France, proposa de décréter que la religion catholique, apostolique et romaine demeurerait toujours la religion de l'État, et que son culte seul serait autorisé. MM. de Menou, de Lameth et de Mirabeau s'opposèrent à cette motion, et firent, avec une pompeuse dérision, leur profession d'attachement à la religion catholique, en disant que c'était faire injure à l'Assemblée de douter de ses sentiments pour une religion où le culte était mis à la tête des dépenses publiques. Après une vive discussion entre les membres de l'Assemblée, Dom Gerle retira sa motion, et l'Assemblée passa à l'ordre du jour.

Non contente d'avoir dépouillé le clergé de tous ses biens, elle voulut encore changer la forme de sa Constitution et régler elle-même ce qui concernait ses ministres. Elle fit une nouvelle distribution des évêchés, en supprima un grand nombre, déclara qu'à l'avenir les curés et même les évêques seraient nommés par le peuple, ôta aux derniers toute autorité sur les curés et tout pouvoir dans leurs diocèses. C'était le dernier coup qu'elle pût porter à la religion ; et il était facile de voir qu'en avilissant le clergé et le réduisant à l'impossibilité de faire aucun bien, on lui ferait perdre toute considération dans l'esprit du peuple, qui du mépris des ministres passerait bientôt à celui de la religion[49].

L'abbé Maury et plusieurs autres membres distingués du clergé discutèrent avec sagesse et modération tous les articles de cette Constitution ; prouvèrent évidemment qu'elle était inadmissible dans la religion catholique, et qu'elle serait une occasion de troubles, par celui qu'elle mettrait dans les consciences. Mais le parti était pris, et malgré la protestation du clergé et d'un grand nombre de membres de l'Assemblée de ne prendre aucune part au décret qu'on voulait rendre sur cet objet, cette Constitution civile du clergé fut décrétée par la majorité de l'Assemblée[50]. L'événement n'a que trop justifié les craintes qu'elle inspirait. Le peuple, après avoir passé du mépris des ministres à celui de la religion, finit par n'en avoir aucune, et nous recueillons les tristes fruits de cet abus de tout frein et de tout principe.

L'Assemblée s'occupa ensuite du traitement des membres du clergé et des autres bénéficiers, et décréta qu'à l'avenir le sort des évêques et archevêques serait fixé à douze mille francs ; celui des curés, à mille deux cents francs, non compris leur casuel, qu'on laisserait subsister ; celui des vicaires des campagnes fut fixé à sept cents francs, et il n'y eut rien de changé dans le traitement des vicaires des villes.

Comme il était impossible de réduire à pareille somme les évêques et les curés qui avaient joui jusqu'alors d'un revenu si différent, elle décida que les évêques et archevêques dont les revenus excédaient douze mille francs conserveraient, avec cette somme, la moitié de leur revenu actuel, pourvu qu'il ne passât pas trente mille francs, ainsi que les bâtiments de la maison épiscopale et les jardins attenants. Les pensionnaires, dignitaires, chanoines et autres bénéfices furent traités de la même manière ; le seul archevêque de Paris conserva un traitement de soixante-treize mille francs. Les curés dont les cures excédaient le revenu de mille deux cents francs conservèrent, avec cette somme, la moitié de l'excédent de leur revenu, pourvu qu'il ne passât pas six cents francs, avec leur maison et le jardin attenant.

Le chevalier de Boufflers, MM. Malouet, Rewbell, de Clermont-Tonnerre et beaucoup d'autres, firent des représentations inutiles sur l'injustice d'ôter aux prélats qui jouissaient de fortunes considérables la faculté de payer des dettes dont la plupart avaient été contractées pour des objets de charité ou d'utilité publique, et de frustrer des créanciers qui avaient traité de bonne foi et sur la garantie de propriétés regardées comme inattaquables. On répondit par des injures et des sarcasmes aux raisons alléguées en faveur du clergé, et les bénéficiers furent dépouillés. On accorda seulement aux évêques, depuis l'âge de soixante-quinze ans, un traitement de dix-huit mille francs, et leur maximum fut de plus augmenté d'un tiers; les évêques destitués n'eurent que le tiers du traitement des évêques conservés.

Il est à remarquer que le clergé ne prit aucune part à la délibération qui concernait son traitement; il se contenta de défendre ce qui intéressait le fond de la religion, et montra dans tout le cours des séances de l'Assemblée, et nommément dans cette occasion, une dignité et un désintéressement au-dessus de tout éloge.

L'Assemblée ne se borna pas à la proposition de M. Bailly; elle décréta de plus la vente de tous les domaines nationaux, autres que les forêts et ceux que le Roi jugerait à propos de se réserver; et pour accélérer la vente des biens du clergé, elle décréta que chaque particulier, sans distinction, aurait la faculté d'acquérir des biens nationaux. L'abbé Maury, M. de Cazalès et plusieurs autres représentèrent avec force que les créanciers du clergé et les porteurs de rentes assignées sur lui devaient avoir la préférence; que cette mesure entraînerait la dilapidation des biens du clergé, et ne favoriserait que les agioteurs et les capitalistes. Ils ne furent point écoutés, et le décret fut prononcé.

L'Assemblée, malgré la réclamation d'un grand nombre de ses membres, décréta également l'aliénation des domaines royaux. On eut beau lui prouver que c'était le patrimoine de nos Rois, elle ne voulut rien écouter, et étendit même cette mesure jusqu'aux successions qui pouvaient leur arriver par la suite, et qui devaient à leur mort rentrer dans la classe des domaines royaux.

Il en fut de même pour la liberté du commerce de l'Inde, malgré les observations d'un grand nombre de commerçants, qui représentèrent, mais inutilement, qu'un pareil décret ruinerait notre commerce et donnerait aux Anglais un avantage immense, dont ils profiteraient à nos dépens.

Mais ce qu'on aura peine à croire, ce fut de voir décréter en deux heures de temps la suppression de tous les tribunaux existant dans le royaume. L'Assemblée adopta les conclusions de M. Thouret[51], rapporteur du comité de constitution, sans vouloir écouter aucune discussion sur le danger de livrer la France à l'anarchie par une destruction aussi subite, et sur la dette immense dont elle allait être grevée par le remboursement des finances de chaque charge de la magistrature.

Les dénonciations se multipliaient, et les intrigants tiraient un tel parti du métier de délateur, qu'ils s'y livraient avec complaisance. Le secrétaire du comte de Maillebois et son valet de chambre, espérant tirer parti pour leur compte de diverses idées que leur maître avait jetées sur le papier et qu'il avait données à copier à son secrétaire, substituèrent la copie à l'original et allèrent le dénoncer au comité des recherches. « Nous ne demandons rien, dirent-ils, et nous voulons seulement remplir le plus saint des devoirs en dénonçant M. de Maillebois, pour le salut de la patrie. » Ils eurent seulement le reste de pudeur d'avertir le comte de Maillebois qu'ayant trouvé un emploi à Paris, ils ne reviendraient plus auprès de lui. Ce dernier courut à son portefeuille, et, ne trouvant que la copie de ses papiers, il fit mettre des chevaux à sa voiture et partit sur-le-champ pour la Hollande, ne voulant point risquer l'épreuve d'une longue captivité avant d'avoir pu prouver son innocence.

L'Assemblée, ne voulant plus être présidée par des membres du côté droit, et mécontente de voir succéder le comte de Virieu au marquis de Bonnay, imagina, pour l'écarter, de proposer qu'il ajoutât au serment ordinaire celui de ne jamais protester contre aucun des décrets de l'Assemblée. Il y consentit, en ajoutant seulement : « Lorsqu'ils auront été sanctionnés par le Roi. » Cette restriction occasionna un grand tumulte. Le côté gauche prétendait que les décrets rendus par l'Assemblée étaient obligatoires pour tous ses membres, même avant la sanction du Roi ; le côté droit soutenait le contraire avec chaleur. M. de Virieu, ne pouvant se faire entendre, pria M. de Bonnay de le remplacer jusqu'à ce que le calme fût rétabli. Il reprit alors la présidence pour faire reconnaître son droit ; et élevant la voix, il déclara que pour le bien de la paix il se démettait de la présidence. L'Assemblée nomma l'abbé Goutte à sa place. Celui-ci, d'un ton hypocrite, proclama solennellement que le but de l'Assemblée dans un pareil choix était d'honorer la religion dans la personne d'un de ses ministres ; et pour jouer son rôle jusqu'à la fin, il fit porter son compliment de remercîment, en quittant la présidence, sur l'incompatibilité des richesses avec la religion.

L'institution des juges occasionna de violents débats. On voulait qu'ils fussent nommés par le Roi, sur la présentation de trois sujets. Le côté gauche s'y opposa, ainsi qu'à leur inamovibilité. Craignant toujours de voir donner au Roi trop d'autorité, l'Assemblée décréta : que les juges seraient nommés par le peuple pendant six ans, avec la faculté d'être réélus au bout de ce terme ; que le Roi serait tenu de les accepter, et qu'ils en recevraient seulement leur provision. La cour d'appel, qu'il avait été question de rendre ambulante, fut enfin déclarée sédentaire, et la nomination du ministère public fut seulement réservée au Roi.

Les troubles continuaient dans le royaume ; les soldats se révoltaient contre leurs officiers, dont plusieurs perdirent la vie en voulant maintenir l'autorité du Roi. Le massacre de M. de Voisins, commandant à Valence, trouva des approbateurs dans l'Assemblée, sous le prétexte de l'inquiétude que causaient au peuple les sentiments de cet officier.

M. de Saint-Priest écrivit à l'Assemblée le récit des excès qui s'étaient commis à Marseille. Le peuple s'était rendu maître du fort de la Garde et de la citadelle de Saint-Nicolas par la faiblesse de M. Calvit, commandant. M. de Beausset, major du fort Saint-Jean, avait, au contraire, constamment refusé de le livrer, et s'était dévoué courageusement à la mort plutôt que de manquer à son devoir. Mandé à la municipalité pour y rendre compte de sa conduite, il vit clairement que le peuple n'attendait que sa sortie du fort pour attenter à sa vie; mais, ne voulant donner aucune prise sur lui, il consentit à s'y rendre, après avoir mis ordre à ses affaires et fait par écrit ses adieux à sa famille. À peine fut-il sorti du fort, que le peuple se jeta sur lui et le massacra, au milieu des municipaux chargés de le conduire à la municipalité. M. de Saint-Priest finit ce triste récit par demander que M. de Crillon fût nommé commandant à Marseille, à la place de M. le marquis de Miran, qui avait donné sa démission. L'Assemblée s'y opposa, à cause de sa qualité de député, quoique M. le duc de Biron l'eût été en Corse lors du meurtre du comte de Reuilly, sur la démission du vicomte de Barrin.

La partie saine de l'Assemblée demanda justice d'un si cruel attentat, qui blessait toutes les lois et portait une atteinte si visible à l'autorité du Roi. M. le duc de la Rochefoucauld, M. d'André et plusieurs autres, firent vivement sentir la nécessité de punir de pareils forfaits, et le danger de laisser les municipalités s'écarter de leurs devoirs, sous prétexte de conserver leur popularité; et ils opinèrent pour que la municipalité de Marseille fût mandée à la barre pour y rendre compte de sa conduite.

M. de Mirabeau se porta pour son défenseur. Il

soutint qu'une illégalité n'était pas un crime, et que la mander à la barre était la préjuger coupable. Il assimila les deux journées de troubles à Marseille à celles des 5 et 6 octobre, et ajouta qu'il fallait faire tomber la hache sur la tête des Parisiens, si l'on voulait punir la ville de Marseille. M. le baron de Menou, confirmant les assertions de Mirabeau, ajouta qu'il était urgent de changer tous les commandants militaires, pour les remplacer par des officiers dévoués à la Révolution, et il dénonça M. de Saint-Priest comme un de ses ennemis.

Le vicomte de Mirabeau[52] demanda sur-le-champ que les troubles de Marseille fussent jugés par les juges chargés de connaître les forfaits des 5 et 6 octobre. M. le comte de Mirabeau s'écria avec emportement qu'on voulait le représenter comme instigateur de ces troubles: «J'ai mis, dit-il, je mets et je mettrai la paix à Marseille; on veut m'illuminer de crimes; qu'ils viennent, ces accusateurs, les dénoncer au comité des recherches, et y dérouler mes crimes.» Il fallait que M. de Mirabeau fût bien assuré des dispositions de l'Assemblée pour oser tenir un pareil langage; mais il connaissait trop bien son indulgence envers le crime, pour en avoir rien à redouter. Elle se borna à témoigner au Roi sa profonde douleur des troubles de Marseille, à le remercier des mesures qu'il avait prises pour remédier à ces excès, et à renvoyer cette affaire au comité des rapports.

Il y eut également une émeute à Toulon, pour faire délivrer des armes au peuple et faire mettre en liberté les matelots qui étaient en prison. Ces demandes d'armes s'étendaient dans tous les ports du royaume, ainsi que les soulèvements du peuple pour les obtenir. M. de Glandevès, obligé de quitter l'Hôtel de la marine, fut d'abord détenu à la municipalité, et l'arsenal courait le plus grand risque d'être spolié. Le Roi, en faisant part à l'Assemblée de la révolte de Toulon, demanda la punition des coupables, et que l'on prît des mesures efficaces pour prévenir les demandes d'armes qui, existant dans tous les ports, pouvaient avoir les suites les plus funestes pour la conservation de la marine française. Mais l'Assemblée, ayant reçu en même temps une lettre de la municipalité de Toulon qui annonçait que le calme y était rétabli et M. de Glandevès remis en liberté, se borna à renvoyer l'affaire au comité des rapports.

M. de Montmorin[53] écrivit, au nom du Roi, au président de l'Assemblée pour lui annoncer que les différends qui existaient entre l'Espagne et l'Angleterre obligeaient Sa Majesté, qui veillait à la sûreté de l'État, d'armer quatorze vaisseaux de ligne dans les ports de l'Océan et de la Méditerranée, et de se préparer même à augmenter les armements militaires, si les circonstances l'exigeaient ; que malgré l'espoir qu'avait Sa Majesté de voir terminer à l'amiable les différends de ces deux puissances, la France ne pouvait rester désarmée tant que l'Angleterre serait armée ; que les secours que nous avions reçus de l'Espagne dans toutes les occasions, et nommément dans la dernière guerre, ne permettaient pas au Roi de mettre en doute l'empressement de l'Assemblée à soutenir l'honneur de la nation et à décréter les secours nécessaires, lorsque le tableau lui en aurait été mis sous les yeux.

« Vous ne pouvez, dirent les membres du côté gauche, accorder de secours qu'après avoir décidé à qui appartiendra le droit de faire la paix ou la guerre, et surtout lorsque les négociations sont entre les mains d'un homme aussi suspect à la nation que l'est M. le duc de Vauguyon. » On décréta que le Roi serait remercié des mesures qu'il avait prises pour le maintien de la paix, et que, dès le lendemain, on délibérerait si c'était au Roi ou à la nation de faire la paix ou la guerre.

Plusieurs membres du côté droit, entre autres l'abbé Maury, MM. de Cazalès, de Montlosier, Malouet, l'abbé de Montesquiou et plusieurs autres, soutinrent avec force la nécessité d'en laisser le pouvoir au Roi, et l'utilité qu'en retirerait la nation. M. de Mirabeau même se joignit à eux dans cette occasion; mais MM. de Lameth, Barnave, Rewbell, Dupont de Nemours, Biauzat, Chapellier, de Custine, d'Aiguillon et de Crillon, soutinrent avec chaleur l'opinion contraire. Après sept jours de discussions très-animées, l'Assemblée décréta que la paix ou la guerre ne pourrait être décidée que par un décret de l'Assemblée sur la proposition du Roi, et sanctionné par lui[54]; qu'au Roi seul appartiendrait le soin de veiller sur la sûreté du royaume; de maintenir ses droits et ses possessions; d'entretenir les relations politiques et de nommer les agents; de faire les préparatifs de guerre de terre et de mer, et d'en régler la destination; que s'il s'agissait d'hostilités imminentes ou de conserver un allié, le Roi en donnerait connaissance au Corps législatif, qui se rassemblerait le plus promptement possible, s'il était en vacances; que s'il était prouvé que la guerre fût occasionnée par quelque agent du pouvoir exécutif, il serait regardé comme criminel de lèse-nation, la France renonçant solennellement à entreprendre aucune conquête et à employer ses forces contre la liberté d'aucun peuple; que toute déclaration de guerre se ferait au nom du Roi et de la nation, et que, en cas de refus du pouvoir législatif, il serait tenu, à l'instant où la guerre se terminerait, de congédier les troupes au-dessus du pied de paix, à l'époque fixée par le Corps législatif, et que si elles restaient rassemblées, le ministre en serait responsable et poursuivi comme criminel de lèse-nation;

qu'il appartiendrait au Roi de signer avec les puissances étrangères tous les traités de paix, d'alliance et de commerce, mais qu'ils n'auraient d'exécution qu'après la ratification du Corps législatif.

Le Roi éprouva une vive douleur de ce décret. Il regardait comme essentiel au bien de l'État que le droit de paix et de guerre lui fût réservé. Mais ceux des membres de l'Assemblée qui n'aspiraient qu'à la destruction de l'autorité royale ne se contentèrent pas de s'opposer à laisser au Roi cette prérogative attachée à la souveraineté ; ils firent établir, avant le prononcé du décret, des groupes de leurs affidés autour de l'Assemblée et dans les Tuileries, pour intimider les faibles et les ranger à leur parti. M. de la Fayette avait promis de voter pour le Roi dans cette circonstance ; mais, craignant de perdre sa popularité, il se joignit avec ses partisans au parti contraire, et sortit ensuite de l'Assemblée avec cette populace, à la tête de laquelle il traversa la terrasse des Tuileries aux cris répétés de : « Vive la nation ! » La Reine, pour éviter ce bruit continuel au-dessous de ses fenêtres, se réfugia dans les petits entresols qu'occupait Madame, et y passa l'après-midi. Elle avait besoin de tout son courage pour supporter des insultes qui se renouvelaient si souvent.

M. Bailly, qui, comme je l'ai déjà dit, n'avait aucune idée des convenances, crut donner au Roi une marque de respect en lui présentant une des médailles que la ville avait fait frapper à l'occasion du séjour du Roi dans la capitale. Elle représentait l'entrée du Roi aux Tuileries et avait pour légende les mots suivants : « J'y ferai désormais ma demeure habituelle. 6 octobre 1789. » — « Sire, dit-il au Roi, ces paroles de Votre Majesté, gravées sur le bronze, sont dans le cœur de nos concitoyens. »

La médaille qu'il remit au Roi était d'or. Celle qu'il présenta à la Reine était d'argent, et il ajouta

« que la promesse du Roi renfermant celle du séjour de la Reine et de M. le Dauphin, elle allait embellir par sa présence une capitale dont le vœu du peuple était d'y conserver ses souverains ». — « Et vous, Monseigneur, dit-il à M. le Dauphin en lui présentant une médaille de cuivre, aimez toujours le Roi comme nous l'aimons ; marchez sur ses traces et remplissez ses promesses. » La Reine reçut en rougissant une médaille qui retraçait le souvenir d'une journée que la ville aurait dû s'attacher à faire oublier, plutôt que d'en perpétuer le souvenir, et elle ne put s'empêcher de me dire, quand M. Bailly fut sorti de chez elle, que le Roi serait à plaindre si les sentiments de son fils étaient ceux du modèle qu'on lui proposait.

CHAPITRE IV

Année 1790

M. de Saint-Priest écrivit de nouveau à l'Assemblée pour se plaindre de la municipalité de Marseille, qui laissait démolir la citadelle, laquelle coûterait des millions à rétablir ; il montrait aussi l'importance de s'opposer à un pareil désordre. L'Assemblée décréta que la démolition serait arrêtée, et que le Roi serait supplié de donner des ordres pour l'exécution de ce décret. La municipalité envoya sur-le-champ des députés pour demander seulement la démolition des batteries qui dominaient la ville et inquiétaient le peuple, et elle dénonça M. de Saint-Priest comme l'ennemi déclaré de la ville de Marseille. L'affaire fut renvoyée au comité des rapports.

L'Assemblée n'avait pas été aussi indulgente pour quelques troubles qu'il y eut à Nîmes au sujet des cocardes blanches portées par des citoyens de la garde nationale, et arrachées par des soldats du régiment de Guyenne. Les sabres se tiraient de part et d'autre, lorsque M. de Marguerite, maire de Nîmes, qui signait à ce moment un arrêté pour défendre de porter la cocarde blanche, en ayant été averti, se rendit sur-le-champ au lieu du combat et le fit cesser par sa présence. Des hommes armés de piques et éclairés par des torches parcoururent la nuit toute la ville ; le régiment de Guyenne demanda et obtint que la loi martiale fût proclamée, et le tumulte cessa. L'Assemblée décréta que M. de Marguerite, quoique député, serait mandé à la barre pour rendre compte de la conduite de la municipalité, et que le Roi serait supplié de ne pas éloigner de Nîmes le régiment de Guyenne. On était toujours assuré devoir accuser les fidèles serviteurs du Roi et de trouver, au contraire, des motifs d'excuse dans les actions les plus blâmables et les plus contraires à son autorité.

Sa Majesté, pour éviter les troubles qui pouvaient résulter des différentes cocardes qui se portaient dans le royaume, fit une proclamation pour défendre d'en porter d'autre que la cocarde nationale, qu'il portait lui-même. Il saisit cette occasion pour exhorter de nouveau les Français à la paix, à l'union, et à mettre fin aux violences qui affectaient si vivement son cœur paternel. Jamais prince n'aima plus sincèrement son peuple et ne désira plus ardemment de remédier aux calamités auxquelles la France était en proie. Mais une partie de ses ministres, plus occupés de leur sûreté et de leur intérêt personnel que de ceux de ce prince, et de la nation qu'ils mettaient toujours en avant, lui inspirèrent une telle crainte des moyens qu'il pouvait employer pour conserver son autorité, qu'il crut que le bien public exigeait qu'il restât dans une inertie complète. Il refusa, en conséquence, d'écouter les conseils de ceux qui lui représentaient le danger d'adopter un pareil système.

Les membres de l'Assemblée ennemis de la monarchie, voyant M. de Saint-Priest sincèrement attaché au roi[55] et le soupçonnant de lui donner des conseils qui pouvaient nuire à leurs projets, travaillèrent sourdement à l'éloigner, ainsi que ceux des ministres qu'ils croyaient pouvoir mettre obstacle à leur dessein.

Paris était inondé de mendiants étrangers qui y

accouraient de toutes parts. L'Assemblée décréta qu'ils sortiraient du royaume et que ceux des provinces seraient renvoyés dans leurs communes, que les mendiants valides qui seraient trouvés à Paris huit jours après la publication du décret seraient renfermés dans des maisons de travail ; que l'on conduirait les infirmes, hors d'état de travailler, dans des hôpitaux et autres maisons de secours, et qu'il serait fourni, par le trésor public, de quoi subvenir aux dépenses extraordinaires occasionnées par le présent décret. Il était bien nécessaire, car il y avait tout à craindre de pareilles gens pour la sûreté de la ville et de ses habitants.

L'Assemblée rendit encore un décret non moins utile que le précédent, pour mettre un terme aux désordres qui se multipliaient dans le royaume. Il enjoignait aux honnêtes gens de dénoncer aux municipalités et aux autres administrations ceux qui porteraient le peuple à exercer des violences contre les personnes et les propriétés, et se prévaudraient de prétendus décrets de l'Assemblée non revêtus des formes prescrites par la loi, et nommément ceux qui n'auraient pas été publiés par les autorités compétentes. On devait également dénoncer les curés qui se refuseraient à publier au prône les décrets de l'Assemblée sanctionnés par le Roi. On interdisait les ports d'armes dans les assemblées primaires, dans les églises, dans les marchés et dans les réunions publiques.

Ce même décret mettait toutes les propriétés quelconques, les artisans et les cultivateurs sous la protection de la loi ; ordonnait que tous les chefs d'émeute, instigateurs de troubles, et généralement tous ceux qui se porteraient à des violences contre les personnes et les propriétés, fussent constitués prisonniers et punis suivant la rigueur des lois, sans préjudice de la loi martiale, et l'on rendait les citoyens de chaque commune responsables des désordres qu'ils auraient pu empêcher.

La connaissance et le jugement des attentats commis dans les départements du Cher, de l'Allier, de la Nièvre et de la Corrèze, furent attribués, à compter du 1er mai, aux bailliages de Bourges, de Moulins, de Saint-Pierre-le-Moustier et de Limoges.

Le Roi, ayant le désir de passer l'été à Saint-Cloud, fut conseillé de faire auparavant quelques promenades dans les environs de Paris. Il consentit en conséquence à monter à cheval et à se promener au bois de Boulogne. Il y allait accompagné de quelques officiers de la garde nationale et de ceux de sa maison. Les Parisiens en éprouvèrent une joie très-grande, espérant que la sortie du Roi détruirait les bruits de sa captivité. Dans la capitale, la famille royale commença aussi de son côté à faire quelques promenades, qui lui procurèrent quelques moments de distraction, qui lui étaient bien nécessaires pour pouvoir soutenir l'amertume de sa position.

Dans une des séances consacrées à la question des finances, l'Assemblée fixa le traitement des ministres et les dépenses de leur département ; celle du département des affaires étrangères le fut à six millions trois cent mille livres, non compris cent quatre-vingt mille francs de traitement pour son ministre. Celui des autres ministres fut de cent mille francs ; le traitement de ceux qui n'avaient point de département et qui n'étaient que ministres d'État fut de quatre-vingt mille francs, et l'on accorda, de plus, cent quarante mille francs pour la personne qu'il plairait au Roi d'admettre dans son conseil. Barnave demanda que ce traitement ne fût que provisoire, et Goupil de Préfeln obtint que ce dernier article fût réduit à quatre-vingt mille francs. On attendit, pour déterminer les dépenses des départements de la guerre et de la marine, les différents rapports des comités chargés de ces deux objets.

On supprima les haras comme dépense inutile, et l'on proposa de réduire la dépense de la maison des princes, qui montait à huit millions deux cent quarante mille francs, à quatre millions sept cent mille francs, dont deux millions pour Monsieur, autant pour M. le comte d'Artois, et sept cent mille francs pour les deux princes ses enfants ; mais cette dernière proposition fut ajournée pour être examinée de nouveau, et l'Assemblée finit par décréter que le Roi serait supplié de fixer lui-même sa liste civile.

Le Roi se détermina enfin à la fixer à vingt-cinq millions, en y ajoutant le revenu des parcs, domaines et forêts des maisons de plaisance qu'il conserverait. Il se chargeait, sur cette somme, de sa maison militaire, de celle des princesses ses tantes, et de Madame Élisabeth. Il pria l'Assemblée d'assurer à la Reine un sort convenable à son état, et tel que l'Impératrice avait eu droit de l'attendre en lui donnant sa fille en mariage. Il représenta qu'elle venait de faire le sacrifice de sa maison particulière, qu'avaient eue de tout temps les reines de France, montant à quatre millions, et qu'il attachait un grand prix à remplir les engagements qu'il avait contractés avec la famille de la Reine. L'Assemblée décréta que la lettre du Roi serait elle-même le décret ; qu'il y serait ajouté qu'il avait été rendu par acclamation ; que le douaire de la Reine serait fixé à quatre millions, et que l'Assemblée porterait au Roi, avec cette résolution, les témoignages de son amour et de son respect.

L'évêque d'Autun fit un rapport sur l'utilité d'une fédération générale de tout le royaume, pour prêter un serment de fidélité solennelle à la nation, à la loi, au Roi et à la Constitution décrétée par l'Assemblée nationale et sanctionnée par le Roi ; et il proposa d'en fixer l'époque au 14 juillet ; ce qui fut décrété sur-le-champ.

Le 23 mai, jour de la Fête-Dieu, le Roi et la Reine suivirent à pied, suivant la coutume, la procession du Saint-Sacrement de Saint-Germain l'Auxerrois, paroisse des Tuileries ; l'Assemblée, qui y avait été invitée, la suivit aussi, le président à la droite du Roi. Madame, trop jeune et trop délicate pour en supporter la fatigue, resta aux Tuileries, et elle alla, avec Mgr le Dauphin, la voir passer dans la galerie du Louvre.

Le lendemain, le Roi, la Reine, Mgr le Dauphin, Madame et Madame Élisabeth allèrent s'établir à Saint-Cloud pour y passer la belle saison. M. de la Fayette et même l'Assemblée furent bien aises de voir le Roi quitter Paris, pour ôter aux provinces l'idée de sa captivité à l'époque de la Fédération. Ils en sentaient tellement la nécessité, que ce furent eux-mêmes qui persuadèrent le peuple de l'utilité de cet établissement ; de manière que ce voyage se passa très-tranquillement. La garde du Roi y fut composée des volontaires de Saint-Cloud et de Sèvres, de quatre cents hommes de la garde nationale de Paris, et des compagnies ordinaires des gardes-suisses.

Le Roi et la Reine venaient tous les quinze jours à Paris, et même plus souvent, si les circonstances l'exigeaient. Il n'y eut à demeurer à Saint-Cloud que les personnes du service du Roi et de la Reine, et les grandes charges dont le service était habituel. Les dames du palais même n'y étaient que pour le temps de leur semaine. Monsieur et Madame y venaient souper tous les soirs et s'en retournaient ensuite à Paris. Le Roi ne voulut recevoir à ce voyage aucune dame étrangère au service, pour éviter les demandes qui lui eussent été faites et qui eussent été désagréables ; les dames de Madame et les officiers de la maison de Monsieur, qui les accompagnaient, soupaient alors avec le Roi.

Ce prince dînait et soupait tous les jours avec les personnes qui étaient du voyage. Il faisait une partie de billard après dîner et après souper. Il se plaisait plus à Saint-Cloud qu'à Paris, ainsi que la Reine, qui y avait plus de liberté et pouvait y avoir plus facilement les personnes qui lui étaient agréables. Madame la duchesse de Fitz-James[56] et la princesse de Tarente, qu'elle aimait beaucoup, y venaient fréquemment, ainsi que plusieurs autres personnes.

Mgr le Dauphin, qui n'était pas d'âge à sentir ses malheurs, s'y amusait infiniment. Il était continuellement dans le jardin, et allait tous les soirs se promener dans le parc de Meudon. La Reine le menait quelquefois elle-même à la promenade, surtout quand madame de Tarente[57] était de service. Elle connaissait sa discrétion, la noblesse de ses sentiments, et son extrême attachement pour elle. Il était tel, qu'elle eût fait le sacrifice de sa vie, si elle eût pu, à ce prix, tirer la Reine de la cruelle situation où elle se trouvait. Cette princesse épanchait souvent son cœur dans celui d'une personne si sûre. Étant un jour avec nous, à la promenade, et se voyant entourée de gardes nationaux, dont une partie était composée de gardes-françaises qui avaient déserté leur drapeaux, elle nous dit, les larmes aux yeux: « Que ma mère serait étonnée, si elle voyait sa fille, fille, femme et mère de rois, ou du moins d'un enfant destiné à le devenir, entourée d'une pareille garde! Il semblait que mon père eût un esprit prophétique le jour où je le vis pour la dernière fois. » Et elle nous raconta que l'empereur François Ier, partant pour l'Italie, d'où il ne devait jamais revenir, rassembla ses enfants pour leur dire adieu. « J'étais la plus jeune de mes sœurs, ajouta-t-elle. Mon père me prit sur ses genoux, m'embrassa à plusieurs reprises et toujours les larmes aux yeux, paraissant avoir une peine extrême à me quitter. Cela parut singulier à tous ceux qui étaient présents, et moi-même ne m'en serais peut-être plus souvenue, si ma position actuelle, en me rappelant cette circonstance, ne me faisait voir, pour le reste de ma vie, une suite de malheurs qui n'est que trop facile à prévoir. »

L'impression que nous firent éprouver ces dernières paroles fut si vive, que nous fondîmes en larmes. Alors la Reine nous dit avec sa grâce et sa bonté ordinaires : « Je me reproche de vous avoir attristées ; remettez-vous avant d'arriver au château ; unissons nos courages, la Providence nous rendra peut-être moins malheureux que nous ne le croyons. »

Il était impossible à cette princesse de ne pas comparer les jours heureux qu'elle avait passés à Saint-Cloud avec ceux du séjour actuel. Elle en faisait souvent la réflexion ; et, un jour que nous étions ensemble au bout de la galerie, dont Paris fait un des principaux points de vue, elle me dit en soupirant : « Cette vie de Paris faisait jadis mon bonheur ; j'aspirais à l'habiter souvent. Qui m'aurait dit alors que ce désir ne serait accompli que pour y être abreuvée d'amertume, et voir le Roi et sa famille captifs d'un peuple révolté ! »

DESTRUCTION DE LA NOBLESSE

Le Roi, informé du projet qu'avait l'Assemblée de détruire la noblesse, imagina qu'il pourrait prévenir cette mesure, sans blesser les susceptibilités du corps législatif, en faisant écrire de sa part à Chérin de ne plus recevoir à l'avenir des titres généalogiques, qu'on était dans l'usage de lui remettre pour les présentations à la Cour. On lui en avait donné le conseil; mais cet expédient n'eut pas le succès qu'on en attendait.

Le 23 juin, l'Assemblée, profitant d'une séance du soir peu nombreuse, décréta la suppression de la noblesse, sans permettre aucune discussion sur un sujet si important. M. de Lameth débuta par demander qu'on ôtât, avant le 14 juillet, les statues enchaînées autour de la statue de Louis XIV, monument de servitude qui flétrissait la place des Victoires. La famille d'Aubusson les réclama inutilement comme propriété de famille, et les artistes, comme des chefs-d'œuvre de l'art. Ces derniers, désolés d'une pareille destruction, offrirent d'ôter les chaînes de ces statues: «Vous n'en ôterez pas l'attitude humiliée», dit M. Bouche. Et M. de Saint-Fargeau ajouta: «Nous égalerons les monuments du siècle de Louis XIV, et ce grand siècle sera effacé par celui d'une grande nation.»

M. Lambel, avocat, M. le vicomte de Noailles[58] et Mathieu de Montmorency[59], demandèrent la suppression de la noblesse, de tout titre héréditaire, des livrées, des armoiries; et Charles de Lameth ajouta que l'on regarderait comme ennemis de la Constitution ceux qui continueraient à les porter: «Plus d'Altesse, d'Excellence et d'Éminence!» s'écria Lanjuinais. — «Qu'on supprime les noms de terre, dit M. de Saint-Fargeau, et qu'on oblige chacun à reprendre celui de sa famille.»

M. de la Fayette s'opposa à toute espèce d'exception, même en faveur des Princes du sang. Selon lui, dans le système d'égalité qui allait régir la France, il ne devait plus y avoir que des citoyens actifs. Son esprit révolutionnaire l'aveuglait au point de ne pas voir que dans une monarchie héréditaire, dont les femmes étaient exclues, la dignité de la couronne exigeait que ceux qui étaient appelés à la porter jouissent d'un rang qui les fît respecter. On demanda l'ajournement, vu la gravité de la matière, et il fut opiniâtrement refusé.

M. Landsberg, député d'Alsace, parla avec sagesse et modération, et déclara qu'assuré d'être désavoué par ses commettants, il se retirait la tristesse dans l'âme. « Soumis, dit-il, aux décrets de l'Assemblée, ils sauront qu'ils vivent avec le sang dans lequel ils sont nés, et que rien ne peut les empêcher de vivre et mourir gentilshommes. » — « Si vous détruisez la noblesse, dit M. de Faucigny, vous aurez à la place la distinction de banquiers, usuriers, agioteurs et propriétaires de trois cent mille francs de rente, et l'amour des richesses remplacera l'honneur français, âme de la noblesse. »

Malgré l'opposition de MM. d'Egmont, d'Ambly, de Grosbois, de Digoine et de beaucoup d'autres, toutes ces motions furent décrétées sans discussion. On se borna seulement à défendre d'attenter aux monuments placés dans les temples, aux chartes, titres et renseignements concernant les familles et les propriétés, et aux décorations d'aucun lieu public ou particulier; et l'on ajouta que les dispositions relatives aux livrées et aux voitures ne pourraient être exigées pour Paris avant le 14 juillet, et avant trois mois pour les provinces.

L'armée se désorganisait de jour en jour. Le régiment de Royal-marine, en quittant Marseille pour arriver à Lambesc, cassa tous ses officiers, les recommandant à l'intérêt de la nation. La municipalité tenta inutilement de rappeler les mutins à leur devoir. L'Assemblée se contenta de témoigner sa satisfaction à la municipalité de Lambesc, et de menacer le régiment, s'il ne rentrait pas dans le devoir, d'être exclu de la fédération.

Le ministre de la guerre se plaignait en vain des

inconvénients que pouvaient entraîner des fautes d'un genre aussi grave. Profondément affligé de l'insouciance de l'Assemblée, il lui remit un mémoire qui représentait avec force que le corps militaire menaçait de tomber dans la plus violente anarchie. Des régiments entiers étaient en insurrection et violaient les serments les plus solennels. « Les ordonnances, disait-il, étaient sans force, les chefs sans autorité ; la caisse militaire et les drapeaux enlevés ; les officiers avilis, méprisés, et souvent captifs ; les commandants égorgés sous les yeux de leurs propres soldats, et les ordres du Roi bravés hautement. De pareils excès, ajoutait-il, peuvent tôt ou tard menacer la nation elle-même. La force armée doit être nécessairement obéissante et mue par un seul ; du moment où elle se fera corps délibératif, elle agira suivant ses propres résolutions, et le gouvernement deviendra une démocratie militaire, espèce de monstre politique qui finit toujours par dévorer ceux qui l'ont produit. »

L'Assemblée se souciait peu de remédier à ces désordres ; elle craignait de voir dans les mains du Roi une armée fidèle et obéissante qui pût mettre obstacle à ses projets, et elle préférait voir tomber sur sa patrie les maux dont on la menaçait, plutôt que de voir restreindre une autorité dont elle abusait si cruellement.

On n'écoutait que les récits des fauteurs de désordres, fussent-ils même anonymes ; et avant d'avoir entendu la défense des accusés, on se hâtait de prononcer des décrets en faveur des premiers. M. Macage, chargé du rapport relatif aux troubles de la ville de Nîmes[60], chercha à confondre lesdits troubles avec deux pétitions présentées antérieurement par la ville d'Uzès pour demander la conservation de la religion catholique, la répression des troubles, et que l'on rendît au Roi l'autorité nécessaire pour y parvenir.

Cette dernière demande avait irrité l'Assemblée, et avait été représentée par MM. de Lameth et de Mirabeau comme tendant à amener une contre-révolution. Ils crurent utile de lier cette démarche aux troubles de Nîmes, et produisirent en conséquence des lettres anonymes adressées au comité des recherches, et qui, selon eux, devaient être admises comme pouvant servir à donner des lumières et mettre sur la voie des projets des soi-disant catholiques de Nîmes.

MM. Malouet, d'Épréménil et autres relevèrent le mot de *soi-disant catholiques* et représentèrent, mais inutilement, que la liberté serait nulle si l'on ne pouvait adresser à l'Assemblée aucune représentation; que les troubles étaient apaisés à Nîmes; que les élections s'y faisaient paisiblement, et qu'il y aurait du danger à altérer, par des suppositions, la tranquillité rétablie dans cette ville. Des réflexions aussi sages ne firent aucune impression sur l'Assemblée, et elle décréta que les signataires des pétitions seraient mandés à la barre pour rendre compte de leur conduite, et privés jusque-là du droit de citoyens actifs. Elle suspendit la municipalité, et supplia le Roi d'ordonner l'information des faits par-devant le présidial de Nîmes.

Il n'y avait pas de moyens que les révolutionnaires n'employassent pour opérer la réunion du comtat d'Avignon à la France[61]. Mais l'assemblée générale des États d'Avignon, organe du vœu unanime des habitants du Comtat, persista dans la résolution de rester sous la domination du Saint-Siège, protesta contre toute démarche tendant à l'en soustraire, et déclara que leurs concitoyens voulaient vivre et mourir sous une domination qui les rendait tranquilles et heureux, invoquant le droit éternel des nations pour n'être pas forcés à en changer.

Cependant, les esprits ardents et turbulents, qui ne désiraient cette réunion que pour s'emparer du pouvoir, ne cessaient d'exciter des troubles dans Avignon. Depuis quatre mois, cette malheureuse ville était livrée aux horreurs de l'anarchie.

Un nommé Tournal, originairement maître d'école, homme sans mœurs et sans fortune, s'était mis à la tête de ceux qui cherchaient à soulever la populace, et était parvenu, par son secours, à se faire nommer lieutenant-colonel de la garde nationale et membre de la nouvelle municipalité, composée en grande partie de ses créatures. Cette dernière persécutait tout ce qu'il y avait de gens honnêtes et vertueux, et les rendait responsables des excès dont ceux de son parti étaient eux-mêmes les auteurs. Pour s'assurer une protection dans l'Assemblée, ils correspondaient avec MM. Bouche et Camus, et combinaient avec eux la demande qu'ils devaient faire de la réunion du Comtat à la France.

Après avoir provoqué ceux de la ville qu'ils savaient être contraires à leurs projets et les avoir forcés à se défendre, ils les accusèrent d'être les auteurs des désordres commis dans les journées des 9 et 10... ; et la municipalité écrivit à M. Bouche en ces termes : « Les aristocrates s'étaient emparés des canons, avaient fait feu sur le peuple et tué trente citoyens. Les communes d'Orange et des environs sont heureusement venues à notre secours. Nous avons tué quatre scélérats et emmené vingt-deux prisonniers d'Orange. Nous n'avons de sûreté à espérer que dans notre réunion à la France. La déclaration des districts est unanime pour la demander, et nous supplions l'Assemblée d'avoir égard à un vœu aussi prononcé. »

L'Assemblée, sans aucune autre information,

décréta qu'elle instruirait le Roi de la déclaration des districts avignonnais.

On n'avait entendu que le vœu de la municipalité, et l'on se souciait peu d'approfondir la vérité. Le marquis de Rochegude, un des soi-disant scélérats victimes de la fureur populaire, était malade depuis huit jours, et n'avait pu paraître à la journée du 10. Les patriotes vinrent le prendre chez lui, le conduisirent à la potence à coups de baïonnette, et prolongèrent son supplice l'espace d'une heure, pour jouir plus longtemps du spectacle de ses souffrances. Lui, l'abbé d'Aufroi, un ouvrier en soie et le marquis d'Aulan, qui subirent le même sort, étaient tous quatre vertueux et généralement estimés dans la ville ; ce dernier nommément employait sa fortune à secourir les malheureux, et en ouvrant son testament, on y trouva un legs de vingt mille francs pour les pauvres de la ville et de sept louis pour chacune de ses paroisses. Sans la généreuse assistance du maire d'Orange, de ses gardes nationales, de celles de Bagnols et des villes voisines, plus de trois cents citoyens recommandables eussent subi le même sort. Pour mettre fin à ces horreurs, ils furent obligés de capituler avec ces scélérats et de leur rendre leurs armes. Avignon était plongé dans la consternation ; quatre cents familles des plus considérables de la ville s'expatrièrent, pour ne pas être exposées aux suites des calomnies que le sieur Tournal ne cessait de répandre sur leur compte.

S'il avait été possible de s'égayer au milieu de tant d'horreurs, la scène que donna l'Assemblée dans une de ses séances du soir en eût été bien capable. Anacharsis Clootz, se disant orateur du genre humain, arriva à l'Assemblée, à la tête d'une troupe de soi-disant représentants de toutes les nations du monde connu : Européens, Asiatiques, Africains et Américains. C'était, en un mot, un petit extrait de tous les peuples de ces diverses contrées, qui venaient s'unir à la nation française, dont les immortels travaux retentissaient au bout du monde. « Nous demandons, disaient-ils, à être placés au Champ de Mars, le jour de la Fédération générale, pour y planter le bonnet de la liberté, comme le gage de la délivrance prochaine de nos concitoyens. Nos lettres de créance ne sont pas sur nos parchemins ; elles sont gravées dans le cœur de tous les hommes ; et, grâce aux auteurs de la déclaration des droits de l'homme, nos chiffres ne sont pas accessibles aux tyrans. »

M. de Menou, qui occupait alors le fauteuil, leur fit un discours analogue à la circonstance, et les congédia en leur disant : « Allez, Messieurs ; et, après cette fête auguste, retournez dans vos pays, et dites à vos chefs que si leurs cœurs sont jaloux de suivre un grand exemple, ils imitent Louis XVI, restaurateur de la liberté française. »

Mais ce qu'il y eut de plaisant, ce fut de voir un des auteurs de cette scène venir réclamer le lendemain à M. de Biancourt la somme de douze francs pour le rôle d'Africain qu'il avait joué dans la séance de la veille. Ce pauvre homme s'était trompé de nom, et sa méprise, en mécontentant le parti qui l'avait employé, lui fit perdre probablement la petite somme qu'il réclamait.

Les fidèles serviteurs du Roi ne cessaient d'être en butte aux persécutions des malveillants, qui, étant assurés de trouver une indulgence paternelle dans le sein de l'Assemblée, se permettaient des arrestations continuelles sur les dénonciations les plus invraisemblables.

Le comte de Lautrec, député, allant aux eaux de Barèges, s'arrêta au château de Blegnac, et fut bien étonné de se voir arrêté par un décret de prise de corps de la municipalité de Toulouse, sous le prétexte d'une dénonciation de leurs soldats, qui prétendaient que M. de Lautrec, après leur avoir fait part de ses projets de contre-révolution, leur avait proposé de s'engager dans un corps de huit cents hommes, qu'il levait secrètement pour dissoudre la fédération générale et rendre au Roi son autorité. M. d'Ambly démontra en vain l'absurdité d'une pareille dénonciation, et que les infirmités de M. de Lautrec, occasionnées par quinze blessures honorables, lui rendaient les eaux nécessaires. L'Assemblée n'en ordonna pas moins son retour pour rendre compte de sa conduite, sauf à elle de décider s'il y avait matière à accusation, et elle décréta des remercîments à la municipalité de Toulouse pour sa vigilance patriotique.

Robespierre, appuyé de Péthion, crut la circonstance favorable pour faire décider que les députés ne pourraient être soumis à la justice d'aucun tribunal avant que l'Assemblée eût décrété qu'ils devaient être poursuivis. Garat, l'aîné, observa que leur inviolabilité ne pouvait s'étendre hors de l'Assemblée, et que partout ailleurs leurs actions devaient être soumises à la loi. On décréta que, jusqu'à l'établissement des jurés en matière criminelle, les députés pris en flagrant délit pourraient être arrêtés, qu'on pourrait recevoir des plaintes et prendre des informations contre eux; mais qu'ils ne pourraient être condamnés par aucun juge avant que l'Assemblée eût décidé s'il y avait lieu à accusation.

Le vicomte de Mirabeau avait obtenu un congé pour aller arrêter à Perpignan l'insubordination qui se manifestait dans son régiment. N'ayant pu y réussir, il revint à Paris, emportant avec lui les cravates de ses drapeaux pour les remettre entre les mains du Roi, le priant de les rendre aux soldats restés fidèles, en les réunissant dans une ville éloignée où ils pussent former le noyau d'un régiment fidèle. Les soldats, furieux de cet enlèvement, en rendirent responsable le maire de Perpignan, et donnèrent avis aux municipalités des environs d'arrêter le vicomte de Mirabeau comme coupable du crime de lèse-nation. Il fut effectivement arrêté comme tel à Castelnaudary, et plusieurs membres de la municipalité de Perpignan firent un rapport à l'Assemblée des torts qui lui étaient imputés. Mais l'Assemblée, ayant reçu le lendemain une lettre de M. de Mirabeau, ordonna qu'il serait remis en liberté, malgré les efforts de ses ennemis pour le faire déclarer coupable. Elle lui enjoignit cependant de venir sur-le-champ rendre compte de sa conduite, et elle ajouta que le Roi serait prié de faire élargir le maire de Perpignan, qui avait été mis en prison.

Les libellistes débitèrent à cette occasion leurs mensonges ordinaires, et firent distribuer un écrit portant en titre : *Grande Conspiration du vicomte de Mirabeau*. MM. Malouet et de Cazalès profitèrent de cette circonstance pour demander d'arrêter le cours des libelles incendiaires, qui ne tendaient à rien moins qu'à faire assassiner le vicomte de Mirabeau. L'Assemblée décréta que le Roi serait prié de prendre des mesures pour sa sûreté, et que sa personne serait mise sous la sauvegarde de la loi, et le surplus renvoyé au comité des rapports.

Le vicomte de Mirabeau se présenta à l'Assemblée à l'instant de son arrivée, et y fit le récit écrit de l'affreuse insubordination de son régiment, des voies de fait qu'il s'était permises contre sa personne, en enlevant de chez lui les drapeaux et la caisse ; qu'il avait cru devoir alors cacher les cravates pour les remettre au Roi, et qu'il ne les aurait jamais rendues, s'il n'avait craint que sa résistance ne coûtât la vie à un homme aussi respectable que le maire de Perpignan. Il demanda d'être jugé par un conseil de guerre, s'engageant à y donner les preuves de la manière dont le régiment avait été travaillé et payé.

«Je donnerai, ajouta-t-il, le fil des troubles qui se sont propagés d'Antibes à Dunkerque et de Perpignan à Strasbourg.» L'Assemblée, au lieu de faire droit à sa demande, la renvoya aux comités des rapports réunis au comité militaire.

Une députation de Seine-et-Oise, qui était venue complimenter l'Assemblée sur ses heureux travaux, osa vouer à l'exécration et à l'infamie ceux qui osaient faire des représentations sur ses décrets. Tous les membres du côté droit se levèrent pour demander justice de cet attentat, qui révolta également plusieurs membres du côté gauche. «Où en serions-nous, dit M. Malouet, si des insultes aussi graves déterminaient le côté droit à quitter l'Assemblée, et que de malheurs n'en pourrait-il pas résulter!» L'Assemblée n'osa pas accueillir par les honneurs de la séance une pareille audace; elle se borna à remercier la députation de son zèle et de son patriotisme.

Mgr l'évêque de Nancy et le marquis de Saint-Simon ayant demandé des congés, M. Lucas proposa de faire désormais un appel nominal pour voir ceux qui manqueraient, et d'en envoyer la liste aux provinces. M. Rewbell se permit même d'ajouter que cette mesure était d'autant plus utile, que l'on répandait dans le public que c'était par poltronnerie que beaucoup de députés s'absentaient. Le duc de Caylus, qui avait aussi demandé un congé, pria M. Rewbell de venir lui dire en particulier s'il le regardait comme un poltron. M. Rewbell, qui ne se souciait nullement d'une conversation de ce genre, déclara qu'il n'avait eu l'intention de désigner personne; que, s'il avait eu ce malheur, il soutiendrait le propos qu'il aurait tenu; mais que le fait n'existant pas, il en signait volontiers le désaveu. La proposition de M. Lucas fut même traitée d'incendiaire par un grand nombre de membres de l'Assemblée;

en sorte que celle-ci passa à l'ordre du jour et ne lui donna aucune suite.

M. Arthur Dillon[62] annonça l'insurrection la plus alarmante dans l'île de Tabago. Le deuxième bataillon de la Guadeloupe, après s'être porté aux plus violents excès, avait mis le feu à la ville de Port-Louis, qui fut entièrement consumée, et s'était ensuite embarqué sur des bâtiments étrangers pour revenir en France. Il représenta la cruelle situation de cette malheureuse colonie, qui suppliait la France de venir à son secours et d'y envoyer promptement des troupes et de l'argent, dont elle avait le plus pressant besoin. Robespierre voulut nier la vérité de cette nouvelle ; mais elle était si évidente qu'on ne put la révoquer en doute. L'Assemblée se borna à supplier le Roi d'y faire passer les secours que demandait cette malheureuse colonie.

Elle écouta avec plus de complaisance la motion de plusieurs membres de l'Assemblée, dont les uns demandaient une amnistie pour les déserteurs, ainsi que la faculté de reprendre leurs rangs dans les régiments ; et les autres, l'élargissement des détenus pour cause d'insubordination militaire. On peut juger de l'esprit qui régnait dans l'Assemblée, quand de pareilles pétitions, loin d'être rejetées avec indignation, étaient envoyées au comité des rapports. Celle des incendiaires des barrières de Paris, en 1789, eut encore plus de succès. Décrétés de prise de corps par la cour des aides, ils implorèrent la clémence de l'Assemblée. Muguet de Nautou, rapporteur, conclut à considérer ledit délit comme un élan de patriotisme, semblable à celui qui avait fait détruire la Bastille, et à jeter, en cette occasion, un voile sur la loi. L'Assemblée, prenant ces motifs en considération, décréta que la procédure serait regardée comme non avenue, et ordonna l'élargissement des prisonniers.

Les citoyens d'Avignon, enfermés dans les prisons

de la ville d'Orange, et parfaitement innocents des imputations portées contre eux par la municipalité d'Avignon, demandaient leur élargissement ; mais Robespierre s'y opposa, en raison de leur opposition aux principes des Avignonnais qui demandaient la réunion du Comtat à la France ; et M. Bouche s'emporta violemment contre les habitants de cette malheureuse ville, qu'il dépeignit, ainsi que ceux du comtat Venaissin, comme composant un repaire d'aristocrates. Il prétendit que les troubles d'Avignon coïncidaient avec ceux de Montauban et de Nîmes, que les prisons d'Orange n'étaient que le lazaret de l'aristocratie. Il demanda que l'on envoyât un régiment à Orange et des troupes à Avignon pour protéger cette ville, en attendant la décision de la grande question sur la souveraineté de cette ville. Il termina son discours en faisant ressortir la nécessité de faire garder les chevaux de poste, le grenier à sel et les magasins de tabac appartenant à la France. On put sans malignité conclure de son discours qu'il craignait, et non sans raison, que ses protégés ne pillassent les établissements en question.

L'abbé Maury représenta fortement l'opposition qui existait entre cette demande et le décret qui proclamait que la France, renonçant à toute idée de conquête, assurait ses voisins qu'elle les protégerait plutôt qu'elle n'attenterait à leur liberté ; que cette apparente protection présageait la décision de la question sur la souveraineté d'Avignon. Il prouva qu'il ne pouvait y avoir aucun rapport entre les troubles d'Avignon et ceux de Nîmes et de Montauban, puisqu'il n'y avait pas un seul protestant à Avignon ; et tout en sollicitant vivement l'envoi d'un secours à Orange, il s'opposait de tout son pouvoir à celui qu'on demandait pour Avignon. L'Assemblée décréta que le Roi serait prié d'envoyer à Orange le nombre de troupes convenable, et qu'il serait nommé un comité pour examiner l'affaire d'Avignon et lui en faire un rapport.

Après deux mois d'attente, M. Tronchet fit enfin le rapport du comité sur les événements d'Avignon, sur la demande de sa réunion à la France par les districts de cette ville, et sur celle des détenus d'Orange. Il démontra que la réunion ne pouvait se faire sans blesser les lois divines et humaines, et rappela les raisons de l'abbé Maury pour s'y opposer. MM. Malouet et de Clermont-Tonnerre parlèrent aussi contre la réunion, de manière à ne laisser aucun moyen de réplique à leurs adversaires. Ils firent également sentir l'injustice de retenir captifs des citoyens contre lesquels on n'alléguait aucune charge. Ces raisons déterminèrent l'Assemblée à ajourner la demande de la réunion à la France et à décréter l'élargissement des détenus d'Orange, à la charge de tenir la ville pour prison, sous la sauvegarde de la nation française, qui se chargeait de pourvoir à la subsistance des ouvriers qui pourraient se trouver parmi eux.

Cependant, les auteurs des troubles d'Avignon ne s'endormaient pas. Ils tentèrent de nouveaux moyens pour entraîner dans leur parti le comtat Venaissin. Furieux de ne pouvoir y exciter de soulèvement, ils parvinrent à opérer un mouvement dans la petite ville de Thor, et sans les milices du pays, il y aurait eu beaucoup de sang répandu. Les chefs de ces milices profitèrent de cette réunion pour délivrer Cavaillon du joug affreux sous lequel cette ville gémissait. Une troupe de bandits s'y étaient emparés de l'autorité, et avaient mis à sa tête un nommé Tournal, ancien soldat, qui correspondait avec les municipaux d'Avignon. Ce scélérat, pour imprimer la terreur dans la ville, y avait fait élever une énorme potence, en face de la Commune, et y avait fait enfoncer huit crochets de fer, en distribuant en même temps dans la ville des listes de proscription. Toutes les milices des cantons voisins, réunies au nombre de trois mille hommes, entrèrent à Cavaillon, firent abattre la potence, rétablirent l'ordre dans la ville, et livrèrent à la justice l'auteur de tous ces maux. Ils voulaient ensuite aller délivrer Avignon de ses oppresseurs, mais M. d'Aimar, maire de cette ville, craignant qu'il n'en résultât de plus grands malheurs, parvint à les en détourner. Les municipaux continuaient à y entretenir une fermentation habituelle, et, sous le prétexte de veiller à la sûreté publique, ils imposaient des taxes énormes sur les citoyens présents et absents.

On se plaignait, de toutes les parties du royaume, du refus que faisaient les paysans de payer les droits de dîme et de champart, qu'ils ne devaient cesser d'acquitter qu'à l'établissement du mode de remboursement. L'Assemblée décréta que les particuliers seraient autorisés à se faire payer en employant les voies légales. Mais ce décret était véritablement illusoire ; pas une municipalité n'eût osé les employer, de peur de se compromettre et d'en être elle-même victime. Les impôts ne se payaient plus ; les désordres se multipliaient, et il y eut dans plusieurs endroits du royaume, et nommément à Lyon, des mouvements séditieux qu'on eut bien de la peine à réprimer. Le pouvoir, qui avait été remis entre les mains des municipalités, étant exercé par des hommes effrayés et peu jaloux de remplir leurs devoirs, il devenait impossible de remédier à tous ces désordres. Plusieurs municipalités s'arrogeaient le droit d'ouvrir les lettres, même celles des puissances étrangères, et arrêtaient les voyageurs qui avaient le malheur de leur être suspects. Celles du Dauphiné, voisines de la Savoie, encore plus ardentes et plus inquiètes que les autres, signalaient leur patriotisme par des arrestations continuelles. La conduite de l'Assemblée vis-à-vis de la municipalité de Montauban n'était pas propre à les engager à se bien conduire.

Les agitateurs de cette ville ne pouvaient pardonner à la municipalité d'y maintenir l'ordre et la tranquillité. D'autre part, la garde nationale, furieuse d'avoir vu retirer les clefs de l'arsenal à M. Dupuis-Montbrun, son commandant et ardent patriote, avait excité un mouvement dans la ville, qui fut, il est vrai, promptement réprimé, mais où il y eut du sang répandu. La garde nationale envoya à l'Assemblée une dénonciation contre la municipalité. Cette dénonciation, quoique anonyme, à l'exception de la lettre de M. Dupuis-Montbrun, n'en fut pas moins accueillie avec empressement par l'Assemblée.

Le comité des rapports, chargé de l'examen de cette affaire, commença par écarter l'information du juge de Montauban. Il avait cependant pris la précaution, pour éviter tout soupçon, d'appeler des adjoints protestants, et de les faire déposer alternativement avec les catholiques ; mais l'Assemblée ne pouvait pardonner à cette municipalité l'attachement qu'elle conservait pour la personne du Roi, et sa demande pour la conservation de la religion catholique, de son évêché et de son séminaire. On obtint à grand'peine que l'Assemblée entendît le maire et le procureur-syndic de la Commune, qui étaient venus à Paris pour se justifier. On ne leur avait pas même communiqué les charges portées contre eux, au nombre de *trente*, et on voulait les juger sans les entendre.

L'abbé Maury et M. de Cazalès ne purent parvenir à faire écouter les preuves qu'ils opposèrent aux griefs qu'on imputait à la municipalité. Ce fut avec bien de la peine qu'ils obtinrent un délai de deux jours, quoiqu'il fût évidemment impossible de répondre en si peu de temps à un aussi grand nombre d'imputations. « Point de délais, s'écria Charles de

Lameth ; il y a longtemps qu'ils auraient dû être jugés dans le sens de la Révolution. » Ce mot fit une telle horreur à l'Assemblée, qu'il fut obligé d'interpréter le sens de l'imprécation qu'il n'avait pas eu honte de proférer.

Le jugement était prononcé d'avance. Les preuves fournies par la municipalité ne furent point écoutées ; on donna gain de cause à la garde nationale ; et ce fut au milieu du vacarme le plus violent que fut prononcé le décret qui suspendait la municipalité et renvoyait l'information devant le tribunal criminel de Toulouse. Les galeries, qui avaient participé au désordre qui régnait dans l'Assemblée, applaudirent par des acclamations et des battements de mains au décret qui venait d'être prononcé.

CHAPITRE V
Année 1790

LA FÉDÉRATION

Après l'acceptation du décret sur la fédération générale du royaume, au 14 juillet, l'Assemblée s'occupa de régler tout ce qui concernait cette cérémonie.

Elle décréta que personne ne pourrait avoir à la fois le commandement de la garde nationale de plusieurs départements, se réservant même de délibérer s'il ne serait pas plus utile de le restreindre à chaque district. Cet article était un effet de la frayeur que lui causait l'influence d'officiers considérés dans leurs départements, et dont la réunion à Paris ne la laissait pas sans inquiétude.

Elle décida que chaque district du royaume enverrait un homme sur deux cents, élu par des députés rassemblés à cet effet ; que chaque régiment députerait un officier et un bas officier, résidant au corps et pris par ancienneté de service, ainsi que quatre soldats par régiment d'infanterie, et deux cavaliers par régiment de cavalerie ; que tous les autres corps de l'armée députeraient dans les mêmes proportions, pour chaque corps à pied ou à cheval. Le régiment du Roi et celui des gardes-suisses eurent une double représentation, en raison de leur nombre. Tous les corps quelconques existant dans le royaume et non réunis, la maison militaire du Roi ou des Princes, devaient être représentés par le plus ancien officier desdits corps.

Le génie, la marine, les invalides, les commissaires des guerres, les lieutenants des maréchaux de France et la gendarmerie de toute la France, devaient être représentés par des députés pris dans chacun de ces corps par ancienneté de service, ainsi que le connétable.

Les maréchaux de France, lieutenants généraux, maréchaux de camp, et les officiers de marine correspondant à ces différents grades, le devaient être par les plus anciens officiers de chacun de ces grades. M. de Champagny demanda et obtint, malgré l'opposition de M. de Lameth, que M. d'Albert de Rioms assisterait à la Fédération comme représentant son escadre.

Il y eut de grands débats à l'Assemblée sur le cérémonial de la Fédération, et nommément pour décider si le Roi prendrait le titre de Roi des Français, ou celui de premier citoyen français; s'il aurait celui de chef de l'armée et de toutes les gardes nationales du royaume; quelle serait la nature du serment qu'il prêterait; et si tout autre que le Roi aurait une place distinguée à la Fédération.

L'abbé Maury et M. de Cazalès firent sentir vivement l'inconvénient de pareils débats, et représentèrent avec force que c'était blesser la majesté royale que de mettre en question si, dans une monarchie héréditaire, le Roi avait besoin d'un décret pour être chef suprême des forces nationales, et qu'il était inconcevable de mettre en doute si une famille appelée successivement au trône pouvait être confondue dans la foule des citoyens. « Le Roi, ajoutèrent-ils, ne doit point prêter de serment différent de la nation. » — « C'est à lui, s'écria M. de Folleville, à dicter lui-même le serment qu'il doit prêter. » — « Et comme nos rois, dit M. Malouet, tiennent leur pouvoir de la nation, avant l'établissement des lois actuelles, il doit y être dit expressément que le pouvoir lui est délégué par la nation et la loi constitutionnelle. »

Cet argument, qui donnait à la nation et au Roi des droits antérieurs à l'existence de l'Assemblée, fut écarté et combattu par Barnave. En conséquence, l'Assemblée décréta que le Roi serait prié de prendre le commandement des gardes nationales et autres troupes du royaume, et de nommer les officiers qui exerceraient le commandement sous ses ordres; qu'à la Fédération du 14 juillet le président serait placé à la droite du Roi, *sans intermédiaire*, et les députés à la gauche et à la droite du Roi, sans distinction; et que Sa Majesté serait priée de donner des ordres pour que sa famille fût placée convenablement; qu'aussitôt que le serment aurait été prêté par les députés des gardes nationales et autres troupes du royaume, le président prononcerait, debout et à haute voix, le serment du 4 février; que celui du Roi serait conçu en ces termes: « Moi, Roi des Français, je jure d'employer tout le pouvoir qui m'est délégué par les lois constitutionnelles de l'État, à maintenir la Constitution décrétée par l'Assemblée nationale et sanctionnée par moi. »

Pendant la discussion sur le cérémonial de la Fédération, Mgr l'évêque de Clermont déclara qu'il exceptait expressément du serment qu'il allait prononcer les objets qui dépendaient de la puissance spirituelle; que toute feinte serait un crime pour un homme revêtu de son caractère, et que cette exception était le plus sûr garant de sa fidélité à ce qu'il aurait juré. Tous les évêques du côté droit, et un grand nombre d'ecclésiastiques et de laïques, se levèrent aussitôt pour déclarer leur adhésion aux sentiments de Mgr l'évêque de Clermont.

Les Parisiens se crurent aussi obligés de faire une

adresse aux Français pour les inviter à se rallier tous ensemble autour de la loi, le jour de la Fédération générale, pour contribuer à l'établissement de la Constitution. « Nous aurions été de bien bon cœur jurer avec vous cette belle alliance, disaient-ils, où nous nous confondrons tous, sous le nom seul de Français, même jusqu'aux extrémités de la France, si nous ne possédions dans nos murs nos législateurs et le Roi. Serrons-nous tous autour d'eux à cette belle époque du 14 juillet, jour où nous aurons conquis la liberté. Jurons de la maintenir ; et que toute la France retentisse des cris répétés de : Vivent la nation, la loi et le Roi ! » Cette adresse fut signée par MM. de la Fayette et Bailly, Charron, président de la Commune, Lafitte et Pastoret, secrétaires, et par les citoyens assemblés des districts de Paris.

Il fallait bien que, dans cette circonstance, l'Assemblée honorât la conduite des vainqueurs de la Bastille. Aussi décréta-t-elle que, pleine d'estime pour leur courage, il leur serait accordé une place honorable à la Fédération de Juillet ; qu'on fournirait à chacun d'eux un uniforme complet, ainsi qu'un armement ; qu'il serait inscrit sur la lame du sabre et sur le canon du fusil : « *Donné à... vainqueur de la Bastille* » ; qu'on donnerait un brevet honorable à chacun d'eux et aux veuves de ceux qui y avaient péri.

M. le duc d'Orléans fit remettre une lettre à l'Assemblée par M. de la Touche, pour la prévenir que sa mission était finie. Il avait écrit au Roi qu'il se préparait à revenir à Paris ; mais M. de la Fayette lui avait fait dire par M. de Boinville, son aide de camp, que son nom pouvant encore servir à exciter de nouveaux troubles, il croyait utile qu'il prolongeât son séjour en Angleterre. Le prince priait l'Assemblée de lui intimer ses ordres à cet égard ; et que s'il n'en recevait point de réponse, il regarderait comme non avenue la démarche de M. de Boinville.

M. de la Fayette répliqua que les mêmes raisons qui avaient déterminé M. le duc d'Orléans à s'éloigner subsistant toujours, il avait cru plus prudent de l'engager à ne pas revenir encore, pour ôter tout sujet d'inquiétude dans un aussi beau jour que celui de la Fédération ; qu'il était loin d'en avoir, et qu'il pouvait même assurer que plus on en approchait, plus il se confirmait dans l'idée qu'elle se passerait dans la plus grande tranquillité. M. le duc de Biron demanda alors que si nul accusateur ne se faisait connaître, M. le duc d'Orléans vînt rendre compte de sa conduite et assister à la Fédération. L'Assemblée ayant passé à l'ordre du jour, M. le duc d'Orléans revint à Paris.

En arrivant, il alla aux Tuileries faire sa cour au Roi et à la Reine. Cette princesse, qui n'avait pas vu le duc d'Orléans depuis son départ de Versailles, éprouva une vive émotion. Elle se contint cependant, et eut même le courage de lui adresser quelques paroles, auxquelles il répondit avec un embarras qu'il lui fut impossible de dissimuler. Il fut ensuite à l'Assemblée, et y prononça un discours qui fut extrêmement applaudi. Il y protesta de nouveau de son amour pour la liberté, de son attachement au Roi et à la Constitution ; exprima le bonheur qu'il éprouvait d'attacher son nom à une époque qu'il regardait comme la plus grande et la plus heureuse de toutes les époques de la nation française, et prononça ensuite le serment du 4 février.

Dès qu'il fut décidé que la Fédération aurait lieu au Champ de Mars, on s'empressa d'y faire les préparatifs nécessaires pour y réunir une assemblée aussi nombreuse ; et comme le temps pressait, on invita les citoyens à aider les ouvriers, pour que tous les travaux fussent terminés avant le jour de la cérémonie. Un zèle patriotique s'empara de toutes les têtes des amateurs de la Révolution. Chacun voulait avoir part à l'ouvrage ; c'était la terre sacrée, malheur à celui qui n'y aurait pas mis la main ! Les dames mêmes se faisaient conduire en carrosse pour charger la brouette ; et toute personne qui aurait passé tranquillement près du Champ de Mars sans s'y arrêter courait risque d'être insultée. C'était une exaltation dont on ne peut se faire d'idée. Elle alla jusqu'à forcer les religieux à sortir de leurs couvents et à traverser Paris, la pelle sur le dos, conduits par une multitude de peuple, pour aller travailler au Champ de Mars. Les religieuses elles-mêmes, menacées, se crurent obligées d'y envoyer leurs tourières.

On voyait à la fois à l'ouvrage des ouvriers, des bourgeois, des chartreux et autres religieux de différents ordres, des militaires, de belles dames, des hommes et des femmes de toutes les classes et de tous les états de la société, travailler suivant leurs facultés. Les uns dissimulaient les sentiments que leur faisait éprouver la contrainte à laquelle on les condamnait ; les autres s'y livraient avec l'élan du patriotisme, auquel se joignait le plaisir d'insulter ceux qu'ils supposaient éloignés de partager leurs sentiments. On entendait de temps en temps les cris répétés de : « Vive la Nation ! Les aristocrates à la lanterne ! » et les « Ça ira », etc., etc., appelés hymnes patriotiques par les dames passionnées pour la Révolution. Plusieurs d'entre elles, même de la plus haute classe de la société, s'y fatiguèrent tellement, qu'elles en tombèrent malades, et finirent par être victimes de leur zèle patriotique.

Les fédérés arrivèrent à Paris dans des dispositions bien opposées à celles qu'en attendait l'Assemblée. La plupart, sincèrement attachés au Roi, manifestaient hautement leurs sentiments, et se conduisirent parfaitement depuis leur arrivée jusqu'au moment de leur départ. La fédération de l'armée partageait les mêmes sentiments et témoignait publiquement son respect et son attachement pour la personne du Roi et pour toute la famille royale. L'Assemblée commença à en prendre de l'inquiétude, et se repentit d'avoir attiré à Paris une réunion d'hommes dont les sentiments se trouvaient si opposés à ceux qu'elle avait espéré y rencontrer.

Tous les ouvrages relatifs à la Fédération furent exécutés avec une telle rapidité, que tout se trouvait prêt quelques jours avant la cérémonie. On avait établi dans le pourtour du Champ de Mars trente rangs de gradins, où chaque spectateur pouvait être assis commodément ; et il y avait encore de la place par-derrière pour des spectateurs debout. Au milieu du Champ de Mars était l'autel de la patrie, dont les quatre faces étaient chargées de figures et d'inscriptions analogues à la circonstance. Le terrain de l'École militaire était un amphithéâtre de gradins, qui devaient être occupés par les corps civils, les personnes de la Cour et les suppléants de l'Assemblée. Il était surmonté par les sièges du Roi et de l'Assemblée, et couvert d'un coutil orné de flammes et des couleurs nationales. Au-dessus du trône du Roi, élevé de quelques pouces au-dessus du fauteuil du président, flottait le pavillon blanc. On avait élevé une estrade derrière le trône du Roi et les sièges des députés, pour la Reine et la famille royale. Les fédérés devaient être placés en ligne elliptique dans l'intérieur de l'enceinte ; la garde nationale était entre eux, et les gradins de côté ; les militaires, et les officiers à leur tête, occupaient le milieu du Champ de Mars.

La veille de la Fédération, le Roi passa en revue les fédérés des départements. On les faisait défiler devant lui et la famille royale, au pied du grand escalier des Tuileries. Le Roi demandait le nom de chaque députation, et parlait à chacun de ses membres avec une bonté qui redoubla encore leur attachement. La Reine leur présenta ses enfants et leur dit quelques mots avec cette grâce qui ajoutait un nouveau prix à tout ce qu'elle disait. Transportés de joie, ils entrèrent dans les Tuileries aux cris de : « Vivent le Roi, la Reine, Mgr le Dauphin et la famille royale ! » Le Roi s'y promena sans gardes, avec sa famille, suivi d'un peuple immense et entouré des fédérés, qui continrent tellement les malveillants, que pas un n'osa s'écarter de son devoir.

Chacun voulait voir la cérémonie de la Fédération, et la peur de ne pas trouver de place détermina un grand nombre de personnes à passer la nuit au Champ de Mars, les uns excités par un zèle patriotique, et les autres par la curiosité qu'inspirait un spectacle aussi extraordinaire. La pluie qui tombait par torrents ne diminua pas le zèle de chacun, et toutes les places se trouvèrent remplies. Une foule immense était derrière, et les coteaux de Passy et de Chaillot étaient également couverts de spectateurs. Les parapluies de diverses couleurs que nécessitait la pluie continuelle faisaient aussi un singulier effet. C'était le coup d'œil le plus extraordinaire, et qui aurait été magnifique s'il eût été éclairé par le soleil d'un beau jour.

Le cortège se mit en marche à six heures du matin, et parcourut les rues centrales de la capitale pour se rendre au Champ de Mars par le Cours-la-Reine. Pour y arriver commodément, on avait construit un pont de bateaux à son extrémité. Deux compagnies de volontaires ouvraient la marche ; elles étaient suivies du corps municipal, des électeurs et des présidents de district. Des chasseurs et des vétérans précédaient ensuite les quarante-deux premiers départements, marchant par ordre alphabétique, chacun étant précédé de sa bannière où était inscrit le nom de son département, et ayant son oriflamme propre. Les officiers portaient l'épée nue. Les troupes de ligne venaient ensuite, et l'on y distinguait avec plaisir les gardes du corps, les carabiniers, les hussards et l'artillerie. Elles avaient à leur tête MM. de Ségur et de Mailly, maréchaux de France, suivis des lieutenants généraux et des maréchaux de camp, précédés de l'oriflamme. La marine, commandée par le comte d'Estaing, marchait ensuite ; puis les quarante et un derniers départements, suivis de chasseurs et d'une compagnie de cavalerie qui fermait la marche.

Le ciel ne fut pas favorable à la fête. Les averses se succédaient continuellement ; des torrents d'eau inondaient les rues, et la pluie ne cessa d'accompagner les bataillons tout le temps de leur marche. Quoique trempés jusqu'aux os, ils ne laissèrent échapper aucune plainte, et l'ordre de la marche n'en fut pas dérangé un instant. Les spectateurs bordaient leur passage ; les croisées étaient garnies d'un monde prodigieux, et le reste de la ville déserte présentait le spectacle le plus extraordinaire.

La colonne n'arriva qu'à midi à la place Louis XV. L'Assemblée s'y rendit, le président à la tête, marchant entre deux haies de drapeaux qui les escortèrent jusqu'au Champ de Mars, où leur arrivée et celle du Roi furent annoncées par des salves d'artillerie.

Le Roi arriva le dernier, avec la famille royale, en grande cérémonie, et accompagné d'un nombreux cortège. Quand chacun fut placé, l'évêque d'Autun, qui officiait, fit la bénédiction des drapeaux et célébra la messe immédiatement après ; elle ne commença qu'à quatre heures. À l'élévation, M. de la Fayette, nommé par le Roi major général de la fédération, donna le signal du serment, monta à l'autel et le prononça ; à l'instant, tous les sabres furent tirés et les mains levées. M. de la Fayette vint alors avertir le Roi que c'était le moment de prononcer le serment. La pluie tombait à grands flots, et un grand nombre de spectateurs qui étaient inondés cherchaient à en diminuer l'effet, en étendant leurs parapluies. Comme ils empêchaient de voir le Roi, la multitude se mit à crier : « À bas, à bas les parapluies ! » M. de la Fayette, qui n'entendit d'abord que les mots : *À bas*, crut probablement que ce cri le regardait ; il hésita un moment, et sa pâleur ordinaire redoubla sensiblement ; mais, rassuré promptement, il continua sa marche et arriva au Roi, qui prononça la formule du serment. M. de Bonnay, président de l'Assemblée, la répéta, et avec lui trois cent mille voix. La Reine éleva plusieurs fois entre ses bras Mgr le Dauphin pour le faire voir au peuple et à l'armée, qui fit éclater des démonstrations de joie et d'amour pour le Roi et la famille royale.

Les personnes sincèrement attachées à la religion virent avec peine que, dans une cérémonie qui n'était rien moins que religieuse, et où l'attention se portait uniquement sur un spectacle aussi extraordinaire que celui dont on était témoin, on ne se fût pas borné à faire prêter le serment sur les saints Évangiles, plutôt que d'exposer à une sorte de profanation les mystères les plus augustes de notre religion.

Après la cérémonie, une partie des fédérés alla dîner au château de la Muette, où l'on avait préparé des tables pour les recevoir. D'autres revinrent à Paris, et quelques-uns repartirent le soir même pour leurs provinces, M. de la Fayette se rendit à la Muette, où on lui prodigua, comme au Champ de Mars, les témoignages d'idolâtrie populaire dont M. Necker avait été l'objet l'année précédente. Il était alors à l'apogée de sa gloire ; elle eut la durée de la faveur populaire, et ne lui laissa que le regret de n'avoir pas su profiter de sa position pour sauver son Roi et sa patrie des dangers qui les menaçaient.

Sous le nom de liberté, qu'il prononçait avec tant de complaisance, la France était livrée à l'anarchie la plus complète, et tout ce qui y existait de gens honnêtes et vertueux gémissait sous le joug le plus tyrannique.

Le Roi retourna aux Tuileries aux cris répétés de : « Vivent le Roi et la famille royale ! » Le duc de Villequier et plusieurs autres personnes sensées, qui épiaient avec soin la disposition des esprits, pensaient que le Roi pouvait tirer parti de cette journée, et auraient voulu qu'il montât à cheval, et qu'au lieu de prêter le serment exigé, il déclarât au milieu du Champ de Mars qu'étant pour cette fois à la tête de l'élite de la nation, il lui représentait qu'il trouvait un inconvénient réel à jurer fidélité à une Constitution qui n'était pas encore terminée, et dont l'ensemble pouvait seul démontrer les avantages et les inconvénients ; qu'il était prêt, après cette observation, à faire le serment d'observer les articles décrétés, si la nation réunie lui en témoignait le désir. Le Roi consulta probablement son conseil. Les hommes qui le composaient n'avaient pas assez d'énergie pour oser risquer une pareille démarche, et ils l'en auront sûrement détourné, sous le prétexte des dangers qu'elle pouvait entraîner. La suite des événements donna malheureusement lieu de se repentir de n'avoir pas saisi cette occasion.

Le Roi vint s'établir à Paris quelques jours avant la Fédération, et y resta jusqu'au départ des fédérés. Leurs Majestés, pour répondre au désir que ceux-ci témoignaient de voir toute la famille royale, dînaient tous les jours avec eux en public, à l'exception de Mgr le Dauphin, qui, trop jeune encore, mangeait à ses heures particulières dans sa chambre. La joie était peinte sur les visages des fédérés, qui ne perdaient aucune occasion de témoigner au Roi leur respect et leur attachement. La sensibilité que leur en témoignait la famille royale, et la bonté avec laquelle elle leur parlait, les y attachaient encore davantage. Elle les questionnait sur leurs provinces, leur disait des choses aimables sur chacune, et augmentait de jour en jour le désir que l'on avait de les y posséder.

Ils avaient un extrême plaisir à voir Mgr le Dauphin. Il descendait à trois heures dans mon appartement. On ouvrait les fenêtres du salon qui donnaient sur la galerie, et il se présentait fréquemment au petit balcon qui était sur le perron de l'escalier par lequel on y descendait. Il disait en passant un petit mot à l'un et à l'autre, et retournait ensuite jouer dans le salon, où l'on pouvait facilement l'apercevoir.

S'amusant un jour à arracher quelques feuilles d'un lilas qui était sur le balcon, un fédéré lui demanda de les lui donner pour garder toute sa vie quelque chose qu'il tiendrait de sa main. Sa demande eut l'effet de l'électricité. Chaque fédéré voulut en avoir une, et en un instant l'arbuste fut dépouillé aux cris de : « Vivent le Roi, la Reine et Mgr le Dauphin ! » Sa gaieté, sa beauté, sa grâce, ses manières enjouées et engageantes lui gagnaient tous les cœurs. Il allait tous les jours à cinq heures à son petit jardin des Tuileries. Les fédérés demandèrent avec instance qu'il leur fût permis d'y entrer. On le leur accorda, sous la condition qu'ils n'entreraient qu'un certain nombre à la fois, pour ne pas fatiguer le jeune prince par trop de monde dans un aussi petit espace, et qu'ils se renouvelleraient successivement tout le temps que durerait la promenade. Il leur parlait souvent et toujours avec une naïveté si aimable, qu'ils en sortaient tous enchantés. On ne se fait pas d'idée du dévouement qu'ils témoignaient pour la personne du Roi, et des vœux qu'ils formaient pour la conservation de cet aimable enfant. Chaque députation témoignait le désir le plus vif de voir le Roi parcourir ses provinces : « Venez, disait à ce jeune prince la députation du Dauphiné, venez dans votre province du Dauphiné. Votre nom vous rend notre possession, et nous saurons bien vous y défendre contre vos ennemis. » — « N'oubliez jamais, Monseigneur, lui dirent les Normands à leur tour, que vous avez porté le nom de notre province, et que les Normands ont été et seront toujours fidèles à leur Roi. » Chaque fédération s'empressait de témoigner son attachement ; et il était impossible de ne pas être touché de l'expression de leurs sentiments, et de l'attendrissement qu'ils éprouvaient en considérant ce jeune prince, qu'ils ne pouvaient se lasser de regarder.

Chacun s'empressa de fêter les fédérés. Il y eut plusieurs réjouissances en leur honneur : des danses, des spectacles et des joutes sur la rivière. Ils se conduisirent avec une mesure parfaite, ne perdant aucune occasion de montrer leur respect et leur attachement pour la famille royale. Aucun des moyens qu'on employa pour les séduire ne put faire varier leurs sentiments. Plusieurs d'entre eux présentèrent même les adresses les plus touchantes à la famille royale, entre autres ceux du Poitou et de l'Anjou, provinces dont la conduite a si bien justifié les sentiments qu'ils témoignaient.

Le Roi passa en revue, à l'Étoile, chaque députation de l'armée. Elles témoignèrent au Roi le plus vif attachement pour sa personne ; et les fédérés, qui étaient en grand nombre à cette revue, le supplièrent de venir visiter chacune de ses provinces, l'assurant qu'il y trouverait des cœurs qui sentiraient vivement le bienfait de sa présence. La Reine était en calèche découverte avec Mgr le Dauphin, Madame et Madame Élisabeth. Elle parlait à ceux qui en approchaient avec une bonté et une affabilité qui lui gagna tous les cœurs. Ce jour-là fut véritablement un jour de bonheur pour le Roi, la Reine et ceux qui leur étaient dévoués. C'était une ivresse de sentiments ; ce fut le dernier beau jour de la Reine, qui, depuis cette époque, vit chaque jour lui annoncer de nouveaux malheurs, et mettre à de terribles épreuves son courage et sa fermeté.

Si le Roi eût profité de cette circonstance pour voyager dans ses provinces et pour annoncer à cette revue qu'il allait se rendre au vœu qu'elle lui exprimait par l'organe de ses députés ; qu'il ne voulait point d'autre garde que celle des habitants des lieux qu'il allait parcourir, et qu'il ne voulait être accompagné dans ces voyages que par les bons fédérés qui lui témoignaient tant d'attachement, il eût déconcerté l'Assemblée et l'aurait mise dans la position d'avoir recours à ses bontés. Mais il était écrit dans l'ordre de la Providence que nous boirions le calice jusqu'à la lie. Le Roi était malheureusement loin de se faire une idée de l'effet que sa présence produirait dans les provinces ; il craignait que le zèle de ses fidèles serviteurs ne les entraînât trop loin, et que la résistance des méchants n'occasionnât une guerre civile. Toutes ces considérations l'empêchèrent de suivre le conseil qu'on lui donnait, de profiter d'une occasion si favorable pour s'absenter de Paris. Le peu d'énergie de la plupart de ses ministres, dont une partie craignait toujours de porter atteinte à cette funeste liberté qui n'existait que de nom, l'entretenait avec soin dans des idées aussi nuisibles à ses intérêts ; et cette funeste crainte, produite par trop de bonté, causa tous nos malheurs. Le Roi avait celui d'avoir une trop grande défiance de lui-même. Persuadé que les autres voyaient mieux que lui, il n'osait prendre le parti que lui indiquaient la justesse de son esprit et la bonté de son cœur. Mécontent de l'éducation qu'il avait reçue, il se jugeait défavorablement, et ne se rendait pas la justice qu'il méritait.

L'Assemblée était inquiète du parti qu'allait prendre le Roi ; et, se voyant perdue si le Roi quittait Paris, il n'y avait pas de moyen qu'elle n'employât pour gagner les fédérés. Je n'ai pu douter de ces craintes après le propos que tint Barnave dans la voiture du Roi, au retour du malheureux voyage de Varennes. Il parlait avec Madame Élisabeth des événements de la Révolution, et nommément de la fédération ; et sur ce que cette princesse parlait des vues qu'avait eues l'Assemblée en la décrétant : « Ah ! Madame, ne vous plaignez pas de cette époque, car si le Roi en eût su profiter, nous étions tous perdus. » On peut juger de l'impression que produisit un aveu aussi remarquable dans des cœurs aussi profondément affligés que ceux de la famille royale, dans la position où elle se trouvait en ce moment.

CHAPITRE VI

Année 1790

On avait arrêté à Saint-Cloud deux individus, espèce d'illuminés, nommés d'Hosier et Petit-Jean. Ils avaient l'air d'avoir la tête un peu timbrée, et se rendirent suspects par les instances qu'ils firent pour parler au Roi. On les fouilla, et l'on trouva sur leur poitrine un billet par lequel ils mandaient au Roi de se confier à Dieu et à la Sainte Vierge, et qu'il recouvrerait son autorité. Le hasard les avait fait connaître à madame de Jumilhac. Ils la nommèrent dans leur interrogatoire ; et il n'en fallut pas davantage pour faire donner l'ordre à deux capitaines de la garde nationale de Paris de l'aller arrêter en Périgord, où elle était alors. Ils prirent trois cents hommes à Limoges, arrivèrent à Jumilhac, et la conduisirent à Paris. Ses réponses furent si simples et si naturelles, que, ne trouvant aucune charge contre elle, on lui rendit la liberté, au grand contentement des habitants de Jumilhac, qui, comblés de ses bienfaits et pénétrés de reconnaissance, témoignaient la joie la plus vive de la revoir au milieu d'eux.

M. de Clermont-Tonnerre saisit cette occasion pour se plaindre d'un comité des recherches qui, établi de lui-même et sans aucune loi, se permettait des arrestations si contraires à la liberté, s'arrogeait des droits encore plus odieux que les lettres de cachet, et vexait impunément toutes les classes des citoyens. Toute la partie saine de l'Assemblée applaudit à ce discours, qui ne contribua pas peu à la prompte liberté de madame de Jumilhac ; mais le comité n'en continua pas moins ses vexations ordinaires.

On avait arrêté sur les frontières M. de Bonne-Savardin, porteur d'un écrit du comte de Maillebois à M. le comte d'Artois. Enfermé d'abord à Pierre-en-Cise, il fut ensuite renvoyé à Paris par ordre du comité des recherches. Il portait sur lui un petit livre dans lequel il se rendait compte de toutes les actions de sa journée, et où il avait écrit, entre autres, un dîner qu'il avait fait chez M. de Saint-Priest. Le comité voulut trouver de l'identité entre ce dernier et M. de Maillebois. M. de Bonne eut beau assurer que ces deux noms n'avaient aucun rapport, et qu'il savait M. de Saint-Priest trop opposé à tout projet de contre-révolution pour lui en proposer un de ce genre ; le nom de M. de Saint-Priest n'en fut pas moins ajouté, dans l'acte d'accusation porté au Châtelet, à celui de MM. de Maillebois et de Bonne-Savardin. On y joignit même l'inculpation de mépris pour l'Assemblée nationale et ses décrets, quoique l'on ne pût en fournir aucune preuve.

M. de Saint-Priest, ayant appris qu'à l'appui de cette dénonciation, Brissot de Warville, journaliste et membre du comité des recherches, promettait dans son journal de grands développements sur cette assertion, se crut obligé, pour cette fois, de se plaindre à l'Assemblée des calomnies dont il était journellement l'objet. Il lui écrivit la lettre la plus noble pour lui représenter qu'ayant toujours eu une conduite irréprochable dans les divers emplois qu'il avait exercés, et étant, en ce moment, honoré de la confiance du Roi, il croyait de son devoir, comme ministre, de repousser les inculpations dont il était la victime; qu'il ne connaissait particulièrement ni M. de Maillebois ni M. de Bonne-Savardin; qu'il n'avait jamais eu aucun rapport de confiance avec eux; qu'il n'avait rien à se reprocher de contraire à son serment d'être fidèle à la Constitution, et que la conduite de toute sa vie était la preuve qu'il savait être fidèle à ses serments.

On fit reparaître à cette occasion la dénonciation de la Commune contre M. de Maillebois. Elle ne portait que sur des souvenirs de son secrétaire, d'après lesquels ce seigneur aurait écrit qu'avec 2 500 Piémontais, 14 000 hommes fournis par l'Espagne, et le concours du duc de Deux-Ponts, du margrave de Baden et du landgrave de Hesse, il se chargeait de bloquer Paris, de subjuguer la France et d'amener la nation à résipiscence. Il est difficile de croire qu'un homme d'esprit et de talent, tel qu'était le comte de Maillebois, ait pu former un pareil projet et l'envoyer au roi de Sardaigne et à M. le comte d'Artois. D'après la dénonciation de la Commune et du comité, le procureur du Roi au Châtelet rendit plainte contre MM. de Maillebois, de Saint-Priest et de Bonne-Savardin.

L'Assemblée continuait par de nouveaux décrets à ôter au Roi le peu d'autorité qui lui restait. Elle se chargea de l'organisation de l'armée, de la décision des pensions, de la quotité des retraites, et mit ce prince dans l'impossibilité de faire aucun bien, ni de remédier aux désordres qui se commettaient journellement. Il sentait vivement les blessures qu'en recevait son autorité, et vivait dans la persuasion que tant de patience et de résignation, opposées à la conduite de l'Assemblée, ouvriraient les yeux à la nation, et que sans moyens violents elle reviendrait d'elle-même au gouvernement paternel d'un roi qui ne voulait que son bonheur. Hélas! il se trompait, et les factieux qui comprimaient la nation abusèrent de sa bonté pour continuer leurs pratiques séditieuses, et entretenir l'aveuglement d'un peuple égaré par l'appât du gain et par l'impunité des crimes qu'il commettait journellement.

L'Assemblée ne pouvait pardonner à MM. de Saint-Priest, de la Luzerne et de la Tour du Pin l'attachement qu'ils témoignaient au Roi, et les représentations continuelles qu'ils lui adressaient sur les excès qui se commettaient dans les provinces, dans les régiments et dans les ports. Les dénonciations journalières qu'on se permettait contre eux n'avaient d'autre but que de faire déclarer au Roi qu'ils avaient perdu la confiance de la nation, et de le forcer à les remplacer par des êtres plus soumis à la volonté de l'Assemblée, et moins attachés à la personne de Sa Majesté.

M. Malouet, indigné des libelles atroces et incendiaires de Camille Desmoulins, lesquels se débitaient même à la porte de l'Assemblée, crut qu'il serait utile au bien public d'en dénoncer un contre sa personne, dans lequel il se permettait les paroles les plus outrageantes. Il représenta, avec sa fermeté ordinaire, les dangers que pouvait courir chaque particulier, lorsqu'un journaliste ne craignait pas de prêcher le meurtre, le pillage et l'incendie ; contraignant ainsi un représentant du peuple à porter sur lui des armes pour la défense de sa vie ; qu'il aurait dédaigné ces injures, s'il n'avait espéré par là faire punir un être aussi dangereux pour la société. Cet impudent était allé jusqu'à le menacer de le marquer à la joue d'un fer chaud, comme un infâme galérien sorti du bagne de Brest. Cette injure paraissant tenir de la folie, M. Malouet demanda que, d'après le rapport des médecins, il fût enfermé, s'il y avait lieu, dans une maison de fous, pour y être guéri ; et, dans le cas contraire, qu'on l'obligeât à se rétracter au greffe et dans son premier numéro ; à payer les frais du procès, et vingt mille francs d'amende applicables aux pauvres de la charité maternelle, et que ladite sentence, au nombre de quatre mille exemplaires, fût imprimée à ses dépens et affichée à Paris, Brest, Toulon, et autres lieux où besoin serait, sauf au procureur du Roi à prendre telles conclusions qu'il lui plairait, pour la réparation due aux mœurs, aux lois, et à la dignité d'un représentant de la nation.

Il dénonça encore, peu de temps après, un libelle de Marat, intitulé : *C'en est fait de nous*, par lequel il proposait de s'assurer du Roi et de Mgr le Dauphin ; d'enfermer la Reine et Monsieur ; de se défaire de toutes les autorités, et d'abattre six cents têtes ; qu'alors seulement le peuple serait heureux, ne payerait plus d'impôts, et jouirait d'une liberté dont il ne connaissait que le nom ; que, sans cette mesure, leurs ennemis les égorgeraient tous, eux, leurs femmes et leurs enfants.

M. Malouet parla avec la plus grande éloquence sur le danger de laisser courir de tels libelles, qui ne tendaient à rien moins qu'à opérer une contre-révolution, par l'horreur qu'inspiraient de pareils moyens. Il représenta fortement l'intérêt de chacun à ne pas laisser égarer à ce point l'esprit du peuple, qui, du meurtre de celui qu'il regardait comme son ennemi, passerait au massacre de ceux qui voudraient réprimer les excès, et finirait par rendre la France un théâtre de carnage et d'horreur. Il demanda de décréter que le procureur du Roi fût mandé à la barre, séance tenante, pour recevoir l'ordre de poursuivre comme criminels de lèse-nation les auteurs, imprimeurs et colporteurs d'écrits propres à exciter l'insurrection du peuple contre les lois, ainsi qu'au renversement de la Constitution.

Le discours de M. Malouet avait fait une telle impression, que le décret passa sans opposition. Mais deux jours après, on présenta à l'Assemblée un projet de législation criminelle dont Marat lui faisait hommage. Camille Desmoulins profita de cette occasion pour se plaindre de la sévérité avec laquelle on traitait les écrivains patriotes, tandis qu'on laissait débiter sans aucune difficulté ceux du parti opposé, tels que les *Actes des apôtres*, la *Gazette de Paris*, la *Passion de Louis XVI*, etc., etc. C'était, selon lui, une mesure intolérable de le traduire devant un tribunal, parce qu'il l'accusait d'être contre-révolutionnaire.

« Serait-il possible, s'écria M. Malouet, qu'on pût justifier des libelles qui provoquent au meurtre et au carnage, et à la dissolution de toutes les autorités ! » — « Je l'ose », dit une voix qu'on reconnut pour être celle de Camille Desmoulins. Le président ordonna de l'arrêter ; mais il se perdit dans la foule, et reparut l'instant d'après dans la salle. Robespierre excusa sa conduite sur son extrême sensibilité de se voir accusé de crime envers la nation, lui qui journellement ne cessait d'être le défenseur de ses droits. Dubois de Crancé se joignit à lui, et crut l'occasion favorable pour représenter à l'Assemblée que le comité des recherches ayant accusé M. de Saint-Priest d'être le complice de MM. de Maillebois et de Bonne-Savardin, il fallait qu'elle fît déclarer au Roi, par le président, qu'elle ne pouvait plus correspondre avec un ministre si grièvement attaqué. Chacun garda le silence. Seul M. Desmeuniers démontra avec courage qu'on ne pouvait déplacer un ministre sans qu'il fût accusé et jugé légalement, et qu'alors seulement, s'il était trouvé coupable, il subirait la peine portée par la loi. Personne n'osa répondre, et la motion de M. Dubois de Crancé n'eut aucune suite.

Péthion, de son côté, dénonça le décret rendu contre les libellistes comme ayant un effet rétroactif. « Une révolution n'est pas, dit-il, un temps de calme ; vous avez vous-mêmes favorisé l'insurrection d'un grand peuple ; vous l'avez approuvée par vos décrets ; je demande donc qu'on ne donne aucune suite au dernier décret, jusqu'à ce que vous ayez défini les crimes de lèse-nation et décrété la procédure par jury. »

M. Malouet répondit vainement qu'il n'y aurait plus alors ni paix ni sûreté en France ; que la nation demanderait compte un jour à l'Assemblée des maux qu'elle aurait causés, et dont elle finirait par être elle-même la victime. Il ne fut point écouté, et l'Assemblée, sans égard à l'amendement qu'il avait proposé au décret incriminé, pour en éloigner tout arbitraire, proclama qu'il ne pourrait être intenté aucune action, ni être dirigé aucune poursuite contre les écrits publiés jusqu'à ce jour sur les affaires publiques, sauf l'écrit intitulé : *C'en est fait de nous* ; mais qu'indignée de la licence des écrivains, elle chargeait son comité de constitution et celui de jurisprudence criminelle réunis de lui proposer un mode d'exécution du décret rendu contre les libellistes.

Le tumulte avait été si grand, qu'il fut impossible aux trois quarts de l'Assemblée d'entendre la rédaction du décret. On avait compté qu'il y serait ajouté qu'on proposerait ce mode d'exécution dans le plus bref délai. MM. Malouet et Dupont de Nemours, ayant constaté cette omission, demandèrent qu'on la réparât ; mais l'Assemblée refusa opiniâtrement de rien changer au décret prononcé.

On s'apercevait sensiblement des progrès de l'émigration. On s'en plaignit à l'Assemblée, qui délibéra sur les moyens d'y remédier. « Il en est un aussi simple qu'immanquable, dit M. de Murinais ; rendez la paix à la France ; ramenez-y l'ordre et la justice, et il n'y aura plus d'émigration. » Les factieux qui dominaient l'Assemblée étaient loin de l'agréer, sachant mieux que personne que ce n'était qu'au sein du trouble et de la confusion qu'ils pouvaient réaliser les projets qu'ils avaient formés pour la destruction de la religion et de la monarchie.

M. de Bonne-Savardin occasionna de grandes rumeurs dans l'Assemblée par sa fuite de la prison de l'Abbaye[63]. Craignant avec raison de ne pouvoir éviter d'être découvert, et voulant se mettre en sûreté, il fut trouver l'abbé de Barmond, membre du côté droit de l'Assemblée, et connu par sa bienfaisance ; il le supplia de lui donner pour quelques jours un asile dans sa maison. L'abbé de Barmond, craignant de se compromettre, eut de la peine à s'y décider ; mais son bon cœur l'emporta.

L'abbé de Barmond allait partir pour les eaux. M. de Bonne, l'ayant appris, lui demanda avec tant d'instances de l'emmener avec lui, qu'il ne put s'y refuser, quoiqu'il eût déjà dans sa voiture un fédéré, qu'il ramenait dans son pays. Dénoncé par un quidam, qu'on crut être son domestique, l'abbé de Barmond fut suivi par MM. Mestre et Julien, aides de camp de M. de la Fayette, qui, rencontrant sa voiture près de Châlons, prirent les devants, prévinrent la municipalité et firent arrêter les voyageurs. On ne leur trouva d'autres papiers que des lettres pour M. le cardinal de Rohan, dont M. Égys était porteur.

L'Assemblée, instruite de cet événement, ordonna que les voyageurs seraient ramenés à Paris ; que MM. Égys et de Bonne-Savardin seraient conduits séparément dans les prisons de cette ville, et que l'abbé de Barmond resterait dans sa maison jusqu'à ce que l'Assemblée eût statué sur son sort.

L'abbé d'Aimar assura que M. Égys n'était pour rien dans cette affaire ; qu'il ne connaissait pas même l'abbé de Barmond, qui s'était chargé, à sa sollicitation, de le ramener dans son pays ; qu'on pouvait s'assurer de sa personne, mais qu'il ne méritait pas d'être traité en criminel. On n'eut aucun égard à ses représentations, et il n'en fut pas moins conduit en prison.

Quand l'abbé de Barmond fut arrivé à Paris, on le manda à la barre de l'Assemblée, et il y fut conduit de manière à attirer sur lui tous les regards. Une foule tumultueuse entoura sa voiture, et l'on eut beaucoup de peine à l'écarter. Il avoua naturellement qu'il avait manqué de prudence dans cette occasion, mais qu'ayant passé sa vie à secourir les malheureux et les opprimés, il n'avait pu se défendre d'un sentiment de pitié pour un homme emprisonné depuis trois mois par les ordres d'un tribunal illégal, sans qu'on eût pu trouver de preuves contre lui ; qu'il n'avait jamais connu M. de Maillebois, ni M. de Bonne-Savardin ; que la sensibilité l'avait emporté sur la prudence, et qu'il n'avait pas autre chose à dire pour sa justification.

MM. Duport du Tertre et de Frondeville défendirent avec chaleur l'abbé de Barmond. Le dernier, après avoir insisté sur l'illégalité des dépositions du comité des recherches, la terreur des gens de bien, ne put retenir son indignation en comparant la sévérité avec laquelle on traitait l'abbé de Barmond, et l'indulgence que l'on avait pour les assassins de la famille royale, dont plusieurs siégeaient peut-être parmi les membres de l'Assemblée. Cette phrase excita la rumeur la plus violente. Les deux partis de l'Assemblée se livrèrent aux personnalités les plus fortes, et au milieu du vacarme et des cris de chacun, M. de Frondeville fut censuré pour avoir fait entendre son opinion. Un grand nombre de membres du côté droit demandèrent à partager sa censure, adhérant d'esprit et de cœur au discours qu'il avait prononcé ; et pendant tout ce tumulte, l'Assemblée décréta que le comité des recherches serait chargé de l'examen des pièces relatives à l'affaire de l'abbé de Barmond, pour lui en rendre compte sous huit jours, et qu'il resterait en arrestation jusqu'à ce qu'il en fût autrement ordonné.

Dès le lendemain, M. de Frondeville fit imprimer et distribuer gratuitement son discours, avec une épigraphe et un avant-propos qui exprimaient positivement qu'il s'honorait de la censure qu'il avait encourue la veille. M. Goupil de Préfeln dénonça ce discours comme un libelle dangereux, et conclut, ainsi que Barnave, qu'un pareil manque de respect pour l'Assemblée ne méritait pas moins de huit jours de prison, peine encore bien douce pour un pareil délit.

M. de Faucigny, ne pouvant retenir son indignation, s'écria : « C'est par trop fort ! c'est la guerre de la majorité contre la minorité ; et nous n'avons plus d'autre parti que de tomber le sabre à la main sur ces gaillards-là. » La colère du côté gauche fut à son comble, et Barnave demanda au président de s'assurer sur-le-champ de la personne de M. de Faucigny.

M. de Frondeville, affligé d'une scène aussi fâcheuse que celle qui venait de se passer, demanda sur-le-champ la parole, se reconnut coupable d'y avoir donné lieu par son écrit, en témoigna son regret à l'Assemblée, et demanda instamment que la punition tombât sur lui seul, puisqu'il était la cause de l'emportement d'une tête aussi vive et aussi exaltée que l'était celle de M. de Faucigny. La manière franche avec laquelle M. de Frondeville reconnut sa faute désarma l'Assemblée, et elle se contenta de le condamner aux arrêts pour huit jours dans sa propre maison.

M. de Faucigny désavoua de son côté l'emportement où il s'était livré. « Il pourrait cependant, disait-il, interpréter le propos déplacé qu'il s'était permis d'une manière différente de celle dont il avait été entendu, s'il ne croyait plus prudent de ne pas le répéter ; qu'au surplus, il se soumettait d'avance à la peine que l'Assemblée jugerait à propos de lui infliger. » Elle déclara qu'ayant égard aux excuses et à la déclaration de M. de Faucigny, elle lui remettait la peine qu'elle aurait pu lui infliger.

Huit jours après, M. Voidel, au nom du comité des recherches, déclara à l'Assemblée que dans l'examen des pièces qui lui avaient été remises, il n'avait trouvé aucun délit, ni même de preuves de complicité dans l'évasion de M. de Bonne-Savardin ; mais que l'abbé de Barmond s'était rendu coupable d'un des plus grands crimes dans l'ordre social, en cherchant à soustraire à la vengeance des lois et à couvrir de son inviolabilité un homme sous la main de la justice, comme prévenu du crime de lèse-nation ; qu'il ne fallait pas croire qu'il se fût tant exposé pour laisser son ouvrage imparfait ; qu'il demandait donc, en conséquence, que l'abbé de Barmond restât en état d'arrestation ; que le Châtelet poursuivît les auteurs et complices de l'évasion de M. de Bonne ; qu'une commission de l'Assemblée interrogeât séparément l'abbé de Barmond et M. de Foucault, qui paraissait compromis dans cette affaire, et que M. Égys, qui n'y était pour rien, fût mis en liberté.

M. de Foucault, inculpé d'avoir reçu chez lui M. de Bonne-Savardin, justifia sa conduite et celle de l'abbé de Barmond par les mêmes raisons qui avaient été données dans la séance où avait comparu ce dernier. L'abbé Maury, par un discours plein de sagesse et de modération, invoqua la Constitution violée par des arrestations aussi arbitraires, releva les suppositions que se permettait M. Voidel comme méritant l'indignation publique, fit sentir que de pareilles conclusions tendaient à éterniser la captivité de l'abbé de Barmond, et finit son discours par demander sa liberté provisoire, à la charge de se représenter toutes les fois qu'il en serait requis, d'ordonner au Châtelet de continuer l'information contre M. de Bonne-Savardin, et de punir les coupables conformément aux ordonnances.

Ce discours fit une telle impression, que les deux tiers de l'Assemblée demandèrent que l'on convertît en décret la demande de l'abbé Maury. Mais Barnave, Péthion, Mirabeau, et ceux qui partageaient leurs opinions, s'emportèrent avec violence contre un décret qu'ils taxèrent de contre-révolutionnaire; et aidés du secours des galeries, qui mêlaient à leurs raisons des cris et des battements de mains, ils ramenèrent la majorité à décider qu'il y avait lieu à accusation contre l'abbé de Barmond. On demanda, mais vainement, que la liberté fût au moins rendue au pauvre M. Égys, déchargé d'accusation par le comité des recherches; l'Assemblée passa à l'ordre du jour, et il resta toujours en prison.

L'Assemblée ne s'écartait jamais du plan de ne laisser au Roi qu'un vain titre sans aucune autorité. Elle déclara que l'accusation publique ne serait plus exercée par les commissaires du Roi, étant trop dangereux de laisser entre leurs mains l'exercice d'une pareille puissance. Elle révoqua les apanages des Enfants de France, les réduisit à une pension, et elle arrêta qu'ils ne pourraient hériter des biens meubles et immeubles appartenant au Roi, à la Reine et à l'héritier présomptif de la couronne, lors de leur décès, non plus que des successions qui pourraient leur échoir, et que le tout serait réuni au domaine de la couronne.

Le Roi fit représenter à l'Assemblée, par M. Necker, que la destruction des pensions sur le trésor royal à moins de vingt-cinq ou trente ans de service, mettait dans la position la plus cruelle une infinité de personnes en droit de compter sur la récompense qui leur était due. Ils n'avaient pris aucun état et allaient se trouver dénués de tout moyen d'existence. « Sa Majesté, ajouta le ministre, voit aussi avec peine la défense faite aux pensionnaires de l'État de recevoir aucune pension ni aucun secours de la liste civile, et elle espère que l'Assemblée prendra en considération des objets qui intéressent si vivement son cœur. »

M. Necker profita de cette occasion pour faire sentir à l'Assemblée qu'elle mettait le Roi trop à l'écart dans la distribution des grades et des récompenses, et mit en parallèle la conduite de l'Angleterre, qui ne négligeait aucun moyen d'environner le Roi de tous les moyens de considération. Barnave, Charles de Lameth et Boutidoux se récrièrent violemment contre l'audace de M. Necker, qui osait se permettre de donner des conseils à l'Assemblée ; et, sans vouloir écouter les raisons que l'on opposait à leur emportement, ni faire aucune distinction entre les demandes du Roi et les réflexions de M. Necker, ils entraînèrent la majorité de l'Assemblée à passer à l'ordre du jour.

M. Necker, sensiblement affligé des suites de sa démarche, comprit, mais trop tard, la funeste influence de sa conduite dans le commencement de la Révolution. Il était vivement affecté de la manière dont il était traité par l'Assemblée, et ses regrets ne pouvaient qu'augmenter, en réfléchissant sur ce qu'il était et ce qu'il aurait pu être, s'il eût tenu la conduite que lui imposait la confiance de Sa Majesté en l'appelant auprès de sa personne.

La chaleur avec laquelle MM. Barnave et de Cazalès soutenaient leurs opinions ayant donné lieu à quelques personnalités, Barnave en demanda raison à M. de Cazalès, et ils se battirent au pistolet. M. de Cazalès fut blessé, et dut à son chapeau la conservation de la vie. La populace témoigna la joie la plus vive du succès de Barnave, et déclara que s'il avait été tué, elle aurait massacré son adversaire. Sa férocité augmentait de jour en jour, et l'on apprenait les nouvelles les plus désastreuses de ce qui se passait dans les provinces.

M. de Pont, intendant de Metz, qui allait subir l'opération de la pierre, fut investi à l'intendance par cent cinquante miliciens qui voulaient être payés de leur solde, qu'ils prétendaient leur être due depuis 1775, et dont ils le rendaient responsable. La populace se joignit à eux, et après avoir accablé M. de Pont de mauvais traitements, ils en extorquèrent un billet de mille louis. M. Louis de Bouillé et plusieurs autres officiers coururent les plus grands dangers en voulant défendre M. de Pont. La municipalité eut le courage d'arborer le drapeau rouge, de faire braquer les canons devant l'hôtel de ville, et de déclarer nuls les billets extorqués à l'intendant. Le lendemain, on fit courir le bruit qu'une armée de brigands dévastait les moissons, et de ces bruits artificieux résulta l'armement presque universel des habitants des provinces frontières.

L'esprit de révolte se soutenait dans les différents ports du royaume. M. de Castellat, commandant de la marine à Toulon, fut assassiné par les ouvriers du port, sous prétexte que le manque de fonds leur faisait craindre une suspension de payement. Ils se disposaient à le pendre, tout blessé qu'il était, lorsque deux grenadiers du régiment de Barrois l'arrachèrent tout sanglant de leurs mains et le portèrent à l'hôpital. M. de Glandevès, en rendant compte de cet événement, demanda ce que pouvait faire un commandant sans force contre des hommes qui, égarés par le mot de liberté, se livraient à toutes sortes d'atrocités. M. Malouet proposa sur-le-champ un projet de loi qui, rédigé par les comités des recherches, des rapports et de la marine, rendrait la sénéchaussée de Toulon juge en dernier ressort des complices de cet attentat, et chargerait le président de l'Assemblée d'écrire une lettre de satisfaction à la municipalité et à la garde nationale, qui avait déjà arrêté plusieurs des assassins de M. de Castellat, et aux deux braves grenadiers qui lui avaient sauvé la vie au prix de la leur propre.

M. de Mirabeau opina fortement pour s'opposer à de pareils désordres, et déclara qu'il ne voyait d'autre remède à tant de maux que dans le licenciement de l'armée. Il proposa de le décréter pour le 20 septembre, de fixer sa recréation au moment où les décrets sur l'organisation militaire seraient terminés, et de soumettre chaque individu qui la composerait à un serment tellement précis et déterminé, qu'il exclût toute diversité de principes et d'opinions. Il proposa, de plus, de faire en même temps une adresse à l'armée, qui développerait les devoirs que lui imposait ce serment, et qui servirait de préservatif contre les interprétations que des gens grossiers ou enthousiastes avaient tirées de la déclaration des droits de l'homme. Il termina en avouant qu'il était temps de la faire suivre de celle des devoirs. Si cette déclaration, si vivement sollicitée par les gens sages de l'Assemblée et si opiniâtrement refusée, eût été décrétée à la suite de celle des droits de l'homme, elle eût évité bien des malheurs. La proposition de M. de Mirabeau fut malheureusement trop tardive; le mal était facile à prévenir dans le principe, et il devenait alors difficile d'y remédier.

Le licenciement de l'armée excita la colère de Marat. Il fit courir un libelle qui déclarait que si le décret du licenciement de l'armée proposé par Mirabeau venait à passer, il fallait élever huit cents potences aux Tuileries pour y pendre tous les traîtres, Mirabeau à la tête. M. Malouet dénonça ce libelle, et demanda que le maire de Paris fût requis de faire arrêter Marat, ainsi que les colporteurs de pareilles atrocités. Mirabeau invoqua, au contraire, le mépris de l'Assemblée sur de pareilles extravagances, qu'il traita d'ivresse de la part de Marat, et dénonça comme libelle le réquisitoire du Châtelet sur les événements des 5 et 6 octobre.

On fit lecture à l'Assemblée d'une lettre des vainqueurs de la Bastille, et des écrivains patriotes, tels que Carra, Marat, Camille Desmoulins, Brissot, Loustalot, etc., qui invitaient tous les bons citoyens à se trouver à un service qu'ils feraient célébrer au Champ de Mars pour les camarades morts à la prise de la Bastille. Robespierre voulait que l'Assemblée y envoyât une députation ; mais sur l'observation qu'on lui fit, qu'elle ne pourrait siéger à côté de ceux qu'elle avait condamnés, M. Duport fit décréter que c'était à l'Assemblée à ordonner ce service, et qu'il fallait surseoir jusque-là.

CHAPITRE VII

Année 1790

Le ministre de la guerre vint faire part à l'Assemblée de la situation critique où se trouvait la ville de Nancy par la révolte des régiments du Roi, de Mestre de camp et des Suisses de Châteauvieux. Ce dernier régiment, qui avait été entraîné, parut d'abord se repentir; mais, excité de nouveau par ceux qui fomentaient tous ces troubles, il persista dans sa révolte. Chacun de ces régiments voulait rendre ses officiers solidaires des sommes qu'il prétendait lui être dues, pour les retenues injustes qu'on lui faisait depuis longtemps, et ils menaçaient de se faire justice eux-mêmes, si l'on refusait d'acquiescer à leur demande[64].

M. de Malseigne[65], ancien major général des carabiniers, officier de tête et de courage, envoyé à Nancy pour y rétablir l'ordre et la subordination, fit assembler un conseil au quartier des Suisses pour la reddition des comptes, et s'y rendit le 24 août. On rejeta les demandes injustes des soldats, et on leur accorda celles qui étaient justes et raisonnables. Mais les esprits s'échauffant, M. de Malseigne remit la séance à un autre jour. Lorsqu'il sortit du quartier, un grenadier, qui était de sentinelle à la porte, lui ferma le passage, en lui appuyant sa baïonnette sur la poitrine. M. de Malseigne tira son épée, le blessa, et traita de même un second grenadier qui leva le sabre sur sa tête. Il se fit jour ensuite avec son épée au travers de cette soldatesque effrénée, et se rendit chez M. de Nouë, colonel en second du régiment du Roi, qui commandait dans la ville, et chez qui tous les officiers s'étaient rassemblés.

Les soldats de Châteauvieux voulurent forcer les portes de la maison de M. de Nouë ; mais on la barricada, et l'on parvint pour le moment à la faire respecter. M. de Malseigne voulait braver leur fureur ; mais apprenant que la fermentation croissait d'heure en heure, que la plus grande partie des régiments du Roi et de Mestre de camp, unis à la multitude, partageaient les ressentiments des Suisses, et que sa vie était dans le plus grand danger, il se détermina à céder aux instances qu'on lui faisait de quitter Nancy et de retourner à Lunéville, où il fut reçu des carabiniers avec toutes les marques d'estime et de confiance qu'il n'avait cessé de leur inspirer.

Dès qu'on eut appris son départ de Nancy, trente soldats de Mestre de camp se mirent à sa poursuite ; mais il était heureusement entré dans Lunéville quand ils approchèrent de la ville. Un détachement de carabiniers monta à cheval, fut à leur rencontre, tua plusieurs d'entre eux, et fit les autres prisonniers. Ces nouvelles apportées à Nancy, et grossies par la malveillance, jetèrent l'alarme parmi les révoltés. On fit courir le bruit que les étrangers avaient pénétré dans le royaume, et le désordre fut à son comble. Les soldats crièrent à la trahison, forcèrent la maison de M. de Nouë, le traînèrent au cachot, emprisonnèrent les officiers qui étaient auprès de sa personne, arrêtèrent même M. Percheloche, aide de camp de M. de la Fayette, et le mirent sous la garde de leurs fusiliers.

Les trois régiments en insurrection partirent sur-le-champ pour aller attaquer les carabiniers, et la garde nationale se mit aussi en mouvement. M. Percheloche offrit alors à ceux qui le gardaient d'aller avec eux défendre leurs camarades, et ils partirent tous pour Lunéville. Ils trouvèrent les carabiniers en ordre de bataille; les deux troupes s'envoyèrent des députés. M. de Malseigne proposa de retourner à Nancy, accompagné de deux députés, l'un carabinier et l'autre des troupes des régiments; et M. Percheloche fut prié par les gardes nationales, et même par les soldats du régiment du Roi, d'aller à Paris, et d'y rendre compte de ce qui se passait. Il y consentit, après avoir obtenu la liberté de M. de Nouë et de ceux qui avaient été arrêtés avec lui.

M. de Bouillé[66], en rendant compte de ces faits, demanda deux commissaires à l'Assemblée pour agir de concert avec lui, et détruire par là les bruits que l'on faisait courir, qu'il ne rassemblait des troupes que pour opérer une contre-révolution. Il informait l'Assemblée qu'il avait sous ses ordres, outre les carabiniers, les régiments suisses de Castella et de Vigier, déterminés à venger la honte qu'imprimait sur leur nation la défection de Châteauvieux.

Pendant ce temps, la situation de Nancy était affreuse. L'arsenal avait été pillé; la classe inférieure défendait les soldats, et la classe supérieure courait journellement le risque d'être massacrée. Un grand nombre de gardes nationales avaient quitté la ville pour marcher contre les carabiniers avec les trois régiments, et les citoyens étaient sans défense contre l'effervescence de la multitude. On demandait instamment à l'Assemblée de soutenir le décret qu'elle avait rendu pour autoriser à réprimer par la force une insurrection dont les suites pouvaient devenir si dangereuses. Mais la garde nationale de Nancy avait envoyé à Paris deux députés, qui, dans un discours prononcé devant l'Assemblée, excusèrent les troupes et rejetèrent la cause des désordres sur les chefs des régiments, et nommément sur M. de Malseigne. Ils parvinrent ainsi à refroidir l'Assemblée sur les mesures qu'elle avait d'abord adoptées. « Tous les torts des soldats, disaient-ils, ne proviennent que de leur attachement aux principes de la Révolution. Il faut, ajoutèrent-ils, temporiser et rendre justice à la pureté de leurs sentiments. »

Ces raisons, appuyées par les démagogues de l'Assemblée, leur firent accorder les honneurs de la séance. Barnave, Robespierre, et autres députés du même parti, cherchèrent de leur côté à inspirer de la défiance sur les opinions de M. de Bouillé. Il allait, disaient-ils, former une réunion d'aristocrates et de despotes soudoyés pour égorger les soldats. Ils parvinrent, quoique avec peine, par ces mensonges, à obtenir de l'Assemblée qu'elle ferait une nouvelle proclamation, par laquelle elle déclarerait qu'elle scruterait la conduite de chacun ; que les soldats et les citoyens seraient mis sous la sauvegarde de la nation ; mais que pour obtenir justice, il fallait d'abord rentrer dans l'ordre. Elle décida que cette proclamation serait portée à Nancy par deux commissaires, autorisés à requérir la force militaire, après avoir épuisé tous les moyens de paix et de justice.

Les décrets et la proclamation de l'Assemblée ne firent aucune impression sur l'esprit des révoltés. Ils entraînèrent même dans leur parti un grand nombre de carabiniers, qui se saisirent de MM. de Nouë et de Malseigne, et les conduisirent en prison, où ils se trouvaient à la merci de ces furieux. M. de Bouillé, après avoir employé inutilement tous les moyens possibles pour faire rentrer les troupes dans le devoir, se vit forcé d'employer la force, et se détermina à faire exécuter le décret.

Il réunit toutes les troupes de ligne, les gardes nationales de Metz, de Lunéville, et la partie saine de celle de Nancy, leur lut le décret de l'Assemblée sanctionné par le Roi, et, assuré de leur fidélité, il marcha contre les révoltés. Ceux-ci envoyèrent une députation à M. de Bouillé pour demander à capituler. Il répondit qu'on ne capitulait point avec des rebelles; qu'ils n'avaient d'autre parti à prendre que celui de la soumission, et que si dans deux heures MM. de Nouë et de Malseigne ne lui étaient pas rendus, et que les trois régiments ne fussent pas en bataille hors de la ville, reposés sur leurs armes, il ferait exécuter le décret. On rendit MM. de Nouë et de Malseigne, et après de nouveaux pourparlers où M. de Bouillé tint ferme, une nouvelle députation de la municipalité et du régiment du Roi vint l'assurer que pour obéir à ses ordres on allait quitter la ville. M. de Bouillé la reçut au milieu de ses troupes, dont il avait peine à contenir l'ardeur. Les soldats sortirent de la ville; mais on remarqua qu'une de ses portes était gardée par des soldats des trois régiments, qui avaient conservé de l'artillerie. M. de Bouillé y marcha avec l'avant-garde, y arriva à quatre heures, et fit sommer de rendre la porte. Ils se préparaient à la défendre, lorsque M. Désilles, jeune officier du régiment du Roi, plein d'honneur et de bravoure, tenta un dernier effort pour les porter à la soumission. Il employa d'abord la persuasion et la raison pour les engager à ne pas faire couler le sang pour une défense impossible; mais ne pouvant rien gagner sur les esprits obstinés, il se plaça à l'embouchure du canon, se flattant de les arrêter par cette démarche. Tout fut inutile; ils répondirent à la dernière sommation de M. de Bouillé par un coup de canon à mitraille et une décharge de mousqueterie, qui blessa mortellement le jeune et héroïque Désilles[67]. Les volontaires ripostèrent par un feu très-vif, forcèrent la porte et tuèrent tout ce qu'ils rencontrèrent. Les révoltés se défendirent avec acharnement. Ils tiraient par les fenêtres sur les troupes de M. de Bouillé, et lui tuèrent beaucoup de monde. Après un combat de trois heures, où les soldats de Châteauvieux furent en partie tués ou blessés, et Mestre de camp s'étant sauvé, le régiment du Roi se décida à se rendre. M. de Bouillé fut sur-le-champ à son quartier, et lui ordonna de se rendre à Verdun ; Mestre de camp, dispersé ou prisonnier, reçut l'ordre de se rendre à Toul, Moyenvic et Marsal. M. de Bouillé donna les plus grands éloges au courage et à la bravoure des troupes et des gardes nationales. Trente hommes de celle de Metz furent tués, et beaucoup furent blessés. Nancy leur dut son salut, et l'ordre y fut parfaitement rétabli.

M. de Bouillé tint, dès le lendemain, un conseil de guerre pour juger les coupables, et demanda les ordres de l'Assemblée relativement aux soldats de Châteauvieux. M. de Malseigne, en quittant Nancy, fut rejoindre les carabiniers qui étaient rentrés dans le devoir, et qui, en lui témoignant leur profonde douleur, livrèrent vingt de leurs camarades, principaux auteurs de l'insurrection.

Le courage et la fermeté de M. de Bouillé furent applaudis généralement. Il n'avait que trois mille hommes à opposer aux révoltés, qui étaient au nombre de dix mille. La modestie avec laquelle il rendit compte de ses succès ajouta encore à l'estime qu'inspira sa conduite.

Le Roi et la Reine, qui étaient dans la plus mortelle inquiétude sur ce qui se passait à Nancy, témoignèrent à M. de Bouillé la satisfaction qu'ils éprouvaient de sa conduite, et en firent publiquement l'éloge le plus flatteur et le plus mérité. Il n'en fut pas de même de l'Assemblée. Tout ce qui tendait à donner de la considération au Roi était un sujet de déplaisance pour elle. Aussi, en remerciant par un décret les autorités, les gardes nationales et M. Désilles, de leur zèle, de leur bravoure et de leur patriotisme, elle se contenta d'une simple approbation pour le général et les troupes de ligne qui avaient fait leur devoir, et elle ordonna aux commissaires dont l'envoi avait été décrété, de se rendre sans délai à Nancy, pour y prendre les informations nécessaires sur les auteurs de l'insurrection, punir les coupables sans distinction de chefs ni de soldats, et prendre les mesures nécessaires pour la conservation de la tranquillité publique. Elle se chargea de pourvoir au sort des femmes et des enfants des gardes nationaux qui avaient péri à Nancy.

Le Roi avait nommé pour commissaires les deux présidents des départements les plus voisins de cette ville, comme ayant une parfaite connaissance de ce qui s'y était passé ; mais M. de la Fayette s'y opposa, et fit nommer à leur place M. Dumanoir, un de ses aides de camp, et M. Duport du Tertre. Ces deux messieurs, ne s'étant pas souciés de se charger de cette mission, furent remplacés par MM. du Verrier et Cayer de Gerville, avocats.

Si le Roi eût voulu quitter Paris à cette époque, et se retirer à Metz pour s'y mettre à la tête des troupes, la considération dont jouissait M. de Bouillé lui en aurait donné les moyens, et le séjour de Saint-Cloud toutes sortes de facilités pour partir secrètement. Mais il ne put se résoudre à un parti dont il redoutait les suites.

Les factieux, mécontents de voir l'ordre rétabli à Nancy par la valeur héroïque des troupes et de la garde nationale, tentèrent d'exciter une émeute à Paris. Ils rassemblèrent les groupes du Palais-Royal, et une troupe de gens armés se réunirent autour de la salle, et se répandirent ensuite dans le jardin des Tuileries en proférant des imprécations contre M. de Bouillé et contre les ministres, dont ils demandaient le renvoi. Ils déploraient le meurtre de Nancy, et feignaient même de vouloir forcer la salle. La bonne contenance de la garde nationale arrêta le commencement de cette sédition. M. Dupont de Nemours se plaignit vivement de l'audace des factieux, qui, sans armée apparente, en avaient une réelle dans le grand nombre de leurs partisans, obéissaient à un mot de guerre, et se rassemblaient au premier signal pour commettre tous les excès qui leur étaient commandés. Il demanda que l'Assemblée donnât des ordres pour informer contre les auteurs de ce dernier tumulte, et pour enjoindre à la municipalité de Paris de veiller soigneusement à l'exécution des décrets relatifs à la tranquillité publique. Malgré un discours de M. d'André, qui n'eut pas honte d'attribuer à la minorité les excès dont on se plaignait, pour indisposer contre elle, le décret proposé passa à l'unanimité.

L'émeute du 2 septembre décida la retraite de M. Necker. Effrayé des dangers qu'il courait, il écrivit à l'Assemblée que sa santé ne lui permettant plus de remplir les fonctions de sa place, il lui envoyait sa démission. Il l'informait en même temps qu'il lui avait remis, le 2 juillet, le compte de la recette et de la dépense depuis le 1er mai 1789 jusqu'au mois de mai 1790 ; qu'il laissait pour garant de son administration ses maisons de Paris et de la campagne, et deux millions quatre cent mille livres de ses propres fonds qu'il avait versés au trésor royal, et dont il demandait à retirer seulement quatre cent mille livres. Cette démission fut reçue avec la plus profonde indifférence. L'Assemblée se chargea de l'administration du trésor public, et ajouta l'administration des finances à tous les autres pouvoirs qu'elle avait réunis entre ses mains.

L'arrivée subite de M. Necker ayant causé quelque émotion dans le village de Saint-Ouen, il crut prudent de le quitter et erra toute la nuit dans la vallée de Montmorency. Il revint à Paris dans la matinée du lendemain, et partit peu après pour Coppet. Son voyage ne fut pas heureux. Il fut arrêté à Arcis-sur-Aube par la municipalité, qui refusa de le laisser continuer sa route, jusqu'à ce qu'elle y fût autorisée par l'Assemblée nationale. M. Necker écrivit au président pour lui demander de lui obtenir cette autorisation, et ses amis en obtinrent une lettre pour assurer son voyage. Muni de ces papiers, on lui laissa continuer sa route jusqu'à Vesoul, où il fut arrêté de nouveau. Mais la municipalité le fit mettre en liberté, et il quitta enfin la France pour n'y plus revenir, emportant avec lui un chagrin et une inquiétude qui, joints à la douleur que lui causa la perte de sa femme, rendirent sa vie amère jusqu'à son dernier soupir.

Les persécutions qu'éprouvaient les habitants des provinces méridionales attachés au Roi et à la religion, les déterminèrent à se réunir pour parvenir à s'y soustraire. Ils formèrent un camp fédératif à Jalès dans le bas Languedoc. Ils avaient fixé le 18 août pour le jour du ralliement. Ce camp était déjà composé de quarante-cinq mille hommes, lorsque dix mille montagnards du Vivarais en vinrent grossir le nombre. On forma un bataillon carré au milieu duquel on dressa un autel, sur lequel on célébra la messe; et les têtes s'échauffant, on proposa d'aller venger les catholiques opprimés par les protestants. M. de Lazantides, ancien officier du régiment de Penthièvre, qui sentit le danger de cette proposition, saisit adroitement le prétexte du manque de vivres pour les engager à se retirer.

Les habitants du Vivarais furent plus difficiles à persuader que les autres, et n'y consentirent qu'à la condition d'envoyer des commissaires qui auraient pour mission d'obliger les protestants à envoyer à Montpellier, ou autre ville de sûreté, les catholiques emprisonnés, pour y être jugés et punis s'ils se trouvaient coupables; de vendre des armes aux catholiques, ou de désarmer aussi les protestants ; de faire remettre les canons à la citadelle de Nîmes, et d'en faire sortir les soldats du régiment de Guyenne, vendus aux protestants.

L'Assemblée, inquiète de ce rassemblement, décréta qu'elle approuvait la proclamation du département de l'Ardèche pour s'opposer aux arrêtés de l'armée du camp de Jalès, et chargea le président de demander au Roi d'ordonner au tribunal de Villeneuve-de-Berg de faire le procès aux auteurs des arrêtés inconstitutionnels de ce camp, de déclarer le comité militaire de cette armée inconstitutionnel, de lui défendre de s'assembler, et à ses commissaires de se rendre à Montpellier pour y prendre des renseignements sur l'affaire de Nîmes ; de défendre également à tous les gardes nationaux du royaume de former aucun camp fédératif sans l'autorisation du directoire du département, et de supplier Sa Majesté de donner les ordres les plus prompts pour l'exécution du présent décret.

Le parti qu'avait pris le Roi, par le conseil de ses ministres, de sanctionner sans réflexion tous les décrets de l'Assemblée, lui causait souvent de violents chagrins. Obligé par cette mesure d'abandonner ceux qui cherchaient à défendre son autorité, il vit avec douleur que loin de remplir le but qu'on s'était proposé, elle ne tendait qu'à accroître celle de l'Assemblée, qui ne s'occupait qu'à éteindre dans le cœur des Français l'attachement envers leur souverain, qui ne désirait que le bonheur de son peuple.

Le côté gauche de l'Assemblée, qui avait juré la destruction du clergé, trouvant que la vente de ses biens traînait en longueur, proposa pour la déterminer plus promptement une nouvelle émission de deux milliards d'assignats, y compris ceux qui avaient été créés précédemment. Mirabeau et les membres du comité de liquidation avaient estimé à cette somme le remboursement de la dette publique, qui se composait : des charges de la maison du Roi et des princes, des emplois militaires, des dîmes inféodées, et des emprunts de Hollande et de Gênes. Ils disaient qu'en échangeant ces deux milliards contre des domaines de pareille valeur, on délivrerait l'État d'une dette aussi considérable, et que le peuple n'aurait plus à payer par an que quatre cent soixante-quatorze millions. Mirabeau opina pour rembourser la dette publique en assignats, sans intérêts ; pour mettre en vente sur-le-champ les domaines nationaux, et ouvrir des enchères dans tous les districts ; pour recevoir exclusivement les assignats en payement des acquisitions, en les brûlant à mesure de leur rentrée, et charger le comité des finances d'un projet de décret et d'une instruction sur cet objet.

Un grand nombre de séances furent employées à la discussion de cette proposition. Tout ce qu'il y avait de gens instruits et raisonnables à l'Assemblée se récria contre cette mesure ; et un grand nombre de députés du côté gauche se joignirent à eux et en firent sentir les dangers par des discours pleins de force et de sagesse. Ils peignirent avec chaleur les désordres qui ne pouvaient manquer d'en résulter, tels que le renchérissement des denrées, la dilapidation des biens du clergé et la banqueroute, qui serait la suite infaillible d'une semblable émission d'assignats. Les représentations des grandes villes du royaume, sur le tort qu'elle ferait au commerce, n'eurent pas plus d'effet. Le parti était pris ; la fougueuse éloquence de Mirabeau, appuyée par son parti, entraîna la majorité de l'Assemblée, et il fut décrété que la dette non constituée de l'État et celle du ci-devant clergé seraient remboursées en assignats-monnaie sans intérêts ; qu'il ne serait pas mis plus de douze cents millions en circulation, au-delà des quatre cents qui avaient été décrétés ; que les assignats qui rentreraient dans la caisse seraient brûlés, et qu'on ne pourrait en fabriquer de nouveaux sans l'autorisation du corps législatif, et sous la condition qu'ils ne pourraient excéder la valeur des domaines nationaux, ni se trouver au-dessus de douze cents millions dans la circulation.

CHAPITRE VIII

Année 1790 (octobre)

Le Châtelet, suffisamment instruit sur les attentats des 5 et 6 octobre, avant de décréter d'accusation les personnes qui y étaient impliquées, envoya une députation à la barre de l'Assemblée, à la tête de laquelle était M. Boucher d'Argis, président de ce tribunal. Il déclara qu'il allait révéler des secrets pleins d'horreur, et que malgré les menaces faites de toutes parts au Châtelet, il ne craindrait aucun danger lorsqu'il s'agirait d'affirmer la liberté en la séparant de la licence ; qu'il avait été douloureusement affligé en reconnaissant parmi les accusés deux membres de l'Assemblée ; mais qu'il était persuadé qu'ils s'empresseraient de solliciter eux-mêmes la poursuite d'une procédure dont il espérait que le complément mettrait au jour leur innocence.

Il déposa sur le bureau la procédure scellée, déclarant qu'il était redevable de la plus grande partie des pièces qui la composaient au comité des recherches de l'Assemblée, et se plaignant à regret de celui des recherches de la ville de Paris, qui avait constamment refusé de remettre celles qu'il avait entre les mains.

« L'Assemblée ne peut être ni accusatrice ni juge, dit M. de Mirabeau ; elle ne peut que connaître des charges qui inculpent deux de ses membres. Je propose de décréter que le paquet soit remis au comité des recherches de l'Assemblée, qui fera le rapport des charges qui inculpent deux de ses membres, pour qu'elle puisse les décréter, s'il y a lieu à accusation. »

L'abbé Maury représenta que l'inviolabilité des députés ne pouvait s'étendre à toute espèce de délit, et nommément lorsqu'il était question du crime de lèse-nation et de haute trahison ; qu'il fallait déclarer que, tous les hommes étant égaux devant la loi, on renvoyait la procédure au Châtelet, en lui ordonnant la poursuite, et en mandant aussi au comité des recherches de la ville de Paris de remettre à ce tribunal tous les documents qu'il jugerait nécessaires.

Péthion s'étonna qu'on réveillât une affaire qu'il croyait assoupie, et déclara qu'il croyait bien plus conforme à l'inviolabilité des députés de laisser l'Assemblée prononcer s'il y avait ou non matière à accusation contre deux de ses membres, impliqués dans la procédure du Châtelet.

M. de Cazalès, indigné, insista sur la nécessité de donner la plus grande publicité à la justification de ceux qui étaient accusés d'un forfait qui pesait sur la nation entière, et qui ferait à jamais son déshonneur lorsque la postérité dirait : D'infâmes assassins ont mis en péril les jours de la Reine, fille de Marie-Thérèse. Les murmures redoublèrent son courage : « Oui, dit-il, la fille de Marie-Thérèse, dont le nom survivra à ceux des conspirateurs de cette exécrable journée. »

L'Assemblée décréta que le paquet serait ouvert par le comité des recherches de l'Assemblée, en présence des commissaires du Châtelet, devant lesquels on ferait l'inventaire des pièces qui y étaient contenues ; que le comité des rapports lui rendrait compte des charges contre les représentants de la nation, s'il en existait dans la procédure, pour la mettre à portée de déclarer s'il y avait ou non matière à accusation ; qu'elle n'entendait point arrêter le cours de la justice à l'égard des autres accusés qui pourraient y être compris, et que le comité des recherches de Paris serait tenu de remettre aux commissaires du Châtelet les pièces et documents qui pourraient être nécessaires pour la suite de la procédure; et sur la demande de MM. de Cazalès, Malouet et Dufraisse-Duché, on ordonna l'exécution des décrets lancés contre des personnes étrangères à l'Assemblée avant l'ouverture du paquet.

Le comité des recherches de la ville accusa le Châtelet de vouloir faire la contre-révolution, en donnant à la procédure le titre des journées des 5 et 6 octobre, tandis qu'il ne devait être question que des événements de cette dernière journée. Le Châtelet répondit à cette accusation par une adresse à l'Assemblée, où il prouva par des pièces justificatives que la déposition des témoins entraînait une telle connexité entre ces deux journées, qu'il était impossible de pouvoir les séparer. Des voix furieuses s'opposèrent à la continuation de la lecture de l'adresse. M. Dufraisse-Duché eut beau représenter qu'un pareil refus laisserait croire que l'Assemblée voulait laisser impunis des crimes qui souilleraient la Révolution, et que cette impunité la couvrirait, elle et ses auteurs, d'un opprobre éternel, ses représentations ne furent point écoutées. La majorité refusa d'entendre la continuation de la lecture de l'adresse, qui fut envoyée au comité des rapports.

Ce comité demanda, pour pouvoir faire son rapport, l'impression de la procédure du Châtelet, et M. de Mirabeau demanda qu'il fût fait le plus promptement possible: «Je n'ignore pas que j'y dois jouer un rôle, dans ce procès fait à la Révolution, dit-il avec impudence; mais il y a plus à craindre l'évasion des témoins que des accusés.»

M. Chabroud, chargé du rapport du comité des recherches, ne s'attacha qu'à justifier Mirabeau et

M. le duc d'Orléans. Il s'efforça de faire regarder cette effroyable journée comme un de ces événements où le sort se plaît à confondre la prévoyance humaine: « Les juges, dit-il, ont érigé en certitude ce qui pouvait n'être qu'un soupçon; les témoins ont cru voir ce qu'ils affirmaient, et se sont évidemment trompés. La plupart sont peu dignes de foi. M. le duc d'Orléans et M. de Mirabeau n'ont pu être coupables de ce dont on les accuse, puisqu'ils étaient l'un et l'autre dans des endroits différents de ceux où l'on dit les avoir vus. » Il ne voit dans toute cette procédure qu'un procès fait à la Révolution, pour avoir le droit d'attribuer à ses véritables amis les imprudences de ses ennemis. Le dîner des gardes du corps, la crainte trop fondée d'une contre-révolution, les premiers coups de fusil tirés sur le peuple, ce sont les circonstances qui ont amené les événements dont on se plaint. Il accusa M. Malouet de s'être plu à noircir des propos de conversation, et entre autres une légèreté de M. Coraller, qui s'était permis de dire, dans un moment d'emportement, que si l'on n'avait pas renvoyé M. Necker, on aurait mis le feu au Palais-Bourbon, pour commencer la Révolution. « Quant aux malheurs arrivés le 6 octobre, je les livre, dit-il en finissant son horrible discours, à l'instruction des races futures, et à fournir une leçon aux rois, aux courtisans et au peuple. » Il conclut par demander, au nom du comité, qu'on décrétât qu'il n'y avait pas matière à accusation.

On lut ensuite la copie de deux lettres de M. d'Estaing à la Reine, pour prouver combien étaient fondées les craintes que l'on éprouvait que des conseils fussent donnés au Roi de quitter Versailles pour aller à Metz. M. d'Estaing parlait dans sa seconde lettre du mauvais effet du dîner des gardes du corps, et engageait la Reine à suivre les conseils qu'il lui donnait de ne pas s'entourer des ennemis de la Révolution. Ces deux lettres étaient si plates et si diffuses, que la Reine n'avait pas daigné y répondre, et l'on ne put s'empêcher d'être étonné de les voir entre les mains de M. Chabroud, qui jugea à propos de s'en servir à l'appui de la cause qu'il soutenait.

M. de Bonnay justifia les gardes du corps, dont l'héroïsme devait passer à la postérité. L'abbé Maury fit sentir, avec l'éloquence qui caractérisait tous ses discours, la fausseté des assertions de M. Chabroud, et combien il était douloureux de voir atténuer des crimes dont le souvenir affligeait si vivement ceux qui aimaient réellement leur patrie, lorsqu'ils pensaient au déshonneur dont elle se couvrait en les laissant impunis.

MM. Malouet, de Montlosier et Henri de Longuève cherchèrent vainement à faire discuter la procédure, et parlèrent avec autant de force que de sagesse pour en faire sentir la nécessité. Mais, pour toute réponse, M. de Mirabeau s'emporta contre le Roi, le Châtelet et les membres du côté droit. Il entra dans le sens de Chabroud sur le procès fait à la Révolution : « Sans vouloir rappeler, dit-il, que le trône a des torts à expier et la vengeance nationale des complots à mettre en oubli, j'ai le droit d'accuser le Châtelet de chercher à exciter les provinces contre Paris, en peignant le Roi comme captif dans sa capitale, et l'Assemblée comme une réunion de factieux. »

M. de Biron justifia M. le duc d'Orléans, qui prononça lui-même un discours à l'Assemblée pour prouver que les accusations dirigées contre lui étaient dictées par la vengeance; qu'il ratifiait l'engagement qu'avait pris M. de Biron de porter la lumière jusque dans les moindres détails de cette ténébreuse affaire, et qu'il ne refuserait aucun éclaircissement à ceux qui avaient intérêt à le contredire, de même qu'à ceux qui avaient le droit d'en connaître. Barnave ajouta que du moment où la procédure avait été remise au comité, elle avait été jugée ; qu'il n'y avait d'autre conjuration que la procédure elle-même ; qu'il demandait le plus profond mépris pour le Châtelet, la procédure et les témoins, et que M. le duc d'Orléans en ferait imprimer ce qu'il voudrait, ne pouvant que confirmer l'estime que lui portait la nation, pour son patriotisme et son attachement à la liberté.

(2 octobre.) L'Assemblée, d'après les conclusions du comité des rapports, décréta qu'il n'y avait pas matière à accusation.

Cette décision consterna tous les gens de bien, qui virent avec une profonde douleur la honte qui en rejaillissait sur la nation ; et il fallait qu'elle fût bien aveuglée pour conserver le moindre espoir du bien que pouvait faire une Assemblée qui s'avilissait au point de fermer les yeux sur de pareils attentats, et d'en protéger les auteurs. Cent quarante-huit députés de l'Assemblée, non compris les témoins, ne pouvant soutenir l'idée d'associer leurs noms à un pareil décret, déclarèrent et firent imprimer leur improbation du rapport de Chabroud, dans les termes les plus énergiques.

M. d'Albert de Rioms, qui jouissait à juste titre de la considération la plus distinguée, après avoir tenté tous les moyens possibles pour rétablir la subordination dans la flotte de Brest, se voyant journellement inculpé, et ne pouvant plus faire aucun bien, donna sa démission, et fut remplacé par M. de Bougainville.

L'Assemblée avait chargé M. de Menou du rapport sur l'insurrection qui avait donné lieu à la retraite de M. d'Albert de Rioms. Pénétré du danger qui en pouvait résulter, le rapporteur y avait fait sentir la nécessité d'employer sans perdre de temps tous les moyens propres à empêcher le retour de pareils excès. Mais le rapport ayant été désapprouvé par les démagogues de l'Assemblée, il désavoua trois jours après tout ce qu'il avait avancé, et fit retomber le blâme de l'insurrection sur la sévérité des officiers envers des gens égarés par excès de patriotisme, qui seraient ramenés à l'ordre par la voie de la douceur et à la vue du pavillon tricolore, qu'il concluait à faire adopter pour la marine française.

On fit plusieurs objections sur les inconvénients qui pouvaient résulter de cette mesure ; mais l'Assemblée n'en voulut écouter aucune, et la proposition de se borner à mettre seulement les cravates de couleur nationale enflamma tellement la colère de M. de Mirabeau, que, non content de prononcer le discours le plus incendiaire, il en vint au point de menacer le côté droit de la fureur populaire.

M. de Guillermy, ne pouvant entendre de sang-froid un pareil discours, s'écria que c'était le langage d'un factieux. Un homme des tribunes ouvrit alors une fenêtre sur la terrasse des Feuillants, répétant aux affidés toujours à leur poste sur cette terrasse, le propos de M. de Guillermy. Leurs hurlements, joints au tapage des tribunes, déterminèrent le côté gauche de l'Assemblée, qui avait toujours la majorité, à ordonner les arrêts pour trois jours à M. de Guillermy, et l'on décréta que le pavillon français serait dorénavant tricolore (22 octobre).

M. de Menou et les démagogues de l'Assemblée profitèrent de cette circonstance pour dénoncer de nouveau les ministres, ajoutant qu'il fallait faire connaître au Roi qu'ils avaient perdu la confiance de la nation. M. de Cazalès, en s'opposant à cette mesure comme inconstitutionnelle, s'emporta avec violence contre ces mêmes ministres, qu'il accusa d'une lâche indifférence et de manquer de la fermeté nécessaire pour réprimer les excès qui se commettaient journellement, comme s'ils avaient eu plus de possibilité que M. de Cazalès pour s'opposer aux décrets désorganisateurs qui paralysaient tous les moyens de répression. Personne ne put concevoir le motif d'un reproche aussi déplacé dans les circonstances où l'on se trouvait. Plusieurs représentants ayant fait sentir l'inconvenance de cette dénonciation, l'Assemblée passa à l'ordre du jour.

Les sections se réunirent de leur côté pour arrêter entre elles le renvoi des ministres, comme si les sections de Paris avaient eu le droit de gouverner la France à leur volonté. En conséquence de cette décision, M. Bailly vint annoncer à l'Assemblée, à la tête d'une députation des quarante-huit sections, qu'elles s'occupaient de rédiger une adresse dans laquelle elles exprimaient le vœu de la commune entière de Paris pour un changement de ministres; qu'elles venaient déposer leurs alarmes dans le sein des pères de la patrie; qu'elles pouvaient être réputées celles de la nation entière, puisque Paris réunissait dans chaque section un grand nombre de citoyens de tous les départements.

Danton, ancien avocat au conseil, et qui était un vrai scélérat, prononça ensuite un discours qui était une véritable diatribe contre les ministres. Il y peignait l'archevêque de Bordeaux comme un ennemi caché de la Révolution, qui, non content de retarder l'expédition des décrets les plus essentiels, se permettait d'en altérer quelquefois le texte. Il lui reprochait, en outre, d'avoir, dans ses instructions aux commissaires du Roi dans les provinces, commenté les décrets relatifs à leurs fonctions, de manière à leur donner une extension de pouvoir funeste à la Constitution.

Il accusait M. de Saint-Priest d'avoir puisé à Constantinople des principes de despotisme, menaçant les têtes françaises de son fameux damas; d'avoir été l'âme de la contre-révolution projetée par M. de Maillebois, et d'avoir donné au Roi l'idée d'une maison militaire, pour opprimer les patriotes et les amis de la Révolution.

Il reprochait à MM. de la Luzerne et de la Tour du Pin d'opprimer les officiers et les soldats patriotes, et, de plus, à ce dernier, sa faiblesse, sa vanité, son attachement pour ses parchemins, et d'avoir dégarni les frontières pour porter les troupes dans l'intérieur du royaume.

M. de Montmorin fut le seul exclu de cette dénonciation. Les démagogues le regardaient comme partisan de la liberté, et n'avaient, disaient-ils, rien d'essentiel à lui reprocher. Il était cependant profondément attaché au Roi, et ne caressait ce parti-là que dans l'espoir de lui être utile. Il se trompa dans son calcul, et forcé à des démarches qui répugnaient à son cœur, il se vit méprisé des deux partis, et finit par être victime des fureurs de la Révolution.

Danton termina son discours par supplier l'Assemblée de nommer promptement une haute cour nationale pour juger les crimes de lèse-nation, et notamment les ministres, contre lesquels on n'avait pas besoin d'autre preuve de culpabilité que leur volonté de vouloir se maintenir dans leurs places, pendant l'instruction du procès qui allait s'intenter contre eux.

L'Assemblée reconnut le droit de pétition dans la démarche des sections, promit d'examiner les preuves qu'elles fourniraient et qui ne pouvaient être repoussées par le Roi, puisqu'il devait au peuple justice et protection.

Elle ne pouvait dissimuler son inquiétude sur la seule idée de voir le Roi se former une maison militaire, et c'était ce qu'elle redoutait le plus ; aussi Charles de Lameth s'emporta-t-il avec sa fougue ordinaire contre une mesure qui pouvait, disait-il, mettre en péril la liberté ; il ajouta que la même raison devait faire décréter que le Roi ne commanderait jamais l'armée en personne.

M. Malouet représenta que la dignité du trône exigeait que le Roi eût une garde nommée par lui ; que l'Assemblée ne pouvait s'occuper que du nombre d'hommes dont elle serait composée, et que quant à la proposition d'ôter au Roi le commandement de l'armée, c'était lui ôter toute considération et toute autorité, amener la nation insensiblement à se passer de Roi, et perpétuer le trouble et l'anarchie. Il ne fut pas écouté, non plus que les autres membres de l'Assemblée opposés à une pareille violation de la Constitution. Sur la proposition de M. de Lameth, la discussion de ces deux objets fut renvoyée aux comités militaire et de constitution réunis.

On ne reconnaissait d'autres principes à l'Assemblée que la soumission aux volontés des démagogues. Pour donner l'idée de la corruption où elle était tombée, un député, nommé Lavie, osa proposer, dans une de ses séances, de ne plus parler de Dieu au peuple, de renfermer la religion dans le payement de l'impôt, et d'obliger les curés à se contenter de répéter en chaire : L'impôt, l'impôt ! Le côté droit témoigna son indignation, qui ne fut qu'un sujet de risée pour ses adversaires.

Les ministres, se voyant dans l'impossibilité de pouvoir faire le bien, donnèrent au Roi leur démission. Mais ce prince ne l'ayant point acceptée, ils conservèrent leurs places, à l'exception de M. de la Luzerne, qui réitéra sa demande et remit au Roi un compte sommaire de la marine, à l'époque où il en quittait le département. Elle était composée de soixante-dix vaisseaux de ligne et de soixante-cinq frégates à flot, non compris douze vaisseaux et six frégates en construction et prêts à être lancés. C'était le fruit du travail de Louis XVI, qui s'était occupé sans relâche du soin de créer une marine respectable. N'était-il pas affreux de voir une Assemblée nationale se plaire à rendre ces efforts inutiles, et à paralyser le zèle d'officiers aussi instruits qu'expérimentés, par l'insubordination qu'elle se plaisait à fomenter entre les subordonnés et leurs supérieurs ? Le Roi voyait avec douleur la destruction de l'objet de ses soins ; mais sentant que M. de la Luzerne ne pouvait rien contre ceux qui ne voulaient que détruire, il accepta sa démission et lui écrivit en même temps qu'il n'oublierait jamais ses services ; qu'il avait besoin de lui en exprimer sa satisfaction, et d'y joindre ses regrets sur la nécessité où il se croyait de quitter le ministère. Le Roi regrettait avec raison un ministre qui réunissait aux talents et à la probité un extrême attachement pour sa personne. En effet, il aurait de bon cœur sacrifié à son Roi tous les désagréments qu'il éprouvait, s'il avait seulement entrevu une possibilité de lui être utile ; mais, ne pouvant s'en flatter, il préféra une retraite honorable à une vaine résistance aux volontés d'une Assemblée toute-puissante, qui voulait tenir les ministres dans son entière dépendance.

Le Roi écrivit à l'Assemblée pour lui faire part du choix qu'il avait fait de M. de Fleurieu pour ministre de la marine. Celui-ci promit à l'Assemblée de se distinguer par son zèle pour l'exécution des lois et pour assurer la tranquillité publique. Il lui annonça en même temps le choix qu'avait fait le Roi de M. de Bougainville pour remplacer M. d'Albert de Rioms.

La suppression des Parlements, décrétée sans discussion le 6 décembre 1789, fut exécutée dans tout le royaume au mois d'octobre de l'année suivante, et les tribunaux inférieurs reçurent l'ordre de continuer leurs fonctions jusqu'à leur remplacement. Les Parlements de Bordeaux, de Rouen, de Grenoble et d'Aix, après avoir protesté contre ce décret, en envoyèrent la transcription aux tribunaux inférieurs.

Les avocats de celui d'Aix déclarèrent, par l'organe de Pascalis, l'un d'entre eux, qu'ils étaient décidés à s'ensevelir avec la Monarchie et à mourir en sujets fidèles du Roi de France et du comte de Provence, et ils refusèrent de continuer leur ministère. Le président de Cabre fit transcrire leurs discours et leurs noms sur le registre de la Cour, comme une marque honorable de leur inébranlable fidélité[68]. Le Parlement de Toulouse protesta contre toutes les atteintes portées à la religion et à la dignité de ses ministres, aux droits de la couronne, contre l'anéantissement des ordres, le démembrement du Languedoc, l'anéantissement de ses privilèges et les lettres patentes portant suppression de la Cour.

Cette protestation porta l'alarme dans l'Assemblée. Robespierre en prit occasion d'inculper le pouvoir exécutif; car le nom de Roi n'existait déjà plus parmi les démagogues. MM. de Broglie et Alexandre de Lameth la taxèrent de rébellion et demandèrent le prompt établissement de la haute Cour pour juger les coupables. Mais les magistrats, par leur fuite en Espagne, se dérobèrent à la vengeance que l'Assemblée se préparait à tirer de leur résistance à ses décrets.

Les troubles de la Martinique excitèrent l'attention de l'Assemblée; ils furent la suite de l'esprit désorganisateur qu'on répandait dans les colonies, sans vouloir écouter aucune représentation sur les dangers qui en pourraient résulter.

Le vicomte de Damas, commandant à la Martinique, fidèle et loyal serviteur du Roi, cherchait à conserver à la France une colonie aussi précieuse, pendant que l'on travaillait à établir l'insubordination et à renouveler les anciennes querelles contre l'Assemblée coloniale et les planteurs. M. de Chabrol, colonel du régiment de la Martinique, prit parti pour les gens de couleur et se mit à leur tête, suivi des soldats qui avaient abandonné leur drapeau. M. de Damas, qui protégeait avec raison les propriétaires et l'Assemblée coloniale, marcha contre lui. M. de Chabrol, ayant perdu beaucoup des siens, appela à son secours les habitants de la Guadeloupe, divisés également en deux partis. M. de Damas, sentant l'importance de remédier à ce désordre, fit un rapport sur la situation de la Martinique, qui fut envoyé à l'Assemblée, laquelle, sans vouloir écouter les raisons qu'il apportait pour justifier la conduite qu'il avait tenue et la justice que lui rendaient les colons, décréta son retour en même temps que l'envoi de six mille hommes à la Martinique et de quatre vaisseaux de ligne aux îles françaises.

Les discours incendiaires de Mirabeau, et le scandale des séances de l'Assemblée, dont les décrets tendaient à la désorganisation du royaume, déterminèrent M. de la Tour du Pin à représenter au Roi que s'il avait le projet de s'éloigner de Paris, il le suppliait de se décider en ce moment; qu'il prévoyait être forcé de donner sa démission, mais qu'il pouvait auparavant, et sans donner d'ombrage à l'Assemblée, disposer la marche de plusieurs régiments fidèles de manière à protéger sa route; que l'habitation de Saint-Cloud donnait de grandes facilités pour sa sortie, et que cette occasion perdue, il en retrouverait difficilement une semblable; qu'il ne prétendait point préjuger les desseins de Sa Majesté, mais qu'en sujet fidèle et dévoué, il croyait devoir lui soumettre ces réflexions. Il eût été bien heureux pour la France que le Roi les eût adoptées. M. de Bouillé avait alors la confiance de deux ou trois départements, et ce voyage aurait eu probablement une issue bien différente de celui que nous aurons à raconter.

L'issue de la procédure des événements des 5 et 6 octobre fit balancer le Roi, et l'on crut qu'il allait se décider au parti que lui proposait M. de la Tour du Pin. Mais la crainte d'une guerre civile qui ferait couler le sang de ses sujets était si fortement empreinte dans son esprit, qu'il ne put se résoudre à partir, espérant toujours que la nation ouvrirait d'elle-même les yeux sur les malheurs qu'occasionnaient les décrets de l'Assemblée ; que ses inconséquences naturelles finiraient par la discréditer ; que sa violence et son despotisme, comparés à sa bonté et à sa modération, lui ramèneraient sans efforts et sans violences tout ce qu'il y avait de gens sages et modérés, et que la paix se rétablirait dans le royaume. Cette illusion, qui partait d'un cœur rempli de droiture et de bonté, fut trompée d'une manière bien cruelle.

La famille royale voyait approcher avec peine le moment du retour à Paris. Elle avait à Saint-Cloud l'avantage d'être éloignée de cette populace qui, payée pour occasionner des troubles, garnissait journellement les Tuileries et augmentait le désagrément de cette habitation. Mgr le Dauphin se plaisait extrêmement à Saint-Cloud ; sa santé se fortifiait, et son esprit se développait chaque jour d'une manière surprenante. Il avait dès lors, quoiqu'il n'eût encore que cinq ans, un goût naturel pour l'étude, une belle mémoire, et se plaisait extrêmement à ses leçons. On l'accoutumait à répondre de lui-même aux compliments qui lui étaient adressés, et l'on préférait le voir rester court, plutôt que de lui suggérer des idées qui n'auraient pas été les siennes. On se contentait seulement de les rectifier quand elles n'étaient pas justes. Cela le mettait quelquefois en colère, mais il finissait par trouver le moyen de répondre, et il s'était accoutumé par là à dire de lui-même des choses aimables et obligeantes. Il nous fit bien rire un jour au sujet du régiment Dauphin-Dragon. Ce régiment passant par Paris, le comte de Choiseuld'Aillecourt, qui en était colonel, m'écrivit ses regrets de ne pouvoir présenter à Mgr le Dauphin un régiment digne de ses bontés par son attachement et sa fidélité. Il me priait d'être auprès de ce jeune prince l'interprète des sentiments du régiment et des siens. « Mon Dieu ! qu'il est joli d'avoir un régiment à mon âge, dit Mgr le Dauphin, et que je voudrais le voir ! — Que voulez-vous, Monseigneur, que je réponde de votre part ? — Cela m'embarrasse, répondez, je vous prie, pour moi. — Je vais donc répondre que Mgr le Dauphin, ne sachant que dire à son âge, répondra quand il sera plus grand. — Que vous êtes méchante ! me dit-il ; et qu'est-ce que mon régiment dira de moi ? » Il entra dans une colère affreuse, battant des pieds et des mains ; et comme il vit qu'on n'en faisait que rire : « Eh bien, dit-il en me regardant d'un air sévère, je répondrai tout seul, puisque vous ne voulez pas m'aider. Dites à M. de Choiseul que j'aurais bien voulu voir mon régiment et me mettre à sa tête, qu'il le lui dise de ma part ; et en même temps remerciez-le de tout ce qu'il me fait dire de la sienne et de celle de mon régiment. » Je l'embrassai, et il finit par me remercier, quand il vit que chacun approuvait sa réponse. Ce jeune prince, qui avait une grâce charmante dans tout ce qu'il disait, annonçait déjà de la fermeté, en y joignant cette bonté naturelle à tous les Bourbons. Aussi était-il adoré de tous ceux qui l'approchaient et qui étaient à portée de le connaître.

À peine le Roi fut-il de retour à Paris, que les motions et les articles incendiaires des journaux recommencèrent plus vivement que jamais. La Royauté y était fortement attaquée, les nobles et les prêtres journellement calomniés, et les violences et les crimes des scélérats dans les diverses provinces, restant toujours impunis, les encourageaient à continuer leurs excès.

Le Roi, voyant ses ministres entravés dans toutes leurs opérations et exposés à voir renouveler sans cesse les dénonciations contre leurs personnes, se détermina, quoique avec peine, à leur demander leurs démissions. M. de la Fayette intrigua beaucoup pour faire nommer un ministre à sa dévotion ; et sur l'assurance qu'il donna au Roi de l'appui qu'il trouverait alors dans son parti, il lui en laissa la composition.

On supprima l'office de chancelier et de garde des sceaux, et M. Duport du Tertre, qui remplaça l'archevêque de Bordeaux, eut seulement le titre de ministre de la justice et de garde des sceaux ; M. Du Portail fut nommé ministre de la guerre ; M. Valdec de Lessart, contrôleur des finances, à la place de M. Lambert. On ajouta plus tard à ce ministère celui de l'intérieur du royaume[69]. Le Roi annonça à l'Assemblée ces diverses nominations, et les nouveaux ministres protestèrent de leur dévouement et de leur exactitude à faire observer les lois.

M. Duport du Tertre ajouta dans sa lettre à l'Assemblée qu'il avait eu de la peine à accepter le ministère, mais qu'il avait pensé qu'il eût été de mauvais exemple qu'un homme honoré de la confiance du peuple ne se crût pas digne de celle du Roi.

M. du Portail marquait de son côté qu'il n'avait pu se refuser au désir de prendre une part active à une aussi glorieuse Révolution, à assurer par les efforts de son zèle l'exécution des lois données par les augustes représentants de la nation, et à réduire en pratique leur sublime théorie. Il alla ensuite au club des Jacobins professer les mêmes maximes, assista à la séance en bonnet rouge, et laissa voir par cette conduite ce que l'on pouvait attendre d'un tel ministre.

Il était clair que le projet de l'Assemblée était de discréditer totalement le ministère, et de transporter aux comités les diverses branches de l'administration, pour en venir ensuite à l'abolition de la Royauté. M. de la Fayette lui-même, de peur de perdre sa popularité, se garda bien de réaliser les espérances qu'il avait données, et se montra toujours le même, dans toutes les circonstances où l'on avait cru pouvoir compter sur lui.

La nomination du nouveau ministère ne diminua pas la violence de l'Assemblée. Loin d'improuver les excès commis à Avignon, elle sembla les autoriser, en y envoyant les troupes demandées par les factieux, écoutant avec faveur leur demande réitérée de la réunion du Comtat à la France, et avec la défaveur la plus marquée les raisons opposées que présentaient M. l'abbé Maury et M. de Clermont-Tonnerre sur le danger de cette réunion. Si elle n'accéda pas pour le moment à une demande si vivement sollicitée par MM. Bouche et Camus, il était facile de voir qu'elle n'attendait qu'un moment plus opportun.

Elle se contenta de rendre la liberté aux prisonniers détenus à Orange, sans désapprouver l'injustice de leur détention ni les excès commis à Avignon, et elle laissa cette malheureuse ville dans la crainte continuelle de voir renouveler les scènes qui en avaient fait un séjour de terreur et de désolation.

Elle tint la même conduite dans le rapport de l'affaire de Nancy. M. de Sillery, qui en fut le rapporteur, se garda bien de blâmer la rébellion des régiments révoltés. Il se permit des insinuations perfides contre M. de Bouillé et les officiers qui l'avaient secondé, en exceptant seulement les amis de la Constitution; il blâma la municipalité et proposa de ne donner aucune suite à la procédure commencée par le bailliage, de faire mettre en liberté tous les détenus, et de supplier le Roi de demander aux cantons suisses la grâce des soldats de Châteauvieux. Il finit par demander que l'on cassât le régiment du Roi et celui de Mestre de camp.

MM. de Cazalès, de Clermont-Tonnerre et de Virieu parlèrent avec force contre le décret proposé par M. de Sillery, en firent sentir le danger, démontrèrent qu'il détruirait celui qui avait été rendu, qu'il ne tendait qu'à favoriser le désordre et l'insurrection dans l'armée, et qu'il ravissait le fruit de la conduite de ceux qui avaient empêché les désastres qui eussent été la suite d'une pareille insurrection. Ils proposèrent de se borner à casser les deux régiments et à conserver aux officiers qui s'étaient conduits avec tant de sagesse et de modération, leur activité de service jusqu'au moment de leur remplacement. Ils ne furent point écoutés. L'Assemblée décréta le licenciement des deux régiments, l'abolition de la procédure commencée, la mise en liberté des soldats et autres prisonniers impliqués dans cette affaire ; elle révoqua l'approbation qu'elle avait donnée à la municipalité et au directoire, et approuva le courage avec lequel s'étaient montrées les municipalités de Metz, Toul et Pont-à-Mousson, lors de l'exécution de la loi.

On procéda à l'élection des juges de Paris, et on ne nomma pour tels que de zélés patriotes, tels que MM. Ogier et Garaud de Coulon (qui avaient figuré d'une manière inique dans le procès de M. de Besenval), M. Hérault de Séchelles, ancien avocat général au Parlement de Paris, et M. Bigot de Préameneu. Les six présidents des tribunaux furent : MM. Freteau, Duport, Target, Treilhard, Thouret et Mesleu, tous membres de l'Assemblée. Chabroud y avait aussi concouru, mais il ne put obtenir de pluralité.

Les membres du côté gauche, assurés de la faveur populaire, se permettaient sans ménagement les propos les plus indiscrets contre leurs adversaires. Charles de Lameth, dans un démêlé qu'il eut avec

M. de Chauvigny, et dont il avait prévu les suites, se permit de dire publiquement que c'était le duc de Castries qui avait mis M. de Chauvigny à ses trousses. Celui-ci, indigné d'un pareil propos, en demanda raison à M. de Lameth, et ils se battirent au bois de Boulogne. M. de Lameth ne fut heureusement que blessé ; car le peuple, furieux de la simple blessure d'un député qu'il regardait avec raison comme un des plus chauds partisans de la Révolution, se porta avec violence à l'hôtel de Castries, en pilla tous les appartements et aurait immanquablement massacré M. de Castries, s'il n'avait eu la prudence de quitter la France sur-le-champ.

M. de la Fayette, quoique prévenu de la fureur populaire dirigée contre M. de Castries, arriva trop tard pour empêcher le désordre. Sa commisération pour cette indigne populace, qu'il traitait d'amis et d'enfants, et qu'il essayait de ramener par la douceur, en leur montrant son cheval blanc qu'ils connaissaient tous, ne les empêcha pas de continuer le pillage en sa présence, et il ne put parvenir avec sa garde nationale qu'à empêcher la destruction de la maison. M. de Castries, n'étant plus en sûreté à Paris, demanda et obtint un congé de l'Assemblée, qui lui fut envoyé à Lausanne, où il s'était retiré.

La postérité croira difficilement que de pareils excès trouvèrent des défenseurs dans l'Assemblée, et que M. de Mirabeau, furieux de l'indignation qu'en témoignaient les membres du côté droit, s'emporta jusqu'à dire qu'on provoquait la colère du peuple en se portant toujours ses accusateurs ; qu'il était heureux, pour ceux qui abusaient de sa patience, que quelques exemples, en les effrayant, les empêchassent de continuer à s'opposer à la loi et à la raison. Le côté droit n'y put tenir et se leva en témoignant l'horreur que lui inspirait un propos aussi atroce. M. Roy, député d'Angoulême, ne put s'empêcher d'ajouter que c'était le langage d'un factieux. Le côté gauche s'emporta avec violence; les tribunes s'y joignirent; les cris, les injures, les hurlements et la demande de la prison pour M. Roy, rendirent cette séance une des plus scandaleuses qui eussent encore existé. Ce fut au milieu de ce tumulte que M. Roy fut condamné à trois jours de prison à l'Abbaye.

De pareilles scènes se renouvelaient journellement. Il y en eut une de ce genre à l'Opéra. Le parti démagogue, qui attachait le plus grand prix à voir établir promptement la nouvelle constitution du clergé, cherchait par tous les moyens possibles à inspirer la terreur aux personnes qu'ils supposaient y être opposées.

Les spectacles et les lieux publics lui paraissant propres à remplir cet objet, ils y excitaient des désordres dans l'espoir de causer au Roi et à la famille royale de vives inquiétudes sur le refus que pourrait faire Sa Majesté sur le décret que l'Assemblée se proposait de rendre à ce sujet.

On donnait à l'Opéra la représentation d'*Iphigénie*; le chœur chantant: *Célébrons notre Reine*, fut vivement applaudi par les royalistes, qui crièrent *bis*. Il y eut quelques sifflets et des murmures du parti opposé; mais n'étant pas en force, il ne put empêcher qu'on recommençât. Le mécontentement des opposants redoubla lorsque Lainez se permit de dire: «Je crois, messieurs, que tout bon Français doit aimer le Roi et la Reine», et qu'à la suite de ce propos on lui jeta une couronne de laurier. La colère des démagogues n'eut alors plus de bornes, et il y eut un vacarme affreux. Ils laissèrent cependant finir la pièce, mais avec la résolution de se venger de l'affront qu'ils croyaient avoir reçu.

Deux jours après, Lainez jouant le rôle de Jephté, les révolutionnaires, qui avaient loué presque toutes les places du parterre, lui firent les reproches les plus sanglants, tinrent les propos les plus outrageants contre les femmes et les jeunes gens qui garnissaient les loges, et ne permirent pas à Lainez de jouer qu'il n'eût foulé aux pieds la couronne qu'il avait reçue la veille. Ils insultèrent même quelques femmes à la sortie du spectacle. Le plaisir de la vengeance ne fut pas le seul but du vacarme ; on cherchait à animer les esprits dans tous les sens, pour faire du bruit et donner lieu de craindre quelque nouvelle insurrection.

On ne pouvait voir de plus triste situation que celle du Roi et de la Reine. Les insultes journalières et multipliées qu'ils recevaient constamment, les nouvelles désastreuses des provinces, la stagnation du commerce, le malheur présent et l'inquiétude de l'avenir les pénétraient d'une profonde tristesse. Mais, au milieu de tant de chagrins, la Reine conserva toujours le calme et la dignité convenables au rang où le Ciel l'avait placée.

CHAPITRE IX

Année 1791

L'Assemblée se crut encore obligée de donner au Roi, cette année, une marque de considération (car on ne pouvait plus dire de respect), et les discours au Roi et à la famille royale furent bien moins mesurés que ceux de l'année précédente. Il était difficile qu'elle pût exprimer des sentiments trop opposés au but qu'elle poursuivait d'avilir le Roi afin de pouvoir s'en passer plus facilement, en y accoutumant un peuple qu'elle s'était soumis par les espérances dont elle le berçait journellement.

Non contente d'avoir dépouillé le clergé de ses biens, elle voulut encore régler elle-même l'administration de ce qui tenait au spirituel, supprimer un grand nombre de diocèses, les réunir à ceux qu'elle jugeait à propos de conserver, décider la forme des élections des évêques et des curés, des membres des chapitres des divers évêchés, de ceux du conseil de l'évêque ; en un mot, se rendre maîtresse du spirituel comme du temporel, et elle en fit un décret formel.

Les évêques, après avoir défendu avec une modération remarquable les propriétés ecclésiastiques, ne se permirent plus, depuis le prononcé du décret, une seule plainte ni une seule réclamation personnelle contre l'injustice qu'ils éprouvaient. Cette admirable résignation déplut à l'Assemblée, qui s'était flattée qu'ils engageraient à la révolte ceux qui leur étaient attachés, et justifieraient par là l'iniquité de sa conduite. Trompée dans cette attente, elle fit jouer tous les ressorts de la méchanceté pour les décrier dans l'esprit du peuple, et finit par décréter que chaque membre du clergé serait obligé d'adhérer au décret qui venait d'être rendu sur la constitution civile du clergé, sous peine de perdre sa place et tout traitement quelconque. Elle se flattait qu'en mettant le clergé dans la nécessité d'opter entre la misère et sa conscience, le plus grand nombre prêteraient le serment, et qu'elle parviendrait par là au projet de Mirabeau, de décatholiciser la France.

N'ayant pas obtenu plus de succès de cette mesure, elle excita la populace contre divers membres du clergé, se flattant que la crainte d'éprouver sa fureur les rendrait moins inflexibles ; mais les voyant insensibles à d'autres sentiments qu'à ceux du devoir et de l'honneur, elle décréta que chaque évêque, curé ou autre fonctionnaire public prêterait individuellement le serment, espérant entraîner par là quelques évêques dans son parti. Ceux-ci, toujours animés de l'esprit de paix et de concorde, offrirent de prêter une formule de serment rédigée par Mgr l'évêque de Clermont, qui portait expressément que ce n'était que pour ce qui regardait le temporel, excluant positivement tout ce qui tenait au spirituel et demandant qu'on les laissât se concerter avec le Souverain Pontife, duquel ils ne pouvaient se séparer. MM. Malouet, de Cazalès et l'abbé Maury parlèrent avec force sur l'opposition qui existait entre la liberté et la violence exercée contre les consciences. Mais ils ne furent point écoutés. On fixa huit jours pour tout délai entre l'acceptation ou le refus du serment, et le Roi fut instamment prié de sanctionner le décret. La position de ce Prince était affreuse. Placé entre sa conscience et les malheurs qu'on lui faisait envisager comme suite de son refus, il demandait qu'on lui laissât le temps de se concerter avec le Pape sur les moyens de conciliation qu'on pourrait employer pour répondre au désir de l'Assemblée, sans blesser la conscience des évêques et du clergé. Il lui fit dire qu'il avait écrit au Pape à ce sujet, et qu'il désirait en attendre la réponse[70].

L'Assemblée, loin d'entrer dans de pareilles voies, pressa au contraire M. Duport du Tertre de décider le Roi à donner promptement sa sanction à ce décret. Celui-ci, qui se regardait plus comme le ministre de l'Assemblée que comme celui du Roi, et qui n'avait d'autre crainte que celle de lui déplaire, harcelait ce malheureux prince à toutes les heures de la journée. Il lui faisait envisager la fureur de la populace, se portant immanquablement sur les ecclésiastiques et sur les membres de l'Assemblée qui partageaient leur opinion ; le massacre qui en serait la suite, ce que le refus du décret pouvait occasionner sous les yeux mêmes de Sa Majesté. On fit redoubler les hurlements des factieux à la porte de l'Assemblée ; on y débitait les brochures les plus incendiaires, et l'on poussa la cruauté jusqu'à faire craindre au Roi pour les jours de sa famille et des habitants des Tuileries ; car pour sa personne on savait bien que sa seule conservation n'aurait influé sur aucune de ses décisions[71].

Tout ce qui était attaché à la religion était dans la consternation. Madame Élisabeth pressait le Roi de ne pas se laisser intimider par les craintes que lui inspirait un ministre incapable de mettre le moindre prix à ce qui intéressait la Monarchie et la religion, qui en était le plus ferme soutien.

Le Roi résista longtemps ; mais, vaincu par la peur de voir couler le sang, il donna le 26 décembre (1790) cette sanction si désirée par les factieux et si redoutée par les amis de la Monarchie.

Il se flattait que la violence que l'on employait à

son égard, et l'esclavage dans lequel on le retenait, frapperaient de nullité toutes ces sanctions, et que l'ordre finirait par renaître de l'excès du mal, espoir qui ne l'abandonna jamais.

Dès le lendemain de la sanction du Roi, l'abbé Grégoire, à la tête de cinquante et un ecclésiastiques du côte gauche de l'Assemblée, vint prêter le serment décrété. Il ne pouvait, disait-il, répugner à sa conscience, l'Assemblée n'ayant jamais prétendu porter atteinte à l'autorité du Chef de l'Église ; fait bien prouvé par le titre de « constitution *civile* du clergé », qu'elle avait donné à sa nouvelle organisation. Il finit par assurer qu'ils honoreraient tous le sacerdoce par la pureté de leurs mœurs et par leur exactitude à remplir les devoirs de leur état.

Les évêques, pour éclairer le public sur la constitution civile du clergé, avaient publié un ouvrage portant pour titre : *Exposition des principes sur la constitution civile du clergé*, ouvrage plein de raison et de sagesse, et signé de tous les évêques, à l'exception de MM. de Talleyrand, évêque d'Autun, de Jarente, évêque d'Orléans, de Savine, évêque de Valence, et de Brienne, archevêque de Sens. On se récria contre cet écrit à l'Assemblée, qui, le *4 janvier* (1791), jour de l'expiration des huit jours donnés au clergé pour se décider, exigea le serment des évêques, des curés et autres ecclésiastiques membres de l'Assemblée, et décréta qu'on se présenterait pour prêter le serment par lettres alphabétiques.

Les groupes qui entouraient la salle faisaient retentir l'air de leurs cris et de leurs menaces, espérant parvenir par leurs bruyantes clameurs à intimider le clergé dans une circonstance aussi critique. Ils se trompèrent dans leur attente, et cette journée sera à jamais remarquable dans les fastes de l'Église.

L'évêque d'Agen, qui se trouva le premier à parler, déclara ne donner aucun regret à sa place et à sa fortune, mais qu'obligé d'écouter la voix de sa conscience, il ne pouvait que témoigner à l'Assemblée son regret de ne pouvoir prêter le serment. Tous les évêques, à l'exception de ceux nommés ci-dessus, s'y refusèrent chacun à leur tour, et beaucoup d'entre eux exposèrent d'une manière simple et touchante le motif de leur refus. « J'ai soixante-dix ans, dit entre autres l'*évêque de Poitiers* ; j'en ai passé trente-cinq dans l'épiscopat, où j'ai fait le plus de bien que j'ai pu. Accablé d'années et d'infirmités, je ne déshonorerai pas ma vieillesse en prêtant un serment désavoué par ma conscience, et je prendrai mon sort en patience. » Un discours aussi touchant excita les huées des tribunes et du côté gauche de l'Assemblée. M. Émery, président, étonné de la fermeté du clergé, et craignant que son extrême modération, opposée aux insultes de l'Assemblée, ne finît par faire quelque impression, décida qu'on se contenterait de répondre à l'appel par ces mots : « J'accepte » ou « Je refuse ».

MM. de Cazalès et d'Éprémónil représentèrent l'injustice d'empêcher les membres du clergé d'expliquer les motifs de leur refus, et citèrent même l'exemple des martyrs, à qui les empereurs païens n'avaient jamais refusé cette faculté. On dédaigna de leur répondre. Jamais tyrannie ne fut plus complète que celle qui s'exerça dans cette journée. Deux curés, MM. Fournès et Le Clerc, tinrent le même langage que leurs évêques, et plus de la moitié des curés refusa le serment.

L'Assemblée ne fut pas plus heureuse le 5 et le 6. Plus de vingt curés rétractèrent le serment qu'ils avaient prêté la veille, et Barnave, effrayé de ces rétractations, décida qu'on n'en recevrait plus. On essaya d'effrayer ceux qui n'avaient encore ni prêté ni refusé le serment, par les injures dont on accabla ceux qui avaient donné l'exemple du refus. L'Assemblée et les groupes étaient déchaînés contre eux. On les comparait à des tigres et à des bêtes féroces, qui voulaient, disait-on, établir la guerre civile en France, pour recouvrer les biens dont ils avaient été si justement dépouillés. On donna gratis au peuple un drame intitulé : *le Despotisme renversé, ou la Prise de la Bastille*, à la fin duquel le peuple prêta le serment civique, et l'orchestre joua l'air : « *Ça ira, ça ira, les aristocrates à la lanterne*, etc. »

Le lendemain, on cria dans les rues la liste des évêques et des curés qui n'avaient pas prêté le serment, et de ceux qu'on supposait devoir le refuser. MM. Bailly, Duport du Tertre et Desmeuniers employèrent tous les moyens de persuasion et de terreur pour gagner ceux des curés qui avaient le plus d'influence sur les fidèles. Ils allèrent chez eux la nuit, les réveillèrent, et les pressèrent de prêter le serment. Ils en usèrent ainsi, notamment, envers le curé de Sainte-Marguerite, pasteur vénérable, âgé de plus de quatre-vingts ans, s'imaginant par là faire plus d'impression sur son esprit. Mais n'ayant rien pu gagner sur la fermeté de ces généreux ecclésiastiques, ils laissèrent mettre des affiches aux portes des églises, qui portaient en tête du décret sur la constitution civile du clergé que ceux qui le refuseraient seraient regardés comme perturbateurs du repos public. M. Bailly et les deux autres nommés ci-dessus, regardés comme auteurs secrets de ces affiches, ne les firent enlever que lorsqu'elles eurent produit l'effet qu'on en attendait, et s'excusèrent ensuite comme d'une erreur de leurs bureaux. Une pareille malversation, qui méritait une punition exemplaire, n'eut aucune suite, malgré les réclamations de MM. Malouet et de Cazalès contre l'atrocité d'une pareille conduite.

Les églises furent remplies de brigands des deux sexes, le jour où les municipaux s'y rendirent pour exiger le serment qui devait avoir lieu à l'issue du prône. À peine était-il fini que le tumulte commença. Les brigands faisaient retentir l'air des cris répétés de : « Le serment ! le serment ! À la lanterne ! » et l'on ne peut se faire d'idée d'un pareil scandale. Il fut plus grand à Saint-Sulpice qu'ailleurs. Les forcenés se frayèrent un passage à travers le clergé, les municipaux et les grenadiers qui entouraient le curé, quand il retourna à la sacristie, après le refus du serment. Ils le menaçaient tous de le frapper ; l'un d'eux lui donna un coup de poing, un autre lui arracha les cheveux, et un troisième lui mit le pistolet sur la joue. Le maréchal de Mouchy, qui était à la messe, ne quitta pas le curé, et para même plusieurs coups qu'on lui portait. M. Bailly arriva à son ordinaire quand le danger fut passé. Ce n'était pas le premier de cette espèce que courait M. le curé, malgré son extrême charité pour les pauvres, à qui il avait distribué plus de soixante mille francs de son patrimoine, depuis trois ans qu'il était curé de Saint-Sulpice.

Dans le courant de l'hiver de 1790-91, il avait annoncé dans sa paroisse une messe, à la suite de laquelle il devait donner l'état des sommes qu'il avait reçues des bienfaiteurs des pauvres de sa paroisse. On envoya ce jour-là à Saint-Sulpice une nuée de brigands, qui remplirent l'église et entourèrent le presbytère, demandant à grands cris le curé. Chacun était dans la consternation et le crut à sa dernière heure. La fuite était impossible ; elle aurait eu une apparence de lâcheté qui eût été fâcheuse dans les circonstances où l'on se trouvait. La fermeté seule pouvait le sauver. Son clergé, après avoir déclaré qu'il mourrait avec lui, fut le chercher processionnellement, le fit monter dans sa chaire, et les jeunes prêtres se mirent sur les degrés, bien résolus de lui faire un rempart de leur corps. Les brigands se mirent alors à crier: «Faites un sermon.» Il se recueillit un instant, et improvisa un discours sur le jugement dernier, qui leur fit une telle impression, que le silence succéda au tumulte; et quand le curé, quittant sa chaire, commença la quête, chacun de ces brigands y mit une pièce blanche, et elle monta à quinze cents francs. Ce qui prouve jusqu'à l'évidence qu'ils avaient été payés pour faire cette insurrection.

Il n'y avait pas de moyens que l'on n'employât pour disposer les esprits en faveur de la nouvelle constitution civile du clergé. On fit paraître à l'Assemblée une députation des électeurs de la ville de Paris, pour la féliciter sur ses talents et les grandes vertus dont elle donnait l'exemple à l'Europe. Le comédien Larrive en était l'orateur, et le discours avait été fait par Cerutti: «Vous avez, leur dit-il, éternisé le trône, la législature, la monarchie et le christianisme. Nous regardons tout ecclésiastique contraire ou infidèle au serment national, comme trahissant Dieu et le peuple, et nous venons vous protester que malgré toutes les manœuvres employées pour faire douter de la pureté de nos opinions religieuses, nous ne choisirons que des ecclésiastiques dignes de la nation et des autels.»

Alquier proposa de charger les comités ecclésiastiques de rédiger une instruction pastorale pour ramener le clergé aux institutions de son divin fondateur.

L'opposition au serment ne fut pas générale parmi les ecclésiastiques de second ordre. Il y en eut un assez grand nombre qui le prêtèrent parmi les membres de l'Assemblée. L'abbé Mouchel, recteur de l'Université, et toujours du parti le plus fort, parla au nom de cette école célèbre, quoiqu'il ne fût avoué que d'un petit nombre de professeurs ou d'agrégés, et il félicita l'Assemblée des vertus qu'elle transplantait dans un royaume où, avant ses séances, on ne connaissait que des tyrans et des esclaves. Quelques ecclésiastiques, qui aspiraient, ainsi que lui, à remplacer ceux qui refusaient le serment, outrèrent encore les éloges. Ils ne furent pas trompés dans leur attente. Presque tous eurent des évêchés, et l'abbé du Mouchel, nommément, fut élu évêque de Nîmes.

Mirabeau, de son côté, fit une adresse incendiaire pour être envoyée dans les départements. Il y invectivait contre le clergé de la manière la plus sanglante, lui prêtant les intentions les plus perfides. Il l'accusait de persuader au peuple que la religion et la Révolution ne pouvaient subsister ensemble, au lieu de l'amener, par leur conduite, à ne connaître que le Dieu créateur de la nature et de la liberté, et à ne sacrifier que sur l'autel de la patrie.

Le but du serment était d'éliminer du clergé les évêques, les ecclésiastiques nobles et tous ceux que leur attachement à la religion, à l'honneur et à la monarchie rendaient ennemis des maximes contraires aux bonnes mœurs, et qui par leurs discours et leurs exemples contenaient le peuple dans la soumission aux lois.

Pour exciter davantage le peuple contre le clergé et contre les personnes qui pouvaient mettre obstacle à leurs projets destructeurs, Chapelier fit décréter la liberté de représenter au théâtre telle pièce que l'on voudrait, sans qu'elle fût soumise à la censure. Autrement, disait-il, celui qui parlerait de la liberté et des tyrans serait obligé d'effacer des maximes sacrées, si les troupes privilégiées se refusaient à les prononcer.

La licence théâtrale se dirigea alors principalement contre le clergé, et redoubla d'efforts pour le rendre odieux. Lorsque l'on verra les productions du siècle qui s'intitulait modestement le siècle des lumières, on sera étonné du mauvais goût et du fanatisme des pièces qu'enfanta la licence.

On attribua aux corps administratifs l'exécution de la loi du 26 décembre, pour procéder au remplacement des ecclésiastiques fonctionnaires publics qui refuseraient le serment, et le 16 janvier fut le jour fixé pour le remplacement. Dès la veille, Fréron, Marat et autres libellistes, chargés du soin d'agiter les carrefours, ne parlaient que de conspirations, faisaient arriver les étrangers en France, soudoyés par les princes et les nobles, et se permettaient les injures les plus atroces contre les évêques et les curés qui avaient refusé le serment, qu'ils allaient, disaient-ils, remplacer par des ecclésiastiques pleins de l'esprit saint du civisme.

Les nouveaux pasteurs furent choisis par les Jacobins. Ceux-ci avaient bien prévu qu'il en naîtrait un schisme dans l'Église, et que la plupart des fidèles ne les reconnaîtraient pas et cesseraient d'aller à l'église ; mais ils savaient, en même temps, que le peuple, sans être animé du même esprit, suivrait leur exemple et se déshabituerait petit à petit de l'assistance au service divin : ce qui leur permettrait de supprimer le culte, qu'ils ne faisaient exercer que par des hommes qui leur étaient dévoués, pour accoutumer le peuple à s'en passer.

Les prêtres constitutionnels avaient pour chef l'évêque d'Autun, qui se chargea de conférer l'ordination à ses nouveaux collègues. L'archevêque de Sens, qui n'avait accepté la constitution civile du clergé que par la peur d'être recherché sur son administration pendant le temps de son ministère, écrivit au Pape pour lui faire connaître le motif qui l'avait engagé à prêter, seulement du bout des lèvres, un serment où son cœur n'avait nulle part. Le Pape lui reprocha, par sa réponse, le déshonneur qu'il avait imprimé à la pourpre romaine, en acceptant et exécutant la constitution civile du clergé, en supprimant son chapitre et en se faisant élire à un siège étranger: «L'excuse que vous en donnez, disait le Pontife, est non-seulement indigne de la sainteté du serment, mais même de la probité naturelle à un honnête homme.» Il ajoutait que s'il ne réparait, par une prompte rétractation, le scandale qu'il avait donné, il serait contraint de le dépouiller de sa dignité. M. de Brienne, pour toute réponse, lui renvoya le chapeau de cardinal. Sa pusillanimité ne le garantit pas des persécutions qu'il redoutait. L'imprudence de sa conduite le mit souvent dans le cas d'avoir recours au mensonge. Il ne put tromper les Jacobins, et la frayeur de l'échafaud lui fit terminer lui-même sa triste carrière pour ne pas risquer de tomber entre leurs mains.

La publication du bref du Pape affermit dans leurs principes ceux qui s'étaient déclarés contre le serment, et ébranla beaucoup de ceux qui s'étaient décidés à la soumission. La fureur des Jacobins en devint encore plus ardente; et pour avoir toujours des satellites prêts à exécuter leurs ordres, ils attirèrent à Paris des malfaiteurs de tous les pays et de tous les coins de la France. Cette classe de criminels, qui n'appartenait à aucune nation, égara la population et frappa de terreur les citoyens honnêtes, en se répandant dans les rues, les spectacles et autres lieux publics.

Le repaire de ces brigands était un souterrain au-dessous du club des Jacobins, où se réunissaient les ouvriers, les artisans, les porteurs d'eau, et les hommes et les femmes sans état et sans bien. Ils fondèrent d'autres clubs dans les faubourgs et les autres quartiers de la capitale. On n'y était reçu qu'en prouvant son patriotisme. Il y en eut même un dans la rue Jacob où l'on n'était reçu qu'en prouvant qu'on n'avait ni feu ni lieu. Là, sous les auspices de Prud'homme, fondateur de ce club, on lisait les récits les plus violents contre la religion, les rois, la noblesse et le clergé ; et par tous les moyens on familiarisait ceux qui les fréquentaient avec des maximes qui les auraient fait frémir dans des temps moins corrompus.

Un autre club, composé de personnes d'un état plus relevé, se forma au cirque du Palais-Royal, sous le nom de *Bouche de fer*. Il eut Biauzac pour président, et pour orateur ce même abbé Fauchet qui, après avoir en chaire calomnié deux fois la noblesse et le clergé, et dénoncé les rois comme des tyrans, prêcha dans ce club, au nom de la nature, contre la religion, le trône et l'inégalité des fortunes.

Les départements avaient aussi leurs clubs, composés de leurs plus mauvais sujets, des jeunes gens d'un esprit ardent, et des hommes mûrs, mais d'un caractère bouillant. Ils discutaient les droits naturels, blâmaient tous les anciens usages, et faisaient les fonctions de comités des recherches, d'inspecteurs de municipalités et de délateurs, se permettant de violer les domiciles, d'ouvrir même les lettres. Ils avaient, de plus, des bureaux de délation et une justice accusatrice.

L'ardeur de leur patriotisme les porta jusqu'à fonder des clubs dans les villages, et la France s'en trouva couverte d'un bout à l'autre. Ils correspondaient les uns avec les autres, et formaient, sous la direction de ceux de Paris, une puissance d'autant plus redoutable qu'elle s'élevait sur les ruines des ordres et des corporations que la monarchie avait vus naître. Elle comprima toutes les classes de citoyens et exerça même son despotisme sur la liberté individuelle et sur les propriétés. Achard de Bon-Vouloir, député, eut le courage de dénoncer à l'Assemblée le danger de laisser élever une telle puissance. Il fut interrompu par des cris affreux, et sa motion fut envoyée au comité des rapports, où elle resta ensevelie avec beaucoup d'autres du même genre.

Ces nouveaux clubs envoyèrent des missionnaires dans les campagnes pour catéchiser le peuple et l'exciter contre les évêques et les prêtres insermentés, auxquels ils donnaient le nom de réfractaires. Les directoires de districts et de départements, et les municipalités, faisaient de leur côté des arrêtés où ils traitaient les mêmes ecclésiastiques de révoltés et de perturbateurs du repos public. Ils soulevaient ainsi le peuple contre ses pasteurs et le disposaient au mépris de la religion, d'où s'ensuivait nécessairement sa démoralisation. Ces injures et ces calomnies, répandues dans toute la France, furent le prélude de l'horrible persécution contre le clergé et des massacres qui en furent la suite.

Le club des Jacobins de Paris envoyait dans les départements la liste des personnes qu'il voulait porter à l'épiscopat. Ils les choisirent d'abord parmi les membres de l'Assemblée, auxquels ils accordèrent les meilleurs évêchés; ils donnèrent les autres aux ecclésiastiques les plus marquants dans la Révolution. Ces nouveaux évêques, sensibles aux bontés de l'Assemblée, à laquelle ils étaient redevables de leur fortune, lui envoyèrent des professions de foi dignes de son approbation. On employa la violence pour faire prêter le serment aux curés dont on connaissait la faiblesse, et ceux qui s'y refusaient furent remplacés de la même manière que les évêques.

Ces innovations éprouvèrent de la résistance en plusieurs endroits, et notamment en Bretagne. On arma contre les récalcitrants les gardes nationales et les troupes de ligne, et l'on employa la même violence dans plusieurs départements. C'était la suite du discours de M. de Lameth, qui avait osé dire en pleine Assemblée que tout était permis pour assurer la Révolution. Les philosophes, les protestants et les jansénistes, dont un grand nombre en avait adopté les principes, se chargèrent du soin d'animer le peuple des villes et des campagnes, en lui disant que le clergé n'avait d'autre but, dans sa résistance, que le retour des dîmes et des autres droits qui pesaient autrefois sur le peuple ; et ils y parvinrent facilement en employant de pareils moyens.

L'Assemblée manda à sa barre, sur une simple dénonciation sans preuve, les évêques de Tréguier, de Saint-Malo et de Saint-Paul-de-Léon, suspendit de ses fonctions le directoire du Bas-Rhin, accusé de s'être conduit trop mollement envers les prêtres insermentés, et autorisa les commissaires du Roi à le remplacer, quoique par la Constitution le peuple seul eût le droit d'en choisir les membres.

M. de Saint-Priest, ne voyant plus de moyen d'être utile au Roi, donna sa démission, et le portefeuille fut donné à M. de Lessart. M. de Montmorin fut le seul des anciens ministres qui conserva sa place dans l'espoir d'être utile au Roi. Il n'avait jamais cessé de témoigner une grande déférence à l'Assemblée, et de caresser les démagogues ; aussi le virent-ils garder sa place avec plaisir. Mais cette conduite, qui ne lui fut d'aucun avantage vis-à-vis d'eux, lui attira le mépris des royalistes, qui ne rendaient point justice aux motifs qui le dirigeaient, le regardant comme un ingrat qui abandonnait le parti de son Roi, à l'amitié duquel il devait toute sa fortune.

M. de Vauvilliers, membre distingué de la Commune de Paris, ne voulant pas participer aux violences qui s'exerçaient contre le clergé, donna sa démission. Il s'était fortement opposé à l'établissement du comité des recherches de Paris, et avait parlé avec une grande énergie sur le danger d'un tribunal aussi contraire à la liberté. Mis au bureau des subsistances, et même à la tête de ce comité, il y donna des preuves de ses talents. Dès qu'il eut connu Louis XVI, il s'y attacha profondément et en fut très-considéré. Extrêmement instruit, il ne s'occupa plus que de l'étude des sciences et des belles-lettres. Il aurait pu se croire à l'abri des persécutions ; mais il n'en fut pas ainsi. Obligé de quitter sa patrie, il se réfugia en Russie, où on lui témoigna la considération due à ses talents et à ses vertus.

Les troubles du Midi se propageant d'une manière effrayante, un nombre considérable de citoyens de la ville d'Aix se déterminèrent à former un club sous le titre de *défenseurs de la religion, des lois et de la propriété*. Son but était de prêter main-forte aux municipalités en cas de troubles, et ils firent la déclaration de cette association à la municipalité d'Aix. Dès le lendemain, les brigands s'assemblèrent au lieu de ses séances, et dans les cafés de la ville où se réunissaient les royalistes, les provoquèrent de manière à exciter leur ressentiment, et, malgré la sagesse qu'ils eurent de ne se permettre aucune voie de fait, ces brigands les accusèrent d'avoir tiré plusieurs coups de fusil. Sous ce prétexte, ils pillèrent plusieurs maisons, et s'emparèrent de MM. Pascalis et de la Roquette, qu'ils conduisirent en prison. La municipalité resta tranquille, ne requit aucun secours de la force armée, et laissa forcer la prison aux brigands, qui en tirèrent MM. Pascalis et de la Roquette, et les pendirent aux arbres du cours de la ville. M. de Guiramond, qui s'était sauvé à la campagne, en fut arraché et subit le même sort que les premiers. M. Lieutaud, correspondant de Mirabeau et ancien commandant de la garde nationale, fut emprisonné par les furieux, pour avoir voulu mettre l'ordre dans la ville et organiser la garde nationale de manière à la rendre utile au besoin. La consternation régnait à Aix, et quand le calme fut rétabli, plus de deux mille personnes demandèrent des passeports pour quitter cette malheureuse ville.

Les meurtres et les dévastations qui se renouvelaient journellement en Quercy déterminèrent plusieurs gentilshommes de ce pays à former une association pour se défendre mutuellement en cas d'attaque; mais n'étant pas assez forte, elle ne put remplir cet objet. M. d'Esqueyrac, qui en était un des membres, se voyant sans aucun moyen de défense contre les brigands qui venaient l'attaquer, voulut se retirer en Languedoc, et passa par le château de M. de Clarac, qui se trouva tout d'un coup investi. Tous deux cherchèrent à se défendre; mais les brigands ayant mis le feu au château, ils n'eurent plus de salut que dans la fuite. M. d'Esqueyrac fut tué en cherchant à se sauver au travers des flammes, et M. de Clarac fut réduit à se cacher dans un souterrain, où il faillit être écrasé par la chute de la maison. Il demeura vingt-quatre heures enseveli dans les décombres, lui et un de ses amis. Ils n'en furent tirés que par le secours de quelques personnes, qui purent bien sauver leur vie, mais non les garantir d'être conduits en prison par cette populace effrénée. L'accusateur public n'eut pas honte de traduire en jugement M. de Clarac, comme coupable d'avoir tiré un coup de pistolet, qu'il affirma sur son honneur n'avoir jamais tiré.

Tous les fonctionnaires publics n'étaient cependant pas des scélérats. Un grand nombre n'étaient qu'égarés ou tellement effrayés, que, tout en gémissant sur les crimes qui se commettaient, ils n'avaient pas le courage de s'y opposer. Presque tous les honnêtes gens, craignant de s'associer au grand nombre de mauvais sujets qui remplissaient les places, s'en écartaient et leur laissaient le champ libre.

Il s'était formé un nouveau club sous le titre de: «Amis de la constitution monarchique», dont étaient MM. Malouet, de Clermont-Tonnerre, de Virieu, et plusieurs autres personnes qui professaient les mêmes opinions. Ils avaient eu la précaution d'en prévenir le maire et le commandant de Paris, et commencèrent ensuite leurs séances. Comme beaucoup de personnes se disposaient à les joindre, les Jacobins, effrayés, résolurent d'attaquer le club par tous les moyens qu'ils avaient en leur pouvoir. Ils leur donnèrent d'abord le nom d'*impudents monarchiens*. Profitant ensuite de l'imprudence qu'ils avaient faite de donner aux pauvres du pain au-dessous de la taxe de la ville, ils les accusèrent de chercher à corrompre le peuple, et le club reçut l'ordre d'interrompre ses séances jusqu'à ce qu'il plût à M. Cayer de Gerville, procureur de la commune, d'instruire son procès, conformément à l'ordre que lui en avait donné la section de l'Oratoire. La société s'y soumit, mais en protestant et demandant justice contre une pareille violation de la Constitution[72]. Plusieurs sociétés du même genre qui s'étaient formées à Grenoble et dans d'autres villes du royaume furent également forcées de se dissoudre, comme étant contraires à la liberté ! Les Jacobins seuls avaient le droit d'en former de semblables, et chaque crime ou acte de violence de leur part était toujours excusé, sous le prétexte de déjouer un projet de contre-révolution.

On permit, quelque temps après, de rouvrir le club monarchique ; mais les Jacobins, pour en effrayer les membres, organisèrent un attroupement qui menaça d'incendier la maison de M. de Clermont-Tonnerre. Il en fut averti, quitta sur-le-champ l'Assemblée, et parvint par sa fermeté à dissiper l'attroupement. M. Bailly, qui n'arrivait jamais qu'à la fin des tumultes, et qui adoucissait toujours les violences des stipendiés des Jacobins, vint assurer l'Assemblée que le rassemblement était peu de chose, et même déjà calmé au moment de son arrivée. Si le peuple eût été aussi facile à soulever qu'au commencement de la Révolution, M. Malouet, menacé violemment en venant au secours de M. de Clermont-Tonnerre, aurait été mis en pièces ; mais il commençait heureusement à se fatiguer des insurrections, qui n'étaient plus formées que par les stipendiés des Jacobins. MM. Victor de Broglie, Alexandre de Lameth et de Beauharnais, qui redoutaient l'établissement du club monarchique, se permirent contre lui les déclamations les plus violentes, dans les séances des Jacobins. Barnave, qui ne perdait pas une occasion de saper les fondements de la monarchie en détruisant tous ses soutiens, les seconda, et ils intimidèrent tellement les locataires de leur salon, qu'aucun n'osa les recevoir, et cette société ne put jamais parvenir à s'établir.

Depuis l'établissement des jurés pris parmi les matelots pour juger les fautes d'insubordination, elles s'accroissaient de jour en jour ; et pour achever la désorganisation de la marine on proposa d'admettre dans la marine militaire les officiers de la marine marchande. M. de la Coudraye, officier de la marine militaire, en fit sentir les inconvénients par le discours le plus sage, et dans lequel il prouva jusqu'à l'évidence que l'intérêt étant l'âme du commerce, et le désintéressement et l'amour de la gloire celle de la marine, leur alliance était incompatible. Il représenta le danger d'introduire des idées de commerce dans l'esprit des officiers, souvent obligés de tout sacrifier à l'honneur ; que c'était la raison qui empêchait le lest des vaisseaux avec des marchandises, et que le moyen le plus sûr de distraire la marine française était de décourager les officiers, en reculant leur avancement, seule récompense de leurs continuels sacrifices. Il ne fut point écouté, et la question fut seulement ajournée. L'émigration des officiers de la marine, à laquelle l'insubordination de leurs subordonnés les força, rendit la question inutile.

Rien ne pouvait faire plus de peine au Roi que la destruction d'une marine qu'il s'était donné tant de peine à former, et qui était composée d'officiers reconnus pour être les plus instruits de l'Europe. Mais il était destiné à éprouver tous les jours de nouvelles amertumes. Ce malheureux décret sur le remplacement de l'ancien clergé occasionnait des persécutions qui l'affligeaient profondément. La profanation des églises en fut la suite. Sous le prétexte de verser dans le Trésor public l'argenterie et le prix des ornements appartenant aux églises et aux communautés supprimées, on s'empara, avec la dernière indécence, de ces derniers, ainsi que des vases sacrés qu'on ne jugea plus nécessaires au culte. L'argenterie, destinée à alimenter le Trésor public, n'y fut pas d'une grande ressource. Les commissaires chargés de cette opération en détournèrent une grande partie à leur profit, et les ornements vendus à l'encan, avec une sacrilège inconvenance, satisfaisaient plus ceux qui en tiraient un motif de risée qu'ils ne procuraient la ressource qu'on s'était proposé d'en obtenir.

CHAPITRE X

Année 1791

Mesdames Adélaïde et Victoire, tantes du Roi, ne voyant plus de sûreté ni de tranquillité à espérer à l'avenir, prévoyant d'ailleurs que les choses en viendraient au point de forcer le Roi à s'éloigner de la capitale et d'une Assemblée qui l'injuriait journellement, et qui ne respectait ni les personnes, ni les propriétés, se décidèrent à quitter momentanément la France et à se retirer à Rome. Les préparatifs de leur départ occasionnèrent une grande rumeur parmi les démagogues des clubs et de l'Assemblée, qui voulaient que le Roi les empêchât de partir. La municipalité leur ayant refusé des passe-ports, le Roi ordonna à M. de Montmorin, ministre des affaires étrangères, de leur en donner, et les signa lui-même. M. Bailly, toujours esclave de ce bon peuple, vint représenter au Roi les alarmes qu'occasionnait ce départ, et l'engagea à s'y opposer. Mais le Roi lui répondit que, malgré son regret de voir s'éloigner Mesdames, il ne pouvait leur ôter le droit qu'avait chaque individu de voyager librement, droit garanti par la Constitution et dont il serait injuste de les priver. On fomenta une petite insurrection pour se porter à Bellevue, lieu de leur résidence ; mais Mesdames, averties à temps, la prévinrent et partirent à minuit. Elles furent arrêtées à Moret par la municipalité de cette petite ville ; mais les chasseurs du

Hainaut les firent passer et les escortèrent jusqu'à une certaine distance de la ville. Le compte que rendit la municipalité de Moret de ce qui s'était passé à cette occasion produisit une grande rumeur dans l'Assemblée, qui voulut même faire punir l'officier qui commandait les chasseurs ; mais M. de Cazalès en fit tellement sentir l'inconvenance, qu'elle passa à l'ordre du jour.

La seconde arrestation de Mesdames, à Arnay-le-Duc, que la municipalité de cette ville ne voulut plus laisser sortir sans l'autorisation de l'Assemblée, occasionna de nouveaux débats. Les démagogues profitèrent de cette occasion pour donner des inquiétudes au peuple et pour injurier de nouveau le Roi dans la personne des membres de sa famille. Comment est-il possible, disait Charles de Lameth, que des princesses, nourries pendant cinquante ans par la nation, et qui devraient sentir le bienfait de la Révolution, puissent quitter une patrie qui leur procure tant d'avantages ? Barnave et son parti s'opposèrent fortement à leur départ. Après les discussions les plus étranges, l'affaire fut renvoyée au pouvoir exécutif, et Mesdames continuèrent enfin leur voyage. Elles reçurent, dans tous les pays qu'elles traversèrent en quittant la France, les hommages dus à leurs vertus et à leur rang.

Des hommes de la lie du peuple arrivèrent à Bellevue ; mais Mesdames étaient parties. Ils y firent peu de dégâts et se contentèrent de boire, manger et se coucher dans les fauteuils de l'appartement.

Ils allèrent aussi au Luxembourg pour s'assurer s'il était vrai que Monsieur et Madame se proposassent aussi de partir. Monsieur les en dissuada. Madame, à qui ils eurent la hardiesse de s'adresser de nouveau, les traita avec la hauteur et la dignité qui convenaient à son rang ; et Monsieur et Madame, qui devaient aller aux Tuileries, montèrent en voiture devant cette populace, qui, après les avoir suivis pendant quelque temps, finit par se dissiper.

Pour profiter de cette occasion de soulever le peuple, on fit courir le bruit qu'on avait fait partir secrètement Mgr le Dauphin. Sous ce prétexte, la populace s'assembla le 24 février sur la terrasse des Tuileries et dans le Carrousel, voulant entrer de force au château pour voir Mgr le Dauphin et demander au Roi le rappel de Mesdames. Les grilles furent fermées sur-le-champ, et la garde nationale déclara qu'elle ne laisserait plus forcer le château et saurait le défendre de toute invasion.

M. Bailly et les officiers municipaux vinrent haranguer les séditieux, qui leur répondirent par des injures. Toujours indulgent pour cette populace, qu'il appelait le bon peuple, il voulait faire ouvrir les grilles ; mais M. de Mazelière, ancien officier du régiment de Picardie, en ayant fait sentir le danger à la garde nationale, elle s'y opposa formellement.

M. Bailly monta alors au château pour supplier le Roi de n'employer que des moyens de douceur. Le Roi lui répondit qu'il savait mieux que personne qu'elle était dans son cœur, mais qu'il fallait l'allier à la fermeté et apprendre au peuple à obéir. Sur cette réponse, M. de la Fayette fit disposer les troupes, et nettoya en un instant le Carrousel et les alentours.

Il n'y avait sorte de moyens que l'Assemblée n'employât pour diminuer le respect dû au Roi. Comme les mots font beaucoup sur le peuple, elle ne l'appela plus, dans le décret qu'elle fit sur la régence, que le *premier fonctionnaire public*, Mgr le Dauphin *premier suppléant*, et le prince appelé à la régence par le droit de primogéniture, *suppléant majeur*. La Reine, à qui l'on ôta la régence et qui fut seulement chargée de la garde du Roi mineur, fut nommée *mère du premier suppléant*. On se permit les propos les plus indécents à ce sujet. Barnave et Chapelier, et les autres principaux factieux, laissèrent voir clairement qu'ils ne voulaient qu'une république. La plupart de leurs complices entendaient sous ce nom l'anarchie, le pillage et l'invasion des propriétés, qu'ils entendaient faire tourner à leur profit.

Le comité de constitution proposa de décréter que les fonctionnaires publics seraient tenus à la résidence dans le lieu de leurs fonctions, et que le Roi, premier fonctionnaire public, devant toujours être à la portée de l'Assemblée, ne pourrait s'en éloigner de plus de vingt lieues lorsqu'elle serait rassemblée, et ne pourrait qu'après sa séparation s'établir dans tel lieu du royaume qui lui conviendrait ; que l'héritier présomptif serait tenu de résider près de sa personne et ne pourrait voyager sans sa permission dans l'intérieur du royaume, dont il ne pourrait sortir que par un décret de l'Assemblée sanctionné par le Roi ; que pendant sa minorité, sa mère et le prince appelé après lui à la couronne seraient tenus à la même résidence, sous peine, pour le Roi et pour eux tous, d'être déchus de tout droit à la couronne, étant alors censés avoir renoncé à leurs fonctions. Ils eurent grand soin de comprendre dans le décret, au nombre des fonctionnaires publics, le Roi et sa famille, pour diminuer par cette dénomination le respect attaché au nom du Roi et de la famille royale.

MM. de Cazalès, l'abbé Maury et plusieurs autres membres du côté droit parlèrent avec force sur l'injure faite au Roi et à la famille royale, en leur imposant de pareilles conditions et en substituant toujours le nom de pouvoir exécutif à celui de Roi. Ils conclurent pour le rejet du décret ou au moins pour l'ajournement, afin de laisser le temps de réfléchir sur les graves inconvénients qu'il entraînerait après lui. On divagua du côté gauche sur la beauté du titre de premier fonctionnaire public d'une nation libre, et sur la justice d'imposer des conditions à une famille à qui l'on accordait une si éminente dignité. « Nous ne permettrons pas, dit M. de Cazalès, que l'autorité du Roi soit anéantie, et qu'il tienne de l'Assemblée un nouveau titre que celui que lui et sa race possèdent depuis plus de huit cents ans. Je renouvelle, en ce moment, le serment qui m'attache à sa personne et dont rien ne pourra nous délier : Vive le Roi ! » Tout le côté droit quitta sa place, s'élança vers le président et arracha ce cri d'amour et de fidélité. Mais la proposition du comité n'en fut pas moins convertie en décret, et les factieux s'applaudirent de cette nouvelle atteinte portée à l'autorité royale.

Chapelier, après avoir tonné sur le tort que l'émigration faisait au peuple, au commerce et aux manufactures, proposa d'obliger les émigrés à rentrer en France, sous peine de confiscation de leurs biens et de leurs propriétés. « Tous ceux qui quittent leur patrie en temps de trouble ne peuvent plus, disait-il, prétendre à ses bienfaits et à sa protection pour leurs propriétés. » Sentant cependant combien un pareil décret était contraire à la Constitution, il ajouta : « Quand l'ordre est dérangé, les lois ordinaires ne conviennent plus, il faut des lois de circonstance. » L'abbé Maury, M. de Cazalès et plusieurs autres relevèrent avec force une si monstrueuse assertion. « Un tyran, répliquèrent-ils, peut seul forcer de rester dans une patrie quand on en change les lois, et surtout quand il s'y commet tant d'excès impunis, qui laissent la vie et la propriété à la merci des brigands. » Le projet de loi de Chapelier, en trois articles, portait : 1° que cette loi serait en vigueur dans les temps de troubles ; 2° qu'on établirait un conseil de trois personnes qui exerceraient sur le droit de sortir du royaume et l'obligation d'y rentrer, un pouvoir dictatorial ; 3° que la résistance à cette obligation entraînerait la confiscation des propriétés et la perte du droit de citoyen français.

Il y eut une rumeur effroyable à la suite de la lecture de ce projet. « Vous ne pouvez, dit M. d'André, qu'ôter les pensions aux émigrés, et non les dépouiller. » — « La loi est si atroce, dit Mirabeau, qu'il faudrait être un Busiris pour l'exécuter. » Et il parla contre cette loi avec une telle véhémence, en demandant la question préalable, que les factieux l'accusèrent de vouloir exercer une dictature dans l'Assemblée. Il les interpella à son tour, et le tumulte continuant : « Silence aux trente voix », s'écria-t-il ; et le projet de Chapelier allait être rejeté, si Vernier n'eût demandé l'ajournement, sous prétexte de rédiger une loi plus raisonnable. On borna celle qu'avait proposée Chapelier aux fonctionnaires publics, attendant, pour la rendre générale, un moment plus opportun. Les factieux gagnèrent à cette discussion d'indisposer le peuple et une grande partie de la nation contre les émigrés, et de tracer à leurs successeurs le plan d'une loi qu'ils avaient seulement ébauchée.

Chacun fut étonné du discours de Mirabeau. On ignorait qu'il fût entré dans le parti du Roi, et qu'il lui eût promis de rétablir la monarchie et de lui rendre son autorité. Il est difficile d'en douter quand on a entendu, comme moi, le Roi dire à la Reine le jour de sa mort : « Ne vous réjouissez pas, Madame, de la mort de Mirabeau. Nous faisons une perte plus grande que vous ne pensez. » Je n'ai su aucun des projets de Mirabeau, ni des conditions qu'il avait faites avec le Roi ; mais ce qu'il y a de certain, c'est que les factieux furent si épouvantés de la seule idée qu'il pût abandonner leur parti et d'avoir à redouter un adversaire si dangereux, qu'il paraît constant qu'ils le firent empoisonner.

Le comité militaire fit enfin paraître son travail ; il

réduisit à huit le nombre des maréchaux de France et fixa leur traitement à trente mille francs. Il ne conserva que trente lieutenants généraux en activité de service, à vingt mille francs d'appointements, et réserva au Roi la nomination de quatre principaux commandants de troupe avec un traitement égal à celui de lieutenant général.

M. le prince de Broglie, voulant faire conserver à son père les appointements de maréchal de France, produisit à l'Assemblée une prétendue lettre de ce dernier, formellement opposée aux principes qu'il avait professés jusqu'alors. Mais le maréchal la démentit par une lettre aussi noble que touchante, dans laquelle il témoignait le regret qu'il éprouvait d'être réduit à démentir une démarche de son fils.

L'Assemblée continuait toujours ses destructions. Elle détruisit toutes les coutumes qui rendaient les partages inégaux. Un grand nombre de députés démontrèrent en vain l'utilité de ces coutumes dans les pays agricoles. Ils eurent beau prouver qu'elles régissaient également les biens roturiers et les biens nobles, il fallait faire passer partout la faux de l'égalité. Ces principes firent détruire les maîtrises, les jurandes et toute espèce de corporation ; et sur les représentations que l'on faisait aux meneurs de l'Assemblée, ils répondaient : « On peut avoir raison en principe, mais il faut, en révolution, que tout change et cède à l'intérêt du moment ».

Ils allèrent jusqu'à vouloir détruire l'établissement des Invalides ; mais il fut défendu par l'abbé Maury par des raisons si fortes et appuyées avec une telle éloquence, que l'Assemblée n'osa poursuivre le projet et se contenta de décréter qu'on ne recevrait dorénavant aux Invalides que des militaires estropiés ou d'un âge avancé, et que ceux qui habitaient présentement l'hôtel seraient libres d'y rester ou d'en sortir avec une pension proportionnée à leur grade. L'état-major fut supprimé, et l'administration réformée d'après les vues que devait présenter le comité militaire.

L'abbé Maury et M. de Cazalès furent moins heureux en soutenant les droits incontestables de M. le prince de Condé sur la province du Clermontois, droit fondé sur les traités et reconnu à diverses reprises par nos souverains. Il fut déclaré appartenir à la nation; et par ce décret la maison de Condé fut privée de douze cent mille livres de rente: prix des services du grand Condé, dont la race a si bien soutenu l'honneur d'un pareil nom.

Les brigands dévastaient les deux parcs de Chantilly et en vendaient publiquement le gibier. Ils tuèrent deux officiers des chasses de M. le prince de Condé et blessèrent si grièvement M. de Bonneval, officier du régiment de Berry, qui était venu à leur secours, qu'on désespéra de sa vie. Tous ces excès restaient impunis, et la France était livrée aux plus affreux brigandages, pendant que l'Assemblée, uniquement occupée des soi-disant crimes de lèse-nation, décrétait l'établissement provisoire d'une haute cour nationale pour les juger. Elle devait être composée de quinze juges pris dans les tribunaux des environs d'Orléans, où elle devait tenir ses séances. Le président et l'accusateur public devaient être pris parmi eux, et le commissaire du Roi près le tribunal d'Orléans devait exercer les mêmes fonctions auprès de la haute cour nationale. Pour achever le complément de cette loi, on déclara qu'il suffirait de dix juges pour prononcer un jugement. Voilà le fruit que retira la France de cette liberté si vantée, à laquelle on ne pouvait faire trop de sacrifices, en réfléchissant sur les biens inestimables qu'elle devait lui procurer.

On tenait toujours le peuple dans un état de fermentation continuelle. Les incendiaires persuadèrent aux habitants des faubourgs Saint-Antoine et circonvoisins qu'on ne rétablissait le donjon de Vincennes que pour en faire une forteresse ; que l'on y transportait de la poudre et des boulets, et qu'on travaillait à y pratiquer un souterrain par lequel devaient s'évader le Roi et la famille royale. Sur ce simple soupçon dénué de toute vraisemblance, des bandes nombreuses se réunirent le 28 février pour démolir le donjon. Ils étaient déjà à l'ouvrage, lorsque M. de la Fayette y envoya la force armée, qui dissipa les travailleurs et emmena soixante d'entre eux prisonniers.

Comme les esprits travaillaient sur les événements, on aperçût dans la chambre qui précédait celle de Mgr le Dauphin un chevalier de Saint-Louis dont on ignorait le nom, et qui portait à son côté un petit couteau de chasse. On l'arrêta, et on le conduisit à la section voisine. Il répondit aux questions qu'on lui fit, avec beaucoup de simplicité. Il s'appelait, dit-il, de Coust, et serait désolé qu'on lui soupçonnât une mauvaise intention.

Les malveillants profitèrent de cette circonstance pour répandre sur-le-champ dans tous les quartiers de Paris des feuilles volantes qui disaient qu'on avait trouvé chez le Roi un assassin armé de poignard et de pistolet, et sous ce prétexte il se porta une foule considérable aux Tuileries. Sa composition n'était rien moins que rassurante, et l'on eut beaucoup de peine à l'écarter. Comme elle tenait de très-mauvais propos, trois cents gentilshommes, qui venaient journellement aux Tuileries, inquiets de la fermentation qui régnait dans les esprits, s'armèrent de pistolets et montèrent au château pour défendre la personne du Roi, si elle était attaquée. La garde nationale, soupçonneuse et défiante, en prit un tel ombrage, qu'elle menaça de désarmer ceux qui occupaient les appartements du Roi. M. de Gouvion, qui en fut informé, en avertit Sa Majesté et lui fit craindre quelques excès. Le Roi sortit alors de son cabinet et ordonna à tous les gentilshommes qui étaient au château d'y déposer leurs armes, les assurant qu'elles leur seraient rendues le lendemain. Ils obéirent; mais, après leur départ, M. de la Fayette s'empara de ces mêmes armes, quoique déposées dans le cabinet du Roi, et les fit remettre à la garde nationale.

Lorsque les gentilshommes qui étaient dans le château quittèrent les appartements du Roi, ils furent fouillés par la garde nationale, quoique, d'après l'ordre de Sa Majesté, pas un n'eût gardé ses pistolets. Plusieurs même furent maltraités. On arrêta MM. de La Bourdonnaye, Fontbelle, Dubois de la Motte, de Lillen, de Champéon-Godard, de Douville, de Songi et de Berthier, fils de l'intendant de Paris, qui refusèrent de se laisser fouiller. On les conduisit à la prison de l'Abbaye, où ils restèrent près de quinze jours, après lesquels on les mit en liberté.

Dès le lendemain, on tapissa les rues d'estampes représentant des gentilshommes et des abbés, armés de poignards ou de pistolets, parcourant ainsi l'appartement, et l'on désigna longtemps sous le nom de chevaliers du poignard les amis de l'ordre et de la monarchie.

Je ne fus pas présente à cette cruelle journée, étant retenue dans mon appartement par une fièvre rouge qui m'empêchait de communiquer avec Mgr le Dauphin; mais je savais tout ce qui se passait par le récit que m'en faisaient ceux qui descendaient perpétuellement chez moi, et dont plusieurs y déposaient leurs armes. Je m'affligeais d'être séparée de ce jeune prince dans un moment aussi critique et dont on ne pouvait prévoir les suites. Plusieurs personnes pensaient que le Roi devait profiter d'une circonstance où il était si grièvement insulté pour quitter Paris. Tout ce qui lui était attaché était profondément affligé et portait sur son visage l'empreinte de la douleur qu'inspirait une scène aussi injurieuse au Roi que celle dont on venait d'être témoin.

M. de la Fayette fut accusé d'avoir médité longtemps cette déplorable journée ; Mirabeau disait qu'elle était d'une grande profondeur. L'ordre du jour que La Fayette donna le lendemain ne put que profiter de cette opinion. Cet ordre du jour portait : « Qu'il avait pris les ordres du Roi pour que la garde nationale ne laissât plus remplir le château de ces hommes armés, dont quelques-uns par un zèle sincère, mais plusieurs par un *zèle très-suspect*, avaient osé se placer entre le Roi et la garde nationale ; qu'en conséquence il avait intimé l'ordre de Sa Majesté aux chefs de la *domesticité* du château, d'éviter à l'avenir de pareilles indécences, le Roi de la Constitution ne devant être entouré que des soldats de la liberté. » Il finissait en priant ceux qui étaient en possession des armes dont avaient été dépouillés ceux qui s'étaient *glissés dans le château*, de les remettre au procureur de la Commune de Paris. Un pareil ordre du jour ne put qu'augmenter la haine que lui portait la noblesse, qu'il avait si lâchement abandonnée.

Dès le lendemain, le journal de Paris annonça que M. de la Fayette était nommé commandant de la maison de Sa Majesté, ainsi que du château des Tuileries. Le fait était faux, et fut démenti par une lettre qu'adressèrent à M. de la Fayette MM. de Villequier et de Duras, premiers gentilshommes de la chambre, et qu'ils firent insérer dans tous les journaux. Cette lettre est si noble, si raisonnée, et répond si parfaitement aux inculpations de M. de la Fayette, que je ne puis me refuser de la copier littéralement.

Lettre de MM. de Villequier et de Duras, premiers gentilshommes de la chambre du Roi, à M. de la Fayette, en réponse à l'ordre du jour donné le 29 février, signé: La Fayette.

On vient de nous communiquer, Monsieur, une copie littérale de l'ordre que vous avez donné à la garde nationale en date du 1er mars. Nous nous devons, nous devons à la nation, nous devons au Roi même, d'en discuter les articles qui regardent ce qui s'est passé au château le 28 février.

Nous transcrivons les propres termes de votre ordre:

«Le commandant général croit devoir prévenir l'armée parisienne qu'il a pris les ordres du Roi pour que les appartements du château ne se remplissent plus de ces hommes armés, dont quelques-uns par un zèle sincère, mais dont plusieurs par un zèle très-justement suspect, ont osé se placer hier entre le Roi et la garde nationale.»

«Justement suspect...» avez-vous bien pesé la valeur et senti tout l'odieux d'une pareille expression? Vous ne pouvez ignorer que c'est avec des inculpations vagues que depuis longtemps on est parvenu à égarer l'esprit du peuple.

Qui sont-ils, ces gens suspects? Osez les nommer! Nous disons plus: vous le devez, pour ne pas les confondre avec des maréchaux de France, des officiers généraux, des militaires, des officiers de la maison du Roi, des députés, des fédérés et des citoyens honnêtes, dont les sentiments étaient connus et qui ne se sont rendus au château que pour concourir, avec la garde nationale, aux yeux de laquelle on les a calomniés, à l'honneur de défendre leur Roi et de partager ses dangers.

Entendriez-vous par *justement suspects*, comme vous l'avez dit à M. de Villequier, ceux qui ne sont pas de votre goût, et en qui vous ne pouvez avoir confiance ? *Suspect*, parce qu'on n'est pas de votre goût ; *suspect*, parce qu'on n'a pas votre confiance ! Ici nous nous taisons, et nous n'avons plus personne à défendre. Poursuivons l'examen de votre ordre.

« Le commandant général, d'après les ordres du Roi, a intimé aux chefs de la domesticité du château qu'ils eussent à prendre des mesures pour prévenir pareilles indécences. »

Vous nous avez, dites-vous, intimé les *ordres du Roi*. Ce fait est inexact dans tous ses points. Vous avez, il est vrai, adressé la parole à M. de Villequier dans le cabinet du Roi ; mais le Roi n'y était pas alors, vous ne l'aviez pas encore vu ; vous ne pouviez donc qu'énoncer vos opinions particulières, et non intimer les ordres du Roi que vous n'aviez pu prendre encore.

Depuis quand donc serions-nous à vos ordres ? Vous ne pouvez ignorer, Monsieur, que pour ce qui regarde notre service, nous ne pouvons et n'avons jamais pris d'autres ordres que ceux que nous recevons directement de Sa Majesté.

« Le Roi de la Constitution, ajoutez-vous, ne doit et ne veut être entouré que des soldats de la liberté ! » Ah ! Monsieur, voulez-vous donc priver des maréchaux de France, des militaires et des citoyens, que leurs fonctions éloignent de Paris une partie de l'année, du bonheur de voler à la défense de leur Roi ? Et voudriez-vous interdire à Sa Majesté la douce consolation d'être entourée de ceux qui lui sont dévoués ?

Non, Monsieur, il est de notre devoir de vous déclarer et de publier, du consentement même du Roi, qu'il n'a point partagé la défiance inspirée à la garde nationale contre ceux qui étaient dans son appartement, et dont il connaissait lui-même la plus grande partie, et qu'il ne partage pas l'opinion qui vous fait taxer d'indécente une démarche qui n'était dictée que par l'attachement à sa personne ; et en voici, Monsieur, une preuve à laquelle il est impossible de se refuser.

Pour mettre fin aux troubles occasionnés par une erreur suggérée, le Roi a désiré que l'on déposât chez lui les pistolets dont on s'était armé pour sa défense ; son seul désir a été une loi pour chacun, et ces armes ont été remises dans la chambre de Sa Majesté. Voilà cependant, Monsieur, les personnes que vous osez peindre comme suspectes ; voilà ceux que l'autorité d'un ordre émané d'un commandant général de la garde parisienne pouvait inculper aux yeux des provinces, si elles n'étaient pas instruites de la vérité des faits.

Nous avons donc l'honneur de vous prévenir que nous rendons notre lettre publique, et que nous la terminons par la profession de foi que nous vous avons faite, ainsi qu'à MM. d'Arblay, major de la seconde division, et Gondran, officier du 4e bataillon ; nous la renouvelons au nom des maréchaux de France, des officiers généraux, des militaires de tout grade, des officiers de la maison du Roi, des députés, des fédérés, enfin de tous ceux qui s'étaient rassemblés au château le 28 février.

Nous affirmons, en leur nom, qu'animés du même esprit que la garde nationale pour la défense du Roi, si une insurrection avait pu causer quelque inquiétude pour sa personne, leur projet et le nôtre étaient de se mêler avec elle, et de se montrer émules du zèle qu'elle avait montré dans plusieurs occasions, et récemment encore, le 24 février. Le poste le plus exposé eût été celui que leur courage et leur amour pour le Roi leur eussent fait ambitionner.

Alexandre D'AUMONT,
Ci-devant duc DE VILLEQUIER.
Amédée DURFORT,
Ci-devant marquis DE DURAS.

P. S. — Nous croirions manquer à tous les officiers attachés au service de Sa Majesté et qui sont sous nos ordres, si nous ne relevions l'expression de *chefs de la domesticité du château*, par laquelle vous avez voulu désigner les premiers gentilshommes de la chambre du Roi.

En réponse à la lettre de MM. de Villequier et de Duras, le *Journal de Paris* publia l'article suivant, signé : La Fayette :

« Un article du *Journal de Paris*, copié dans plusieurs autres feuilles, m'a investi de je ne sais quelle surintendance de la maison du Roi, absolument étrangère aux fonctions de la garde nationale. Quelle qu'ait été la combinaison de l'auteur de cette fable, je dois, en la démentant, m'occuper un instant d'une lettre écrite par les personnes véritablement attachées à ce service.

« C'est "au nom des maréchaux de France, des officiers généraux de tout grade, des officiers de la maison du Roi, des différents députés, des fédérés", que MM. de Villequier et de Duras prétendent parler. Mais ne pourrais-je pas, moi, demander à MM. les maréchaux de France, à tous ceux désignés dans cette lettre, qui respectent la Constitution et chérissent l'ordre public, ce qu'eux-mêmes ont pensé en voyant les nombreux rassemblements d'hommes armés se placer entre le Roi et ceux qui répondent à la nation de sa sûreté ?

« Il me suffit, pour éviter toute interprétation insidieuse, de déclarer que j'entends par soldats de la liberté ceux qui, appartenant à quelque partie de la force publique, ont prêté serment à la nation, à la loi, et *au Roi que la Constitution reconnaît*, et qui veulent vivre et mourir pour elle.

« Que j'ai entendu par hommes *justement suspects*

ceux qui, portant des armes cachées, ne se sont fait remarquer que par des propos antipatriotiques et incendiaires, et qui loin de se faire reconnaître par les postes de la garde nationale, auxquels ils se proposaient, dit-on, de se joindre, les ont évités en s'introduisant au château par une entrée nouvellement pratiquée.

« Certes, il est permis, en pareil cas, à un commandant de la garde nationale, chargé des ordres du Roi pour la sûreté de son palais, de prendre des mesures efficaces pour que pareil événement ne se répète plus.

« Au reste, si ma conduite dans le cours de cette journée a pu être utile, j'abandonne volontiers à mes ennemis la consolation d'en critiquer quelques détails. »

On ne peut cependant dissimuler qu'il était naturel que les véritables amis du Roi n'eussent pas une confiance illimitée dans M. de la Fayette, et que le souvenir du sommeil du 6 octobre leur laissât quelque inquiétude, lorsqu'il s'agissait de la défense de sa personne.

Le Roi fut fort souffrant pendant quelques jours d'un gros catarrhe avec de la fièvre, et cracha même un peu de sang. Il n'était pas extraordinaire que sa santé se ressentît du tourment qu'il éprouvait de ne pouvoir remédier aux maux qui accablaient la France, et dont son cœur était si affligé. L'Assemblée envoyait tous les jours chercher son bulletin, et elle décréta un *Te Deum* quand il fut rétabli de cette petite maladie. Elle n'avait d'autre but que dc tromper le peuple par cette conduite, et de voiler, sous cette apparence d'intérêt, les menées secrètes qu'elle employait pour la destruction de la royauté.

Les nouveaux évêques, pleins de reconnaissance pour l'Assemblée, à qui ils étaient redevables de leur nouvelle dignité, lui présentaient journellement leurs hommages, accompagnés de protestations de la plus entière soumission à ses décrets et de leur dévouement au maintien de la Révolution. Ce nouveau clergé était si mal composé, que, loin d'inspirer le respect, il secondait parfaitement le projet de discréditer la religion dans l'esprit du peuple, de la lui rendre un objet de mépris, et, en ôtant au vulgaire tout principe, d'en disposer plus facilement dans les occasions où l'on voudrait s'en servir utilement.

On renouvela les membres du département de Paris. Le duc de la Rochefoucauld en fut nommé président; M. Pastoret, procureur-syndic, et MM. de Kersaint, de Talleyrand, d'Ormesson, Brière de Surgy, Thouin, Dumont, Alexandre de Lameth, Veillard, Charton, etc., furent administrateurs. Le directoire fut composé de MM. Auzou, Mirabeau, du Tremblay, Crété de Palluel, l'abbé Sieyès.

Mirabeau, qui sentait qu'on ne pouvait rétablir la monarchie avec les mêmes maximes qui avaient opéré la Révolution, signa avec eux une proclamation dont on prétendit qu'il était l'auteur, et par laquelle on condamnait de la manière la plus positive les opinions qu'il avait soutenues avec tant d'audace contre la minorité de l'Assemblée, qui n'avait cessé d'invoquer les principes qu'il voulait travailler à rétablir. Son plan paraissait être de déconsidérer tellement l'Assemblée, que la nation, fatiguée, finît par en demander le rappel.

Toutes ses séances étaient marquées par quelque nouvelle injustice. Les amis de l'ordre et de la royauté étaient emprisonnés sur une simple délation, quoiqu'elle ne fût appuyée d'aucune preuve. On leur attribuait les troubles occasionnés par les moteurs des désordres. Si une municipalité faisait son devoir dans des occasions de ce genre, elle était sûre d'être destituée et remplacée par une qui fût dans le sens de la Révolution. Les troubles de Nîmes et d'Uzès, où les catholiques n'avaient fait usage que du droit de défense, en furent la preuve. Les crimes commis à Aix et à Avignon restèrent impunis, et les scélérats, toujours sûrs d'être justifiés, faisaient trembler les gens de bien. Tel était alors l'état de notre malheureuse France. Le mal, qui avait été si facile à commettre, devenait difficile à réparer, surtout après avoir mis en jeu les passions d'hommes violents, n'ayant d'autres principes que l'intérêt, et à qui les crimes ne coûtaient rien, quand ils en pouvaient tirer quelque utilité.

Mirabeau en fit lui-même l'épreuve, si, comme l'ont dit beaucoup de personnes, il est mort empoisonné. Il ne fut malade que deux jours. La promptitude de sa fin et l'embarras avec lequel s'exprimaient les médecins qui avaient assisté à l'ouverture de son corps, accréditèrent cette opinion. On prétendit, d'un autre côté, que ses excessives débauches rendirent mortelle une maladie qui eût été facile à guérir dans un autre corps que le sien. Vicq d'Azir, premier médecin de la Reine, homme très-instruit et de beaucoup d'esprit, fut appelé à cette ouverture et vint rendre compte à cette princesse de ce qui s'était passé. J'étais chez elle en ce moment, et je fus témoin du récit suivant: « La corruption, dit Vicq d'Azir, s'était mise si promptement dans le corps de Mirabeau, qu'on fut obligé de l'établir dans une tente au milieu de son jardin. Une foule immense s'était portée du côté de la maison et dans les rues adjacentes, et l'on craignait à chaque instant qu'elle ne forçât les portes de la maison. Nous n'étions nullement à notre aise; l'odeur était infecte, et si la maison eût été forcée, nous ne pouvions prévoir ce qui serait arrivé. "Nous voulons voir encore une fois notre père", disait cette foule au milieu d'un bruit effroyable. On se détermina à y envoyer un de nous, qui leur démontra l'impossibilité de les faire entrer tous dans la maison, et ils se bornèrent, par composition, à envoyer une députation des forts de la Halle, qui entrèrent dans le pavillon, regardèrent fixement Mirabeau en disant : "Ce que c'est de notre père à présent !" Ils sortirent ensuite paisiblement, rendirent compte de ce qu'ils avaient vu, et la foule se dispersa tranquillement. Nous finîmes le plus promptement possible notre opération, car nous étions bien pressés de quitter un lieu aussi infect. » — « Répondez-vous, dit la Reine, qu'il n'ait pas été empoisonné ? » Vicq d'Azir fit une réponse évasive. Rien dans le monde ne l'en eût fait convenir, non plus que ses confrères, par la peur qu'ils éprouvaient tous de s'attirer la vengeance des Jacobins.

La mort de Mirabeau occasionna des impressions bien différentes. Les Jacobins, enchantés d'en être délivrés, affectaient un grand regret de sa perte. Ceux de son parti en étaient sincèrement affligés, et les royalistes furent partagés d'opinion. Le plus grand nombre, qui ne le croyaient pas sincèrement revenu, craignant qu'il ne voulût régner au nom du Roi et lui dicter des conditions contraires aux véritables intérêts de la Monarchie, sous peine de l'abandonner, ne purent le regretter. D'autres, qui croyaient son retour sincère par le motif de son propre intérêt, et persuadés qu'il allait employer ses talents à faire triompher le parti du Roi, regardèrent sa mort comme un événement malheureux, et par cette raison en furent affligés.

On annonça sa mort à l'Assemblée comme une calamité publique, et l'on en fit l'éloge comme d'un des plus grands hommes que la liberté eût jamais produits. On lui décerna les plus grands honneurs, et l'on décréta que son corps serait porté à Sainte-Geneviève, qui de ce moment servirait de sépulture aux grands hommes dont la France s'honorerait, avec cette inscription sur le portail : « *Aux grands hommes la patrie reconnaissante.* » Le convoi de Mirabeau fut une espèce de triomphe. Toute l'Assemblée nationale, les ministres, les corps administratifs et militaires, tous les clubs de Paris et des environs, toutes les sociétés fraternelles, et des députés de toutes les classes de la société, formaient un cortège tel que l'on n'en avait jamais vu. Les plus habiles musiciens faisaient entendre une musique sombre et majestueuse. Le convoi, qui commença à défiler à cinq heures, ne finit qu'à minuit. On changea le nom de l'église de Sainte-Geneviève en celui de « Panthéon », et l'on fit piquer les beaux bas-reliefs de cette église pour y substituer des emblèmes patriotiques et irréligieux. L'Assemblée décréta ensuite un deuil de huit jours pour tous ses membres, exemple qui fut imité par les clubs et les directoires de district et de département, qui arrêtèrent, de plus, que le buste de Mirabeau serait placé dans le lieu de leurs séances.

Rien ne prouvait plus la démoralisation du peuple français que de lui voir rendre de semblables honneurs à un homme à qui l'on pouvait reprocher les plus grands crimes, et qui avait entraîné son pays dans un abîme de malheurs, dont il était si persuadé lui-même, qu'il s'écria en mourant : « J'entraîne avec moi les débris de la Monarchie. »

CHAPITRE XI

Année 1791

L'Assemblée, avant de s'occuper sérieusement de la responsabilité des ministres, décréta que tout député de cette Assemblée et des Assemblées suivantes ne pourrait accepter aucune place de ministre, ni de celles qui pourraient être dans leur dépendance, ni aucun don, aucune pension ou gratification, non plus que d'avancement dans le militaire (sauf le droit d'ancienneté), que quatre ans après leur sortie.

D'après le rapport de son comité militaire, elle détermina les devoirs qu'imposait aux ministres leur responsabilité, et les peines qui seraient la conséquence de leur infraction. Elles les obligea à signer tous les ordres émanés de leurs bureaux, sans pouvoir, dans aucun cas, se soustraire à cette loi, même sous le prétexte d'avoir exécuté les ordres du Roi ou les décisions du conseil. Elle les déclara responsables de tout délit quelconque contre la sûreté nationale, de tout attentat contre la propriété et la liberté individuelle, de toute dissipation de fonds par eux ou par leurs subordonnés, et les obligea de rendre compte de leur conduite et de l'état des affaires, toutes les fois qu'ils en seraient requis par le corps législatif.

M. de Saint-Fargeau présenta un code très-détaillé des délits ministériels et des peines qui devaient leur être appliquées. Celle de la mort était fréquente, et plus encore celle des galères ; celle du carcan, dans un petit nombre de cas. La peine du carcan et celle des galères devaient avoir lieu contre les ministres qui mettraient obstacle à la liberté d'écrire et d'imprimer.

L'Assemblée régla le nombre, la division et la démarcation des départements, de manière à ne laisser au Roi aucune autorité. Toujours préoccupée de l'idée d'établir un gouvernement républicain, elle prolongeait l'anarchie pour arriver plus facilement à ses fins. Les ministres se trouvaient, par le nouveau décret, dans une telle dépendance, et l'autorité du Roi était tellement circonscrite par la loi sur leur responsabilité, que ce prince se trouvait l'esclave d'un ministère dont il ne pouvait diriger les mouvements ni la volonté.

Il était évident que le décret n'avait pour but que de remplir le ministère et ses agents des créatures de l'Assemblée (nul n'osant se risquer à une responsabilité dépendante de ses caprices) d'avilir le Roi par la nullité de son autorité, pour parvenir à s'en passer et réduire la nation à un tel état de servitude, qu'elle ne pût résister au joug qu'il plairait aux factieux de lui imposer.

MM. de Lessart et de Montmorin, véritablement attachés à la personne du Roi, suivaient directement le plan de Mirabeau, et pour ne pas donner prise sur eux par la loi de la responsabilité, ils induisirent souvent le prince à des mesures fausses et contraires à sa dignité. Ils les croyaient nécessaires pour entretenir la sécurité de l'Assemblée, afin de parvenir à tirer le Roi de sa cruelle situation et le mettre à portée de reprendre le gouvernement de son royaume. Les autres ministres, à l'exception de M. de Fleurieu, étaient de francs Jacobins, en qui l'on ne pouvait prendre aucune confiance ; et même ce dernier, quoique honnête homme, était d'un caractère trop faible pour approuver une mesure qui pouvait faire courir le moindre danger. Pour donner une idée des principes de M. du Portail, ministre de la guerre, il suffira de dire qu'il osa proposer à l'Assemblée de permettre l'affiliation des soldats, des sous-officiers, et même des officiers aux sociétés jacobines, pour y puiser des principes d'ordre public, de régénération militaire et patriotique, et de remédier par là aux insurrections qui se multipliaient dans presque tous les régiments de l'armée.

Le remplacement des évêques et des curés, qui se trouvait être précisément dans le temps de Pâques, alarmait les consciences ; et le peu de monde qui fréquentait les églises ne laissait que trop apercevoir que la majorité de la France désapprouvait la conduite de l'Assemblée relativement au clergé. Cette résistance à ses volontés augmenta l'intolérance des auteurs de la constitution civile. Après les plus fortes invectives contre les prêtres et les évêques, ils en vinrent aux persécutions, espérant ébranler leur fermeté par la crainte des mauvais traitements. Leurs beaux discours sur la régénération de l'Église, dont ils voulaient rappeler les temps primitifs, n'ayant pas fait plus d'impression, ils insultèrent les femmes et les différents individus qui exerçaient le culte catholique sans l'intervention des intrus ; ils outragèrent, de la manière la plus indécente, les religieuses, et même les sœurs de la Charité ; et personne n'était à l'abri des violences qu'ils se permettaient journellement.

Le département fit un arrêté où, en désapprouvant de semblables violences, il défendait expressément d'entrer dans d'autres églises que celles qui avaient été conservées pour le culte national. Il étendit même cette défense jusqu'aux chapelles des maisons religieuses, des collèges et des hôpitaux, qui ne pourraient recevoir que des personnes habitant l'intérieur de leurs maisons. Il permit cependant la location ou l'acquisition d'un édifice quelconque pour y exercer tel culte que l'on voudrait, pourvu que l'on en fît la déclaration à la municipalité, et qu'il eût une inscription pour indiquer son usage et le distinguer des églises nationales, dont le service était payé par la nation.

Conformément à cette proclamation, une société du faubourg Saint-Germain avait loué à bail l'église des Théatins, en remplissant les formalités prescrites, et elle devait s'ouvrir le dimanche suivant, qui était le dimanche des Rameaux. Dès la veille, les groupes se rassemblaient, les motions les plus incendiaires les animaient, et ils ne se séparèrent qu'à la nuit. Ils en vinrent le lendemain aux voies de fait. Une jeune personne, conduite à l'église avec sa mère, y fut fouettée à la porte, lorsqu'elle allait y entrer. Les fidèles furent forcés de rebrousser chemin; et pour apprendre à chacun le sort qui l'attendait, si l'on s'obstinait à vouloir rentrer dans l'église, on suspendit à la porte un balai et des verges, pour qu'on n'en pût prendre cause d'ignorance. On mit en pièces l'affiche du département qui instruisait le public du droit que donnait la déclaration des droits de l'homme d'exercer tel culte que l'on voudrait, en remplissant les formes prescrites par la loi, et un harangueur déclamait que le moyen d'empêcher le schisme des soi-disant catholiques était de fouetter les dévotes et d'assommer les prêtres.

Cette fermentation gagna les Tuileries. Des groupes se rassemblèrent dans les environs; et ayant appris que le Roi se disposait à passer la semaine sainte et les fêtes de Pâques à Saint-Cloud, ils déclamèrent contre ce voyage, en tenant des propos atroces à ce sujet. Fréron et les autres orateurs de cette espèce allèrent même jusqu'à menacer les jours du Roi et de la famille royale, qu'ils accusaient d'exciter les étrangers contre la France. Leur fureur s'étendait aussi sur ceux qui leur étaient attachés et qui devraient, disaient-ils, être remplacés par des patriotes sincèrement attachés à la Révolution. Ils se déchaînaient contre les prêtres non jureurs ; et un grenadier échauffa tellement les esprits contre les ecclésiastiques qui suivaient le Roi le dimanche à la messe, que la garde nationale fit entendre des menaces de quitter le service, et M. de la Fayette eut de la peine à rétablir l'ordre parmi elle.

Le Roi, qui voyait depuis longtemps les progrès que faisait la mauvaise disposition des esprits, et qui redoutait ce qui se passerait pendant la semaine sainte, m'avait engagée à envoyer ma fille à ses sœurs, qui s'étaient absentées de Paris à cette époque. Pour être plus maître de ses actions, il s'était décidé à passer à Saint-Cloud la quinzaine de Pâques, et devait partir le lundi saint. Les groupes de la veille se rassemblèrent le lendemain, tenant de très-mauvais propos sur le départ du Roi et sur la nécessité de s'y opposer. Il n'y avait encore personne de rassemblé aux Tuileries à dix heures, lorsque j'en sortis un instant pour aller prendre des arrangements avec une de mes sœurs, religieuse de Sainte-Marie, rue du Bac, pour qu'elle se décidât à partir pour Mons, où on lui offrait un asile dans une des maisons de son Ordre ; et je fus bien étonnée, au bout d'une demi-heure d'absence, de trouver le Carrousel rempli d'une foule innombrable qui entourait les grilles du château. Je mis sur-le-champ pied à terre ; je renvoyai ma voiture à mes gens et je me déterminai à traverser cette foule pour rentrer aux Tuileries. Elle refusa d'abord de me laisser passer ; et je fus obligée de la haranguer, en lui disant qu'étant la gouvernante de Mgr le Dauphin, il fallait que je l'allasse retrouver : « Vous feriez bien mieux, disaient-ils, de le garder. » — « Trouveriez-vous bon, leur répondis-je, que la bonne de vos enfants raisonnât sur vos actions, refusât de vous obéir, et vous dictât la conduite que vous devriez tenir ? » Cette réponse les calma un peu, et je gagnai toujours du terrain, lorsque, à ma grande satisfaction, l'officier de garde me fit entrer. J'ai toujours observé que lorsque l'on avait le malheur de se trouver au milieu d'un peuple ameuté, on en tirait meilleur parti en lui parlant avec une contenance ferme et assurée, qu'en lui laissant apercevoir la plus légère trace de frayeur.

Le Roi et la Reine, qui avaient fait leurs paquets le matin, montèrent en voiture à l'issue de la messe, avec Mgr le Dauphin, Madame, et Madame Élisabeth. J'étais avec cette princesse sur le devant de la voiture, et je fus témoin de l'horrible scène qui se passa dans cette cruelle journée. Les grenadiers de la garde nationale, parmi lesquels on avait jeté l'alarme sur le départ du Roi, voyant les chevaux prêts à partir, se révoltèrent, se mirent à la tête des chevaux, et déclarèrent qu'ils ne laisseraient pas partir le Roi. MM. Bailly et de la Fayette tentèrent inutilement de vaincre leur résistance, en leur faisant sentir que, très-répréhensible en elle-même, elle était, de plus, inconstitutionnelle. « Il serait étonnant, leur dit le Roi lui-même en mettant la tête à la portière, qu'après avoir donné la liberté à la nation, je ne fusse pas libre moi-même. » Le peuple qui entourait le Carrousel les affermissait dans leur résolution, et rien ne put les persuader. Ils ne s'en tinrent pas là. Ils se permirent même d'insulter les personnes qui entouraient la voiture du Roi, les forçant de s'écarter, et usèrent d'une telle violence envers M. de Duras, premier gentilhomme de la chambre, que le prince fut obligé de commander à deux grenadiers fidèles de le tirer de leurs mains, en leur disant qu'ils lui en répondaient.

Mgr le Dauphin, qui n'avait pas marqué jusque-là la moindre frayeur, se mit à pleurer en voyant traiter ainsi M. de Duras, et à crier de toute sa force: « Qu'on le sauve, qu'on le sauve donc ! » MM. Gougenot et Missilier, officiers de la bouche du Roi, que leur attachement avait fait approcher de sa voiture, furent aussi très-maltraités. Les gardes nationales écartaient les personnes de Sa Majesté et ne laissaient que les leurs approcher de la voiture. MM. Bailly et de la Fayette essayèrent encore inutilement de haranguer cette multitude, et allèrent à l'Assemblée, mais sans oser y ouvrir la bouche sur ce qui se passait aux Tuileries. Voyant toutes leurs démarches infructueuses, M. de la Fayette offrit au Roi d'employer la violence pour faire sortir sa voiture, et de donner ses ordres en conséquence: « C'est à vous, monsieur, lui dit vivement le Roi, à voir ce que vous devez faire pour faire exécuter votre Constitution. » Après de nouveaux efforts, aussi infructueux que les premiers, M. de la Fayette vint dire au Roi que sa sortie ne serait pas sans danger. « Il faut donc que je rentre », dit le prince, et il quitta sa voiture pour rentrer dans son appartement, seul, sans sa suite ordinaire, profondément affecté de ce qui venait de se passer et du peu de fruit qu'il retirait de toutes ses concessions.

Rien ne fut plus affligeant que les suites de cette journée. Dès le soir même, le département vint offrir une adresse au Roi pour lui représenter l'inquiétude du peuple de le voir entouré de prêtres réfractaires, et la crainte qu'il éprouvait que la protection qu'il leur accordait n'indiquât les véritables sentiments de son cœur; qu'il fallait le rassurer par une démarche franche et positive, en éloignant de sa personne tous ceux qu'il regardait comme ennemis de la Constitution; qu'il apprendrait par là aux nations qu'il avait sincèrement adopté la Révolution, puisque sa personne n'était plus entourée que d'amis de la liberté; que ce conseil lui serait également donné par les quatre-vingt-trois autres départements, s'ils étaient aussi à portée que le leur de lui faire entendre leurs voix. M. de la Rochefoucauld, président du département, qui portait la parole, l'engagea aussi à éloigner les personnes qui entouraient Mgr le Dauphin, et qui leur étaient également suspectes.

Il est inconcevable qu'un département qui se piquait de faire observer strictement la Constitution se permît de la violer ouvertement et de manquer aussi essentiellement au chef suprême de cette nation, en venant lui donner des ordres dans un moment ou il ne devait témoigner que de la douleur de la scène scandaleuse qui venait de se passer.

Le Roi, craignant d'exposer la personne de ses fidèles serviteurs, ordonna à MM. de Duras et de Villequier de s'éloigner. La séparation de ce dernier, qui lui donnait depuis si longtemps des marques d'attachement et de fidélité, lui fut extrêmement sensible, et il lui donna, en le quittant, l'espoir que des temps plus heureux le rapprocheraient de sa personne. Il donna le même ordre à M. le cardinal de Montmorency, son grand aumônier, et à MM. de Roquelaure et de Sabran, évêques de Meaux et de Laon (le premier, son premier aumônier, et l'autre, celui de la Reine), à ses autres aumôniers et à ceux de cette princesse. La chapelle ne fut plus alors desservie que par de simples chapelains. M. de Brissac, qui avait la goutte en ce moment, ne fut pas compris dans la prescription générale.

Quoique la prévôté de l'hôtel fût détruite, comme mon fils demeurait avec moi aux Tuileries, et qu'on était accoutumé à le voir auprès du Roi, on n'en fut point effarouché; et en usant d'une grande prudence pour ne pas se rendre suspect à la garde nationale, que sa mauvaise conduite rendait encore plus ombrageuse, il parvint à continuer sans obstacle son assiduité auprès du Roi. Il n'avait jamais varié dans ses sentiments. Lors de la suppression de la prévôté de l'hôtel, M. de Beauharnais fit l'impossible pour lui faire accepter une place dans l'armée, qui le dédommagerait de celle qu'il venait de perdre. Mon fils, indigné de ses instances, lui répondit: « Le Roi m'a fait l'honneur de m'attacher à sa personne dès ma plus tendre jeunesse; pour rien au monde je ne la quitterais dans le moment où l'on n'en a rien à espérer, et je lui resterai attaché tant que je vivrai. » Et sur le reproche qu'il lui fit de paraître devant lui avec l'uniforme de grand prévôt, après le décret qui venait d'être rendu: « Je prendrai, dit-il, les ordres du Roi pour le licenciement de la compagnie, et je remettrai ensuite entre ses mains la marque du commandement qu'il m'avait confié. » M. de Beauharnais, après lui avoir représenté qu'une pareille conduite ne pouvait qu'être nuisible à ses intérêts, finit cependant par ajouter qu'il ne pouvait s'empêcher d'estimer le motif d'un tel égarement. Le Roi, dont il prit les derniers ordres pour le licenciement de la compagnie, lui témoigna sa satisfaction de la conduite qu'il avait tenue, et ne cessa de lui donner des témoignages de sa confiance en sa fidélité et son attachement.

On se figurera facilement la tristesse que présentait l'aspect du château le lendemain de cette fatale journée. Le Roi, seul, n'avait auprès de sa personne que mon fils et des officiers de la garde nationale; tous les visages de ses fidèles serviteurs portaient l'empreinte de la douleur. Mesdames de Chimay et de Duras[73], l'une dame d'honneur et l'autre dame du palais de la Reine, craignant d'être forcées à des démarches qui répugnaient à leurs principes, donnèrent leur démission, et toute la journée se passa à voir les préparatifs du départ de chacun. Mon cœur était navré de la position du Roi et de la séparation de personnes que j'aimais, que j'estimais, et dont la société m'était d'une grande consolation.

Le pauvre petit Dauphin, triste de la tristesse de chacun, se voyant seul avec moi et l'abbé d'Avaux, dit en soupirant: «Qu'ils sont donc méchants, tous ces gens-là, de faire tant de peine à papa, qui est si bon! Je ne le dis qu'à vous, ma bonne madame de Tourzel, que j'aime de tout mon cœur, car je sais qu'il faut se taire.» Et me serrant dans ses petits bras, il m'embrassa tendrement; puis se jetant sur un canapé, il prit, pour se désennuyer, un livre du petit Berquin. La première histoire qui lui tomba sous la main fut celle du petit prisonnier. Se levant alors précipitamment, il porta son livre à l'abbé d'Avaux, et lui dit, les larmes aux yeux: «Voyez, mon bon abbé, le livre qui me tombe aujourd'hui sous la main.» Je ne pus retenir mes larmes en lui voyant faire, si jeune, une pareille réflexion, et en pensant aux malheurs qui pouvaient lui arriver, quoique je fusse bien loin de prévoir l'étendue de ceux auxquels il était réservé. C'était l'enfant le plus attachant; sensible aux soins qu'on lui donnait, il ne perdait pas une occasion de nous dire les choses les plus tendres et les plus aimables.

Le Roi, voyant qu'il n'avait rien à espérer de l'Assemblée, malgré tous les ménagements dont il avait usé à son égard, s'occupa sérieusement des moyens de sortir de Paris et des mesures à prendre pour le rétablissement de son autorité. Le plan que lui avait proposé M. de Montmorin, et qui paraît avoir eu son assentiment, était de s'assurer de l'accord des puissances pour menacer la France si elle persistait dans sa rébellion, et d'intimider tellement la nation par leurs préparatifs, qu'elle se vît forcée de recourir au Roi pour les empêcher de venger les injures faites à la royauté; qu'alors Sa Majesté l'éclairerait sur ses véritables intérêts, lui prouverait que sa déclaration du 21 juin était le véritable vœu de la nation, exprimé librement dans les cahiers donnés à ses députés, et lui montrerait évidemment que le plus grand nombre d'entre eux n'avaient usé du pouvoir qu'ils s'étaient attribué que pour violer leurs serments et plonger la France dans un abîme de malheurs dont ils pouvaient seuls la tirer. Ce qui me porte à croire à la vérité de ce plan est ce dont je fus témoin la veille de ce malheureux voyage de Varennes. J'étais chez la Reine pour prendre ses derniers ordres, lorsque M. de Montmorin lui apporta une très-grande lettre, qu'elle lut avec beaucoup d'attention. Quand il fut sorti de chez elle : « Il n'y a plus, dit-elle, à balancer pour notre départ ; voici une lettre de l'Empereur, qui nous engage à ne le pas différer, en nous mandant positivement qu'on ne peut rien faire pour nous tant que nous resterons à Paris. »

La plus grande partie des ministres, inquiets de l'effet que pouvait produire dans les provinces l'effroyable journée du lundi saint, s'imaginèrent que si le Roi se présentait à l'Assemblée et lui montrait que la continuation de l'opposition à son voyage de Saint-Cloud pouvait donner des doutes sur sa liberté et sur celle de la sanction à ses décrets, elle serait la première à lui demander de suivre son premier projet. Ils engagèrent donc ce prince à tenter cette démarche. Il arriva à l'Assemblée, lui parla du scandale de cette journée et lui fit sentir de persuader au peuple que son bonheur dépendait de son obéissance aux lois et aux autorités constituées. La démarche que l'on fit faire au Roi était d'autant plus imprudente, qu'on pouvait d'avance en prévoir le peu de succès, ayant Chabroud en ce moment pour président de l'Assemblée. Aussi sa réponse à Sa Majesté ne fut-elle qu'une excuse de la scène de la veille, fondée sur l'inquiétude inséparable de la liberté, à laquelle il ajouta l'avertissement d'empêcher une faction trop connue de se placer entre le Roi et la nation, et qu'alors les vœux du peuple seraient remplis.

Le côté droit, profondément affligé, laissait voir par sa contenance la peine qu'il éprouvait de la démarche que l'on faisait faire au Roi ; ce qui donna occasion à un sarcasme de Rœderer, qui dit en montrant le côté droit : « Ces messieurs, qui applaudissent toujours quand il est question du Roi, ne se sont pas même permis aujourd'hui une seule acclamation quand il est sorti de l'Assemblée. » Les ministres, ses vils serviteurs, ne s'en tinrent pas là. De concert avec elle, ils pressèrent tellement le Roi de faire écrire à ses ministres dans les Cours étrangères une lettre officielle pour faire connaître à chaque souverain ses sentiments sur la Révolution, qu'il n'osa s'y refuser. Persuadé, comme il l'était, que la violence qui s'exerçait à son égard frappait de nullité toutes ses démarches, et que plus elles seraient contraires à ses intérêts, plus elles persuaderaient les puissances de l'impossibilité où il était de résister aux volontés de la faction qui gouvernait la France, il regarda cette lettre comme la suite de la conduite qu'il était forcé de tenir. M. de Montmorin, loin de partager cette opinion, représenta au Roi qu'une pareille lettre était de nature à nuire essentiellement aux démarches que l'on tentait en ce moment ; qu'elle le mettait en contradiction avec lui-même, et ajouta que, ne pouvant se résoudre à la signer, il priait le Roi d'accepter sa démission. Le Roi tint bon, dans la crainte que sa résistance ne donnât des soupçons sur ses projets. Et M. de Montmorin, dans la crainte de les faire évanouir, signa cette malheureuse lettre. Elle était une protestation de l'attachement du Roi à la Constitution, de son adhésion libre à ses décrets, qui n'avaient réformé que des abus, en lui conservant toute sa puissance.

Il ajoutait que la paix régnait dans le royaume, et qu'il n'avait d'autres ennemis que ceux qui s'étaient éloignés, et qui mettaient en doute la sincérité de son attachement à la Constitution ; qu'ils le mettaient dans la nécessité de faire connaître aux puissances étrangères ses véritables sentiments, en les assurant qu'elles n'avaient rien à craindre d'une puissance qui avait renoncé aux conquêtes, et qui désirait la paix avec ses voisins. Il chargeait par cette lettre ces mêmes ministres de protéger les Français qui voudraient voyager en pays étrangers, contre les insultes journalières qu'on leur faisait éprouver.

Cette lettre, qui passait pour être l'ouvrage de M. de Lameth, n'avait pour but que de déconsidérer le Roi parmi les puissances étrangères. Quand elle fut portée à l'Assemblée, elle y fut reçue avec les plus vives acclamations. Les factieux ne dissimulèrent pas leur joie d'avoir aussi bien réussi, et décrétèrent qu'une députation irait sur-le-champ, le président à la tête, remercier le Roi de la preuve de patriotisme qu'il venait de donner, en faisant connaître aux puissances étrangères ses véritables sentiments, et l'assurer, en même temps, que la démarche qu'il venait de faire, fixant le bonheur du peuple, ne pouvait manquer de le rendre heureux.

M. de la Fayette fut le seul qui remplit les devoirs de sa place à la suite de la journée du lundi saint, 18 avril. Il donna dès le lendemain sa démission de commandant de la garde nationale ; et sur les instances réitérées qui lui furent faites pour la reprendre, il se rendit à la Commune de Paris, blâma ouvertement les excès qui s'étaient commis la veille, et déclara positivement qu'il ne reprendrait sa démission qu'à la condition de licencier les soldats qui s'en étaient rendus coupables. La compagnie soldée de l'Oratoire fut en conséquence désarmée. Il en fut de même de celui qui avait provoqué l'insurrection, quoique le club des Cordeliers eût fait afficher dans les rues que sa conduite était un modèle de civisme. Ces conditions remplies, il reprit sa place, en faisant promettre aux soldats d'être dorénavant fidèles à la loi et à la subordination si indignement violée, et exigea de plus un nouveau serment pour preuve de la sincérité de leur retour.

On ne peut se faire d'idée de tout ce que nous eûmes à souffrir pendant la semaine sainte. Menacés des derniers outrages par une populace qui se réjouissait de la solitude des Tuileries, la vue du Roi privé de ses grands officiers et nous tous à la veille d'être forcés de nous éloigner de sa personne, les offices de l'église, auxquels nous assistions régulièrement et qui offraient des analogies si frappantes avec la situation, le tombeau du jeudi saint, espèce de cénotaphe entouré de cyprès et sur lequel il y avait une couronne d'épines, emblème si juste de celle que portait le Roi, tout contribuait à augmenter la profonde tristesse dont nous étions pénétrés, et qu'il fallait renfermer en soi-même pour ne la pas faire partager à notre pauvre petit Dauphin. La princesse de Tarente, qui partageait tous mes sentiments, était alors mon unique consolation. Nos cœurs ne faisaient qu'un, et nous nous affligions des maux qui n'étaient encore que le prélude de ceux qui nous étaient réservés.

Le commencement du bonheur promis au Roi par l'Assemblée fut la violence faite à ses sentiments religieux. On l'obligea, pour garantie de sa sanction aux décrets de l'Assemblée, d'aller, le jour de Pâques, avec la Reine, à Saint-Germain l'Auxerrois, paroisse des Tuileries et desservie par des prêtres constitutionnels. Monsieur et Madame n'y accompagnèrent pas Leurs Majestés ; ils restèrent au Luxembourg, où ils entendirent la messe ; et Madame Élisabeth, sous prétexte d'incommodité, passa la journée dans sa chambre.

Mgr le Dauphin était resté au château avec un très-petit nombre de gardes nationaux, le plus grand nombre ayant accompagné le Roi à Saint-Germain l'Auxerrois. Le jeune prince avait précisément ce jour-là pour commandant de bataillon un nommé M. de Luigné, qui, quoique bon gentilhomme et possesseur de quatre-vingt mille francs de rente, avait donné à corps perdu dans la Révolution. Il était vil, débauché, et n'avait pour société que des gens perdus, comme lui, de réputation, et avec lesquels il mangeait toute sa fortune. Il inspirait une telle méfiance, que M. de Gouvion vint lui-même m'assurer qu'il avait pris toutes ses précautions pour que ce mauvais sujet ne pût causer aucune inquiétude ; M. d'Arblay, officier de la garde nationale, et que je savais être très-attaché au Roi, avait l'ordre de ne le pas perdre de vue un instant et même de le suivre dans l'appartement de Mgr le Dauphin, si son service le mettait dans le cas d'y entrer. Tout fut fort paisible pendant l'absence du Roi ; le ciel seul fut en courroux, car il y eut un violent orage et de grands coups de tonnerre pendant que Leurs Majestés furent à la paroisse. Elles en revinrent profondément tristes. Ce sentiment était habituel parmi la famille royale, qui ne se consolait de tout ce qu'elle avait à souffrir que par l'espoir de voir couronner de succès les moyens que l'on employait en ce moment pour la tirer de sa cruelle captivité.

Les démarches que les ministres firent faire au Roi rendirent l'Assemblée encore plus audacieuse. Elle accueillit avec complaisance la dénonciation du sieur Baujour, commis de la marine, contre M. de Fleurieu, malgré le caractère d'infidélité et de fausseté qu'elle portait avec elle, et elle osa mettre en délibération si elle ne demanderait pas compte au

Roi de sa liste civile. M. de Fleurieu, effrayé de l'idée seule d'une dénonciation et de la difficulté de concilier l'attachement qu'il portait au Roi avec la soumission servile qu'exigeait l'Assemblée, donna sa démission, et fut remplacé par M. Thévenard. M. Tarbé fut nommé en même temps ministre des contributions publiques. C'était un homme instruit, parfaitement honnête et très-attaché au Roi. J'en ai eu personnellement la preuve. Aussi le Roi l'honorait-il de son estime et de sa confiance.

La malheureuse colonie de Saint-Domingue éprouva de nouveaux malheurs. Les promoteurs du désordre y firent circuler la nouvelle que les décrets du 8 mars et du 12 octobre allaient être rapportés; qu'il en résulterait l'admission des gens de couleur aux assemblées, et, par suite, l'affranchissement des nègres. Cet espoir occasionna une nouvelle fermentation dans un pays dont les têtes étaient déjà si agitées. Les troupes, à leur arrivée, prirent parti contre les Blancs, se révoltèrent et refusèrent d'obéir à M. de Blanchelande, gouverneur de Saint-Domingue. Ils massacrèrent M. de Mauduit, leur colonel, qui voulait les ramener à l'obéissance; et tout annonçait l'insurrection la plus alarmante, qui devait nécessairement entraîner la perte de la colonie. Ces détails furent apportés à l'Assemblée par un officier témoin du massacre de M. de Mauduit, et qui s'était échappé comme par miracle des mains de ces furieux. L'Assemblée, loin d'en témoigner de l'indignation, se borna à les envoyer au comité des rapports.

Ce comité n'en présenta pas moins un projet de décret pour admettre aux assemblées coloniales et paroissiales les gens de couleur nés de père et mère libres. Toutes les personnes raisonnables de l'Assemblée s'opposèrent à ce projet et démontrèrent qu'il entraînerait la révolte des nègres contre les Blancs, des massacres affreux et la perte des colonies. Mais les démagogues ayant déclaré qu'ils préféraient la perte des colonies à celle d'un principe, et Dupont de Nemours et plusieurs autres membres de l'Assemblée, égarés par un fol amour de la liberté, s'étant joints à eux, le projet fut converti en un décret[74], qui ne tarda pas à produire tous les malheurs qu'on avait annoncé en devoir être la suite.

Les excès qui se multipliaient dans toutes les parties du royaume firent faire de sérieuses réflexions à une grande partie des membres de l'Assemblée, et déterminèrent M. de Pastoret à lui demander de décréter un code pénal qui fît cesser l'impunité et arrêtât tant de désordres, et de s'occuper en même temps de régler la forme du droit de pétition. Craignant, en même temps, que de pareilles demandes ne lui attirassent des ennemis, il s'empressa de faire l'éloge de la soumission de la ville de Paris et de l'énergie avec laquelle la garde nationale, égarée un moment, était rentrée dans le devoir; et il finit par assurer que cette même ville de Paris, qui s'était acquittée la première du saint devoir de l'insurrection, serait le plus ferme appui de la Constitution.

On demanda à l'Assemblée une émission de petits assignats pour la commodité des habitants de Paris. « Cette monnaie ne perd rien, disaient les promoteurs de la Révolution; c'est l'argent qui gagne. — Je les y égale », dit M. de Crillon, qui eût été bien fâché si on l'avait prié d'en donner lui-même la preuve. M. de Montesquiou, en votant pour leur admission, y ajouta l'éloge le plus pompeux de la prospérité de la France. La déraison fut poussée à son comble dans cette séance; et peu après, l'Assemblée décréta l'admission des petits assignats, malgré tous les inconvénients qui en pouvaient résulter.

Bouche, Robespierre et M. de Menou, ainsi que plusieurs autres du même parti, demandèrent de nouveau la réunion du comtat d'Avignon à la France.

Ils se gardèrent bien de faire connaître que les votes nombreux qu'ils présentaient à ce sujet avaient été donnés au milieu du carnage, du pillage et de la dévastation des villes du Comtat. Ils discutèrent longuement sur les droits de la France sur ce malheureux pays, et employèrent jusqu'à la violence pour démontrer la nécessité de la réunion.

MM. Malouet et de Clermont prouvèrent jusqu'à l'évidence que la plus grande partie des votes n'avaient pas même atteint la majorité et n'avaient été donnés que par la crainte qu'inspiraient les brigands qui désolaient le pays. Ils retracèrent les crimes de tout genre commis par le coupe-tête Jourdan, si connu à Paris par sa férocité et sa cruauté. Ce scélérat s'était associé deux municipaux d'Avignon, ses dignes émules (Mainville et Tournal), qui, secondés des déserteurs des régiments de Penthièvre et de Soissonnais, dévastaient les villes et les campagnes, et poussaient même la fureur jusqu'à faire périr ceux des leurs qui conservaient un reste d'humanité. MM. Malouet et de Clermont démontrèrent le peu de solidité des raisons de leurs adversaires pour la réunion du Comtat à la France, le danger qui pouvait résulter de l'inquiétude que causerait aux puissances étrangères une pareille violation du droit des nations; ils finirent par se plaindre de la mauvaise foi qui avait fait soustraire les pièces qui prouvaient la vérité des événements qu'ils venaient de mettre sous les yeux de l'Assemblée.

Les démagogues, ne pouvant répondre à de pareilles raisons, se répandirent en injures, et engagèrent l'Assemblée à prononcer au moins un décret qui ne décidât pas totalement la question. Pour répondre à leurs désirs, elle se borna à décréter que la ville d'Avignon et le Comtat ne feraient pas partie intégrale de la France.

M. de Clermont-Tonnerre, en sortant de l'Assemblée, courut de grands dangers. Injurié et menacé d'être jeté dans le bassin des Tuileries par une foule de scélérats qui se trouvèrent sur son passage, il n'eut que le temps de se réfugier chez le suisse, où plusieurs particuliers vinrent à son secours. Six grenadiers du régiment d'Angoulême le reconduisirent chez lui en fiacre, où une multitude ameutée l'avait précédé et avait déjà forcé la porte de sa maison. Les grenadiers qui le défendaient donnèrent le temps au maire et à la garde nationale d'arriver pour faire cesser ce tumulte et dissiper l'attroupement.

Les scélérats d'Avignon, pour se venger de l'échec qu'ils avaient reçu, vinrent assiéger la ville de Carpentras ; mais elle se défendit si vigoureusement, qu'ils furent obligés d'en lever le siège après avoir perdu un nombre assez considérable de leurs indignes associés. Tous ces malheurs étaient dus à la lâcheté de M. du Portail, qui, dans la crainte de déplaire aux clubs jacobins, s'opposa au renvoi des régiments de Penthièvre et de Soissonnais, dont les soldats en insurrection désolaient le Comtat. Ils étaient, en outre, une suite de la défense faite par le ministre aux Dauphinois de venir au secours des Comtadins, qu'ils auraient facilement délivrés de leurs oppresseurs.

La crainte que le décret que venait de rendre l'Assemblée ne nuisît aux droits de la France sur le Comtat, fournit aux démagogues l'occasion de revenir sur cette décision, en remettant en question s'il n'était pas au moins nécessaire de réunir la ville d'Avignon pour la soustraire aux calamités qui l'accablaient depuis si longtemps. L'Assemblée, n'osant pas revenir sur un décret discuté si solennellement, essaya de l'atténuer en en faisant un nouveau, par lequel elle priait Sa Majesté d'envoyer des médiateurs pour interposer ses bons offices entre les Comtadins et les Avignonnais ; de faire cesser les hostilités respectives, provisoire nécessaire avant de prendre un parti ultérieur sur les droits qu'avait la France sur ce malheureux pays ; d'empêcher les invasions des troupes avignonnaises sur le territoire français ; de regarder comme déserteurs les Français des deux armées qui refuseraient de rentrer en France après l'ordre qui leur en serait donné, et de traiter comme embaucheurs ceux qui recruteraient en France pour l'un ou l'autre parti.

Les troubles continuaient toujours dans toutes les parties du royaume. Le licenciement de la compagnie soldée du bataillon de l'Oratoire mit en mouvement tous les factieux. Les clubs se récrièrent sur l'injustice d'exiger des troupes une obéissance passive ; les sections se partagèrent sur la question de savoir s'il y avait lieu ou non à demander le nouveau serment que voulait faire prêter M. de la Fayette, et les malveillants saisirent avec empressement cette occasion d'établir la division dans la garde nationale.

On apprenait de toute part des nouvelles affligeantes, des soulèvements, des massacres, des incendies ; et l'impunité de tous ces crimes en augmentait le nombre. La populace de Versailles voulut s'opposer au départ du régiment de Flandre, qui quittait cette ville pour retourner dans le département du Nord ; elle gagna quelques soldats, qui en entraînèrent d'autres, et il y eut un moment de résistance de leur part. M. de Montmorin, gouverneur de Fontainebleau et colonel en second de ce régiment, fut renversé deux fois de son cheval ; mais il tint bon, et secondé des chasseurs de Lorraine et de la garde nationale de Versailles, il les fit rentrer dans le devoir, se mit à leur tête et les fit partir pour leur destination. M. de Montmorin était un homme excellent, plein d'honneur et de bravoure, rempli d'attachement pour la personne du Roi. Il ne cessa de lui en donner des preuves, et fut une des premières victimes de la Révolution, quand nos malheurs furent à leur comble.

Après diverses discussions sur la forme des élections de la prochaine législature, l'Assemblée décréta qu'aucun des membres de l'Assemblée nationale ne pourrait être réélu avant quatre années révolues du jour de l'expiration de ses séances ; que dès que les élections seraient terminées, elle fixerait le jour où cesseraient ses fonctions et où commenceraient celles de la législature qui lui succéderait, laquelle, de son côté, terminerait ses séances le 1er mai 1793. Plusieurs membres du côté droit demandèrent que l'Assemblée, avant sa séparation, déterminât l'étendue du pouvoir que l'on accordait au Roi, pour mettre un terme à l'anarchie qui désolait le royaume ; mais cette demande entravait trop les vues de l'Assemblée pour qu'elle daignât y faire droit.

L'abbé Raynal, profondément affligé de l'abus que l'on avait fait des principes de liberté répandus dans son *Histoire philosophique du commerce des Européens dans les deux Indes*, se crut en droit, à son retour en France, d'en témoigner sa douleur à l'Assemblée, et dans une adresse qu'il lui envoya, de lui dire les vérités qu'il crut propres à l'amener à réparer les torts que lui avait fait commettre son amour excessif de la liberté : « Il serait beau, disait-il, d'avouer vous-mêmes que vous avez été trop loin, de rendre au Roi l'autorité dont il a besoin pour faire le bien, de balancer sagement les pouvoirs des diverses autorités, et de ne pas donner à la multitude un pouvoir dont elle ne peut qu'abuser ; des lois sages vous feront bénir des peuples, qui maudiront, au contraire, un jour celles qui, en consacrant l'anarchie, attireront sur la France des malheurs dont vous gémirez quand il ne sera plus temps de les réparer. »

L'Assemblée entra en fureur, et se récria sur une audace digne, disait-elle, des Malouet et de ceux de son parti ; et l'abbé Raynal, porté aux nues quand on croyait ses principes les mêmes que ceux de l'Assemblée, fut regardé, même par les plus modérés du côté gauche, comme un homme en démence, et l'on attribua à la faiblesse de l'âge des remords qu'elle était si loin de partager.

MM. de Saint-Fargeau et Robespierre demandèrent l'abolition de la peine de mort et de toute peine infamante pour quelque crime que ce fût. Le premier voulait même qu'après un long emprisonnement, un baptême civique rétablît le criminel dans tous ses droits. On prononça de grands discours tendant à demander, au nom de l'humanité, de mettre plus de douceur dans le Code pénal pour la répression des délits ; mais on représenta si vivement l'inconvénient de l'abolition de la peine de mort et de la condamnation aux travaux publics, dans un moment où la France était couverte de scélérats auxquels les crimes ne coûtaient rien, qu'on les laissa subsister. La nécessité de bâtir quatre-vingt-trois maisons de réclusion fit peut-être plus d'impression que le motif de nuire à la tranquillité publique.

L'Assemblée, trouvant que le droit de faire grâce, abusif en lui-même, donnait au Roi trop d'autorité, décréta, sans égard pour la majesté royale, qu'il lui serait interdit, ainsi qu'à toute personne que ce fût[75]. La privation d'un droit dont jouissaient tous les princes de l'Europe, et même les plus minces souverains, affecta le Roi sensiblement. Mais c'était ce qui occupait le moins l'Assemblée, qui, peu touchée de sa soumission à ses moindres désirs, l'accablait journellement des plus violentes amertumes. Achard de Bonvouloir, député, ayant voulu démontrer à l'Assemblée les inconvénients qui résulteraient de l'admission dans les clubs des soldats et des bas officiers, on lui coupa la parole et on le força d'envoyer les preuves qu'il allait produire au comité des rapports.

Elle décréta encore, mais non sans de vifs débats, que l'on ne recevrait en France aucune bulle, ordonnance ou écrit du Pape, sans l'approbation du corps législatif sanctionnée par le Roi, et défense jusque-là de les afficher ou de leur donner force de loi ; que tout évêque, curé, ecclésiastique et fonctionnaire public qui ferait imprimer lesdits écrits, en contradiction au présent décret, serait poursuivi comme perturbateur du repos public et subirait la peine de la dégradation civique.

Les démagogues firent de nouvelles tentatives pour le licenciement de l'armée, ou du moins pour celui de tous les officiers soupçonnés de haine pour la Révolution et de regret pour l'ancien régime ; et ils en parlèrent avec un mépris qui fut vivement relevé par M. de Cazalès et quelques autres membres de l'Assemblée. Plusieurs d'entre eux, même du côté gauche, firent sentir à l'Assemblée le danger d'une pareille mesure, dans un moment où l'on avait tant à redouter des menées hostiles des puissances étrangères. En conséquence, elle se borna à prier le Roi de signer promptement le décret qui mettait les troupes des frontières sur le pied de guerre et ordonnait l'approvisionnement de leurs places, et une levée d'hommes dans toutes les gardes nationales du royaume.

On pria, de plus, le Roi de faire notifier à M. le prince de Condé, et dans le plus bref délai, l'ordre de rentrer sous quinze jours dans le royaume, ou de s'éloigner des frontières, en prêtant le serment de ne rien entreprendre contre la Constitution sanctionnée par le Roi, ni de troubler en rien la tranquillité de l'État, faute de quoi ses propriétés seraient séquestrées, et toute communication avec lui interdite, sous peine d'être réputé traître à la patrie. On ajouta à ce décret que, dans le cas où il se présenterait en armes sur les frontières, on donnerait ordre à tous les citoyens de courir sus sur sa personne et celle de ses adhérents, et on le rendit responsable de tous les mouvements hostiles qui pourraient être dirigés contre la France.

Tant d'insultes réitérées contribuèrent à affermir le Roi dans la résolution de se soustraire à une tyrannie dont la nation éprouvait, ainsi que lui, les effets les plus funestes. Il n'y avait pas même jusqu'aux hommages qu'on ne trouvât moyen de rendre insultants; le fait suivant en est une preuve.

Un nommé Palloi, architecte de la ville, et qui avait été à la tête des destructeurs de la Bastille, fit demander à la Reine la permission de présenter à Mgr le Dauphin un jeu de domino fait en entier des pierres de la Bastille. On n'osa le refuser, et la Reine lui fit dire que s'il voulait aller trouver Mgr le Dauphin dans son jardin, il y recevrait son présent. J'étais ce jour-là dans mon lit, avec une si violente attaque de colique hépatique que j'avais été saignée trois fois dans la journée, et je n'étais précisément remplacée que par madame de Soucy, la belle-fille. Je craignais que la frayeur de se compromettre ne lui fît faire quelque bassesse, et je priai la princesse de Tarente, qui suivait souvent avec moi le jeune prince à la promenade, de ne pas y manquer dans cette occasion, et de surveiller madame de Soucy.

Comme il fallait toujours éviter les interprétations malignes que les patriotes donnaient à toutes les paroles de la famille royale, nous convînmes que Mgr le Dauphin se bornerait à dire à M. Palloi: «Je suis bien sensible, monsieur, à l'idée que vous avez eue, qu'un jeu de domino pourrait m'amuser, et je vous remercie bien de celui que vous me donnez.» Il était furieux de recevoir un pareil présent, et il le fut encore davantage quand M. Palloi lui eut dit que le présent devait lui être d'autant plus agréable que, composé des pierres de la Bastille, il lui rappellerait la générosité avec laquelle le Roi, son père, avait renoncé à toute idée de despotisme et promis de lui inculquer, de bonne heure, des sentiments pareils aux siens. Mgr le Dauphin fit, en rougissant, la réponse qui lui avait été prescrite. Il demanda à rentrer dès que M. Palloi l'eut quitté, et fit sur-le-champ disparaître le domino, en demandant qu'on n'en parlât plus.

Il était impossible d'annoncer plus de noblesse et de dignité dans les sentiments qu'en faisait ce jeune prince, et le tout sans hauteur ; car il était rempli de bonté pour tout ce qui l'approchait, et parfaitement aimable, tant avec les enfants qui jouaient avec lui qu'avec les personnes qui l'entouraient. Ses jeux se ressentaient de son caractère vif et ardent. Il avait un goût prononcé pour tout ce qui tenait au militaire, et un de ses plus grands plaisirs était de faire tirer de petits canons dans son jardin et de commander, le sabre à la main, que l'on fît feu. Il se croyait alors un petit héros, et prenait un air grave le plus plaisant du monde.

Il avait encore un genre d'amusement qui lui plaisait infiniment. C'était de prendre le costume d'un ancien chevalier français, en se revêtant d'une petite armure que lui avait faite M. Palloi. Le casque en tête, la cuirasse sur le dos et la lance à la main, il se croyait un véritable chevalier. Ce jeu n'était permis qu'entre nous, et seulement dans son appartement, pour ne pas laisser à la malveillance le plaisir de s'exercer sur ce petit divertissement. Il importunait la Reine pour lui permettre de descendre chez elle dans son costume favori, si bien qu'elle lui dit, pour s'en débarrasser, qu'elle n'y consentirait qu'autant qu'il désignerait sur-le-champ le nom du chevalier français qu'il prendrait pour paraître devant elle. Ce sera, dit-il, celui du chevalier Bayard, sans peur et sans reproche.

Il aimait beaucoup à lire des traits historiques, et l'abbé d'Avaux, son précepteur, lui faisait faire la lecture de tous ceux qui pouvaient l'instruire en l'amusant. Il en causait avec nous, les gravait dans sa mémoire, et faisait les applications les plus justes, sans pédanterie et avec une naïveté charmante. Il étonna bien un jour l'abbé Barthélemy, de l'Académie des sciences. On avait fait lire au jeune prince quelques fragments de l'histoire de Scipion et d'Annibal, et on les comparait ensemble : « J'aime bien mieux Scipion, dit-il, c'est mon héros. » — « Seriez-vous bien aise de voir son bouclier ? » lui dit M. d'Avaux. — « J'en serais enchanté. » L'abbé Barthélemy, à qui cette conversation fut rapportée, se fit un plaisir de le lui apporter. Mgr le Dauphin le considéra avec soin et le tourna de tous côtés ; puis, partant comme un trait, il fut chercher son sabre, et le frotta sur le bouclier. « Que faites-vous donc, Monseigneur ? » lui dit l'abbé Barthélemy. — « Je frotte mon sabre sur le bouclier d'un grand homme. » L'abbé Barthélemy témoigna le plus grand étonnement de cette action et de la vivacité de sa réponse. Mais l'abbé d'Avaux ne le laissa pas longtemps indécis sur le motif qui l'avait occasionné. Il lui apprit que ce n'était qu'une heureuse application de ce qu'il lui avait raconté d'un beau mouvement d'un régiment de grenadiers, en voyant à Strasbourg le tombeau du maréchal de Saxe. L'abbé Barthélemy, attendri en regardant cet aimable enfant, ne put s'empêcher de lui témoigner sa satisfaction de l'usage heureux qu'il faisait de sa mémoire, qui était vraiment admirable.

Il avait la répartie prompte, et nous étonna bien un jour par la preuve qu'il nous en donna. On jouait avec lui un petit jeu qui obligeait chacun de conter son histoire. « J'en sais une très-drôle, nous dit-il. Il y avait à la porte de l'Assemblée nationale un crieur qui vendait les décrets aussitôt qu'ils étaient imprimés ; pour abréger ses paroles, il criait : À deux sols, à deux sols, l'Assemblée nationale ! Un plaisant qui passait par là lui dit : Mon ami, tu nous dis bien ce qu'elle vaut, mais non pas ce qu'elle nous coûte. Avouez que c'est drôle. » Je lui avais expressément défendu de parler de tout ce qui pouvait y avoir rapport. Le regardant donc assez sévèrement : « Qui vous a appris, lui dis-je, cette petite histoire ? » Se ressouvenant alors de la défense, il me dit très-plaisamment : « M. l'abbé, qui nous a appris ce jeu, nous a bien dit, madame, que chacun était obligé de conter son histoire, mais il n'est pas du jeu de dire de qui on la tient. » Et il se débarrassa de cette manière de répondre à une question qui l'embarrassait, sans nommer la personne qui lui avait appris sa petite histoire.

CHAPITRE XII

Année 1791

VOYAGE DE VARENNES

Le chagrin que j'éprouvais des insultes journalières qu'essuyait la famille royale, et mon inquiétude des suites qui en devaient être la conséquence, rendaient pénible la convalescence de la maladie que je venais d'éprouver. La Reine, qui avait eu la bonté de me venir voir plusieurs fois, vint chez moi un matin de très-bonne heure pour m'engager d'aller aux eaux de Plombières. « Il est probable, me dit-elle, que nous serons obligés de quitter Paris, et vous êtes bien faible pour nous suivre. » L'idée d'abandonner Mgr le Dauphin et Madame, au milieu des dangers qu'ils pouvaient courir, me fit une peine extrême et me redonna assez de force pour espérer d'être, sous peu de jours, en état de les suivre. Je ne pouvais d'ailleurs, comme je le dis à la Reine, aller aux eaux sans faire découvrir leur départ, ayant dit publiquement à quelqu'un qui m'en avait donné le conseil, que la mort seule me ferait abandonner Mgr le Dauphin. J'ajoutai à cette princesse que j'espérais que le Ciel me donnerait, d'ici là, les forces dont j'aurais besoin, mais que dans le cas contraire je ne quitterais pas mon appartement. « À quels dangers ne vous exposez-vous pas ? » reprit la Reine avec vivacité. — « Si j'étais né homme, répondis-je, Votre Majesté ne m'aurait pas empêché de monter à la tranchée. Je me sens digne d'être la fille d'un père qui a perdu la vie pour le service de son Roi et de sa patrie. Que Votre Majesté ne s'embarrasse pas de moi ; si j'étais malade, je resterais dans la première auberge au risque de ce qui pourrait m'arriver ; mais qu'elle soit bien persuadée que je resterais à Paris, si je ne me sentais assez de force pour soutenir la route, et causer le moindre retard au voyage[76]. »

On devait partir la nuit du dimanche au lundi 20 juin ; mais la crainte que l'on eut qu'une femme de chambre de Mgr le Dauphin[77], qu'on savait être attachée à M. de la Fayette, et qui était de service ce jour-là, ne lui révélât le départ de la famille royale, le fit remettre au lendemain 21, où elle se trouvait tout naturellement remplacée par une autre sur laquelle on pouvait compter. On avait craint, en éloignant la première, de donner de la consistance au bruit qui courait, même dans le château, du prochain départ de la famille royale[78]. M. de Bouillé en fut prévenu, et si M. le duc de Choiseul eût eu moins de légèreté et plus d'aplomb, ce retard eût été sans inconvénient.

Pour ne donner aucun soupçon, la Reine mena promener elle-même ses enfants à Tivoli, dans le jardin de M. Boutin, dans la soirée du lundi, et donna l'ordre en rentrant, au commandant de bataillon, pour la sortie du lendemain. J'en fis autant pour Mgr le Dauphin. Et pour ôter à mes gens toute idée de départ, je leur dis de me préparer un bain pour le lendemain à l'heure où je sortirais de chez Mgr le Dauphin, et je montai chez lui à dix heures, suivant ma coutume, avec ma femme de chambre, qui couchait dans une chambre à côté de la sienne.

Un moment après, la Reine entra dans l'appartement, et réveilla ce jeune prince qui était profondément endormi. À peine eut-il entendu qu'il irait dans une place de guerre, où il commanderait son régiment, qu'il se jeta à bas de son lit, en disant : « Vite, vite, dépêchons-nous, qu'on me donne mon sabre, mes bottes, et partons. » L'idée de ressembler à Henri VI, qu'il avait pris comme modèle, l'échauffa tellement, qu'il ne ferma pas l'œil en chemin. Ce ne fut qu'après l'arrestation que la nature reprit ses droits, et qu'il s'endormit du sommeil le plus calme et le plus tranquille.

La Reine, en déclarant son départ, annonça à madame de Neuville, première femme de chambre de Mgr le Dauphin, qu'elle le suivrait dans une chaise de poste, avec madame Brunyer, première femme de chambre de Madame, qui venait d'être avertie et qui allait se rendre chez Mgr le Dauphin. Elle dit à madame de Bar, cette femme, comme je l'ai déjà dit, sur laquelle on pouvait parfaitement compter, qu'elle était affligée de ne pouvoir pas l'emmener, qu'elle allait la faire conduire sûrement chez elle, et qu'elle comptait assez sur son attachement pour être assurée de sa discrétion. Cette pauvre femme fut des plus touchantes ; elle se jeta aux genoux de la Reine, lui baisa la main, fit des vœux pour le succès du voyage, qui l'occupait beaucoup plus que les persécutions qu'elle pourrait éprouver et que les précautions que l'on prenait pour la conduire sûrement chez elle.

Nous descendîmes dans l'entre-sol de la Reine, où le Roi s'était rendu de son côté. Leurs Majestés me dirent qu'elles seraient suivies par trois gardes du corps, dont l'un donnerait le bras à la Reine pour la conduire à pied à la voiture ; que les deux autres conduiraient la voiture de voyage, qui devait attendre le Roi à quelque distance de la barrière (car toute la famille royale sortait à pied, à l'exception de Mgr le Dauphin et de Madame). Le Roi ajouta que je ne saurais qu'en chemin les détails du voyage, pour diminuer l'embarras de mes réponses si j'avais le malheur d'être arrêtée; et il me donna ensuite un billet signé de sa main, pour prouver, en cas d'accident, que c'était par ses ordres que j'emmenais Mgr le Dauphin et Madame. Il me donna, de plus, la permission d'emmener avec moi M. de Gouvion[79], si nous le rencontrions, dans le cas où il s'engagerait à favoriser le départ de Leurs Majestés. J'avais aussi marqué deux pièces d'or, l'une pour donner à un garde national, si le hasard nous en faisait rencontrer, en lui ajoutant la promesse de faire sa fortune et de lui donner une bonne somme d'argent, lorsqu'il me reproduirait une pièce pareille à celle que je gardais pour la confronter avec la sienne.

J'avais pris, depuis longtemps, la précaution de faire faire à ma fille Pauline une petite robe de toile et un bonnet pour habiller en petite fille Mgr le Dauphin, si les circonstances rendaient ce changement nécessaire. Nous nous en servîmes avec succès. La voiture étant arrivée, la Reine alla regarder elle-même si tout était tranquille dans la cour, et ne voyant personne, elle m'embrassa en me disant: «Le Roi et moi vous remettons entre les mains, madame, tout ce que nous avons de plus cher au monde, avec la plus entière confiance; tout est prêt, partez.» Nous descendîmes par l'appartement de M. de Villequier, où il n'y avait pas de sentinelle; nous passâmes par une porte peu fréquentée, et nous montâmes dans une vieille et antique voiture, ressemblant à un fiacre, que conduisait le comte de Fersen[80].

Pour donner au Roi le temps d'arriver, nous fîmes une promenade sur les quais, et nous revînmes par la rue Saint-Honoré attendre la famille royale, vis-à-vis la maison appelée alors l'hôtel de Gaillarbois. J'attendis trois quarts d'heure sans voir arriver personne de la famille royale. M. de Fersen jouait parfaitement le rôle de cocher de fiacre, sifflant, causant avec un soi-disant camarade qui se trouvait là par hasard, et prenant du tabac dans sa tabatière. J'étais sur les épines, quoique je ne fisse paraître aucune inquiétude, lorsque Madame me dit : « Voilà M. de la Fayette. » Je cachai Mgr le Dauphin sous mes jupes, en les assurant tous deux qu'ils pouvaient être fort tranquilles. Je ne l'étais cependant guère. M. Bailly le suivait à peu de distance. Ils passèrent tous deux, ne se doutant de rien ; et après trois quarts d'heure d'anxiété, j'eus la consolation de voir arriver Madame Élisabeth. C'était cependant un commencement d'espérance. Il était onze heures et demie, et ce ne fut qu'après minuit que nous vîmes arriver le Roi. MM. Bailly et de la Fayette, qui étaient venus au coucher, s'étaient mis à causer, et pour ne leur donner aucun soupçon, ce prince ne voulut point avoir l'air pressé de se retirer. Il fallut ensuite que le Roi se déshabillât, se mît au lit, refît une nouvelle toilette, mît une perruque pour se déguiser, et vînt à pied des Tuileries pour rejoindre la voiture. La Reine n'en devait sortir qu'après le Roi ; et l'extrême attachement qu'il lui portait se démontra vivement dans cette circonstance par la manière dont il exprimait son inquiétude. Dès qu'elle fut montée dans la voiture, il la serra entre ses bras, l'embrassait, et lui répétait : « Que je suis content de vous voir arrivée ! » Chacun s'embrassa ; toute la famille royale me fit le même honneur, et convaincus que nous avions franchi l'obstacle le plus difficile à surmonter, nous commençâmes à espérer que le Ciel favoriserait notre voyage.

Le Roi nous raconta qu'après avoir été débarrassé de MM. Bailly et de la Fayette, il était sorti seul par la grande porte des Tuileries, avec une grande tranquillité ; qu'il était pleinement rassuré par la précaution qu'il avait prise de faire sortir par cette même porte M. le chevalier de Coigny, dont la tournure, parfaitement semblable à la sienne, accoutumait depuis quinze jours les factionnaires de cette porte à le laisser sortir le soir avec une entière sécurité ; qu'elle était telle, que son soulier s'étant défait, il l'avait remis sans qu'on y eût fait attention, et qu'il n'avait pas éprouvé la plus légère difficulté.

Le chevalier de Coigny était un des plus fidèles et des plus affectionnés serviteurs du Roi. Celui-ci lui avait confié le secret de son voyage, et s'il eût suivi les conseils qu'il lui avait donnés, il y a tout lieu de croire que le voyage eût réussi. « Personne, dit-il au Roi, ne rend plus de justice que moi à la bravoure et à la fidélité de MM. les gardes du corps. Mais, dans une occasion aussi importante, il faut employer des personnes qui aient l'habitude des voyages, et qui aient été dans l'occasion de prendre des partis décisifs. Priol, commandant de la gendarmerie, homme de tête et qui a l'habitude de la surveillance, vous serait d'une grande ressource, ainsi qu'un maître de poste retiré, qui connaît parfaitement toutes les routes du royaume, qui est plein d'intelligence et d'un attachement sans bornes à la personne de Votre Majesté. » Il en nomma un troisième dont j'ai oublié le nom et l'état.

Le Roi, qui voulait donner cette marque de confiance à ses gardes du corps, ne suivit malheureusement pas un avis aussi sage, et persista dans sa première résolution. Il avait demandé à M. d'Agout, aide-major des gardes du corps, de lui en donner trois pour porter des lettres aux princes, ses frères ; et ignorant leur véritable destination, il lui avait donné les trois premiers qui s'étaient trouvés sous sa main. Ils s'appelaient MM. du Moutier, de Maldan et de Valori[81]. On ne pouvait sans injustice mettre en doute leur courage et leur dévouement ; mais accoutumés par leur grade à une parfaite obéissance, et n'ayant jamais commandé en chef, une pareille entreprise était au-dessus de leurs forces. Ils n'osèrent rien prendre sur eux, demandèrent les ordres du Roi, qu'ils auraient exécutés, quelque dangereux qu'ils fussent, même au péril de leur vie, mais ils manquèrent de l'audace nécessaire dans la circonstance où l'on se trouvait.

La Reine avait mis dans sa confidence madame Thibault[82], sa première femme de chambre, personne de mérite et d'un attachement sans bornes à sa personne. Elle avait disposé tout ce qui était nécessaire pour le voyage, et avait pris un passeport pour Tournay, d'où elle devait aller rejoindre Sa Majesté, dès qu'elle aurait reçu la nouvelle de son arrivée dans la ville où elle devait séjourner momentanément. Elle avait été chargée d'emmener ma femme de chambre, dont la terreur et la naïveté, tout en faisant rire la famille royale, firent sentir la nécessité de ne la pas abandonner à elle-même.

Nous éprouvâmes plusieurs petits incidents qui ne prouvèrent que trop que les plus petites causes influent souvent sur de grands événements. M. de Fersen, craignant que les gardes du corps n'eussent pris un autre chemin que celui qu'il leur avait indiqué, et que lui prenant le plus court, on fût forcé pour les rejoindre de repasser la barrière, préféra prendre le plus long pour éviter cet inconvénient, ce qui nous fit perdre une demi-heure, laquelle, ajoutée aux trois quarts d'heure qu'avait duré de plus le coucher du Roi, nous mit en retard d'une heure et demie. Nous trouvâmes ensuite une noce chez les commis de la barrière, beaucoup de monde et de lumière aux portes, mais nous ne fûmes heureusement pas reconnus, et nous passâmes sans difficulté. Pour comble de malheur, les chevaux de la voiture du Roi s'abattirent deux fois entre Nintré et Châlons, tous les traits cassèrent, et nous perdîmes plus d'une heure à réparer ce désastre.

Il a été dit, mais bien à tort, que le Roi s'était arrêté pour dîner. Il n'a jamais mangé que dans la voiture, lui et la famille royale. On ne s'est arrêté nulle part; le Roi ne descendit qu'une seule fois dans toute la route, entra dans une écurie où il n'y avait personne, ne parla à qui que ce soit et remonta sur-le-champ dans sa voiture. Les enfants descendirent seulement deux fois, dans des moments où des postillons montaient au pas de grandes côtes, et dont je profitai pour leur faire prendre l'air; mais cette petite promenade ne causa aucun retard[83].

Nous trouvâmes à quelque distance de la barrière de Clichy la voiture qui nous attendait, et nous laissâmes la vieille voiture et les chevaux sans nous embarrasser de ce qu'ils deviendraient. M. de Fersen conduisit le Roi en cocher jusqu'à Claye, où nous prîmes la poste. Le Roi, en le quittant, lui témoigna sa reconnaissance de la manière la plus affectueuse, espérant que ce serait autrement qu'en paroles, et se flattant de le revoir bientôt.

Nous voyagions dans une grande berline bien commode, mais qui n'avait rien d'extraordinaire, comme on s'est plu à le répéter depuis la triste issue de ce malheureux voyage[84]. J'étais censée être la maîtresse sous le nom de baronne de Korff; le Roi passait pour mon valet de chambre, la Reine pour ma femme de chambre, et Madame Élisabeth pour la bonne des enfants[85]. On savait que la baronne de Korff, dont je portais le nom, avait fait exprès le voyage de Paris à Montmédy par la même route que nous prenions, dans une voiture pareille à la nôtre, avec le même nombre de personnes, et qu'on ne lui avait demandé nulle part son passeport. On avait poussé l'observation jusqu'à calculer le nombre d'heures qu'elle avait employé pour arriver à Montmédy, et l'on verra le triste résultat de cette dernière précaution.

Quand la barrière fut passée, le Roi, commençant à bien augurer de son voyage, se mit à causer sur ses projets. Il commençait par aller à Montmédy, pour aviser au parti qu'il croirait convenable, bien résolu de ne sortir du royaume que dans le cas où les circonstances exigeraient qu'il traversât quelques villes frontières pour arriver plus promptement à celle de France où il voudrait fixer son séjour, ne voulant pas même s'arrêter un instant en pays étranger.

« Me voilà donc, disait ce bon prince, hors de cette ville de Paris, où j'ai été abreuvé de tant d'amertume. Soyez bien persuadés qu'une fois le cul sur la selle, je serai bien différent de ce que vous m'avez vu jusqu'à présent. » Il nous lut ensuite le mémoire qu'il avait laissé à Paris pour être porté à l'Assemblée ; et il jouissait d'avance du bonheur qu'il espérait faire goûter à la France, du retour des princes ses frères et de ses fidèles serviteurs, et de la possibilité de rétablir la religion et de réparer les maux que ses sanctions forcées avaient pu lui causer. Regardant ensuite sa montre qui marquait huit heures : « La Fayette, dit-il, est présentement bien embarrassé de sa personne. »

Il était difficile de partager l'anxiété du général, et d'éprouver d'autre sentiment que la joie d'avoir secoué sa dépendance.

Il n'en était pas de même lorsque nous pensions à la position de ceux que nous avions laissés à Paris. Nous étions loin de soupçonner que la stupeur et la consternation remplaçaient l'audace qu'avaient eue les Parisiens à toutes les époques de la Révolution ; et ce n'était pas sans fondement que nous étions dans l'inquiétude des excès où ils pourraient se porter vis-à-vis de ceux dont on connaissait l'attachement au Roi et à la famille royale. Plus on avançait dans la route, plus on se livrait à l'espérance: «Quand nous aurons passé Châlons, nous n'aurons plus rien à redouter, disait le Roi; nous trouverons à Pont-de-Sommevel le premier détachement des troupes, et notre voyage est assuré.» Nous passâmes Châlons sans être reconnus[86]. Nous fûmes alors parfaitement tranquilles, et nous étions loin de nous douter que notre bonheur touchait à son terme et allait être remplacé par la plus affreuse catastrophe.

Arrivés à Pont-de-Sommevel, quelles furent notre douleur et notre inquiétude lorsque les courriers nous rapportèrent qu'ils n'avaient trouvé aucune trace de troupe ni qui que ce soit qui pût donner aucune indication; qu'ils n'osaient faire aucune question de peur de donner des soupçons, et qu'il fallait espérer qu'à Orbeval, qui était la poste suivante, nous serions plus heureux[87]! Mais notre bonheur était fini. Le Ciel, qui voulait éprouver jusqu'à la fin nos augustes et malheureux souverains, permit que le duc de Choiseul perdît totalement la tête. L'entreprise était au-dessus de ses forces. Son cœur était pur, et il se serait fait tuer pour sauver le Roi; mais il n'avait pas ce courage calme et tranquille qui fait juger de sang-froid les événements et les moyens de porter remède aux circonstances imprévues.

M. de Choiseul, en prenant congé du Roi, lui avait donné un itinéraire de sa route jusqu'au Pont-de-Sommevel, où il devait se trouver à la tête du premier détachement des troupes chargé d'escorter Sa Majesté. Muni de tous les renseignements nécessaires pour arriver sûrement au terme du voyage, il avait marqué où le Roi devait user d'une grande précaution pour n'être pas reconnu, avait calculé, comme je l'ai déjà dit, le temps qu'il devait mettre en route, et par conséquent l'heure où il devait arriver à Pont-de-Sommevel. Mais il n'avait malheureusement pas fait entrer dans ce calcul les accidents qui pourraient arriver, et ce fut la cause de notre perte.

Pour éviter tout soupçon de la part des troupes qu'on avait placées par échelons, depuis Pont-de-Sommevel jusqu'à Clermont, on les avait averties qu'elles étaient destinées à escorter un trésor dont l'arrivée avait été retardée jusqu'au lundi 21. Quelques propos tenus sur le retard de l'arrivée de ce trésor inquiétèrent M. de Choiseul, qui, s'apercevant que l'heure de l'arrivée du Roi était outrepassée de deux heures, se persuada que le Roi avait changé d'avis et que le projet était avorté[88]. Il donna alors, à ce que l'on m'a assuré, son cabriolet à Léonard[89], coiffeur de la Reine, qu'il avait emmené de Paris avec lui, pour avertir les troupes stationnées sur la route que le voyage était manqué et que le Roi n'avait pas paru, lui enjoignant de plus d'aller jusqu'à Montmédy porter le même avertissement. Il monta ensuite à cheval, disant au détachement qui était à Pont-de-Sommevel qu'il venait de recevoir l'avis que le trésor ne passerait plus, et qu'il allait gagner Montmédy par le plus court chemin.

Ce parti était dépourvu de sens. En suivant la grande route, le détachement pouvait rencontrer le Roi, dans le cas où il n'y eût eu qu'un retard accidentel dans le voyage (circonstance que M. de Choiseul eût dû prévoir). Le chemin de traverse qu'il fit prendre aux troupes répandit l'alarme dans tous les environs de Pont-de-Sommevel. Il n'en fallait pas tant pour semer l'inquiétude dans un pays aussi révolutionné que celui que nous allions parcourir. Toutes les villes en étaient mauvaises, et c'était pour éviter Verdun qu'on avait fait passer le Roi par Varennes, quoiqu'il n'y eût pas de chevaux de poste dans cette misérable petite ville. Pour obvier à cet inconvénient, on avait mis des chevaux de relais dans une maison à l'entrée de la ville, pour conduire le Roi à Dun, où il devait trouver M. de Bouillé à la tête des troupes. On avait si peu d'inquiétude sur le passage de Varennes, qu'on n'y en avait placé aucune, et qu'on s'était contenté d'y envoyer le second fils de M. de Bouillé et le frère cadet de M. de Raigecourt, pour soigner les relais et avertir sur-le-champ M. de Bouillé de l'arrivée du Roi à Varennes[90]. On poussa le peu de précaution jusqu'à oublier d'avertir du nom de l'auberge où étaient les chevaux.

Nous ne fûmes pas plus heureux à Orbeval qu'à Pont-de-Sommevel. Même silence, même inquiétude. Nous arrivâmes à Sainte-Menehould dans une violente agitation; elle fut encore augmentée lorsque M. d'Andouins[91], capitaine dans le régiment de M. de Choiseul, s'approcha un moment de la voiture et me dit tout bas: « Les mesures sont mal prises; je m'éloigne pour ne donner aucun soupçon. » Ce peu de paroles nous perça le cœur; mais il n'y avait autre chose à faire que de continuer notre route, et l'on ne se permit pas même la plus légère incertitude.

Le malheur voulut que l'infâme Drouet[92], fils du maître de poste de Sainte-Menehould, patriote enragé, se trouvât en ce moment à la porte, et qu'ayant eu la curiosité de regarder dans la voiture, il crut reconnaître le Roi et s'en assura positivement en comparant la figure de ce prince avec un assignat qu'il avait dans sa poche. Ce malheureux prit un cheval, suivit la voiture du Roi jusqu'à Clermont, et ayant entendu dire qu'il allait à Varennes, il jugea qu'il serait facile de le faire arrêter en prenant les devants, et en avertissant les autorités et les habitants sur lesquels il pouvait compter, du passage de Sa Majesté.

Nous gagnâmes encore Clermont sans inconvénient; mais à notre arrivée dans cette ville, le comte

Charles de Damas[93], colonel des dragons de Monsieur, et qui n'avait pas quitté son poste, malgré l'avertissement du duc de Choiseul, nous dit qu'il y avait de la fermentation dans le pays, et qu'il allait faire l'impossible pour faire sortir son régiment et escorter la voiture de Sa Majesté. Il le tenta en effet, mais sans succès. Les autorités se joignirent aux habitants pour empêcher le régiment de sortir de la ville, et les troupes refusèrent d'obéir à M. de Damas. Il fut tenté de les enlever en leur disant qu'ils allaient escorter le Roi et sa famille ; mais il n'osa, dans la crainte d'éprouver un refus, dont les suites eussent été l'arrestation du Roi. Il se contenta d'envoyer, sur-le-champ, à Varennes, un officier à toute bride, pour avertir MM. de Bouillé et de Raigecourt que le Roi allait arriver ; mais la fatalité qui accompagnait toutes les démarches du Roi pour sortir de sa cruelle situation, fit que cet officier, qui ne connaissait pas bien la route, prit la route de Verdun au lieu de celle de Varennes, et ne se trouva plus à temps pour remplir sa mission. On aperçut, sur les hauteurs de cette dernière ville, un homme qui avait l'air de se cacher. Nos inquiétudes augmentèrent. Nous nous crûmes trahis, et nous cheminâmes dans un trouble et une tristesse plus faciles à imaginer qu'à décrire.

La position était affreuse ; elle le devint encore davantage, lorsque, arrivés à Varennes, nous ne trouvâmes ni relais, ni personne qui pût nous donner la moindre indication sur ce qu'ils étaient devenus. Nous frappâmes à une porte ; nous questionnâmes sur la connaissance qu'on pouvait avoir d'un relais qui nous attendait. Nous ne pûmes rien apprendre sur ce qui nous intéressait, et nous tentâmes le seul moyen qui nous restait, en proposant aux postillons de doubler la poste, en leur proposant de l'argent à cet effet. Ils s'y refusèrent, en disant que leurs chevaux étaient trop fatigués. Nous leur dîmes alors de nous conduire à la dernière auberge de la ville, pour repartir dès que leurs chevaux seraient reposés. Il n'y avait déjà plus moyen d'y arriver, et l'infâme Drouet avait eu le temps de prendre toutes ses précautions pour s'opposer au passage de Leurs Majestés. Il avait fait barrer le pont par lequel il fallait passer pour sortir de la ville, en y faisant renverser une charrette de meubles que le hasard lui avait fait tomber sous la main, et il avait prévenu la garde nationale de la ville et Sauce, procureur de la commune, de l'arrivée du Roi et de la nécessité de l'arrêter. Il s'était, de plus, associé un nommé Mangin, ardent patriote, et qui le seconda parfaitement. Ils firent boire les gardes nationales, ainsi que les soldats qui étaient dans la ville, et firent avertir, à Clermont, les dragons du régiment de Monsieur, de s'opposer à la demande de leur colonel, de protéger le voyage du Roi.

Cependant, les voitures cheminaient toujours ; mais dès que celle des femmes, qui précédait celle du Roi, passa devant la maison de Sauce, elle fut arrêtée, et on les obligea de descendre pour visiter leurs passe-ports. Il était alors onze heures et demie du soir. Nous fûmes avertis de ce qui se passait par les gardes du corps, mais nous étions trop avancés dans la ville pour pouvoir reculer, et nous continuâmes notre chemin. Un moment après, lorsque nous passions sous une arcade qui conduisait au pont de Varennes, deux particuliers, appelés Leblanc et Poucin, arrêtèrent la voiture et menacèrent de tirer dessus si l'on faisait la moindre résistance[94]. Je n'ai appris que depuis mon arrivée à Paris cette dernière circonstance. Je sais seulement que les gardes du corps offrirent au Roi d'employer la force pour le faire passer, mais que ce prince s'y refusa. On demanda les passe-ports, et quoiqu'ils fussent parfaitement en règle[95], et que la Reine priât que l'on se dépêchât parce que l'on était pressé d'arriver, on fit toutes sortes de difficultés pour donner le temps de se rassembler aux patriotes de la ville et des environs.

Un officier s'approcha de la voiture du Roi, lui dit tout bas qu'il y avait un gué, et lui offrit de tenter de le faire passer ; mais le Roi, qui voyait augmenter à chaque instant le nombre de ceux qui entouraient la voiture, et à quel point ils étaient exaspérés, craignant de n'être pas en force et d'occasionner un massacre en pure perte, n'osa en donner l'ordre ; il lui dit seulement de presser M. de Bouillé d'employer tous ses efforts pour le tirer de sa cruelle position.

On sonnait le tocsin dans Varennes et dans tous les environs, et il était impossible de se dissimuler que nous ne fussions reconnus. Le Roi tint bon assez longtemps pour ne pas se nommer et ne pas quitter sa voiture ; mais les instances devinrent si pressantes, jointes à la promesse de nous laisser partir, si nous étions en règle après l'examen de nos signatures, qu'il n'y eut plus moyen de s'en défendre. Le Roi entra dans la maison de Sauce, procureur de la commune, et l'on monta dans une chambre où l'on coucha les enfants sur un lit qui s'y trouva. Accablés de fatigue, ils s'endormirent sur-le-champ. Leur sommeil était calme et tranquille, et le contraste de cette situation avec celle de leurs malheureux parents était vraiment déchirant.

On n'était pas encore bien sûr, à Varennes, que ce fût le Roi et la famille royale qui fussent dans la maison de Sauce ; mais Mangin[96], qui la connaissait, monta dans la chambre pour s'en assurer, et déclara si positivement que c'était le Roi et sa famille, qu'on ne se permit plus d'en douter. Ce Mangin, grand patriote, avait déjà couru, ainsi que ses pareils, dans tous les villages voisins, et avait rassemblé en moins d'une heure quatre mille gardes nationales, tant de la ville que des environs.

Le Roi, voyant que la dissimulation était inutile, déclara qu'il était le Roi, qu'il quittait Paris pour se soustraire aux insultes journalières dont on se plaisait à l'accabler, qu'il ne pensait point quitter le royaume, qu'il voulait seulement aller à Montmédy, pour être plus à portée de surveiller les mouvements des étrangers ; que si les autorités de Varennes doutaient de la véracité de sa parole, il consentait à se faire accompagner par telles personnes qu'elles désigneraient. Le Roi et la Reine employèrent tous les moyens possibles pour toucher leurs cœurs, et y ranimer l'ancien amour des Français pour leur Roi. C'étaient des cœurs de bronze, que la crainte seule pouvait remuer. Il leur prenait de temps en temps des frayeurs de l'arrivée de M. de Bouillé, et ils priaient alors le Roi de les protéger et mettaient en doute s'ils lui laisseraient continuer son voyage ; mais ces dispositions changeaient dès qu'on leur donnait des motifs de se rassurer.

M. de Goguelat, que M. de Bouillé avait donné pour adjoint à M. de Choiseul, et qui paraissait avoir eu sa confiance, arriva à Varennes, désolé de la triste issue de ce voyage. Il voulut tenter, avec les hussards de Lauzun, de délivrer le Roi ; mais Leblanc et Mangin ayant crié comme des furieux qu'ils ne l'auraient que mort, il osa d'autant moins insister que le Roi se refusait à en donner l'ordre ; et il ne put faire autre chose que de faire placer les hussards devant la maison qu'occupaient le Roi et la famille royale[97].

Le Roi envoya donner contre-ordre aux dragons qui étaient à Clermont et qui devaient protéger son voyage. Il n'eut pas de peine à être obéi, car ils étaient déjà gagnés, et leur conduite à l'égard de

M. de Damas prouvait le peu de fonds que l'on pouvait faire sur eux. On n'avait pas perdu l'espoir de voir arriver M. de Bouillé. Cependant le temps s'écoulait; on n'en entendait pas parler, et l'inquiétude finit par prendre la place de l'espérance. M. de Damas, ne pouvant plus se flatter de rendre utile le détachement qu'il commandait, parvint à sortir de Clermont et se rendit auprès du Roi, qu'il ne quitta pas d'un instant pendant le temps qu'il passa à Varennes, attendant avec impatience l'arrivée de M. de Bouillé, et engageant Sa Majesté à différer son départ le plus longtemps qu'il se pourrait.

M. de Choiseul arriva aussi à Varennes, sensiblement affligé de la situation du Roi. Mais les sentiments de son cœur lui faisaient illusion sur les terribles inconvénients du parti qu'il avait pris. Il venait seulement remplir les devoirs de tout bon Français et mourir aux pieds de son Roi, si les circonstances l'exigeaient, ne se doutant pas qu'il eût rien à réparer, et croyant qu'à sa place tout autre se serait conduit comme lui.

MM. Baillon et de Romeuf, le premier, commandant de bataillon de la garde nationale de Paris, et le second, aide de camp de M. de la Fayette, arrivèrent à Varennes entre trois et quatre heures du matin. Ils étaient porteurs d'un décret de l'Assemblée qui ordonnait les mesures les plus promptes et les plus actives pour protéger la sûreté de la personne du Roi, de Mgr le Dauphin, de la famille royale et des personnes dont elle était accompagnée, et d'assurer leur retour à Paris avec les égards dus à la majesté royale. Ce même décret nommait commissaires de l'Assemblée pour exécuter ces dispositions, MM. Péthion, Barnave et de la Tour-Maubourg, leur donnant pouvoir de faire agir les gardes nationales, les troupes de ligne et les corps administratifs pour l'exécution de leur mission, ordonnant à ceux-ci une entière obéissance aux commissaires pour l'exécution de ce décret. Il enjoignait, de plus, l'arrestation de M. de Bouillé et la défense la plus absolue à quelque troupe que ce fût d'exécuter aucun de ses ordres, et nommait M. Dumas, adjudant de l'armée, pour commander les troupes qui ramèneraient le Roi à Paris et exécuter les ordres qu'il recevrait des commissaires.

Quand la Reine vit arriver les deux porteurs du décret, qui s'étaient toujours donnés pour être entièrement dévoués à la famille royale, elle ne put contenir son indignation et leur reprocha l'opposition de leur conduite avec leurs protestations journalières, arracha le décret de leurs mains, sans vouloir en entendre la lecture, et l'aurait même déchiré, si le Roi ne s'y était opposé ; elle se contenta de le jeter par terre avec mépris.

Romeuf, qui avait encore un reste de pudeur, qui le faisait rougir du rôle qu'il jouait en ce moment, gardait le silence[98], mais Baillon[99], qui n'avait en vue que la récompense qu'il espérait obtenir pour prix de sa mission, ne cherchait qu'à tromper le Roi : « Prenez bien garde, lui disait-il, d'exciter l'inquiétude par un trop long séjour dans cette ville. » Et sur ce que le Roi lui objectait que les enfants ayant besoin de repos, il y resterait quelque temps, il répondit d'un ton hypocrite : « Quoique Votre Majesté ne me rende pas la justice de croire que je n'ai accepté la mission dont je suis chargé que dans l'espoir de lui être utile, je vais faire mon possible pour engager cette multitude à respecter le sommeil de Mgr le Dauphin et de Madame. » Et il l'excitait, au contraire, à presser le départ du Roi, en lui communiquant sa crainte excessive du danger qu'elle pouvait courir, si M. de Bouillé parvenait à enlever le Roi.

La nuit se passa bien tristement, le Roi n'osant

prendre le parti d'employer la force pour sortir de sa cruelle situation, et les officiers, qui lui auraient obéi au péril de leur vie, ne croyant pas pouvoir prendre de parti décisif sans son autorisation. Il eût peut-être réussi dans le moment de l'arrestation, mais chaque instant y apportait de nouvelles difficultés; l'effervescence augmentait à mesure que grossissait cette multitude, à qui l'on débitait les nouvelles les plus invraisemblables pour exciter sa terreur et sa fureur.

On ne cessait de presser le Roi de partir; les chevaux étaient mis à la voiture; les clameurs redoublaient et étaient excitées par la peur que l'on avait de l'arrivée de M. de Bouillé. La Reine avait beau montrer ses enfants endormis et représenter le besoin qu'ils avaient d'un peu de repos, on ne voulait écouter aucune raison, et l'on entendait, de la chambre où était la famille royale, cette affreuse populace demander à grands cris son départ.

Après huit mortelles heures d'attente à Varennes, M. de Bouillé n'arrivait pas, et nous n'en avions aucune nouvelle. Le Roi, ne voyant aucune possibilité de se tirer des mains de cette multitude, qui grossissait à vue d'œil, ne crut pas pouvoir différer plus longtemps son départ, et se détermina à retourner à Paris. Avant de partir, il embrassa les officiers qui ne l'avaient pas quitté et les recommanda aux autorités de Varennes; mais à peine étions-nous montés en voiture, que nous entendîmes crier: « Arrête Choiseul! » On se saisit de sa personne, ainsi que de celles de MM. de Damas, de Florac, capitaine de son régiment, et de Remi, quartier-maître, et on les mena à Verdun où ils furent mis en prison.

La voiture de Sa Majesté était escortée des membres de tous les clubs environnants, des gardes nationales, de cinquante sapeurs et de cent cinquante dragons de ce même régiment de Monsieur, qui avait refusé d'obéir à son colonel, lesquels manifestaient leur patriotisme par les cris de : « Vive la nation et l'Assemblée nationale ! » Ces cris, répétés par toute cette multitude, ne cessèrent que par la rapidité avec laquelle on fit aller la voiture, pour s'éloigner le plus promptement possible des troupes que l'on supposait devoir bientôt arriver dans cette malheureuse ville de Varennes.

M. de Bouillé arriva sur les hauteurs de cette ville au moment où Sa Majesté venait de la quitter ; et il eut la douleur de voir cheminer sa voiture entourée de son affreuse escorte. La mauvaise disposition du pays et des troupes, jointe à la fureur des meneurs de cette populace, lui fit craindre pour les jours du Roi et de la famille royale s'il tentait un effort pour la délivrer. Il se retira pénétré de douleur, et quitta sur-le-champ la France, ne pouvant mettre en doute le sort qui l'attendait.

On ne peut se faire d'idée des souffrances de la famille royale dans cet infortuné voyage : souffrances physiques et morales, rien ne lui fut épargné. Dans les endroits où l'on était forcé d'aller doucement, les cris de : « Vive la nation et l'Assemblée nationale ! » retentissaient à ses oreilles, et redoublaient à chaque village que l'on trouvait. Les maires des villes, en lui présentant les clefs, se permettaient de lui faire les plus vifs reproches sur son départ de Paris, et la manière dont ils lui rendaient cet hommage était une nouvelle insulte.

Lorsque le Roi passa sur une chaussée entre Clermont et Sainte-Menehould, nous entendîmes tirer des coups de fusil, et nous vîmes courir dans la prairie une foule de gardes nationaux. Le Roi demanda ce qui se passait. « Rien, lui répondit-on ; c'est un fou que l'on tue. » Et nous sûmes, peu après, que c'était M. de Dampierre, gentilhomme de Clermont et frère de l'évêque actuel de Clermont, que son empressement à chercher à approcher de la voiture de Sa Majesté avait rendu suspect à la garde nationale. Le Roi et la famille royale éprouvèrent un saisissement facile à concevoir, et leur douleur augmenta à la pensée des dangers que pouvaient courir ceux dont on connaissait l'attachement à la personne du Roi et de son auguste famille[100].

Ceux qui entouraient la voiture du Roi interpellaient Leurs Majestés avec une insolente familiarité, toutes les fois que cela leur convenait, et répondaient à leurs questions avec une grossièreté révoltante. La bonté avec laquelle la famille royale les traitait, et la patience avec laquelle elle supportait les incommodités de la chaleur et de la poussière, qui étaient excessives, et qu'elle ne paraissait sentir que par rapport aux souffrances du jeune prince et de la jeune princesse, auraient dû faire impression sur des cœurs moins endurcis; mais ils n'avaient qu'un sentiment: celui de la jouissance de l'abaissement de la famille royale et de leur triomphe. C'était un bonheur pour eux d'abreuver d'amertumes leurs infortunés souverains.

On s'arrêta pour dîner à Sainte-Menehould, et le Roi fut obligé d'écouter les remontrances du président du district de cette ville, qui, à la tête des membres qui le composaient, se permit de lui faire de vifs reproches sur ce qu'en quittant la France il la livrait aux étrangers. Le Roi les réfuta avec douceur, en l'assurant qu'on trompait le peuple sur ses véritables intentions; qu'il n'avait eu en vue que le bien de ce même peuple, qui avait toujours été l'objet constant de ses soins. Le dîner fut court, et le Roi se pressa de quitter cette ville pour arriver à Châlons, où il devait coucher et qu'il savait être dans des dispositions bien différentes à son égard.

La ville de Châlons était loin de partager les sentiments de celles que le Roi venait de traverser; les habitants voyaient avec peine la triste situation de la famille royale. Leur contenance respectueuse et la tristesse peinte sur leurs visages manifestaient clairement les sentiments qu'ils n'osaient exprimer. La réception qu'ils firent au Roi et les harangues des autorités constituées se ressentirent de ces dispositions.

La famille royale logea à l'ancienne intendance, et y fut reçue avec les égards dus à la majesté royale. C'était cette même maison où la Reine, arrivant en France, avait été reçue avec tant de pompe et au milieu des acclamations et des cris réitérés de : « Vive le Roi et Madame la Dauphine ! » Il y existait encore des personnes qui avaient été témoins de cette réception, et qui fondaient en larmes en considérant le contraste de sa situation actuelle. La Reine le soutint avec son courage ordinaire, et éprouva même un peu de consolation des sentiments qui lui furent exprimés dans cette ville. Des jeunes filles lui apportèrent des fleurs, plusieurs d'entre elles s'empressaient de la servir, et tout ce qui était autour d'elle lui témoignait le vif intérêt qu'il prenait à ses malheurs. Les autorités de la ville témoignèrent secrètement au Roi la peine qu'elles ressentaient de ne pouvoir le délivrer. Quelques personnes lui offrirent même de le sauver pendant la nuit, mais lui seul, plus de monde pouvant le faire reconnaître, et ils lui montrèrent un escalier dérobé qui était dans la chambre où couchait Mgr le Dauphin, et qu'il était impossible de découvrir quand on ne le connaissait pas. Le Roi, effrayé des dangers que son évasion pouvait faire courir à la Reine et à la famille royale, se refusa à cette proposition, qui pénétra son cœur d'une profonde reconnaissance.

La famille royale aurait bien voulu, sous le prétexte d'attendre à Châlons les commissaires, se reposer un peu dans cette ville, car elle en avait grand besoin ; mais il n'y eut pas moyen. Les forcenés qui accompagnaient la voiture, effrayés des sentiments qu'ils apercevaient dans les habitants de Châlons, envoyèrent le soir même à Reims, pour recruter dans les clubs et dans la ville une troupe de mauvais sujets, afin de composer un bataillon pour les renforcer et imposer aux habitants. Cet effroyable détachement arriva à Châlons à dix heures du matin, et s'annonça par ses cris et ses vociférations. C'était le jour de la Fête-Dieu, et le Roi entendait alors la messe. Un grand nombre d'entre eux, entrant dans la maison, obligèrent le prêtre de quitter la messe, qui était au *Sanctus*, pour servir sur-le-champ le déjeuner et mettre des chevaux à la voiture de Sa Majesté. Le Roi, craignant que sa résistance n'occasionnât quelque désordre dans la ville, consentit à partir sur-le-champ. Il témoigna secrètement à ceux qui l'entouraient combien il était touché des sentiments qu'on lui témoignait, les assurant qu'il ne quittait Châlons si précipitamment que pour ne pas l'exposer à une persécution qui affligerait sensiblement son cœur paternel.

Les soldats de cet effroyable bataillon, qui se mit à la suite de la voiture du Roi, l'obligèrent d'aller au pas et se plaignirent de la faim qu'ils éprouvaient. La Reine, avec sa bonté ordinaire, tira quelques provisions de sa voiture et les leur donna. Une voix sortit de cette terrible troupe et leur cria : « N'y touchez pas, car c'est sûrement empoisonné, puisqu'on nous l'offre. » Le Roi, indigné, en mangea sur-le-champ, ainsi que ses enfants. Ils en firent alors autant, et cet acte de bonté adoucit un peu leur férocité.

Nous gagnâmes ainsi Épernay, où nous attendait la populace la plus exaltée et la plus effrénée : autorités, habitants, garde nationale, tout en était détestable. Le maire présenta au Roi les clefs de la ville. Le président du district, qui l'accompagnait, se permit de faire à ce prince les remontrances les plus aigres, et termina le discours le plus insolent en disant qu'il devait savoir gré à la ville de présenter ses clefs à un Roi en fuite. La foule, qui remplissait la cour et la maison où le Roi devait dîner, l'obligea de descendre à la porte. Elle tenait des propos affreux, et l'on entendit un de ces monstres-là dire à son voisin : « Cache-moi bien pour que je tire sur la Reine, sans qu'on sache d'où le coup sera parti. »

Je ne sais ce qui serait arrivé sans M. de Cazotte fils. Il se mit à la tête de cette garde nationale, qui avait obligé, la veille, son commandant de s'éloigner, et il parvint heureusement à l'adoucir et à la contenir. Son père, qui demeurait dans les environs d'Épernay, connaissant le mauvais esprit de ses habitants, y avait envoyé son fils, en lui enjoignant de tout tenter pour empêcher l'exécution de leurs mauvais desseins, et de risquer sa vie, s'il le fallait, pour sauver celle de la famille royale. Il n'eut pas de peine à le persuader, ces sentiments étant profondément gravés dans son cœur. Il ne quitta pas un moment cette multitude, et, à force de persuasion et d'adresse, il parvint à la maintenir[101].

Madame Élisabeth, qui le connaissait, le voyant à la tête de tous ces forcenés, ne put s'empêcher de lui dire : « Et vous aussi, Cazotte ! » — « Je ne suis ici, répondit-il, que pour vous servir, et il est essentiel que vous n'ayez pas l'air de me connaître. »

Le dîner fut cruel. Personne ne pouvait manger, au bruit effroyable de cette multitude qui grossissait à chaque instant. M. de Cazotte, malgré tous ses soins, ne put empêcher qu'on forçât le Roi à quitter son dîner pour se montrer à cette populace, qui le demandait avec fureur. Il lui prit ensuite une terreur panique, et elle pressa le départ du Roi, qui ne désira pas moins qu'elle de quitter cette horrible ville. Elle le conduisit au milieu de ce vacarme jusqu'à sa voiture, dont elle me coupa le passage, ne voulant pas m'y laisser monter. Sans M. de Cazotte, je serais restée entre les mains de ces furieux. Mais, apercevant les difficultés que j'éprouvais, il fendit la presse, me donna le bras pour traverser cette foule de monde, et me conduisit à la voiture du Roi, qu'il fit arrêter pour me donner la facilité d'y monter.

Entre Épernay et Dormans, nous eûmes encore l'inquiétude de voir massacrer un pauvre curé, lié sur le cheval d'un gendarme, qui tenait des propos propres à faire craindre qu'il n'eût l'intention de le faire périr sous les yeux de Sa Majesté. Dans ce moment arrivèrent les trois commissaires de l'Assemblée, qui firent arrêter la voiture du Roi et lui présentèrent leurs pouvoirs. C'étaient MM. de Maubourg, Barnave et Péthion. Ils étaient accompagnés de M. Mathieu Dumas, chargé par l'Assemblée du commandement des troupes qui ramenaient le Roi à Paris. Le Roi pria Barnave de sauver la vie de ce pauvre curé. Il le promit et tint parole, car il a survécu à la Révolution, et n'est mort que peu de temps avant le retour du Roi.

Leurs Majestés couchèrent à Dormans. Les commissaires furent polis. Barnave consentit même à se charger d'une lettre pour ma famille, et parut touché de la peine que je ressentais de l'inquiétude qu'elle devait éprouver. Il fut impossible de fermer l'œil de la nuit par le bruit qui se faisait dans la ville. Les cris de : « Vive la nation et l'Assemblée nationale ! » qui commencèrent avec le jour, firent une telle impression sur l'esprit du petit Dauphin, qu'il rêva qu'il était dans un bois avec les loups et que la Reine y était en danger, et il se réveilla en pleurant et sanglotant. On ne put le calmer qu'en le conduisant chez cette princesse ; et la voyant bien portante, il se laissa recoucher et dormit tranquillement jusqu'au moment du départ.

M. de Maubourg se conduisit parfaitement pendant le voyage. Il fut très-respectueux vis-à-vis du Roi, et me chargea même de dire à ce prince que, quoiqu'il fût convenu que les commissaires iraient successivement dans la voiture de Sa Majesté, il la priait d'y laisser MM. Péthion et Barnave ; que la vue de la famille royale pouvait faire sur eux une impression favorable et dont on pourrait tirer parti ; que ce conseil était dicté par son attachement pour la personne du Roi, et qu'il se bornerait à aller avec les femmes à la suite de la famille royale pour protéger leur voyage. Les propos de M. de Maubourg déterminèrent le Roi à lui confier qu'il était accompagné de trois gardes du corps et à les lui recommander. Il l'assura qu'il pouvait compter qu'il les défendrait au péril même de sa vie, et il remplit sa promesse. Les femmes de Mgr le Dauphin et de Madame, qui, jusqu'à son arrivée, avaient eu beaucoup à souffrir de la part de ceux qui accompagnaient les voitures, achevèrent tranquillement leur voyage, et se louèrent infiniment de ses procédés.

On parla de divers objets pendant la route, et entre autres du départ du Roi. Madame Élisabeth entreprit d'en justifier les motifs ; et, adressant la parole à Barnave, elle lui retraça, avec une sagesse et un courage admirables, la conduite du Roi, qu'elle mit en opposition avec celle de l'Assemblée dans les diverses époques de la Révolution. Voici ce que j'ai retenu de ce discours, qui dura plus d'une heure et demie : « Je suis bien aise que vous me mettiez à portée de vous ouvrir mon cœur et de vous parler franchement sur la Révolution. Vous avez trop d'esprit, monsieur Barnave, pour n'avoir pas connu sur-le-champ l'amour du Roi pour les Français et son désir de les rendre heureux. Égaré par un amour excessif de la liberté, vous n'avez calculé que ses avantages, sans penser aux désordres qui pouvaient l'accompagner. Vos premiers succès vous ont enivré, et vous ont fait aller bien au-delà du but que vous vous étiez proposé. La résistance que vous avez éprouvée vous a roidi contre les difficultés, et vous a fait briser sans réflexion tout ce qui mettait obstacle à vos projets. Vous avez oublié que le bien s'opère lentement, et qu'en voulant arriver trop promptement au but, on court risque de s'égarer. Vous vous êtes persuadé qu'en détruisant tout ce qui existait, bon ou mauvais, vous construiriez un ouvrage parfait, et que vous rétabliriez ce qui était utile à conserver. Séduit par cette idée, vous avez attaqué tous les fondements de la royauté et abreuvé d'outrages et d'amertumes le meilleur des rois. Tous ses efforts et ses sacrifices pour vous ramener à des idées plus saines ont été inutiles, et vous n'avez cessé de calomnier ses intentions et de l'avilir aux yeux de son peuple, en ôtant à la royauté toutes les prérogatives qui inspirent le respect et l'amour.

« Arraché de son palais et conduit à Paris de la manière la plus indécente, sa bonté ne s'est pas démentie. Il tendait les bras à ses enfants égarés et cherchait à s'entendre avec eux pour opérer le bien de cette France qu'il chérissait malgré ses erreurs. Vous l'avez forcé de signer une constitution point achevée, quoiqu'il vous représentât qu'il était plus convenable de ne donner sa sanction qu'à un ouvrage terminé, et vous l'avez obligé de la présenter ainsi au peuple, dans une fédération dont l'objet était de vous attacher les départements en isolant le Roi de la nation. » — « Ah ! Madame, reprit vivement Barnave, ne vous plaignez pas de cette fédération ; nous étions perdus si vous aviez su en profiter. »

La famille royale soupira, et Madame Élisabeth continua la conversation.

« Le Roi, ajouta-t-elle, malgré les diverses insultes qu'il a éprouvées de nouveau depuis cette époque, ne pouvait encore se résoudre au parti qu'il vient de prendre. Mais, attaqué dans ses principes, dans sa famille, dans sa propre personne, profondément affligé des crimes qui se commettent dans toute la France, et voyant une désorganisation générale dans toutes les parties du gouvernement, et les maux qui en résultaient, il s'est déterminé à quitter Paris pour aller dans une ville du royaume où, libre de ses actions, il pût engager l'Assemblée à reviser ses décrets et à faire, de concert avec elle, une Constitution qui, classant les divers pouvoirs et les remettant à leur place, pût faire le bonheur de la France.

« Je ne parle point de nos malheurs particuliers ; le Roi seul, qui ne doit faire qu'un avec la France, nous occupe uniquement. Je ne quitterai jamais sa personne, à moins que vos décrets achevant d'ôter toute liberté de pratiquer la religion, je ne sois forcée de l'abandonner pour aller dans un pays où la liberté de conscience me donne les moyens de pratiquer ma religion, à laquelle je tiens plus qu'à ma propre vie. » — « Gardez-vous-en bien, Madame, répliqua Barnave ; vos exemples et votre présence sont trop utiles à votre pays. »

« Je n'y penserai jamais sans cela ; il m'en coûterait trop de quitter mon frère, quand il est aussi malheureux. Mais un pareil motif ne peut faire impression sur vous, monsieur Barnave, qu'on dit protestant, et qui n'avez peut-être aucune religion. » Barnave s'en défendit, prétendant qu'on l'avait calomnié, en lui prêtant des propos bien éloignés de ses sentiments, et nommément, dit-il, cet infâme propos, après la mort de MM. Foulon et Berthier : « *Ce sang est-il donc si pur ?* »

Je ne fais qu'une analyse très-courte de ce discours, dans lequel Madame Élisabeth retraça avec un ordre admirable chaque époque de la Révolution, et chaque décret contraire à la religion, à l'autorité du Roi, aux prérogatives essentielles de la royauté, à l'ordre et à la tranquillité du royaume. Barnave répondait à chaque article avec lenteur, s'écoutant parler, pour ne pas aller au-delà des bornes que lui imposait la crainte de se compromettre ; mais il lui était impossible de répondre d'une manière satisfaisante à la force des raisonnements de Madame Élisabeth, qui lui parlait le langage de la vérité avec l'éloquence et la douleur les plus entraînantes. Il ne lui échappa pas une parole ni une réflexion qui pût le choquer en rien, non plus que son collègue Péthion. Ce discours fit une telle impression sur Barnave, qu'il changea de ce moment de conduite et de sentiment. La Reine parla aussi dans le même sens ; mais Madame Élisabeth avait tellement épuisé la matière qu'elle ne put que revenir sur les mêmes sujets, ce qui nuisit nécessairement à l'impression qu'elle aurait pu produire auparavant.

Barnave fut silencieux et respectueux pendant tout le voyage. Péthion, bavard et insolent, demandait à boire à Madame [102] lorsqu'il avait soif, avec la familiarité la plus révoltante. Il parlait toujours de l'Amérique et du bonheur des républiques : « Nous savons bien, lui dit le Roi, le désir que vous auriez d'en établir une en France. » — « Elle n'est pas encore assez mûre pour cela, répondit-il insolemment, et je ne serai pas assez heureux pour la voir établir de mon vivant. »

Il faisait une chaleur excessive. Le Roi, la famille royale et chaque personne qui était dans la voiture, étaient couverts de sueur et de poussière. L'excès de la souffrance fit éprouver un moment de consolation en arrivant à la Ferté-sous-Jouarre, où nous devions dîner. Le sieur Renard, maire de cette ville, chez qui le Roi descendit, avait prévu d'avance tout ce qui pouvait adoucir la situation de la famille royale pendant le peu de temps qu'elle devait passer dans sa maison. Elle trouva un appartement frais, des rafraîchissements, un dîner simple, mais proprement servi, et d'excellentes gens. La femme du maire, ne voulant point, par délicatesse, manger avec la famille royale, s'habilla en cuisinière, et la servit avec autant de zèle que de respect. Elle et son mari souffraient cruellement de l'état dans lequel ils la voyaient. Brûlée du soleil, couverte de poussière, elle portait sur son visage l'empreinte de toutes ses souffrances ; car pour mettre le comble à la barbarie avec laquelle on la traitait, on ne voulut pas lui laisser baisser les stores de la voiture, où le soleil donnait d'aplomb, pour laisser à cette populace, qui se renouvelait à chaque instant, le plaisir de rassasier ses yeux du spectacle de voir son Roi et son infortunée famille au pouvoir de ses sujets. Elle comblait de bénédictions les députés, et toujours avec le refrain continuel de : « Vive la nation et l'Assemblée nationale ! »

Le maire de la Ferté-sous-Jouarre fit dire au Roi qu'il n'avait osé lui témoigner ouvertement les sentiments qu'il éprouvait ; qu'il le suppliait de vouloir bien les interpréter ; qu'il s'occupait par nécessité des commissaires de l'Assemblée, mais que son cœur était tout à son Roi. Ce fut le seul endroit de toute la route où la famille royale eut un moment de repos et de tranquillité. Le Roi offrit aux députés de dîner avec lui ; mais ils n'acceptèrent pas sa proposition, et mangèrent ensemble séparément.

Nous remontâmes à trois heures en voiture. Barnave était dans le fond de la voiture, entre le Roi et la Reine, qui tenait Mgr le Dauphin sur ses genoux. Madame Élisabeth, Péthion et moi, étions sur le devant, et cette princesse et moi tenions Madame alternativement sur nos genoux. La chaleur était encore excessive. La poussière que faisaient les personnes qui entouraient la voiture, soit à pied, soit à cheval, était aussi épaisse que le plus affreux brouillard, et le peu d'air qui existait se trouvait intercepté par les troupes à pied et à cheval et par la multitude des curieux qui se pressaient autour de la voiture.

Nous gagnâmes Meaux de cette manière. Nous fûmes coucher chez l'évêque constitutionnel, qui reçut le Roi de son mieux. On ne peut se faire d'idée du peu de dignité de cet évêque et de son clergé. Il était bonhomme, et le Roi n'eut pas à s'en plaindre. M'étant trouvée mal, on me fit passer dans la chambre de la concierge de l'évêché, qui eut pour moi tous les soins possibles : « Vous voyez en moi, me dit-elle, la personne la plus malheureuse. J'étais profondément attachée à Mgr de Polignac, notre ancien évêque ; je suis restée ici pour tâcher de conserver ce qui lui appartient, et je suis obligée de servir ce malheureux constitutionnel que je déteste. Il n'est heureusement pas méchant ; mais quelle différence avec notre bon évêque ! Tout le monde le respectait, et l'on se moque de celui-ci. Mon Dieu ! que je souffre des peines de mon Roi ! Dites-le-lui bien, je vous prie. »

Nous repartîmes de Meaux, le 25 juin, pour arriver à Paris, où des outrages d'un nouveau genre attendaient la famille royale. Arrivés à Claye, une troupe de forcenés, à qui l'on supposait les plus mauvais desseins, voulut s'emparer exclusivement de la garde du Roi. Pour parer aux malheurs qui en pouvaient résulter et qui avaient été prévus d'avance, on avait envoyé de Paris deux bataillons de la garde nationale dont on était parfaitement sûr, pour protéger son retour. Ils repoussèrent cette horrible troupe, et s'emparèrent de force des portières de la voiture. Nous crûmes un moment qu'on allait se battre autour d'elle ; mais M. Dumas et les deux commissaires soutinrent les bataillons de Paris, qui escortèrent le Roi tout le reste de la route. Ils étaient à pied, et la voiture fut obligée d'aller au pas pour qu'ils pussent la suivre. La chaleur était si forte, que plusieurs grenadiers se trouvèrent mal, et nous fûmes obligés de leur faire respirer des sels pour les faire revenir. Pendant le chemin de Meaux à Claye, Péthion, ayant aperçu un de ses amis appelé Kerveleguen, fit arrêter la voiture pour lui souhaiter le bonjour. Celui-ci affecta de tourner le dos au Roi et de garder son chapeau sur sa tête ; Péthion lui en fit des reproches : « On ne salue ni on ne regarde un Roi en fuite », répondit-il avec insolence. Puis s'approchant de l'oreille de Péthion, il lui parla bas un moment et dit ensuite à la voiture de continuer son chemin.

Nous trouvâmes à la barrière de Paris un peuple immense rassemblé sur le chemin par où devait passer notre malheureux Roi. Chacun avait la tête couverte, par l'ordre de M. de la Fayette, qui avait, de plus, enjoint de garder le silence le plus profond, pour montrer au Roi, disait-il, les sentiments que faisait éprouver son voyage. Ses ordres furent si strictement observés, que plusieurs marmitons sans chapeau se couvrirent la tête de leur serviette sale et crasseuse.

Arrivés à la place Louis-XV, on nous fit entrer aux Tuileries par le pont tournant, pour descendre sous la voûte, où les officiers de Sa Majesté l'attendaient. Les gardes nationaux l'entourèrent sur-le-champ, et l'un d'eux s'empara de la personne de Mgr le Dauphin pour le porter dans son appartement. Mais comme l'enfant se mit à pleurer en se voyant dans des mains inconnues, il le remit dans celles de M. Hue[103], qui le conduisit chez le Roi. On voulut ensuite s'emparer des trois gardes du corps qui avaient accompagné le Roi; et pour les sauver des fureurs de la populace ameutée autour des Tuileries, on les conduisit à l'Abbaye, ainsi que mesdames de Neuville et Brunyer, qui étaient dans la voiture de suite de Leurs Majestés.

L'Assemblée, de son côté, n'avait rien oublié de tout ce qui pouvait faire perdre le respect dû au Roi; elle avait été parfaitement secondée par la Commune de Paris. Cette dernière avait donné des couronnes civiques à Blanc et à Mangin, qui avaient arrêté la voiture de Leurs Majestés; et l'Assemblée, devant laquelle ils se présentèrent, fit mention honorable de leur civisme et de leur patriotisme.

Thouret proposa de se passer de la sanction du Roi et de faire exercer par les ministres et sous leur responsabilité les fonctions du pouvoir exécutif. Rœderer prétendit que l'inviolabilité du Roi n'était pas différente de celle des députés, et qu'il n'était question pour le moment que de le mettre en arrestation provisoire. Malouet représenta avec force qu'on changeait la nature du gouvernement en transportant tous les pouvoirs dans l'Assemblée, et déclara qu'il ne voterait jamais pour constituer le Roi prisonnier. La proposition fut convertie en décret, et le pouvoir exécutif fut suspendu dans les mains du Roi. On décida, de plus, qu'on lui donnerait une garde, ainsi qu'à la Reine et à l'héritier présomptif de la couronne (titre qu'on substituait depuis longtemps à celui de Dauphin); que cette garde serait sous les ordres du commandant général de la garde nationale, qui veillerait à la sûreté de la famille royale et répondrait de leurs personnes.

Après de longues discussions relatives aux informations à prendre sur ce malheureux voyage, il fut décidé que trois membres de l'Assemblée seraient nommés commissaires pour recevoir la déclaration du Roi et de la Reine, et que les personnes qui avaient suivi Leurs Majestés seraient interrogées par les membres du tribunal du premier arrondissement.

Goupil profita de la circonstance pour demander le licenciement des quatre compagnies des gardes du corps, que M. Voidel assura être beaucoup plus attachés au Roi qu'à la nation, et il en donna pour preuve l'absence de M. de Bonnay le jour du départ du Roi. M. de Bonnay releva avec courage les invectives que l'on s'était permises contre une garde aussi fidèle, et ajouta : « Je regarderai toujours le Roi et la Patrie comme indivisibles, et partout où leur service m'appellera, je volerai. Si le Roi m'avait consulté sur son voyage, je le lui aurais déconseillé ; mais s'il m'eût ordonné de le suivre, je serais mort à ses côtés, et je me serais honoré de mourir pour sa défense. » La droite de l'Assemblée applaudit, la gauche murmura, et la demande du licenciement fut convertie en décret.

Le Roi et la Reine, en arrivant à Paris, trouvèrent dans leurs appartements les officiers dont M. de la Fayette avait fait choix pour les garder et répondre de leurs personnes. Ceux du Roi et de la Reine étaient MM. Guinguerlot et Collot, chefs de bataillon, M. de la Colombe, aide de camp et ami particulier de M. de la Fayette, et plusieurs capitaines dont j'ai ignoré les noms.

Les deux premiers, profondément attachés au Roi et à la famille royale, se conduisirent de manière à mériter leur confiance ; et Leurs Majestés leur témoignèrent, avec cette bonté qui les caractérisait, la sensibilité qu'elles en éprouvaient. Le Roi leur donna même par la suite des marques de bienveillance, en plaçant M. Guinguerlot dans la finance et M. Collot dans sa garde constitutionnelle.

Mgr le Dauphin avait pour gardiens MM. Le Hoc et du Vergier, chefs de bataillon, et le même M. de la Colombe, qui allait de chez lui chez la Reine, et les capitaines MM. Coraller, Mathis, et un troisième dont j'ai oublié le nom. M. de la Colombe avait un caractère souple et insinuant, et il se plaisait à faire parade de l'autorité qui lui avait été confiée. M. Le Hoc avait de l'esprit, de l'instruction, mais de l'ambition. N'ayant aucun principe fixe, il suivait toujours le parti du plus fort. Du Vergier, bijoutier de profession, était sombre, dissimulé, un franc Jacobin, ainsi que MM. Mathis, Coraller, et celui dont j'ai oublié le nom. Ce dernier était, en outre, bavard, mal élevé, et du plus mauvais ton.

Madame Élisabeth et Madame furent les seules qui ne furent point mises en arrestation, et qui par conséquent n'eurent pas de gardiens.

Parmi les capitaines qui étaient dans l'appartement de la Reine, il y en eut un qui eut une conduite si insolente, qu'on aura peine à le croire. Un soir que cette princesse ne se portait pas bien et qu'elle s'était couchée de bonne heure, il entra dans son appartement, dont les portes restaient ouvertes, et il dit à madame Jarjaye, sa première femme de chambre, qu'elle eût à se retirer : « Vous ne savez donc pas, monsieur, lui dit-elle, que la Reine n'est jamais seule dans sa chambre la nuit, à moins que le Roi n'y vienne ? » Il n'en tint pas compte, s'approcha du lit de cette princesse, mit son coude sur son oreiller, et menaça madame Jarjaye de la faire sortir de la chambre de la Reine : « La violence seule me la fera quitter, lui répondit-elle, et je saurai alors par mes cris appeler à mon secours. » Elle passa la nuit auprès de la Reine sans se coucher, et comme elle se plaignit de la conduite de cet officier, on lui interdit l'entrée de l'appartement de cette princesse. Il était grand magnétiseur, et de plus franc illuminé, affectant, ainsi que ceux de sa secte, un grand recueillement quand il allait à l'église. Il voulut un jour me persuader d'en grossir le nombre, en m'assurant qu'elle me procurerait le plus grand bonheur, et notamment celui d'avoir des communications avec la Sainte Vierge. On jugera facilement quelle fut ma réponse à de pareilles propositions.

J'appris, depuis, la conduite qu'il avait tenue, et je fus bien étonnée de le voir entrer au château après une scène aussi indécente. Mais M. de la Fayette n'eût pas osé lui en interdire l'entrée, de crainte de nuire à sa popularité, qu'il entretenait par les moyens les plus ridicules. Il fit visiter en grand apparat et avec le soin le plus minutieux tous les appartements du Roi et de la Reine, ainsi que ceux de Mgr le Dauphin, et envoya même des ramoneurs pour examiner si la famille royale pouvait se sauver par la cheminée. Il fit fermer à double tour toutes les portes qui donnaient dans la chambre de Mgr le Dauphin, même celle qui communiquait à la Chambre du Roi, et en fit mettre les clefs dans les poches de ses officiers. Il fit aussi placer des gardes à chaque escalier de l'intérieur du château, faisant mettre des chaises auprès d'eux pour qu'ils ne se fatiguassent pas; il poussa même l'attention jusqu'à prévenir, aux dépens même de la décence, leurs plus légers besoins. Cette bizarre et singulière invention fut mise en pratique même sur le palier intérieur de l'escalier par lequel on montait chez Madame, qui était celui par où elle allait chez la Reine, toutes les autres communications étant alors interdites.

Je m'attendais à éprouver le même sort que mesdames de Neuville et Brunyer, mais la bonté de la Reine m'en préserva. Elle pria madame la duchesse de Luynes d'employer tous ses moyens auprès des personnes qu'elle connaissait dans l'Assemblée pour me faire rester aux Tuileries, en donnant pour raison le mauvais état de ma santé. Elle fut deux jours sans espoir de réussir, après lesquels la Reine me fit dire d'être tranquille, que je resterais au secret dans le cabinet de Mgr le Dauphin, gardée par deux officiers de la garde nationale, qui se relayeraient toutes les vingt-quatre heures, et qui ne me quitteraient ni jour ni nuit. Cette précaution était bien inutile, puisque le cabinet n'avait d'autre issue que par la chambre du jeune prince, où étaient, jour et nuit, deux officiers de la garde nationale ; mais elle entrait dans les vues de M. de la Fayette, qui se plaisait à faire parade de son extrême surveillance.

CHAPITRE XIII

Année 1791

MM. Tronchet, Duport[104] et d'André[105], nommés commissaires pour recevoir les déclarations du Roi et de la Reine, se rendirent chez le Roi, le dimanche 26 juin, lendemain de son arrivée, à huit heures du soir. Sa Majesté leur déclara positivement qu'elle n'entendait pas subir un interrogatoire, et que son intention était de faire seulement une déclaration.

Il donna pour motifs de son départ de Paris les menaces et les outrages faits à sa personne et à la famille royale le 18 avril, les provocations au renouvellement des mêmes violences et le peu de sûreté qu'il y avait pour lui dans une ville où il éprouvait de si cruelles insultes. Il ajouta que son intention n'avait jamais été de quitter la France. Il en donnait pour preuves les logements qu'il avait fait préparer pour lui et sa famille à Montmédy, qu'il n'avait choisi que pour être plus à portée de s'opposer à toute espèce d'invasion en France et de se porter partout où il pourrait y avoir quelque danger. Il donna encore pour motif de son départ la nécessité de faire cesser l'argument de sa non-liberté, qui aurait pu être une occasion de trouble, assurant qu'il conservait toujours le désir de revenir à Paris, désir prouvé par la dernière phrase de son adresse aux Français, où il s'exprimait ainsi : « Français, et vous surtout Parisiens, quel plaisir n'aurai-je pas à me retrouver au milieu de vous! »

Sa Majesté ajouta que Monsieur n'avait été prévenu que peu de temps avant le voyage; qu'il n'était sorti de France que parce qu'il était convenu qu'il ne suivrait pas la même route, afin de ne pas manquer de chevaux, et qu'il devait venir le rejoindre sur-le-champ dans le lieu où il aurait fixé son séjour; que quant aux personnes qui l'avaient suivi, elles n'avaient su son départ qu'au dernier moment. Il terminait sa déclaration en disant qu'ayant reconnu dans son voyage que l'opinion publique était décidée en faveur de la Constitution, il s'était convaincu de plus en plus de la nécessité de donner de la force aux pouvoirs établis pour maintenir la tranquillité publique; qu'à la vue de cette volonté générale, il n'avait point hésité à faire le sacrifice de tout ce qui lui était personnel pour assurer le bonheur du peuple, objet constant de tous ses soins; que le motif qui l'avait fait consentir à revenir à Paris était la crainte d'exposer le royaume aux maux que sa résistance aurait pu occasionner; qu'il oublierait aisément tous les désagréments qu'il avait éprouvés, s'il pouvait par là procurer la paix et la tranquillité de la nation, et que la Reine était dans les mêmes sentiments.

Cette princesse, qui était dans le bain quand les commissaires sortirent de chez le Roi, remit pour les recevoir au lendemain à onze heures du matin.

Elle déclara que le Roi devant partir de Paris, nulle puissance humaine n'aurait pu l'empêcher de le suivre; que l'assurance qu'il lui avait donnée de ne pas quitter la France, n'aurait pu que la fortifier dans cette résolution; mais que s'il en avait témoigné le désir, elle aurait employé tous ses moyens pour l'en empêcher.

Elle assura les commissaires qu'étant malade depuis trois semaines, je n'avais su le voyage que très-peu de temps auparavant, et que n'ayant pu rien emporter avec moi, elle m'avait prêté tout ce dont je pouvais avoir besoin; que les courriers ne savaient ni le but ni la destination du voyage. Elle répéta la même chose que le Roi relativement à l'établissement à Montmédy, ajoutant qu'elle était sortie par la porte de l'appartement de M. de Villequier.

Le moment qu'avait pris le Roi pour quitter Paris n'était pas favorable. La France commençait à se lasser de l'Assemblée, qui perdait tous les jours dans l'opinion publique. Le Roi n'eût pu que gagner à laisser propager cette opinion. Mais ayant une fois pris le parti de sortir de Paris, il eût fallu le soutenir et se refuser aux instances de ses ministres pour désavouer la protestation qu'il avait fait remettre à l'Assemblée en quittant Paris. Ces derniers, effrayés de la disposition des esprits et de la manière dont on échauffait le peuple, mirent en avant les malheurs dont la France était menacée si le Roi persistait à soutenir sa protestation, et, par cette considération, ils en obtinrent le désaveu.

M. de Bouillé, profondément affligé de l'arrestation du Roi, et craignant pour les jours de ce prince et de la famille royale, espéra atténuer la rage de l'Assemblée et la porter sur lui-même en lui écrivant la lettre la plus capable de faire impression sur des esprits moins exaltés et capables d'écouter la raison. Il y déclarait que ce n'était que sur ses instances réitérées que le Roi s'était déterminé à quitter Paris, que lui seul avait donné des ordres relatifs au voyage et pour la conduite du Roi à Montmédy, et que ce n'était que sur les outrages qu'il avait éprouvés lors du voyage de Saint-Cloud, qu'il avait pu parvenir à le décider à s'établir dans une ville où il pût se porter pour médiateur entre l'Assemblée et les puissances étrangères, effrayées de la marche que prenait la Révolution.

Il peignit des couleurs les plus fortes la situation où l'Assemblée avait mis la France, qui eût été sauvée si le voyage du Roi eût réussi, et il la menaça de la vengeance des puissances étrangères, dont il conduirait lui-même les armées en France, s'il tombait un seul cheveu de la tête du Roi et de la famille royale.

Cette lettre ne produisit aucun effet. L'Assemblée, ivre de ses succès et de toutes les lettres de félicitation qu'elle recevait de tous les clubs du royaume, n'en laissait pas moins continuer contre la personne du Roi les discours les plus violents, qui ne tendaient à rien moins qu'à provoquer sa destitution pour le mettre ensuite en jugement.

Les comités chargés du rapport sur le voyage de Varennes et sur le parti à prendre relativement au Roi et à la forme de gouvernement à établir, hésitèrent longtemps avant de se prononcer. M. de Montesquiou, oubliant tout ce qu'il devait au Roi et à la famille royale, se rangea du parti des factieux et demanda que l'Assemblée s'emparât des fonctions de la royauté. « Le pouvoir exécutif inspirant, disait-il, autant de défiance que l'Assemblée inspire de confiance, il ne faut pas sacrifier le salut public à un respect superstitieux pour la distinction des pouvoirs » ; et il appuya toutes les raisons que Thouret, Chapelier et autres avaient alléguées pour faire regarder le voyage du Roi comme une infraction à la Constitution.

M. de Liancourt parla, au contraire, avec beaucoup de force sur les dangers de la destitution du Roi, réfuta toutes les raisons mises en avant pour en justifier la nécessité, et il se conduisit parfaitement dans cette occasion.

M. de la Fayette ne s'oubliait pas et travaillait sourdement à faire adopter l'opinion des factieux. Il se tint chez lui plusieurs conférences, dans lesquelles il opina pour mettre le Roi en jugement, espérant hâter par là l'établissement d'une république, objet constant de tous ses vœux. Il espérait jouer le rôle de Washington, ne calculant ni la différence de la France à l'Amérique, ni le peu de ressemblance qu'il y avait entre lui et celui qu'il avait la prétention d'imiter. Barnave s'opposa fortement au projet de mettre le Roi en jugement, et M. de Gilliers menaça et effraya tellement M. de la Fayette sur les risques qu'il courait s'il réussissait dans ce projet, qu'il revint, quoique avec peine, à la conservation de la royauté dans la personne du Roi, et soutint même dans la suite cette opinion avec assez de fermeté Je tiens cette anecdote de M. de Virieu, député, qui la tenait de M. de Gilliers même, et qui me l'a répétée plus d'une fois avant et depuis l'acceptation de la Constitution de 1791

Plusieurs membres de l'Assemblée proposèrent de donner un gouverneur à Mgr le Dauphin et d'ordonner qu'on mît sous ses yeux la liste des personnes qu'on jugerait propres à cette fonction. M. Malouet et plusieurs autres députés s'opposèrent fortement à une mesure aussi révoltante que celle d'ôter à un père tout pouvoir sur son enfant; mais l'Assemblée n'eut aucun égard aux raisons qui combattaient une pareille proposition, et elle fut adoptée sur-le-champ.

On remit, quelques jours après, sur le bureau de l'Assemblée une liste de plus de quatre-vingts personnes de toute profession et de tout état, qu'on proposait pour gouverneurs de Mgr le Dauphin. Elle était si bizarrement composée, qu'elle fit sentir le ridicule de cette proposition, à laquelle on finit par ne donner aucune suite.

Les députés du côté droit, indignés de la conduite de l'Assemblée, protestèrent, par un écrit qu'ils signèrent tous, contre les décrets attentatoires à l'autorité royale, déclarant qu'ils se contenteraient d'assister aux délibérations de l'Assemblée, sans prendre aucune part à celles qui n'auraient pas pour but de défendre les intérêts de la famille royale, défense qui leur avait été confiée par leurs commettants, et à laquelle ils se faisaient gloire d'obéir en y employant toutes leurs forces.

Ces deux cent quatre-vingt-dix députés demandèrent la lecture de la déclaration de leur protestation relativement aux décrets qui avaient été rendus ; mais l'Assemblée, craignant l'impression qu'elle pouvait produire, s'y opposa, et l'on fut obligé de se borner à la déposer sur le bureau. L'Assemblée la fit même retirer sur-le-champ.

Je fus pendant plus de quinze jours dans le cabinet de Mgr le Dauphin, et ce ne fut qu'après mon interrogatoire que j'eus la liberté de parler à quelques personnes. La Reine et Madame Élisabeth, pleines de bonté, trouvaient toujours moyen de me dire quelques mots, et de me glisser quelques petits billets, lorsqu'elles traversaient le cabinet pour aller à la messe. Je sus par là la déclaration du Roi et de la Reine, et ce qu'il m'était le plus intéressant de savoir. On me permit ensuite la lecture du *Moniteur*, qui me mit au courant de ce qui se passait à l'Assemblée. Ma seule consolation, pendant ce temps, fut la permission que l'on me donna d'entendre la messe du Roi, qui se disait tous les jours dans la galerie de Diane, et où je voyais, avec la famille royale, mes parents et mes amis, qui ne manquaient jamais d'y assister. Les hommes avaient la permission de voir le Roi à cette heure-là, mais il n'en admettait qu'un petit nombre, pour ne pas donner d'ombrage à toute la garde qui l'entourait.

Le duc de Brissac fut le seul qui eut la permission de suivre le Roi. N'ayant point été du voyage de Varennes, il n'avait pas été éloigné de sa personne, et ce fut pour ce prince une grande consolation de voir auprès de lui un sujet aussi fidèle, aussi dévoué, et dont la conduite noble et héroïque s'est soutenue jusqu'à son dernier soupir.

On ne disait plus de messe dans la chapelle du château. L'abbé d'Avaux, comme habitant de l'enceinte des Tuileries, avait la permission de la célébrer le dimanche, et n'y a jamais manqué, non plus que de porter l'habit ecclésiastique. Plusieurs personnes, effrayées de la position où l'on se trouvait, lui conseillèrent de le quitter ; mais il répondit qu'il conserverait cette marque extérieure d'attachement à son état tant qu'on lui en laisserait la possibilité, et qu'il la regardait comme un devoir dans un moment où l'on se permettait les propos les plus indécents contre les ecclésiastiques. On ne s'en permit aucun sur sa personne. Sa conduite lui avait attiré l'estime générale, et sa politesse et ses bonnes manières vis-à-vis de la garde nationale lui en avaient acquis l'amitié, et elle le lui prouva dans des occasions essentielles.

On employait toute sorte de moyens pour échauffer le peuple. Les rues étaient tapissées des caricatures les plus grossières ; les chansonniers se permettaient les chansons les plus infâmes contre la Reine ; on vendait à tous les coins de rue les satires les plus sanglantes contre le Roi et cette princesse, et des orateurs débitaient dans les lieux publics les mensonges les plus atroces. Toutes ces horreurs restaient impunies et entraient dans les vues des factieux, pour ôter au peuple un reste de respect au Roi et à la famille royale.

On aposta des gens sur le quai des Tuileries pour crier : « Vive notre petit Roi ! » quand Mgr le Dauphin se promenait sur la terrasse de l'eau, dont on fut obligé de lui interdire la promenade. Ce pauvre petit prince s'amusait de ces cris, dont il ne supposait pas la conséquence ; car tout ce qui l'entourait, mourant de peur, n'osait lui faire aucune réflexion. Ce ne fut que lorsque l'abbé d'Avaux et moi pûmes le voir, que nous lui fîmes sentir toute l'horreur que ces cris devaient lui inspirer, et combien il devait se défier de tout ce qu'on pourrait lui dire de contraire au respect et à l'attachement qu'il devait avoir pour le Roi et la Reine.

Ce prince et cette princesse, ne voulant point s'exposer comme prisonniers aux regards de la garde nationale ni aux insultes d'une multitude égarée, ne quittèrent plus leurs appartements et ne voulurent même pas prendre l'air dans le petit jardin de Mgr le Dauphin. L'incertitude de leur sort, la mauvaise disposition des esprits, les incommodités d'une chaleur étouffante, tout concourait à augmenter l'horreur et le désagrément de leur situation. Ils avaient besoin de tout leur courage pour la supporter avec le calme et la dignité qui ne les abandonnèrent pas un instant dans les circonstances les plus critiques.

Madame Élisabeth ne voulut pas non plus, par respect pour la position du Roi, sortir de l'intérieur du château. Cette angélique princesse fut leur consolation pendant leur captivité, ses attentions pour le Roi, la Reine et leurs enfants redoublant toujours en proportion de leurs malheurs[106]. Elle et la Reine obligèrent le Roi à faire tous les jours une partie de billard après dîner, pour lui faire faire un peu d'exercice. Il passait le reste du temps enfermé dans son cabinet, lisant et travaillant beaucoup; car il n'était pas un moment oisif, et il avait une profonde instruction. La Reine s'occupait de ses enfants, voyait le soir, à sept heures, ses dames du palais, même celles qui avaient donné leur démission, et passait le reste de la journée à lire, à écrire et à travailler.

Le seul délassement de la famille royale était le moment de la réunion, et celui où elle était témoin des jeux innocents du jeune prince et de Madame.

Ils se donnaient aussi, les premiers jours de leur retour à Paris, la petite consolation de voir passer et repasser sous leurs fenêtres les députés du côté droit qui les saluaient avec une expression de douleur et de respect qui excitait leur sensibilité. Mais l'Assemblée en prit ombrage, et fit fermer les Tuileries, même aux députés, pour priver encore le Roi de cette légère satisfaction.

Malgré la violence de ses déclamations, l'Assemblée ne pouvait se défendre de l'inquiétude d'une invasion ; et cette crainte augmentant sa fureur contre les émigrés, il fut question de les obliger à rentrer sous deux mois, sous peine de séquestrer leurs biens. On représenta si fortement l'injustice d'une pareille loi, qu'on se contenta, pour le moment, de décréter une triple imposition pour ceux qui ne seraient pas rentrés au bout de ce terme, sauf des peines plus graves en cas d'invasion. M. du Verrier, qui avait été chargé par l'Assemblée d'aller notifier à M. le prince de Condé le décret qui ordonnait le séquestre sur ses biens, s'il ne rentrait à une époque déterminée, la rassura à son retour sur les craintes qu'elle pouvait avoir des puissances étrangères, et affirma, ainsi que les autres commissaires qui avaient été envoyés aux frontières, que l'énergie du peuple français, jointe aux mesures qui avaient été prises, garantissait de toute inquiétude. M. du Verrier, avocat de profession, était celui-là même que l'Assemblée avait envoyé comme commissaire à Nancy, dans le temps de la révolte des troupes, pour prendre des informations sur la conduite qui y avait été tenue. Comme sa mission vis-à-vis du prince de Condé s'était positivement rencontrée au moment du départ du Roi, on avait de l'inquiétude sur ce qui pouvait lui être arrivé ; mais il n'éprouva que quelques retards, et revint paisiblement rendre compte du peu de succès de sa mission.

Je ne fus interrogée que plus de trois semaines après le retour du Roi. Un huissier du tribunal du premier arrondissement vint me chercher dans l'appartement de Mgr le Dauphin, pour me conduire dans le mien avec l'officier qui le gardait. Je trouvai M. Carrouge, président du Tribunal, accompagné de M. Mabille et d'un greffier pour écrire ma déposition. Elle fut courte et conforme à la déclaration du Roi et de la Reine. On me questionna sur la manière dont Mgr le Dauphin et Madame étaient sortis des Tuileries et sur le déguisement du jeune prince.

On me demanda quelle était la personne qui avait mené la voiture du Roi et quelles étaient celles qui étaient venues trouver le Roi à Varennes. Mes réponses étaient simples et laconiques : J'étais malade, leur disais-je, et l'état de faiblesse dans lequel j'étais m'avait empêchée de rien apercevoir. Ces messieurs terminèrent au bout d'une heure leur interrogatoire, et je fus reconduite dans l'appartement de Mgr le Dauphin, qui me servait de prison.

M. Carrouge se conduisit avec autant d'honnêteté que de délicatesse dans cet interrogatoire, et termina ainsi ses questions : « Vous n'avez sûrement jamais connu, madame, ce que c'est qu'un interrogatoire ; il faut vous faire connaître vos droits, et que vous sachiez que vous pouvez revenir sur ce que vous avez dit, tant que vous n'aurez pas signé. » Je profitai de l'avis pour changer une petite circonstance qui, quoique simple en elle-même, pouvait être mal interprétée, et en quittant ces messieurs, je ne pus m'empêcher de leur dire que, quelque pénible que pût être ma position actuelle, je ne pourrais jamais me reprocher une conduite que l'honneur me prescrivait, et qui me donnait des droits à leur estime, quoiqu'ils ne pussent l'avouer dans les fonctions qu'ils remplissaient.

Je m'attendais, en traversant la salle des gardes nationales, précédée d'un huissier, à essuyer quelques mauvais propos. Je pris un air plus assuré que je ne l'étais dans le fond de l'âme, étant loin de m'attendre à trouver dans cet interrogatoire autant de justice que d'égards ; mais je dois à la vérité d'assurer que le plus profond silence fut observé quand je passai et repassai dans cette salle pour rentrer dans l'appartement de Mgr le Dauphin.

Le 13 juillet, jour où le comité devait faire son rapport sur le voyage de Varennes, un inconnu présenta à l'Assemblée un mémoire, qu'il fit circuler dans tout Paris, et dans lequel il rappelait tout ce que le Roi avait fait depuis son avènement au trône pour le bonheur de la nation et pour la ville de Paris. Il y retraçait la garantie de la dette contractée sous le règne de ses prédécesseurs, l'affranchissement des serfs, l'établissement des Assemblées provinciales, l'abolition des corvées, celle de la question, l'adoucissement des lois contre la désertion, la fraude et la violence exclues des enrôlements, l'état civil rendu aux protestants, les arts et les sciences protégés, les marais desséchés, le rétablissement de la marine et de la liberté de la pêche à Terre-Neuve, une paix honorable en 1782, des travaux à Dunkerque, au Havre, à La Rochelle, à Toulon et au port de Vendres, des canaux creusés en Bourgogne, en Picardie et dans le Berry, la double représentation accordée au Tiers ; et il finissait par représenter cette bonté si connue, qui lui avait toujours fait exposer sa personne pour rétablir la tranquillité et empêcher l'effusion du sang de ses sujets.

On ne peut s'empêcher de gémir sur la perversité de l'espèce humaine quand on voit tant de bienfaits payés par la plus noire ingratitude, et couronnés par un forfait, auquel on ne peut penser sans frémir, et dont on cherche à détourner la vue pour l'honneur de la nation.

D'après le rapport des sept comités réunis, l'Assemblée décréta, le 15 juillet, qu'il y avait matière à accusation contre MM. de Bouillé père et fils, auteurs du complot de l'enlèvement de la famille royale, et que leur procès serait fait et parfait devant la haute cour nationale séant à Orléans ; qu'il y avait également lieu à accusation, comme complices du complot, contre MM. Heymann, Glinglin, d'Offelyse, Desoteux, Goguelat, Choiseul, Stainville, Mandel, Fersen, du Moutier, Valori et Maldan, qui devaient être conduits sous bonne garde à Orléans pour y être jugés par la haute cour nationale ; que MM. de Damas, d'Andouins, Valecourt, Marassin, Talon, de Florac, Rémy, Lacour, ainsi que M. de Briges et moi[107], resterions en état d'arrestation jusqu'après les informations prises, pour être ensuite statué sur notre sort, et que mesdames Brunyer et de Neuville seraient mises en liberté.

On continua la discussion relativement à la personne du Roi. Péthion, Vadier, Robespierre, Buzot et Rewbell se permirent les propos les plus affreux contre ce prince. Ils voulaient sa mise en jugement, et proposèrent à cet effet l'établissement d'une convention nationale. Goupil et plusieurs autres députés représentèrent qu'une pareille mesure ferait recommencer la Révolution, entraînerait les suites les plus graves et serait la destruction de la Constitution. Pragnan appuya leur opinion sur les raisons les plus solides, insistant sur la nécessité d'un gouvernement monarchique en France ; et l'Assemblée décréta, le lendemain, que la suspension du pouvoir exécutif et des fonctions royales entre les mains du Roi, décrétée le 25 juin, subsisterait jusqu'au moment où, la Constitution étant achevée, l'acte constitutionnel serait présenté à l'acceptation de Sa Majesté ;

que si le Roi, après avoir prêté serment à la Constitution, venait à le rétracter, il serait censé avoir abdiqué ; qu'il en serait de même s'il se mettait à la tête d'une armée dirigée contre la nation, s'il en donnait l'ordre à l'un de ses généraux, et s'il ne s'opposait pas formellement à un acte de cette nature ; qu'un Roi qui aurait abdiqué rentrerait dans la classe des simples citoyens et serait accusable de tous les délits postérieurs à son abdication.

Les Jacobins se plaignirent amèrement de ce décret. Ils voulaient la destitution du Roi et sa mise en jugement ; et ils prétendirent que l'Assemblée n'ayant pas nommé Louis XVI dans le décret, il n'avait aucune valeur vis-à-vis de sa personne. Ils proposèrent en conséquence d'envoyer une adresse à toutes les sociétés populaires du royaume pour faire connaître le vœu de la nation ; de la revêtir de dix millions de signatures et de la présenter ensuite à l'Assemblée, qui ne pourrait la révoquer en doute. Robespierre conseilla, au contraire, de se borner à déclarer que le Roi avait perdu la confiance de la nation. La contradiction de toutes ces propositions les empêcha d'aboutir à une résolution, mais elles exaspérèrent tellement les esprits, que quatre mille forcenés partirent du Palais-Royal, et vinrent déclarer au club leur intention d'aller jurer au Champ de Mars de ne jamais reconnaître Louis XVI pour leur Roi et de demander vengeance de son crime à la société. Laclos se chargea de la rédaction de la pétition qu'ils se proposaient d'y porter pour la faire signer à tous les bons citoyens.

Une partie des membres du club des Jacobins, qui voulaient la Constitution monarchique telle que la décrétait l'Assemblée, s'opposèrent à ce projet, firent scission avec ceux-ci, se retirèrent aux Feuillants, et y firent un nouveau club sous le nom de *club des Feuillants* [108]. Les Jacobins vouèrent aux membres de ce club une haine irréconciliable et firent périr dans la suite tous ceux qu'ils en purent arrêter.

Les placards les plus incendiaires se multipliaient de jour en jour, et le club des Cordeliers poussa l'audace jusqu'à faire afficher qu'il recélait dans son sein une société de tyrannicides qui avaient juré de tuer quiconque voudrait porter atteinte à la liberté française. D'André, qui avait passé du club des Jacobins à celui des Feuillants, se plaignit fortement de la conduite des premiers, qui ne tendaient à rien moins qu'à la destruction de la Constitution, et il proposa de mander sur-le-champ le ministre de la justice, les six accusateurs publics et la municipalité, pour leur intimer l'ordre de faire arrêter les perturbateurs du repos public, et en cas de résistance, de faire proclamer la loi martiale.

Il n'y avait pas de temps à perdre. Dès le lendemain, 17 juillet, seize mille hommes de la lie du peuple, parmi lesquels on reconnut beaucoup d'étrangers, s'assemblèrent tumultueusement au Champ de Mars, cherchant à entraîner le peuple à la révolte. Ils massacrèrent deux hommes au Gros-Caillou, les accusant d'avoir voulu faire sauter l'autel de la patrie ; et ils se disposaient à porter leurs têtes au haut d'une pique, quand la municipalité arriva, ayant à sa tête M. Bailly. Celle-ci employa tous les moyens de persuasion auprès de cette multitude, lui lut le décret de l'Assemblée, et témoigna tant de regrets d'être forcée d'en venir aux voies de rigueur, qu'elle enhardit les factieux. Elle poussa même la complaisance à leur égard jusqu'à accuser les prêtres et les nobles d'avoir provoqué la sédition, et elle passa la plus grande partie de la journée à temporiser. Mais la garde nationale ayant été assaillie à coups de pierres à son arrivée, M. Bailly ordonna, après la lecture de la loi martiale, de faire feu sur les rebelles[109], et il y en eut douze ou quinze de tués et autant de blessés.

La frayeur prit alors la place de l'arrogance, et ils se mirent tous à fuir. On se saisit de quelques-uns d'entre eux, et la tranquillité fut rétablie pour quelque temps. On arrêta, entre autres, un Italien nommé Rotondo, homme exécrable, dont l'arrivée annonçait toujours quelque catastrophe, et qu'on pouvait appeler à juste titre le procureur du crime. Tous furent mis en prison et n'en sortirent qu'à l'amnistie générale, qui, confondant le crime et l'innocence, remit dans la société tous les scélérats qui devaient s'attendre à la punition de leurs forfaits. Les Jacobins vouèrent de ce jour une haine implacable à MM. de la Fayette et Bailly; et ce dernier fit la triste expérience de ce que l'on gagne à abandonner son souverain pour embrasser le parti populaire, dont on finit toujours par être la victime[110].

Le projet des révoltés avait été d'attaquer le château; mais M. de Gouvion, qui s'était chargé de sa défense, fit assurer la famille royale qu'elle n'avait rien à redouter, ayant pris toutes les précautions nécessaires pour l'exécution de sa promesse. Il avait imaginé un moyen très-singulier pour dissiper sans effusion de sang les attroupements qui chercheraient à forcer l'entrée des Tuileries; c'était d'établir des pompiers aux issues extérieures du jardin et du château, qui devaient faire jouer leurs pompes sur les rebelles, et il croyait pouvoir assurer qu'une pareille invention les ferait fuir en un instant. On fut dispensé d'en faire usage. La fusillade du Champ de Mars avait inspiré une terreur telle, que personne ne remua et que les environs du château se trouvèrent presque déserts.

Quelques jours après mon interrogatoire, M. de la Fayette me fit dire que je pouvais voir mes parents et quelques amis; j'usai sobrement de cette permission, qui me fut d'une grande consolation. Je les recevais dans le cabinet de Mgr le Dauphin, que je n'avais pas encore la permission de quitter. MM. Banks et du Foë, mes gardiens, se retiraient, dès qu'ils les voyaient arriver, dans la pièce voisine, dont je laissais seulement la porte ouverte pour ne les pas compromettre. Je leur rends la justice de s'être conduits très-honnêtement à mon égard, et de leur avoir toujours entendu tenir les meilleurs propos sur la famille royale, à laquelle ils se piquaient d'être très-attachés. M. Banks, âgé de soixante ans, détestait la Révolution et était profondément affligé de ses excès ; mais, étant d'une humeur très-pacifique, il redoutait tout ce qui pouvait troubler sa tranquillité, et attachait un grand prix à l'observation de la Constitution, qu'il regardait comme l'ancre du salut de la France. M. du Foë, jeune, vif et brave, mais mauvaise tête, était susceptible de toutes les impressions qu'on pouvait lui donner. Il changea continuellement de parti, et finit par une conduite dont je ne me permets pas de parler en pensant à celle qu'il tint à mon égard.

L'abbé d'Avaux et madame de Tarente, appelés au château par le devoir de leur place, passaient des heures entières avec moi dans le cours de la journée. Leur société adoucissait l'amertume de ma situation, et je n'oublierai jamais toutes les marques d'attachement que j'en ai reçues. Cette dernière me donnait des nouvelles de la famille royale et avait pour moi toutes les recherches d'attention imaginables. La conformité de nos sentiments nous avait liées de l'amitié la plus tendre. La mort seule eut le pouvoir de la rompre ; mais elle n'a pu effacer de mon cœur les sentiments que cette amie fidèle savait si bien inspirer, non plus que le souvenir de son beau et noble caractère, qui lui a mérité l'estime de toutes les personnes qui l'ont connue et l'attachement le plus tendre des amies qui ont été à portée de l'apprécier.

On diminua successivement les gênes de ma position. On donna d'abord à mes gardiens la permission de ne plus passer la nuit dans ma chambre, et l'on me permit ensuite de me promener dans les Tuileries. Rien n'était plus triste que cette promenade, où, toujours accompagnée d'un de mes gardiens, je ne rencontrais que des gardes nationaux. Il fallait avoir autant de besoin de respirer l'air, comme j'en avais, pour profiter de cette permission. Celle qui me fit le plus sensible plaisir fut de pouvoir aller chez toutes les personnes de la famille royale et nommément dans la chambre de Mgr le Dauphin. Mes gardiens me conduisaient jusqu'à la porte des membres de la famille royale et restaient dans la pièce voisine. J'eus encore la permission, mais toujours accompagnée, de descendre dans mon appartement et d'avoir à dîner quelques personnes de mes amies. Comme nos gardiens se conduisaient avec délicatesse et discrétion, je donnais à dîner à celui qui était de garde, et ils furent extrêmement sensibles à cette politesse.

On avait cherché à éloigner de moi Mgr le Dauphin, par la peur qu'éprouvaient ceux qui l'entouraient d'être compromis s'il avait seulement tenté de me regarder en traversant la chambre que j'occupais. Quand j'eus enfin la permission de rester avec lui dans son appartement, car il m'était extrêmement défendu de l'accompagner, je lui demandai quelle était la raison qui m'avait fait priver de ma liberté : « C'est, me répondit-il bien bas, pour avoir suivi papa. » — « C'est donc une action bien criminelle à vos yeux d'avoir donné au Roi des marques de mon respect, de mon attachement et de mon dévouement à votre personne ? Dites-moi, je vous prie, de quel nom on peut qualifier la conduite que vous tenez, et que croyez-vous qu'en pensera votre chère Pauline dont vous parlez si souvent ? » Il rougit et se jeta dans mes bras en disant : « Pardonnez-moi, j'ai eu bien tort ; mais ne le mandez pas à ma chère Pauline, car elle ne m'aimerait plus. » Je le lui promis, et de ce moment il n'y eut sorte de soins et d'attentions que n'eût pour moi cet aimable enfant, voulant, disait-il, me faire oublier le tort qu'il avait eu et dont il était si fâché. Il était impossible d'en voir un plus attachant, rempli de plus d'intelligence et s'exprimant avec autant de grâce. Il saisissait les occasions de dire des choses agréables à ceux qui l'entouraient. Il était très-attaché au Roi ; mais comme il lui en imposait, il n'était pas aussi à son aise avec lui qu'avec la Reine, qu'il adorait, et à laquelle il exprimait ses sentiments de la manière la plus touchante, trouvant toujours à lui dire quelque chose de tendre et d'aimable. Sa gaieté et son amabilité étaient la seule diversion aux peines journalières dont la Reine était accablée. Elle l'élevait parfaitement, et quoiqu'elle eût pour lui la tendresse la plus vive, je lui dois la justice de dire qu'elle ne l'a jamais gâté, et qu'elle a toujours appuyé les justes représentations que l'on faisait à ce jeune prince. Il aimait l'occupation, et, dans un âge aussi tendre, l'étude lui plaisait tellement, qu'on était obligé de lui faire quitter ses leçons, malgré ses instances pour les continuer, lorsque l'on jugeait que leur prolongation pouvait le fatiguer. Il n'en était pas moins vif ni moins gai. Il aimait à courir, à sauter, à passer dans des chemins difficiles, et nommément à descendre à pic dans des fossés un peu profonds. Il ne craignait rien, et l'on était souvent obligé de l'arrêter dans les petites entreprises qu'il voulait faire pour prouver sa force et sa légèreté. Rien ne l'incommodait ; et quoique son extérieur n'annonçât rien d'extraordinaire pour la force, il supportait singulièrement toute espèce de fatigue. Hélas ! cette excellente santé a augmenté la longueur du supplice que lui a fait souffrir la barbarie la plus atroce. Elle a combattu longtemps, et ce n'a été qu'à la longue qu'elle a éprouvé les suites de l'affreux régime sous lequel gémissait cette illustre et dernière victime de la tyrannie la plus révoltante.

M. le comte de Fernand Nuñez, ambassadeur d'Espagne, reçut de M. de Florida Blanca, principal ministre de cette cour, l'ordre de remettre à l'Assemblée la déclaration du roi d'Espagne, lorsqu'il apprit le départ du Roi, avec défense d'y rien changer, malgré le mauvais succès du voyage. Ce prince exhortait la nation française à réfléchir sur les motifs qui avaient déterminé la démarche du Roi, à revenir sur les procédés qui en avaient été la cause, à respecter la haute dignité du Roi et de sa famille, et à se persuader que toutes les fois que la nation française remplirait tous ces devoirs, elle n'aurait pas d'alliés plus fidèles et plus constants que l'Espagne.

La lecture de cette lettre fut suivie d'éclats de rire. Plusieurs voix demandèrent l'ordre du jour, et la majorité de l'Assemblée déclara que ne se mêlant point des affaires des puissances étrangères, elle ne souffrirait pas qu'elles se mêlassent de celles de la France. À quoi M. d'André ajouta que lorsque l'Assemblée aurait pris une détermination sur le gouvernement à établir et sur le sort du Roi, elle la ferait connaître à l'Europe ; que cette détermination serait ferme comme un rocher, et que tous mourraient plutôt que d'y rien changer.

M. de Fernand Nuñez, d'un caractère doux et pacifique, avait adopté quelques idées du parti constitutionnel, et notamment celle qu'en temporisant, le Roi retrouverait sans secousse la portion d'autorité nécessaire au roi d'une grande nation. Il ne s'aperçut que trop combien il s'était trompé dans son attente, et les événements démontrèrent d'une manière bien cruelle l'impossibilité de l'alliance du crime avec la vertu. La crainte, inséparable des crimes commis, jointe à une profonde ambition, permet rarement de croire à la générosité qu'inspire la véritable vertu, et empêche de revenir à elle ceux qui s'en sont trop écartés.

M. de Staël, ambassadeur du roi de Suède, reçut de ce prince la lettre la plus énergique par laquelle il lui défendait toute communication avec qui que ce fût sans l'autorisation du Roi, d'accepter aucune conférence avec le ministre des affaires étrangères, de ne répondre que verbalement à tout ce qu'il lui communiquerait de bouche ou par écrit, et que quand même les choses viendraient à changer plus heureusement pour le Roi, de ne rien prendre sur lui et d'attendre ses ordres ultérieurs. Il lui donnait de plus l'ordre positif et rigoureux de donner au Roi, par son respect et par ses soins, toutes les consolations qui seraient en son pouvoir, et que tout dans sa maison annonçât le deuil et la tristesse. Il sentait, disait-il, avec douleur, que de pareils ordres pouvaient lui faire courir quelque danger, mais il tenait à la dignité de sa couronne, et il n'était pas possible d'y rien changer.

Les autres princes parurent ébranlés par la conduite du roi de Suède ; ce qui inquiéta l'Assemblée et la détermina à décréter la levée d'une armée de quatre cent mille hommes. Sur quatre places à donner, elle n'en laissa qu'une au Roi et se réserva la nomination des trois autres : ce qui mettait nécessairement l'armée dans sa main. L'amnistie qu'elle accorda aux soldats et aux officiers qui avaient mis les régiments en insurrection, acheva d'y détruire toute idée de discipline militaire et la rendit propre à l'exécution de toutes ses volontés.

Pendant que l'Assemblée s'occupait de la rédaction de la Constitution, elle continuait à laisser impunis les propos et les écrits les plus séditieux contre la famille royale. Le décret sur la suppression du marc d'argent pour être éligible aux assemblées suivantes, en ouvrait la porte à tous ceux qui, n'ayant rien à perdre et tout à gagner, devaient profiter de l'exaspération des esprits et tout tenter pour parvenir au pouvoir, au risque de couvrir la France de sang et de ruines.

Sa rage contre tout ce qui pouvait rappeler le plus léger souvenir de la noblesse lui fit abolir tout titre et décoration quelconque. Elle permit seulement au Roi et à son fils aîné, comme appelé à la couronne, de porter le cordon bleu, le seul ordre de Saint-Louis étant conservé pour le moment.

Le Roi, en sanctionnant ce décret, cessa de porter le cordon bleu, ne pouvant, dit ce prince, éprouver aucun plaisir à porter une décoration qu'il ne pouvait faire partager à ceux qui lui étaient attachés.

Cette Constitution, dont le défaut d'acceptation devait faire rentrer le Roi dans la classe d'un simple particulier, était si démocratique, et laissait tellement l'autorité sans force et sans appui, qu'il était impossible qu'elle subsistât sans renverser le trône jusque dans ses fondements. L'Assemblée, pour en faire partager le bénéfice aux puissances étrangères, fit traduire dans toutes les langues la déclaration des Droits de l'homme et la fit parvenir dans toutes les cours d'Europe.

Pour terminer ses sessions d'une manière digne de son commencement, cette désastreuse Assemblée décréta des récompenses non-seulement à ceux qui avaient arrêté le Roi et qui l'avaient forcé de revenir à Paris, mais même aux deux individus qui avaient menacé de tirer sur lui s'il continuait son voyage.

On donna à la ville de Varennes le couvent des Cordeliers pour y établir un tribunal de district et un détachement de cavalerie avec deux canons. On lui envoya un drapeau tricolore portant pour inscription : « À la ville de Varennes la patrie reconnaissante », et l'on fit présent d'un fusil et d'un sabre à chaque garde national de cette ville.

On accorda à la ville de Clermont une pièce de canon et cinq cents fusils pour sa garde nationale, et autant à la ville de Sainte-Menehould. Drouet, Sauce[111] et Baillon obtinrent chacun trente mille francs. Chacun de ceux qui avaient contribué à l'arrestation du Roi reçut trois mille francs ; d'autres reçurent aussi des récompenses, mais moins considérables et proportionnées à la part qu'ils avaient prise à ce cruel événement.

M. de Montmorin, inquiet de l'effet que pourrait produire sur l'Empereur la conduite de l'Assemblée, écrivit au marquis de Noailles, ambassadeur à Vienne, lui mandant d'excuser le parti qu'elle avait pris sur la position difficile où elle se trouvait, ayant à lutter contre un parti qui voulait saper le trône dans ses fondements, et qui lui avait même fait courir plus d'un danger lorsqu'elle avait voulu s'opposer à ses efforts. Il ajouta que la Révolution était faite et sans retour ; qu'espérer le contraire était une erreur qui pouvait avoir les suites les plus funestes et entraîner l'Europe dans de grands malheurs ; que la Constitution devait être présentée sous peu de jours à l'acceptation du Roi ; que son refus entraînerait les plus grands dangers ; que Sa Majesté en était intimement persuadée, et qu'on seconderait mal ses intentions en cherchant à la renverser ; que c'était une vérité dont on cherchait à pénétrer les princes et les émigrés, et qu'il était essentiel que l'Empereur ne mît point les malveillants dans le cas de lui supposer des vues opposées à la tranquillité de la France.

M. de Montmorin se laissait aisément persuader ; et il était en ce moment influencé par Thouret, Beaumetz, Chapelier, Barnave et Duport, qu'on supposait être l'auteur de cette lettre. D'André, qui avait gagné sa confiance et qui voulait se tirer d'affaire, quelle que fût la direction que prissent les événements, lui persuada que, pour servir utilement le Roi, il fallait que sa conduite ne fût point en opposition avec celle de l'Assemblée, et que par cette raison il devait appuyer toutes les motions de la majorité, quelque injustes qu'elles pussent être. La conduite de M. de Montmorin n'avait pour but que de servir le Roi, et je ne l'ai jamais vu occupé de ses intérêts personnels ; mais ayant peu d'énergie et d'élévation dans l'esprit, faible et craintif par caractère, aimant le repos et la tranquillité, il fut toujours trompé par les révolutionnaires, qui s'en servirent pour entraîner le Roi dans des démarches qui répugnaient à la droiture de son caractère et à la justesse de son esprit. On effrayait ce prince sur les dangers que courraient sa famille et ses fidèles serviteurs s'il se refusait aux mesures qui lui étaient proposées ; et, connaissant l'attachement de M. de Montmorin, il prenait pour un esprit conciliant cette faiblesse de caractère qui répugnait à employer la vigueur et la fermeté pour déconcerter les démarches de ses ennemis.

L'Assemblée s'occupait de la révision de la Constitution avec autant de légèreté qu'elle en avait mise à décréter les principaux articles. Peu lui importait qu'elle eût les moyens de garantir sa stabilité contre les entreprises des factieux. Uniquement occupée d'abaisser la puissance royale et de concentrer tous les pouvoirs dans la législature, il lui suffisait de laisser à la France l'ombre de la royauté ; et croyant essentiel de terminer son ouvrage avant les élections, elle refusa constamment d'écouter la moindre objection de la partie saine de l'Assemblée, qui s'abstint de son côté de contribuer en rien à cette œuvre d'iniquité.

Les démagogues désiraient le refus du Roi pour

prononcer la déchéance et établir la république. Les autres membres du côté gauche, qui voulaient au contraire l'acceptation de la Constitution, employaient tous les ressorts possibles pour y déterminer le Roi. Ses ministres l'effrayaient sur les dangers que son refus ferait courir à la France, à sa famille et à ceux qui avaient contribué à son voyage (car pour sa personne, on savait bien qu'il ne la comptait pour rien).

Le côté droit, seul véritablement attaché au Roi et à la monarchie, lui représentait au contraire avec fermeté les risques réels que lui ferait courir l'acceptation de la Constitution, risques qu'il ne ferait que retarder en se prêtant aux désirs de ceux qui ne consultaient que leurs intérêts dans les instances qu'ils lui faisaient ; qu'il pouvait juger leur intention par la conduite qu'ils avaient tenue depuis le commencement de l'Assemblée et par l'acharnement qu'ils mettaient à le priver de l'autorité nécessaire à un roi pour faire le bien et le bonheur de son peuple.

L'abbé Maury fit parvenir au Roi deux projets de conduite : l'un pour le refus positif de la Constitution, et l'autre pour son acceptation en en faisant disparaître les principaux vices, qu'il désignait et qui la rendaient bien dangereuse à accepter telle qu'on la lui présentait. M. Malouet était de ce dernier avis, et montra une grande énergie vis-à-vis de l'Assemblée, malgré la manière indigne dont il était traité par le côté gauche, toutes les fois qu'il prenait la parole. M. Bark fils, qui avait toujours pris, ainsi que son père, le plus vif intérêt à la position du Roi, lui écrivit la lettre la plus touchante et la plus raisonnée pour lui démontrer qu'il ne devait pas balancer à refuser son acceptation. Il l'engageait à s'armer de courage et à s'exposer à tout plutôt que de donner son adhésion à des décrets qui consacraient l'injustice et le mépris de tous les devoirs. Il l'assura qu'on s'occupait efficacement de venir à son secours ; que cette acceptation contrarierait toutes les mesures que l'on prenait pour le rétablir sur son trône; que son courage en imposerait, et serait apprécié par toute l'Europe; et il terminait sa lettre par quatre lignes que son père lui avait envoyées, comme plus faciles qu'une lettre à faire tenir au Roi. Elle ne contenait que ce peu de mots: « Dites peu, n'écrivez rien, ne consentez à rien, conservez votre courage jusqu'à la fin, nous travaillons pour vous. »

Cependant les ministres redoublaient d'efforts pour effrayer le Roi et lui faire regarder comme assurée la perte de ceux qui étaient dans les prisons à cause du voyage de Varennes. On m'en avertit, en me disant que, puisque j'étais dans une position analogue avec la leur, il était de mon devoir de demander au Roi de n'avoir aucun égard à cette considération. J'hésitais à cause de ceux qui étaient dans les prisons d'Orléans; mais on m'assura tellement qu'ils seraient les premiers à désirer cette démarche, que je me décidai à aller, dès le lendemain, chez le Roi. Je dis à Sa Majesté que, quoiqu'il ne m'appartînt pas de me mêler des affaires du gouvernement et de préjuger ses intentions sur l'acceptation de la Constitution, je croyais de mon devoir de le supplier, en mon nom et en celui de tous ceux qui avaient contribué à son voyage, de vouloir bien écarter de sa pensée l'idée qu'il pourrait leur faire courir quelque danger par son refus; que je pouvais lui répondre qu'il n'y en avait pas un de nous qui ne s'y exposât de bon cœur pour lui voir prendre le parti le plus honorable et le plus utile pour sa sûreté présente et future.

« Je suis profondément touché, me dit Sa Majesté, d'une démarche aussi généreuse; mais je sais ce que je dois à ceux qui se sont sacrifiés pour moi. » De ce moment je n'eus plus de doute sur l'acceptation de la Constitution, et je me bornai à faire des vœux pour qu'elle n'entraînât pas ce prince dans les malheurs que présageaient ceux qui en conseillaient le refus.

Peu de jours après, une députation de l'Assemblée vint apporter la Constitution à Sa Majesté, en lui donnant dix jours pour l'examiner, et au bout desquels il devait donner une réponse positive. Comme il eût été difficile de supposer à cette acceptation une apparence de liberté, si l'on eût continué à tenir ce prince dans la captivité où on le retenait depuis son retour de Varennes, on retira les officiers qui étaient chargés de sa personne, et on lui rendit les honneurs accoutumés. Il fut, en conséquence, le dimanche suivant, à la messe dans la chapelle des Tuileries avec la famille royale. Le peuple s'y rendit en foule et témoigna une grande joie de le revoir. On cria de toute part : « Vive le Roi ! » Une seule voix sortie de la foule ajouta : « *Oui, s'il accepte la Constitution.* » Il était impossible d'en douter en voyant sa même confiance dans ses ministres, dont les uns par faiblesse, et les autres dans des intentions plus coupables, désiraient vivement l'acceptation d'une Constitution dont les suites devaient être si funestes.

Les princes, frères de Sa Majesté, instruits des instances qu'on lui faisait pour accepter cette Constitution, lui écrivirent la lettre la plus forte et la plus raisonnée pour l'en détourner. Ils lui représentaient qu'elle soutenait tous les crimes, qu'elle portait atteinte à la religion, aux droits de ses sujets et à ceux de la monarchie, dont elle était destructive ; qu'elle était, de plus, impraticable à exécuter, et que Sa Majesté éprouverait un jour les plus vifs regrets si elle se laissait entraîner, par la suggestion de ses ministres, à accepter un acte aussi opposé aux lumières de son esprit qu'aux sentiments de son cœur.

Ils l'assuraient qu'on allait venir à son secours ; et

pour lui prouver que ce n'était pas par de simples paroles, ils lui envoyaient la copie de la déclaration de l'Empereur et du roi de Prusse, signée à Pilnitz, et dont l'original était entre leurs mains. Ils terminaient cette lettre en lui représentant que sa couronne étant héréditaire à tous les princes de sa maison, il n'avait pas le droit d'en abandonner les prérogatives ; qu'ils protestaient, lui Monsieur et Mgr le comte d'Artois, tant en son nom qu'en celui des princes ses enfants, contre une acceptation dictée par la violence et diamétralement contraire au vœu de la nation librement exprimé dans l'un des cahiers donnés aux diverses députations aux États généraux. Ils renouvelaient ensuite au Roi, à la suite de cette protestation, l'assurance des sentiments du respect le plus profond et du plus vif attachement pour la personne de Sa Majesté, leur seigneur et frère, dans les bras duquel ils voleraient avec empressement pour y renouveler l'hommage de leur obéissance et en donner l'exemple aux sujets de Sa Majesté.

Les princes de la maison de Condé lui écrivirent aussi la lettre la plus soumise, mais en même temps la plus noble, pour lui rappeler leurs droits et protester contre toute atteinte portée à ceux de la monarchie, qu'ils défendraient jusqu'à la dernière goutte de leur sang.

Les ministres représentèrent au Roi que les princes n'étant pas à portée de connaître la position où se trouvait Sa Majesté, elle seule pouvait juger du danger qu'il ferait courir à la France en refusant d'accepter la Constitution. Le Roi, fatigué de leurs instances et de sa position actuelle, effrayé de celle où il pouvait se trouver, et craignant par-dessus tout d'attirer une guerre civile en France, se détermina à suivre leur avis et à accepter une Constitution dont les suites devaient être aussi funestes pour eux que pour la personne de Sa Majesté.

Au bout du temps prescrit, Duport du Tertre, ministre de la justice, porta à l'Assemblée une lettre de ce prince par laquelle il se déterminait à accepter la Constitution, et dans laquelle il ajoutait que, trouvant plus convenable de prêter le serment d'y être fidèle dans le lieu où elle avait été faite, il se rendrait le lendemain 14 septembre à l'Assemblée nationale. La lettre de Sa Majesté avait été dictée par Thouret, Beaumetz, etc. Thouret, président de l'Assemblée, sous prétexte que l'écriture était difficile à lire, demanda de la parcourir avant d'en faire la lecture; il voulait s'assurer qu'on n'y avait rien changé. Son but principal était d'atténuer la déclaration lancée par le Roi en partant pour Montmédy, et elle était, par conséquent, aussi astucieuse que la conduite de ses auteurs.

Elle commençait par rappeler que la conduite de Sa Majesté, depuis son avènement au trône, avait eu uniquement pour but le bonheur de ses sujets; que l'espoir de le voir réaliser plus promptement l'avait déterminé à sanctionner tous les décrets de l'Assemblée avant même leur réunion dans l'ensemble de la Constitution; que celui de voir la loi reprendre sa force dans les nouvelles autorités constituées avait longtemps soutenu son courage; mais que, voyant au contraire l'anarchie prendre la place du pouvoir et la licence portée à son comble, il n'avait pas voulu accepter une Constitution décrétée dans de pareilles conditions, et avait jugé utile de s'isoler de tous les partis, pour connaître véritablement le vœu de la nation; qu'ayant vu, depuis son retour, l'Assemblée s'occuper d'objets aussi utiles que l'organisation de l'armée, la répression de la licence de la presse, et ne pouvant mettre en doute l'attachement de la nation à la monarchie et son désir de lui voir accepter la Constitution, il se décidait, par des motifs aussi pressants, à la faire exécuter par tous les moyens qui seraient en son pouvoir ; qu'il renonçait au concours qu'il avait d'abord réclamé dans sa formation, et que n'étant responsable qu'à la nation, nul ne pouvait se plaindre de sa renonciation à ce concours.

Il convenait, à la fin de cette lettre, qu'il y avait plusieurs points essentiels à désirer dans la Constitution, mais que vu la division qui existait dans les esprits, le temps seul pouvait en être le juge, et qu'on ne pourrait lui faire de reproches d'employer tous les moyens qui étaient en son pouvoir pour la mettre en œuvre, et de l'aider à remplir le but qu'on en devait attendre.

Le côté droit garda le plus profond silence pendant cette lecture, qui fut interrompue par les bravos du côté gauche de l'Assemblée.

Sur la proposition de M. de la Fayette, on décréta la mise en liberté de toutes les personnes détenues à l'occasion du voyage du Roi, et la libre sortie du royaume. On révoqua le décret concernant les émigrés et les procédures nées de la Révolution. On accorda une amnistie à ceux qui avaient contribué au voyage de Varennes, et on la rendit même générale, pour y comprendre les assassins, les pillards et les soldats rebelles, qui allèrent tous grossir la horde de brigands que les conjurés tenaient à leur solde. M. de Montmorin fut, de plus, chargé par l'Assemblée d'interposer ses bons offices auprès des cantons suisses pour obtenir la grâce des soldats de Châteauvieux, condamnés aux galères par cette nation.

On envoya une députation de soixante membres à l'Assemblée pour porter ces décrets à l'acceptation du Roi et lui témoigner la joie que sa lettre avait causée à l'Assemblée. La réponse de Sa Majesté fut dans le sens de sa lettre ; et pour compléter la satisfaction des députés, la Reine se présenta à la porte du cabinet du Roi, tenant par la main Mgr le Dauphin et Madame, et les assura qu'elle partageait les sentiments du Roi et les inspirerait à ses enfants.

L'Assemblée s'occupa le même jour de la réunion du comtat d'Avignon à la France. Elle était résolue depuis longtemps, et elle fut proclamée avec la même légèreté que les autres décrets de l'Assemblée. On opina pour la réunion, d'après le soi-disant vœu des Comtadins, vœu exprimé sous la pression de la terreur inspirée à la plupart des signataires. Il n'avait de sincère que la signature des brigands correspondant avec les factieux de l'Assemblée.

L'armée aux ordres de ces derniers, qui se faisait appeler la brave armée des brigands de Vaucluse et avait à sa tête Jourdan, secondé d'Antonelle et autres scélérats, faisait trembler le pays. Les scènes d'horreur qu'ils avaient commises et qu'ils menaçaient de renouveler forcèrent quarante mille Avignonnais à s'expatrier, pour ne pas s'exposer à leur fureur. Elle était telle, que l'abbé Mulot, envoyé comme commissaire de l'Assemblée dans ce malheureux pays, écrivait que les atrocités qui y avaient été commises étaient au-dessus de tout ce que l'on en pouvait écrire. Cela ne l'empêcha pourtant pas, ainsi que Verninac et Lescène des Maisons, ses collègues, de seconder toutes les manœuvres employées pour faire demander une réunion qui affligeait tous ceux qui ne partageaient pas les opinions de ces misérables.

L'abbé Maury accusa la commission d'abus de pouvoir, dévoila leur conduite à l'égard de ce malheureux pays, et leur reprocha la protection qu'ils accordaient aux brigands qui le désolaient. On refusa d'écouter les preuves dont il appuya son accusation et de prendre aucune information pour s'assurer de la vérité. La réunion fut décrétée, et l'on pria le Roi de faire traiter avec la cour de Rome des dédommagements et intérêts qui lui étaient dus.

On s'occupa ensuite du cérémonial à observer pour la réception du Roi. L'Assemblée décida qu'on le saluerait en arrivant et qu'on s'assoirait ensuite; qu'il y aurait devant le bureau deux fauteuils couverts de tapis avec des fleurs de lys, et parfaitement semblables, l'un pour le Roi, l'autre pour le président. M. Malouet ayant fait observer que l'on témoignait au Roi bien peu de respect par une pareille conduite, il lui fut crié: « Mettez-vous à genoux, si vous le voulez. »

Le côté droit, pour prouver son opposition à l'acceptation d'une pareille Constitution, se retira avant l'arrivée du Roi, et fit ensuite une protestation, signée de tous ses membres, contre la violence faite au Roi et sur l'impossibilité où il était de sacrifier aucun des droits de la couronne, qui devait être remise à ses successeurs telle qu'il l'avait reçue de ses aïeux.

Le décret de l'amnistie m'ayant rendu la liberté, je repris mes fonctions auprès de Mgr le Dauphin et de Madame, et je les suivis le lendemain à l'Assemblée. Nous allâmes dans une loge préparée pour la Reine, qui fut forcée, à son grand regret, d'assister à une séance aussi pénible pour une princesse dont le cœur et l'esprit étaient à la hauteur de son rang. Ce qui s'y passa n'était pas fait pour adoucir ses chagrins.

Le Roi prononça, debout et découvert, le serment prescrit par l'Assemblée; mais, s'apercevant qu'il était seul debout, il s'assit à côté de Thouret, président de l'Assemblée, et, après avoir achevé la formule du serment, il lui témoigna le désir le plus vif de recueillir, comme fruit de la démarche qu'il venait de faire, le retour de la paix et de la concorde, et qu'elle fût le gage du bonheur du peuple et de la tranquillité de l'empire.

Thouret, les jambes croisées, les bras appuyés sur

ceux de son fauteuil, pour avoir l'air plus libre, répondit au Roi du ton le plus insolent, faisant l'éloge de l'Assemblée et de son courage pour la destruction des abus. Puis il ajouta qu'il n'avait plus rien à désirer en voyant le Roi couronner le plus solennel des engagements par l'acceptation de la royauté constitutionnelle, qui lui était déférée par l'attachement des Français et lui était garantie par cette immortelle Constitution et par le besoin qu'avait la nation d'une monarchie héréditaire. Il termina son discours en assurant le Roi que cette nouvelle régénération donnait aux Français une patrie, à lui, comme roi, un nouveau titre de grandeur et de gloire, et comme homme, une nouvelle source de jouissance et de sentiments de bonheur.

Il était difficile de se jouer d'une manière plus insolente et plus indécente de la majesté royale. La Reine souffrit cruellement en entendant un pareil discours, et elle sortit de l'Assemblée la mort dans l'âme, ne prévoyant que trop les malheurs que l'on devait attendre de pareilles dispositions[112].

Le Roi, qui se flattait encore de pouvoir, à l'ombre de cette Constitution et à force de sagesse et d'application, profiter de toutes les circonstances pour ouvrir enfin les yeux à la nation sur ses véritables intérêts, déclara à la Reine qu'il allait faire tout ce qui dépendrait de lui pour faire marcher la Constitution. Il lui demanda, ainsi qu'à toutes les personnes qui l'entouraient, de s'interdire toute réflexion sur les démarches que les circonstances venaient d'exiger de lui; de ne se permettre rien de contradictoire à la Constitution[113], et, conformément à un de ses articles, de ne plus nommer à l'avenir Mgr le Dauphin que du nom de prince royal.

On ordonna un *Te Deum* et des réjouissances publiques en action de grâces de l'acceptation de la Constitution. On établit des jeux pour le peuple dans les places et les carrefours, avec des distributions de comestibles, et il y eut illumination générale dans tout Paris. Celles des Tuileries, de la place Louis-XV et des Champs-Élysées étaient superbes. On fit tant d'instances au Roi et à la Reine pour aller voir cette dernière, que Leurs Majestés ne purent s'y refuser. Elles y furent en carrosse avec Mgr le Dauphin, Madame, Madame Élisabeth, le duc de Brissac et moi. On cria souvent : « Vive le Roi ! » mais sans cet élan du cœur qui ne se commande pas, et plusieurs voix crièrent aussi : « Vive La Fayette ! » Il est remarquable qu'il n'y avait aucune gaieté parmi toute cette multitude, dont la foule se pressait pour jouir du plaisir de la promenade et de la magnifique illumination des Champs-Élysées. « Qu'il est triste, me dit la Reine, que quelque chose d'aussi beau ne laisse dans nos cœurs qu'un sentiment de tristesse et d'inquiétude ! » Elle faisait effort sur elle-même pour parler aux gardes nationaux qui entouraient sa voiture et dissimuler sa tristesse. Le jeune prince même, non plus que Madame, ne prirent aucun plaisir à cette promenade, et semblaient prévoir les malheurs qu'ils avaient à attendre d'une pareille Constitution.

Les derniers actes de l'Assemblée ne furent pas plus respectueux pour le Roi que sa conduite précédente. Elle décréta le brisement du sceau royal portant : *le Roi et la loi*, pour y substituer : *la nation, la loi et le Roi*. Elle abolit les notaires royaux pour en créer de nationaux, et elle aurait fait passer les suisses dans les troupes de ligne si l'on n'eût eu besoin du consentement des cantons : ce qui obligea de renvoyer la proposition au ministre des affaires étrangères, pour lui laisser le temps de faire une convention avec les suisses.

Elle condamna ceux qui rappelleraient dans les actes les titres supprimés, comme anciennement existants, à payer le sixième de la contribution foncière, les déclarant, en outre, incapables de posséder aucun emploi civil ou militaire et rayés du tableau civique. Mêmes peines pour ceux qui conserveraient des livrées, des armes et des armoiries sur leurs maisons et sur leurs voitures. Seraient destitués les notaires et officiers civils qui recevraient de pareilles dénominations et qui auraient prêté leur ministère à établir des titres de noblesse. On obligea, sous la même peine, les préposés aux droits d'enregistrement de remettre de pareils actes aux commissaires du Roi près les tribunaux, pour leur faire porter la peine décrétée ci-dessus. Dans la colère qui l'emportait, M. Chabroud demanda même que les nobles que l'on trouverait en contravention de ce décret fussent mis pendant trois heures au carcan ; mais cette demande fut trouvée si ridicule, qu'elle tomba dans le mépris qu'elle méritait.

M. d'Estournel proposa que l'Ordre de Saint-Louis, auquel on substitua le nom d'Ordre militaire, fût exempt du serment de catholicité, et commun aux protestants comme aux catholiques. On se doute bien que la proposition fut acceptée sans difficulté. Il n'en fut pas de même des réclamations qu'adressèrent les parents des fondateurs de maisons pieuses, pour rentrer en possession des biens donnés à titre de réversion, en cas de destruction. Elles furent rejetées, sous prétexte que les biens, ayant été donnés en vue d'utilité publique, devaient rester à la disposition de la nation, sauf à légaliser et à faire droit aux demandes particulières, d'après les clauses des actes de fondation.

Comme l'Assemblée ne pensait à rendre aucun compte par recette et par dépense des fonds dont elle avait ordonné l'emploi, M. Malouet fit la motion qu'elle fût tenue d'en rendre compte avant la fin de la session, pour que l'on sût positivement où avait passé le produit de toutes les sommes qui avaient été versées entre ses mains. M. de Montesquiou répondit que ces comptes étaient au comité, et qu'on pouvait les y aller voir. — « Il faut les preuves à l'appui », répondit M. Malouet. À ces mots, la rage s'emparant des membres du côté gauche, on l'injuria, on lui coupa la parole, et l'Assemblée passa à l'ordre du jour.

La déclaration que fit ensuite le même M. Malouet pour confirmer le refus de son suffrage à une Constitution contraire sur plusieurs points, non-seulement à son mandat, mais encore aux principes de l'ordre, de la liberté et du gouvernement monarchique, excita la même fureur. Le député Lavie, véritable énergumène, après avoir accablé d'injures les membres du côté droit, finit, dans l'excès de sa colère, par les appeler brigands, assassins, ajoutant qu'on aurait soin de les recommander aux provinces. Tout cela se passait au moment où M. de Lessart, ministre de l'intérieur, apportait à l'Assemblée une proclamation du Roi, pour inviter à abjurer tout esprit de parti et à y substituer un esprit de paix et de concorde.

Cependant, l'influence des clubs commençait à inquiéter l'Assemblée. Elle leur fit défense de s'opposer aux actes émanés des autorités constituées, de présenter des pétitions et de former des députations pour assister aux cérémonies publiques, condamnant les contrevenants à être rayés pour six mois du tableau civique et déclarés incapables des fonctions publiques. Mais la frayeur qu'ils inspiraient faisait agir si mollement contre eux, que cette faiblesse les enhardissait à violer toutes les lois lorsque leur intérêt l'exigeait.

Un huissier, ayant voulu exécuter un décret de prise de corps contre Danton pendant l'assemblée électorale, après en avoir demandé la permission à M. de Pastoret, président, n'en fut pas moins conduit en prison par les ordres de ce dernier, effrayé des menaces de Danton, qui avait une grande influence dans le club des Cordeliers; et ce déni de justice demeura impuni.

L'Assemblée termina enfin sa session. Le Roi en fit la clôture et y prononça un discours qui ne respirait que l'amour de son peuple et le désir de voir la paix et la concorde remplacer les troubles dont la France était agitée. Il promit d'employer tous les moyens que lui avait donnés la Constitution, pour en assurer l'observation, engagea les députés, en retournant dans leurs provinces, à se servir de leur influence pour faire respecter les lois, en prêchant la soumission aux autorités constituées. Il les chargea, de plus, d'assurer leurs concitoyens que le Roi serait toujours le meilleur ami de son peuple.

Thouret répondit à Sa Majesté par l'assurance de l'attachement qu'il inspirait au peuple, grâce à son acceptation franche et entière de la Constitution; que l'énergie de ses sentiments ne pourrait que s'accroître par ses efforts pour le maintien de la Constitution, qui garantissait également et la royauté et la liberté; que son acceptation avait porté le découragement au-dehors et ranimé la confiance au-dedans, et qu'il pouvait compter sur les soins des députés pour remplir le vœu exprimé par Sa Majesté.

Le Roi sortit de l'Assemblée au milieu des battements de mains et des cris de: « Vive le Roi! » accompagné d'une simple députation qui le conduisit au château. Après sa sortie, Target lut le procès-verbal, et déclara que la mission de l'Assemblée étant remplie, elle terminait ses séances.

Avant de quitter la salle, elle reçut encore les hommages de la municipalité, ayant à sa tête M. Bailly, qui la félicita en son nom et au sien sur les immortels travaux qu'elle avait accomplis.

M. de Pastoret, au nom de la commune de Paris,

renchérit encore sur ces éloges, la louant sur l'avantage d'avoir établi la plus belle Constitution de l'univers, et d'avoir effacé les traces du despotisme par cette immortelle Déclaration des droits de l'homme, qui, en rétablissant l'égalité, avait fait ressortir cette grande vérité : que toute la force des tyrans était dans la patience des peuples. Il invita ensuite l'Assemblée législative à s'occuper sérieusement des finances, dont l'embarras pouvait entraîner la ruine de la Révolution.

Au sortir de la séance, les galeries prodiguèrent leurs applaudissements à Péthion et à Robespierre, et huèrent plusieurs de ceux qui avaient été précédemment l'objet de leur admiration.

Le choix des députés de l'Assemblée législative ne pouvait donner au Roi l'espoir de retirer le fruit de tant de sacrifices, pour procurer à la France le repos qui lui était si nécessaire. On avait nommé un grand nombre des plus violents démagogues, tels que Brissot, Antonelle, l'abbé Mulot, Lacroix, Vergniaud, Guadet, Gensonné, Grangeneuve, l'abbé Fauchet, Isnard, Hérault de Séchelles, Le Quinio, Camille Desmoulins, Basire, Merlin, Chabot, Cerutti, Le Cointre de Versailles, Couthon, Andréis, Guiton de Morveau, Quinette, Cambon, Dubois de Crancé, Garaud de Coulon, Lacépède, Cuvillier, auteur de l'insurrection de Brest, etc., etc., lesquels, voulant jouir à leur tour des mêmes avantages que leurs prédécesseurs, annonçaient le dessein de réformer ce qu'ils trouvaient encore de trop aristocratique dans la nouvelle Constitution. Moins touchés des malheurs qu'ils pouvaient attirer sur leur patrie que de l'espoir de se frayer le chemin des honneurs et de la fortune, le plus grand nombre d'entre eux avaient un désir effréné de liberté et d'égalité, et aspiraient à établir une forme de gouvernement qui approchât tellement de celui d'une République, que la royauté ne pût se soutenir contre leurs efforts pour l'anéantir.

Les autres députés de l'Assemblée, tels que Ramond, Vaublanc, Pastoret, etc., etc., lesquels eussent été membres du côté gauche de la précédente assemblée, et qui étaient devenus du côté droit de celle-ci, ne partageaient pas leurs sentiments, mais ils n'étaient pas de force à résister à leurs attaques. Tout annonçait qu'il se préparait une nouvelle révolution, qui entraînerait avec elle la ruine de la monarchie et celle de la Constitution, en établirait une plus populaire, dont la République serait le fondement.

CHAPITRE XIV

Année 1791

ASSEMBLÉE LÉGISLATIVE

L'assemblée ouvrit ses séances par une discussion sur la manière de prêter le serment exigé des députés. On convint d'un commun accord que le serment serait prêté sur la Constitution, devenue l'Évangile des Français ; qu'on irait la chercher en grande pompe dans les Archives nationales ; qu'elle serait apportée par six vieillards, et que dans le moment où elle entrerait dans la salle, chacun se lèverait et resterait debout, la tête découverte. On avait proposé, pour lui faire encore plus d'honneur, de la recevoir au bruit du canon, mais on se borna à la réception proposée d'abord. Elle fut reçue aux cris de : *Vive la Constitution !* et le serment fut prêté par chaque député, la main levée sur ce livre sacré. Cette Constitution, si solennellement jurée et dont la durée devait être si courte, fut reportée avec la même solennité dans les Archives nationales.

On délibéra ensuite sur la manière de recevoir le Roi, lorsqu'il viendrait à l'Assemblée, s'il ne serait pas à propos de supprimer, en lui parlant, le titre de Majesté, et de se borner à celui de Roi des Français ; et l'on se permit à ce sujet des réflexions peu respectueuses pour l'autorité royale. On finit cependant par conserver le titre usité, en rapportant le décret qui avait déjà été prononcé, vu le mauvais effet qu'il produisait dans le public, en déclarant toutefois que toute la supériorité serait reconnue appartenir à l'Assemblée, et que le fauteuil du Roi serait à la droite de celui du président et lui serait parfaitement conforme. On convint ensuite que l'on ne se lèverait que pour le moment de l'arrivée du Roi, et que l'on ne se découvrirait que lorsqu'il se serait découvert lui-même.

On fut promptement à même d'observer ce cérémonial. Le Roi arriva à l'Assemblée, et représenta la nécessité de donner à l'administration toute la force et l'autorité nécessaires pour maintenir la paix dans le royaume; de s'occuper sérieusement des finances et des moyens d'assurer la répartition et le recouvrement de l'impôt, pour procurer la libération de l'État et le soulagement du peuple. Il fit sentir la nécessité de simplifier les procédures, de s'occuper de l'éducation publique, d'encourager le commerce et l'industrie, de protéger la liberté de croyance de chacun et les propriétés, afin d'ôter par là tout prétexte de quitter un pays où les lois seraient mises en vigueur, et dans lequel on saurait respecter les lois et les propriétés.

Il promit, de son côté, de ne rien négliger pour le rétablissement de la discipline militaire et de la marine, si nécessaire pour protéger le commerce et les colonies; il ajouta que les mesures qu'il avait prises pour entretenir la paix et l'harmonie entre les puissances étrangères lui donnaient tout lieu d'espérer que sa tranquillité ne serait pas troublée.

M. de Pastoret, président de l'Assemblée, répondit à ce discours par un éloge pompeux de la Constitution, qui, loin d'ébranler la puissance royale, lui donnait des bases plus solides et rendait le Roi le plus grand monarque de l'univers, et il l'assura que son union avec l'Assemblée pour la pleine et entière exécution de la Constitution remplissait le vœu des Français, dont les bénédictions en seraient le fruit.

L'acceptation de la Constitution ne ramena pas la paix en France, et il y eut même peu de temps après un commencement de troubles dans la Vendée, au sujet des persécutions religieuses. On y envoya des commissaires, entre autres Goupilleau de Fontenay, qui, connaissant bien le pays, engagea l'Assemblée à prendre des moyens de douceur vis-à-vis d'un peuple qui ne demandait que la liberté de sa croyance, en se chargeant des frais de son culte, lequel peuple était d'ailleurs simple, soumis aux lois, et d'un naturel docile.

M. Thevenard, ministre de la marine, ayant donné sa démission, fut remplacé par M. Bertrand. Le profond attachement de ce dernier pour le Roi, et un caractère bien prononcé, étaient des motifs suffisants pour lui attirer la haine d'une Assemblée dont il ne voulait pas être le vil flatteur. Aussi encourut-il promptement sa disgrâce, malgré son extrême attention à éviter tout ce qui pouvait blesser l'orgueil de ses membres, et à faire exécuter ponctuellement tous les articles de la Constitution.

Par le conseil de ce ministre, le Roi écrivit de sa main aux commandants de la marine une lettre, contre-signée Bertrand, pour les engager, par les motifs les plus sacrés, à ne pas abandonner leur poste, et à sentir ce qu'ils devaient à leur pays et à leur roi dans les circonstances difficiles où l'on se trouvait. Mais, pour que leur présence fût utile, il eût fallu supprimer cet esprit d'insubordination soutenu par l'Assemblée, qui mettait les officiers dans l'impossibilité de se faire obéir, et par conséquent d'opérer aucun bien.

M. du Portail voulut imiter la conduite de M. Bertrand vis-à-vis des officiers de l'armée de terre, malgré le peu de confiance qu'il pouvait inspirer, ce ministre étant regardé comme le moteur de l'insurrection, par sa demande d'admission des soldats dans tous les clubs du royaume.

M. de Lessart fit aussi, de son côté, une proclamation pour engager les émigrés à rentrer en France, les assurant que le Roi ne regarderait comme de véritables amis que ceux qui reviendraient dans leur pays, où leur présence était si nécessaire, leur représentant, de plus, que si leur attachement pour sa personne les avait fait hésiter de prêter un serment qu'ils considéraient comme incompatible avec leurs devoirs, la conduite de Sa Majesté leur ôtait tout prétexte de s'y refuser.

Mais la conduite de l'Assemblée n'était rien moins que propre à appuyer la demande du Roi, et à persuader les émigrés de l'utilité de leur retour. Aussi cette proclamation fut-elle loin de produire l'effet qu'en avait espéré M. de Lessart.

L'Assemblée profita d'une erreur qui avait retardé la mise en liberté de quatre soldats accusés d'insubordination, pour déclamer contre les ministres. Une pétition de scélérats détenus dans les prisons donna occasion aux injures les plus violentes contre leurs personnes. On voulut qu'ils se présentassent continuellement à la barre pour rendre compte de leur conduite, et tout annonça, dès le commencement de la séance, l'impossibilité où ils se trouveraient d'exercer les fonctions de leur ministère. Le but de l'Assemblée était d'en dégoûter les véritables serviteurs du Roi, en leur ôtant tout moyen de le servir, et de forcer ce prince à les remplacer par leurs amis et leurs créatures.

M. de Montmorin, ne pouvant plus soutenir la manière impérieuse dont l'Assemblée traitait les ministres, et les insultes journalières qu'elle leur faisait éprouver, demanda et obtint sa démission. M. de

Lessart, ministre de l'intérieur, fut chargé du portefeuille, en attendant la nomination de son successeur. Le Roi en fit part à l'Assemblée, ainsi que de la nomination de MM. Geoffroy, de Bonnaire de Forges, Boucaut, Gilbert des Mollières et Desjobert pour commissaires de la trésorerie.

M. Tarbé les avait indiqués à Sa Majesté, qui les avait acceptés sans balancer. Ce ministre était sincèrement attaché au Roi ; j'eus occasion de le voir, et il me parla de ce prince de la manière la plus touchante. Il était persuadé de la nécessité de faire respecter son autorité, sans compromettre sa personne, et, pour y parvenir, de n'accorder des places qu'à des gens instruits et capables de les bien remplir, de manière que le public pût faire la différence des choix du Roi avec ceux de l'Assemblée. Mais la persécution que cette dernière faisait souffrir à ceux qui ne partageaient pas son délire rendit souvent inutile cette sage précaution.

Le Roi fit également annoncer à l'Assemblée le choix qu'il avait fait de MM. de Brissac, d'Hervilly et de Pont-l'Abbé pour commander sa garde constitutionnelle : le premier pour la commander en chef, le second pour être à la tête de la cavalerie, et le troisième à celle de l'infanterie. La conduite franche, loyale et pleine d'honneur du duc de Brissac lui avait acquis l'estime générale, et ceux qui ne partageaient pas ses opinions ne pouvaient s'empêcher de le respecter. Les deux autres étaient d'excellents officiers, et dont la réputation ne laissait rien à désirer ; aussi ces choix furent-ils généralement approuvés. J'ai peu connu M. de Pont-l'Abbé, mais beaucoup M. d'Hervilly, dont le dévouement au Roi était sans bornes, et duquel j'aurai occasion de parler dans la suite de ces *Mémoires*.

Quoique M. de Montmorin eût quitté le ministère, il fut chargé par le Roi de donner communication à l'Assemblée de la notification qu'il avait donnée aux puissances de l'Europe de son acceptation de la Constitution, et de la réponse de chacune d'elles. Elle était dans le même sens que toutes les lettres que l'on avait fait écrire au Roi depuis son retour de Varennes, et ses ministres dans les cours étrangères étaient chargés d'insister auprès des puissances sur la nécessité où avait été le Roi d'accepter une Constitution pour laquelle le vœu du peuple était si fortement prononcé ; que le Roi, qui n'avait en vue que le bonheur de ses sujets, serait au comble de ses vœux, si les restrictions mises à son autorité remplissaient le but que l'Assemblée s'était proposé ; que les imperfections que l'on pouvait remarquer dans la Constitution avaient été prévues, et qu'il y avait tout lieu d'espérer qu'elles pourraient être réparées sans livrer la France à de nouvelles secousses.

Le roi d'Espagne répondit qu'il était loin de vouloir troubler le repos de la France, mais qu'il ne pouvait croire à la libre accession du Roi son cousin à la Constitution, tant qu'il ne le verrait pas éloigné de Paris et des personnes soupçonnées de lui faire violence.

Le roi de Suède déclara avec sa franchise ordinaire que le roi de France n'étant pas libre, il ne pouvait reconnaître aucune mission de la part de la France.

Les autres puissances ne parlèrent que de leur désir de voir le bonheur du Roi être le fruit de tous les sacrifices qu'il faisait à celui de la France ; mais, comme elles ne parlaient que très succinctement de la nation, elles furent loin de satisfaire l'Assemblée, encore plus enivrée de sa puissance que celle qui l'avait précédée[114].

M. de Montmorin l'assura qu'elle n'avait rien à craindre des puissances étrangères, et que c'était au Roi qu'on devait la tranquillité de la France ; mais que pour la maintenir il fallait mettre les lois en vigueur, et faire cesser l'abus des écrits incendiaires qui y mettaient un obstacle journalier.

Goupilleau et Audrein se plaignirent de ce que M. de Montmorin ne rendît pas compte de l'état de la négociation avec la Suisse pour faire participer les déserteurs de Châteauvieux à l'amnistie accordée aux déserteurs français. « Quoiqu'il ait quitté le ministère, s'écria un des membres de l'Assemblée, il n'en est pas moins responsable. Il ne faut pas que la responsabilité des ministres soit un vain épouvantail. » Et cette réflexion fut applaudie du plus grand nombre des membres de l'Assemblée.

Depuis un mois qu'elle avait ouvert ses séances, il y en avait eu bien peu qui n'eussent été de nature à affliger le cœur du Roi et à lui démontrer l'impossibilité d'en espérer aucun bien. Sa conduite lors des massacres d'Avignon suffisait seule pour en ôter tout espoir.

La ville d'Arles, menacée par les brigands qui désolaient le comtat d'Avignon, prit le parti de la résistance. Elle déclara à l'Assemblée sa résolution de se défendre plutôt que d'être victime de la rage de ces forcenés. Les nouveaux troubles d'Avignon pouvaient légitimer cette résistance, même aux yeux de l'Assemblée.

Les brigands, ayant à leur tête Antonelle, non contents de leurs premiers excès, voulurent encore s'approprier les dépouilles des monastères et des églises d'Avignon. Ils en pillèrent les objets précieux et les vendirent à des juifs, brisèrent les cloches, et finirent par s'emparer de l'argent qui était au mont-de-piété. La sortie de la ville de tant d'objets précieux occasionna de grands murmures. Lécuyer, un des chefs de ces bandits, pensa qu'ils en pouvaient profiter pour exciter un mouvement, qu'ils attribueraient aux personnes opposées à la réunion du Comtat à la France. Ils parviendraient par ce moyen à se débarrasser de leurs ennemis et à éviter de rendre compte des effets précieux dont ils s'étaient emparés. Mais, trompé dans son attente, il devint lui-même victime de sa perfidie.

Un grand nombre de mécontents, auxquels s'était jointe une troupe de femmes, se rassembla dans l'église des Cordeliers et somma Lécuyer et ses complices de s'y rendre sur-le-champ. Lécuyer n'osa s'y refuser. Pressé par cette assemblée de rendre compte des effets dont il s'était emparé, la frayeur s'empara de lui ; il perdit la tête et voulut s'enfuir. Il excita par là la fureur des meneurs de cette assemblée, qui se jetèrent sur lui et le mirent en pièces.

Les brigands de Savians, pour venger sa mort, massacrèrent quatre-vingt-dix habitants d'Avignon qu'ils retenaient prisonniers depuis le 21 août. Des familles entières subirent le même sort dans leur maison, et chaque heure annonçait de nouveaux malheurs. L'abbé Mulot et M. Lescène des Maisons furent dénoncés pour s'être opposés à de pareilles horreurs et avoir requis, quoique inutilement, de M. de Ferrière les soldats qu'il avait à sa disposition. Ce dernier n'eut pas honte de protéger ces brigands et de leur laisser commettre tranquillement des crimes qui font frémir la nature. Ces monstres, ne voulant cependant pas laisser connaître le nombre de leurs victimes, firent ouvrir une glacière, où ils firent jeter pêle-mêle les morts et les mourants, parmi lesquels se trouvaient des femmes et des enfants, que leur barbarie n'avait pas même épargnés.

Rovère, soi-disant député d'Avignon, associé aux Jourdan, Manvielle, Tournel, Raphaël et autres brigands du Comtat, se chargea de l'apologie de ces scélérats et dénonça l'abbé Mulot et Lescène des Maisons comme ne leur ayant pas prêté l'appui nécessaire et ayant, au contraire, protégé leurs victimes : « Ils ont, disait-il, imité les Français, en combattant pour la liberté, et on les a punis par l'exil ou par la mort. » Vergniaud n'eut pas honte de lui répondre : « Vos commettants sont nos amis, et un peuple ne peut reprendre sa liberté sans passer par les horreurs de l'anarchie. » Il promit ensuite justice et paix, et fit accorder à Rovère les honneurs de la séance.

Le Pape, dépossédé de la souveraineté du Comtat par des moyens aussi iniques[115], fit publier un manifeste pour se plaindre d'une pareille violation du droit public. Il y développa toutes les manœuvres qui avaient été employées, et les crimes commis pour parvenir à opérer cette réunion, et il envoya le manifeste à toutes les puissances de l'Europe.

CHAPITRE XV

Année 1791

RÉVOLTE DES COLONIES DE SAINT-DOMINGUE

Le cœur du Roi ne devait plus éprouver un seul instant de consolation. Chaque jour annonçait les nouvelles les plus désastreuses des différentes parties du royaume, et celle de la révolte des colonies y mit le comble. Le décret du 15 mai de l'Assemblée[116] constituante, qui avait atténué celui qui avait été rendu au mois de novembre précédent, relativement aux colonies, joint aux menées des commissaires envoyés par les amis des noirs, exalta tellement l'esprit de ces derniers, qu'ils se révoltèrent contre les blancs, sous prétexte d'avoir une part égale à la leur dans le gouvernement. Et comme rien n'arrête des gens sans éducation, et dont la violence est l'essence du caractère, ils se livrèrent aux plus grands excès. Trente mille d'entre eux étaient en pleine insurrection et avaient déjà incendié deux cent dix-huit plantations de sucre et massacré trois cents blancs. Ils avaient établi un camp à six milles du Cap, dans des retranchements garnis de canons. Chacun était livré à la plus violente inquiétude. La division que les différents décrets avaient mise parmi les colons augmentait encore le danger.

Des lettres du Havre annonçaient que tous les magasins étaient fermés et que la consternation était générale. Le Roi apprit avec la plus vive douleur les nouvelles de cette insurrection et en fit part sur-le-champ à l'Assemblée. Brissot, Condorcet et les amis des noirs commencèrent par mettre en doute la vérité de cette nouvelle, qui pouvait être, disaient-ils, un artifice des colons pour appesantir le joug de leurs malheureux esclaves, et ils discoururent longtemps sur la nécessité d'en attendre la confirmation. Mais des lettres reçues par diverses maisons de commerce des principaux ports du royaume ne laissèrent plus de doute sur l'existence de cette terrible insurrection, qui fut encore confirmée par M. Barthélemy, chargé d'affaires à Londres.

Il avait appris de plus, par des lettres arrivées directement en Angleterre, la réunion d'une partie des troupes aux conjurés. Les malheureux colons avaient demandé du secours aux Anglais et aux Espagnols ; mais ceux-ci, ayant besoin de leurs troupes pour garantir leurs possessions d'une pareille insurrection, n'avaient pu leur en envoyer. Les Anglais leur avaient seulement fait parvenir sur-le-champ cinq cents fusils et quatre cents livres de balles, avec permission d'acheter de la poudre et autres provisions.

Les colons et les propriétaires d'habitations à Saint-Domingue s'assemblèrent sur-le-champ à l'hôtel de Massiac, et y rédigèrent une adresse pour demander au Roi d'y envoyer les secours les plus prompts pour arrêter, s'il en était encore temps, les malheurs qui menaçaient le reste de la colonie. Cette adresse dépeignait de la manière la plus touchante les désastres de Saint-Domingue. Elle accusait la société des amis des noirs de jeter des germes de discorde dans ce malheureux pays ; elle leur attribuait la surprise faite à la religion de l'Assemblée nationale lorsqu'elle avait rendu le fatal décret du 15 mai, qu'on pouvait regarder comme la cause des malheurs de Saint-Domingue, et elle se terminait en assurant que si cette révolte n'était promptement dissipée, elle entraînerait la ruine de six millions de Français et du commerce de la France, qui ne pouvait séparer sa ruine de celle des colons; que leur cause était celle des créanciers de l'État, exposés ainsi qu'eux, par cet événement, à voir leur fortune anéantie par une banqueroute universelle. Les colons suppliaient le Roi, comme chef suprême de la puissance exécutive et protecteur-né des propriétés, de prendre les colonies sous sa sauvegarde et d'opposer son autorité aux nouvelles tentatives de ces hommes qui travaillaient à augmenter nos malheurs, et contre lesquels ils demandaient les informations les plus sévères et la plus éclatante justice.

Cette adresse, signée par les principaux propriétaires de Saint-Domingue, fut présentée au Roi par leurs colons, tous vêtus de noir, et ayant à leur tête M. du Cormier, regardé comme un homme du premier mérite. Le Roi répondit, avec la plus vive émotion, qu'il était pénétré de douleur de la situation de la colonie de Saint-Domingue; que, n'en ayant point encore de nouvelles directes, il se flattait que les maux étaient moins grands qu'on ne les annonçait; qu'il s'occupait sans relâche des moyens d'y porter remède, par tout ce qui était en son pouvoir; qu'il les accélérerait le plus possible, et qu'ils pouvaient assurer les colons et la colonie du vif intérêt qu'il prenait à leur sort.

Les colons allèrent ensuite chez la Reine et dirent à cette princesse: « Madame, dans notre grande infortune, nous avions besoin de voir Votre Majesté pour trouver un adoucissement à nos malheurs et un grand exemple de courage. Les colons se recommandent à la protection de Votre Majesté. » — « Ne doutez pas, messieurs, de tout l'intérêt que je prends à vos malheurs», répondit la Reine, si profondément émue qu'elle ne put achever son discours. Mais ayant rencontré, en sortant, les membres de cette même députation: «Messieurs, leur dit-elle du ton le plus sensible, mon silence vous en dira plus que tout le reste.» Ils reçurent aussi de Madame Élisabeth les témoignages du plus vif intérêt.

Toute la famille royale était dans la plus profonde douleur de cette affreuse catastrophe, douleur qu'augmentait la conviction des entraves que mettrait l'Assemblée aux mesures qu'allait prendre le Roi pour venir au secours de cette malheureuse colonie.

Mgr le Dauphin, à qui la Reine avait raconté en deux mots les malheurs de Saint-Domingue, et qui avait entendu louer l'éloge qu'avait fait M. du Cormier du courage de cette princesse, lui demanda de lui donner son discours: «Qu'en voulez-vous faire?» lui dit la Reine. — «Je le mettrai dans ma poche gauche, qui est celle du côté du cœur.» Ce jeune prince était charmant pour la Reine, et ne perdait pas une occasion de lui dire des choses tendres et aimables. Aussi l'aimait-elle passionnément, mais d'une tendresse éclairée, ne le gâtant jamais, et le reprenant toutes les fois qu'elle le trouvait en faute.

Les nouvelles que l'on reçut de M. de Blanchelande, gouverneur de Saint-Domingue, ne confirmèrent que trop les malheurs que l'on redoutait.

Le Roi en fit part sur-le-champ à l'Assemblée, qui chargea ce prince de donner l'état du secours qu'exigeait la position des colonies. Le Roi, qui avait examiné d'avance avec M. Bertrand tout ce que lui permettait la Constitution, demanda dix millions à l'Assemblée et lui annonça qu'il avait donné des ordres pour l'armement des vaisseaux et l'embarquement des troupes qu'il était nécessaire d'envoyer. « Gardez-vous, s'écria Isnard, d'accorder les dix millions avant le rapport du Comité colonial. » Or on traînait en longueur ce rapport, tandis que la célérité des secours pouvait seule sauver la colonie. On accorda seulement trois millions pour la première fois.

Les commerçants du Havre et des autres ports du royaume offrirent tous ceux de leurs bâtiments qui étaient armés pour le transport des troupes. Mais l'Assemblée trouva moyen de paralyser les efforts du Roi, et sa coupable négligence causa la ruine de colonies aussi précieuses, et entraîna avec elle celle du commerce de la France.

Le décret de l'Assemblée du 7 décembre, qui bornait l'envoi des troupes à réprimer seulement la révolte des noirs et confirmait les droits accordés aux gens de couleur, acheva d'ôter tout espoir aux colons. Ceux-ci s'adressèrent encore une fois au Roi pour lui demander de venir à leur secours. Mais le malheureux prince, qui se voyait dépouillé chaque jour de quelque portion de sa faible autorité, ne pouvait que gémir sur leurs malheurs et s'attrister de ceux que préparaient à la France les meneurs de cette nouvelle Assemblée.

Les factieux tentèrent également d'introduire la révolte à la Martinique, à Sainte-Lucie et à Tabago ; mais leurs efforts furent rendus inutiles par le courage des habitants de ces diverses îles, qui, effrayés de l'exemple de leurs voisins, se mirent en mesure d'en réprimer les effets. Ils déclarèrent unanimement qu'ils périraient tous plutôt que de laisser introduire dans leurs colonies un régime qui avait occasionné à Saint-Domingue de si cruels malheurs ; leur fermeté les sauva. Ils eurent aussi de grandes obligations au vicomte de Damas, qui s'opposa courageusement aux efforts des malveillants. Aussi témoignèrent-ils les plus vifs regrets de son rappel en France, et la satisfaction qu'ils avaient éprouvée en l'y sachant heureusement arrivé.

M. de la Jaille, officier de marine très-distingué, et que le Roi avait nommé pour commander les vaisseaux envoyés à Saint-Domingue pour porter des secours aux colons, fut assailli en arrivant à Brest par une multitude soudoyée pour s'écrier qu'on y envoyait un contre-révolutionnaire pour massacrer les patriotes. Il aurait été mis en pièces sans le courage d'un charcutier, qui parait les coups qu'on lui portait. La municipalité ne trouva d'autre moyen pour rétablir l'ordre que d'emprisonner M. de la Jaille; et l'Assemblée, en donnant des éloges à sa conduite, se garda bien d'improuver celle de ce peuple égaré par les meneurs de toutes ces émeutes.

CHAPITRE XVI

Année 1791

Il y avait peu de séances où l'on ne trouvât moyen de faire intervenir les prêtres insermentés, que les prêtres jureurs devenus évêques poursuivaient avec une haine implacable. Il pleuvait de tous côtés des accusations qui, quoique dénuées de preuves, n'en étaient pas moins favorablement accueillies. On les accusait, malgré la tranquillité de leur conduite, d'être les moteurs de toutes les insurrections. Chabot, capucin, et Lequinio, un des plus violents démagogues de l'Assemblée, étaient leurs principaux accusateurs. Le Josne, qui ne leur cédait en rien, leur imputait tous les malheurs de la France ; il voulait qu'on les reléguât dans les chefs-lieux de départements, avec injonction de se présenter tous les jours à leur directoire. Vaublanc, quoique opposé aux démagogues, les traitait de fanatiques. Tout leur présageait une violente persécution. Baert, qu'on ne pouvait soupçonner d'attachement au clergé, se révolta contre cette injustice et représenta que la Constitution ayant décrété la liberté des cultes, on devait laisser les prêtres tranquilles, et leur accorder, même dans les villes, une chapelle pour y exercer leur culte sur la demande de trois cents citoyens. — « Pourvu, ajouta Rougemont, qu'elle soit aux frais des femmes dévotes. » Baert demanda en même temps que, pour prévenir toute discussion, l'Assemblée s'occupât des moyens de constater civilement les mariages, naissances et décès, et que l'on fît cesser une persécution aussi odieuse que contraire à la liberté, décrétée par la Constitution et dont on laissait jouir toutes les autres religions.

L'abbé Fauchet se permit les plus sanglantes invectives contre les prêtres insermentés, demanda qu'on supprimât tous leurs traitements, les compara à des loups que la faim ferait sortir du bois. Il ajouta qu'il n'était point à craindre que le Roi vînt à leur secours, car il devait être bien aise de se débarrasser d'une pareille vermine.

Isnard, encore plus violent, les traita de pestiférés qui vendaient le ciel au crime : « Frappez-les pour les moindres fautes, disait-il dans sa fureur, et condamnez-les même à la mort, quand on pourra les en convaincre, ou tout au moins déportez-les. Il faut un dénoûment à la Révolution française, car le peuple commence à se détacher des intérêts publics. Provoquez des arrêts, livrez des batailles, écrasez tout de vos victoires. Il faut être tranchant au commencement des révolutions. Heureusement que Louis XVI n'en a pas agi ainsi, sans quoi vous ne seriez pas ici, et sans cette sévérité vous seriez les premières victimes. » On demanda l'impression de ce discours et son envoi aux départements. Lecoz, quoique évêque constitutionnel, s'opposa à son impression, se récriant sur le danger de propager de pareils principes. Les cris : « À la barre le prêtre ! » applaudis par les galeries, le réduisirent au silence. Quatremère et d'autres députés voulurent appuyer ses raisons, mais ils ne furent pas écoutés plus favorablement.

Torné, évêque constitutionnel, au lieu d'accuser les prêtres insermentés des malheurs de la France, plaça la racine du mal dans la Constitution et dans le gouvernement, qui avait la manie d'affaiblir son autorité pour qu'on le crût paralysé. Il s'opposa à la cessation du traitement des prêtres insermentés, mesure qui, sans avoir l'iniquité du voleur, aurait au moins la dureté du corsaire. Il déclara tenir les sacrements administrés dans les maisons aussi licites que les bals, les évocations magiques et autres divertissements ; que le prêtre insermenté devait avoir la liberté d'être absurde dans sa croyance, implacable dans sa haine et insociable avec ses rivaux de doctrine ; mais qu'il fallait qu'il s'abstînt de toute sédition, sans quoi il provoquerait lui-même la vengeance de la loi : « Point de punition sans jugement, ajouta-t-il, point de jugement sans procédure. » Cette séance, aussi indécente qu'orageuse, se termina par un arrêté chargeant le comité de se partager en quatre sections, pour présenter une loi contre les prêtres.

Après une longue discussion sur le décret à proposer à l'Assemblée, celui de François de Neufchâteau obtint la préférence. Le préambule en était la comparaison d'un champ rempli de reptiles venimeux qu'un père de famille s'occupait à détruire, et non à nourrir de son sang ; et le résultat de cette belle comparaison fut la proposition suivante. « Dans la huitaine, les ecclésiastiques insermentés prêteront le serment civique, et en cas de refus ou de rétractation, ils seront privés de leurs pensions, réputés suspects de révolte contre la loi et de mauvaises intentions contre la patrie, et éloignés des lieux où il y aurait du trouble. »

Deux ou trois mauvais sujets excitaient-ils du désordre, on le mettait sur le compte des prêtres insermentés, et une dénonciation suffisait pour les faire bannir ou jeter dans les fers. On invitait les bons esprits à se rallier contre le fanatisme religieux et à défendre le peuple des pièges qu'on lui tendait sous le prétexte d'opinions religieuses. Les voix qui s'opposèrent à ce décret, en raison de son inconstitutionnalité, furent étouffées par les clameurs de l'Assemblée, et il fut accepté par la majorité et porté à la sanction du Roi.

Il y eut cependant différentes réclamations de plusieurs départements sur l'injustice d'un pareil décret ; celui de Paris, notamment, vint prier le Roi de refuser sa sanction à un décret aussi injuste qu'inconstitutionnel.

Les clubs, plus puissants que jamais, et les tribunes qu'ils avaient soin de garnir de leurs affidés, étaient encore une arme dont se servaient les factieux. Ils répandirent des brigands dans toutes les sections de Paris pour former des réclamations sur l'arrêté du département, en annonçant les plus grands malheurs si le Roi refusait sa sanction à ce décret. Sa Majesté, bien décidée à ne le pas sanctionner, ne tint aucun compte de leurs menaces, non plus que de la colère de l'Assemblée lorsqu'elle apprendrait son refus.

Ce décret, quoique non sanctionné, ne s'en exécuta pas moins dans les départements influencés par les Jacobins. Aussi la persécution y fut-elle violente. Elle redoubla même de force lorsque l'on apprit que le Roi avait refusé sa sanction. C'était un art des Jacobins d'y présenter des décrets injustes pour avilir ce prince par leur acceptation, ou pour faire retomber sur le refus de son acceptation les troubles dont ils étaient les premiers moteurs.

La conduite de l'Assemblée n'était pas propre à appuyer l'invitation faite par le Roi aux émigrés de rentrer en France. Il n'y avait pas encore un mois qu'elle tenait ses séances, lorsqu'elle ordonna aux comités de s'occuper d'une loi sur les émigrés, et nommément sur les princes français. M. de Condorcet, après un discours aussi vague qu'insignifiant, soutint qu'on ne pouvait emporter ses richesses ni porter les armes contre la patrie sans mériter d'être puni comme traître et assassin. Il traita les princes et la noblesse de « lie de la nation », qui osait encore s'en croire l'élite, et proposa de décréter que tout Français ayant prêté le serment civique serait libre de rester chez l'étranger ; mais que tout émigré qui, en outre de ce serment, ne prêterait pas celui de ne porter les armes ni contre la nation, ni contre les pouvoirs constitués, serait déclaré ennemi de la nation et verrait ses biens confisqués ou séquestrés. On convint en même temps qu'une loi réglerait le sort des femmes, des enfants et des créanciers desdits émigrés.

Vergniaud les compara à des Pygmées luttant contre des Titans, et engagea le Roi à ne pas écouter sa sensibilité sur les objets chers à son cœur, et à imiter Brutus immolant ses enfants au bien de la patrie.

Pastoret proposa, pour concilier la loi sur les émigrés et la violation de la Constitution, de jeter pour le moment un voile sur la liberté, citant la suspension de l'*habeas corpus* des Anglais, et ne voyant dans les princes et les nobles que des mécontents qui ne pouvaient s'accoutumer à voir exclues du premier rang l'intrigue et l'opulence, remplacées par les talents et la vertu. Peu après ce beau discours, il fut nommé membre de l'instruction publique, avec Condorcet, Cerutti et l'abbé Fauchet.

M. de Girardin demanda qu'au préalable l'Assemblée fît en trois jours une proclamation qui obligeât Monsieur à rentrer en France sous deux mois, sous peine d'être censé avoir abdiqué son droit à la régence. Ramond demanda qu'on se donnât le loisir de discuter une question aussi importante ; mais M. de Girardin s'y opposa, et la motion fut déclarée urgente[117].

Dès que les trois jours furent révolus, Isnard monta à la tribune, traita les princes de conspirateurs, blâma la pusillanimité de ceux qui redoutaient de prononcer des peines contre eux : « Il est temps, dit-il, de donner à l'égalité son aplomb ; c'est la longue impunité des grands criminels qui a rendu le peuple bourreau. La colère des peuples, comme celle de Dieu, n'est que trop souvent le supplément terrible du silence des lois. » La motion de M. de Girardin fut décrétée et affichée dans tous les coins de Paris.

On reprit la loi générale sur les émigrés. Chaque séance était accompagnée d'invectives et de déclamations contre leurs personnes, et l'on finit par décréter la peine de mort contre tous les Français qui seraient encore, le 1er janvier, en état de rassemblement. On déclara que leurs biens seraient séquestrés au profit de la nation, sans préjudice des droits de leurs femmes, de leurs enfants et de leurs créanciers. Le même décret prononça la peine de mort contre les princes français et les fonctionnaires publics faisant partie de ces rassemblements qui ne seraient pas rentrés le 1er janvier, ordonna le séquestre des biens des princes, avec défense de leur payer aucun traitement sous peine de vingt ans de gêne contre les ordonnateurs de ces payements ; la destitution et la perte du traitement de tout fonctionnaire public absent sans cause légitime avant et depuis l'amnistie. Même peine contre tout fonctionnaire public qui sortirait du royaume sans un congé du ministre de son département. On y soumit également les officiers généraux, les officiers supérieurs et même les sous-officiers. Tout officier militaire abandonnant ses fonctions sans congé ou démission devait être réputé déserteur et puni comme tel ; et tout embaucheur au-dedans comme au-dehors devait aussi être puni de mort.

L'Assemblée chargea, en outre, le comité diplomatique de lui proposer les mesures à prendre à l'égard des princes étrangers qui souffraient des rassemblements dans leurs États, et de prier le Roi de les accepter. Elle termina tous les articles de ce décret en déclarant qu'elle dérogeait à toutes les lois qui pourraient y être contraires.

Le garde des sceaux apporta la sanction du Roi au décret concernant Monsieur, et son refus sur celui des prêtres et des émigrés ; et comme il voulait faire quelques observations sur ce refus, l'Assemblée s'y opposa, et il y eut un vacarme épouvantable : « Tant mieux, reprit Cambon ; le Roi prouve par là à l'Europe qu'il est libre au milieu de son peuple. »

Les Jacobins firent pleuvoir de tous côtés des pétitions à l'Assemblée pour déplorer le *veto* mis par le Roi au décret sur les prêtres et les émigrés. Ils animaient les esprits contre le Roi et la famille royale, qu'ils accusaient de protéger les ennemis de la patrie. Les femmes mêmes se mêlèrent de faire des représentations, et s'attachèrent à persuader au peuple que le refus du Roi attirerait les plus grands malheurs sur la nation, dont les rois et les prêtres étaient les plus grands ennemis.

Les pamphlets répandus contre le refus de la sanction du Roi engagèrent les ministres à lui faire faire de nouvelles proclamations et à écrire aux princes ses frères[118] pour les engager à revenir et à ne pas mettre en doute sa volonté prononcée d'observer et de faire observer la Constitution. Ils crurent utile de répandre dans le public ces lettres et ces proclamations ; mais elles ne firent aucun effet, et les troubles et les persécutions qui se multipliaient dans chaque partie de la France augmentèrent encore l'émigration.

L'Assemblée décréta, de plus, que tout Français ayant traitement, pension ou rente sur le trésor national, serait obligé de se présenter en personne avec un certificat visé par la municipalité de son domicile et par le directoire, lequel prouverait qu'il avait habité l'empire français pendant six mois. Tout transport et délégation ne pouvait non plus être valable qu'avec le même certificat pour les vendeurs et les acheteurs. Les seuls commerçants furent exceptés de cette loi, en produisant qu'ils exerçaient le commerce avant le décret.

Le Roi nomma M. Cayer de Gerville ministre de l'intérieur, et M. de Lessart resta ministre des affaires étrangères. M. Cayer de Gerville était avocat et très-révolutionnaire. Il avait été envoyé comme commissaire à Nancy lors de la révolte des régiments, et était rempli de vanité et de susceptibilité. Il finit cependant par prendre de l'attachement pour la personne du Roi, mais en obligeant ce prince à user avec lui de grands ménagements, pour ne pas choquer son amour-propre accompagné d'une grossièreté révolutionnaire. M. de Portail, ministre de la guerre, ne pouvant plus tenir aux insultes journalières qu'il éprouvait, donna sa démission, et fut remplacé par le comte Louis de Narbonne[119]. Rempli de présomption et se croyant appelé à de grandes destinées, celui-ci accepta avec joie la place de ministre. La légèreté de son caractère ne lui permit pas de calculer les obstacles qu'il devait nécessairement rencontrer. Convaincu que cette place lui donnait le moyen de satisfaire son ambition et le mettait même à portée de procurer au Roi quelques chances heureuses pour sortir de sa cruelle situation, il s'occupa de réaliser les espérances qu'il avait conçues. La guerre fut celui qui lui parut le plus propre à remplir ce but, et il travailla de tout son pouvoir à la faire désirer à l'Assemblée, sous le prétexte de venger la nation des insultes qu'elle recevait des puissances étrangères.

Enivré de ses folles espérances et persuadé de ses

grandes capacités, il vint un jour trouver la Reine et lui présenta un mémoire pour lui prouver la nécessité d'opposer une attitude formidable aux menaces des puissances étrangères. Il appuya sur l'utilité que la France retirerait d'une guerre qui ferait connaître à ces puissances la force d'une nation qui avait recouvré sa liberté, et il travailla ensuite à persuader cette princesse de l'avantage que le Roi pouvait tirer de la nomination d'un premier ministre, qui réunirait à l'attachement à sa personne l'instruction, la capacité et l'art de la persuasion pour ramener les esprits égarés: « Il faudrait de plus, ajouta-t-il, qu'il eût l'adresse d'occuper la nation d'une guerre qu'on lui ferait regarder comme nationale, pour parvenir par ce moyen à rendre au Roi l'autorité nécessaire pour le bonheur de la France. » — « Et où trouver un tel homme ? » reprit la Reine. — « Je crois, d'après ce que pensent mes amis, qu'elle pourrait le trouver en ma personne et en faire la demande au Roi. » — « Vous vous moquez, reprit la Reine en éclatant de rire ; et à quoi pensez-vous donc en me faisant une pareille proposition ? » Puis, reprenant son sérieux, elle lui prouva que la Constitution s'opposait formellement à sa demande.

Je tiens cette anecdote de la bouche de cette princesse ; j'ignore si cette conversation a été connue, mais peu de jours après il courut dans Paris une caricature représentant M. de Narbonne avec une tête de linotte, et dont le titre était celui de ministre linotte.

L'Assemblée, dirigée par les Jacobins, nomma pour membres du comité de surveillance Isnard, Bazire, Merlin, Grangeneuve, Fauchet, Goupilleau de Fontenay, Chabot, Lecointre de Versailles, Lacroix, Lacretelle, Quinette, Chauvelot, et pour suppléants : Antonelle, maire d'Arles ; Jagault et Montaut. Ces derniers entrèrent promptement en fonction. Trois d'entre eux ayant donné leur démission, presque tous périrent dans la suite sous la hache révolutionnaire et condamnés par leurs semblables. Car dès que les scélérats furent les maîtres, ils formèrent diverses fractions, et chaque fraction qui avait la prépondérance envoyait à l'échafaud celle qui lui était opposée.

Les ministres regardant comme avantageux que le Roi répondît en personne à la demande que lui faisait l'Assemblée de s'occuper de mesures qui fissent cesser les rassemblements extérieurs qui entretenaient l'inquiétude de la France et rendaient la guerre préférable à une paix ruineuse et avilissante, le Prince s'y rendit en personne pour l'assurer qu'il ne négligerait rien pour répondre à ses désirs : « Mais, ajouta-t-il, avant de se déterminer à la guerre, il faudrait employer tous les moyens possibles pour préserver la France des maux incalculables que la guerre ne peut manquer d'entraîner dans les premiers moments de l'essai d'un gouvernement constitutionnel. » Il fit espérer de trouver un allié fidèle dans la personne de l'Empereur, disposé à empêcher les rassemblements qui inquiétaient la nation. Il ajouta que, dans ce but, il allait faire déclarer à l'électeur de Trèves et aux autres princes voisins que si, avant le 15 janvier, ils ne faisaient cesser lesdits rassemblements, il ne verrait en eux que des ennemis de la France ; et il espérait beaucoup à cet égard de l'intervention de l'Empereur. S'il ne pouvait réussir dans ses efforts, il leur déclarerait la guerre ; mais qu'il fallait s'occuper des moyens d'en assurer le succès, en affermissant le crédit national, en donnant aux délibérations de l'Assemblée une marche fixe et imposante, et en se conduisant de manière à prouver que le Roi ne faisait qu'un avec les représentants de la nation ; que quant à lui, rien ne ralentirait ses efforts pour que la loi fût l'appui des citoyens et l'effroi des perturbateurs du repos public ; qu'il conserverait fidèlement le dépôt de la Constitution sans souffrir qu'il y fût porté atteinte, sentant combien il était beau d'être roi d'un peuple libre. Cette dernière phrase prouvait évidemment que ce discours était encore l'ouvrage de ceux qui avaient dicté tout ce qu'avait écrit le Roi depuis son retour de Varennes. Tant de ménagements en réponse à tant d'outrages, au lieu d'adoucir les factieux, ne les rendirent que plus insolents.

L'Assemblée répondit qu'elle délibérerait sur les propositions du Roi, quoiqu'il n'en eût fait aucune ; et M. de Narbonne, prenant alors la parole, demanda la levée de trois armées, les fonds nécessaires pour cet objet, et proposa, pour les commander, MM. de Luckner, de Rochambeau et de la Fayette. Il donna l'espoir que la nation ne serait point inférieure dans sa lutte contre les puissances à ce qu'elle avait été sous le règne de Louis XIV, et qu'il était essentiel de leur prouver, par l'ordre que l'on verrait régner dans le royaume, ce qu'était une nation qui voulait et savait conserver sa liberté.

Cependant les dénonciations contre les ministres se renouvelaient journellement ; l'abbé Fauchet attaqua M. de Lessart de la manière la plus violente, attribuant les massacres d'Avignon au retard de l'envoi du décret de réunion du Comtat à la France, et il demanda que le ministre fût décrété d'accusation. Sa demande fut renvoyée au comité pour en faire un rapport ; mais M. de Lessart se justifia si pleinement de toutes ces imputations, qu'on ne put y donner aucune suite.

Péthion fut nommé maire de Paris, Manuel procureur-syndic de la Commune, et toutes les places furent remplies par les créatures des Jacobins. Il était impossible de ne pas frémir de la rapidité avec laquelle ils allaient à leur but. Toutes les démarches que l'Assemblée exigeait du Roi n'avaient pour but que de l'avilir, et nommément celle de réitérer auprès des cantons suisses la demande de la grâce des déserteurs de Châteauvieux.

M. de Narbonne, pour persuader de plus en plus l'Assemblée de son patriotisme, imagina d'exiger des six maréchaux de France résidant encore en France un serment encore plus constitutionnel que le serment civique décrété par l'Assemblée. Mais il fut refusé par MM. de Beauvau, de Noailles, de Mouchy, de Laval et de Contades, et un seul, M. de Ségur, accéda à la demande du ministre.

Les décrets rendus contre les émigrés ne firent sur ceux-ci aucune impression. D'un autre côté, les réponses des puissances étrangères aux diverses demandes du Roi, par les vœux qu'elles formaient pour qu'il trouvât dans la Constitution le bonheur qu'il en espérait, irritèrent l'Assemblée, plus enorgueillie que jamais d'un pouvoir qu'elle cherchait à accroître journellement.

CHAPITRE XVII

Année 1792

La municipalité ayant demandé à l'Assemblée de vouloir bien fixer le jour où elle recevrait ses hommages à l'occasion du nouvel an, M. Pastoret se récria contre un usage aussi vicieux et indigne d'une Assemblée qui ne désirait d'autre hommage que l'assurance du bonheur du peuple, et fit décréter qu'on n'en présenterait aucun à qui que ce fût.

L'Assemblée, ne pouvant obtenir la grâce des quarante soldats de Châteauvieux, condamnés aux galères par leur nation relativement à l'affaire de Nancy, la décréta elle-même et les en fit sortir, quoiqu'ils y fussent condamnés par le jugement de leur nation. Guadet assura que cette indulgence animerait d'une nouvelle ardeur les régiments suisses qui servaient en France, qu'elle ne déplairait qu'aux officiers infectés d'aristocratie, mais qu'heureusement les officiers ne faisaient pas les armées.

Il n'y avait sorte de moyen que l'on n'employât pour dégoûter les officiers fidèles à leur devoir et soupçonnés d'attachement à la personne du Roi. Toutes les dénonciations des soldats étaient écoutées favorablement, et les officiers mis en état d'arrestation sur de simples rapports dont on ne pouvait administrer aucune preuve. L'insubordination des soldats, le pillage des caisses et l'emprisonnement des officiers trouvaient toujours une excuse dans l'Assemblée. Il était visible que le plan des factieux était de ne laisser dans les régiments aucun officier, et de les remplacer par des créatures, pour pouvoir disposer de l'armée quand l'occasion s'en présenterait.

La violence de l'Assemblée et le peu de mesure qu'elle gardait dans ses menaces aux princes voisins de la France, s'ils continuaient à souffrir dans leurs États des rassemblements d'émigrés, déterminèrent l'Empereur à faire écrire à M. de Noailles, ambassadeur de France, par M. le prince de Kaunitz, qu'il allait mettre ses troupes à portée de secourir l'électeur de Trèves, si les Français se permettaient les moindres hostilités dans les États de ce prince. Le Roi écrivit lui-même à l'Assemblée en lui envoyant cette lettre, pour lui marquer son étonnement de la conduite de l'Empereur, l'assurant cependant qu'il ne perdait pas encore l'espoir de le ramener à des sentiments plus pacifiques; mais que si, contre son attente, il persistait à ne point exiger de l'électeur de faire sortir les émigrés de ses États, il saurait soutenir la justice de la cause des Français, regardant le maintien de la dignité nationale comme le plus essentiel de ses devoirs. Il était facile de reconnaître encore dans le style de cette lettre l'ouvrage des mêmes personnes qui avaient dicté toutes celles de Sa Majesté.

L'Assemblée, en applaudissant à cette démarche, n'en continua pas moins ses poursuites contre les princes frères du Roi, et M. de Condorcet prononça un long discours pour servir de préambule au décret projeté. Il assura que la nation française ne prendrait jamais les armes pour faire de nouvelles conquêtes, mais seulement pour assurer sa liberté, faire respecter sa dignité, et qu'elle ménagerait toujours le peuple des États avec lesquels elle serait en guerre. Ce discours, accompagné des invectives ordinaires contre les princes, les nobles, les prêtres et les émigrés pouvait être regardé comme une sollicitation de ce décret si désiré. Aussi fut-ce à sa suite que l'Assemblée décréta, le 1er janvier, qu'il y avait lieu à accusation contre Monsieur, Mgr le comte d'Artois et Mgr le prince de Condé, MM. de Bouillé, de Calonne et Mirabeau cadet, à qui elle ne donna que le nom de Riquetti, par respect pour le grand homme qui avait porté avec tant de gloire celui de Mirabeau ; et elle ordonna que, sous trois jours, les comités de diplomatie et de législation réunis lui présenteraient un projet d'acte d'accusation ; que le ministre des affaires étrangères serait tenu de leur remettre toutes les notes et renseignements qu'il aurait pu recevoir des agents de la nation sur les projets des émigrés, de dénoncer ceux qui auraient pu les favoriser ou auraient négligé d'instruire le gouvernement des dispositions hostiles qu'ils auraient préparées ou suivies dans les cours étrangères.

Non contents de ce décret, les démagogues de l'Assemblée la persuadèrent, par les discours les plus violents, qu'il fallait faire payer aux émigrés les frais de la guerre. En conséquence, elle décréta, peu de jours après, une triple imposition sur tous leurs biens, non compris les frais de culture et de régie : ce qui réduisit à rien leurs revenus et acheva de leur enlever le peu de ressources qui leur restait. Les Jacobins, n'étant pas encore satisfaits, envoyèrent dans les provinces le comédien d'Orfeuil, un de leurs plus ardents sectateurs, pour exciter le peuple contre eux et l'engager à s'emparer de leurs biens.

Rien n'était plus effrayant pour les propriétaires que les maximes débitées à l'Assemblée par des députés sans propriétés, et qui n'aspiraient qu'à s'emparer de celles dont ils convoitaient la dépouille. La partie saine des Français, quelle que fût la nuance de leurs opinions politiques, détestait et méprisait cette Assemblée ; mais les frayeurs qu'inspiraient les crimes qu'elle était capable de commettre contenaient chacun dans l'obéissance, tandis qu'elle mettait à profit la terreur qu'elle savait employer si à propos.

La grande majorité des Français et des Parisiens était sincèrement attachée au Roi ; mais n'osant résister aux Jacobins, elle leur laissa prendre un tel empire, qu'ils finirent par subjuguer non-seulement l'Assemblée, mais encore la France entière. Ils avaient rempli les places de leurs créatures ; les crimes ne leur coûtaient rien. Chacun, craignant d'être leur victime en s'opposant à leurs projets, finit par le devenir de sa lâcheté et de son insouciance. Les députés mêmes n'osaient s'opposer aux décrets qu'ils provoquaient et dont ils sentaient l'injustice ; leur vote fut souvent dicté par la peur, ainsi que les éloges qu'ils prodiguaient à l'Assemblée contre le vœu de leur cœur. Le ministre de la justice lui ayant déclaré que pour l'organisation de la haute cour nationale il était indispensable de compléter le décret rendu le 15 mai de l'année précédente, elle en rendit un composé de huit articles. Les factieux soulevèrent la question de décider s'il serait soumis ou non à la sanction du Roi. Il y eut de grands débats à ce sujet ; mais on leur prouva si évidemment qu'ils ne pouvaient en soustraire les décrets sans violer ouvertement la Constitution, que, n'ayant rien à répondre à cette objection ni à celle qui montrait l'injustice de laisser sans jugement un si grand nombre de détenus, l'Assemblée se décida à ajourner le décret, laissant à la décision de la haute cour ce qu'il y avait à ajouter à son organisation. Et cependant elle obligea le ministre de la justice à lui rendre compte, sous huit jours, des mesures prises pour mettre la haute cour en activité. Le pouvoir qu'on donnait à cette cour aurait été bien dangereux, si le bonheur n'avait voulu qu'elle fût composée de têtes froides et réfléchies, qui, sous différents prétextes, différèrent de rendre les jugements provoqués par l'Assemblée. Cette dernière ne s'occupait que des moyens d'obliger le Roi à déclarer la guerre aux puissances étrangères, les factieux espérant en profiter pour établir plus promptement l'anarchie, qui favoriserait leur cupidité et leur ambition cachées sous le voile de l'égalité.

M. de Narbonne, qui ne la désirait pas moins, fit le rapport le plus satisfaisant sur l'état de l'armée et celui des places frontières. Il n'y manquait que la vérité ; mais on était bien éloigné de chercher à l'approfondir. Il assura à l'Assemblée que la France était en état de se défendre contre tous ses ennemis ; qu'en y rétablissant l'ordre, elle deviendrait une puissance si formidable, qu'elle serait recherchée par toutes les autres. « La cause de la noblesse, ajouta-t-il, est étrangère aux rois comme aux peuples ; faisons-lui perdre deux fois sa cause en nous emparant des vertus généreuses dont elle se croit en possession exclusive. » Il était parvenu à obtenir du Roi, sur la demande de l'Assemblée, le commandement des trois armées décrété pour MM. de Rochambeau, de Luckner et de la Fayette, ainsi que le bâton de maréchal de France pour les deux premiers, quoique la Constitution n'en portât le nombre qu'à six. Mais il promit qu'on ne remplacerait ceux qui viendraient à manquer que lorsqu'ils seraient réduits au nombre fixé par la loi.

Brissot prononça, à cette occasion, un grand discours pour prouver que nous ne pouvions compter sur aucune puissance de l'Europe ; qu'il fallait les obliger à se déclarer et donner seulement à l'Empereur jusqu'au 10 février pour se décider ; que, passé ce terme, son silence serait tenu pour hostilité, et le Roi invité à accélérer les préparatifs de guerre. Gensonné ajouta qu'on devait sommer l'Empereur de déclarer s'il voulait observer fidèlement le traité de 1766, secourir la France en cas d'hostilités des puissances étrangères, et ne rien entreprendre contre la Constitution. Cette proposition, qui fut fort applaudie, fut accompagnée des invectives ordinaires contre les puissances étrangères, les aristocrates et les émigrés.

M. de Lessart, en apportant à l'Assemblée les promesses de l'électeur de Trèves de faire cesser les rassemblements d'émigrés, et les ordres donnés pour leur faire quitter ses États, l'engagea à ne pas presser la déclaration de guerre, et à employer tous les moyens qui seraient en son pouvoir pour préserver la France des fléaux que cette guerre entraînerait à sa suite. Mais l'Assemblée était bien éloignée d'écouter de pareils conseils.

Les Jacobins, ayant eu connaissance du désir qu'avait le Roi d'une médiation armée de toutes les puissances pour rétablir l'ordre en France, et faire cesser l'inquiétude que leur causait la violence de l'Assemblée, animèrent contre cette mesure les factieux, qui, après s'être permis les invectives les plus violentes contre tous les souverains, firent décréter que l'Assemblée regarderait comme infâme et criminel de lèse-nation tout Français qui prendrait part directement ou indirectement à un congrès dont l'objet serait la modification de la Constitution, la nation étant résolue de la maintenir ou de périr ; que le présent décret serait porté au Roi pour qu'il fît notifier aux puissances la résolution de la nation de ne rien changer à sa Constitution.

Il y eut à la suite de ce décret un vacarme épouvantable à l'Assemblée. On n'y entendait que les cris répétés de : « Vive la Constitution ou la mort ! » MM. de Lessart et Duport du Tertre furent obligés de crier comme les autres, ce qui leur valut quelques applaudissements.

Les factieux n'avaient garde de souffrir d'autres changements à la Constitution que ceux qu'ils y feraient eux-mêmes, dans la crainte que l'on ne parvînt à la concilier avec la royauté, dont leurs décrets n'avaient pour but que de hâter la destruction.

Malgré toutes ces bravades contre les souverains, on ne faisait aucun préparatif pour soutenir la guerre. Les scélérats manquaient de tout ; on n'avait ni places approvisionnées, ni canons, ni rien de tout ce qui était nécessaire pour commencer une campagne. M. de Narbonne représentait vainement la nécessité de s'occuper du recrutement de l'armée et de commencer ses préparatifs pour n'être pas pris au dépourvu. L'Assemblée ne répondait que par de beaux discours sur l'état de la France, et passait à l'ordre du jour sur les nouvelles qui lui arrivaient de tous côtés, sur le dénûment des soldats et le mauvais état des places frontières. On ne peut se faire d'idée de la déraison de cette Assemblée, dont tous les décrets portaient l'empreinte de la violence et de la fureur. Elle prolongea cependant le terme de la décision demandée à l'Empereur jusqu'au 10 mars, sur l'observation que des retards de courrier pourraient ne pas lui laisser le temps nécessaire à une décision.

La fureur de l'Assemblée ne l'empêchait pas d'être ombrageuse au point de redouter les 1 800 hommes qui devaient composer la garde du Roi ; et sous divers prétextes, elle en retarda tellement la mise en activité, qu'elle ne put commencer son service que le 19 février. Le Roi avait mis l'attention la plus scrupuleuse à ne donner aucune prise sur sa composition. M. le ministre de l'intérieur avait demandé à chaque département de fournir trois hommes dont la bonne conduite pût répondre de leur fidélité à tous leurs devoirs. Chaque bataillon de Paris fournit aussi deux hommes, et la cavalerie fut prise dans les divers régiments de cette arme. Les factieux, n'ayant pu s'opposer à l'établissement de cette garde, cherchèrent à la corrompre avant même qu'elle fût en activité ; mais ils ne purent réussir vis-à-vis de la cavalerie, qui fut incorruptible, et ils ne gagnèrent qu'un petit nombre d'hommes dans l'infanterie, et qu'on eût même ramenés facilement s'il eût été question de défendre le Roi. Pour répondre aux reproches que l'Assemblée ne cessait de faire à M. Bertrand, le Roi lui écrivit qu'après en avoir mûrement examiné la nature et n'en trouvant aucun de fondé, il croirait manquer à la justice s'il lui retirait sa confiance. Cette lettre occasionna un grand tumulte dans l'Assemblée. Guadet et Brissot s'emportèrent contre les ministres, et même contre le Roi, prétendant que les aristocrates gouvernaient la France dans l'intérieur, tandis qu'au dehors l'Empereur, l'Espagne et la Prusse nous dictaient des lois. Brissot conseilla à l'Empereur de se séparer de ces deux puissances, de favoriser les Jacobins et de les employer à préparer les peuples à la liberté, moyen certain d'affermir son trône chancelant.

Ce prince, peu touché de ces avis, fit courir un manifeste pour assurer les Français que, loin de détruire leur Constitution, il se joindrait au contraire au Roi pour l'appuyer de tout son pouvoir, en en modifiant les articles qui pourraient en avoir besoin ; qu'il ne se déclarerait jamais que contre les factieux, fauteurs du désordre et de l'anarchie, et qui perpétuaient seuls les malheurs de la France, auxquels il désirait ardemment voir une fin. Il se flattait que cette démarche attirerait dans le parti du Roi les véritables amis d'une Constitution sage et une grande partie de la France, Mais il ne connaissait pas la force des Jacobins, qu'il attaquait ouvertement sous le nom de factieux, et que cette démarche rendit encore plus audacieux. Aussi la Reine s'en affligea-t-elle, la trouvant prématurée. Elle me dit en me montrant cet écrit: «Mon frère ne connaît pas la position de la France; en déclarant la guerre aux Jacobins, il nous met sous le couteau, nous et nos fidèles serviteurs.»

En effet, les factieux ne perdaient pas une occasion d'échauffer le peuple. Ils lui persuadèrent que le droit de veto était le seul obstacle à son bonheur, et avec ce mot, dont il n'entendait pas la signification, ils l'animèrent contre le Roi et la Reine, qu'ils appelaient Monsieur et Madame Veto. Ils se permettaient les injures les plus grossières contre leurs personnes, surtout lorsque ce prince opposait le droit de veto aux décrets de l'Assemblée. Un de ses membres poussa la hardiesse jusqu'à dire que les ministres devaient répondre sur leurs têtes des suites du veto; et une violation si manifeste de la Constitution n'éprouva aucune opposition.

On faisait fabriquer des piques dans Paris, et l'on fit paraître dans les Tuileries des piques à crochets, pour arracher, disaient-ils, les entrailles des aristocrates. Une députation de ces misérables vint à la barre, accuser les membres du ministère de préparer un massacre des patriotes. C'était la tactique des factieux d'accuser leurs ennemis des crimes qu'ils se préparaient à commettre, et ils assurèrent l'Assemblée qu'ils étaient prêts à purger la terre des amis du Roi, qu'on pouvait regarder comme ennemis de la nation. L'Assemblée, loin de punir de pareilles indignités, accorda à ces brigands les honneurs de la séance. Toutes ces horreurs avaient pour but d'obtenir du Roi la sanction du décret concernant la liberté des soldats de Châteauvieux, et celui de la triple imposition sur les biens des émigrés, à laquelle ce prince ne pouvait se déterminer. Mais les ministres, effrayés des dangers que son refus pouvait faire courir à Sa Majesté, l'engagèrent fortement à ne la pas refuser. Le Roi consentit donc, à son grand regret, à donner cette sanction, qui affligea tous les gens de bien.

Ce prince n'en fut pas plus tranquille. Les factieux ne passaient pas de jours sans se permettre les sorties les plus violentes contre sa personne et ses plus fidèles serviteurs. On les accusait du renchérissement des denrées, des crimes qui se commettaient dans les diverses parties du royaume, et même du pillage de quelques magasins d'épicerie, qu'ils avaient eux-mêmes organisé pour exciter quelques troubles. Ils prétendirent qu'il se faisait des rassemblements pour enlever le Roi dans l'intention de se joindre aux ennemis de l'État, pour mettre tout à feu et à sang; qu'il employait l'argent de sa liste civile à corrompre les bons patriotes, et qu'il n'avait formé sa maison militaire que pour asservir les Parisiens, les égorger et partir avec elle.

Le Roi, pour déjouer les progrès des factieux, écrivit à la municipalité pour se plaindre des bruits répandus par les malintentionnés. Il lui marquait en même temps qu'il connaissait les devoirs que lui imposait la Constitution, et qu'il saurait les remplir; que rien ne l'obligeait à rester à Paris, et que s'il ne le quittait pas, c'était parce qu'il le voulait bien, et qu'il croyait sa présence utile; mais qu'il ne se cacherait pas s'il avait des raisons qui lui fissent désirer d'en sortir.

Cette lettre ne diminua pas la violence des démagogues de l'Assemblée. Hérault de Séchelles se permit d'énoncer cette proposition, que le pouvoir législatif avait le droit de traduire le pouvoir exécutif devant le pouvoir judiciaire; que la responsabilité n'était pas toujours la mort, mais qu'elle entraînait également la perte de l'honneur et de la liberté.

Rouyer proposa de faire un recensement de tous les habitants du royaume qui avaient des enfants ou des neveux émigrés, afin de prendre, quand il en serait temps, des mesures fermes et solides pour mettre la chose publique à l'abri de leur perfidie. On sait la suite qui fut donnée à cette proposition au fort de la Révolution.

La loi sur les passe-ports fut mise en vigueur, malgré l'article de la Constitution qui donnait à chacun le droit de sortir ou de rentrer dans le royaume à sa volonté, et l'Assemblée ordonna que ce décret fût porté sur-le-champ à la sanction du Roi par quatre membres de l'Assemblée.

Le Roi tenait conseil en ce moment. On leur offrit d'en attendre la fin dans la salle des gardes ou dans celle des ambassadeurs, à leur volonté. Ils furent excessivement choqués de n'avoir pas été introduits sur-le-champ, et encore plus qu'on ne leur eût pas ouvert les deux battants en entrant chez le Roi. L'huissier leur dit que ce n'était pas l'usage, et qu'ils ne s'ouvraient qu'aux grandes députations. Ils se plaignirent vivement à l'Assemblée de ce manque de respect, et l'Assemblée attacha à cette prétention l'importance qu'elle aurait pu mettre à l'affaire la plus essentielle. Elle écrivit au Roi pour se plaindre de ce manque d'égards envers une députation de l'Assemblée. Ce prince, étonné de la chaleur qu'elle mettait à une prétention aussi puérile, lui répondit qu'on avait suivi l'usage accoutumé ; qu'il n'avait pu prévoir le prix qu'elle paraissait attacher à l'ouverture des deux battants ; qu'il ne tenait nullement à la conservation de l'ancien usage ; mais puisqu'elle désirait qu'on les ouvrît même aux simples députations, il consentait volontiers à lui donner cette satisfaction.

Après la lecture du décret qui prescrivait la manière dont la plus simple députation serait reçue chez le Roi, Condorcet déclara que désormais le président de l'Assemblée ne se servirait, en lui écrivant, que de la même formule dont ce prince se serait servi à son égard. Elle ne perdait aucune occasion de diminuer le respect qu'on lui portait, et le peuple l'imitait, en voyant le peu de considération qu'on témoignait à son souverain.

Le Roi, attentif à ne donner aucun sujet de plaintes contre sa garde constitutionnelle, fit écrire à Péthion, maire de Paris, pour lui demander le jour où elle pourrait prêter serment à la municipalité. Péthion, n'osant prendre sur lui de répondre seul à cette demande, s'adressa à l'Assemblée, qui dicta elle-même la formule du serment ; bien entendu que les individus composant la garde du Roi devaient justifier d'abord qu'ils avaient déjà prêté le serment civique, décrété par l'Assemblée nationale.

Le serment exigé était conçu en ces termes : « Je jure d'être fidèle à la nation, à la loi et au Roi, de maintenir de tout mon pouvoir la Constitution décrétée par l'Assemblée nationale en 1789, 1790 et 1791 ; de veiller avec fidélité à la sûreté de la personne du Roi, de n'obéir à aucune réquisition ou service étranger à celui de sa garde. »

Il fut décidé que ce serment serait prêté publiquement en présence des officiers municipaux, et renouvelé chaque année à la même époque où il aurait été prêté la première fois, et que la garde royale ne pourrait suivre le Roi, s'il s'écartait de plus de vingt lieues du corps législatif, distance prescrite à ce monarque par la nouvelle Constitution.

On ne peut faire trop d'éloges de cette garde et des officiers qui la composaient. Pour empêcher que le désœuvrement des gardes ne les rendît susceptibles de mauvaises impressions, ils les occupaient continuellement, les surveillant avec l'attention la plus scrupuleuse, ne s'absentant point, et prenant même leurs repas chez les traiteurs les plus voisins du château. Ils ménageaient avec la plus grande attention les officiers de la garde nationale, leur cédant même dans toutes les prétentions qu'ils élevaient, lorsqu'elles n'étaient pas incompatibles avec le bien du service.

Les Jacobins cherchaient, au contraire, à exciter la jalousie de la garde nationale par les mensonges et les calomnies qu'ils avaient coutume d'employer lorsqu'ils leur étaient utiles. Les officiers de la garde les recherchaient, au contraire, sans se rebuter, étaient avec eux d'une extrême politesse, ne négligeant aucune occasion de les attacher au Roi et de les engager à s'unir à eux pour la défense de ce prince, si les mauvaises intentions que manifestait l'Assemblée forçaient à en venir à cette extrémité. Une conduite si sage et tant de sacrifices ne purent cependant parvenir à diminuer la jalousie de la garde nationale, qui se manifesta d'une manière bien sensible.

On avait partagé la grande salle des Cent-Suisses en deux salles séparées par une cloison, l'une pour la garde royale, et l'autre pour la garde nationale. Cette dernière, excitée par les Jacobins et par un nommé Sevestre[120], murmura de cette séparation et demanda la destruction de cette cloison. Le Roi, croyant devoir acquiescer à cette demande, pria sa garde de lui donner cette marque d'attachement de ne se permettre ni plaintes ni murmures, et il fut obéi, malgré la peine qu'elle en ressentait. Elle y avait d'autant plus de mérite qu'il y avait dans la garde nationale des gens très-mal pensants, dont plusieurs étaient soupçonnés, et non sans raison, d'être les espions des Jacobins, et d'interpréter malignement les propos les plus innocents de cette excellente garde.

CHAPITRE XVIII

Année 1792

La France était livrée dans toutes ses provinces aux brigandages les plus affreux. Les bois étaient dévastés, les greniers pillés, la circulation des grains arrêtée par des paysans, qui, sous prétexte de la crainte de disette, refusaient de les laisser sortir de la province où ils abondaient pour alimenter celles qui en manquaient, quoiqu'elles les eussent payés d'avance. Les riches propriétaires n'étaient plus en sûreté contre les pillages ; tout annonçait une prompte dissolution. Simoneau, maire d'Étampes, ayant voulu s'opposer à ces excès, fut assassiné par ces furieux, qui hachèrent en pièces un fermier des environs de Montlhéry. Le Roi, à qui cette nouvelle Assemblée avait ôté le peu d'autorité qui lui restait, n'avait aucun moyen de s'opposer à ces excès. S'il lui arrivait de donner un ordre à ce sujet, l'Assemblée trouvait le moyen de le paralyser sur-le-champ, et d'accuser ensuite le pouvoir exécutif de faire le mort et de ne pas savoir réprimer tous ces excès. La position du Roi était affreuse et s'aggravait journellement.

Loin de réprimer les insurrections quotidiennes des différents corps de l'armée, l'Assemblée les favorisait et accueillait toutes les dénonciations des soldats contre les officiers nobles et même contre le ministre de la guerre, dans le but d'avoir un prétexte pour chasser tous les officiers nobles et les remplacer par d'autres qui leur seraient dévoués et sur lesquels elle pourrait compter. Elle démontra son peu de respect pour la personne du Roi, en passant à l'ordre du jour sur une lettre que lui écrivit ce prince pour se plaindre de cette conduite.

Elle était furieuse contre M. de Lessart, qui, craignant les suites d'une guerre entre la France et toutes les puissances de l'Europe, faisait tout ce qui dépendait de lui pour l'éviter. Les factieux de l'Assemblée, voulant absolument le trouver en faute, chargèrent le comité des douze d'examiner sa conduite. Brissot se chargea du rapport qui en fut fait à l'Assemblée, y dénonça formellement M. de Lessart et proposa un décret d'accusation contre ce ministre. Il n'avait pas, disait-il, donné connaissance à l'Assemblée de toutes les pièces qui prouvaient un concert entre les diverses puissances de l'Europe contre la sûreté et l'indépendance de la France ; il avait affecté de douter de leurs intentions, leur avait donné une idée fausse de la situation du royaume, n'avait pas su faire respecter la France dans ses correspondances avec l'Empereur, dont on l'eût cru plutôt le ministre que celui de l'Assemblée ; avait demandé la paix, traîné les négociations en longueur, négligé ou trahi les intérêts de la nation, et avait même refusé d'obéir aux décrets de l'Assemblée, en retardant l'envoi de celui de la réunion du comtat d'Avignon à la France, retard qui avait été la cause des crimes qui s'y étaient commis. Il conclut par demander à l'Assemblée de charger le pouvoir exécutif de le faire conduire à Orléans, pour y être jugé par la haute cour nationale.

Plusieurs membres de l'Assemblée s'opposèrent à l'iniquité de cette accusation, qui enlevait à l'accusé les moyens de se défendre, et demandèrent qu'on produisît au moins les pièces à l'appui. On n'eut aucun égard à leur demande, et le décret fut prononcé. Les factieux, fiers de ce succès, s'écrièrent qu'ils espéraient bien qu'on userait de la même sévérité envers le ministre de la justice; mais l'Assemblée, ne trouvant pas que ce fût encore le moment, ne donna aucune suite au désir qu'ils venaient d'exprimer.

M. de Lessart, craignant la fureur populaire à la suite d'un pareil décret, s'éloigna de chez lui et informa le lendemain le directoire du lieu de sa retraite. Il fut conduit sur-le-champ à Orléans. Il écrivit à l'Assemblée avant son départ une lettre très-noble, pour se plaindre de l'accusation prononcée contre lui sans qu'on lui eût laissé la possibilité de se justifier, ajoutant que, fort de son innocence, il était loin de redouter le jugement qui serait prononcé, et qu'il regrettait seulement que l'Assemblée ne l'eût pas mis à portée d'obtenir d'elle-même la justice qu'il attendait du tribunal auquel elle l'avait envoyé.

M. de Lessart était sincèrement attaché à la personne du Roi. Mais, effrayé de la situation critique de ce prince, et influencé par les constitutionnels, il n'eut pas la force de résister à leurs insinuations, et il contribua aux démarches de faiblesse qu'on lui reprocha avec raison. Il espérait par là le garantir des malheurs qui le menaçaient, et il en reconnut trop tard le danger. Il montra dans sa captivité beaucoup de courage et un grand attachement pour le Roi, à qui il fit même parvenir d'Orléans des avis utiles sur les dangers que courait sa personne, par les manœuvres de cette horrible Assemblée.

Péthion, à la tête de la commune de Paris, n'eut pas honte de venir remercier l'Assemblée du décret rendu contre M. de Lessart, et de la preuve qu'elle venait de donner que la responsabilité n'était pas un vain mot, et que le glaive de la loi se promènerait indistinctement sur toutes les têtes.

On se doute bien des applaudissements que lui valurent de pareils propos, qui furent accompagnés des honneurs de la séance.

La position du Roi était affreuse. Désolé de l'emprisonnement de M. de Lessart, il n'avait aucun moyen de le soustraire à la vengeance de ses accusateurs. Il ne pouvait réprimer aucun désordre, ni faire agir ses ministres sans les exposer au même sort. Craignant pour M. Bertrand la malveillance de l'Assemblée, qui brûlait du désir de trouver matière à le mettre aussi en accusation, il lui demanda sa démission, ainsi qu'à M. Tarbé. M. Bertrand possédait la confiance du Roi et la méritait. La fermeté de son caractère ne se démentit jamais, non plus que son profond attachement pour le Roi, qui éprouva le regret le plus vif de ne pouvoir le conserver dans le ministère. Il ne lui retira pas sa confiance ; mais dans l'état où l'Assemblée avait réduit la puissance royale, il était difficile de donner de bons conseils. Malgré les dangers qu'il courait, M. Bertrand resta constamment auprès du Roi, jusqu'au moment où les factieux, s'étant emparés de sa personne, en éloignèrent par la violence ses plus fidèles serviteurs. En quittant le ministère, M. Bertrand rendit un compte si détaillé et si exact de son administration, que l'Assemblée, malgré la haine qu'elle lui portait, ne put trouver matière à accusation. Ce compte rendu augmenta encore les regrets de voir sortir du ministère un homme qui en avait rempli les fonctions avec tant de distinction.

M. de Narbonne, qui n'aimait pas M. Bertrand, et qui avait travaillé à l'éloigner du ministère, désirant conserver sa place de ministre, imagina un moyen qu'il crut infaillible pour ne pas être obligé de donner sa démission, et qui eut un effet tout contraire à celui qu'il en attendait. Il se fit écrire par MM. de Rochambeau, de Luckner et de la Fayette, que le salut de l'État dépendait de sa stabilité dans le ministère, le tout accompagné de beaucoup d'éloges de sa personne et de sa conduite. Ne doutant pas que la publicité de ces lettres ne lui assurât l'opinion publique, qui forcerait le Roi à le conserver dans sa place, il les fit imprimer et distribuer dans tout Paris, la veille du jour où M. Bertrand devait être dénoncé. Il y joignit sa réponse, dans laquelle il donnait les plus fortes assurances de son patriotisme. Il avait la bassesse de comparer ses sentiments à ceux de M. Bertrand, que, tout en l'estimant, disait-il, il ne pouvait s'empêcher de blâmer dans sa conduite ministérielle. Cette démarche produisit le plus mauvais effet. Le public indigné en fit justice. Le Roi lui demanda sa démission, et les Jacobins se virent avec plaisir débarrassés d'un ministre lié avec les constitutionnels, qu'ils détestaient encore plus que les royalistes.

Plusieurs membres de l'Assemblée voulaient lui faire subir le même sort qu'à M. de Lessart. Le plus grand nombre ayant demandé qu'il fût entendu, Quinette s'y opposa fortement, tout en soutenant l'utilité de son accusation. Il ajouta : « Croyez-vous que si l'on eût entendu M. de Lessart, l'Assemblée l'eût envoyé à Orléans ? » On eut honte de renouveler le même scandale, et il ne fut plus question d'accusation. M. de Narbonne déclara qu'il allait partir pour combattre sur la frontière les ennemis de la patrie, et il quitta prudemment Paris, dont le séjour aurait pu lui être funeste.

M. de Grave le remplaça au ministère de la guerre. Il était constitutionnel par principes, mais honnête homme et attaché au Roi, quoique vivant dans la société de M. le duc d'Orléans. Faible par caractère et redoutant la puissance des Jacobins et de l'Assemblée, il les flattait l'un et l'autre, et ses discours se ressentaient de sa pusillanimité. Cette conduite le fit taxer de jacobinisme, quoiqu'il en détestât les principes. Incapable de se porter à aucun excès, il ne put conserver sa place au-delà de six semaines.

Le Roi, voyant l'impossibilité de conserver aucun ministre sans l'exposer à la persécution des Jacobins, qui subjuguaient alors toute la France, se détermina à essayer d'un ministère composé de gens de leur parti. Il espérait par cette mesure calmer leur fureur, qui s'accroissait de jour en jour, ouvrir les yeux de la nation par ce dernier essai et ôter aux malveillants le prétexte de l'accuser de tous les désordres qui se commettaient dans toutes les parties du royaume. Il nomma en conséquence ministre de l'intérieur M. Roland de la Platière[121]; de la marine, M. de la Coste[122]; des affaires étrangères, M. Dumouriez[123] et M. Clavière[124], des contributions. M. Duranthon, avocat de Bordeaux, remplaça peu après M. du Tertre, et M. de Grave, nommé depuis peu de jours ministre de la guerre, resta pour le moment chargé de ce département.

Le Roi écrivit à l'Assemblée pour lui faire part de ces diverses nominations, et lui marqua que, profondément affecté des maux qui affligeaient la France, il avait d'abord nommé, pour exécuter les lois, des hommes recommandables par l'honnêteté de leurs principes; mais que ceux-ci ayant quitté le ministère, il les remplaçait par des hommes accrédités par leurs opinions populaires; que l'Assemblée ayant souvent répété que c'était le seul moyen de faire marcher le gouvernement, il l'employait dans l'espoir d'établir l'harmonie entre les deux pouvoirs, et d'ôter aux malveillants tout prétexte d'élever des doutes sur sa volonté de concourir de toutes ses forces à tout ce qui pouvait être utile à la France.

Roland de la Platière était un chef de manufacture, qui entendait mieux cette partie que l'administration d'une monarchie. Il ne respirait que l'amour de la liberté et de l'égalité, regardant comme action vertueuse tout ce qui pouvait y conduire, et ne désapprouvant point les crimes dont la liberté était l'objet. De pareils principes le firent accuser d'avoir contribué à l'amnistie accordée aux brigands d'Avignon. Il poursuivit avec acharnement les émigrés, la ruine des grands propriétaires, l'abaissement ou la mort des aristocrates, et la destruction du trône. Il n'était pas moins animé contre les brigands, les assassins, les anarchistes et les dilapidateurs de la fortune publique ; ce qui lui valut dans son parti le nom de vertueux Roland. Sa femme avait beaucoup d'esprit et une ambition excessive, qu'elle cachait sous le voile de la modestie. Elle partageait d'ailleurs tous les sentiments de son mari, à qui elle fut fort utile dans l'exercice de son ministère, dont elle faisait presque tout le travail.

Dumouriez, avec de l'esprit et des moyens, avait aussi une ambition démesurée et d'autant plus dangereuse qu'il n'avait aucun principe. Tout moyen lui paraissait bon pour la satisfaire. Il caressait toujours le parti dominant et en changeait dès que son intérêt l'exigeait.

Après avoir contribué à la chute du trône, dégoûté des Jacobins, il voulut tenter de le rétablir, lorsqu'il y avait peu d'espoir d'y pouvoir réussir. Sa vanité et son indiscrétion firent échouer tous ses projets, et il fut, à son tour, forcé d'émigrer et d'imiter la conduite de ceux qu'il avait si durement blâmés dans l'exercice de son ministère.

Clavière, ami de Brissot et de Grégoire, auquel il s'était associé pour le soulèvement des colonies, voulut singer M. Necker, dont il n'avait ni les qualités ni l'intégrité. Ambitieux et agitateur par caractère, il écrivit et agita le peuple pour faire parler de lui et arriver au ministère.

La Coste[125] était un Jacobin insignifiant, qui suivit la route que lui tracèrent ses confrères. Cette nomination déconcerta les Jacobins, qui ne purent s'empêcher de dire en parlant du Roi : « Si ce diable d'homme nous cède sur tout, quel prétexte donner à sa destitution ? » Sa condescendance ne les empêcha pas de contribuer à entraver les opérations des diverses administrations, de tonner ensuite contre ces nouveaux ministres et de les accuser, et le Roi par contre-coup, de ne pas savoir arrêter les désordres dont eux-mêmes étaient les auteurs.

Les ministres vinrent présenter leurs hommages à l'Assemblée en entrant au ministère, se parant de leurs vertus civiques et lui promettant la plus entière obéissance. Ils n'oublièrent pas l'éloge de ses glorieux travaux, qu'ils promirent de seconder par leur empressement à faire exécuter ses décrets. Les ministres du Roi, ajouta M. Roland, ne sont que les ministres de la Constitution, par laquelle le Roi règne et les ministres existent.

Cayer de Gerville, avant de donner sa démission, se crut obligé de présenter à l'Assemblée un aperçu de la situation de la France. Il en attribua les malheurs aux insouciants, aux égoïstes et à la corruption des mœurs. Il parla de la nécessité d'une régénération où l'on ne ferait point entrer la religion, qu'il regardait comme inutile, et il s'emporta contre les prêtres sermentés et insermentés, soupirant après le jour où les rois et les peuples ne s'occuperaient plus de religion. Tout en approuvant la formation des clubs, qui avaient été nécessaires à l'établissement de la Révolution, il leur reprocha leur conduite actuelle et nommément le mépris qu'ils témoignaient pour une constitution jurée par tous les Français.

M. de Vaublanc, effrayé des progrès de l'anarchie et revenu des opinions qu'il avait professées à l'ouverture de l'Assemblée, reprocha à celle-ci d'avoir favorisé trop longtemps l'insubordination du peuple. Il appuya fortement sur l'impossibilité de faire cesser les crimes et les malheurs qui désolaient la France, si l'Assemblée ne s'occupait de faire de bonnes lois clairement exprimées, si elle ne faisait pas respecter l'autorité du Roi, et si elle se permettait de tracasser les ministres dans l'exercice de leurs fonctions, au lieu de se borner à les punir s'ils se trouvaient en contravention avec la loi. Il proposa ensuite l'établissement d'un comité qui tiendrait registre de toutes les dénonciations portées contre eux, lesquelles seraient mises toutes à la fois sous les yeux de l'Assemblée. On n'eut aucun égard à ces représentations. Elles étaient trop éloignées des vues de la majorité pour être non-seulement adoptées, mais même écoutées paisiblement.

Bien plus, un orateur du faubourg Saint-Antoine vint à l'Assemblée accuser le Roi de tous les malheurs de la France, et l'assurer qu'elle pouvait compter sur le secours des piques. « Il vaut mieux, ajouta-t-il, servir la nation que les rois, qui passent, eux, leurs ministres et leur liste civile, tandis que les droits de l'homme, la souveraineté nationale et les piques ne passeront jamais. » L'Assemblée ne rougit pas d'accorder à l'orateur les honneurs de la séance.

Une pareille conduite ne permit pas d'être étonné de voir Bassal-Cavé, constitutionnel de Versailles et jacobin outré, s'unir à Thurcoi et autres scélérats de son parti, pour solliciter une amnistie en faveur des auteurs des massacres de la glacière d'Avignon, et La Source prétendit qu'elle ne pouvait être refusée, puisque l'Assemblée précédente en avait accordé une aux aristocrates, dans laquelle l'infâme Bouillé avait été compris. La majorité, éprouvant une espèce de honte de la prononcer expressément en faveur des scélérats qui en étaient l'objet, décréta, sans les nommer, une amnistie générale pour tous les crimes relatifs à la Révolution commis dans les deux comtats jusqu'au 8 octobre 1791. Plusieurs représentants, consternés de cette effroyable séance, ne purent s'empêcher de témoigner l'horreur que leur inspirait l'impunité accordée à de pareils crimes, et la honte qui en rejaillirait sur l'Assemblée. Mais ils ne furent point écoutés, et le décret fut proclamé tel qu'il avait été proposé. Un grand nombre de députés gémissaient intérieurement des décrets que rendait journellement l'Assemblée; mais contenus par la terreur, ils cherchaient même à capter sa bienveillance par des propositions qu'ils savaient devoir lui être agréables.

M. de Pastoret, membre de l'instruction publique, proposa, par mesure d'économie, la suppression des professeurs, blâmant la bêtise de l'ancienne éducation, se moquant des quatre facultés, des cérémonies religieuses qui s'y pratiquaient, et promettant des merveilles de la nouvelle éducation, qui, fondée sur la philosophie, procurerait la régénération complète du peuple français. La suppression des professeurs fut décrétée. Elle fut suivie, peu après, d'un autre décret, portant sur celle de tous les Ordres religieux, de toutes les confréries, des congrégations, même de celle des Sœurs de la Charité, avec la défense absolue de porter aucun costume ecclésiastique hors de l'intérieur des temples.

On ne peut se faire une idée de l'indécence de cette séance: Torné, Fauchet, Gay, Vernon et autres évêques constitutionnels jetèrent en pleine Assemblée leur croix et leur calotte, accompagnant cette action des discours les plus impies et les plus déplacés, ce qui leur valut de grands applaudissements. Le vendredi saint fut choisi pour cette fête aussi scandaleuse que dégoûtante; et, pour que rien n'y manquât, des prêtres mariés vinrent à la barre avec leurs enfants, dont ils firent hommage à l'Assemblée.

François de Neufchâteau profita de l'occasion pour renouveler ses invectives contre les prêtres et la religion, déclara le christianisme une religion insociable et dangereuse, se prosternant toujours devant le despotisme ; il la mit en opposition avec le club des Jacobins, protecteur des malheureux, qu'elle ne cessait d'opprimer.

Courtaud demanda qu'on tolérât tous les cultes, excepté le culte catholique, que nos lois ont montré, disait-il, le projet de détruire, en détachant le clergé du Pape par des élections populaires.

Cette séance se termina par une motion de Le Quinio, qui proposa, pour enrichir la nation, de détruire tous les monuments en bronze qui existaient dans toute la France, de les convertir en sous, et de se servir de cette monnaie pour toute espèce de payement. Cette motion, toute ridicule qu'elle était, fut renvoyée au comité des finances. Elle n'eut cependant aucune suite.

La ville d'Arles, n'ayant plus voulu ployer sous le joug des Jacobins, éprouva l'animadversion de l'Assemblée d'une manière bien sensible. Les gardes nationales des environs de cette ville, sous prétexte d'en protéger les patriotes, se mirent en marche pour désarmer les habitants. Les Arlésiens, décidés à s'y refuser, mirent leur ville en état de défense, bien déterminés à combattre s'il le fallait. Les factieux, furieux d'une résistance à laquelle ils ne s'étaient pas attendus, envoyèrent des députés pour dénoncer cette ville à l'Assemblée, comme un foyer d'aristocratie, et toujours prête à prendre part aux troubles du Midi. Les Arlésiens en envoyèrent, de leur côté, pour justifier leur conduite et prouver leur soumission aux lois et aux autorités. Mais leurs ennemis l'emportèrent. On changea les administrateurs et l'on décréta l'envoi de deux régiments pour opérer le désarmement, s'ils s'opposaient à l'exécution du décret.

CHAPITRE XIX

Année 1792

La ville de Marseille était gouvernée par le club des Jacobins. Ceux-ci, inquiets de voir dans cette ville le régiment d'Ernest, dont ils ne pouvaient corrompre la fidélité, s'unirent à la municipalité pour en demander l'éloignement. M. de Grave eut l'imprudence d'accéder à leur demande et de l'envoyer à Aix. Les Marseillais, qui voulaient enlever toute possibilité de se défendre aux villes qui les environnaient, ne purent souffrir ce régiment encore si près d'eux. Ils se mirent en marche, au nombre de deux mille environ, avec des canons, dans l'intention de le désarmer. M. de Barbantane, qui commandait à Aix, les laissa entrer tranquillement dans la ville, quoique le régiment en bataille offrît de marcher contre eux. Sous prétexte d'éviter l'effusion du sang, M. de Barbantane et la municipalité entrèrent en pourparlers avec eux et ordonnèrent au régiment de rester dans ses casernes. Les Marseillais, qui ne perdaient pas leur temps à les écouter, après avoir tenté inutilement de corrompre la fidélité des soldats, par l'appât du pillage des caisses et des effets du régiment, marchèrent contre les casernes, les entourèrent, tirèrent sur elles et demandèrent la sortie du régiment de la ville et son désarmement. M. de Barbantane et la municipalité en donnèrent l'ordre. M. de Watteville, qui commandait le régiment, n'ayant aucun moyen de résistance et voulant éviter un massacre, l'assembla et lui ordonna de se tenir prêt à exécuter ses ordres, se rendant responsable auprès des cantons de son obéissance. Il donna ensuite l'ordre de déposer les armes et de sortir de la ville, qu'il traversa à la tête du régiment au milieu des pleurs de tous les honnêtes gens. À peine en fut-il sorti que la multitude se précipita sur les casernes, et pilla les caisses et les effets laissés sur la foi publique.

Les Marseillais, avant de quitter la ville, entrèrent dans la maison de madame Audibert de Ramatheul, femme d'un conseiller du parlement d'Aix, la bouleversèrent pour se faire livrer les armes qui s'y trouvaient, et lui montrèrent les cordes qu'ils avaient apportées pour pendre son beau-frère, ecclésiastique insermenté, qui était heureusement absent, ainsi que M. Audibert. Les mêmes Marseillais, en retournant chez eux, entrèrent à Apt et désarmèrent ceux des habitants qui leur étaient suspects. Le silence de l'Assemblée sur de pareils désordres mit les provinces méridionales sous le joug des Jacobins, et la persécution des honnêtes gens en devint la suite nécessaire.

Le canton de Berne, ayant appris le désarmement du régiment d'Ernest, écrivit au Roi pour lui en demander le rappel, un régiment désarmé ne pouvant plus être utile à son service ; il protesta en même temps que tous seraient morts à ses pieds plutôt que de rendre leurs armes, s'ils avaient eu à soutenir une guerre ouverte. Il se plaignit de la conduite qui avait été tenue envers un régiment aussi fidèle, depuis plus d'un siècle qu'il était entré au service de nos rois ; et il priait Sa Majesté de donner des ordres pour la sûreté de sa route et la restitution de ses armes, dont il avait été dépouillé d'une manière si indigne.

Le régiment de Streiner, en garnison à Lyon, ayant appris que Dubois de Crancé avait opiné, dans le club des Jacobins de cette ville, pour le traiter de la même manière que celui d'Ernest, déclara au maire de la ville, par l'organe de M. de Saint-Gratien, son commandant, que tous verseraient jusqu'à la dernière goutte de leur sang plutôt que de rendre leurs armes. Sachant que M. du May, qui commandait dans cette partie de la France, avait plein pouvoir de les faire marcher vers la Provence, ils déclarèrent à M. du Hallot, commandant à Lyon, que, après la conduite qui avait été tenue à l'égard du régiment d'Ernest, ils n'obéiraient pas à cet ordre, et ne laisseraient diviser leurs bataillons que d'après l'autorisation du conseil souverain de leurs pays. Le grand conseil de Zurich remercia M. de Saint-Gratien de sa fermeté, et écrivit au Roi pour le prier de ne point employer ce régiment dans les provinces méridionales, et d'interdire la séparation de ses bataillons.

La partie saine de la garde nationale, désirant trouver une occasion de témoigner publiquement ses sentiments pour le Roi et la famille royale, supplia la Reine avec tant d'instance d'aller à la Comédie italienne, qu'elle ne crut pas pouvoir s'y refuser. On fit jouer, ce jour-là, une pièce susceptible d'allusions, qui furent saisies avec transport par le public aux cris de: « Vive le Roi et la famille royale! » Ce qu'il y avait de Jacobins dans la salle voulut s'y opposer; mais n'étant pas les plus forts, ils furent obligés de céder.

Décidés à prendre leur revanche, ils saisirent l'occasion d'une pièce appelée l'*Auteur d'un moment*, qui se donnait au Vaudeville, et où l'on tournait en ridicule Chénier et Palissot. Les royalistes ayant applaudi et fait répéter les airs les plus mordants, les Jacobins assemblèrent leurs cohortes et accablèrent d'injures les spectateurs. Comme ils étaient obligés de se contenir dans la salle, ils en sortirent et continuèrent d'injurier ceux qui n'étaient pas de leur parti, leur jetèrent des boules de neige et firent un tel vacarme, que les dames qui étaient au spectacle, craignant d'être insultées, se sauvèrent si précipitamment, qu'elles traversèrent même des tas de boue pour regagner leurs voitures. Ils ne s'en tinrent pas là ; ils retournèrent le lendemain au Vaudeville ; et malgré les remontrances du commissaire de police, ils forcèrent les acteurs à retirer la pièce du théâtre et à la brûler en leur présence. Personne n'osait s'opposer à ces furieux, dont l'audace croissait par l'assurance de l'impunité.

L'empereur Léopold, frère de la Reine, fut atteint d'une maladie si aiguë, qu'elle l'emporta en trois jours. On apprit sa mort en même temps que sa maladie[126]. Les Jacobins, qui se crurent débarrassés d'un ennemi, s'en réjouirent, sans réfléchir que, le cabinet de Vienne restant toujours le même et dans les mêmes principes, elle n'apporterait aucun changement dans la situation actuelle. La Reine en jugea ainsi. Elle se persuada qu'un prince de l'âge de François second, élevé par l'Empereur, mettrait plus d'activité dans une guerre que les bravades de la France vis-à-vis des puissances étrangères lui faisaient regarder comme inévitable. Elle fut trompée dans son attente, et la même lenteur exista dans les préparatifs de la cour de Vienne.

L'assassinat du roi de Suède[127] fit une grande sensation dans toute la France, et le Roi et la Reine furent consternés en apprenant cette nouvelle. J'étais chez Mgr le Dauphin, et M. Ocharitz, ministre d'Espagne, me fit prier de descendre dans mon appartement, ayant quelque chose à me dire. Je lui trouvai le visage consterné, et il m'apprit le malheur dont on venait de recevoir la nouvelle. « Les ministres du

Roi ne lui ont peut être pas appris, me dit-il, cet horrible événement, et je crois utile que vous le lui fassiez savoir sur-le-champ. » Je descendis chez la Reine, avec Madame qui soupait tous les soirs avec le Roi et la Reine, et je priai cette princesse de me permettre de lui dire un mot en particulier. J'étais désolée d'avoir à lui apprendre un pareil malheur. Elle le savait déjà et me dit : « Je vois à votre visage que vous savez déjà la cruelle nouvelle que nous venons d'apprendre. Il est impossible de n'être pas pénétré de douleur, mais il faut s'armer de courage, car qui peut répondre de ne pas éprouver un pareil malheur ? » La Reine l'apprit à Madame, qui se jeta dans ses bras et dans ceux du Roi de la manière la plus touchante. On parla de l'âge du prince royal de Suède. « Je le sais bien, dit le Roi ; j'appris sa naissance dans le moment où la Reine était près d'accoucher, et je lui dis : — Attendez-vous à une fille, car deux rois n'ont pas deux fils dans le même mois, et peu de jours après (en regardant Madame) mademoiselle vint au monde. » — « Votre Majesté me permet-elle de lui demander s'il regrette sa naissance ? » — « Non certainement », dit ce prince, en la serrant dans ses bras ; et la regardant les larmes aux yeux, il l'embrassa avec une émotion qui attendrit la Reine et Madame Élisabeth, et produisit le sentiment le plus déchirant. La jeune princesse fondait en larmes. Je n'oublierai jamais un spectacle qui m'a fait une si vive impression, surtout quand la pensée se reportait aux dangers que courait ce prince si aimant, dans un moment où il se livrait avec tant d'abandon aux sentiments qu'il éprouvait pour ce qu'il avait de plus cher au monde[128].

Quoique la famille royale n'eût conservé aucun espoir de la guérison du roi de Suède, elle éprouva cependant un grand saisissement en apprenant la mort de ce prince. « Nous faisons une grande perte, me dit la Reine ; il avait conservé pour nous un véritable attachement, et nous fit dire encore, la veille de sa mort, qu'un de ses regrets, en quittant la vie, était de sentir que sa perte pourrait nuire à nos intérêts. » Ce prince témoigna jusqu'à la fin un courage, une présence d'esprit et une sensibilité remarquables. Il témoigna sa sensibilité de la manière la plus touchante à ceux qu'il voyait consternés de sa perte, et nommément aux comtes de Brohé, de Fersen, et plusieurs autres grands seigneurs de sa cour. Ils s'étaient retirés dans leurs terres à l'époque de la révolution qu'il avait opérée, et avaient cessé de paraître à la cour. Dès qu'ils eurent appris sa blessure, ils se rendirent sur-le-champ auprès de sa personne. Le comte de Fersen, qui avait été son gouverneur, accablé de ce malheur, ne put dissimuler sa profonde affliction. Le Roi lui prit la main en lui disant : « Quoique nous ayons été d'avis différents, j'étais bien persuadé que vous seriez la première personne que je verrais auprès de moi. » Et il ajouta, en regardant le comte de Brohé et les autres seigneurs qui environnaient son lit : « Il est doux de mourir entouré de ses vieux amis. »

La Reine fondait en larmes en me racontant la mort de ce prince. Il fut extrêmement regretté des Suédois, et l'on eut toutes les peines du monde à empêcher le peuple de mettre en pièces ceux qu'il soupçonnait d'avoir eu part à cet horrible assassinat.

Les Jacobins, qui regardaient ce prince comme leur plus mortel ennemi, se réjouirent de sa mort, bien loin de se disculper d'y avoir contribué. Il laissa la régence à son frère, le duc de Sudermanie, et la petite anecdote que je vais raconter prouvera qu'il était loin de le soupçonner du rôle qu'il devait jouer dans la suite. Étant aux eaux d'Aix-la-Chapelle avec une personne de mes parentes, à qui il parlait avec confiance, il lui fit l'éloge le plus complet du duc de Sudermanie. Comme ma parente en parut étonnée, il lui dit ces propres paroles : « On a dit de grandes faussetés sur son compte ; il s'est toujours bien conduit, et j'ai pour lui estime et confiance. »

Il était impossible de voir une position plus triste et plus inquiétante que celle de la famille royale à cette époque. Le ministère était composé de ses plus mortels ennemis, qui l'entouraient d'espions, même dans son intérieur, au point que le Roi et la Reine employèrent plusieurs fois mon valet de chambre pour faire entrer dans leur cabinet particulier des personnes à qui ils désiraient parler secrètement. Toutes leurs lettres étaient ouvertes ; et pour obvier à cet inconvénient, ils étaient obligés de se servir d'un chiffre très-long à écrire et à déchiffrer, mais impossible à découvrir quand on n'en avait pas la clef. La Reine passait toutes ses matinées à écrire, et le Roi à lire et à faire des notes sur tout ce qui se passait. Ses conseils étaient autant de supplices ; et il avait besoin de toute sa religion et de sa résignation pour supporter avec patience une situation aussi violente que la sienne. Il était convaincu qu'il finirait par être victime des factieux ; mais persuadé que désormais tout ce que l'on pourrait tenter en sa faveur ne ferait qu'en hâter le moment et entraîner sa famille dans le même malheur, il se résigna à son sort, et attendit avec courage ce que le Ciel déciderait pour lui.

Il éprouvait une extrême sensibilité des marques d'attachement qu'on lui donnait dans sa cruelle situation, et j'eus l'occasion de l'éprouver. La place de gouvernante des Enfants de France me donnait le droit de travailler directement avec Sa Majesté. Je lui présentais les comptes de leurs dépenses, qui, par le bon de la main du Roi, étaient acquittées sur-le-champ au trésor royal. Je fus chez ce prince à l'époque ordinaire des payements, et je lui présentai le compte de ma dépense, qu'il prit sans y regarder, me disant: «Je sens tout le prix de votre attachement, et vous répondez à ma confiance de manière à n'avoir jamais besoin de regarder votre travail. C'est une grande consolation de trouver des sujets fidèles.» — «Votre Majesté en a encore de bien dévoués, et qui donneraient leur vie pour elle.» — «Ah! pourrais-je exister si je n'avais pas cette croyance au milieu de tous les malheurs qui m'accablent!» Je ne pus me contenir, et je fondis en larmes: «Remettez-vous, me dit ce bon prince, et qu'on ne vous voie pas sortir de chez moi dans cet état.» Je vins dans ma chambre le cœur navré. J'éprouvais souvent de pareils sentiments, mais je ne me permettais pas de m'y livrer. Il était trop essentiel de distraire Mgr le Dauphin, et de ne pas laisser l'effroi et la mélancolie s'emparer de son esprit dans un âge aussi tendre. Je cherchais au contraire à lui donner du courage en causant et riant avec lui.

Les quarante soldats de Châteauvieux, sortis des galères par le bienfait de l'amnistie, furent conduits en triomphe à Paris par des habitants de Versailles, qui firent demander la permission de paraître avec eux à la barre de l'Assemblée. Un grand nombre de ses membres se récrièrent contre un pareil scandale, et M. de Gouvion s'élança à la tribune pour en faire sentir toute l'atrocité: «Comment pourrai-je voir, s'écria-t-il, l'assassin de mon frère, du vertueux Desilles, et de tant d'autres victimes de leur obéissance à la loi!» — «Eh bien, sortez!» lui cria Choudieu. — «Le malheureux n'a donc jamais eu de frère?» répondit Gouvion, qui, sortant de l'Assemblée, y envoya sur-le-champ sa démission. Malgré l'opposition qu'éprouvèrent les factieux pour laisser recevoir à la barre de pareils scélérats, ils obtinrent pour eux non-seulement l'admission, mais encore les honneurs de la séance, au milieu des cris et des vociférations des galeries contre les opposants à cette horrible décision.

Le ci-devant comédien Collot d'Herbois[129] les présenta à l'Assemblée, en y faisant un discours marqué au coin de la folie républicaine. Il les représenta comme des victimes du despotisme militaire, dont l'âme brûlait dans les fers du beau feu de la liberté : « En prenant l'habit national, dit-il, ils ont fait serment de la défendre, et le réitèrent devant vous. »

Ils étaient entrés dans la salle au son du tambour, précédés d'une centaine de gardes nationaux, de femmes et d'enfants bien et mal vêtus, de quelques individus habillés en Suisses et en invalides, et des vainqueurs de la Bastille le sabre à la main. Ils faisaient voltiger des drapeaux donnés à la galerie par des patriotes des départements, criant à tue-tête : « Vivent l'Assemblée nationale, nos bons députés et nos frères de Châteauvieux ! » et ils chantaient l'air *Ça ira*, etc. Gauchon, patriote du faubourg Saint-Antoine, qui marchait à leur tête, fit hommage à l'Assemblée des nouvelles piques que les hommes du 14 juillet avaient fait fabriquer, et la pria d'en agréer la dédicace. Un décret la fixa au dimanche suivant, jour où la municipalité donnait une fête aux déserteurs de Châteauvieux, et ordonna l'impression de la belle harangue de Collot d'Herbois.

Le dimanche 15 avril fut le jour de la fête triomphale de ces misérables déserteurs. On promena, du faubourg Saint-Antoine à la Bastille et de la Bastille au Champ de Mars, un char de triomphe surmonté d'une figure de la Liberté en carton, qui chancelait à chaque pas. On portait devant ce char deux sarcophages qui étaient censés renfermer les ossements des révoltés qui avaient été tués à Nancy. Ils étaient suivis d'un grand nombre de personnes qui portaient des bannières, des emblèmes et des inscriptions, et ne cessaient de crier: « Vivent la nation, la liberté et les sans-culottes! » On brûla dans des réchauds, sur l'autel de la patrie, des parfums de très-mauvaise odeur; une musique détestable chantait: « *Ça ira!* » et des airs patriotiques, et l'on dansa autour de l'autel après y avoir récité des vers de Chénier. Péthion, Manuel, Danton, Robespierre, quelques autres municipaux et plusieurs autres députés n'eurent pas honte de prendre part à un pareil cortège. Il passa devant la place Louis XV, où l'on trouva la statue de ce prince coiffée d'un bonnet rouge et couverte d'un voile aux trois couleurs. On avait heureusement fermé les Tuileries ce jour-là, et la garde nationale se conduisit si bien pendant cette journée, que l'ordre ne fut pas troublé un seul instant durant cette ridicule et indécente promenade.

Ces misérables déserteurs allèrent quêter dans tout Paris pour subvenir aux frais de cette fête, et poussèrent l'audace jusqu'à venir aux Tuileries. Ils n'étaient que cinq ou six; ils s'adressèrent, suivant l'usage, au premier valet de chambre du Roi. C'était M. de Chamilly qui était alors de quartier, excellent homme, extrêmement dévoué à Sa Majesté. Effrayé des suites d'un refus dans un moment d'une telle effervescence, il donna sans hésiter la somme usitée pour les quêtes faites à Sa Majesté, ainsi que le billet d'usage, qui, présenté chez la Reine et les autres membres de la famille royale, faisait donner à chacun une somme proportionnée au rang qu'il occupait. C'étaient ordinairement les premiers valets de chambre et les premières femmes de chambre qui étaient chargés de ces offrandes, dont on ne parlait même pas aux princes et aux princesses. Comme on ne donnait rien sans mes ordres pour les Enfants de France, on vint me demander pour ces malheureux déserteurs. Je répondis qu'il n'était pas d'usage que Mgr le Dauphin donnât à de nouvelles quêtes. On me produisit les billets du Roi et de la Reine, qui me consternèrent, et il n'y eut pas moyen de s'y refuser. C'était un jour de Cour, et je montai chez Mgr le Dauphin, chez qui la Reine recevait. J'étais encore tout ahurie d'une pareille audace ; la Reine s'en aperçut et m'en demanda la raison. Je lui dis ce qui s'était passé, et l'impossibilité où j'avais été de ne pas faire pour Mgr le Dauphin ce qui avait été fait pour Leurs Majestés. La Reine, sans rien dire, alla à la messe avec le Roi ; et quand toute la Cour fut partie et qu'elle se trouva seule avec ses enfants, elle se permit quelques représentations sur l'argent donné à ces vilains galériens. Le Roi en fut indigné, et ne pouvant encore le croire, il envoya chercher M. de Chamilly, qui excusa sa conduite par la crainte qu'il avait eue des inconvénients d'un refus. Le Roi lui fit des reproches sévères sur une condescendance aussi déplacée, qu'il n'aurait pas dû se permettre sans son aveu ; et le pauvre homme, qui n'avait agi ainsi que par un motif d'attachement mal calculé, s'en retourna effrayé.

Le petit Dauphin, qui n'avait pas perdu un mot de la conversation, était furieux, et attendait avec impatience le moment où nous serions seuls pour me dire ce qu'il en pensait : « Concevez-vous, madame, une conduite aussi lâche que celle de M. de Chamilly ? Qu'est-ce qu'on dira dans le public quand on saura que nous avons donné à ces vilaines gens-là ? Si j'avais été papa, j'aurais ôté sa place à M. de Chamilly, et je ne l'aurais jamais revu. » — « Vous êtes, lui dis-je, bien sévère pour un vieux serviteur du Roi, et qui lui est profondément attaché. Il a fait une grande faute, j'en conviens, mais par un bon motif et sans avoir réfléchi sur l'inconvenance de sa démarche. » — « Vous avez raison », me répondit-il avec vivacité, mais je lui aurais dit : « Vous avez fait une grande faute ; je vous la pardonne pour cette fois, parce que vous m'êtes bien attaché; mais n'en faites plus de semblable, car vous passeriez la porte.»

C'est ce même M. de Chamilly qui suivit le Roi au Temple, bien persuadé que cela lui coûterait la vie. Il échappa comme par miracle aux massacres du 2 septembre à la Force, et fut une des victimes du régime de la Terreur en 1794.

Mgr le Dauphin avait l'esprit le plus juste, et il était né avec une élévation d'âme qui lui était naturelle. Il avait le mensonge en horreur[130], le regardant comme une bassesse; et il était doué d'une telle vérité, qu'il était le premier à m'avouer les fautes qu'il avait faites, sans que j'eusse besoin de m'adresser à d'autres qu'à lui pour le savoir. Quand il voyait chez moi des personnes qu'il savait être attachées au Roi et à la Reine, il leur disait toujours des choses aimables et obligeantes. Il était d'un caractère vif et impétueux, et avait quelquefois des colères assez fortes. Quand elles étaient passées, il en était si honteux, qu'il s'emportait contre lui-même, surtout si sa colère avait eu lieu devant quelques personnes: «Quelle opinion aura-t-on de moi dans le monde!» disait-il tout en larmes, et il leur demandait instamment de n'en pas parler. Il était adoré de tous ceux qui l'approchaient, et l'on ne pouvait s'empêcher d'être attendri en voyant tous les dangers que courait un enfant aussi aimable, et qui donnait de si grandes espérances.

Les ministres, ne se regardant que comme les créatures de l'Assemblée, ne pensaient qu'à lui donner des preuves de leur soumission à ses volontés. Roland lui écrivit comme un événement tout naturel que Jourdan et les autres criminels détenus en prison dans le palais d'Avignon pour les crimes par eux commis les 16 et 17 octobre et autres assassinats, avaient été délivrés publiquement par quatre-vingts personnes vêtues en gardes nationaux; que cet événement s'était opéré en plein jour et avec la plus grande tranquillité, devant les citoyens de Nîmes qui avaient, ce jour-là, la garde des prisons. Genty, membre de l'Assemblée, ajouta qu'ils avaient été portés en triomphe, et demanda que le ministre de l'intérieur eût à rendre compte des mesures qu'il avait prises pour mettre la société à l'abri de pareils brigands. On accueillit sa demande par des cris et des huées, et l'Assemblée passa à l'ordre du jour.

Tous les brigands des provinces méridionales, réunis à ceux des pays étrangers, avaient formé un corps d'armée au nombre de quatre mille hommes, sous le nom de Marseillais. Ils avaient quatre pièces de canon, et parcouraient les provinces en commettant toute sorte d'excès. Le ministre de la guerre, qui, d'après le décret de l'Assemblée, avait donné l'ordre de faire marcher deux régiments en Provence pour y rétablir la tranquillité, mourant de peur des Jacobins, représenta à l'Assemblée que l'envoi de ces régiments effrayait les patriotes de Marseille ; qu'Arles, Carpentras et Avignon étant parfaitement tranquilles, il n'y avait plus lieu à leur départ ; que c'était leur présence qui excitait l'effervescence des bons patriotes, et que, d'après cette conviction, il avait proposé au Roi de retirer les troupes de Lyon, vœu formé par la municipalité de cette ville ; qu'on exagérait toutes les craintes, et que les ministres du Roi ne craignaient pas de se confier à la nation, qui méritait cette confiance par sa conduite et son patriotisme. Guadet appuya ces avis, en disant que les circonstances ayant changé par la soumission des villes aristocrates, il fallait révoquer le décret de l'envoi des troupes, puisque l'oppression des patriotes en était le seul objet.

Genty, indigné, représenta que les brigands jouissaient seuls de cette tranquillité ; que les patriotes d'Avignon étaient libres et les châteaux brûlés. On le rappela à l'ordre avec un bruit épouvantable, et la proposition fut convertie en décret. Les brigands, n'éprouvant plus aucun obstacle, marchèrent vers Lyon avec leur petite armée. L'affreuse majorité de l'Assemblée, qui ne perdait point de vue le renversement du trône et qui comptait s'en servir pour l'exécution de ses desseins, n'avait garde de s'opposer à leur marche ; elle les laissait traverser tranquillement le royaume et s'approcher successivement de Paris, pour les employer quand il en serait temps.

Les ministres forcèrent encore le Roi à écrire au nouvel empereur pour lui faire sentir la nécessité d'épargner l'effusion du sang, qui ne pouvait manquer d'être répandu s'il s'obstinait à s'opposer à l'établissement de la Constitution française. Il lui représentait que, malgré les calomnies dont on l'accablait, elle méritait l'estime des peuples ; que, comme représentant héréditaire de la nation, il avait juré de vivre libre ou de mourir avec elle, et qu'il était résolu de la soutenir. Il était facile de reconnaître dans cette lettre le style de M. Dumouriez, ministre des affaires étrangères. Il en écrivit une, en même temps, au marquis de Noailles pour être communiquée à l'Empereur. Elle ne contenait que des éloges de la nation française. On y conseillait à l'Empereur de ne point se commettre avec elle, de faire cesser les inquiétudes qu'il donnait à la France, et de ne point se mêler de son régime intérieur. On lui exposait, en outre, qu'en renonçant à son alliance, il s'exposait aux plus grands dangers et à se trouver sans alliés au milieu de ses ennemis naturels.

L'avis de M. Dumouriez n'ayant fait aucune impression sur la cour de Vienne, M. le marquis de Noailles, qui n'avait plus à espérer de faire changer le système de cette cour, renouvela avec tant d'instances la demande de son rappel, qu'il parvint à l'obtenir et fut remplacé par M. de Maulde.

On recevait chaque jour des nouvelles de pillages, de meurtres et d'incendies dans toutes les parties de la France. L'impunité accordée aux brigands et la persécution des honnêtes gens glaçaient d'effroi toutes les autorités. Personne n'osait remplir son devoir dans la crainte d'être accusé et de ne pouvoir faire entendre sa justification. M. de Vaublanc, effrayé de la situation de la France, monta à la tribune, et fit à l'Assemblée la peinture la plus vive de l'anarchie qui régnait dans toutes les provinces, où personne n'osait faire exécuter les lois. Il l'attribua à la puissance des clubs, qui dominaient l'Assemblée et lui avaient fait rendre un décret d'amnistie, que les brigands, sûrs de l'impunité, avaient eux-mêmes anticipé ; il déclarait qu'il était urgent que les ministres se concertassent avec l'Assemblée sur les moyens de rétablir l'ordre, sans quoi l'on verrait la perte de la France et de la liberté.

Le Roi fit part à l'Assemblée du choix qu'il avait fait de M. Duranthon pour remplacer M. Duport du Tertre au ministère de la justice. Le nouveau ministre vint, suivant l'usage de ses collègues, lui présenter l'assurance qu'il ne serait jamais sorti de sa retraite s'il n'avait vu la liberté triompher du monstre à cent têtes, assurant qu'il se regarderait comme l'être le plus pervers s'il portait la moindre atteinte à la Constitution, et que s'il quittait le ministère, il n'aurait à se reprocher l'improbation de personne.

M. Duranthon était un avocat de Bordeaux qui, quoique très-patriote, conserva cependant vis-à-vis du Roi une mesure de respect dont ses collègues ne lui donnaient pas l'exemple ; et le prince n'eut point à s'en plaindre pendant la durée de son ministère.

Mgr le Dauphin ayant atteint l'âge de sept ans, qui était l'époque où les princes devaient passer aux hommes, le Roi se trouva dans un grand embarras pour lui choisir un gouverneur. On parlait sourdement de lui ôter cette nomination, et Condorcet intriguait pour se faire nommer à cette place. Après une mûre délibération, le Roi jeta les yeux sur M. de Fleurieu, qui, étant lié avec tous les membres du parti constitutionnel, donnerait moins d'ombrage que tout autre. C'était, dans les circonstances où l'on se trouvait, le meilleur choix que l'on pût faire. M. de Fleurieu était un honnête homme ; il avait de l'esprit et beaucoup d'instruction ; il était fort attaché au Roi. Mais il était faible de caractère. Cette raison avait déterminé le Roi à choisir pour sous-gouverneurs du jeune prince deux officiers de marine, hommes de grand caractère et d'un courage à toute épreuve : l'un s'appelait M. de Marigny ; j'ai oublié le nom de l'autre. M. de Fleurieu craignait de laisser approcher de Mgr le Dauphin des personnes qui eussent des droits antérieurs à l'estime de la famille royale. Il avait écarté, par cette considération, MM. du Pujet et d'Allonville, sous-gouverneurs du premier Dauphin, tous deux hommes de mérite ; et cette même raison lui avait fait refuser la place de bibliothécaire du jeune prince à M. l'abbé d'Avaux, instituteur des deux Dauphins, qui s'était tellement distingué dans leur première éducation, que cette récompense lui était naturellement due.

Le Roi et la Reine apprirent avec beaucoup de peine le mariage de M. de Fleurieu avec mademoiselle d'Arcambal. Il l'avait tenu caché jusqu'au moment où sa nomination avait été publique ; et la société ainsi que la parenté de cette famille déplaisaient beaucoup à la Reine. Mais il n'y avait pas à revenir sur ce choix, et dans la triste position où était le Roi, on devait le regarder comme très-heureux. J'en eus personnellement une grande satisfaction, par la crainte que j'avais qu'un Jacobin ne parvînt à s'emparer de cette place et à pervertir l'heureux naturel de ce jeune prince, qui donnait de si grandes espérances.

Madame d'Arcambal était fille de M. Le Normand d'Étiolles, mari de madame de Pompadour. Il l'avait eue du vivant de celle-ci, et la loi ne lui permettant pas de la reconnaître pour sa fille, il l'avait fait adopter à prix d'argent par un M. Dacvert, qui passait pour son père. Elle avait deux frères, enfants légitimes de M. Le Normand et d'une comédienne qu'il avait épousée après la mort de madame de Pompadour. Une pareille société, qui devait être naturellement celle de M. et de madame de Fleurieu, paraissait peu convenable à la Reine pour le gouverneur de Mgr le Dauphin. Elle redoutait, de plus, le caractère de madame d'Arcambal, qui avait le plus grand crédit sur l'esprit de M. de Fleurieu. Elle lui avait fait épouser sa fille, malgré l'extrême disproportion de son âge à celui de cette jeune personne, et l'on craignait avec raison l'empire qu'elle pouvait exercer sur elle.

Le Roi écrivit à l'Assemblée pour lui faire part du choix qu'il avait fait de M. de Fleurieu pour gouverneur de Mgr le Dauphin, choix où il n'avait consulté que l'estime générale dont jouissait M. de Fleurieu, à cause de sa probité et de son attachement à la Constitution. Il ajoutait qu'il ne cesserait de lui recommander d'inspirer à son fils toutes les vertus qui conviennent au roi d'un peuple libre, et qu'il se rendrait digne de l'amour des Français par son attachement à la Constitution, son respect pour les lois et son application à tout ce qui pourrait contribuer au bonheur du royaume.

Au lieu d'être touché d'une pareille lettre, Lasource n'eut pas de honte de parler du décret rendu par l'Assemblée constituante lors du retour du Roi de Varennes, pour faire nommer par les membres de l'Assemblée le gouverneur de Mgr le Dauphin, et de rappeler la liste ridicule des quatre-vingts candidats présentée à cette époque. Rouyer prétendit que la lettre du Roi était inconstitutionnelle, et demanda qu'elle fût envoyée au comité de Constitution, pour décider qui, du Roi ou de la nation, devait faire cette nomination, étant extrêmement important de donner à ce jeune prince une éducation conforme aux sentiments et aux vœux du peuple français. L'Assemblée adopta le renvoi au comité : ce qui empêcha le Roi de remettre sur-le-champ Mgr le Dauphin entre les mains de M. de Fleurieu. Cependant celui-ci nomma les personnes qui devaient composer sa maison, en attendant qu'il pût remplir les fonctions de sa place. Comme l'éducation de Mgr le Dauphin ne souffrait point de ce retard, le Roi et la Reine attendirent avec patience le moment où ils pourraient mettre à exécution la volonté qu'ils avaient exprimée.

La position du Roi devenait chaque jour plus affligeante, entouré comme il était de ministres qui ne lui inspiraient aucune confiance, et dont toutes les vues contrariaient les siennes. Influencés par les Jacobins, ils voulaient absolument la guerre, et nommément Dumouriez, qui fondait sur elle de grandes espérances de fortune, et qui employait tous les moyens qui étaient en son pouvoir pour obliger le Roi à en faire la proposition à l'Assemblée. Ce prince, qui prévoyait qu'elle serait la source de nouveaux malheurs pour la France, ne pouvait s'y déterminer. Pressé cependant par ses ministres et par la majorité de l'Assemblée, qui traitait de trahison la lenteur de ses décisions, il se détermina enfin à accéder à leurs vœux. Il partit du château le 20 avril, la tristesse peinte sur le visage, et entouré de ses six ministres, il arriva à l'Assemblée. Il y fit un petit discours pour l'engager à réfléchir sérieusement sur les malheurs que pourrait entraîner une décision sur une matière aussi importante que la déclaration d'une guerre ; puis il ajouta « M. Dumouriez va vous lire le rapport fait au conseil sur la situation de la France relativement à l'Autriche. »

Il portait en substance que cette puissance s'était toujours refusée à l'accomplissement du traité de 1756, qui l'obligeait à s'unir à la France contre tous ses ennemis ; qu'elle ne cessait de se montrer l'ennemie du gouvernement et d'attenter à sa souveraineté, en soutenant les prétentions des princes possessionnés en Alsace ; qu'elle laissait établir les émigrés dans ses États, se liait avec les puissances de l'Europe sans son accord, et témoignait un mépris pour la France que sa dignité ne lui permettait plus de soutenir ; que, d'après ces considérations, le conseil du Roi était d'avis que ce prince fît à l'Assemblée la proposition de déclarer la guerre à l'Empereur, le refus de répondre aux dernières dépêches ne laissant plus d'espoir d'une négociation amicale.

Le Roi prit alors la parole, et d'une voix altérée en fit la proposition à l'Assemblée, l'engageant encore à délibérer avec la plus sérieuse réflexion si elle devait accéder à une proposition qui pouvait entraîner la France dans de grands malheurs, si le succès ne répondait pas à son attente ; et dans le cas où elle s'y déterminerait, de s'assurer de tous les moyens de soutenir la guerre avantageusement.

L'Assemblée avait décidé, avant l'arrivée du Roi, que l'on n'applaudirait pas ; mais à la sortie de Sa Majesté, un grand nombre d'assistants, n'ayant pu retenir le témoignage d'attendrissement et d'attachement qu'ils éprouvaient, se mirent à crier : « Vive le Roi ! » Silence ! s'écrièrent les habitués des galeries, avec des signes d'indignation, et l'on entendit une femme s'écrier : « Sortez, esclaves, et allez crier plus loin : *Vive le Roi !* »

Ce malheureux prince revint aux Tuileries pénétré de douleur. Il était loin de partager l'espoir de Dumouriez, qui comptait faire servir cette guerre au rétablissement de l'autorité royale, que le désir de conserver sa place lui faisait alors sincèrement désirer. La légèreté de son caractère ne lui permettait pas de réfléchir sur la difficulté de faire réussir les moyens qu'il voulait employer pour y parvenir, et qui précipitèrent le Roi dans un abîme de malheurs.

L'Assemblée s'ajourna à cinq heures pour délibérer sur la proposition du Roi. Le parti était pris d'avance ; et tout ce que purent dire les personnes sensées qui existaient dans l'Assemblée, sur les dangers d'une guerre pour une nation dont l'armée n'était pas organisée, dont les finances étaient en mauvais état, et qui faisait l'essai d'une Constitution, ne fut point écouté. La guerre, cria-t-on, obviera à tous ces inconvénients ; et au milieu des divagations les plus complètes et du tapage le plus effroyable, la guerre fut déclarée à l'Empereur. M. de Laureau eut alors le courage de proposer à l'Assemblée de mettre sous la protection de la nation les femmes et les enfants des émigrés, ainsi que les ci-devant nobles restés en France : « Une pareille mesure, disait-il, ferait honneur à la nation et serait la réponse aux calomnies que les étrangers se permettaient contre elle. » L'ordre du jour fut la seule réponse à cette proposition.

La France commençait la guerre sans argent, avec une armée désorganisée, des places sans défense, et si les alliés n'eussent pas laissé aux Français le temps de revenir de leur première frayeur, il est plus que probable qu'ils eussent terminé la Révolution et forcé la France à accepter un gouvernement raisonnable. Mais agissant toujours mollement, ils laissèrent ranimer le courage si naturel aux Français, qui finirent par se défendre comme des lions et devenir invincibles.

Le début de la guerre ne fut cependant pas heureux pour la France. Un détachement de l'armée du Nord fut battu près de Tournay et rentra à Lille dans un désordre épouvantable. Les soldats se mirent ensuite en insurrection, massacrèrent Théobald Dillon, commandant du détachement, blessèrent grièvement M. de Chaumont, son aide de camp, qui passa pour mort, et pendirent ensuite six chasseurs tyroliens, qu'ils avaient fait prisonniers. M. Arthur Dillon vint demander justice à l'Assemblée de l'assassinat de son parent, en lui présentant la pétition la plus noble et la plus détaillée sur les circonstances de ce cruel événement. Elle fut envoyée au Comité pour examiner les faits qu'elle contenait et en faire un rapport à l'Assemblée.

M. de Rochambeau, profondément affecté de ce qui se passait, écrivit au Roi pour se plaindre des ordres donnés par Dumouriez, qu'on pouvait accuser de l'échec qu'on venait d'éprouver ; de l'insubordination de l'armée et de ces accusations continuelles contre les généraux, qui rendaient tout succès impossible. Il finissait sa lettre en demandant à Sa Majesté d'en faire part à l'Assemblée, et de vouloir bien agréer sa démission, ne pouvant espérer aucun bien.

On fit des reproches à Dumouriez. Celui-ci se justifia, en démontrant qu'il avait eu droit de compter sur une insurrection qu'il avait donné l'ordre d'étendre partout, et que, d'après les détails qu'il avait reçus, elle paraissait si certaine, qu'on ne pouvait la mettre en doute : insurrection dont on n'avait point donné connaissance à M. de Rochambeau. Le Roi ayant agréé la démission de ce dernier, il fut remplacé par le maréchal Luckner, qui vint à Paris rendre compte à Sa Majesté de l'état de l'armée, et la supplier de lui promettre de faire tous ses efforts pour engager M. de Rochambeau à reprendre le commandement de l'armée, ajoutant qu'il le considérait tellement, qu'il tiendrait à honneur de lui servir d'aide de camp, et qu'il regardait l'acceptation de sa démission comme le plus grand malheur que l'armée eût éprouvé. Il fit ensuite l'éloge de la sienne, qu'il comparait à des moutons. Tout cela fut raconté à l'Assemblée par Dumouriez, qui fut couvert d'applaudissements.

M. de la Fayette se plaignit aussi, de son côté, du dénûment de son armée, qui, manquant d'objets de première nécessité, ne pouvait opérer sa jonction avec celle de M. de Rochambeau. En louant sa bonne conduite et l'ardeur qu'elle témoignait, il fit tellement sentir la nécessité de punir sévèrement l'assassinat des prisonniers, qui devait nécessairement occasionner des représailles et produire sur l'armée l'effet le plus dangereux, que l'Assemblée arrêta la création d'un conseil de guerre pour le jugement et la punition des assassins des prisonniers et de leurs officiers, ainsi que des soldats qui par leur fuite avaient mis le désordre dans l'armée.

Les malheureux Avignonnais, en butte à tous les scélérats qui les désolaient depuis si longtemps, envoyèrent à l'Assemblée quarante commissaires pour se plaindre de Bertin et Rebecqui, nommés tels par l'Assemblée, qui, non contents d'avoir favorisé la sortie des prisons d'Avignon de Jourdan et de ses complices, venaient, avec leur secours, d'organiser la municipalité et les corps administratifs, qu'ils avaient remplis de leurs créatures, tenaient des propos affreux, menaçaient pour cette fois de remplir la Glacière et répandaient la terreur dans tout le pays. Bertin et Rebecqui voulurent se défendre en les accusant d'aristocratie; mais ayant tous offert leur tête pour garant de la vérité, on promit d'examiner leur affaire. Après plusieurs séances dans lesquelles elle fut discutée, on annula les élections faites par les commissaires, on les manda à la barre, et l'on ordonna la sortie de la garde nationale des environs, qu'ils avaient fait venir à Avignon, ainsi que de tous les gens armés sans réquisition légale. On demanda ensuite au ministre ce qu'il avait fait relativement à l'évasion de Jourdan et de ses complices ; il répondit naïvement qu'il n'avait rien fait.

M. de Grave, ne pouvant soutenir le poids du ministère, donna sa démission, et fut remplacé par Servan, grand patriote, et qui vint protester à l'Assemblée que son seul patriotisme avait pu lui faire accepter le ministère de la guerre, mais qu'aidé des lumières de l'Assemblée et secondé du Roi et de ses ministres, il espérait être utile à la chose publique et mériter son estime.

L'Assemblée ne dissimulait plus le projet d'établir en France un gouvernement républicain. Pour y parvenir, elle ne s'occupait qu'à diffamer le Roi, et à lui prêter les intentions les plus éloignées de son caractère pour parvenir à renverser la Constitution et à reprendre le pouvoir qu'il avait perdu. Péthion la secondait de tous les moyens que sa place lui mettait entre les mains. Il faisait circuler sous main que le Roi pensait encore à quitter Paris pour se mettre à la tête des étrangers, opérer la contre-révolution et punir ensuite les amis de la liberté. Il recommandait la surveillance la plus active sur tous les mouvements du château, et travaillait à inspirer une inquiétude qui servait parfaitement les intérêts des factieux.

Le Roi, indigné de cette conduite, écrivit à l'Assemblée pour se plaindre des calomnies répandues par Péthion dans le but d'animer le peuple et le porter ensuite à de nouveaux excès. Péthion répondit à la lettre du Roi par la lettre la plus insidieuse et la plus propre à fortifier les soupçons qu'il avait lui-même excités. Il s'y plaignait de l'inquiétude que causait la conduite du Roi, qui, au lieu d'être entouré de patriotes, ne l'était que d'ennemis de la Révolution, et il protestait de son inaltérable attachement à la République, qu'il défendrait toujours de tout son pouvoir. Il fit circuler cette lettre dans tout Paris pour échauffer la multitude et lui faire perdre tout respect pour le Roi et la famille royale.

L'insolence des factieux de l'Assemblée était à son comble. Leurs principaux chefs, tels que Brissot, Isnard, Vergniaud, tous les députés de la Gironde et plusieurs autres se permettaient journellement les plus violentes invectives contre le Roi, la Reine et leurs plus fidèles serviteurs. Ils excitaient le peuple à la révolte, et, par la protection qu'ils accordaient aux scélérats, il se formait un parti formidable qui faisait trembler toute la France. Enragés contre les prêtres et les nobles, ils appelaient sur eux les torches et les poignards, distribuant à leur gré les soupçons et les calomnies, accueillant toute espèce de dénonciation, et en inventant même au besoin. François de Neufchâteau, ennemi déclaré de la religion, renouvelait continuellement ses diatribes contre les prêtres et ne cessait de demander leur déportation.

Tout annonçait une prochaine révolution : l'Assemblée violait ouvertement la Constitution, et les factieux se moquaient des députés qui s'en plaignaient. Ils leur ôtaient la parole, et envoyaient à l'Abbaye ceux qui représentaient trop fortement l'indécence de leur conduite. Devenus maîtres de l'Assemblée dont ils avaient subjugué la majorité, ils faisaient passer sans difficulté les décrets les plus révoltants et les plus inconstitutionnels.

L'Assemblée désirait depuis longtemps l'éloignement des Suisses de Paris. Pour y parvenir sous un prétexte apparent, M. de Kersaint les dénonça pour avoir arrêté plusieurs citoyens. On eut beau lui donner la preuve que des propos infâmes avaient occasionné cette mesure, il n'en continua pas moins ses déclamations sur le danger de laisser autant de troupes à la disposition du Roi. « Il ne peut avoir, ajouta-t-il, une armée à ses ordres ; la garde doit lui suffire. » Il se plaignit ensuite de voir fermer le jardin des Tuileries par la volonté du Roi. « La nation le loge aux Tuileries, mais on ne lui donne pas la jouissance exclusive du jardin ; il est soumis à la police nationale, et quand il est fermé, il l'est à celle de sa garde, qui ne peut cependant, dans aucun cas, s'étendre au-delà des murs du palais. »

À l'appui de ce discours, une députation du faubourg Saint-Antoine, composée des vainqueurs de la Bastille et de deux mille personnes ayant à leur tête Santerre et Saint-Huruge, demanda la permission de défiler devant l'Assemblée. Cette députation marchait sur trois colonnes ; celle du centre était composée de gardes nationaux, et les deux autres d'hommes du faubourg, porteurs de piques de toutes les formes, ornées de banderoles aux couleurs nationales, avec des devises analogues à leur costume. Ils étaient accompagnés de femmes armées de fusils, de pistolets et de sabres. Ils entrèrent tous au son du tambour, précédés de la Déclaration des droits de l'homme écrite en lettres d'or, et au son d'une musique guerrière jouant l'air *Ça ira*, etc. L'orateur tonna contre les despotes coalisés, les avertit de trembler parce que leur heure était venue ; il finit par dénoncer le Roi comme violateur de la Constitution en gardant les Suisses auprès de sa personne.

Ils tentèrent, mais inutilement, de s'introduire dans le château. Les grilles en étaient fermées et gardées avec tant de soin, qu'ils ne purent y pénétrer et furent obligés de renoncer pour ce jour à cette première tentative.

Malgré le décret de l'Assemblée qui ordonnait de ne rien changer au sort des Suisses jusqu'à la réponse des cantons, le Roi fut forcé de les renvoyer à Courbevoie, et l'on ne conserva à Paris que ceux qui faisaient le service du château.

L'Assemblée abolit encore les cens et rentes, hormis ceux qui représenteraient le titre primordial : chose impossible par le pillage des châteaux et le brûlement des chartriers. Elle ordonna de jeter au feu toutes les généalogies qui se trouveraient dans les bibliothèques et autres dépôts publics, et elle supprima, avec effet rétroactif à compter du 1er février, le million accordé aux princes, frères de Sa Majesté.

CHAPITRE XX

Année 1792

Les factieux inventaient chaque jour de nouveaux moyens de soulever le peuple. Chabot, Basire et Merlin, membres du comité de surveillance, imaginèrent la fable d'un comité autrichien existant aux Tuileries, lequel contrariait les dispositions des ministres, était la cause de nos désastres et n'avait pour but que le bouleversement de la France et le rétablissement du despotisme. Ils donnèrent cette fable à Carra pour l'imprimer dans ses *Annales politiques*; et, pour lui donner plus de consistance, ils l'avaient fait précéder du discours le plus violent qu'Isnard eût encore prononcé à la tribune. Il y avait fait le tableau le plus sinistre du déplorable état de la France, qu'il attribuait au Roi, à la famille royale et à tout ce qui l'entourait. Il y blâmait fort l'Assemblée constituante de ne s'être pas laissé assez pénétrer de cette vérité: que la liberté n'est jamais trop chèrement achetée, et que quelques gouttes de sang versées ne se comptaient pas dans les veines du corps politique; qu'elle avait fait une grande faute en innocentant le Roi et en décrétant la révision des articles constitutionnels; que ce prince, au lieu de sentir tout ce qu'il devait à la clémence nationale, en avait profité pour désorganiser la France et se mettre ensuite à la tête des troupes, pour proposer un accommodement à la partie égoïste de la nation et anéantir la liberté et l'égalité. Il ajouta que si les ennemis du dehors avaient l'avantage, ceux qui étaient au-dedans seraient mis à mort. Il poussa même la rage jusqu'à proposer indirectement la destitution ou la mort du Roi, comme un moyen de faire cesser les dangers qui menaçaient la patrie. L'ordre du jour fut invoqué, et cet horrible discours n'eut heureusement pas les honneurs de l'impression.

La calomnie insérée dans les *Annales politiques* fut répétée à l'Assemblée par Chabot, Basire et Merlin. Le Roi entendait crier toutes ces infamies par des colporteurs, qui avaient grand soin de les débiter sous ses fenêtres. Pénétré de douleur de voir à quel point on cherchait à égarer le peuple, il crut devoir dénoncer aux tribunaux l'auteur de ces calomnies ; il en prévint l'Assemblée par une lettre que lui porta le ministre de la justice. Gensonné la dénonça comme injurieuse au corps législatif et pouvant être regardée comme une preuve de plus du comité autrichien. Il enveloppa M. Bertrand dans cette dénonciation, et Brissot fit remonter ce comité à l'année 1756, en accusant, de plus, M. Bertrand des massacres et des incendies de Saint-Domingue. M. Bertrand et M. de Montmorin (qui avait été aussi dénoncé par Carra) l'attaquèrent en justice, et portèrent également plainte contre Chabot, Basire et Merlin devant M. La Rivière, juge de paix des Tuileries, qui décerna contre eux un mandat d'amener. L'Assemblée se récria contre l'insolence d'un juge de paix qui osait donner un pareil ordre, et elle déclara qu'il s'était rendu coupable de lèse-nation, comme ayant attenté à l'inviolabilité des représentants de la nation et cherché à avilir la représentation nationale.

Les factieux ne voulurent point écouter les raisons alléguées par le juge de paix pour sa justification, non plus que sa demande de fournir des preuves contre la fausseté de la dénonciation des députés. «On ne dénoncerait plus, dit Brissot, si l'on n'était assuré du secret»; et l'Assemblée décréta l'envoi de M. La Rivière à la haute cour d'Orléans pour y être jugé du crime qu'on lui imputait. Ce déni de justice ne fit aucune impression dans Paris et servit seulement à faire tomber les dénonciations du comité autrichien.

D'après le bruit répandu par les factieux que le prétendu comité se tenait chez madame la princesse de Lamballe[131], le juge de paix l'avait interrogée comme témoin, ce qui fit rire l'Assemblée dans le compte qu'il lui rendit et où il justifia l'emploi de toutes les formes requises par la loi.

Après l'acceptation de la Constitution, la Reine, craignant d'être forcée d'ôter à madame la princesse de Lamballe la place de surintendante de sa maison, si elle continuait à rester hors de France, l'avait engagée à revenir auprès d'elle. Malgré son intime persuasion du danger qu'elle courait en y revenant, madame de Lamballe ne balança pas un instant à se rendre à ses désirs; et on lui donna, à son arrivée, un appartement qui n'était séparé de celui de la Reine que par le palier de l'escalier. La proximité de son appartement et son amitié pour madame de Lamballe la faisaient aller souvent chez elle; mais ses visites ayant été le sujet de plusieurs dénonciations, elle se crut obligée de les rendre plus rares.

Madame la princesse de Lamballe, à son arrivée en France, reçut d'abord une société assez nombreuse. On lui rapportait exactement tout ce qui se passait dans Paris, et l'on y parlait assez librement. Mais les événements qui se précipitaient la forcèrent à la restreindre pour ne donner aucune prise contre elle et ne pas compromettre la Reine, dont on la regardait comme l'amie.

La disette d'argent se faisait vivement sentir dans toutes les parties de l'administration, et, pour obvier aux inconvénients qui en résultaient, on proposa la vente des forêts nationales. Mais on donna des raisons si fortes sur le danger d'employer un pareil moyen, que l'Assemblée passa à l'ordre du jour.

Goyer, athée déclaré, après avoir prononcé le discours le plus impie, obtint de l'Assemblée que les mariages ne se célébreraient plus à l'église, mais au pied de l'arbre de la liberté ; il ajouta des visées contre toute espèce d'acte religieux, qu'il aurait voulu voir abolir. La crainte du mauvais effet que paraissait produire ce décret le fit promptement révoquer.

Malgré l'état de détresse où se trouvaient les troupes, qui manquaient de tout, Dumouriez, assuré de la confiance de l'Assemblée, demanda et obtint six millions pour ses dépenses secrètes. Il avait fait précéder cette demande du refus du roi de Sardaigne de recevoir M. de Semonville pour ambassadeur, l'accusant de répandre des principes d'insurrection dans ses États. Il fit part à l'Assemblée de la lettre qu'il avait écrite au nom du Roi au chargé d'affaires pour demander réparation de cette injure, avec ordre de revenir en France si l'on refusait d'y recevoir M. de Semonville. Sa conduite fut approuvée et lui valut beaucoup d'applaudissements.

La position de la famille royale s'aggravait tous les jours. Le courage et la fermeté de la Reine redoublaient la rage des factieux. Profondément affectée, elle conservait toujours un visage calme et un maintien rempli de dignité. On lui prodiguait jusque sous ses fenêtres les plus dégoûtantes injures, et des menaces capables d'effrayer un courage moins ferme que le sien. Elle allait quelquefois à Saint-Cloud, avec ses enfants, pour prendre l'air et se dissiper un peu. Un jour où son cœur était plus oppressé qu'à l'ordinaire, elle fit retirer ses enfants, les envoya jouer plus loin, et se trouvant seule entre madame de Tarente et moi, elle nous dit : « J'ai besoin d'épancher mon cœur devant des personnes aussi sûres que vous, et sur l'attachement desquelles je puis compter. Je suis blessée au vif par les endroits les plus sensibles. J'avais mis, en arrivant en France, ma confiance dans M. le comte de Mercy, par les conseils de ma mère : "Il connaît bien la France, où il est ambassadeur depuis longtemps, me dit-elle ; il ne peut vous donner que des conseils propres à vous faire réussir dans le pays où vous êtes destinée à régner ; regardez-les comme les miens, et soyez persuadée que vous n'en recevrez que de bons de sa part." J'avais quatorze ans, j'aimais et je respectais ma mère ; je mis ma confiance dans M. de Mercy ; je le regardais comme un père, et j'ai la douleur de voir combien j'ai été trompée, par le peu de part qu'il prend aujourd'hui à ma triste situation. M. de Breteuil, de son côté, calcule toujours ses intérêts en agissant pour nous, et ne peut nous inspirer une entière confiance. Le Roi est très-mécontent de M. de la Queuille, qui lui écrit des lettres du style le plus singulier. »

Il fallait en effet qu'elles fussent bien extraordinaires, car le Roi, qui ne parlait jamais de politique, dit un jour devant moi : « M. de la Queuille dit bien du mal de nous, et il sera bien étonné s'il relit un jour de sang-froid toutes les lettres qu'il m'a écrites et que j'ai toutes conservées. »

La Reine nous dit ensuite qu'elle ne se dissimulait aucun des dangers qu'elle pouvait courir, mais qu'elle ne voulait pas se laisser abattre, voulant, au contraire, conserver un courage dont elle avait tant besoin. Nous étions, madame de Tarente et moi, pénétrées de douleur d'une pareille conversation, et bien plus occupées de ses dangers que de ceux que nous pouvions courir ; mais, ne voulant point s'attendrir, elle rappela ses enfants, s'amusa de leurs jeux et revint à Paris sans que l'on pût se douter de l'émotion qu'elle avait éprouvée.

J'ai encore été témoin, peu de temps après, d'un autre trait de grandeur d'âme de cette princesse, qui fit sur moi une vive impression.

Plusieurs personnes, effrayées des dangers qu'elle pouvait courir, lui proposèrent un moyen sûr d'évasion. Elle m'en parla, exigeant que je lui disse sans déguisement ce que je ferais à sa place : « Quitteriez-vous, me dit-elle, le Roi et vos enfants pour mettre votre personne en sûreté ? » Je la suppliai de ne pas me mettre à pareille épreuve et de me dispenser de lui répondre. « Mon parti est pris, ajouta-t-elle alors ; je regarderais comme la plus insigne lâcheté d'abandonner dans le danger le Roi et mes enfants. Que serait d'ailleurs la vie pour moi, sans des objets aussi chers, et qui peuvent seuls m'attacher à une vie aussi malheureuse que la mienne ? Convenez qu'à ma place vous prendriez le même parti. » Il me fut impossible de la contredire, pensant absolument comme elle sur ce point.

On poussa l'audace jusqu'à parler de séparer la Reine de la personne du Roi, et de la reléguer au Val-de-Grâce, pour l'empêcher de donner des conseils à Sa Majesté. Elle en eut l'inquiétude pendant plusieurs jours, et elle prit, avec un courage et une tranquillité admirables, toutes les précautions nécessaires pour éviter de se compromettre, ainsi que les personnes qui lui étaient attachées et qui l'avertissaient de ce qui se passait. Elle passa plusieurs nuits à trier ses papiers, avec madame Campan[132], une de ses premières femmes de chambre, en qui elle avait beaucoup de confiance, et elle lui en donna même à emporter pour les brûler chez elle et ne pas laisser de traces d'un trop grand nombre de papiers brûlés. Je dois à la vérité ce témoignage :

que madame Campan, malgré les calomnies qu'on n'a cessé de répandre sur son compte, n'a jamais abusé de la confiance que la Reine lui a témoignée en diverses circonstances, et qu'elle a toujours gardé le plus profond secret sur ce que cette princesse lui avait confié, sans jamais chercher à s'en prévaloir.

La Reine était toujours l'objet de la rage des factieux. Irrités de ce grand courage qu'elle montrait dans toutes les occasions, ils n'en perdaient aucune d'exhaler contre elle leur fureur. Toujours grande en particulier comme en public, elle me fit, au sujet de cette horrible proposition de la séparer du Roi[133], une réponse que je ne puis passer sous silence: «Le Roi ne souffrira jamais, lui disais-je, l'accomplissement d'un projet aussi atroce.» — «Je le préférerais, dit-elle héroïquement, plutôt que d'exposer ses jours, si son refus pouvait produire cet effet.»

Le Roi, ayant appris qu'on avait envoyé d'Angleterre au libraire Greffier les *Mémoires* imprimés de madame de la Motte, et craignant avec raison de voir accueillir avec empressement les mensonges dont ils étaient remplis, crut prudent de ne pas les laisser répandre dans le public et en fit acheter l'édition pour son compte. Après avoir discuté avec M. de la Porte le moyen de la détruire sans laisser aucune trace, il fut décidé qu'elle serait mise en ballots pour la faire brûler dans le four de la manufacture de porcelaine de Sèvres, qui appartenait au Roi: ce qui fut exécuté en présence de M. de la Porte, et de MM. Régnier et Gérard, l'un, directeur, et l'autre, peintre de la manufacture, assistés de deux ouvriers qui éventraient les ballots et les jetaient ensuite au feu.

La municipalité de Saint-Cloud, ayant appris qu'on avait brûlé des papiers dans le four de la manufacture, vint dénoncer à l'Assemblée le brûlement d'un grand nombre de papiers qui pouvaient être les preuves d'un grand complot dont on cherchait à dérober la trace. M. de la Porte, ainsi que ceux qui avaient assisté au brûlement de ces papiers, furent mandés sur-le-champ à l'Assemblée. Ils avouèrent simplement ce qui s'était passé, et cette dénonciation n'eut aucune suite.

Le nouveau décret rendu contre les prêtres insermentés fut un nouveau sujet de chagrin pour la famille royale. Les factieux, enragés de leur soumission aux lois et de leur respect pour celles que leur prescrivait leur conscience, après un long préambule sur le danger de laisser impunis une classe d'hommes qui se refusaient à prêter les serments exigés, décrétèrent que lorsque vingt citoyens actifs du même canton demanderaient la déportation d'un ou plusieurs ecclésiastiques, le directoire du département serait tenu de la prononcer, si son avis était conforme à la pétition, sinon il serait tenu de faire examiner par des commissaires si la présence des ecclésiastiques était contraire à la tranquillité publique. Dans le cas de l'affirmative, le directoire serait tenu de prononcer la déportation.

Un décret aussi révoltant ne pouvant obtenir la sanction du Roi, ils mirent tout en usage pour l'obtenir par la force : pamphlets contre la famille royale, brochures infâmes, rien ne fut épargné ; et comme, malgré leur puissance, la garde royale, peu disposée à se prêter à leurs projets, était pour eux un objet d'inquiétude, ils commencèrent à l'insulter dans l'espoir de la voir se défendre, et de se ménager un prétexte pour en demander le licenciement. L'Assemblée, dont l'inquiétude accompagnait l'impuissance, ne put voir un grand nombre de personnes des diverses provinces se réfugier à Paris pour y être plus en sûreté, sans en prendre de l'ombrage. Elle fit, en conséquence, un nouveau décret sur les passe-ports, qui obligea toute personne arrivant à Paris sans y avoir antérieurement son domicile, à se présenter dans la huitaine du présent devant le commissaire de la section qu'elle habiterait, pour y faire viser son passe-port et y déclarer son nom, son état, son domicile ordinaire et sa demeure dans Paris. La même disposition devait avoir lieu pour toute personne arrivant à Paris, ne fût-ce que pour trois jours ; et tout principal locataire, concierge ou portier de maison, était tenu à la même déclaration, sous peine d'amende et de trois mois de prison. On y ajouta la défense de donner des logements à des personnes non munies de passeports sans en prévenir la section.

Tous les efforts de l'Assemblée pour corrompre la garde royale étant inutiles, ils en vinrent à des insultes plus graves que les premières, dans l'espoir de provoquer quelque rixe ; mais l'excellent esprit de cette garde et son attachement pour la personne de Sa Majesté leur faisant tout supporter avec autant de courage que de patience, l'Assemblée se servit d'une lettre de Péthion pour échauffer les esprits et feindre la plus violente inquiétude d'un complot formé contre la liberté. Chabot et ceux de son parti recommencèrent leurs déclamations ; Péthion déclara la chose publique en danger, engagea les citoyens à se lever et demanda la permanence de l'Assemblée. Croyant alors le moment favorable pour tenter une insurrection contre le château, il favorisa sous main une troupe de gens armés de piques et de bâtons, qui vint provoquer la garde du Roi et établir sur la principale porte du château le drapeau tricolore et le bonnet de la liberté. Ils insultaient le Roi et la famille royale par les propos les plus affreux ; ils tentèrent, mais inutilement, de pénétrer dans le château. Les portes étaient bien fermées, la garde du Roi était à son poste, et l'on ne put faire réussir cette première tentative.

Péthion vint dire à l'Assemblée, l'après-midi du même jour, que Paris était tranquille pour le moment, mais qu'il devenait le rassemblement d'ennemis de la chose publique, et que tout annonçait une crise violente. Il assura que l'esprit de la garde nationale était bon, que tous les citoyens s'étaient levés à la parole de l'Assemblée ; puis il ajouta : « Montrez-vous toujours grands, constamment inflexibles ; maintenez-vous dans une attitude imposante, et ne craignez rien. » L'Assemblée permit ensuite à une portion de la section des Gobelins de traverser la salle de l'Assemblée. Ils étaient au nombre de deux mille hommes, en y comprenant les femmes et les enfants. Ils étaient armés de piques, de sabres, de faux, etc., et portaient un bonnet rouge en guise de drapeau. Ils traversèrent la salle au son de six tambours et au milieu des applaudissements et des cris de : « Vive la nation ! » Quand ils furent sortis, Barrère fit un rapport sur la garde constitutionnelle du Roi, qu'il accusa d'incivisme et de mépris pour les couleurs nationales, pour les décrets de l'Assemblée et les respectables sans-culottes ; selon lui, elle avait témoigné une joie insultante des désastres de notre armée. Et sans avoir pu prouver aucun des faits énoncés, il conclut au licenciement de cette garde. Plusieurs insistèrent pour lui faire donner des preuves de sa dénonciation. Il se trouva dans l'embarras ; mais il en fut heureusement tiré par une députation d'invalides qui vint dénoncer ses chefs comme ayant donné l'ordre d'ouvrir les portes à toute troupe armée qui se présenterait jour et nuit, soit de la garde nationale, soit de la garde royale.

M. de Sombreuil, gouverneur des Invalides, convint d'avoir donné l'ordre en question pour donner un asile aux personnes de la garde du Roi et de la garde nationale, si le trouble qu'on lui avait dit exister dans Paris les forçait d'y avoir recours, et pour laisser entrer sans opposition toute troupe armée, n'ayant aucun moyen de défense et voulant épargner l'effusion du sang. On se contenta de cette réponse, et il fut renvoyé aux Invalides.

On reprit le rapport sur la garde du Roi. Couthon appuya sur la nécessité de purger le voisinage de l'Assemblée d'une poignée de brigands qui conspiraient contre la patrie, et il proposa d'opérer cela par mesure de police pour éviter le *veto*.

Damas, Ramond, Jaucourt et plusieurs autres députés parlèrent contre cette mesure et demandèrent qu'on entendît les accusés et qu'on mandât M. de Brissac à la barre : « À Orléans ! » dit Lasource. — « Il est coupable, s'écrièrent les factieux, et nous n'avons pas besoin de l'entendre. » MM. Calvet et Frondières, ayant fait vivement sentir l'injustice de cette mesure, furent envoyés à l'Abbaye pour trois jours, et le décret de licenciement de la garde fut prononcé, ainsi que l'envoi de M. de Brissac à Orléans.

Le tumulte de cette journée avait eu pour but d'effrayer le Roi et ses ministres afin d'obtenir la sanction de ce décret. Il fut rendu dans la nuit et envoyé sur-le-champ à Sa Majesté. Personne ne s'était couché au château ; chacun était consterné, et les personnes qui n'étaient pas de sentiments bien purs désiraient autant que nous que le Roi opposât son veto à ce décret, au risque de ce qui pouvait en arriver. Mais les ministres, qui, indépendamment de leur accord avec l'Assemblée, redoutaient pour eux-mêmes le refus de la sanction, représentèrent si vivement au Roi le danger qu'il ferait courir à sa famille, à ceux qui lui étaient attachés, et même à M. de Brissac, dont il rendait le sort encore plus alarmant ; ils le tourmentèrent tellement par l'idée des excès auxquels se porterait le peuple, qu'ils arrachèrent cette fatale sanction, qui remplit le cœur du Roi d'amertume et fut une arme de plus entre les mains des factieux.

Le prince fit sur-le-champ une ordonnance portant que, voulant reconnaître le zèle et l'affection de sa garde, il continuait à tous les membres les appointements de solde dont ils jouissaient, qu'il aurait voulu améliorer si cela lui eût été possible ; qu'il leur accordait à tous des congés pour se retirer où ils voudraient, et leur continuait leur logement à l'École militaire, jusqu'à ce qu'ils eussent trouvé à se loger. L'Assemblée, de son côté, permit aux soldats et aux officiers de reprendre, dans les corps d'où ils étaient sortis ou dans d'autres de la ligne, le grade qu'ils auraient eu s'ils eussent continué d'y rester. Peu en profitèrent, quelques-uns émigrèrent, et le plus grand nombre resta dans Paris et les environs, et nommément tous les officiers, dont aucun ne s'éloigna, pour pouvoir être utiles, si l'occasion s'en présentait.

La conduite de M. de Brissac fut héroïque dans cette circonstance. Pas une plainte ne lui échappa. Il reçut courageusement les adieux de ses amis, vit d'un œil calme et tranquille la consternation de ceux qui l'entouraient, s'honora d'un décret qui prouvait sa constante fidélité, forma le vœu que le Roi retirât le fruit du sacrifice qu'on venait d'exiger de lui, et le fit assurer, en partant, que sa position ne diminuait pas son attachement pour sa personne et son désir de continuer à lui en donner des preuves, si les circonstances le permettaient.

Le départ de la garde du Roi pour le Champ de Mars, où devait s'opérer le licenciement, fut un spectacle bien touchant. Chacun, les larmes aux yeux et le cœur bien oppressé, se mit à sa fenêtre pour rendre un dernier hommage à cette brave et fidèle garde. Le Roi, la famille royale et les personnes de tout ordre qui leur étaient attachées, étaient plongés dans la plus profonde douleur. Nous pensions continuellement à ce bon duc de Brissac, et nous n'étions pas non plus sans inquiétude sur l'arrivée de la garde royale à l'École militaire. On fut obligé de la faire escorter par un détachement de la garde nationale pour la préserver des insultes de la canaille ; elle y arriva saine et sauve, à quelques injures près qu'elle dédaigna. Les chefs, après l'y avoir conduite, revinrent aux Tuileries prendre les ordres du Roi pour le licenciement. Cette garde était enragée contre l'Assemblée et les Jacobins, sans en excepter le petit nombre de ceux que l'on soupçonnait de ne pas partager le sentiment de leurs camarades.

M. d'Hervilly fut chez le Roi à midi, et lui dit : « Sire, je viens de quitter dix-huit cents hommes animés du plus profond ressentiment et de l'attachement le plus vif pour la personne de Votre Majesté. Le décret de l'Assemblée ne leur laisse que trop apercevoir les vues qu'elle peut avoir en éloignant de votre personne une garde si fidèle. Elle brûle du désir de venger l'insulte faite à Votre Majesté ; dix-huit cents hommes déterminés à vaincre ou à mourir sont bien forts. Sur un mot de Votre Majesté, ils fondront sur les Jacobins et les factieux de l'Assemblée. Les scélérats sont faibles quand on leur résiste, et ce jour peut être un jour bien précieux pour défendre la cause royale. Si nous réussissons, nous ferons le bonheur de la France ; si nous succombons, désavouez-moi, accusez-moi, et faites tomber sur moi la colère de l'Assemblée. Si je n'ai pas le bonheur de sauver mon roi de la fureur de ses ennemis, je m'estimerai heureux de mourir pour une si belle cause. Je ne puis donner que deux heures à Votre Majesté pour se décider ; plus tard il ne serait plus temps, et pareille occasion ne se retrouvera jamais. »

Le Roi, effrayé d'une pareille démarche si elle n'était couronnée du succès, n'osa la tenter, et cette proposition fut ensevelie dans le plus profond secret. Je menai, ce jour-là, Mgr le Dauphin chez la Reine à une heure et demie, avec laquelle il dînait depuis quelque temps. Elle me prit en particulier et me dit : « Vous nous voyez en ce moment dans une grande anxiété. Voici la proposition de M. d'Hervilly : elle est grande et honorable, mais elle entraînerait des suites si funestes, si elle ne réussissait pas, que le Roi ne peut se déterminer à l'accepter ; et dans cette position, je me reprocherais d'avoir influencé sa décision. » Il est impossible d'avoir été plus dévoué au Roi et de lui avoir donné plus de marques d'attachement que n'a fait M. d'Hervilly pendant tout le cours de la Révolution, et d'avoir donné des conseils plus sages. L'énergie de ses sentiments lui fit toujours combattre les demi-mesures qu'il croyait plus nuisibles qu'utiles, et je suis témoin qu'il représenta souvent le danger de flotter entre les partis constitutionnel et jacobin. Quoique ses conseils n'eussent point été écoutés, il n'en resta pas moins profondément attaché à la personne de Sa Majesté, toujours auprès de lui à l'apparence du moindre péril, et prêt à exécuter ses ordres, quelques dangers qu'ils pussent lui faire courir.

Le Roi et la Reine défendirent à Mgr le Dauphin de rien dire de ce qui se passait. Il n'en ouvrait pas la bouche en public ; mais, ne se croyant pas obligé à la même discrétion avec moi, l'abbé d'Avaux et ma fille Pauline, il ne nous cachait pas la peine qu'il éprouvait du renvoi de la garde. Pauline me secondait parfaitement dans le soin que je prenais de lui former le cœur et l'esprit ; et quoiqu'elle ne lui passât rien et qu'elle le reprît de ses petits défauts, chaque fois qu'il y donnait occasion, il ne l'en aimait pas moins. Sa jeunesse lui inspirait de la confiance, et elle n'en profitait que pour lui être utile. Elle avait d'ailleurs tant de complaisance pour lui, qu'il ne pouvait s'en passer. Il me dit un jour très-sérieusement qu'il avait une grâce à nous demander, et que, comme il était en mon pouvoir de la lui accorder, il fallait lui promettre de ne la pas refuser: «J'ai six ans, dit-il, et je dois passer aux hommes à sept ans: promettez-moi de ne pas marier Pauline jusque-là. Je serais si affligé de la quitter! Non, vous ne me refuserez pas ma chère Pauline.» Et se jetant à son cou, il l'embrassa avec une grâce et une amabilité parfaites. Elle n'eut pas de peine à lui accorder sa demande: son attachement pour la famille royale lui faisait craindre de prendre des liens qui eussent pu la priver de lui donner des marques de son entier dévouement; et elle était convenue avec moi que l'on ne penserait à son établissement que lorsque le Roi, la Reine et leurs augustes enfants se trouveraient dans une situation plus heureuse. Il était impossible de s'occuper de mariage avec un cœur brisé de douleur et dans un moment si critique, qu'on ne pouvait répondre du lendemain. Cette Pauline, dont je parlerai plus en détail par la part qu'elle a eue aux scènes de douleur dont j'ai été témoin, a épousé en 1797 le comte de Béarn, qui avait servi dans la garde du Roi. Mais sa conduite a tellement honoré son nom de Pauline, que je ne lui en donnerai pas d'autres dans le cours de ces *Mémoires*.

Pendant le peu de temps que le Roi eut sa garde, nous faisions faire de jolies promenades à Mgr le Dauphin dans les environs de Paris. Mais les événements devinrent si graves, et nous étions si peu sûrs de ceux qui nous accompagnaient, que nous sortions rarement du petit jardin de Mgr le Dauphin.

L'abbé d'Avaux trouvait moyen de l'y occuper agréablement ; et, rentré chez lui, il lui rendait ses leçons si intéressantes, qu'il les quittait à regret. Il nous fit un jour une peine et un plaisir extrêmes à la fois : « Mon bon abbé, dit-il à l'abbé d'Avaux en finissant sa leçon, je suis bien heureux ! J'ai un si bon papa et une si bonne maman, et en vous et ma bonne madame de Tourzel, un second père et une seconde mère. » Les larmes nous vinrent aux yeux, quand nous pensâmes que d'un moment à l'autre, cet aimable enfant pouvait être précipité dans un abîme de malheurs, dont nous étions cependant loin de prévoir l'étendue. Il ne perdait pas une occasion de nous dire des choses tendres et aimables ; et il était impossible de se trouver malheureux de l'excessif assujettissement où nous tenaient auprès de lui les fâcheuses circonstances dans lesquelles nous nous trouvions.

CHAPITRE XXI

Année 1792

L'Assemblée, ne voyant plus d'obstacle à l'exécution de ses projets, avançait rapidement à son but. Le ministre de la guerre, qui lui était totalement dévoué, vint lui proposer de faire élire par chaque canton du royaume quatre fantassins et quatre cavaliers bien armés pour les réunir le 14 juillet à la garde nationale de Paris ; d'envoyer divers corps de cette garde aux frontières et de donner leurs canons aux fédérés. Cette proposition fut vivement combattue par MM. de Jaucourt, Dumas et de Girardin, et il y eut des débats très-vifs à ce sujet. Ils ne purent cependant empêcher qu'on ne décrétât l'établissement d'un camp de vingt mille hommes pris parmi les citoyens qui avaient servi dans les gardes nationales du royaume : on se servit du prétexte de remplacer les troupes de ligne qu'on avait envoyées aux frontières, en raison de l'attachement qu'elles conservaient pour la personne de Sa Majesté.

Ce décret mécontenta une partie de la garde nationale, et plusieurs membres de divers bataillons signèrent une pétition pour en demander le rapport.

Le commandant de la garde nationale vint rendre compte à l'Assemblée du mauvais effet qu'elle produisait et lui annoncer qu'il lui serait présenté une pétition par deux gardes nationaux, laquelle serait signée individuellement, la Constitution ne permettant pas à la force armée de la lui présenter en corps.

Vergniaud s'emporta contre les députés qui s'étaient opposés aux décrets, en les accusant d'avoir excité le mécontentement de la garde nationale, en lui faisant craindre qu'on lui ôtât ses canons.

L'Assemblée reçut très-mal la pétition, et quoiqu'elle fût signée par huit mille personnes, elle prétendit que les signatures avaient été mendiées, et elle la renvoya sans la lire aux comités de surveillance et de législation.

On approchait de la Fête-Dieu. Manuel[134], aussi irréligieux qu'ennemi des rois, fit placarder dans les rues de Paris qu'il regardait comme inutile que les gardes nationaux accompagnassent les processions, quoiqu'elles ne fussent cependant composées que de prêtres sermentés. On craignait quelque tumulte à cette occasion; mais tout se passa tranquillement, et, malgré l'insinuation de Manuel, beaucoup de gardes nationaux suivirent les processions.

Manuel, quoique suspendu des fonctions de sa place par un décret d'ajournement personnel, n'en allait pas moins tête levée. Il était accusé et convaincu d'avoir volé dans les dépôts de la police les lettres et les ouvrages de Mirabeau, et de les avoir vendus pour son propre compte. Tout autre aurait subi une punition exemplaire pour un pareil délit, mais il comptait avec raison que le crédit de ses amis empêcherait de donner suite à l'accusation. Il ne se trompait pas, et il fut réintégré dans sa place, quoiqu'il ne pût offrir de justification d'un vol aussi manifeste.

Péthion, à la tête des canonniers de Paris, vint assurer l'Assemblée qu'elle pouvait compter sur leur patriotisme. L'orateur de ces bataillons, en se plaignant des bruits infâmes qui se répandaient sur le retour de la noblesse et la création de deux

Chambres, offrit ses services aux représentants de la nation pour le maintien de la liberté et de l'égalité.

Des serruriers, brûlant d'ardeur de forger des piques pour la défense de cette même liberté, vinrent aussi présenter les mêmes hommages, criant à tue-tête : « Tremblez, aristocrates, nous sommes debout ! » Ils furent suivis des forts de la halle, qui demandèrent de leur accorder le titre de porteurs de la loi.

Chabot, pour tenir sa promesse de fournir les preuves de l'existence du comité autrichien, dénonça une multitude de personnes, entre autres : MM. Bertrand, Duport du Tertre, de Montmorin, de Brissac, de Lessart, Barnave, Chapellier, Lameth et autres, sans épargner même M. de la Fayette ; mais sur la rumeur que causa cette dernière dénonciation, il s'excusa en prétendant n'avoir voulu que l'avertir des sentiments qu'on lui prêtait, et qu'il était loin de lui attribuer. Il dénonça, de plus, l'ordonnance du Roi relative à sa garde, en l'interprétant de la manière la plus perfide.

Tant de dénonciations occasionnèrent un tumulte affreux dans la salle. On entendait les uns crier : « Oh ! le scélérat, le coquin ! » D'autres répondaient par les cris de : « À l'Abbaye ! à l'Abbaye ! » Et quoique les dénonciations fussent dénuées de toute preuve, elles n'en furent pas moins envoyées à l'examen des comités.

Raymond Ribes prit ensuite la parole, pour dénoncer une véritable conspiration existant depuis le 6 octobre pour placer sur le trône le duc d'Orléans : « Je la découvre, dit-il, dans les journées des 5 et 6 octobre, du 18 février 1791, dans les dangers journaliers que courent le Roi et la Reine, dans la scène scandaleuse de la fête de Châteauvieux, dans l'évasion de Jourdan, dans la mission de M. de Talleyrand en Angleterre payée si largement, dans les insultes prodiguées au Roi et à la Reine, dans les six millions donnés à Dumouriez, dans les libelles atroces de Carra, Noël et Bonne-Carrère, où des noms infâmes sont donnés au Roi et à la Reine par les débiteurs de ces odieux pamphlets, et je conclus par la demande de l'arrestation du duc d'Orléans, de Dumouriez, et des autres nommés ci-dessus. »

Embarrassé de répondre à de pareilles assertions, on se borna à traiter de fou Raymond Ribes, et l'Assemblée passa à l'ordre du jour.

Le but de l'Assemblée, en employant de pareils moyens, était de dégoûter le Roi de son droit de veto, et de l'engager à en faire l'abandon. Tous les patriotes couraient en conséquence dans les rues et les places de Paris, criant : « À bas M. et madame Veto ! » nom qu'ils avaient l'insolence de donner au Roi et à la Reine, en l'accompagnant d'épithètes aussi infâmes que leurs propos. Ils espéraient au moins appuyer les efforts des ministres, pour faire sanctionner le décret sur les prêtres et sur le camp de vingt mille hommes dans Paris, et les environs ; mais le Roi, qui croyait sa conscience engagée à s'y refuser, persista dans son opinion.

Le ministre Roland lui écrivit, pour l'y décider, une lettre soi-disant confidentielle, mais qu'il eut soin de répandre dans tout Paris. Elle portait en substance que les Français étaient décidés à soutenir la Constitution qu'ils s'étaient donnée, et qu'ils voyaient la guerre avec plaisir comme un moyen d'y parvenir ; que toutes les personnes qui entouraient le Roi, se voyant privées par elle des grandes prérogatives dont elles jouissaient, devaient naturellement désirer de la renverser ; que l'alternative où se trouvait le Roi de céder à ses sentiments naturels, ou d'en faire le sacrifice à la philosophie et à l'impérieuse nécessité, inquiétait la nation et enhardissait les factieux ; qu'il était temps de faire cesser cette incertitude en s'unissant franchement à la nation et en adoptant les sentiments du corps législatif ; que les décrets qui venaient d'être rendus lui en fournissaient l'occasion ; qu'en les adoptant, le Roi inspirerait la confiance qui lui était si nécessaire à obtenir, et sans laquelle il pouvait s'attendre aux plus grands malheurs ; que sa résistance à l'opinion publique avait été cause qu'en plusieurs occasions le zèle s'était cru permis de suppléer à la loi ; que la révolution était faite et se cimenterait par le sang, si la sagesse de Sa Majesté ne prévenait pas des malheurs encore possibles à éviter ; qu'on le trompait lorsqu'on cherchait à lui inspirer de la défiance d'un peuple qui le comblerait de bénédictions s'il le voyait faire marcher la Constitution.

Il accusait la conduite des prêtres d'avoir été la cause du décret rendu contre eux, et faisait voir au Roi que le défaut de sa sanction forcerait les départements à lui substituer des mesures violentes, et que le peuple irrité y suppléerait par des excès. Il se plaignait des tentatives de la garde nationale pour empêcher la formation du camp près Paris, qu'on supposait agir par une impulsion supérieure ; et il faisait craindre qu'en différant la sanction, le peuple ne vît dans son roi l'ami des conspirateurs. Il terminait enfin cette étrange lettre par représenter que les princes, en se refusant à entendre des vérités utiles, rendaient les conspirations nécessaires ; que pour lui il avait rempli son devoir de ministre en mettant toutes ces considérations sous les yeux de Sa Majesté.

Le Roi, indigné, demanda à Roland sa démission, et il donna sa place à M. Mourgues. C'était un protestant, honnête homme dans le fond, mais républicain par caractère, et qui, sous le voile de la modestie, cachait une profonde ambition.

Dumouriez, se croyant absolument nécessaire, exigea la sanction du Roi d'une manière impérieuse sur les deux décrets, et crut l'y déterminer en lui disant, d'un ton insolent, que s'il ne la lui donnait pas sur-le-champ, il offrait sa démission. Le Roi, blessé au vif, se leva en lui disant : « C'est trop fort, monsieur Dumouriez, et je reçois votre démission. » L'étonnement prit la place de l'audace. Revenu à lui-même, il jura de se venger et de faire repentir le Roi de sa démission ; et il ne fut malheureusement que trop fidèle à sa promesse.

Le Roi, voyant qu'il n'avait rien à gagner à conserver un ministère jacobin, se détermina à en nommer un dont la composition pût inspirer plus de confiance.

Il eut de la peine à faire accepter des places aussi dangereuses que celles de ministres dans les circonstances où l'on se trouvait ; mais il parvint cependant à les faire remplir par des hommes dont la conduite fut sage et même courageuse dans les derniers moments de la monarchie.

M. de Montciel, président du département du Jura, fut nommé ministre de l'intérieur à la place de M. Mourgues, qui ne le fut que deux jours ; M. de la Jarre, aide de camp de M. de la Fayette, le fut de la guerre ; M. de Chambonas, des affaires étrangères, et M. de Beaulieu, premier commis de la comptabilité, des finances. M. Duranthon, ministre de la justice, fut le seul qui ne fut point encore remplacé.

Ce choix fut généralement approuvé, à l'exception de M. de Chambonas. Il avait eu une jeunesse très-vive, et avait tellement dérangé ses affaires, que n'ayant plus aucune ressource, il s'était décidé à épouser la fille de madame Sabattier, maîtresse de M. de Saint-Florentin, ministre de Louis XV. Un pareil mariage l'avait brouillé avec toute sa famille. Il avait d'ailleurs conservé une assez mauvaise réputation, et ce choix causa un étonnement général.

C'était un être fort léger, qui ne manquait pas d'esprit ; mais le poids du ministère étant au-dessus de ses forces, on le remplaça peu après par M. Bigot de Sainte-Croix.

Pendant que Roland répandait sa lettre dans les villes et dans les départements, avant peut-être même qu'elle fût parvenue au Roi, le directoire du département de Paris lui écrivit que tous les bruits de conjuration étaient sans fondement, et que toutes ces terreurs imaginaires par lesquelles on agitait le peuple étaient aussi contraires à son repos qu'à son bonheur. Il se plaignait de lui voir laisser établir tranquillement dans Paris une société ayant ses séances publiques, ses bureaux de correspondance pour dicter ses lois dans toutes les parties du royaume, dénonçant à son gré, calomniant ouvertement et se moquant de toutes les administrations, occupée journellement à avilir le Roi et ses ministres, se permettant l'impression d'un journal qui autorisait le meurtre et le pillage, protégeait les scélérats et se débitait avec profusion dans le public pour y répandre le poison d'une si funeste doctrine.

Il y avait du courage à écrire une pareille lettre dans les circonstances où l'on se trouvait, et elle eût pu faire ouvrir les yeux à un ministre qui n'eût été qu'aveugle ; mais elle ne pouvait produire aucun effet sur un homme qui se croyait tout permis, pourvu que ce fût au profit de la liberté et de l'égalité.

M. de la Fayette fit part à l'Assemblée d'un avantage de son armée qui avait repoussé les ennemis près de Maubeuge. Il avait été acheté par la perte de M. de Gouvion, ancien major de la garde nationale, officier distingué, et dont j'ai eu occasion de parler plus d'une fois dans une des parties de ces *Mémoires*. On prétend que, désespéré de la tournure que prenait la Révolution, il cherchait à se faire tuer, et qu'il s'exposa tellement, qu'il parvint à terminer une vie qui lui était devenue odieuse.

M. de la Fayette, effrayé de la puissance des Jacobins, et craignant que les excès auxquels ils se livraient ne finissent par anéantir la Constitution, profita de cette circonstance pour représenter à l'Assemblée le danger de laisser élever au-dessus des lois une puissance qui finirait par lui en dicter à elle-même, et qui ferait périr la liberté dans les horreurs de l'anarchie ; qu'elle s'attachait à tout détruire pendant que l'armée se battait pour la conservation de la Constitution, et qu'il était de son devoir de la prévenir du mauvais effet que produisaient les excès qui se commettaient, ainsi que l'avilissement du pouvoir des autorités constituées.

Cette lettre ne fit aucun effet sur l'Assemblée ; la plus grande partie de ses membres, affiliés à la société des Jacobins, en partageaient les sentiments. La terreur qu'elle inspirait lui avait donné une majorité imposante, et elle méprisait les plaintes de la minorité sur la violation de la Constitution et les abus de pouvoir qui en étaient la suite. Le soupçon qu'elle eut du concert de la lettre de M. de la Fayette avec la démarche du département, ne la rendit que plus ardente à hâter l'exécution de ses complots pour la destruction de la monarchie.

Le Roi fit part à l'Assemblée du changement de son ministère ; elle était si assurée de la prompte destruction de la royauté, qu'elle parut insensible au renvoi de ceux qui avaient tous des droits à sa reconnaissance, et elle se contenta de déclarer pour la forme qu'ils emportaient les regrets de la nation. Elle s'acharnait de plus en plus contre la personne du Roi, et elle recevait avec honneur les pétitions les plus incendiaires, les plus insultantes et les plus menaçantes contre l'autorité royale et la sûreté de la personne même de Sa Majesté.

Les députés du côté gauche, tels qu'Isnard, Duquesnoy et autres, se permettaient des discours analogues à ces pétitions, et tout annonçait une crise prochaine. Le directoire du département fit part au Roi et à l'Assemblée de la demande des habitants des faubourgs Saint-Antoine et Saint-Marceau, pour qu'il leur fût permis de s'assembler et de présenter, le 20 juin, armés, une pétition au corps législatif, avec leurs habits de 1789. Le département y joignit les raisons du refus qu'il en avait fait, refus motivé sur la loi qui défendait des pétitions présentées par des gens armés; et il fit remettre à Sa Majesté l'arrêté qu'il avait pris pour que le maire et toutes les autorités ne négligeassent aucune mesure de prudence pour s'opposer à ce rassemblement.

L'Assemblée, qui en connaissait mieux l'objet que le département, ne daigna pas faire attention à ce rapport, et pour toute réponse passa à l'ordre du jour.

La conduite qu'elle tint en cette circonstance ne peut laisser aucun doute sur la part qu'elle avait prise aux événements de l'affreuse journée dont nous allons raconter les circonstances.

JOURNÉE DU 20 JUIN

Le refus du directoire n'ayant point empêché les rassemblements projetés, Rœderer fit part à l'Assemblée que le grand nombre de personnes qui se rassemblaient pour planter un tremble à la porte des Tuileries, donnant lieu de craindre que cette multitude ne se portât au château et n'y commît des excès, le directoire avait donné l'ordre de faire marcher des troupes pour écarter les dangers qui pourraient le menacer.

Avant dix heures, le Carrousel était déjà couvert d'une foule immense, et la gendarmerie nationale bordait les accès du château. Elle était commandée par M. de Rulhières, honnête homme, attaché au Roi, mais dont le zèle était paralysé par la municipalité, à laquelle il était obligé d'obéir. M. de Winttinghoff, patriote, commandait les troupes, et l'intérieur des cours et des jardins était gardé par la garde nationale avec ses canons. Les deux faubourgs, dont la marche était annoncée, se grossissent en route d'une multitude armée qui, sans s'informer de ce qu'on allait demander au Roi, sans rien savoir, sans rien vouloir, insouciante, furieuse et gaie tout à la fois, menace, s'agite, chante, tient les propos les plus infâmes contre le Roi et sa famille, et se dirige vers l'Assemblée, à qui elle crut devoir présenter ses hommages.

Santerre, général de cette nouvelle milice, écrivit à l'Assemblée que les citoyens des faubourgs Saint-Antoine et Saint-Marceau, rassemblés pour célébrer l'anniversaire du serment du Jeu de paume, demandaient à paraître à sa barre et à défiler devant les pères de la patrie, se plaignant qu'on calomniât leurs intentions.

La délibération commença, et plusieurs députés demandèrent s'il n'était pas inconstitutionnel de laisser entrer dans l'Assemblée une troupe armée qui pouvait influer sur ses décisions. Ils opinaient pour qu'on levât la séance et qu'on s'occupât avant tout de la sûreté du Roi ; mais les Jacobins s'y opposèrent, voulant jouir de leur succès et recevoir les hommages de leurs soldats. Vergniaud même n'eut pas honte de répondre que si le Roi se trouvait en danger, on enverrait auprès de lui une députation, et que dès le lendemain on rendrait un décret pour ne plus tolérer de pareilles admissions. — Le bruit continuait, la députation s'ennuyait et annonça qu'elle était au nombre de huit mille hommes. On voulait faire désarmer les pétitionnaires, mais les Jacobins s'y opposèrent. Ils se plaignent qu'on les fait attendre, font dire qu'ils sont à la porte, et un huissier trouve plus court de la leur ouvrir. Au même instant, cette troupe de sans-culottes arrive à la barre, s'y précipite en foule avec ses armes, et l'Assemblée lui permet de défiler devant elle, après avoir entendu un discours contre le Roi, dans lequel les pétitionnaires annoncent que le peuple est prêt à se venger, et que si Capet ne change pas de conduite, il ne sera plus rien.

Le discours fini, la marche s'ouvrit. Une musique militaire jouant l'air *Ça ira* précédait la députation, qui défila pendant deux heures et demie. Il y avait parmi elle beaucoup de gardes nationaux en uniforme avec leur fusil; les autres étaient armés de piques, de crocs, de crochets, de massues, de fourches, de haches, de pieux et de faux. De distance en distance, on prenait pour enseignes des diverses compagnies, des bonnets de diverses couleurs au bout d'un bâton, et même une culotte. Les applaudissements des Jacobins et des tribunes étaient continuels, pendant que les constitutionnels tremblaient et que les plus lâches d'entre eux applaudissaient. Péthion, qui avait déclaré le matin que tout ce qui se passait n'était qu'une fête civique, et qui avait engagé la garde nationale à se joindre à ces honnêtes citoyens, était allé à Versailles; et ce fut inutilement que le département indigné l'envoya chercher, pour lui demander compte de ce qui se passait.

Le récit qu'on en fit aux Tuileries y causa les plus vives alarmes. Le Roi, la Reine et toute la famille royale se réunirent dans l'appartement du Roi comme le plus sûr, attendant avec une grande anxiété l'issue de cette fatale journée. La position du Roi était des plus critiques ; il n'avait pour toute garde que la garde nationale, qui remplissait le château et refusait de le défendre. Peu contents de rester neutres, ils proposaient même de chasser des appartements du Roi les fidèles sujets de Sa Majesté qui étaient venus servir de rempart à sa personne et défendre sa vie aux dépens de la leur. Le Roi, pour ôter tout prétexte d'insurrection à la garde nationale, prit le parti de les faire retirer ; et elle, de son côté, forçait de sortir des cours tout ce qui ne portait pas son habit. Il était trois heures. La députation qui était à l'Assemblée voulait traverser les Tuileries et insulter le Roi sous les fenêtres mêmes de son appartement. L'ordre avait été donné de ne laisser entrer personne dans le jardin, et il y avait à la porte de la terrasse des Feuillants un poste de cinquante hommes, décidé à faire observer cette consigne ; mais un officier municipal, déclarant que c'était une fête civique, ouvrit lui-même la porte et introduisit cette foule dans le jardin. Les cris commencèrent alors de toute part, et l'on n'entendit que : « À bas le veto ! Vivent la nation et les sans-culottes ! »

La garde nationale, effrayée du double engagement de défendre le Roi et de plaire à cette multitude, était dans un état de stupeur qui faisait peu d'honneur à son courage. Elle voyait tranquillement défiler cette troupe dans le même ordre qu'à l'Assemblée, insulter le Roi par des cris abominables, les plus hardis d'entre eux menaçant même d'en faire justice.

Après avoir passé et repassé dans les jardins, les chefs de la horde, assurés de ne trouver aucune résistance dans la garde nationale, dont les canonniers avaient fraternisé avec les siens, et voyant qu'ils pouvaient tout entreprendre sans courir aucun danger, s'acheminèrent vers le château. Ils font sortir leur troupe par la porte des Tuileries donnant sur le pont Royal, passent par les guichets sans éprouver aucun obstacle de la part de la garde nationale, et vont rejoindre la partie de leur armée arrivant par la rue Saint-Nicaise. La grande porte des Tuileries, qui était entr'ouverte, fut refermée dès qu'on aperçut l'armée des piques. Elle menaça de la forcer, et un des chefs, qui était un nègre, fougueux patriote, fait charger le canon, et engage sa troupe à jurer sur sa bannière qu'elle entrera dans le château. Tous le jurèrent, et à l'instant les portes s'ouvrirent par l'ordre d'un officier municipal. M. de Romainvilliers, chef de division, qui commandait ce jour-là la garde nationale, homme faible et craignant toujours de se compromettre, reste immobile, et la garde nationale, qui ne reçoit aucun ordre de son chef, ne s'oppose à rien. Le brave Acloque, commandant de bataillon, et qui n'abandonnait jamais le Roi dans le danger, proposa à cette multitude effrénée de choisir quarante des leurs pour porter au Roi leur pétition. Il ne fut point écouté, et en cinq minutes la cour, les escaliers et les salles des appartements sont remplis de vingt mille hommes, armés de la même manière que ceux qui avaient traversé l'Assemblée, et qui, dans la fureur dont ils sont animés, traînent leur canon sur l'escalier et le font entrer dans la salle des cent-suisses, présentement celle des gardes du corps.

Le Roi, la Reine et la famille royale étaient dans la petite chambre à coucher de Sa Majesté, entourés de quelques serviteurs fidèles, auxquels elle avait permis de rester auprès de sa personne. Le Roi, voyant que les portes allaient être forcées, veut aller au-devant des factieux, essayer de leur imposer par sa présence. Il s'élance en avant ; un garde national s'approche, le conjure de ne pas s'avancer davantage, et de lui permettre de rester auprès de lui. Le Roi, touché du dévouement de ce brave homme, le prie de ne pas se séparer de lui, mais d'être calme, et poursuit son chemin. Il demande qu'on éloigne la Reine et ses enfants, voulant s'exposer seul au danger. Cette princesse, quittant le Roi les yeux baignés de larmes, adresse avec un ton plein d'âme et de confiance ces mots touchants à ceux qui l'entouraient : « Français, mes amis, grenadiers, sauvez le Roi ! »

Ce prince, allant toujours en avant, donne l'ordre d'ouvrir la porte de l'Œil-de-Bœuf qui le séparait encore des brigands. Ceux-ci avaient déjà forcé la porte opposée à celle par laquelle le Roi allait au-devant d'eux. Acloque était retourné auprès du Roi, qu'il trouva entouré de M. le maréchal de Mouchy, de MM. d'Hervilly, de Tourzel, mon fils, de Septeuil, d'Aubier, de Bourcet, de Joly, canonnier, frère de l'actrice de ce nom, et de quelques autres serviteurs de Sa Majesté, qui avaient trouvé moyen de pénétrer auprès de sa personne.

Des flots de séditieux s'amoncelèrent auprès du Roi. Un scélérat, armé d'une pique, l'œil plein de rage, s'avance, faisant un mouvement sinistre ; Vanot, commandant du bataillon de Sainte-Opportune, se précipite sur le monstre et détourne le fer ; un grenadier du même bataillon pare un coup d'épée dirigé de manière à indiquer le même crime. Les grenadiers, indignés, veulent mettre le sabre à la main ; Acloque a la prudence de sentir le danger d'une imprudente résistance : « Point d'armes ! s'écrie-t-il, vous allez faire assassiner le Roi. » Et il fait placer ce prince dans l'embrasure d'une fenêtre, et il se range devant lui, ainsi que le maréchal de Mouchy.

Madame Élisabeth, voyant le danger que courait le Roi, ne voulut point l'abandonner, et se plaça dans l'embrasure de la fenêtre qui précédait celle où était ce prince. Les ministres l'y suivirent. Ce fut alors qu'elle fut prise pour la Reine. Voyant les factieux s'avancer vers elle en criant : « L'Autrichienne, où est-elle ? sa tête, sa tête ! » avec le calme de la vertu, qui ne l'abandonna jamais, elle dit à ceux qui l'entouraient ces paroles sublimes : « Ne les détrompez pas ; s'ils pouvaient me prendre pour la Reine, on aurait le temps de la sauver. » Un furieux présenta une pique à sa gorge : « Vous ne voudriez pas me faire du mal, lui dit-elle avec douceur ; écartez votre arme. »

Les cris, les hurlements se font entendre de tout côté. Chaque étendard porte des menaces qu'on étale aux yeux du Roi. Il lit d'un côté : « *Tremblez, tyrans, le peuple est armé* » ; de l'autre : « *Union des faubourgs Saint-Antoine et Saint-Marceau, voici les sans-culottes.* » On lui adresse la parole, mais c'est pour l'insulter. On lui présente un bonnet rouge au haut d'une pique ; un grenadier le lui pose sur la tête ; on y ajoute des rubans aux trois couleurs, il les accepte. La foule se presse et demande à le voir. Ce prince monte sur la fenêtre avec ce calme et ce courage qui ne l'abandonnèrent jamais dans le danger. Étouffé par la chaleur et mourant de soif, il témoigne le désir de boire un verre d'eau ; un grenadier lui présente une bouteille ; il boit sans hésiter, et sans avoir cru faire un acte de courage. Un autre l'engage à ne rien craindre, l'assurant qu'il lui fera un rempart de son corps : « Un homme qui n'a rien à se reprocher ne connaît, répond le Roi, ni la peur ni la crainte. » Et prenant la main de cet homme, il la pose sur son cœur, lui disant : « *Voyez s'il bat plus vite.* »

M. de la Jarre, ministre de la guerre, témoin du danger que courait le Roi, descendit dans la cour par un escalier détourné, en s'écriant : « À moi vingt grenadiers, pour faire à Sa Majesté un rempart de nos corps. » Il les conduit par l'escalier du Roi ; il était obstrué. On n'entendait de toutes parts que le bruit des armes et les propos les plus outrageants contre la personne de Sa Majesté. Il les fait entrer par un autre côté, dans la pièce où était ce prince, par une porte figurant une croisée. Ils augmentent le nombre de ses défenseurs, en faisant haie depuis la première fenêtre, où était Madame Élisabeth, jusqu'à celle où était le Roi, entouré des personnes dont nous avons déjà parlé. La multitude ne cessait de défiler devant Sa Majesté, et semblait sortir des pavés, tant le nombre en était considérable. Ils affectèrent de faire passer devant elle un jeune homme avec un cœur de veau ensanglanté, portant pour devise : « *Cœur des aristocrates*. » Un homme, en regardant la cocarde qui était au chapeau du Roi, en présenta une à Madame Élisabeth, qui la mit sur-le-champ à son bonnet.

La Reine était heureusement un peu éloignée du Roi au moment où ce prince se détermina à se présenter à cette multitude ; mais elle voulait absolument retourner près de lui et partager ses dangers. On eut bien de la peine à lui persuader que, dans une situation aussi critique, sa place était auprès de ses enfants, et qu'elle devait d'ailleurs se conformer à la volonté du Roi, qui avait senti que les périls qu'il lui verrait courir affaibliraient le courage dont il avait besoin. Il fallut l'entraîner presque de force chez Mgr le Dauphin, dont on avait fermé toutes les portes avec des crochets et des verrous. M. Hue, craignant que son appartement ne parvînt à être forcé, emporta, par un mouvement de zèle, le jeune prince dans l'appartement de Madame, l'y croyant plus en sûreté, de manière que j'avais peine à le suivre. Quand la Reine entra dans la chambre de Mgr le Dauphin, elle ne le trouva plus, et ce fut un moment cruel pour elle ; mais ce ne fut que l'affaire d'un instant. L'appartement de Madame se trouvant encore plus exposé que celui du jeune prince, on le ramena chez lui. La Reine le serra entre ses bras. Étouffée de sanglots, elle fut un quart d'heure sans savoir le sort du Roi, demandant toujours qu'on la laissât le retrouver. Au bout de ce temps, Madame Élisabeth trouva moyen de lui faire savoir qu'il ne lui était rien arrivé, qu'il montrait le plus grand courage, et que sa présence serait nuisible dans la position où il se trouvait. La première salle de l'appartement de Mgr le Dauphin ayant été forcée et se remplissant de la foule qui inondait le château, la Reine, ses enfants et ceux qui les entouraient rentrèrent dans la chambre à coucher du Roi, dont les portes étaient fermées du côté du cabinet du conseil.

MM. d'Assonville et Dorival, juges de paix, ne pouvant, à eux seuls, réprimer de pareils excès, coururent avertir l'Assemblée des dangers auxquels le Roi était exposé. Elle s'occupait si peu du récit qui lui en avait déjà été fait, qu'elle avait levé la séance, et que M. Fressinel, député, ne put rassembler qu'une douzaine de ses collègues, avec lesquels il se porta au château. Ils se firent jour à travers cette multitude, et vinrent grossir le nombre des défenseurs de Sa Majesté.

La séance fut rouverte à cinq heures, et l'Assemblée se détermina à envoyer vingt-quatre députés pour lui rendre compte de ce qui se passait au château, et ordonna qu'ils seraient relayés de demi-heure en demi-heure.

En arrivant, ils voulurent haranguer le peuple, ainsi qu'un officier municipal, mais ils ne furent point écoutés. Le peuple souverain ne reconnaissait que ses chefs. Vergniaud, Bigot, Hérault et le fougueux Isnard ne furent pas plus heureux. Ils invoquent inutilement la Constitution qu'on déshonore;

ils sont rejetés, et sont témoins des outrages et des vociférations prodigués à Sa Majesté.

Le Roi, à qui l'on continuait de demander l'observation de la Constitution pour le bonheur du peuple, assura qu'elle avait toujours été le premier objet de ses soins ; qu'il avait observé fidèlement la Constitution, et qu'il la maintiendrait de tout son pouvoir. Des cris de : « *Vive le Roi !* » se firent entendre, mais ils furent étouffés par ceux-ci : « *Point de : Vive le Roi ! mais : Vive la nation !* » D'autres ajoutèrent : « Il nous donne des promesses ; il y a longtemps qu'il nous abuse ; nous voulons la sanction du décret sur les prêtres, sur le camp de vingt mille hommes, le renvoi des ministres actuels et le rappel de MM. Servan et Roland. » Un jeune homme, entre autres, adressant la parole à Sa Majesté, lui fit, pendant plus de trois quarts d'heure, les demandes les plus absurdes. « Ce n'est ni le moment de faire de pareilles demandes, ni celui de les obtenir, répond tranquillement le Roi ; adressez-vous aux magistrats, organes de la loi, ils vous répondront. » Les députés tentèrent encore de se faire entendre, mais inutilement. Santerre, l'ami et le chef de ces forcenés, a plus de pouvoir qu'eux : « Je réponds, dit-il, de la famille royale ; qu'on me laisse faire. » Un moment de silence est interrompu par les cris de : « *Vive Péthion ! vive le bon Péthion !* » Il était six heures du soir, et le Roi était depuis trois heures au milieu de ces forcenés. Le *bon* Péthion s'approche du Roi et n'a pas honte de lui adresser les paroles suivantes : « *Le peuple s'est présenté avec dignité ; le peuple sortira de même, que Votre Majesté soit tranquille.* » Santerre fit approcher les pétitionnaires ; ils parlèrent tous à la fois, et rien ne fut entendu.

Péthion quitta le château pour aller rendre compte à l'Assemblée de ce qui s'y passait. Il y arriva avec une figure bouleversée et qui portait l'empreinte de la scélératesse. Il y fit l'éloge du bon peuple, justifia la municipalité et assura qu'il avait fait son devoir dans cette journée, où tout s'était passé dans le meilleur ordre. La personne du Roi, dit-il, a été respectée ; le rassemblement n'avait pour but que de présenter au Roi une pétition, et la force publique n'aurait pu empêcher une pareille multitude de commettre des délits, si elle en avait eu le projet. Il finit son discours par inviter les membres de l'Assemblée qui auraient connaissance d'un complot de le dévoiler aux magistrats du peuple, qui feraient leur devoir.

Un député, nommé Boulanger, s'offrit à en donner la preuve. Il ne fut point écouté, et Péthion, assuré du silence qui serait imposé à ceux qui voudraient en donner connaissance, sortit de l'Assemblée au milieu des cris et des applaudissements des tribunes, qui étouffèrent les huées dont quelques membres de l'Assemblée accueillirent ce *magistrat du peuple*, qui justifiait avec autant de lâcheté que d'impudence la violation des devoirs que lui imposait la dignité dont il était revêtu.

La Reine était toujours dans la chambre du Roi, lorsqu'un valet de chambre de Mgr le Dauphin accourut tout hors de lui avertir cette princesse que la salle était prise, la garde désarmée, les portes de l'appartement forcées, cassées et enfoncées, et qu'on le suivait. On se décida à faire entrer la Reine dans la salle du conseil, par laquelle Santerre faisait défiler sa troupe pour lui faire quitter le château. Elle se présenta à ces factieux au milieu de ses enfants, avec ce courage et cette grandeur d'âme qu'elle avait montrés les 5 et 6 octobre, et qu'elle opposa toujours à leurs injures et à leurs violences.

Sa Majesté s'assit, ayant une table devant elle, Mgr le Dauphin à sa droite et Madame à sa gauche, entourée du bataillon des Filles-Saint-Thomas, qui ne cessa d'opposer un mur inébranlable au peuple rugissant, qui l'invectivait continuellement. Plusieurs députés s'étaient aussi réunis auprès d'elle[135]. Santerre fait écarter les grenadiers qui masquaient la Reine, pour lui adresser ces paroles : « On vous égare, on vous trompe, Madame, le peuple vous aime mieux que vous ne le pensez, ainsi que le Roi ; ne craignez rien. » — « Je ne suis ni égarée ni trompée, répondit la Reine, avec cette dignité qu'on admirait si souvent dans sa personne, et je sais (montrant les grenadiers qui l'entouraient) que je n'ai rien à craindre au milieu de la garde nationale. »

Santerre continua de faire défiler sa horde en lui montrant la Reine. Une femme lui présente un bonnet de laine ; Sa Majesté l'accepte, mais sans en couvrir son auguste front. On le met sur la tête de Mgr le Dauphin, et Santerre, voyant qu'il l'étouffait, le lui fait ôter et porter à la main.

Des femmes armées adressent la parole à la Reine et lui présentent les sans-culottes ; d'autres la menacent, sans que son visage perde un moment de son calme et de sa dignité. Les cris de : « Vivent la nation, les sans-culottes, la liberté ! à bas le veto ! » continuent. Cette horde s'écoule enfin par les instances amicales et parfois assez brusques de Santerre, et le défilé ne finit qu'à huit heures du soir.

Madame Élisabeth, après avoir quitté le Roi, vint rejoindre la Reine, et lui donner de ses nouvelles. Ce prince revint peu après dans sa chambre, et la Reine, qui en fut avertie, y entra immédiatement avec ses enfants. Excédé de fatigue, il s'était jeté sur un fauteuil, et remerciait de la manière la plus affectueuse ceux qui l'entouraient, de l'attachement qu'ils lui avaient témoigné. La Reine, en pleurs, se jeta à ses pieds avec ses enfants ; il les tint tous quelque temps embrassés, et cette scène touchante attendrit ceux qui étaient témoins du bonheur qu'ils éprouvaient en se retrouvant sains et saufs. Le Roi et la Reine embrassèrent Madame Élisabeth, en lui témoignant la plus tendre sensibilité de tout ce qu'elle avait fait pour eux dans cette horrible journée.

Le Roi, environné d'une députation de l'Assemblée et de ceux qui ne l'avaient pas quitté, les faisait connaître à la Reine, et parlait à chacun avec cette bonté qui le caractérisait. L'Assemblée avait envoyé successivement trois députations, dont la dernière ne sortit du château qu'à dix heures. Péthion, qui l'avait quitté bien auparavant, dit au peuple avant de s'en séparer : « Mes frères et mes amis, vous venez de prouver que vous êtes un peuple libre et sage ; retirez-vous, et moi-même vais vous en donner l'exemple. »

Le Roi ne fut jamais plus grand que dans cette journée ; son visage n'éprouva pas un instant d'émotion ; toujours calme, intrépide et supérieur aux efforts qu'on faisait pour lui faire dégrader sa couronne. Son courage héroïque au milieu de tant de scélérats, sa présence d'esprit, sa patience à supporter les injures dont on l'accablait, la sérénité de son âme, la constance de ses refus et cette ferme résignation, sauvèrent, *pour ce jour-là*, la France du crime que nous ne cessons de déplorer.

Il est douloureux de penser qu'avec tant de courage personnel, ce prince n'ait pas déployé la même fermeté dans les diverses époques de la Révolution ; mais son amour pour son peuple lui faisant envisager la guerre civile comme le plus grand fléau qu'il pût éprouver, la crainte de l'attirer sur la France lui fit manquer plus d'une occasion favorable de sortir de la cruelle situation où l'avait réduit son excessive bonté.

Avant le départ des députés, la Reine leur fit voir

elle-même les dégâts qui avaient été commis dans l'appartement de Mgr le Dauphin. Trois portes en avaient été brisées; les serrures et les crochets en avaient été emportés, les panneaux enfoncés; les mêmes dégâts existaient chez Madame, où l'on avait pénétré par l'appartement de Mgr le Dauphin. Celui du Roi n'avait pas été plus ménagé; les brigands s'étaient répandus par tout le château, montant sur les combles et sur les toits, laissant partout les marques de leur fureur. L'appartement de la Reine était le seul où ils n'eussent pas pénétré. Les députés ne pouvant que rendre compte à l'Assemblée de tous ces désordres et non les constater par écrit, on fit venir le juge de paix pour en dresser procès-verbal, et le lendemain, 22 juin, les officiers de paix confrontèrent les dégâts avec le procès-verbal.

Des officiers municipaux vinrent examiner le travail; l'un d'eux, et M. le maire lui-même, furent injuriés par la garde nationale dans la cour du château. Elle sentait la honte qui rejaillirait sur elle. Inquiète de la manière dont elle serait jugée par les départements, elle témoigna vivement son ressentiment à ceux qu'elle accusait d'être les auteurs de cette horrible journée, promettant bien de s'opposer dorénavant à de nouvelles entreprises des factieux. Mais on avait eu soin de désorganiser tellement la garde nationale, qu'à l'exception de quelques bataillons cités pour leur fidélité, on ne pouvait guère compter sur elle.

Le Roi écrivit à l'Assemblée sur les événements de la veille, et donna une proclamation parfaite à tous égards. Elle porte tellement le caractère de sa bonté et de sa générosité à oublier les injures qui lui étaient personnelles, et dont il ne s'occupe qu'en qualité de représentant héréditaire de la nation, que je ne puis me défendre de la citer.

PROCLAMATION DU ROI

SUR LES ÉVÉNEMENTS DES 20 ET 21 JUIN AN IV DE LA LIBERTÉ

« Les Français n'auront pas appris sans douleur qu'une multitude, égarée par quelques factieux, est venue armée dans l'habitation du Roi, traînant un canon jusque dans la salle de ses gardes ; qu'elle a enfoncé les portes à coups de hache, et qu'abusant odieusement du nom de la nation, elle a tenté d'obtenir par la violence la sanction de deux décrets refusée constitutionnellement par le Roi.

« Il n'a opposé aux menaces et aux insultes que sa conscience et son amour pour le bien public, et il ignore quel sera le terme où les factieux voudront s'arrêter ; mais il a besoin de dire à la nation française que la violence, à quelques excès qu'on veuille la porter, ne lui arrachera jamais de consentement à tout ce qu'il croira contraire au bien public, pour lequel il exposera sans regret sa tranquillité et sa sûreté. Il sacrifierait même sans peine la jouissance des droits qui appartiennent à tous les hommes, et que la loi devrait faire respecter chez lui comme chez tous les citoyens, si, comme représentant héréditaire de la nation, il n'avait des devoirs à remplir, et que, s'il peut faire le sacrifice de son repos, il ne fera pas celui de ses devoirs.

« Si ceux qui veulent renverser la monarchie ont besoin d'un crime de plus, ils peuvent le commettre dans l'état de crise où elle se trouve ; mais le Roi donnera toujours, jusqu'au dernier moment, à toutes les autorités constituées, l'exemple du courage et de la fermeté qui peut seul sauver l'empire, et ordonne en conséquence à toutes les municipalités et à tous les corps administratifs de veiller à la sûreté des personnes et des propriétés.

« À Paris ce 22 juin 1792, l'an IV de la liberté. »

Signé : « LOUIS. » Et plus bas : « TERRIER. »

L'Assemblée avait déjà fait, avant la lettre du Roi, un décret contre les rassemblements armés, lequel avait été sanctionné sans retard ; et sur le bruit qu'il s'en formait un nouveau autour du château, elle avait envoyé une députation demander à Sa Majesté si elle avait quelque crainte de voir troubler sa tranquillité, car alors elle se rendrait sur-le-champ auprès de sa personne. Le Roi reçut la députation au milieu de sa famille et répondit : « On m'apprend à l'instant que Paris est calme ; s'il cessait de l'être, je ferais prévenir l'Assemblée. Dites-lui, messieurs, combien je suis sensible à l'intérêt qu'elle me témoigne, et assurez-la que, au moindre danger qu'elle pourrait courir, je me rendrai auprès d'elle. »

Cette démarche n'empêcha pas Couthon et les autres factieux de proposer à l'Assemblée de se passer du veto royal dans les décrets de circonstance, et de joindre à cette proposition leurs invectives ordinaires contre la conduite et la personne de Sa Majesté. Si l'on eût accédé à cette motion, l'Assemblée redevenait sur-le-champ constituante ; elle ne crut pas prudent de hasarder encore une pareille démarche ; au contraire, conformément à la dénonciation de M. Terrier de Montciel, elle s'occupa de placards séditieux qui s'affichaient dans Paris ; elle fit un décret pour enjoindre aux autorités constituées de maintenir l'ordre et la tranquillité, de garantir la sûreté des personnes et des propriétés, et ordonna au ministre de l'intérieur de lui rendre chaque jour un compte exact de ce qui se passait dans Paris.

Péthion, ayant appris que l'on avait cru le château menacé, y arriva sur les sept heures du soir. Ce fut alors que la garde nationale lui fit de sanglants reproches, en lui témoignant le plus profond mépris. Il monta chez le Roi et se fit annoncer comme maire de Paris. Le Roi le reçut au milieu de sa famille, entouré de sa suite et de la leur : « Sire, dit Péthion, nous avons été prévenus que vous aviez été averti d'un rassemblement qui se portait sur votre demeure ; nous venons vous informer que ce rassemblement n'est composé que de citoyens sans armes qui viennent planter un mai. Je sais, Sire, qu'on a calomnié la municipalité, dont la conduite sera connue de Votre Majesté. » — « Elle doit l'être de la France, répondit le Roi ; *je n'accuse personne, j'ai tout vu.* » — Péthion : « Sans les mesures de précaution prises par la municipalité, il serait peut-être arrivé des événements beaucoup plus fâcheux, non pas contre votre personne (et fixant la Reine qui était à côté du Roi) : vous devez savoir, Sire, que votre personne sera toujours respectée. » — Le Roi, le regardant avec le visage de l'indignation : « *Est-ce me respecter que d'entrer chez moi en armes et de briser mes portes ? Ce qui s'est passé, monsieur, est un sujet de scandale pour tout le monde ; vous répondez de la tranquillité de Paris.* » — « Je connais l'étendue de mes devoirs, et je les remplirai », reprend Péthion en regardant encore la Reine avec insolence. — « *C'en est trop,* lui dit le Roi d'un ton menaçant, *taisez-vous et retirez-vous.* » Péthion se retira, la colère peinte sur le visage, et se promettant bien de tirer vengeance de l'affront qu'il avait reçu.

La plus grande partie des Parisiens étaient dans la stupeur des événements dont ils venaient d'être témoins ; mais, glacés de terreur, ils se contentaient de s'affliger dans l'intérieur de leurs maisons, où ils se renfermaient à l'apparence du moindre danger. Un jeune notable, nommé Cayer, à la tête d'un nombre de personnes assez considérable, eut cependant le courage de dénoncer à la commune le maire, le procureur de la commune et les autorités qui avaient manqué à leurs devoirs dans la journée du 20 juin, et de demander la punition d'attentats dont gémirait toute la France : « Oui, dit-il, je dénonce un commandant de bataillon qui a violé la loi, en osant se permettre de traverser les rues et les places de la capitale à la tête de vingt mille hommes armés ; les gardes nationaux mêlés parmi eux, en traînant des canons qui leur avaient été donnés pour un tout autre usage ; les brigands qui se sont permis de tourner leurs armes contre leur roi et de prononcer devant lui et la famille royale les provocations les plus meurtrières ; les citoyens de tout âge et de tout sexe marchant à leur suite et se permettant également les injures les plus graves contre le Roi et la famille royale pendant plusieurs heures ; le procureur de la commune, comme ayant négligé de requérir les moyens de dissiper l'attroupement ; et vous, maire de Paris, qui, au mépris des lois, n'avez fait aucun usage des moyens que vous donnaient votre place et la loi, pour détourner un danger dont vous aviez été averti et assurer la liberté du Roi et de l'Assemblée en maintenant la tranquillité publique. » Il dénonça également la conduite lâche et perfide des officiers municipaux et celle du commandant général, à qui toutes les lois civiles et militaires ordonnaient de repousser par la force l'attaque d'un poste qui lui était confié. Il termina en demandant que le conseil général de la commune condamnât la conduite du maire, du procureur général de la commune et des administrateurs de police depuis l'arrêté du 16 juin ; qu'elle improuvât cet arrêté et le dénonçât au directoire du département; qu'il rendît responsables de la journée du 20 juin les personnes dénommées ci-dessus, et que l'arrêté qu'on lui demandait fût affiché, imprimé et envoyé aux quarante-huit sections, aux quatre-vingt-trois départements, au directoire de celui de Paris, à l'Assemblée et au ministre de l'intérieur.

Un grand nombre de départements envoyèrent des adresses pour témoigner leur indignation sur la violation de la Constitution dans cette effroyable journée. Celle du département de la Somme, plus énergique que les autres, fut envoyée au comité des douze. Toutes les pétitions factieuses étaient, au contraire, accueillies par l'Assemblée, qui accordait les honneurs de la séance à ceux qui les présentaient. Mais comme les adresses qui témoignaient leur mécontentement étaient plus nombreuses que les autres, l'Assemblée, craignant l'effet qu'elles pourraient produire, n'en voulut plus recevoir et les renvoya toutes au comité des douze.

Dupont de Nemours et Guillaume, ex-constituants, eurent le courage de présenter une pétition signée de vingt mille personnes, réclamant la punition des attentats commis le 20 juin. Cette pétition fut, sous le régime de la Terreur, un sujet de persécution pour ceux qui furent accusés ou même soupçonnés de l'avoir signée.

Le veto du Roi sur la déportation des prêtres n'empêcha pas plusieurs départements de le mettre à exécution et de se permettre l'emprisonnement des ecclésiastiques insermentés, quoiqu'il n'y eût aucun jugement porté contre eux. Les crimes les plus atroces étaient assurés de l'impunité quand ils s'exerçaient contre des individus religieux ou soupçonnés d'attachement au Roi et à la famille royale; ils trouvaient toujours des défenseurs dans l'Assemblée. L'accueil qu'elle fit à la députation du faubourg Saint-Antoine, qui vint y justifier les attentats du 20 juin, en fut la preuve.

Vingt députés de ce faubourg lui présentèrent une pétition pour se justifier des calomnies qu'on se permettait sur leur conduite. Ils n'avaient pris les armes, disaient-ils, que pour montrer au Roi des millions de bras disposés à défendre une Assemblée qu'on ne calomniait que pour avoir l'occasion de la dissoudre. Elle n'eut pas honte d'accueillir une pareille pétition.

CHAPITRE XXII

Année 1792

Le peu de personnes attachées au Roi qui étaient restées à Paris, loin d'être effrayées de la journée du 20 juin et des événements qui se préparaient, n'en étaient que plus assidues auprès de sa personne, décidées à lui servir de rempart contre les entreprises des factieux et à donner leur vie pour la conservation de la sienne. On distinguait parmi elles M. de Malesherbes[136], qui, profondément affligé de la position du Roi, disait avec cette franchise qui l'a toujours caractérisé : « Trompé moi-même par de fausses apparences, j'ai pu donner au Roi mon maître des impressions que la bonté de son cœur lui a fait saisir avec empressement. J'en ai malheureusement reconnu trop tard les inconvénients, et plus que personne je dois risquer ma vie pour sa défense. » Aussi le voyait-on toujours au château, à l'apparence du moindre danger, l'épée au côté, quoiqu'il n'en eût jamais porté, faisant ainsi, dès ce moment, l'apprentissage de ce courage si simple et si touchant avec lequel il se dévoua à la défense de notre auguste souverain.

M. de la Fayette, voyant avec douleur la violation d'une Constitution à laquelle il avait tant contribué, se détermina à venir en personne représenter à l'Assemblée l'indignation qu'excitait dans l'armée et dans le cœur de tous les honnêtes gens la journée scandaleuse du 20 juin. Il lui déclara qu'il avait reçu à ce sujet des adresses des différents corps d'armée, qu'il avait arrêtées par respect pour la Constitution, préférant se présenter seul pour exprimer un sentiment commun.

Il lui fit sentir qu'il était plus que temps d'arrêter les atteintes portées journellement à la Constitution, d'assurer la liberté de l'Assemblée, celle du Roi ; de respecter son indépendance et sa dignité, et de détromper les mauvais citoyens qui n'attendaient que de l'étranger le rétablissement de la tranquillité publique, qui deviendrait pour des hommes libres un honteux et dangereux esclavage. Il supplia l'Assemblée de faire punir comme criminels de lèse-nation les auteurs de la journée du 20 juin, et de détruire une secte qui envahissait la royauté, tyrannisait les citoyens, et dont les débuts ne laissaient aucun doute sur l'atrocité des projets de ceux qui la dirigeaient. Il lui représenta, en finissant son discours, qu'il était de son devoir de soutenir la Constitution, quand tant de braves gens mouraient pour la défendre, et il l'assura qu'il s'était concerté avec le maréchal Luckner pour que son armée ne pût souffrir de son absence.

Guadet s'opposa à ce que l'on accordât à M. de la Fayette les honneurs de la séance, et lui reprocha de calomnier la nation et d'être lui-même violateur de la Constitution par son arrivée à Paris. Il demanda que le ministre de la guerre fût mandé séance tenante, pour savoir s'il avait accordé un congé à M. de la Fayette ; que le comité fût chargé d'examiner si un général en fonction pouvait présenter des pétitions, et qu'il en fît un rapport dès le lendemain. Ramond et plusieurs autres députés défendirent M. de la Fayette, et l'Assemblée passa à l'ordre du jour.

M. de la Fayette s'était présenté au Roi comme défenseur de l'autorité royale[137], n'ayant d'autre but que de chasser les Jacobins et d'employer, pour y parvenir, l'ascendant qu'il croyait avoir conservé sur la garde nationale. On demanda à tout ce qui était attaché au Roi d'avoir pour lui beaucoup d'égards ; et comme son expédition devait avoir lieu le soir même, on avait établi une grande surveillance dans le château et engagé tous ceux qui l'habitaient à n'en pas sortir ou à être rentrés à huit heures du soir. M. de la Fayette fit la triste expérience du peu de crédit qu'il avait conservé ; il ne put réunir qu'une douzaine de gardes nationaux et vit évanouir en quelques heures les espérances qu'il avait fait concevoir sur le succès de sa démarche.

En repartant pour l'armée, il écrivit encore à l'Assemblée pour lui rappeler de nouveau le danger de ne pas s'opposer à un pouvoir qui, s'élevant au-dessus des pouvoirs constitués, finirait par les dominer ; qu'on pouvait à juste titre lui reprocher les désastres actuels, occasionnés par l'insubordination qu'il ne cessait d'exciter parmi les soldats contre leurs chefs. Sa lettre n'eut pas plus de succès que son voyage, et il acquit plus d'une fois la preuve que le mal qui s'opère si facilement ne se répare que difficilement, et qu'il est des fautes que des circonstances imprévues rendent irréparables.

Les déclarations des députés connus par leur violence se renouvelaient à chaque séance. Ils accusaient le Roi de trahison et faisaient retomber sur sa personne tout le mal qui s'opérait par leurs ordres et par leur défaut de prévoyance. Ils poussèrent l'audace jusqu'à demander sa déchéance. Vergniaud le prétendait responsable des fautes qui se commettaient aux armées, lui reprochait de redouter leur triomphe, de se cacher sous le manteau de l'inviolabilité pour détruire la liberté et de refuser sa sanction aux décrets de l'Assemblée, quelque utiles et nécessaires qu'ils pussent être. La Chambre mit en question le rappel de M. de Luckner, ne pouvant lui pardonner son adhésion aux sentiments de M. de la Fayette. Tout ce que l'on voyait annonçait une crise où il était facile de prévoir le danger que couraient le Roi, la famille royale et même la monarchie.

On accorda les honneurs de la séance à des citoyens de Paris qui vinrent dénoncer M. de la Fayette, ainsi qu'à ceux qui demandaient le licenciement de l'état-major de la garde nationale et la suppression du veto royal.

M. de Pastoret, chargé par le comité des douze du rapport sur la tranquillité du royaume, craignant de s'attirer la haine des Jacobins et redoutant leur fureur, prononça un discours assez insignifiant et dans lequel il se crut obligé de blâmer l'inertie du pouvoir exécutif, d'inculper les prêtres insermentés et d'emprunter, en parlant de l'éducation publique, de grands mots tels que ceux-ci : «*La police de la nature et de la santé morale du peuple*», discours qu'on appela assez plaisamment une dose d'opium pour les agonisants.

Les séances devenaient de plus en plus orageuses. Jean de Bry proposa de déclarer la patrie en danger, de mettre en permanence tous les corps administratifs et toutes les économies du royaume, de faire porter les armes de chacun au directoire de son département, lequel en ferait la distribution au chef-lieu, et d'ordonner à tous les citoyens choisis pour combattre l'ennemi de se tenir prêts à partir au premier ordre.

De Launay d'Angers voulait qu'on se préservât d'un respect servile pour un pouvoir exécutif qui pouvait employer son or et ses moyens au détriment de la nation, proposant, en outre, de ne plus consulter l'acte constitutionnel et de regarder le salut public comme la suprême loi. Il tonna contre M. de la Fayette, qu'il s'étonnait de ne pas voir dans les prisons d'Orléans. Il demanda qu'il fût gravé sur le sanctuaire des lois que les représentants du peuple ne reconnaîtraient que la loi impérieuse et suprême du salut de l'État contre les conspirateurs et les perturbateurs du repos public.

L'union du roi de Prusse aux autres puissances et l'approche des armées étrangères augmentèrent la rage des factieux. Rouyer, Couthon, etc., réclamaient à grands cris le licenciement de l'état-major de la garde nationale. L'opposition des députés du côté droit ne fut point écoutée, et tous les états-majors de toutes les villes de cinquante mille âmes furent supprimés par un même décret.

Vergniaud accusa le Roi de tout ce qui se passait à Coblentz, fit voir le génie des Médicis, du cardinal de Lorraine, des La Chaise et Le Tellier planant sur les Tuileries et faisant craindre le renouvellement de la Saint-Barthélemy et des dragonnades. Il termina en proposant de déclarer la patrie en danger, de rendre les ministres responsables de l'entrée des troupes étrangères en France et des troubles qui existaient dans le royaume, de faire une adresse aux Français pour les engager à la défense de la patrie, et de charger le comité de faire un prompt rapport sur la conduite de M. de la Fayette. Jean de Bry demanda, en outre, que la déclaration de la patrie en danger se fît avec l'appareil le plus lugubre et le plus propre à exciter les Français à voler au secours de la patrie.

On faisait venir de tout côté des adresses jacobines, demandant que l'Assemblée suspendît le veto et prît promptement les grandes mesures de salut public qui lui avaient été proposées. On supprimait, au contraire, toutes celles qui étaient contraires à ses vues, et il n'y avait pas de moyens qu'on n'employât pour soulever le peuple et le porter à la révolte.

Torné, évêque constitutionnel, fit un discours dans le genre de Vergniaud. Il tourna en ridicule la demande de M. de la Fayette, qu'il proposa d'appeler la Fayette Jacobin, de même que Scipion s'appelait l'Africain ; et il demanda qu'on établît une dictature en proclamant le danger de la patrie.

L'Assemblée ayant déclaré qu'elle irait en corps à la fédération du 14 juillet, le Roi ne crut pas devoir se dispenser d'y assister. Il lui écrivit qu'il se joindrait à elle, ce jour-là, pour renouveler le serment qui s'y prêtait et recevoir celui des habitants des provinces qui étaient à Paris, de même que celui des fédérés passant par cette ville pour se rendre à l'armée. L'Assemblée ne daigna pas faire de réponse à cette lettre, et l'envoya au comité des douze pour en faire un rapport.

Le directoire, après les informations prises sur la journée du 20 juin, se détermina à donner un arrêté pour suspendre de leurs fonctions Péthion et Manuel, qu'il renvoya devant les tribunaux pour y être jugés sur la conduite qu'ils avaient tenue, ordonnant au procureur-syndic de dénoncer Santerre, le lieutenant des canonniers du Val-de-Grâce et les officiers municipaux accusés d'avoir fait marcher diverses parties de la force publique sans réquisition légale, d'avoir admis, ce jour-là, des étrangers dans la garde nationale, changé ou levé à leur gré les postes des Tuileries et dirigé l'attroupement contre le domicile du Roi.

Cet arrêté fut lu au conseil général de la commune, assemblé extraordinairement ce jour-là, et M. Borie fut chargé de remplir provisoirement les fonctions de maire jusqu'à la décision du sort de Péthion. Il fut, de plus, ordonné de faire part de ces dispositions au Corps législatif, pour le prier de prononcer sans délai sur la suspension portée par le présent arrêté.

Aussitôt que Péthion en eut entendu la lecture, il se retira, et Danton s'écria : « Que tous les bons citoyens et les bons officiers municipaux suivent le maire à l'Assemblée nationale. » Quelques membres le suivirent, mais le plus grand nombre resta au conseil et continua la délibération. Les amis de Péthion excitèrent le peuple contre cet arrêté, en lui représentant que sa conduite du 20 juin, qui faisait la matière de son accusation, n'avait eu pour but que d'épargner le sang du peuple, que l'on aurait voulu faire couler ce jour-là.

Deux jours après, au moment où Brissot allait lire un discours sur les mesures de sécurité générale qu'exigeaient les circonstances, Lamourette, évêque constitutionnel de Lyon, proposa un moyen certain de déconcerter les ennemis de la France : « Faisons, dit-il, le serment de vouer à l'exécration ceux qui voudraient établir la république et les deux chambres ; jurons de ne vouloir que l'observation de la Constitution et de n'avoir qu'un même esprit et un même sentiment. Que tous ceux qui adoptent ma proposition se lèvent[138]. » Toute l'Assemblée se leva spontanément, les membres des deux côtés se mêlèrent ensemble et s'embrassèrent. L'émotion gagna les spectateurs, et l'on décréta qu'une députation de vingt-quatre membres porterait au Roi le procès-verbal de la séance ; que les corps administratifs seraient mandés pour leur en donner connaissance, et que le Roi serait chargé d'en faire l'envoi aux quatre-vingt-trois départements.

Sa Majesté, entourée de la famille royale, reçut la députation dans sa chambre et lui témoigna sa satisfaction d'un accord si nécessaire ; et à peine fut-elle partie qu'il se rendit à l'Assemblée entouré de ses ministres, se plaça à côté du président et prononça le petit discours suivant : « Messieurs, l'acte le plus attendrissant pour moi est la réunion de toutes les volontés pour le salut de la patrie. J'ai désiré ce moment depuis longtemps; mon vœu est accompli, et je viens vous assurer moi-même que le Roi et la nation ne font qu'un, et s'ils marchent vers le même but, leurs efforts réunis sauveront la France. L'attachement à la Constitution réunira tous les Français, et leur roi leur en donnera toujours l'exemple.»

Le président répondit que l'époque mémorable qui amenait le Roi dans son sein serait un signal d'allégresse pour les amis de la liberté et de terreur pour ses ennemis; que l'harmonie des pouvoirs constitués donnerait à la France la force de dissiper la ligue des tyrans contre son indépendance, et qu'elle voyait déjà dans la loyauté de la démarche du Roi le signe de la défaite de ses ennemis. Les cris de: *Vive le Roi!* se firent entendre de toute part, et il sortit au bruit des acclamations de l'Assemblée et des galeries.

Cette démarche n'empêcha pas de continuer les mêmes manœuvres pour déconsidérer le Roi et exciter la fureur du peuple, dont elle avait besoin pour prononcer sa déchéance et établir ensuite le gouvernement qui lui conviendrait. Aussi n'ai-je jamais compris le but de ces contradictions multipliées. Dès le même jour, l'Assemblée en donna la preuve, en écoutant la lecture d'un arrêté de la commune qui demandait une prompte décision sur la suspension de Péthion et de Manuel. Cet arrêté ne se contentait pas d'excuser leur conduite, mais osait, de plus, assurer qu'elle avait sauvé la France en épargnant le sang du peuple, qui aurait tiré une terrible vengeance des pervers qui voulaient allumer les brandons de la guerre civile. Au lieu de faire encourir à cet arrêté le blâme qu'il méritait, l'Assemblée en décréta l'impression, ordonnant que Sa Majesté rendît compte dès le lendemain de sa décision sur ladite suspension.

Tellier, orateur de la section des Gravilliers, forma

la même demande et fit un discours dans le genre de celui qu'avait prononcé Osselin au nom de la commune.

Le Roi, sentant l'embarras de sa position, refusa de donner son avis dans une affaire où il était personnellement intéressé, et pria l'Assemblée de décider la question. Celle-ci trouva la démarche du Roi inconstitutionnelle, et, sans respect pour la majesté royale, n'y répondit que par l'ordre du jour. Le Roi dut donner une décision qui confirmait la suspension prononcée par le département.

Péthion se rendit sur-le-champ à l'Assemblée pour justifier sa conduite, se plaignant du département, qui aurait dû rendre plus de justice à une conduite qui avait épargné de grands malheurs ; il lui reprocha de calomnier avec impudence ce bon peuple, à qui l'on ne pouvait reprocher qu'un peu trop d'exaltation ; qu'il n'y avait eu que de légers dégâts dans le château, occasionnés par une multitude pressée par le grand nombre de personnes qui remplissaient les appartements ; qu'il n'y avait pas eu d'assassinat, et qu'il serait bien dangereux pour la chose publique de destituer des maires patriotes au gré de la cour, laquelle influençait tous les directoires de département.

Une pareille justification était une insulte de plus pour la majesté royale. Cependant il fut applaudi par les factieux de l'Assemblée, qui décréta que le rapport de cette affaire se ferait le lendemain à midi, et qu'elle ne désemparerait pas qu'elle ne fût terminée. Les galeries applaudirent, en criant : « Vive Péthion ! le vertueux Péthion, notre ami Péthion ! »

On établit dans divers endroits de Paris des tréteaux, où montaient des orateurs qui haranguaient le peuple, pour l'inviter à demander le rétablissement de Péthion. Des artisans, des sans-culottes et des bandits couraient les rues, ayant écrit sur leur chapeau: « Péthion ou la mort! » et criant à tue-tête ces mêmes mots, qu'on entendait distinctement des Tuileries; car rien n'était oublié pour soulever le peuple et l'animer contre le Roi et la famille royale. Malgré les représentations de MM. Boulanger, Delmas, Daverhoust et de plusieurs autres députés, sur le déshonneur qu'imprimait sur l'Assemblée la justification de la journée du 20 juin, le maire fut relevé de sa suspension, et l'on attendit pour en faire autant à l'égard de Manuel, qui était malade, qu'il fût en état de venir lui-même présenter sa justification. Par une inconséquence digne de la faction qui gouvernait alors la France, les tribunaux furent en même temps chargés par son ordre d'informer contre les auteurs de cette journée.

Dès que Manuel fut guéri, il se rendit à l'Assemblée, justifia sa conduite dans le même sens que Péthion, en y ajoutant les diatribes les plus insolentes, qu'il termina par ces paroles: « Pouvez-vous craindre de vous mesurer avec celui que vous devez juger? » On se doute bien qu'une pareille audace ne pouvait manquer de le faire réintégrer dans sa place.

La fureur de l'Assemblée augmentait en proportion des dangers que lui faisait courir la défection des alliés de la France. Le ministre des affaires étrangères ayant annoncé qu'on ne pouvait plus se dissimuler les dispositions peu favorables du roi de Sardaigne et l'arrivée de six mille Autrichiens sur les frontières de la Savoie, il y eut une grande rumeur dans l'Assemblée, et M. de Kersaint s'écria: « Jusqu'à quand jouerez-vous le rôle honteux de voir tranquillement les trahisons du pouvoir exécutif, sur lequel vous avez la prééminence, sans en faire justice? Je demande que ma dénonciation soit envoyée au comité des douze, pour qu'il juge si l'Assemblée n'a pas le droit de prononcer sa déchéance, comme n'ayant pas fait son devoir en préservant la nation de ses ennemis. »

Brissot prononça, de son côté, le discours le plus incendiaire qui eût jamais été prononcé. Il déclara que la France, ne pouvant plus compter sur aucun allié, devait se suffire à elle-même et regarder le Roi comme son plus dangereux ennemi : « Frapper la cour des Tuileries, ajouta-t-il, c'est frapper tous les traîtres d'un seul coup. Faites juger le Roi, décrétez d'accusation les ministres de la guerre, de l'intérieur et des affaires étrangères ; rendez-les responsables des mesures prises pour remplacer le veto ; informez contre le comité autrichien ; créez une commission secrète, composée de patriotes intrépides qu'on chargera de toutes les accusations de haute trahison ; accélérez l'exécution des sentences de la haute cour ; punissez le général pétitionnaire ; vendez les biens des émigrés pour leur ôter tout espoir d'amnistie ; maintenez les sociétés populaires ; soyez peuple et éternellement peuple ; ne distinguez pas les propriétaires des non-propriétaires ; éclairez les dépenses de la liste civile ; que l'Assemblée soit le comité du Roi, que le Roi soit l'homme du 14 juillet, le peuple son confident, et que les hommes à piques soient mêlés parmi la garde nationale. »

Le soin qu'avaient les ministres de ne pas faire dévier le Roi des principes qu'on lui avait fait adopter à l'époque de l'établissement de la Constitution, ne les empêchait pas, comme on voit, d'être en butte aux insultes de l'Assemblée. La lettre qu'ils firent écrire par le Roi aux armées françaises pour les engager à se défendre courageusement contre les ennemis de la patrie, dont il se déclarait vouloir être le soutien, ainsi que sa résolution, qu'il fit notifier aux puissances étrangères, de suivre fidèlement la Constitution dans l'exercice de son autorité, ne fit aucune impression sur l'Assemblée ; elle continua ses persécutions de telle manière, que les ministres, après avoir rendu compte au Roi de la position de l'armée, de l'état du royaume et de sa situation vis-à-vis des puissances étrangères, lui déclarèrent par l'organe de M. Joly, ministre de la justice, qu'étant mis dans l'impossibilité de faire aucun bien, ils donnaient tous leur démission.

Le Roi eut beaucoup de peine à trouver des personnes qui voulussent accepter des places de ministres ; il finit cependant par nommer M. d'Abancourt ministre de la guerre ; M. Champion, de la justice ; M. Bigot de Sainte-Croix, ministre de l'intérieur, et, par intérim, des affaires étrangères ; et M. de Beaulieu, des contributions publiques.

D'après le rapport du comité des douze, l'Assemblée déclara, le 9 juillet, la patrie en danger, et fit une proclamation aux Français pour les engager à courir aux armes, pour défendre la patrie menacée d'envahissement par les étrangers. Elle en adressa une autre aux armées, dans laquelle elle leur rappelait la nécessité de la subordination pour pouvoir soutenir l'honneur des armées françaises, ajoutant que la valeur seule ne les ferait point triompher d'armées disciplinées, et qu'il fallait montrer ce que pouvait faire l'amour de la liberté dans le cœur des Français, décidés tous à mourir plutôt que d'y voir porter atteinte, ainsi qu'à l'intégrité de leur pays.

On fabriquait dans les clubs des Jacobins des adresses atroces contre le Roi, où l'on demandait sa destitution et l'établissement d'une république. On en présenta une de ce genre du soi-disant maire de Marseille, au nom de la commune de cette ville ; mais elle fut démentie sur-le-champ par M. Martin, ancien maire. Celui-ci déclara, au nom des habitants, qu'elle était l'ouvrage des factieux, qui tenaient dans l'oppression tous les bons citoyens. Ces derniers demandaient, au contraire, que l'Assemblée sévît contre cet abominable écrit. Mais on ne tint aucun compte de cette demande.

Le moment de la fédération approchait, et l'on craignait qu'on ne profitât de cette circonstance pour opérer le mouvement que les factieux travaillaient à organiser. Heureusement, la garde nationale n'était pas disposée à entrer dans leurs vues, ce qui les obligea de différer encore l'exécution de leurs projets. Il était arrivé à Paris, pour assister à la Fédération, un grand nombre de gardes nationaux des provinces, auxquels s'étaient joints les jeunes gens partant pour la défense des frontières. Le plus grand nombre des derniers partageaient les sentiments des factieux, mais les autres, indignés de ce qu'ils voyaient et des manœuvres employées pour corrompre leur fidélité, demandaient avec instance qu'on les fît quitter Paris et partir pour l'armée.

Le 14 juillet, jour de la Fédération, le Roi sortit à midi des Tuileries pour aller au Champ de Mars, ayant dans sa voiture la Reine, ses deux enfants, Madame Élisabeth, madame la princesse de Lamballe et moi. Ses ministres étaient à pied aux portières de sa voiture, devant laquelle étaient trois officiers au service de Sa Majesté, quatre écuyers et dix pages. Dans la voiture qui précédait celle de Sa Majesté étaient : MM. de Saint-Priest, de Fleurieu, de Poix, de Tourzel, de Briges, de Montmorin, le gouverneur de Fontainebleau, de Champcenetz et de Nantouillet. Dans celle qui suivait immédiatement Sa Majesté étaient : madame d'Ossun, dame d'atour de la Reine ; mesdames de Tarente, de Maillé et de la Roche-Aymon, dames du palais, et madame de Sérent, dame d'honneur de Madame Élisabeth. L'escorte du Roi était composée de Suisses, de grenadiers de la garde nationale et d'un détachement de cent cinquante ou deux cents hommes de cette même garde, qui tenaient les meilleurs propos. Leur contenance imposa aux factieux, et le retour, dans le même ordre, se passa avec la même tranquillité. Leurs Majestés témoignèrent à cette escorte, à plusieurs reprises, combien elles étaient sensibles à l'attachement qu'elle leur témoignait, et ces braves gens, qui en étaient profondément touchés, portaient sur leurs visages l'empreinte de la douleur dont ils étaient pénétrés de tout ce qu'ils avaient vu et entendu. Deux colonnes de grenadiers marchaient aux deux côtés du cortège, et étaient commandés par MM. de Wittengoff, de Menou et de Boissieu.

Jamais cérémonie ne fut plus triste ; le triomphe de Péthion fut complet. Le peuple ne cessait de crier : « *Vivent les sans-culottes et la nation ! À bas le veto ! Vive Péthion, le vertueux Péthion !* » Son nom était écrit sur les chapeaux et sur les bannières des sociétés populaires. On voyait dans le Champ de Mars une multitude de soldats de province ; des femmes et des enfants déguenillés, tenant des branches d'arbres ; des hommes qui portaient des piques, des sabres, des emblèmes de la liberté, représentés en carton, et des écriteaux chargés des maximes de la liberté, au haut de bâtons peints aux trois couleurs. Cette multitude était précédée de corps militaires et civils, de gardes nationaux venus des départements, de la municipalité et de l'Assemblée nationale. Arrivés au Champ de Mars, tous les différents corps prirent les places qui leur avaient été indiquées, et l'on écouta un morceau de musique.

La partie de la colonne des fédérés, des femmes, des enfants et des gens à piques dont nous avons parlé, défila dans le Champ de Mars sous le balcon où étaient le Roi et sa famille, affectant de répéter continuellement : « *Vive Péthion ! Vivent la nation et l'Assemblée nationale !* » et agitant les écriteaux abominables qu'ils portaient sur des bâtons élevés, pour qu'ils fussent vus du Roi et de la famille royale.

Lors de la prestation du serment, le Roi quitta sa famille et se plaça à la tête de l'Assemblée, entre le président et un de ses autres membres. Le reste suivait à cinq de front, entre une colonne de grenadiers nationaux et une de troupes de ligne, précédés de quelques cavaliers qui faisaient ouvrir le passage.

Le serment fut prononcé par l'Assemblée, puis ensuite par le Roi et par le peuple. À l'instant où le Roi montait à l'autel, trente ou quarante soi-disant vainqueurs de la Bastille, portant le modèle de ce château, parvinrent assez près du Roi ; et, dans le but de troubler la tranquillité publique, ils proposèrent d'ajouter au serment ordinaire celui de *vivre libre ou mourir*. Puis, provoquant quelques membres de l'Assemblée, ils finirent par leur dire qu'ils avaient bien fait de leur rendre Péthion, sans quoi ils s'en seraient repentis, et l'auraient porté eux-mêmes sur l'autel de la patrie, pour le faire réintégrer par le peuple.

La Reine, qui ne perdait pas de vue le Roi et observait tous ses mouvements au moyen d'une lunette d'approche, eut un moment d'inquiétude quand elle le vit approcher de si près ; mais elle fut bientôt rassurée par l'air calme qui n'abandonna pas un instant ce prince, malgré tout ce qu'eut de pénible pour lui une pareille cérémonie. Après le serment, il fut reconduit à l'École militaire et retourna aux Tuileries dans le même ordre qu'en partant, et y arriva à sept heures du soir.

On cria peu : « Vive le Roi ! » mais beaucoup (tant dans la route que dans le Champ de Mars) : « *Vive Péthion ! À bas la Fayette ! À bas le veto ! Les aristocrates à la lanterne !* »

Les anciens constitutionnels, effrayés des doctrines révolutionnaires et des dangers que couraient le Roi et sa famille, s'occupèrent sérieusement des moyens de le faire sortir de Paris, pour qu'il pût s'établir dans une ville sûre et y réformer les principaux abus de la Constitution. M. de Liancourt répondit de la fidélité de son régiment, qui était en garnison à Rouen, et offrit de conduire le Roi dans cette ville. Il s'unit alors aux amis de M. de la Fayette pour lui représenter qu'il n'y avait pas un moment à perdre pour s'assurer de son armée, tirer le Roi de sa captivité, et conserver à la France une Constitution à laquelle il attachait tant de prix. M. de Lally-Tollendal fit plusieurs voyages à cet effet et engagea fortement le Roi à profiter de la bonne volonté de M. de la Fayette.

Ce prince redoutait de se mettre entre les mains des constitutionnels, auxquels il attribuait avec raison la triste et dangereuse situation où il se trouvait. Il ne pouvait prendre confiance en M. de la Fayette, toujours aveuglé par son attachement à une Constitution qu'il regardait comme son ouvrage, ni se déterminer à accepter leurs propositions. Il fut cependant ébranlé un moment ; mais ayant fait prendre des informations sur le secours qu'il pouvait attendre des habitants de Rouen et de ceux du département, et n'en ayant pas eu de satisfaisantes, il ne put soutenir la pensée d'une seconde arrestation ou d'une fuite dans les pays étrangers, et renonça à toute idée de départ. Il espérait d'ailleurs, en restant à Paris, avoir en sa faveur la chance du besoin qu'aurait la France vis-à-vis des puissances étrangères, et de la possibilité de pouvoir y établir alors un gouvernement sage et propre à assurer son bonheur.

Afin de n'avoir plus d'obstacles à redouter pour l'exécution de ses projets, l'Assemblée fit un décret pour envoyer à l'armée les régiments qui étaient à Paris et qu'elle soupçonnait de conserver quelque attachement à la personne de Sa Majesté. Elle aurait bien voulu en faire autant des Suisses et leur ôter la garde du Roi, qu'ils partageaient avec la garde nationale; mais la crainte de voir allier la Suisse avec les ennemis de la France fit ajourner cette mesure. Elle se contenta, pour le moment, d'éloigner à quinze lieues de Paris deux de leurs bataillons.

Chaque échec qu'éprouvaient les armées redoublait la fureur des factieux de l'Assemblée. Les injures contre la personne de Sa Majesté se renouvelaient à chaque séance, et elle ne craignait plus de mettre en question si le droit de veto ne lui serait pas enlevé, et si sa conduite ne le mettait pas dans le cas de déchéance.

M. de la Fayette était aussi l'objet de leur fureur depuis son voyage à Paris. Ils l'accusaient de trahir la patrie, et proposèrent de le mettre en jugement. La discussion qui s'éleva à ce sujet fut très-orageuse et fut la matière de nouvelles insultes contre la majesté royale.

Torné, évêque constitutionnel, après avoir fait l'éloge de la journée du 20 juin, invectiva contre le Roi de la manière la plus violente, représenta ce prince comme sujet du peuple souverain, qui avait tout droit sur sa personne, et pour excuser l'emportement de son discours, il avoua naturellement qu'il avait fait céder sa modération ordinaire et sa charité pastorale à l'intérêt de la nation. Dumolard défendit courageusement M. de la Fayette, accusé par Guadet, Gensonné et La Source d'avoir engagé le maréchal Luckner à marcher avec lui sur Paris. Ils prétendaient le tenir du maréchal lui-même, et en signèrent la dénonciation. L'Assemblée ajourna cette affaire jusqu'à la réponse à la lettre qu'elle avait fait écrire, à ce sujet, au maréchal lui-même.

On avait tellement travaillé les fédérés, qu'un grand nombre d'entre eux présentèrent une pétition à l'Assemblée pour demander la suspension provisoire du Roi, afin de pouvoir le juger et prononcer sa déchéance. Ils lui demandèrent, en outre, la convocation des assemblées primaires pour l'établissement d'une Convention, qui fît connaître le vœu de la nation sur les articles relatifs au pouvoir exécutif considérés faussement comme constitutionnels. Il y eut un grand vacarme au sujet de cette pétition. Vergniaud ayant représenté qu'un décret ordonnait de renvoyer aux comités toutes celles qui seraient présentées à l'Assemblée, on passa à l'ordre du jour, en accordant cependant aux pétitionnaires les honneurs de la séance.

Toutes les pétitions de ce genre, qui se renouvelaient fréquemment, étaient accueillies par l'Assemblée, qui ne voyait plus d'obstacles à l'exécution de ses projets. Il y en eut une, entre autres, de la Société patriotique du Puy en Velay, remarquable par l'excès de son atrocité. Elle était signée de deux mille personnes, qui menaçaient le Roi de milliers de Brutus et de Scévola, s'il continuait à s'opposer au bonheur de vingt-cinq millions d'hommes, qui finiraient par venger l'esclavage de leurs pères et partager la terre des brigands couronnés. Une pareille pétition, qui n'éprouva pas même un blâme de l'Assemblée, ne pouvait laisser aucun doute sur la nature de ses dispositions.

Le 22 juillet, jour désigné dans Paris pour faire la proclamation solennelle de la patrie en danger, le conseil général de la commune s'assembla à sept heures du matin, et les six légions de la garde nationale se réunirent sur la place de Grève avec leurs drapeaux. Le parc d'artillerie du pont Neuf, destiné à tirer le canon d'alarme, tira trois coups, auxquels celui de l'Arsenal répondit, et pareille décharge eut lieu à chaque heure de la journée. À huit heures, deux cortèges partirent de chaque côté pour faire la proclamation dans les lieux qui leur étaient désignés. Ils étaient précédés de détachements de cavalerie, de tambours, de musique, et suivis de six pièces de canon. Ils étaient accompagnés de quatre huissiers de la municipalité, portant des enseignes tricolores sur lesquelles on lisait: «*Liberté, égalité, constitution, patrie!*» et au-dessus: «*Publicité et responsabilité.*» Derrière eux se trouvaient douze officiers municipaux, avec leurs écharpes, et quelques notables, membres du conseil de cette ville, tous montés sur de mauvais chevaux et mal arrangés. La marche était fermée par un détachement de la garde nationale, portant un drapeau sur lequel était écrit: «*Citoyens, la patrie est en danger*», et ils étaient suivis de quelques pièces de canon.

Les deux grandes bannières de chaque cortège furent déposées, l'une à l'Hôtel de ville, et l'autre au parc d'artillerie du pont Neuf, où elles devaient rester jusqu'au moment où l'Assemblée déclarerait que la patrie n'était plus en danger.

Cette proclamation fut lue par les officiers municipaux dans douze endroits de la ville, où l'on avait établi douze échafauds garnis d'une petite tente, pour faire les enrôlements de ceux qui voudraient s'engager pour aller aux frontières. Les engagements furent peu nombreux, et cette cérémonie, qui dura deux jours, fit peu d'impression sur les Parisiens. Les spectacles, les cabarets, les Champs-Élysées, le bois de Boulogne et les autres lieux de plaisir étaient aussi fréquentés qu'à l'ordinaire. L'insouciance des Parisiens était à son comble. Ils ne pouvaient se persuader que le péril pût les approcher, et ils cherchaient à en écarter la pensée. La proclamation du Roi, pour les engager à voler au secours de la patrie en danger et à se faire inscrire pour compléter l'armée de ligne, n'avait pas produit plus d'effet. Il n'y avait d'agitation que parmi les factieux, qui ne laissaient pas endormir la partie du peuple dont ils disposaient à leur gré, et dont ils continuaient à se servir pour consommer leurs forfaits.

L'Assemblée ne négligeait rien pour augmenter le nombre des défenseurs de la patrie. Elle accorda cinq cent mille francs pour la levée d'un corps de mille cinq cents Belges ou Liégeois, qui offraient de s'enrôler sous les drapeaux de la liberté. On juge bien que ce corps fut composé de tous les mauvais sujets du pays, et l'on s'en servait dans les occasions où les Français refusaient de tremper leurs mains dans le sang de leurs compatriotes. L'Assemblée décréta également la formation d'une légion d'Allobroges, pour recevoir tous les habitants de la Savoie qui voudraient s'enrôler au service ; et elle décréta qu'il suffirait d'avoir dix-huit ans et une taille de cinq pieds pour pouvoir être enrôlé pour la défense de la patrie.

L'Assemblée défendit aussi à tous les Français de sortir de la France, sous peine d'être réputés émigrés, et aux autorités de donner des passe-ports à d'autres qu'aux agents du gouvernement. Dans le but de dégoûter du ministère et de rendre la position des ministres plus difficile, elle décréta leur solidarité jusqu'au moment où la patrie serait hors de danger.

Les provinces du Midi étaient loin d'être tranquilles. M. du Saillant, ne pouvant soutenir les persécutions exercées sur les personnes soupçonnées d'attachement à la personne du Roi, prit les armes et s'empara du château de Baunes, dont il laissa sortir la garnison, par capitulation, avec armes et bagages. M. de Montesquieu, qui commandait dans cette partie de la France, donna ordre à M. d'Albignac de se mettre à la tête des volontaires de Nîmes, Montpellier, Uzès, Pont-Saint-Esprit, et de marcher contre M. du Saillant. Ils mirent le feu au château de Baunes, tuèrent sans aucune forme de procès les malheureux qu'ils avaient faits prisonniers, et brûlèrent ce qui restait du château ainsi que celui de Jalès. Ces mêmes volontaires se répandirent dans tout le pays et y commirent toutes sortes de désordres.

À Bordeaux et à Limoges, les patriotes assassinèrent avec la dernière cruauté plusieurs ecclésiastiques respectables, retirés chez leurs parents ou leurs amis, uniquement pour avoir refusé leur adhésion à la constitution civile du clergé. Tout ce qui pouvait exciter à un soulèvement trouvait toujours son excuse dans l'Assemblée et était assuré de l'impunité.

Il y avait souvent des mouvements partiels dans le faubourg Saint-Antoine, qu'on avait soin d'exciter pour tenir la populace en mouvement, mais qu'on savait réprimer à propos, en attendant le moment favorable pour faire usage de ses bras.

Pour éviter le renouvellement de la journée du 20 juin, on avait fermé le jardin des Tuileries, devenu l'unique promenade de la famille royale, qui ne sortait plus dehors de peur d'éprouver quelque insulte, et il n'y avait eu aucune réclamation à ce sujet. L'abbé Fauchet, qui voyait avec peine ce léger égard pour la famille royale et était bien aise, du reste, d'y ménager une entrée au peuple en cas de besoin, demanda que l'allée des Feuillants fût exceptée, par un décret, du jardin des Tuileries, comme faisant partie de l'enceinte de l'Assemblée, dont elle était cependant séparée par un mur. Il assura que le bon peuple, plein de respect pour l'Assemblée, obéirait sans peine à ses décrets, et qu'une simple barrière de ruban tricolore suffirait pour l'empêcher de pénétrer dans l'enceinte réservée au pouvoir exécutif. Malgré l'opposition d'un certain nombre de membres de l'Assemblée, qui lui représentèrent l'inconvénient de se rendre responsable, par cette mesure, de la personne du Roi, l'Assemblée n'en décréta pas moins la motion de l'abbé Fauchet; et le peuple eut la facilité d'entrer à sa volonté dans cette partie du jardin, d'où il insultait à son gré la malheureuse famille royale.

L'Assemblée ne gardait plus aucune mesure. Elle se livrait chaque jour aux excès les plus scandaleux et les plus propres à faire ouvrir les yeux à la nation, si elle n'eût été dans un aveuglement égal à la terreur que lui inspirait la faction jacobine, devenue une puissance dans notre malheureux royaume. Guadet proposa de rendre le Roi responsable de tout ce qui se ferait en son nom dans toute l'Europe, et les motions de suspension du Roi, de convocation d'assemblées primaires et de déchéance ne cessaient de se renouveler.

Brissot fit sentir à l'Assemblée le danger de la suspension du Roi avant d'avoir prouvé qu'il était dans le cas de la déchéance ; que la convocation d'assemblées primaires pouvait devenir dangereuse pour l'Assemblée et rallier autour du Roi des individus qui pouvaient faire cause avec les émigrés. Il proposa que ce fût la commission des douze qui fût chargée d'examiner si le Roi était dans le cas de la déchéance, et de la charger de présenter un projet d'adresse pour prémunir le peuple contre les mesures inconstitutionnelles et exagérées qui pouvaient entraîner la ruine de la liberté.

Le 20 juillet, les fédérés passèrent la nuit en orgie sur la place de la Bastille ; et, sur le bruit d'une dispute très-vive qui avait lieu entre divers membres de l'Assemblée, on répandit parmi eux que Merlin, Chabot et les patriotes du côté gauche avaient été assassinés par les aristocrates ; qu'un dépôt de dix-huit mille fusils existait aux Tuileries, et qu'on emmenait les canons des faubourgs. À ce récit, ils entrèrent en fureur et crièrent : « Investissons les Tuileries et exterminons les traîtres. » À cinq heures du matin, ils font battre la générale ; quatre à cinq mille gardes nationaux se rendent alors aux Tuileries. L'incertitude de leur réunion aux fédérés et une lettre du Roi à Péthion lui demandant de faire faire sur-le-champ une perquisition pour s'assurer de la fausseté du dépôt d'armes qu'on y prétendait caché, empêchèrent, pour ce jour-là, le renouvellement de la scène du 20 juin. Péthion se rendit au faubourg Saint-Antoine et calma, pour le moment, l'effervescence qui y régnait.

La fermentation qui existait ce jour-là aux environs des Tuileries donna beaucoup d'inquiétude au Roi et à la famille royale. Elle s'était renfermée dans la chambre de Sa Majesté, qui conféra avec le comte de Viomesnil et les ministres sur le parti qu'il avait à prendre si l'on venait attaquer le château. Comme il n'y avait aucun moyen de défense, et que le Roi ne voulait pas risquer de voir renouveler la scène du 20 juin, il se détermina, si le château venait à être forcé, à traverser la salle de la comédie et l'appartement de Mesdames, pour arriver à l'Assemblée par l'allée des Feuillants et y demander justice de semblables attentats. On n'eut pas besoin d'en venir à cette extrémité pour ce jour-là, mais le parti auquel on s'était décidé influa malheureusement sur celui que fit prendre Rœderer dans la journée du 10 août.

La position de la famille royale s'aggravait tous les jours; renfermée dans l'enceinte des Tuileries, d'où l'on n'osait même plus faire sortir Mgr le Dauphin, dans la crainte de rencontrer des rassemblements de factieux, elle était privée d'air et de toute espèce de distraction. Un soir, cependant, qu'il y avait aux Tuileries une excellente garde nationale, elle alla au petit jardin de Mgr le Dauphin, dont elle revint par la terrasse de l'eau. Des fédérés qui passaient sur le quai, ayant aperçu la Reine, se mirent à tenir de très-mauvais propos et à chanter une chanson détestable, en affectant de la regarder sans ôter leur chapeau. Cette princesse voulait se retirer, mais les gardes nationaux la supplièrent de n'en rien faire et de leur laisser apprendre à ces drôles-là qu'on ne les redoutait pas. Ils se mirent alors à crier : « Vivent le Roi et la famille royale ! » et absorbèrent tellement les cris des fédérés, que ceux-ci, n'étant pas les plus forts, furent obligés de se taire et d'ôter leurs chapeaux. Ils s'en plaignirent le lendemain à l'Assemblée, qui, quoique instruite de leur insolence, ne les en accueillit pas moins favorablement.

Les gardes nationaux qui accompagnaient la Reine à cette promenade lui témoignèrent un respect si profond, un attachement si sincère et une si vive douleur de ce qui s'était passé, qu'ils en étaient touchants. La Reine leur en témoigna sa sensibilité avec cette grâce et cette bonté qui accompagnaient toutes ses paroles. Ils étaient de ce bon bataillon des Filles-Saint-Thomas ; si toute la garde nationale lui eût ressemblé, nous n'eussions pas éprouvé les malheurs dont nous gémissons tous les jours. Il semblait que le ciel partageât le courroux de ces braves gens ; le bruit du tonnerre, qui grondait de toute part et se mêlait à celui des grosses cloches de Saint-Sulpice, qui se faisaient entendre à ce moment, ajoutait encore à la tristesse dont nous étions pénétrés. Il semblait que nous assistions aux funérailles de la monarchie. À peine fûmes-nous rentrés au château, qu'un violent orage éclata ; le tonnerre tomba à deux ou trois reprises aux environs des Tuileries et semblait être le présage des malheurs que nous étions sur le point d'éprouver.

Peu de jours après, M. d'Épréménil, se promenant sur la terrasse des Feuillants et voulant reconnaître l'esprit public, se mêla parmi les groupes et y fut malheureusement reconnu. Accusé d'être l'espion de Coblentz, il fut dépouillé, frappé de coups de sabre, menacé de la lanterne et aurait infailliblement péri, sans le secours de quelques gardes nationaux qui parvinrent à le soustraire à la rage de la multitude et qui le portèrent au trésor public. Péthion, ayant appris ce qui se passait, se rendit sur-le-champ auprès de M. d'Épréménil, et le voyant ensanglanté et tout couvert de blessures plus ou moins dangereuses, il témoigna une grande émotion, qui redoubla sensiblement lorsque M. d'Épréménil, lui tendant la main et le regardant fixement, lui adressa ces seules paroles : « Et moi aussi, Péthion, je fus l'idole du peuple. » Ses blessures ne furent heureusement pas mortelles ; mais, étant resté en France, il fut dans la suite une des victimes de la fureur révolutionnaire.

Les soldats de la garde nationale qui avaient été maltraités et insultés par la populace pour avoir sauvé M. d'Épréménil vinrent demander à l'Assemblée de fermer la terrasse des Feuillants pour éviter de mettre la garde nationale aux prises avec les citoyens ; mais elle s'y refusa net. M. de Kersaint imputa à M. d'Épréménil des propos qu'il n'avait pas tenus, ajoutant que son nom seul avait été la cause de tant d'excès, et que le peuple, regardant les Tuileries comme un pays ennemi, n'avait jamais tenté de franchir la barrière qui lui avait été imposée par un décret de l'Assemblée. Thuriot prétendit que cette garde, qui se disait outragée, n'était composée que de chevaliers du poignard, et qu'il fallait bien prendre garde qu'il ne fût admis à la garde du château que des citoyens inscrits dans le bataillon de service.

L'espoir d'être utile au Roi, avait, en effet, déterminé plusieurs personnes attachées à son service à entrer dans la garde nationale. Le duc de Choiseul et quelques autres personnes de la cour avaient pris, par cette raison, le même parti ; mais ils ne tardèrent pas à s'apercevoir de l'inutilité de cette mesure.

L'armée marseillaise, annoncée depuis si longtemps, arriva enfin le 30 juillet à Paris. Elle était composée de tous les bandits du Midi. Elle n'était dans le principe composée que de six à sept cents hommes ; mais, s'étant recrutée en chemin de tous les mauvais sujets qui avaient désiré se joindre à elle, elle s'était fort augmentée. Elle entra dans la ville avec armes et bagages, et suivie de deux canons. C'était le corps d'élite des factieux, et sur lequel ils comptaient le plus pour l'exécution de leurs projets. Péthion les avait casernés dans le district des Cordeliers, si connu par son club, d'où sortaient les motions les plus violentes et les plus incendiaires. On vit clairement dans cette occasion le peu de fond que l'on pouvait faire sur une garde nationale qui, forte de soixante bataillons et de cent vingt pièces de canon, laissait s'établir tranquillement une poignée de brigands dans un des quartiers de la ville, et qui se laissa subjuguer par eux sans leur opposer la moindre résistance. La présence de l'armée marseillaise se fit remarquer par un mouvement d'effervescence populaire. Leurs mauvais propos et les insultes qu'ils se permirent contre les citoyens qui portaient des cocardes en ruban au lieu de celles de laine qu'ils avaient adoptées, augmentèrent leur audace naturelle, qu'excitaient ceux qui comptaient bien en profiter.

Les provocations existaient journellement entre les deux partis de la capitale ; elles donnèrent lieu à une rixe entre les Marseillais et un bataillon de la garde nationale. Des hommes, qui cherchaient à la provoquer, insultèrent à dessein quelques soldats de ce bataillon, lequel, décidé à ne pas se laisser molester, répondit de manière à inquiéter les assaillants, qui appelèrent à leurs secours les Marseillais. Une centaine d'entre eux répondirent à leur appel, et la querelle allait s'engager, lorsque des hommes sages s'interposèrent entre les deux partis et parvinrent à les calmer. On croyait que tout était fini, lorsque des soldats de ce bataillon, qui était de garde aux Tuileries, s'en retournant tranquillement à leur poste, furent suivis par des Marseillais, qui recommencèrent non-seulement à les insulter, mais de plus à les attaquer. Trois d'entre eux, qui revenaient par la rue Saint-Florentin, furent assaillis et percés de coups. M. du Hamel, lieutenant du bataillon des Filles-Saint-Thomas, fut tué, et les autres plus ou moins blessés. Leurs camarades vinrent à leur secours et blessèrent plusieurs Marseillais. La crainte de voir arriver un trop grand nombre de gardes nationaux pour venger leurs camarades les fit seule retirer. Ces gardes nationaux étaient tous du bataillon des Filles-Saint-Thomas, et n'avaient été provoqués qu'en raison de leur attachement au Roi et à la famille royale. Les blessés, qui revinrent aux Tuileries, y reçurent tous les secours dont ils pouvaient avoir besoin, et Madame Élisabeth en pansa même plusieurs de ses propres mains.

Les factieux redoublaient d'audace depuis l'arrivée des Marseillais et insultaient même la Reine jusque sous les fenêtres de ses petits cabinets, qui donnaient sur la cour. Je n'osais plus recevoir Mgr le Dauphin dans mon appartement, qui donnait sur cette même cour et qui, étant situé au rez-de-chaussée, pouvait donner quelques inquiétudes. Au sortir de la promenade, je le remontais dans sa chambre ; l'abbé d'Avaux l'y occupait de manière à ne lui laisser connaître ni l'ennui ni le danger de sa position, et le soir M. de Fleurieu, qui avait servi dans la marine, qui avait de l'esprit et contait à merveille, lui faisait le récit de ses voyages, qui l'amusaient et l'instruisaient agréablement. Cet aimable enfant, qui n'était pas d'âge à prévoir les malheurs qui le menaçaient, se trouvait encore heureux et nous disait, à moi et à ma fille Pauline, les choses les plus aimables sur le bonheur que nous lui procurions, et dont, hélas! la durée devait être si courte.

Ce jeune prince, étant extrêmement discret, ne répétait jamais rien de ce qu'il entendait dire chez la Reine et chez moi[139] : « Avouez, me dit-il un jour, que je suis bien discret et que je n'ai jamais compromis personne (car ce mot, qui devait être étranger à son âge, ne lui était que trop connu). Je suis curieux, j'aime à savoir ce qui se passe, et si l'on se méfiait de moi, l'on s'en cacherait et je ne saurais jamais rien. » Cette discrétion, si rare à son âge, l'a accompagné jusqu'au tombeau, malgré les mauvais traitements qu'il a soufferts dans son affreuse captivité[140].

La Reine était si mal gardée, et il était si facile de forcer son appartement, que je lui demandai avec instance de venir coucher dans la chambre de Mgr le Dauphin. Elle eut bien de la peine à s'y décider, ne voulant pas laisser soupçonner l'inquiétude qu'elle pouvait avoir sur sa position; mais lui ayant fait observer qu'en passant par l'escalier intérieur du jeune prince, rien n'était si facile que d'en dérober la connaissance, elle finit par y consentir, mais seulement pour les jours où il y aurait du bruit dans Paris. Cette princesse était si bonne et si occupée de tous ceux qui lui étaient attachés, qu'elle comptait pour beaucoup de leur causer la moindre petite gêne. Jamais princesse ne fut plus attachante, ne marqua plus de sensibilité pour le dévouement qu'on lui témoignait et ne fut plus occupée de ce qui pouvait être agréable aux personnes qui l'approchaient. Croira-t-on qu'une reine de France en était réduite à avoir un petit chien couché dans sa chambre pour l'avertir au moindre bruit que l'on ferait entendre dans son appartement?

Mgr le Dauphin, qui aimait beaucoup la Reine, enchanté de la voir coucher dans sa chambre, courait à son lit dès qu'elle était éveillée, la serrait dans ses petits bras et lui disait les choses les plus tendres et les plus aimables. C'était le seul moment de la journée où cette princesse éprouvait quelque consolation ; son seul courage la soutenait, ainsi que l'espoir que les puissances étrangères la tireraient de sa cruelle situation. « Elles la connaissent, me dit-elle un jour, et elles savent bien que nous ne sommes maîtres ni de nos paroles ni de nos actions. »

Le Roi, qui s'était refusé à sanctionner le décret de vingt mille hommes que l'on voulait établir à Paris, en raison de la composition que voulait lui donner l'Assemblée, proposa, pour calmer ses inquiétudes sur l'approche des puissances étrangères, d'établir un camp à Soissons, qui servît d'intermédiaire entre les frontières et la capitale, et de le composer de troupes de ligne, dont les chefs auraient la confiance de l'Assemblée. Il lui fit part, en même temps, qu'il avait nommé pour officiers généraux de ce camp MM. de Custine, Alexandre Beauharnais, Charton le cadet et Servan.

L'Empereur et le roi de Prusse ayant donné le commandement des armées qu'ils avaient rassemblées sur les frontières de la France au duc de Brunswick, ce prince voulut, avant de rentrer en France, annoncer à ses habitants les motifs et les intentions qui guidaient les deux souverains, et fit paraître en conséquence un manifeste où il annonça :

« 1° La volonté de faire rendre justice aux princes possessionnés en Alsace et en Lorraine ;

« 2° De faire cesser l'anarchie qui existait en France, les atteintes portées au trône et à la majesté royale par les violences exercées contre le Roi et son auguste famille, et d'y rétablir le pouvoir légal ;

« 3° De rendre au Roi la sûreté et la liberté dont il était privé, et de le mettre à même d'exercer l'autorité légitime qu'il aurait toujours dû conserver. »

Il déclara, en outre, au nom de ces deux puissances, qu'elles ne prétendaient point s'enrichir par des conquêtes, ni s'immiscer dans le gouvernement de la France, mais procurer au Roi le moyen de pouvoir faire telles convocations qu'il croirait convenables, pour travailler à assurer le bonheur de ses sujets;

«Que les armées combinées protégeraient tous ceux qui se soumettraient au Roi et qui concourraient au rétablissement de l'ordre dans le royaume;

«Qu'elles ordonnaient aux gardes nationaux de veiller à la sûreté des personnes et des propriétés jusqu'à l'arrivée des troupes, sous peine d'en être responsables, avertissant que ceux qui seraient pris les armes à la main seraient traités comme rebelles à leur roi et perturbateurs du repos public;

«Qu'elles rendaient également responsables sur leurs têtes et sur leurs biens les membres de départements, de districts et de municipalités des excès qui se commettaient dans leur territoire, leur ordonnant de continuer leurs fonctions jusqu'à ce que Sa Majesté en ordonnât autrement; sommaient les généraux, officiers, sous-officiers et soldats de ligne, de se soumettre au Roi sur-le-champ, comme à leur légitime souverain, et déclaraient aux habitants des villages qui oseraient se défendre contre les troupes de Leurs Majestés Impériales et Royales, et tirer sur elles, qu'ils seraient traités dans toute la rigueur des lois militaires, que leurs maisons seraient démolies ou brûlées, tandis que les habitants qui s'empresseraient de se soumettre à leur roi seraient sous la protection des troupes alliées.

«Leurs Majestés Impériales et Royales ordonnaient à la ville de Paris et à tous ses habitants, sans distinction, de se soumettre au Roi sur-le-champ, de lui rendre, avec la liberté, les égards et les respects dus à sa personne et à la famille royale, les rendant personnellement responsables des violences exercées contre eux, dont ils tireraient la vengeance la plus éclatante, en livrant Paris à une exécution militaire et à une subversion complète. Elles protestaient d'avance contre toutes les lois et décisions émanées du Roi, tant que ce prince et sa famille ne seraient pas en lieu de sûreté, et elles invitaient Sa Majesté à désigner la ville de son royaume la plus voisine des frontières où il lui plairait de se retirer sous bonne escorte, pour pouvoir y appeler ses ministres et les conseillers qu'elle jugerait à propos d'admettre, pour aviser aux moyens de rétablir l'ordre et régler l'administration du royaume ; s'engageant à faire respecter à leurs troupes la discipline la plus exacte, et demandant, par tous ces motifs, aux habitants de ne pas s'opposer à la marche des troupes, et de leur prêter assistance au besoin. »

Ce manifeste exaspéra l'Assemblée, qui se livra sans ménagement à la plus violente colère ; et comme les armes manquaient, elle proposa d'employer les piques, les lances, les haches et les frondes, pour armer les citoyens. Dans l'excès de sa fureur, Lecointre s'écria : « Ne s'élèvera-t-il pas un homme de génie qui invente la manière dont les hommes libres doivent faire la guerre ? »

Le manifeste du duc de Brunswick engagea le Roi à une nouvelle déclaration de ses sentiments, pour s'opposer à l'envahissement de la France. Il parla à son peuple égaré comme un père qui ne veut que son bonheur et le ramener à son devoir, en lui retraçant tout ce qu'il a sacrifié dans l'espoir de le rendre heureux, cherchant à lui prouver que c'est dans l'union seule et dans l'exacte observation de la Constitution qu'il parviendra à éviter les malheurs dont il se voit menacé.

En réponse à cette déclaration, Péthion se présenta à l'Assemblée et demanda la permission de lire une pétition dont les sections l'avaient chargé comme premier magistrat de la Commune, pour dénoncer le pouvoir exécutif. Dictée par les factieux, cette pétition était du style le plus violent. Elle représentait le Roi comme fortement opposé à la Constitution, exaltant la clémence de la nation à propos du voyage de Varennes. Elle accusait le Roi de la trahir et le rendait responsable de tous les maux dont les deux Assemblées étaient les auteurs. Elle demandait sa déchéance et la nomination d'une Convention pour la prononcer, faisait sentir la nécessité d'un changement de dynastie, et demandait que, jusqu'à l'établissement d'une Convention, l'Assemblée nommât des ministres pris hors de son sein, pour exercer provisoirement les fonctions du pouvoir exécutif, jusqu'à la déclaration de la volonté du peuple par l'organe de la Convention nationale. Elle finissait par assurer que si les lâches et les perfides se rangeaient du côté de l'ennemi, celui-ci trouverait dix millions d'hommes libres prêts à mourir pour la défense de la patrie.

Plusieurs sections suivirent cet exemple, et l'Assemblée décréta qu'elle traiterait, le 9 août, la grande question de la déchéance.

Après de grands débats sur la validité de la dénonciation de M. de la Fayette, dénonciation démentie par le maréchal Luckner, l'Assemblée décréta qu'il n'y avait pas matière à accusation contre ce général.

La conduite de M. le duc d'Orléans ayant fait ouvrir les yeux à madame la duchesse d'Orléans, elle demanda et obtint en justice sa séparation de biens d'avec ce prince, et se retira ensuite chez M. le duc de Penthièvre, son père. Madame la princesse de Lamballe, qu'il accusa d'y avoir contribué, fut de ce moment l'objet de sa haine, que l'on assura être une des causes de la fin cruelle de cette malheureuse princesse[141]

Les Jacobins, sûrs de la direction du mouvement qu'ils se préparaient à exécuter, ne s'en cachaient plus; et leur plan était tellement connu, que Brunyer, médecin de Mgr le Dauphin, me remit plus de huit jours avant l'événement un petit imprimé qui était le programme le plus fidèle de cette effroyable journée, lequel fut suivi de point en point.

Il était devenu impossible de se faire illusion sur les périls que nous courions. L'Assemblée, unie d'intérêts avec les Jacobins, disposant de toutes les administrations, concentrant en elle tous les pouvoirs, laissait au Roi bien peu d'espoir de pouvoir résister à des ennemis aussi dangereux qu'acharnés contre sa personne, et tout donnait lieu de craindre que ce prince ne finît par succomber dans une lutte aussi inégale.

Dans cette extrémité, on conseilla à Sa Majesté de traiter avec les Jacobins et les principaux factieux de l'Assemblée; de gagner les uns par l'espoir de places lucratives qui flatteraient leur ambition et leur cupidité, et les autres par l'appât de sommes considérables, et de parvenir par ce moyen à détourner l'orage qui était à la veille d'éclater.

Boze, peintre du Roi et fort attaché à ce prince, et que l'on savait avoir quelques relations avec Vergniaud et quelques autres députés de la Gironde, fut chargé de traiter avec eux. Il fut également question d'entrer en négociation avec Péthion, Santerre, Lacroix et autres Jacobins. Mais ils déclarèrent positivement ne vouloir traiter qu'avec un aristocrate d'une réputation bien établie; car, disaient-ils, nous n'avons jamais été trompés par ceux-ci, et nous l'avons été plus d'une fois par les constitutionnels.

La Reine me demanda si je connaissais encore à Paris une personne de probité, au-dessus de tout soupçon et capable de mener adroitement une pareille négociation. Je lui indiquai M. de La Chèze, membre du côté droit de l'Assemblée constituante, d'une probité et d'un désintéressement à toute épreuve, et qui, même dans le parti opposé au sien, jouissait d'une grande considération. Mais je ne pus lui dissimuler qu'étant père de huit enfants, il aurait peut-être de la peine à se charger d'une négociation dont les suites pouvaient être si dangereuses. À la première proposition qui lui en fut faite, il n'hésita pas un instant : « Je ne connais pas, dit-il, le danger d'une démarche, lorsqu'elle peut être utile à mon roi, et je sacrifierais volontiers ma vie pour le sortir de la cruelle situation où il se trouve. »

Le Roi le fit venir dans son cabinet, où il fut introduit secrètement par mon valet de chambre, qui le fit passer par le petit escalier de Mgr le Dauphin, pour que personne n'en eût connaissance. Il fut chargé de sonder les personnes en question, pour savoir ce qu'elles demandaient et si l'on croyait pouvoir se fier à leurs promesses. Elles demandèrent huit cent mille francs pour les partager entre elles, et s'engagèrent à employer tous les moyens qui étaient en leur pouvoir pour détourner le coup qui se préparait. Péthion promit de se rendre au château, au premier bruit du danger, et de donner l'ordre de repousser la force par la force, si l'on tentait une entreprise contre les Tuileries.

M. de La Chèze leur parla à plusieurs reprises, et croyant les avoir persuadés du grand intérêt qu'ils avaient à sauver le Roi pour la sûreté de leur vie et de leur fortune, il vint rapporter à Sa Majesté leurs demandes et leurs promesses. Pour la convaincre de leur sincérité, ils firent de concert avec elle quelques démarches préparatoires, mais de nature à ne pas compromettre leur secret. Le Roi accepta leurs propositions, et pour ne pas compromettre M. de La Chèze, si on le voyait chez lui, il me chargea de lui remettre les huit cent mille francs, qu'il n'avait pu lui donner sur-le-champ.

Les constitutionnels, alarmés du danger que leur faisait courir le péril qui menaçait le Roi, se déterminèrent à le servir malgré lui, et formèrent le projet de s'assurer des chefs des Jacobins et des factieux de l'Assemblée, de réunir ensuite les députés sages et modérés, qui en entraîneraient nécessairement bien d'autres, et de redonner au Roi l'autorité nécessaire pour faire marcher la Constitution.

Les Jacobins, ayant eu connaissance de ce complot, n'en devinrent que plus acharnés à l'exécution de leurs projets ; et ceux qui avaient traité avec le Roi, suspectant sa bonne foi, incertains d'ailleurs de l'issue de la journée du 10 août, et craignant d'être découverts, se réunirent dans la nuit à la majorité de l'Assemblée et affichèrent à la tribune, dans la matinée du même jour, des sentiments dictés par la peur, qui les leur fit soutenir jusqu'à ce qu'ils fussent eux-mêmes victimes de leurs collègues ; tant il est vrai que le courage et la bonne foi se trouvent rarement liés avec le vice et l'intérêt personnel.

Tout ce qui se passait donnait les plus vives inquiétudes aux personnes bien pensantes, et chacun faisait parvenir au Roi les avis que l'on recevait sur la situation de Paris. M. de Paroy, craignant pour les jours de Leurs Majestés et ceux de Mgr le Dauphin, me pria d'offrir de sa part à la Reine trois cuirasses de douze doubles de taffetas, impénétrables à la balle et au poignard, qu'il avait fait faire pour elle, pour le Roi et pour Mgr le Dauphin, et me remit un poignard pour en faire l'essai. Je les portai chez la Reine, qui essaya sur-le-champ celle qui lui était destinée ; et, me voyant le poignard entre les mains, elle me dit, du plus grand sang-froid : « Frappez-moi pour en faire l'essai. » Je ne pus soutenir une pareille idée, qui me fit frémir, et je lui déclarai que rien ne me déterminerait à un pareil geste. Elle ôta alors sa cuirasse dont je me saisis ; je la mis sur ma robe, et je la frappai du poignard, qui, comme l'avait dit M. de Paroy, se trouva impénétrable à ses coups. La Reine convint alors avec le Roi que chacun d'eux s'en revêtirait à la première apparence de danger, ce qui fut exécuté. On peut juger par ce trait de l'horreur de la situation de la famille royale et de celle des habitants des Tuileries, lorsqu'on en était réduit à employer de pareils moyens.

CHAPITRE XXIII

Année 1792

On avait grand soin d'entretenir l'effervescence qui régnait parmi les habitants des faubourgs, les fédérés et les Marseillais. On les faisait boire, on leur donnait de l'argent ; et enhardis par les chefs des conjurés, qui les rassemblaient et les excitaient au carnage, ils tenaient des propos affreux. Leurs provocations devinrent si menaçantes, que M. Joly, ministre de la justice, écrivit le 9 août à l'Assemblée que le mal était à son comble ; que huit lettres, qu'il lui avait écrites successivement pour lui rendre compte des progrès de l'effervescence, étaient restées sans réponse ; qu'il était évident qu'il se préparait un mouvement terrible pour le lendemain, et que, sans un prompt secours du corps législatif, il était impossible au gouvernement de répondre des personnes et des propriétés. Quelques membres de l'Assemblée se plaignirent d'avoir été insultés, et M. de Vaublanc demanda que, sans différer, on transférât ailleurs le lieu de ses séances.

Après plusieurs débats, l'Assemblée se borna à mander Rœderer[142], procureur-syndic du département, pour savoir de lui ce qui se passait. Il déclara qu'aussitôt qu'il avait appris l'insulte faite aux députés, il avait été trouver le maire et lui avait demandé compte du bruit qui se répandait ; que neuf cents hommes devaient entrer le soir dans Paris ; qu'il l'avait assuré n'en avoir aucune connaissance, mais que, d'après ce qui se passait, il avait convoqué, la veille, le corps municipal pour le matin, et le conseil de la commune pour le soir ; qu'il avait chargé des officiers municipaux de se rendre à l'Assemblée et au château, et écrit au commandant général de la garde nationale de renforcer les postes et d'avoir des réserves. Il ajouta que le conseil général du département avait reçu un arrêté de la section du Roi-de-Sicile, déclarant désapprouver celui que lui avait envoyé la section des Quinze-Vingts. On y annonçait que si l'Assemblée n'avait pas prononcé le lendemain sur le sort du Roi, la section sonnerait le tocsin et battrait la générale pour que le peuple se levât en entier ; qu'elle envoyait cet arrêté aux quarante-sept autres sections de Paris et aux fédérés, les invitant à y adhérer. Le conseil général avait sur-le-champ improuvé cet arrêté et enjoint à la municipalité de lui faire part des mesures qu'elle avait prises pour en empêcher l'exécution.

Péthion se rendit à la barre pour rendre compte des mesures qu'il avait prises pour maintenir la tranquillité publique, troublée, disait-il, par des bruits d'enlèvement du Roi. (Car le scélérat avait des moyens de réserve pour justifier sa conduite en cas de besoin.)

Le Roi, sentant enfin la nécessité de se défendre, si l'on venait à l'attaquer, fit venir quatre-vingt-dix Suisses de Courbevoie pour la défense du château. On les posta à toutes les issues et sur les escaliers intérieurs, en leur défendant de tirer, à moins que ce ne fût pour défendre la garde nationale. Celle qui était aux Tuileries, et nommément le bataillon des Filles-Saint-Thomas, était bien disposée à les seconder. Elle était commandée, ainsi que les Suisses, par MM. de Menou et de Boissière, et M. de la Jarre, ex-ministre. Tous les gentilshommes qui étaient en ce moment à Paris, et notamment tous les officiers de la garde du Roi, se rendirent au château pour la défense de Sa Majesté. Ils étaient commandés par M. le maréchal de Mailly, qui avait sous lui M. de Puységur, ex-ministre du Roi, et MM. d'Hervilly et de Pont-l'Abbé. M. d'Hervilly demanda au Roi de lui donner l'ordre de s'emparer de l'Arsenal, des armes de sa garde qu'on y avait déposées, et des cartouches qui devaient s'y trouver. Ce prince, qui ne voulait pas qu'on pût l'accuser d'être l'agresseur dans le mouvement qui se préparait, se refusa à cette proposition. Les conjurés, moins scrupuleux, commencèrent par s'emparer de l'Arsenal, et se servirent des armes de la garde royale et des cartouches qu'ils y trouvèrent, dans l'horrible journée du 10 août.

Plusieurs serviteurs de Sa Majesté se mirent aussi dans les rangs des gentilshommes pour concourir avec eux à sa défense. Des personnes zélées firent des patrouilles pendant la nuit ; et ayant été arrêtées, elles fournirent aux conjurés un moyen d'augmenter l'effervescence du peuple. À minuit, on entendit sonner le tocsin et battre de toute part la générale. On crut prudent de faire venir Péthion au château. Il s'y rendit de bonne grâce et donna même par écrit à M. Mandat, commandant général de la garde nationale, l'ordre de repousser par la force les entreprises que l'on pourrait former contre le château. Les braves gardes nationaux du bataillon des Filles-Saint-Thomas, voulant l'engager, par intérêt de sa propre sûreté, à s'unir à eux pour défendre le Roi, dirent assez haut pour en être entendus : « Nous le tenons enfin ici ; il n'en sortira pas, et sa tête nous répondra de la personne de Sa Majesté. » Effrayé de ce propos, il trouva le moyen de faire connaître à l'Assemblée le danger qu'il courait, et elle le manda à sa barre par un décret. On n'osa s'opposer à son exécution, et il sortit ainsi du château pour se rendre à l'Assemblée, qu'il assura de sa vigilance pour le maintien de la tranquillité publique. Et, bien assurée qu'elle pouvait compter sur lui, elle le renvoya à ses fonctions.

La garde nationale fut sur pied toute la nuit, sans recevoir aucun ordre sur la conduite qu'elle devait tenir. Le Roi n'en pouvait donner sans la signature de ses ministres, et ceux-ci n'osaient rien signer à cause de leur responsabilité. Le commandant général, soumis par la loi à la municipalité, ne pouvait non plus donner d'ordres sans en être requis par elle, et le sort du Roi se trouvait par là entre les mains de Péthion et de Manuel.

Le Roi fit à cinq heures la revue de la garde nationale et eut lieu d'être content des dispositions qu'elle annonçait; mais Péthion, totalement retourné du côté des conjurés et inquiet des sentiments qu'elle démontrait, la fit remplacer à six heures par des bataillons sur lesquels il pouvait compter, et la revue qu'en fit le Roi fut loin d'être satisfaisante.

Il y avait, parmi ces nouveaux bataillons, des gens à piques qui excitaient à la révolte les gardes nationaux dont la fidélité n'était pas bien affermie. On entendait parmi eux des cris de: « *Vive Péthion! vive la nation! À bas les traîtres et le veto!* » Des corps entiers de gardes nationaux se rangèrent du côté des rebelles, de manière que le Roi ne pouvait compter que sur les Suisses, sur six cents hommes de la garde nationale et sur trois cents personnes à peu près, tant gentilshommes qu'officiers de la garde du Roi et serviteurs de Sa Majesté, armés seulement d'épées et de pistolets, tous sincèrement attachés à sa personne, et habillés en bourgeois, pour ne porter aucun ombrage à la garde nationale.

Il y avait dans la chambre du conseil, devant la porte de la chambre du Roi, une vingtaine de grenadiers de la garde nationale, auxquels la Reine adressa ces paroles: «Messieurs, tout ce que vous avez de plus cher, vos femmes et vos enfants, dépendent de notre existence; notre intérêt est commun.» Et leur montrant la petite troupe de gentilshommes qui occupait les appartements: «Vous ne devez pas avoir de défiance de ces braves gens, qui partageront vos dangers et vous défendront jusqu'à leur dernier soupir.» Touchés jusqu'aux larmes, ils témoignèrent leur généreuse résolution de mourir, s'il le fallait, pour la défense de Leurs Majestés.

Personne ne se coucha au château; tout le monde se tenait dans les appartements, attendant avec anxiété le dénoûment d'une journée qui s'annonçait sous des auspices aussi funestes. La Reine parlait à chacun de la manière la plus affectueuse et encourageait le zèle qu'on lui témoignait[143]. Je passai la nuit, ainsi que ma fille Pauline, auprès de Mgr le Dauphin, dont le sommeil calme et paisible formait le contraste le plus frappant avec l'agitation qui régnait dans tous les esprits.

J'allai sur les quatre heures du matin dans l'appartement du Roi, pour savoir ce qui se passait et ce que nous avions à craindre ou à espérer. «J'ai, me dit M. d'Hervilly, la plus mauvaise opinion de cette journée; ce qu'il y a de pis en pareil cas est de ne prendre aucun parti, et l'on ne se décide à rien.»

On annonça sur les sept heures que les habitants du faubourg et l'armée marseillaise se portaient au château; que des commissaires choisis par les factieux des quarante-huit sections s'étaient érigés en conseil général de la commune; qu'ils avaient mandé M. Mandat, commandant de la garde nationale, sous prétexte de se concerter avec lui, l'avaient fait assassiner près de l'Hôtel de ville, afin de s'emparer de l'ordre par écrit qu'il avait reçu de Péthion de repousser la force par la force, et promenaient sa tête dans Paris; que Santerre lui avait été donné pour successeur, que l'état-major était renouvelé, et que tout cela se faisait de concert avec le comité de surveillance de l'Assemblée, qui avait mis plus de quatre millions à la disposition de Santerre pour propager l'insurrection. L'Assemblée, qui sentait le danger qu'elle courait, si les puissances étrangères avaient le dessus, employait tous ses efforts pour associer le peuple à ses crimes, afin que, perdant tout espoir de pardon, il fût excité par ses frayeurs à partager sa résistance.

L'ordre du conseil du département et de la municipalité, envoyé aux gardes nationaux, de défendre le Roi comme autorité constituée, fut lu dans tous les rangs par des commissaires députés aux Tuileries ; mais il fit si peu d'effet sur cette garde renouvelée, que les canonniers déchargèrent et abandonnèrent leurs canons en apprenant la marche des Marseillais et des brigands de la capitale. M. d'Hervilly, voyant l'impossibilité d'en faire usage pour la défense du Roi, les encloua sur-le-champ, pour qu'on ne pût s'en servir contre le château.

Le Roi, qui avait déjà fait demander à l'Assemblée d'envoyer une députation pour imposer aux brigands, lui en fit renouveler la demande par M. Joly, ministre de la justice ; mais, sous le prétexte qu'elle n'était pas assez nombreuse pour délibérer, Cambon fit prononcer l'ajournement, malgré le péril que courait le Roi et qui croissait à chaque instant.

L'incertitude du parti à prendre dans un danger aussi imminent parut favorable à Rœderer pour engager le Roi à se rendre à l'Assemblée nationale. Il entra chez ce prince, suivi de quelques membres du département ; et, le priant de faire retirer le grand nombre de personnes qui l'entouraient, il lui adressa ces paroles : « Sire, le danger est imminent ; les autorités constituées sont sans force, et la défense est impossible. Votre Majesté et sa famille courent les plus grands dangers, ainsi que tout ce qui est au château ; elle n'a d'autre ressource pour éviter l'effusion du sang que de se rendre à l'Assemblée. » La Reine, qui était à côté du Roi avec ses enfants, représenta qu'on ne pouvait abandonner tant de braves gens qui n'étaient venus au château que pour la défense du Roi : « Si vous vous opposez à cette mesure, lui dit Rœderer d'un ton sévère, vous répondrez, Madame, de la vie du Roi et de celle de vos enfants. » Cette pauvre malheureuse princesse se tut, et éprouva une telle révolution que sa poitrine et son visage devinrent, en un instant, tout vergetés. Elle était désolée de voir le Roi suivre les conseils d'un homme si justement suspect, et semblait prévoir d'avance tous les malheurs qui l'attendaient. Rœderer flatta la famille royale du succès de cette démarche et de son prompt retour au château. La Reine, quoique loin d'y croire, répéta ces paroles à ceux qu'elle était si affligée d'abandonner ; et le Roi, profondément affecté, se tournant vers cette troupe fidèle, ne put que leur adresser ces paroles : « Messieurs, je vous prie de vous retirer et de cesser une défense inutile ; il n'y a plus rien à faire ici, ni pour vous ni pour moi. »

La consternation fut générale lorsqu'on vit partir le Roi pour aller à l'Assemblée ; la Reine le suivait, tenant ses deux enfants par la main. À côté d'eux étaient Madame Élisabeth et madame la princesse de Lamballe, qui, comme parente de Leurs Majestés, avait obtenu de les suivre[144] ; et j'étais derrière Mgr le Dauphin. Le Roi était accompagné de ses ministres et escorté par un détachement de la garde nationale. Je quittai ma chère Pauline la mort dans le cœur, en pensant aux dangers qu'elle allait courir, et je la recommandai à la bonne princesse de Tarente, qui me promit de ne pas s'en séparer et d'unir son sort au sien.

Nous traversâmes tristement les Tuileries pour

gagner l'Assemblée. MM. de Poix, d'Hervilly, de Fleurieu, de Bachmann, major des Suisses, le duc de Choiseul, mon fils et plusieurs autres se mirent à la suite de Sa Majesté, mais on ne les laissa pas entrer. Il y eut à la porte un encombrement qui fit craindre un moment pour les jours du Roi et de la Reine. On parvint enfin à leur ouvrir un passage, et ils furent reçus à la porte par une députation que leur avait envoyée l'Assemblée. Le Roi traversa la salle accompagné de ses ministres, et fut se placer à côté du président; et la Reine, ses enfants et sa suite se tinrent vis-à-vis: « Je viens, messieurs, dit le Roi, pour éviter un grand attentat, pensant que je ne puis être mieux en sûreté qu'au milieu de vous. » Vergniaud, qui présidait en ce moment, lui répondit: « Vous pouvez compter, Sire, sur la fermeté de l'Assemblée nationale; ses membres ont juré de mourir en soutenant les droits des autorités constituées. »

Le Roi s'assit alors auprès du président, et la famille royale se plaça dans le banc des ministres. Mais, sur l'observation de quelques membres de l'Assemblée, que la Constitution interdisait toute délibération en présence du Roi, l'Assemblée décida que le Roi et sa famille se placeraient dans la loge du logographe, derrière le fauteuil du président. Les fidèles serviteurs de Sa Majesté arrachèrent sur-le-champ les barreaux de cette loge et communiquèrent une partie de la journée avec la malheureuse famille royale.

Rœderer se rendit à la barre, accompagné des administrateurs du département et de la municipalité, pour rendre compte de ce qui se passait dans Paris et des motifs qui l'avaient engagé à presser le Roi de se rendre à l'Assemblée: « Notre force, ajouta-t-il, était paralysée et n'existait même plus; nous n'en pouvons avoir d'autre que celle qu'il plaira à l'Assemblée de nous donner. Nous apprenons dans l'instant que le château vient d'être forcé. »

L'Assemblée fit un décret pour mettre les personnes et les propriétés sous la sauvegarde du peuple, et envoya une députation de vingt-cinq de ses membres pour lui porter cette déclaration. À peine fut-elle partie qu'on entendit le bruit du canon et de la mousqueterie ; la députation se dispersa, et une partie rentra dans la salle. Le Roi les rassura en leur disant qu'il avait donné l'ordre de ne pas tirer ; mais voyant entrer des personnes armées dans l'Assemblée, celle-ci s'y opposa ; car, au milieu de ses succès, elle mourait de peur et craignait toujours qu'on ne vînt délivrer le Roi et faire main basse sur les conjurés.

Il arriva des pétitionnaires qui déposèrent que les Suisses les avaient attirés en signe d'amitié et avaient fusillé un grand nombre d'entre eux : « Nous avons, dirent-ils, mis le feu aux Tuileries, et nous ne l'éteindrons que quand la justice du peuple sera satisfaite. Nous sommes chargés de vous demander encore une fois la déchéance du pouvoir exécutif ; c'est une justice que nous réclamons et que nous attendons de vous. » Le président leur répondit : « L'Assemblée veille au salut de l'empire ; assurez le peuple qu'elle va s'occuper des grandes mesures qu'exige son salut. »

Une députation de la section des Thermes vint dire à la barre qu'elle ratifiait la pétition présentée la veille pour demander la déchéance ; que le peuple, fatigué des crimes de la Cour, avait juré de maintenir l'égalité et la liberté, et que tous les citoyens de Paris partageaient ces sentiments : « Osez jurer, dit-elle aux députés, que vous sauverez l'empire. » — « Oui, nous le jurons », dirent en se levant tous les députés.

Le concert de toutes ces voix séditieuses, jointes au bruit du canon et de la mousqueterie, nous faisait à tous un mal affreux. Chaque coup de canon nous faisait tressaillir ; le cœur du Roi et celui de la Reine étaient déchirés ; et nous étions dans la plus profonde douleur, en pensant au sort qu'éprouvaient peut-être en ce moment ceux que nous avions laissés aux Tuileries. Le pauvre petit Dauphin pleurait, s'occupait de ceux qu'il aimait et qui étaient restés au château, se jetait dans mes bras et m'embrassait. Plusieurs députés en furent frappés, et la Reine leur dit : « Mon fils aime tendrement la fille de sa gouvernante, qui est restée aux Tuileries ; il partage l'inquiétude de sa mère, et celle que nous éprouvons, du sort de ceux que nous y avons laissés. » Malgré leur férocité, ils ne purent se défendre d'un sentiment d'attendrissement et de pitié, en regardant cet aimable enfant, qui commençait dans un âge si tendre à sentir déjà le malheur qui l'attendait. Les nouveaux représentants de la Commune, qui devait bientôt elle-même dicter des lois à l'Assemblée, vinrent lui faire part de la nomination provisoire de Santerre comme commandant général de la garde nationale de Paris, et de la continuation de Péthion, de Manuel et de Danton dans les places qu'ils occupaient. Montaut fit la motion que chaque député jurât à la tribune de maintenir la liberté et l'égalité, et de mourir à son poste ; et nous les entendîmes successivement répéter ces mêmes paroles pendant plus de deux heures.

Les pompiers, que l'on avait envoyé chercher pour éteindre le feu des Tuileries, vinrent représenter à l'Assemblée l'impossibilité d'y réussir, si l'on n'y envoyait des commissaires pour rétablir l'ordre. Elle répondit d'abord que ce soin regardait la municipalité ; mais sur la représentation de Chabot, qu'il était cependant fâcheux de laisser étendre l'incendie, et qu'il était urgent de mettre un homme de confiance à la tête des pompiers, elle nomma à cet effet Palloy, architecte de la ville, qui s'était signalé par son zèle lors de la destruction de la Bastille.

Plusieurs fidèles serviteurs du Roi, ayant trouvé moyen de pénétrer dans l'Assemblée, se rendirent auprès de ce prince dans la loge du logographe, et rendirent compte à Sa Majesté de ce qui se passait aux Tuileries. Ils nous apprirent que les femmes en étaient sorties sans qu'il leur fût arrivé d'accident, et mon fils m'assura que Pauline était en sûreté. Cette certitude et sa présence furent d'une grande consolation pour mon cœur, quoiqu'il fût encore profondément touché du sort de tant de braves gens qui s'étaient dévoués pour le Roi et la famille royale. Mgr le Dauphin fut charmant, en cette occasion, par la sensibilité avec laquelle il me témoigna sa satisfaction de savoir sa chère Pauline hors de danger. Ces messieurs nous dirent que les Suisses avaient eu un moment le dessus, mais que n'étant pas secondés, et la multitude croissant à chaque instant, ils avaient été forcés de se retirer ; qu'on en avait massacré un grand nombre, et que la fureur s'était étendue jusqu'aux Suisses des particuliers, dont plusieurs, et nommément le mien, avaient péri ; qu'on ne pouvait se dissimuler qu'il y aurait beaucoup de victimes, par la rage dont était animée la populace, présentement maîtresse du château.

On vint avertir en ce moment que les Suisses marchaient sur l'Assemblée[145], que les fédérés marchaient à leur rencontre, et qu'ils allaient se livrer un combat sanglant. L'Assemblée en frémit et demanda au Roi qu'une des personnes qui étaient avec lui allât les parlementer et leur fît rendre les armes. Le président proposa d'en donner l'ordre par écrit, et M. d'Hervilly s'offrit pour remplir cette commission ; mais avant de partir, il déclara qu'il ne pouvait agir utilement que sur l'ordre et la signature de ce prince. L'Assemblée, qui frémissait de la possibilité de voir arriver les Suisses, s'empressa de présenter au Roi de l'encre et du papier pour qu'il donnât l'ordre de mettre bas les armes et de faire retourner les Suisses sur leurs pas. M. d'Hervilly traversa la rue Saint-Honoré au milieu des coups de fusil et des balles qui pleuvaient sur lui de toute part, et fut admiré par sa bravoure de tous ces enragés. Voyant avec douleur l'impossibilité où seraient les Suisses de résister à la multitude de gens armés qui venait à leur rencontre, il leur signifia l'ordre du Roi de mettre bas les armes, et revint lui rendre compte de la commission dont il avait été chargé.

Les Marseillais et autres brigands, voyant les Suisses désarmés, se mirent à courir sur eux, et ces derniers se virent obligés de se cacher et de changer d'habits pour ne pas être victimes de leur fureur. On apprit à l'Assemblée que M. d'Affry avait été mis en prison pour sa propre sûreté, et qu'on avait mis les scellés chez lui. Elle décréta alors, sur la motion de Bazire, que les Suisses seraient mis sous la sauvegarde de la loi et des vertus hospitalières du peuple ; ce qui n'empêcha pas que celui-ci ne mît à mort tous ceux qui eurent le malheur de tomber sous sa main.

Les députés, inquiets de voir le Roi environné de personnes qui lui étaient attachées, déclarèrent que le Roi ne devait être gardé que par la garde nationale, et que toute autre devait se retirer. Le comte Charles de Chabot, qui était resté dans cette garde dans la vue d'être utile au Roi, alla prendre sur-le-champ son uniforme et son fusil, et fit le service de factionnaire à la porte du logographe. Les marques d'attachement qu'il donna à Sa Majesté l'ayant rendu suspect aux factieux, il fut arrêté peu de jours après l'entrée du Roi au Temple et conduit à la prison de l'Abbaye, où il fut une des premières victimes de la journée du 2 septembre.

Il avait adopté pendant quelque temps les principes de la Révolution ; mais, ayant le sens droit et le cœur pur, il en avait reconnu le danger, et n'avait cessé, depuis, de chercher à réparer l'erreur d'un esprit exalté par les propos qu'il entendait journellement chez la duchesse d'Enville, sa grand'mère. Elle avait été liée de tout temps avec les différents membres de la société philosophique, qui l'avaient imbue des prétendus principes de liberté et d'égalité, sous lesquels ils cachaient leur ambition et leur esprit de domination. Ils lui firent payer bien cher l'appui qu'elle leur avait donné au commencement de la Révolution, son fils et son petit-fils ayant été massacrés par suite de leurs principes.

Lamarque annonça à l'Assemblée qu'on avait arrêté le départ des courriers, pour empêcher qu'on ne portât l'alarme dans les départements. Il proposa que l'on fît une adresse aux Français pour les instruire que leurs représentants ne négligeraient rien pour sauver la patrie, qui ne pouvait l'être que par l'union de tous les bons Français. L'Assemblée adopta cette proposition et le chargea de la rédaction de l'adresse.

Vergniaud lui succéda à la tribune : « Je viens, dit-il, au nom de la commission extraordinaire, vous proposer une mesure bien rigoureuse, mais devenue nécessaire, malgré la douleur dont je vous vois pénétrés. Les dangers de la patrie, qui sont à leur comble, proviennent de la défiance qu'inspire la conduite du chef du pouvoir exécutif dans une guerre entreprise contre la liberté et l'indépendance nationales. Des adresses de toutes les parties de l'empire demandent la révocation de l'autorité déléguée à Louis XVI ; et l'Assemblée, ne voulant point agrandir la sienne par aucune usurpation de pouvoir, vous propose de décréter : l'établissement d'une Convention nationale dont elle vous proposera le mode de convocation ; l'organisation d'un nouveau ministère, les ministres actuels conservant provisoirement leurs fonctions jusqu'à sa nomination ; celle d'un gouverneur du prince royal ; la suppression de la liste civile, dont on déposera les registres sur les bureaux de l'Assemblée, accordant seulement une somme de quatre cent mille francs pour la dépense de la famille royale jusqu'à l'établissement de la Convention ; la demeure du Roi et de la famille royale dans l'enceinte du corps législatif, jusqu'à ce que la tranquillité soit rétablie dans Paris, avec injonction au département de lui préparer un logement au Luxembourg, où elle sera sous la garde des citoyens et de la loi ; la déclaration d'infamie et de traître à la patrie pour tout fonctionnaire public, tout soldat, officier ou même général, de quelque grade qu'il fût, qui abandonnerait son poste ; et ordre de faire publier sur-le-champ le présent décret, et de l'envoyer aux quatre-vingt-trois départements, en leur imposant l'obligation de le faire parvenir dans les vingt-quatre heures aux diverses municipalités de leur ressort. »

On juge bien que la proposition fut convertie sur-le-champ en décret.

Aussitôt que les ministres eurent entendu les reproches faits au Roi et sur lesquels l'Assemblée motivait la suspension de la royauté, ils voulurent se rendre à la barre de l'Assemblée, pour prendre sur eux toute la responsabilité de la conduite du Roi ; mais il le leur défendit absolument, leur disant : « Vous augmenteriez le nombre des victimes sans pouvoir m'être utiles, et ce serait un chagrin de plus pour moi. Retirez-vous, je vous l'ordonne, et ne revenez plus ici. » Car le malheur qui accablait cet excellent prince ne l'empêchait pas de s'occuper de tous ceux qui lui étaient attachés.

La Reine, désolée d'être séparée de Mgr le Dauphin et de le voir entre des mains du choix d'une pareille assemblée, pria plusieurs députés sur lesquels elle croyait pouvoir compter de chercher à parer un coup qui lui serait aussi sensible. Ils y réussirent d'autant plus facilement, que l'Assemblée, qui projetait l'établissement d'une république, s'embarrassait peu de donner un gouverneur à Mgr le Dauphin.

Pendant que l'Assemblée rendait décrets sur décrets, les Tuileries étaient livrées au pillage. On apportait à l'Assemblée l'or, les bijoux trouvés chez la Reine[146], et divers autres effets dont on lui faisait l'offrande. On y porta aussi une malle pleine d'assignats et un paquet de lettres. Ces dernières furent envoyées au comité de surveillance, et beaucoup d'autres à la Commune; car, lorsque nous fûmes conduits à l'Hôtel de ville avant d'être menés à la Force, nous vîmes un monceau de lettres dans le cabinet de Tallien. Les divers effets furent également portés à la Commune, et les assignats aux Archives.

Il est remarquable que cette armée de bandits s'était interdit le vol aux Tuileries, et mettait impitoyablement à mort ceux qu'elle surprenait s'appropriant quelque effet du château. Elle s'y permit seulement le vol du vin et des liqueurs, dont elle n'y laissa pas une bouteille. Elle cassait, brisait, éparpillait, et il y eut un dégât énorme qui ne profita à personne.

Tout ce qui habitait les Tuileries perdit tout ce qu'il possédait; mais la majeure partie de nos effets fut volée par les commissaires établis dans le château, sous prétexte de les conserver, et ils ne se firent pas de scrupule, non plus que leurs affidés, de s'approprier ce qui était à leur convenance. On rendit dans la suite un peu de linge et quelques nippes, mais rien de ce qui avait une valeur réelle.

Tous ceux qui apportaient des offrandes enlevées

aux Tuileries les accompagnaient des plus grossières invectives contre le Roi et la Reine, et laissaient percer, en les regardant, la joie qu'ils éprouvaient de pouvoir les insulter à leur gré. De pareilles bassesses étaient trop au-dessous d'eux pour leur faire une grande impression; mais ce qui les touchait sensiblement et brisait leur cœur de douleur, était de voir conduire à la barre leurs plus fidèles serviteurs, ne prévoyant que trop le sort qui les attendait entre les mains de ces furieux.

Je vis conduire, entre autres, le vicomte de Maillé, beau-frère de la duchesse de Maillé, mon amie intime, et auquel j'étais attachée depuis ma jeunesse. Il était tout en sang, ses habits déchirés, et il était évident qu'il avait été cruellement maltraité. C'était un brave et loyal gentilhomme, plein d'honneur et de probité, et qui avait très-bien servi. Dévoué à son roi, il ne l'avait quitté dans cette cruelle journée que lorsqu'on éloigna de sa personne ses plus fidèles serviteurs. Je ne puis dire ce que cette vue nous fit souffrir; je le vis ce jour-là pour la dernière fois; emprisonné à l'Abbaye, il y fut massacré dans la journée du 2 septembre, laissant une femme et des enfants inconsolables de sa perte.

On ne peut se faire d'idée de la rapidité avec laquelle se succédaient les décrets. Il y en eut un pour donner à l'Assemblée le droit de nommer, pour chaque ministère, un secrétaire du conseil; un autre pour que chaque ministre nommé par elle pût signer tous les objets relatifs à son ministère, sans avoir besoin de la sanction du Roi; un autre pour établir un camp sous les murs de Paris, où s'enrôlerait qui voudrait. Un autre décidait que les canonniers pourraient, d'après la demande qu'ils en auraient formée, établir des esplanades d'artillerie sur les hauteurs de Montmartre. Elle donna aussi le droit à chaque citoyen, âgé de vingt-cinq ans et vivant de son travail, de pouvoir être admis aux assemblées primaires pour l'établissement de la prochaine Convention.

Elle décréta, en outre, la permanence de l'Assemblée et la nomination de douze commissaires pour être envoyés aux quatre armées, lesquels feraient signer aux ministres du Roi qu'ils n'y avaient pas envoyé de proclamation.

On rapporta, à la grande satisfaction du Roi, la nomination du gouverneur du prince royal ; et ce fut le seul moment de consolation qu'éprouva la famille royale dans cette effroyable journée.

Toutes les pétitions étaient accompagnées, aussi bien que les décrets, des injures les plus atroces contre le Roi et la Reine. Un grand nombre de députés rivalisaient avec les pétitionnaires, dans les reproches qu'ils se permettaient d'adresser à la malheureuse famille royale, qui passa douze longues heures à entendre la répétition de tout ce qui pouvait affliger son cœur et fatiguer son esprit.

Dans le nombre de ceux qui avaient contribué au succès de cette effroyable journée, il y en eut cependant plusieurs qui, respectant le malheur de la famille royale, mirent au moins dans leurs discours plus de réserve et de décence. Les membres du côté droit, privés depuis longtemps de toute influence et réduits au silence par la majorité de l'Assemblée, témoignèrent au Roi la profonde douleur dont ils étaient pénétrés, et leur regret d'être dans l'impossibilité de pouvoir s'opposer à ce dont ils avaient le malheur d'être témoins.

Le résultat des votes de l'Assemblée pour la composition des ministères fut d'abord la réintégration de Roland, Servan et Clavière dans les ministères de la guerre, de l'intérieur et des finances; puis les nominations de Danton dans celui de la justice; de

Monge à la marine, de Grouvelle aux affaires étrangères, et de Le Brun aux contributions publiques.

M. d'Abancourt, ministre du Roi au département de la guerre, fut décrété d'accusation pour n'avoir pas fait partir les Suisses. Mais, d'après l'ordre du Roi de le quitter, il s'était mis en sûreté et ne put être arrêté.

Conformément au décret de l'Assemblée, qui ordonnait que le Roi et sa famille resteraient dans son enceinte jusqu'au moment où la tranquillité régnerait dans Paris, on prépara des cellules aux Feuillants[147], pour y loger la famille royale. Le Roi fut seul dans la sienne, sans pouvoir garder auprès de lui les personnes qu'on y avait laissées jusqu'alors. La Reine et Madame restèrent ensemble dans une seconde cellule, et Madame Élisabeth, madame de Lamballe et moi fûmes mises dans une troisième avec Mgr le Dauphin. Nous passâmes une nuit telle qu'on peut se l'imaginer, entendant distinctement le vacarme de l'Assemblée, les applaudissements et les battements des tribunes; et, à l'exception de Mgr le Dauphin et de Madame, qui, accablés de fatigue, s'endormirent sur-le-champ, personne ne put fermer l'œil de la nuit. Ce fut cependant un petit adoucissement pour le Roi et la Reine de pouvoir être seuls un instant; mais quel moment que celui où ils purent se livrer sans contrainte à tous les sentiments qu'ils éprouvaient! On leur fit le triste détail de ce qui se passait dans la ville, de la consternation qui y régnait, et de la terreur qu'inspiraient l'audace et la fureur des factieux.

Des commissaires vinrent à onze heures du soir reconnaître si chacun était couché dans la cellule qui lui était destinée; car, malgré toutes leurs précautions, ils ne pouvaient se défendre d'une inquiétude qui leur faisait pousser la méfiance au dernier degré. MM. de Choiseul, de Brézé, de Briges, de Poix, de Nantouillet, de Goguelat, d'Hervilly, d'Aubier et mon fils, et quelques autres dont je n'ai pu retenir les noms, passèrent la nuit auprès du Roi. Mais on ne le laissa pas jouir longtemps de la consolation de se voir entouré de personnes sur l'attachement desquelles il avait tout lieu de compter. On lui signifia, dès le lendemain, de les renvoyer, sous le prétexte que leur présence pouvait porter le peuple à de nouveaux excès ; « Je suis donc en prison, leur dit le Roi, et moins heureux que Charles Ier, qui conserva tous ses amis jusqu'à l'échafaud ? » Puis, se tournant vers ces messieurs, il leur témoigna son regret de les quitter, et leur ordonna de se retirer. La Reine leur dit, les larmes aux yeux : « Ce n'est que dans ce moment que nous sentons toute l'horreur de notre position ; vous l'adoucissiez par votre présence et votre dévouement, et l'on nous prive de cette dernière consolation. » Comme la famille royale était sans argent et sans linge, ils mirent tous aux pieds du Roi l'or qu'ils avaient alors sur eux ; mais le Roi ne voulut point l'accepter, leur disant : « Gardez, messieurs, votre portefeuille, vous en aurez plus de besoin que nous, ayant, j'espère, plus de temps à vivre. »

Le Roi et sa famille reprirent encore les mêmes places dans les mêmes loges que la veille, et ils y entendirent, ainsi que le jour suivant, les félicitations sans nombre que reçut l'Assemblée des députations qui se succédaient les unes aux autres, lesquelles étaient accompagnées des mêmes injures contre le Roi et sa famille. Ce prince eut la douleur d'entendre les transports de joie avec lesquels l'Assemblée reçut l'hommage du drapeau conquis sur les Suisses par le sieur Lange, aidé des grenadiers du faubourg Saint-Laurent, et dont elle ordonna sur-le-champ la suspension à la voûte de l'Assemblée. Elle applaudit également à la nomination d'une cour martiale pour juger les Suisses, sans distinction de grade, avec l'ordre donné à Santerre de pourvoir à la sûreté de soixante d'entre eux, réfugiés dans un bâtiment adjoint à l'Assemblée. Elle voulut se donner un air de générosité à leur égard, mais ils furent tous fusillés le lendemain.

Le Roi entendit prononcer la suspension provisoire de tous les juges de paix de toutes les sections de Paris, l'ordre de conduire à l'Abbaye M. de La Porte, intendant de la liste civile, et d'apposer les scellés sur tous ses papiers ; enfin, le rapport des commissaires nommés pour faire l'inventaire du propre secrétaire de Sa Majesté, ainsi que de tous ses papiers. Pour combler la mesure des insultes prodiguées à notre pauvre malheureux roi, il fut condamné à entendre la lecture faite par Condorcet de l'exposition des motifs qui avaient décidé l'Assemblée à la convocation d'une Convention nationale, et à la suspension du pouvoir exécutif dans les mains du Roi. C'était le résumé de tous les griefs reprochés au Roi par les factieux, de ceux attribués aux nobles et aux prêtres, qu'on accusait ce prince d'avoir soutenus au préjudice de l'État. On l'y rendait responsable de la guerre actuelle et de la conduite des puissances étrangères, et l'on peut juger de tout ce que cette exposition contenait d'injurieux pour Sa Majesté, en y voyant les signatures de Guadet, Romme, Goujon et autres factieux de la Montagne ; elle fut envoyée dans tous les départements.

Afin d'entretenir la fermentation dans Paris, on répandit le bruit d'un attentat projeté sur les jours de Péthion, et l'on vint dire à l'Assemblée que les assassins étaient dans les fers, et qu'on lui avait donné une garde pour veiller sur des jours aussi précieux.

Pour être plus à portée de surveiller le Roi et sa famille, l'Assemblée changea l'habitation du Luxembourg, pour l'habitation du Roi et de sa famille, en celle de l'hôtel du ministre de la justice, place Vendôme; mais cette décision ne fut pas de longue durée. Manuel, au nom de la Commune de Paris, vint représenter à l'Assemblée qu'étant chargée de la garde du Roi, elle proposait de l'établir au Temple[148], où elle le croyait plus en sûreté que partout ailleurs. La Reine frémit quand elle entendit nommer le Temple, et me dit tout bas: « Vous verrez qu'ils nous mettront dans la tour, dont ils feront pour nous une véritable prison. J'ai toujours eu une telle horreur pour cette tour, que j'ai prié mille fois M. le comte d'Artois[149] de la faire abattre, et c'était sûrement un pressentiment de tout ce que nous aurons à y souffrir. » Et sur ce que je cherchais à écarter d'elle une pareille idée: « Vous verrez si je me trompe », répéta-t-elle. L'événement n'a malheureusement que trop justifié un pressentiment aussi extraordinaire.

Manuel fit à l'Assemblée le récit de la conduite barbare qui devait être tenue vis-à-vis de la famille royale: « Le Temple, dit-il, sera gardé par vingt hommes pris dans chaque section de la ville de Paris. On y conduira demain le Roi et sa famille, avec le respect dû au malheur. Les rues qu'ils traverseront seront bordées des soldats de la Révolution, qui les feront rougir d'avoir cru qu'il pouvait y avoir parmi eux des esclaves du despotisme, et leur plus grand supplice sera d'entendre crier: Vivent la nation et la liberté! » Il ajouta que le Roi et la Reine n'ayant que des traîtres pour amis, toute correspondance leur serait interdite.

Une députation de cette même Commune vint demander le rapport du décret relatif à la création d'un nouveau directoire de département qui pourrait casser tout ce que le peuple venait de faire; et l'Assemblée, qui s'était mise dans sa dépendance de manière à ne pouvoir lui rien refuser, se vit obligée, quoique malgré elle, d'adhérer à sa demande, ainsi qu'à celles qu'elle y ajouta par la suite.

On fit grâce au Roi, le lundi 13, de la séance de l'Assemblée, et la matinée se passa à concerter les préparatifs du départ pour le Temple. Péthion déclara à Sa Majesté qu'elle ne pouvait emmener qu'une personne pour la servir, et quatre femmes pour le service de la Reine, des deux princesses et de Mgr le Dauphin. Madame Thibault se présenta pour le service de la Reine, madame Navarre pour celui de Madame Élisabeth, et mesdames Basire et de Saint-Brice pour celui de Mgr le Dauphin et de Madame. Les deux premières étaient premières femmes de chambre des deux princesses, qui avaient en elles la confiance qu'elles méritaient par leur dévouement et l'ancienneté de leurs services. Les deux autres témoignaient le même attachement et un véritable dévouement. Comme on permit un moment à la Reine d'emmener une seconde femme, madame Auguier[150] demanda à suivre Sa Majesté et arriva même aux Feuillants ; mais cette permission ayant été promptement révoquée, elle fut obligée, à son grand regret, de retourner chez elle, car elle était fort attachée à la Reine.

MM. de Champlost, premiers valets de chambre du Roi, qui faisaient à eux deux leur quartier, n'ayant pu suivre le Roi à cause de leur mauvaise santé, M. de Chamilly, qui était aussi premier valet du Roi, s'offrit pour les remplacer avec tout le dévouement d'un véritable attachement. Employé au service intérieur de Sa Majesté, il trouva le moyen d'ennoblir les fonctions les plus humbles, auxquelles il n'était point habitué, par les sentiments avec lesquels il s'occupait de tout ce qu'il croyait pouvoir adoucir les gênes de toute espèce qu'éprouvait la famille royale, et il fut pour ma fille et pour moi d'une obligeance qu'il m'est impossible d'oublier.

M. Hue, nommé premier valet de chambre de Mgr le Dauphin jusqu'au moment où il devait passer aux hommes, et qui connaissait Péthion de vieille date, sollicita celui-ci si vivement de le laisser suivre Mgr le Dauphin, qu'il obtint la permission de ne point abandonner ce jeune prince. Sa conduite et son attachement à la famille royale ont été si connus, que je n'apprendrai rien de nouveau en ajoutant son nom à mes faibles éloges.

Meunier, de la bouche du Roi, fut chargé de la cuisine de Sa Majesté, et y continua le même service jusqu'au départ de Madame pour Vienne. Targé parvint aussi à être employé au service intérieur de la Tour, et donna à la famille royale, au risque même de sa vie, les preuves d'une fidélité peu commune et d'un dévouement absolu.

La Reine, qui ne cessait jamais de s'occuper de tout ce qui pouvait adoucir la peine de ceux qui étaient auprès d'elle, voulant me procurer la consolation d'emmener avec moi ma fille Pauline, m'offrit, avec une bonté parfaite, de la demander à Péthion. Je fus glacée de la proposition, ne prévoyant que trop que l'on ne nous laisserait pas longtemps au Temple ; je frémissais à l'idée d'exposer ma fille, jeune et jolie, à la merci de ces furieux ; car je connaissais trop la fermeté de son caractère et le bonheur qu'elle éprouverait de pouvoir adoucir par ses soins, son respect et son attachement, la cruelle position de la famille royale, pour me permettre de calculer les dangers qu'elle pouvait courir d'ailleurs. Mgr le Dauphin et Madame, qui me virent un moment d'incertitude, se jetèrent à mon cou, me demandant avec instance de leur donner leur chère Pauline ; Madame ajouta même avec une grâce parfaite : « Ne nous refusez pas, elle fera notre consolation, et je la traiterai comme ma sœur. » Il me fut impossible de résister à de pareilles instances ; je recommandai ma fille à la Providence. Je témoignai à la Reine toute ma reconnaissance et mon extrême désir de lui voir obtenir pour Pauline une faveur à laquelle elle attacherait tant de prix. La Reine en fit la demande à Péthion, qui l'accorda de bonne grâce. Il me dit d'envoyer chercher ma fille par son frère, qui la mènerait au comité de l'Assemblée, laquelle lui donnerait la permission dont elle avait besoin pour accompagner Leurs Majestés. Pauline éprouva la joie la plus vive en apprenant cette nouvelle, et se rendit sur-le-champ à l'Assemblée avec mon fils, qui la remit ensuite entre mes mains. Il profita de cette circonstance pour passer encore une partie de la journée auprès du Roi, et supplia Sa Majesté de lui obtenir la même permission qu'à sa sœur ; mais Péthion n'y voulut pas consentir, et mon fils ne put rester avec le Roi que jusqu'à son départ des Feuillants ; encore fut-il obligé de quitter Sa Majesté deux heures auparavant, par l'ordre exprès qu'elle lui en donna.

Ce bon prince, toujours plus occupé des autres que de lui-même, lui dit ces propres paroles : « Monsieur de Tourzel, allez-vous-en, je vous en prie ; plus nous approchons de l'heure de notre départ, plus la fureur du peuple augmentera, et vous courrez le risque d'en être une victime. » Et voyant que mon fils ne pouvait se résoudre à le quitter, il lui dit : « Je vous l'ordonne, monsieur de Tourzel, et c'est peut-être le dernier ordre que vous recevrez de moi. » Puis, prenant les cheveux qu'on venait de lui couper, il les lui donna, ajoutant : « Il faut espérer que nous verrons des temps plus heureux, et je serai bien aise de vous revoir auprès de moi. » Puis il l'embrassa ; la Reine, le jeune prince, Madame et Madame Élisabeth lui firent le même honneur, et il se retira pénétré de la plus profonde douleur.

Comme mon fils n'avait pas quitté le Roi pendant

toute la Révolution et lui avait toujours témoigné un grand attachement, le Roi m'avait dit de lui-même : « Que votre fils ne pense point à quitter la France, je veux le conserver auprès de ma personne, et si je suis assez heureux pour être un jour à la tête de mes troupes, je le ferai un de mes aides de camp. » J'étais loin d'avoir pensé à solliciter pour lui une pareille faveur, m'étant imposé la loi de ne former aucune demande, et de ne penser qu'à donner à Sa Majesté des preuves du dévouement le plus sincère et le plus désintéressé.

Mon fils, en quittant le Roi, fut au moment d'être arrêté par la populace, qui, dans l'attente du départ du Roi pour le Temple, entourait le bâtiment des Feuillants ; et il ne dut son salut qu'à quelques gendarmes ci-devant gardes de la prévôté de l'Hôtel, qui, l'ayant reconnu, le firent sortir par une porte détournée et ne le quittèrent que lorsqu'il fut en sûreté. Ne pouvant se résoudre à perdre de vue la personne du Roi, il prit, en rentrant chez lui, un costume qui le déguisa, se mêla parmi les bandits qui entouraient la voiture de Sa Majesté jusqu'au Temple. Quand il en vit refermer la porte, il éprouva, m'a-t-il dit mille fois, un sentiment de douleur qu'il lui serait impossible d'exprimer.

Le Roi monta à six heures du soir dans une des grandes voitures de la cour ; le cocher et le valet de pied étaient habillés de gris, et servirent, ce jour-là, pour la dernière fois ce bon et excellent prince. Il était dans le fond de la voiture avec la Reine, Mgr le Dauphin et Madame ; Madame Élisabeth, madame la princesse de Lamballe et Péthion sur le devant ; Pauline et moi à une des deux portières, et Manuel à l'autre, avec Colonges, officier municipal. Tous ces messieurs avaient le chapeau sur la tête et traitaient Leurs Majestés de la manière la plus révoltante.

À peine la voiture eut-elle passé la porte des

Feuillants, que la troupe des fédérés et la nombreuse populace qui l'accompagnait firent retentir l'air des cris de : « *Vive la nation ! Vive la liberté !* » en y ajoutant les injures les plus sales et les plus grossières ; et ces abominables cris ne cessèrent pas un instant pendant toute la route.

Pour plaire à cette multitude effrénée, Manuel commença par faire arrêter la voiture du Roi à la place Vendôme, et de manière qu'elle se trouvât comme foulée par les pieds du cheval de la statue de Louis XIV, qui avait été renversée depuis deux jours, ainsi que toutes les autres statues de nos rois. Puis, apostrophant Sa Majesté avec la dernière insolence : « Voilà, dit-il, Sire, comment le peuple traite ses rois. » — « Plaise à Dieu, lui répondit ce prince avec calme et dignité, que sa fureur ne s'exerce que sur des objets inanimés ! »

Au milieu de tant d'indignités, la famille royale conserva un courage et une dignité qui étonnèrent même ceux qui se plaisaient à l'abreuver d'amertumes.

Le Roi fut deux heures et demie à se rendre au Temple, passant par les boulevards. Car cette effroyable escorte, non contente de faire aller au pas la voiture de Sa Majesté, la faisait encore arrêter de temps en temps. Plusieurs d'entre eux s'approchaient avec des yeux étincelants de fureur ; et il y eut même des instants où l'on voyait l'inquiétude peinte sur les visages de Péthion et de Manuel. Ils mettaient alors la tête à la portière, haranguaient la populace et la conjuraient, au nom de la loi, de laisser cheminer la voiture.

Quelque affreuse que dut être l'entrée du Temple pour la famille royale, elle en était réduite à la désirer pour voir la fin d'une scène aussi atroce que prolongée. Elle se flattait de se trouver seule dans les appartements qu'elle allait occuper et de pouvoir respirer un moment au milieu de tant d'angoisses; mais les insultes qu'elle n'avait cessé d'éprouver n'étaient pas encore à leur terme.

Le Temple présentait l'aspect d'une fête; tout était illuminé, jusqu'aux créneaux des murailles des jardins. Le salon[151] était éclairé par une infinité de bougies, et rempli des membres de cette infâme Commune, qui, le chapeau sur la tête et avec le costume le plus sale et le plus dégoûtant, traitaient le Roi avec une insolence et une familiarité révoltantes. Ils lui faisaient mille questions plus ridicules les unes que les autres; et un d'entre eux, couché sur un sofa, lui tint les propos les plus étranges sur le bonheur de l'égalité: «Quelle est votre profession?» lui dit le Roi. — «Savetier», répondit-il. C'était cependant la compagnie du successeur de tant de rois. Ce prince et la famille royale conservèrent toujours le maintien le plus noble, et répondirent à leurs questions avec une bonté qui aurait dû les faire rentrer en eux-mêmes, si l'ivresse du pouvoir ne les avait rendus insensibles à toute espèce de sentiment.

Le pauvre petit Dauphin, tombant de sommeil et de fatigue, demandait instamment à se coucher. Je sollicitai à plusieurs reprises qu'on me le laissât conduire dans sa chambre; on répondait toujours qu'elle n'était pas prête. Je le mis sur un canapé, où il s'endormit profondément. Après une longue attente, on servit un grand souper. Personne n'était tenté d'y toucher; on fit semblant de manger pour la forme, et Mgr le Dauphin s'endormit si profondément en mangeant la soupe, que je fus obligée de le mettre sur mes genoux, où il commença sa nuit. On était encore à table qu'un municipal vint dire que sa chambre était prête, le prit sur-le-champ entre ses bras, et l'emporta avec une telle rapidité, que madame de Saint-Brice et moi eûmes toutes les peines du monde à le suivre. Nous étions dans une inquiétude mortelle en le voyant traverser les souterrains[152] et elle ne put qu'augmenter quand nous vîmes conduire le jeune prince dans une tour et le déposer dans la chambre qui lui était destinée. La crainte d'en être séparée et la peur d'irriter les municipaux m'empêchèrent de leur faire aucune question. Je le couchai sans dire un mot, et je m'assis ensuite sur une chaise, livrée aux plus tristes réflexions. Je frémissais à l'idée de le voir séparé du Roi et de la Reine, et j'éprouvai une grande consolation en voyant entrer cette princesse dans la chambre. Elle me serra la main en me disant : « Ne vous l'avais-je pas bien dit ? » Et s'approchant ensuite du lit de cet aimable enfant, qui dormait profondément, les larmes lui vinrent aux yeux en le regardant ; mais, loin de se laisser abattre, elle reprit sur-le-champ ce grand courage qui ne l'abandonna jamais, et elle s'occupa de l'arrangement des chambres de ce triste séjour.

La famille royale occupa d'abord la petite tour[153] ; il n'y avait que deux chambres à chaque étage, et une petite qui servait de passage de l'une à l'autre. On y plaça la princesse de Lamballe, et la Reine occupa la seconde chambre, en face de celle de Mgr le Dauphin. Le Roi logea au-dessus de la Reine, et l'on établit un corps de garde dans la chambre à côté de la sienne. Madame Élisabeth fut établie dans une cuisine, qui donnait sur ce corps de garde et dont la saleté était affreuse. Cette princesse, qui joignait à une vertu d'ange une bonté sans pareille, dit sur-le-champ à Pauline qu'elle voulait se charger d'elle, et fit placer dans sa chambre un lit de sangle à côté du sien. Nous ne pourrons jamais oublier toutes les marques de bonté qu'elle en reçut pendant le temps qu'il nous fut permis d'habiter avec elle ce triste séjour.

Comme la chambre de la Reine était la plus grande,

on s'y réunissait toute la journée, et le Roi lui-même y descendait dès le matin. Leurs Majestés n'éprouvèrent pas même la consolation d'y être seules avec leur famille ; un commissaire de la Commune, que l'on changeait d'heure en heure, était toujours dans la chambre où elles se tenaient. La famille royale leur parlait à tous avec une telle bonté, qu'elle parvînt à en adoucir plusieurs.

On descendait à l'heure des repas dans une pièce au-dessous de la chambre de la Reine, qui servait de salle à manger, et, sur les cinq heures du soir, Leurs Majestés se promenaient dans le jardin, car elles n'osaient laisser promener seul Mgr le Dauphin, de peur de donner aux commissaires l'idée de s'en emparer. Elles y entendaient quelquefois de bien mauvais propos, qu'elles ne faisaient pas semblant d'entendre, et la promenade durait même assez longtemps pour faire prendre l'air aux deux enfants, à qui il était bien nécessaire, la famille royale s'oubliant elle-même pour ne s'occuper que de ce qui l'entourait.

Il y avait, à côté de la salle à manger, une bibliothèque, que Truchon, un des commissaires de la Commune, fit remarquer à Leurs Majestés. Elles y prirent quelques livres pour elles et pour leurs enfants. Le Roi prit, entre autres, le premier volume des *Études de la nature*, par Bernardin de Saint-Pierre, ce qui donna occasion à Truchon de parler du mérite de cet ouvrage. Il débutait par une dédicace, qui était l'éloge le plus vrai des vertus de Sa Majesté. Il ne put s'empêcher de nous le faire voir ; et le contraste de sa situation avec celle du temps où ce livre avait été imprimé nous fit faire de douloureuses réflexions.

Ce Truchon, membre de la Commune de Paris, était un mauvais sujet ; il était accusé de bigamie et avait une condamnation contre lui. Pour être méconnu, il avait laissé croître sa barbe, qui était d'une si grande longueur, qu'on l'appelait l'homme à la grande barbe. Il paraissait avoir reçu de l'éducation par sa manière de s'énoncer et ses formes polies, bien différentes de celles de ses camarades, quand il adressait la parole à Leurs Majestés.

On voyait s'élever avec rapidité les murs du jardin du Temple, Palloy, qui avait été nommé architecte de cette prison, montra au Roi le plan de l'appartement qui lui était destiné dans la grande tour, ainsi que celui de la famille royale. Péthion et Santerre venaient quelquefois les visiter, et les voyant toujours avec ce calme que la bonne conscience seule peut donner, ils en étaient tout étonnés. Quelques municipaux, plus humains que le grand nombre d'entre eux, cherchaient à donner quelques consolations à Leurs Majestés, mais toujours avec circonspection, par la peur d'être dénoncés.

MM. de Chamilly et Hue redoublaient de soins et d'attentions pour le service de Leurs Majestés et de la famille royale ; ils ne se donnaient pas un moment de repos pendant tout le cours de la journée. Madame de Saint-Brice se conduisit aussi très-bien. Mesdames Thibaut et Navarre justifiaient tous les jours la confiance qu'avaient en elles la Reine et Madame Élisabeth ; et c'était une consolation pour la famille royale d'être entourée de si fidèles serviteurs.

Elle était l'unique objet de nos pensées, et nous n'étions occupées, Pauline et moi, qu'à adoucir l'horreur de sa situation, par notre respect et notre dévouement. Elle était si touchée de la plus légère attention et le témoignait d'une manière si affectueuse, qu'il était impossible de ne pas lui être attaché au-delà de toute expression. Mgr le Dauphin et Madame étaient charmants pour Pauline ; ils lui témoignaient l'amitié la plus touchante, et le Roi et la Reine la comblaient de bontés. Nous cherchions, l'une et l'autre, à faire entrer dans leur cœur quelque rayon d'espérance, et nous nous flattions que tant de vertus pourraient fléchir la colère céleste. Mais l'arrêt de la Providence était prononcé : elle voulait punir cette France si coupable, et jadis si orgueilleuse de son amour pour ses rois ; elle permit que l'esprit de vertige l'aveuglât au point de la conduire aux plus grands excès.

Nous vîmes bien, dans la journée du 18 (samedi), quelques pourparlers entre les municipaux, qui nous donnèrent de l'inquiétude ; et l'un d'eux, qui n'osait s'expliquer ouvertement, chercha à nous faire entendre que nous étions au moment d'être séparés de la famille royale ; mais ce qu'il disait était si peu intelligible que nous n'y pûmes rien comprendre. Nous nous couchâmes comme à l'ordinaire, et comme je commençais à m'endormir, madame de Saint-Brice m'éveilla, en m'avertissant qu'on arrêtait madame de Lamballe. L'instant d'après, nous vîmes arriver dans ma chambre un municipal qui nous dit de nous habiller promptement ; qu'il avait reçu l'ordre de nous conduire à la Commune pour y subir un interrogatoire, après lequel nous serions ramenées au Temple. Le même ordre fut intimé à Pauline, dans la chambre de Madame Élisabeth. Il n'y avait qu'à obéir, dans la position où nous étions. Nous nous habillâmes et nous nous rendîmes ensuite chez la Reine, entre les mains de laquelle je remis ce cher petit prince, dont on porta le lit dans sa chambre, sans qu'il se fût réveillé. Je m'abstins de le regarder pour ne pas ébranler le courage dont nous allions avoir tant de besoin, pour ne donner aucune prise sur nous et reprendre, s'il était possible, une place que nous quittions avec tant de regret. La Reine vint sur-le-champ dans la chambre de madame la princesse de Lamballe, dont elle se sépara avec une vive douleur. Elle nous témoigna, à Pauline et à moi, la sensibilité la plus touchante, et me dit tout bas : « Si nous ne sommes pas assez heureux pour nous revoir, soignez bien madame de Lamballe ; dans toutes les occasions essentielles prenez la parole, et évitez-lui, autant que possible, d'avoir à répondre à des questions captieuses et embarrassantes. » Madame était tout interdite et bien affligée de nous voir emmener. Madame Élisabeth arriva de son côté et se joignit à la Reine pour nous encourager. Nous embrassâmes pour la dernière fois ces augustes princesses, et nous nous arrachâmes, la mort dans l'âme, d'un lieu qui nous rendait si chère la pensée de pouvoir être de quelque consolation à nos malheureux souverains.

Nous traversâmes les souterrains à la lueur des flambeaux ; trois fiacres nous attendaient dans la cour. Madame la princesse de Lamballe, ma fille Pauline et moi, montâmes dans le premier, les femmes de la famille royale dans le second, et MM. de Chamilly et Hue dans le troisième. Un municipal était dans chaque voiture, qui était escortée par des gendarmes et entourée de flambeaux. Rien ne ressemblait plus à une pompe funèbre que notre translation du Temple à l'Hôtel de ville ; et, pour que rien ne manquât à l'impression qu'on cherchait à nous faire éprouver, on nous y fit entrer par cette horrible petite porte par laquelle passaient les criminels qui allaient subir leur supplice. On nous conduisit tous dans une grande salle, chacun entre deux gendarmes, qui ne nous permettaient pas même de nous regarder. On commença par interroger MM. Hue et de Chamilly, puis mesdames Thibaut, Navarre et Saint-Brice ; et, vers trois heures du matin, on fit appeler madame la princesse de Lamballe. Son interrogatoire ne fut pas long. Le mien le fut davantage ; et je fus injuriée, en passant, par des femmes, espèces de furies qui ne quittaient pas ce triste lieu. Comme les séances de jour et de nuit étaient publiques, elles se relayaient, et il y en avait toujours dans la salle. En y entrant, je demandai qu'on me permît de conserver ma fille avec moi après l'interrogatoire. On me répondit durement qu'elle ne courait aucun danger, étant sous la garde du peuple. J'étais montée sur une estrade, en présence d'une foule de peuple qui remplissait la salle. Il y avait aussi des tribunes remplies d'hommes et de femmes.

Billaud de Varennes[154] interrogeait, et un secrétaire inscrivait les demandes et les réponses. Comme elles se prolongeaient infiniment, et que j'étais très-fatiguée, je crus pouvoir m'asseoir sur un banc qui était derrière moi. Un grand nombre de voix s'écrièrent: « Elle doit rester debout devant son souverain. » Mais sur l'observation de Billaud de Varennes, qu'un criminel avait le droit de s'asseoir sur la sellette, on me laissa m'asseoir. On me questionna de toutes les manières sur ce que faisaient le Roi et la Reine, sur les personnes qu'ils voyaient; on me demanda ce qu'ils pensaient de tout ce qui se passait, me sommant de donner tous les détails que je pouvais me rappeler sur leur vie ordinaire et sur la journée du 10 août; quelles étaient les personnes qui étaient autour d'eux dans la nuit qui précéda cette horrible journée. Mes réponses furent courtes et précises. « Ma position de gouvernante du jeune prince m'obligeant à ne le pas perdre de vue, et passant toutes les nuits dans sa chambre, j'étais peu au courant de ce qui se passait ailleurs », leur répondis-je. Comme on se rappela que j'avais été du voyage de Varennes, on me demanda comment j'avais osé l'accompagner dans cette fuite. Ma réponse fut simple: « J'ai fait serment de ne le jamais quitter, je ne pouvais m'en séparer; et je lui étais d'ailleurs trop attachée pour l'abandonner lorsqu'il pouvait courir quelque danger, et ne pas chercher à conserver sa vie, même aux dépens de la mienne, si je ne le pouvais qu'à ce prix. » Cette réponse me valut quelques applaudissements, et je repris alors un peu l'espoir de retourner auprès de nos malheureux souverains. On trouva mes réponses raisonnables, et je n'éprouvai ni huées ni malveillances. Nous avions un grand soin, madame de Lamballe, ma fille et moi, d'éviter tout ce qui pouvait choquer cette multitude, qui trouva tant de simplicité dans nos personnes et dans nos réponses, que nous fûmes au moment d'être renvoyées au Temple ; et même, lorsque Manuel vint parler de nous envoyer à la Force, plusieurs voix s'écrièrent qu'il n'y avait plus de place ; mais Manuel, qui l'avait décidé, répliqua d'un ton goguenard qu'il y en avait toujours pour les dames chez un peuple aussi galant que les Français. Et cette plaisanterie, qui eut tout le succès qu'il en attendait, détermina notre entrée à la Force.

Nous fûmes conduites, après notre interrogatoire, dans le cabinet de Tallien, balancées entre la crainte et l'espérance. Un de ses secrétaires, ému de pitié à la vue de notre situation, alla voir ce qui se passait à l'assemblée de la Commune, et nous donna l'espoir de retourner au Temple ; mais une demi-heure après, étant encore retourné à cette assemblée, il revint, ne nous dit mot, et nous regardant : « Non, dit-il, je n'y puis plus tenir. » Il sortit de la chambre, et nous ne le vîmes plus. Nous ne pûmes douter alors que notre sort fût décidé ; nous nous regardâmes tristement, et la bonne princesse me serra la main en me disant : « J'espère au moins que nous ne nous quitterons pas. » Elle montra dans cette occasion, et pendant tout le temps qu'elle fut au Temple et à la Force, un courage qui ne se démentit pas un instant[155].

M. Hue fut le seul qui eut la permission de revenir

au Temple ; mais ce ne fut pas pour longtemps. Peu de jours après, il fut incarcéré de nouveau, et n'échappa que par une espèce de miracle aux massacres des 2 et 3 septembre.

Manuel, qui ne négligeait aucune occasion de plaire au peuple souverain, voulut lui donner le plaisir de notre translation à la Force. Il nous y fit conduire à midi, dans trois fiacres escortés par la gendarmerie. Comme c'était un jour de dimanche, une foule de curieux se portèrent sur notre passage, et nous fûmes accablées d'injures pendant notre trajet de l'Hôtel de ville à la Force [156]. Nous y entrâmes par la rue des Ballets, et nous restâmes tous dans la salle du conseil, pendant qu'on inscrivait nos noms sur le registre de madame de Hanère, concierge de cette prison. C'était une très-bonne femme, qui avait avec elle une fille qui fut parfaite sous tous les rapports.

Quand nos noms furent inscrits, Pauline et moi fûmes conduites dans deux cachots de cette prison, séparés l'un de l'autre ; et madame la princesse de Lamballe dans une chambre un peu meilleure. Je fis l'impossible pour ne point être séparée de ma chère Pauline ; et voyant que je ne pouvais rien gagner sur le cœur endurci de nos municipaux, je leur reprochai avec la plus grande véhémence l'inconvenance de séparer de sa mère une jeune personne de son âge ; et je me laissai aller à toute l'impétuosité de ma douleur sans ménager aucune de mes expressions.

J'entrai dans mon cachot la mort dans l'âme, et dans un tel désespoir, que le guichetier, appelé François, et qui était un bon homme, eut pitié de moi, et m'assura qu'il aurait le plus grand soin de ma fille, qui était confiée à sa garde. L'état de cet homme et son âge de vingt-cinq ans me rassuraient médiocrement. L'idée de tout ce que ma pauvre Pauline pouvait avoir à supporter me mettait dans une agitation sans bornes, à laquelle succédait un abattement excessif. On m'apporta à dîner ; il me fut impossible de rien avaler, et je souffrais au-delà de tout ce que l'on peut imaginer. Le pauvre guichetier, affligé de me voir dans un état aussi violent, vint me faire la confidence que ma fille était au-dessus de moi, et qu'il lui avait donné un petit barbet pour lui tenir compagnie. L'attention de cet homme me toucha, et je commençai à espérer que la Providence viendrait à notre secours. Je me mis à genoux ; j'implorai la miséricorde de Dieu pour elle et pour moi, et je le priai de donner à cette pauvre enfant le courage qui me manquait. Elle fut mise d'abord dans un cachot si bas, qu'elle ne pouvait s'y tenir debout ; mais, comme il y manquait plusieurs carreaux de vitre, on l'en fit changer, et elle en eut un autre un peu moins mauvais que le premier.

M. Hardy, car c'est ainsi que s'appelait celui à qui Pauline et moi devons la conservation de notre existence, témoin de mon désespoir, fut trouver Manuel et lui représenta que c'était une barbarie inutile de séparer la mère et la fille, et le fit consentir à nous réunir. J'étais loin de l'espérer, et je fus bien étonnée d'entendre ouvrir ma porte à sept heures du soir, et de voir entrer Manuel et Pauline dans ma chambre. Je n'ai jamais éprouvé dans ma vie de satisfaction plus vive. Nous nous jetâmes dans les bras l'une de l'autre, sans pouvoir exprimer une parole, et avec un tel sentiment, que Manuel en fut attendri. Nous lui témoignâmes ensuite notre reconnaissance avec une telle vivacité, qu'il en fut ému au point de verser quelques larmes, et il m'offrit de m'amener aussi madame de Lamballe. Quoique ce fût naturellement à nous à l'aller trouver, je ne fis aucune objection, de peur de refroidir sa bonne volonté, et je lui en témoignai le plus grand désir. Il sortit sur-le-champ pour l'aller chercher et l'amena dans ma chambre. Nous le remerciâmes de bien bon cœur; et cette bonne princesse, ne voulant plus nous quitter, demanda qu'il lui fût permis d'occuper le second lit qui était dans mon cachot. Pauline, qui vit la répugnance qu'elle avait à passer la nuit seule dans cette prison, offrit de retourner dans la sienne, et Manuel nous proposa de nous établir toutes trois, le lendemain, dans la chambre où avait été mise d'abord cette princesse, comme étant plus saine et plus commode que la mienne. Ce n'était pas difficile, car celle-ci était un vrai cachot, privé d'air, n'ayant pour toute fenêtre que trois carreaux de vitre, et d'une humidité si excessive, que je fus enrhumée pour y avoir couché une seule nuit.

Le lendemain, à huit heures du matin, Manuel vint lui-même nous conduire dans la chambre de madame de Lamballe, où nous fûmes toutes trois réunies. On nous permit de faire venir de chez nous ce dont nous avions besoin. Comme Pauline et moi n'avions rien sauvé des Tuileries, et que nous ne possédions que ce qui était dans notre cassette, nous n'abusâmes pas de la permission, et nous louâmes ce qui nous était absolument nécessaire et dont nous ne pouvions nous passer.

On nous renvoya le lendemain notre cassette, et la Reine, voulant nous montrer qu'elle était bien occupée de nous, nous fit dire qu'elle avait fait elle-même notre cassette; et comme elle n'oubliait jamais rien de ce qui pouvait être utile aux personnes qui lui étaient attachées, elle m'envoya la moitié de sa flanelle d'Angleterre, ajoutant qu'elle me l'aurait donnée tout entière, si elle n'avait craint d'avoir de la peine à la ravoir. Quelle bonté dans une situation telle que la sienne! J'en fus profondément touchée, et désolée de ne pouvoir lui exprimer tout ce que mon cœur éprouvait en ce moment.

Nous cherchâmes à rendre notre situation moins

pénible dans ce triste séjour, en partageant notre temps en diverses occupations, telles que le soin de notre chambre, le travail et la lecture. Nos pensées se portaient toujours vers le Temple, et nous nous livrions quelquefois à l'espoir que les étrangers imposeraient à nos persécuteurs ; qu'ils prendraient le Roi pour médiateur, et que nous sortirions saines et sauves de cette prison pour nous retrouver auprès de la famille royale. Madame la princesse de Lamballe fut parfaite dans sa triste situation. Douce, bonne, obligeante, elle nous rendait tous les petits services qui étaient en son pouvoir. Pauline et moi étions sans cesse occupées d'elle, et nous avions au moins la consolation, dans nos malheurs, de n'avoir qu'un cœur et qu'un esprit. Cette bonne princesse voulait qu'on lui parlât avec franchise, et sur ce que je lui disais qu'après une conduite aussi honorable que la sienne, elle ne devait plus se permettre de petits enfantillages, qui lui faisaient tort, et commencer au contraire une nouvelle existence, elle me répondit avec douceur qu'elle en avait déjà formé la résolution, ainsi que celle de revenir à ses principes religieux, qu'elle avait un peu négligés. Elle avait pris Pauline en amitié et nous disait journellement les choses les plus aimables sur le bonheur qu'elle éprouvait de nous avoir avec elle. Il nous fut impossible de ne pas prendre pour elle un véritable attachement ; aussi fûmes-nous profondément affligées quand nous apprîmes la fin cruelle de cette pauvre malheureuse princesse.

Nous eûmes encore une fois la visite de Manuel pendant notre séjour à la Force. Nous lui demandâmes des nouvelles du Roi et de sa famille : « Vous savez que je n'aime pas les rois », fut sa première réponse ; mais lui ayant répliqué avec douceur qu'il devait trouver tout simple que nous aimions le nôtre, et que nous fussions bien occupées de toute la famille royale, il nous assura qu'ils se portaient tous bien, et remit en même temps à madame de Lamballe une lettre de M. le duc de Penthièvre[157]. Il nous permit de lui-même d'écrire quelques mots décachetés et de recevoir les lettres qui nous seraient adressées. J'usai de cette permission pour donner de nos nouvelles à cette bonne marquise de Lède, dont le grand âge ne donnait aucun soupçon ; car, sans notre affreuse position, j'aurais été bien fâchée de donner connaissance d'un seul de nos parents et amis. Manuel dit aussi à François, notre guichetier, qu'il pouvait nous promener le soir dans la cour de la Force ; nous y allâmes dès le même soir, à huit heures, et cette triste promenade nous faisait cependant un petit délassement.

Un soir que nous étions dans cette cour, nous y vîmes arriver madame de Septeuil, femme du premier valet de chambre du Roi. Nous accourûmes auprès d'elle pour savoir ce qui se passait ; car, depuis notre entrée au Temple, nous étions dans la plus complète ignorance sur ce qui nous intéressait si vivement. Quel fut notre étonnement de trouver une petite femme uniquement occupée d'elle, et d'une si complète indifférence sur tout autre objet, que nous ne pûmes rien apprendre par elle de ce que nous désirions savoir ! Elle voulait qu'on la mît dans notre chambre ; mais madame de Lamballe pria François de nous laisser seules entre nous, et on la logea ailleurs.

Nous fûmes un jour bien étonnées de voir entrer dans notre chambre un inconnu, qui venait, disait-il, nous donner des nouvelles de madame de Tarente, qui était à l'Abbaye, et qui l'avait prié de lui en donner des nôtres. Il nous parla beaucoup d'elle, de son grand courage, et avait l'air de chercher à s'insinuer dans notre esprit. Il nous fit entendre qu'il était ce du Verrier qui avait été chargé de différentes missions. Nous répondîmes avec prudence à toutes ses questions, ne pouvant croire qu'on eût laissé entrer d'autres individus dans notre triste séjour que ceux qui s'offraient à jouer le rôle de mouton de prison. Il nous dit qu'il reviendrait nous voir, mais nous ne le vîmes plus.

Nous eûmes encore la visite de ce vilain Colonges, qui était dans la voiture du Roi lorsqu'il fut conduit au Temple. Il portait un paquet de grosses chemises, qu'il remit à madame de Lamballe ; et, nous regardant toutes avec un air ironique, il ajouta : « Il est d'usage, mesdames, de travailler dans les prisons ; je vous apporte des chemises à faire pour nos frères d'armes ; vous êtes sûrement trop bonnes patriotes pour n'y pas travailler avec plaisir. » — « Tout ce qui peut être utile à nos compatriotes, lui répondit doucement madame de Lamballe, ne sera jamais rejeté par nous. » François, qui voyait que c'était une moquerie, nous retira les chemises, et nous n'entendîmes plus parler de ce misérable, qui mourut, peu d'années après, dans des accès de rage épouvantables. Ce François était un excellent homme, qui nous avait dit plus d'une fois qu'il nous sauverait, s'il y avait un mouvement dans Paris. Il avait bien la volonté, mais non pas, malheureusement, le moyen de pouvoir exécuter sa promesse.

Le séjour de la Force était affreux ; cette maison n'était remplie que de coquins et de coquines qui tenaient des propos abominables et chantaient des chansons détestables ; les oreilles les moins chastes eussent été blessées de tout ce qui s'y entendait sans discontinuer, la nuit comme le jour ; et il était difficile de pouvoir prendre un moment de repos. La pauvre princesse de Lamballe supportait cette cruelle vie avec une douceur et une patience admirables ; et, par un hasard bien étrange, sa santé s'était fortifiée dans ce triste séjour. Elle n'avait plus d'attaques de nerfs [158], et elle convenait qu'elle ne s'était pas aussi bien portée depuis longtemps.

Nous étions à la Force depuis quinze jours, lorsque, le dimanche 2 septembre, François entra dans notre chambre d'un air égaré, disant : « Il ne faudra pas penser à sortir de votre chambre aujourd'hui ; les étrangers avancent, et cela met beaucoup d'inquiétude dans Paris. » Et contre son habitude, il ne reparut plus de la journée. Nous faisions mille conjectures sur ce qui nous avait été dit ; l'inquiétude et l'espérance se balançaient dans notre esprit. Nous nous recommandâmes à Dieu, et après notre prière nous nous couchâmes.

Nous étions à peine endormies que nous entendîmes tirer les verrous de notre porte, et que nous vîmes paraître un homme bien mis et d'une figure assez douce, qui, s'approchant du lit de Pauline, lui dit : « Mademoiselle de Tourzel, habillez-vous promptement et suivez-moi. » — « Que voulez-vous faire de ma fille ? » lui dis-je avec émotion. — « Cela ne vous regarde pas, madame ; qu'elle se lève et me suive. » — « Obéissez, Pauline ; j'espère que le Ciel vous protégera. »

J'étais si émue et si troublée de me voir ainsi enlever ma fille, que je demeurai immobile et sans pouvoir me remuer. Cet homme restait toujours dans un coin de la chambre, en disant : « Dépêchez-vous donc ! » Cette bonne princesse de Lamballe se leva alors, et, quoique bien troublée, aida Pauline à s'habiller. Cette pauvre Pauline s'approcha de mon lit et me prit la main. Cet homme, la voyant habillée, la prit par le bras et l'entraîna vers la porte : « Dieu vous assiste et vous protège, chère Pauline ! » lui criai-je encore en entendant refermer nos verrous. Et je restai dans cet état d'immobilité, sans pouvoir placer ni même articuler une seule parole pour répondre à tout ce que me disait cette bonne princesse, pour exciter ma confiance et calmer ma douleur. Quand je fus revenue de ce premier saisissement, je me levai ; je me jetai à genoux, j'implorai la bonté de Dieu pour cette chère Pauline ; je lui demandai pour elle et pour moi le courage et la résignation dont nous avions tant de besoin, et je me relevai avec un peu plus de force. Je remerciai alors madame de Lamballe de toutes ses bontés pour moi et pour ma fille. Il est impossible d'être plus parfaite qu'elle ne le fut pour nous dans cette triste nuit, et de montrer plus de sensibilité et de courage. Elle s'empara des poches de Pauline, brûla tous les papiers et les lettres qu'elle y trouva, pour que rien ne pût la compromettre, et elle était aux aguets pour écouter si elle n'entendrait rien qui pût nous donner quelque connaissance de son sort. Elle se recoucha ensuite, me reprochant, avec une bonté parfaite, de laisser remplacer par la faiblesse le courage qu'elle m'avait toujours connu. Je ne pus lui répondre que par ces paroles : « Ah ! chère princesse, vous n'êtes pas mère ! » Je l'engageai à prendre un peu de repos, et elle dormit quelques heures du sommeil le plus tranquille. Je me jetai sur mon lit, tout habillée, dans l'état le plus violent. Pauline occupait toutes mes pensées ; je ne pouvais ni lire ni même faire autre chose que répéter : « Mon Dieu ! ayez pitié de ma chère Pauline, et faites-nous la grâce de nous résigner à votre sainte volonté ! »

Sur les six heures du matin, nous vîmes entrer François, avec l'air tout effaré, qui nous dit sans répondre à aucune de nos questions : « On vient faire ici la visite. » Et nous vîmes entrer six hommes armés de fusils, de sabres et de pistolets, qui, s'approchant de nos lits, nous demandèrent nos noms et sortirent ensuite. Comme ils étaient entrés sans prononcer d'autres paroles, je m'aperçus que le dernier, en me regardant, leva les yeux et les mains au ciel, ce qui n'annonçait rien de bon. La pauvre princesse ne s'en aperçut pas heureusement ; mais cette visite nous donna tellement à penser, que je ne pus m'empêcher de lui dire : « Cette journée s'annonce, chère princesse, d'une manière très-orageuse ; nous ne savons pas ce que le Ciel nous destine ; il faut nous réconcilier avec Dieu et lui demander pardon de nos fautes ; disons, à cette fin, le *Miserere,* le *Confiteor,* un acte de contrition, et recommandons-nous à sa bonté. » Je fis tout haut ces prières, qu'elle répéta avec moi ; nous y joignîmes celle que nous faisions habituellement tous les matins, et nous nous excitâmes mutuellement au courage.

Comme il y avait une fenêtre qui donnait sur la rue et de laquelle on pouvait, quoique de bien haut, voir ce qui s'y passait, en montant sur le lit de madame de Lamballe et de là sur le bord de la fenêtre, elle y monta, et aussitôt qu'on eut aperçu de la rue quelqu'un qui regardait par cette fenêtre, on fit mine de tirer dessus. Elle vit, de plus, un attroupement considérable à la porte de la prison, ce qui n'était rien moins que rassurant. Nous fermâmes cette fenêtre et nous ouvrîmes celle qui était dans la cour. Les prisonniers consternés étaient dans la stupeur, et il régnait ce profond silence, avant-coureur de la mort, qui avait succédé à ce bruit continuel qui nous était si importun. Nous attendions François avec impatience ; il ne venait point ; et quoique nous n'eussions rien pris depuis le dîner de la veille, nous étions trop agitées et trop préoccupées pour penser à déjeuner. Je proposai alors à la pauvre princesse de prendre notre ouvrage pour faire un peu de diversion à nos cruelles pensées. Nous travaillions tristement l'une à côté de l'autre, attendant l'issue de cette fatale journée, et pensant toujours à ma chère Pauline.

Notre porte s'ouvrit sur les onze heures du matin,

et notre chambre s'emplit de gens armés, qui demandèrent la princesse de Lamballe. On ne parla pas de moi d'abord, mais je ne voulus pas l'abandonner, et je la suivis. On nous fit asseoir sur une des marches de l'escalier, pendant qu'on allait chercher toutes les femmes qui étaient dans la prison. La princesse de Lamballe, se sentant faible, demanda un peu de pain et de vin ; on le lui apporta ; nous en prîmes toutes les deux ; car, dans les occasions pareilles, un physique trop affaibli influe nécessairement sur le moral. Quand on nous eut toutes rassemblées, on nous fit descendre dans la cour, où nous retrouvâmes mesdames Thibaut, Navarre et Basire. Je fus bien étonnée d'y trouver madame de Mackau, qui me dit qu'on l'avait enlevée, la veille, de Vitry pour la conduire dans cette effroyable prison.

On avait établi au greffe un tribunal pour juger les prisonniers ; chacun d'eux y était conduit par deux assassins de cette prison, qui les prenaient sous les bras pour les massacrer ou les sauver, suivant le jugement porté contre eux. Il y avait dans la cour, où nous étions toutes rassemblées, un grand nombre de ces hommes de sang ; ils étaient mal vêtus, à moitié ivres, et nous regardaient d'un air barbare et féroce. Il s'était cependant glissé parmi eux quelques personnes honnêtes, et qui n'y étaient que dans l'espoir de saisir un moyen d'être utiles aux prisonniers, s'ils en pouvaient trouver l'occasion ; et deux d'entre elles me rendirent de grands services dans cette fatale journée.

Je ne quittai pas un instant cette pauvre princesse de Lamballe, tout le temps qu'elle fut dans cette cour. Nous étions assises à côté l'une de l'autre, quand on vint la chercher pour la conduire à cet affreux tribunal. Nous nous serrâmes la main pour la dernière fois[159], et je puis certifier qu'elle montra beaucoup de courage et de présence d'esprit, répondant sans se troubler à toutes les questions que lui faisaient les monstres mêlés parmi nous, pour contempler leurs victimes avant de les conduire à la mort; et j'ai su positivement, depuis, qu'elle avait montré le même courage dans l'interrogatoire qui précéda sa triste fin[160].

On ne pouvait se dissimuler le péril que nous courions tous; mais celui où je croyais Pauline absorbait toute autre idée de ma part. J'aperçus celui qui m'avait enlevé si durement ma fille[161]; sa vue me fit horreur, et je cherchai à l'éviter, lorsque, passant auprès de moi, il me dit à voix basse: « Votre fille est sauvée »; et il s'éloigna sur-le-champ. Je vis clairement qu'il ne voulait pas être connu, et je renfermai dans mon cœur l'expression de ma reconnaissance, espérant que si Dieu me donnait la vie, elle n'y resterait pas toujours.

La certitude que Pauline était sauvée me rendit heureuse au milieu de tant de dangers. Je sentis renaître mon courage, et, rassurée sur le sort de cette chère partie de moi-même, il me sembla que je n'avais plus rien à craindre pour l'autre. Les propos qui se tenaient auprès de nous ne nous permettaient cependant pas de nous dissimuler le danger que nous courions; mais ma fille sauvée me le faisait supporter avec résignation. Pensant que s'il y avait quelque moyen de se tirer d'affaire, ce ne pouvait être que par une grande présence d'esprit, je ne m'occupai qu'à la conserver. Je me trouvai heureusement assez calme pour espérer garder jusqu'à la fin, et dans quelque situation que je pusse me trouver, la tranquillité nécessaire pour ne rien dire que de convenable, et dont on pût tirer d'inductions fâcheuses contre moi et contre ceux qui m'étaient plus chers que moi-même.

On nous faisait mille questions sur la famille royale; car on avait eu soin de donner à tous ces meurtriers les impressions les plus fâcheuses contre chacun de ses membres. Nous cherchions à les dissuader, en leur racontant des traits de bonté dont nous avions été témoins, et madame de Mackau, notamment, se conduisit parfaitement. Nous apprîmes avec grand plaisir que, réclamée par la commune de Vitry, le maire en personne était venu la chercher et était parvenu à la ramener avec lui. La mise en liberté de mesdames Thibaut, Navarre et Basire m'en fit aussi un sensible ; mais, n'entendant pas parler de madame la princesse de Lamballe, je n'avais que trop de motifs de croire à la réalisation des craintes que ce silence me faisait concevoir.

Je commençai à faire quelques questions aux gens qui se trouvaient auprès de moi. Ils y répondirent et m'en firent à leur tour. Ils me demandèrent mon nom ; je le leur dis. Ils m'avouèrent alors qu'ils me connaissaient bien ; que je n'avais pas une trop mauvaise réputation, mais que j'avais accompagné le Roi lorsqu'il avait voulu fuir du royaume ; que cette action était inexcusable ; qu'ils ne concevaient pas comment j'avais pu m'y décider, et qu'elle serait la cause de ma perte. Je leur répondis que je n'avais pas le moindre remords, parce que je n'avais fait que mon devoir. Je niai que le Roi eût jamais eu l'idée de quitter le royaume, et je leur demandai s'ils croyaient qu'on dût être fidèle à ses serments. Tous répondirent unanimement qu'il fallait mourir plutôt que d'y manquer. « Eh bien ! leur dis-je, j'ai pensé comme vous, et voilà ce que vous blâmez : j'étais gouvernante de Mgr le Dauphin ; j'avais juré, entre les mains du Roi, de ne le jamais quitter, et je l'ai suivi dans ce voyage comme je l'aurais suivi partout ailleurs, quoi qu'il dût m'en arriver. » — « Elle ne pouvait pas faire autrement », répondirent-ils. — « C'est bien malheureux, dirent quelques-uns d'eux, d'être attaché à des gens qui font de mauvaises actions. » Je parlai longtemps avec ces hommes. Ils paraissaient frappés de ce qui était juste et raisonnable, et je ne pouvais craindre que ces hommes, qui ne paraissaient pas avoir un mauvais naturel, vinssent froidement commettre un crime, que l'exaltation de la vengeance aurait eu peine à se permettre.

Pendant cette conversation, un de ces hommes, plus méchant que les autres, ayant aperçu un anneau à mon doigt, me demanda ce qui était autour ; je le lui présentai ; mais un de ses camarades, qui paraissait s'intéresser à moi et qui craignit qu'on ne découvrît quelque signe de royalisme, me dit : « Lisez-le vous-même. » Je lus alors : « *Domine, salvum fac Regem, Delphinum et sororem.* » Ce qui veut dire en français : « Sauvez le Roi, le Dauphin et sa sœur. » Un mouvement d'indignation saisit ceux qui m'entouraient : « Jetez à terre cet anneau, s'écrièrent-ils, et foulez-le aux pieds. » — « C'est impossible, leur dis-je ; tout ce que je puis faire, si vous êtes fâchés de le voir, c'est de le mettre dans ma poche ; je suis tendrement attachée à Mgr le Dauphin et à Madame, qui sont tous deux des enfants charmants. Je donne, depuis plusieurs années, des soins particuliers au premier, et je l'aime comme mon enfant ; je ne puis renier le sentiment que je porte dans mon cœur, et vous me mépriseriez, j'en suis sûre, si je faisais ce que vous me proposez. » — « Faites comme vous voudrez », dirent alors quelques-uns. Et je mis l'anneau dans ma poche.

Quelques gens d'aussi mauvaise mine que ceux qui m'entouraient vinrent, de l'autre bout de la cour, pour me demander de venir donner des secours à une jolie femme qui se trouvait mal. J'y allai, et je reconnus madame de Septeuil, qui était évanouie. Ceux qui la secouraient essayaient en vain de la faire revenir ; elle étouffait ; je commençai par la délacer. Un de ces gens-là, pour aller plus vite, voulait couper le lacet avec un sabre ; je frémis d'un tel secours, mais plus encore quand je les entendis se dire entre eux : « C'est dommage qu'elle soit mariée ; elle aurait pu, pour se sauver, épouser l'un de nous. » Que je remerciai Dieu de n'avoir pas Pauline auprès de moi en cet instant ! Pendant que je m'occupais à faire revenir madame de Septeuil, un de ceux qui nous entouraient aperçut à son cou un médaillon sur lequel était le portrait de son mari ; le prenant pour celui du Roi, il s'approcha de moi et me dit tout bas : « Cachez ceci dans votre poche, car si on le trouvait dans la sienne, cela pourrait lui nuire. » Je ne pus m'empêcher de rire de la sensibilité de cet homme, qui l'engageait à me demander de prendre sur moi une chose qui lui paraissait si dangereuse à conserver, et je m'étonnais de plus en plus de ce mélange de pitié et de férocité qui existait dans ceux qui m'entouraient. Quand Madame de Septeuil fut revenue de son évanouissement, ces mêmes hommes la consolèrent, l'encouragèrent, et, émus de compassion, ils la firent sortir de la cour et la ramenèrent chez elle.

Pendant ce temps, M. Hardy, mon libérateur, ne m'oubliait pas, et s'occupait de tenir la promesse qu'il avait faite à Pauline d'employer tous ses moyens pour me sauver. Pour éloigner vis-à-vis de ces gens-là toute idée de rapport entre moi et la malheureuse princesse de Lamballe, il fit passer à ce tribunal, avant moi, un grand nombre de malfaiteurs qu'on y devait juger, et tous ceux qui se trouvaient marqués étaient impitoyablement massacrés. J'en vis passer un qui me fit un mal affreux. Il portait déjà sur son visage l'empreinte de la mort, tant sa frayeur était grande ; il implorait en sanglotant la pitié de ceux qui le conduisaient. J'étais entourée, en ce moment, de gens à figure atroce, et qui ne me cachaient pas le sort qui m'était destiné. M. Hardy, qui sentit que j'étais perdue s'ils entraient au tribunal, forma le projet de les enivrer. Il y parvint avec le secours d'un nommé Labre, gendarme, et d'un excellent petit homme, appelé Gremet, qui était venu au secours de mademoiselle de Hanère, fille de la concierge de la Force. Elle lui avait demandé, lorsqu'il l'eut mise en sûreté, de travailler à me sauver, et, en effet, il ne me quitta que lorsqu'il m'eut ramenée chez moi. Ces misérables qu'on avait enivrés, ne pouvant plus se tenir sur leurs jambes, furent obligés de s'en aller coucher, et ceux qui restaient s'adoucissaient sensiblement, nommément deux d'entre eux, qui étaient toujours à côté de moi.

Plusieurs gardes nationaux commencèrent alors à me marquer de l'intérêt, et me dirent : « Vous nous avez toujours bien traités aux Tuileries, et bien différemment de la princesse de Tarente [162], qui était si fière avec nous ; vous en allez trouver la récompense. » Ce propos me fit trembler pour elle, et je cherchai à les dissuader de cette idée, en leur disant qu'elle était, malgré cet extérieur, la bonté même, et qu'elle aurait été la première à les obliger, s'ils eussent été dans le cas d'avoir recours à elle. Quand les gardes nationaux me virent prête à entrer au tribunal, ils voulurent me donner le bras ; mais ceux qui me tenaient s'y opposèrent : « Nous avons toujours été auprès d'elle lorsqu'elle courait les plus grands dangers, répliquèrent-ils ; nous ne la quitterons pas quand nous la voyons au moment d'être sauvée. » Ils cherchaient à m'inspirer de la confiance, et elle redoubla quand j'aperçus M. Hardy, que je vis clairement n'être là que pour me protéger.

Après avoir passé dans cette cour quatre mortelles heures, qu'on pourrait appeler quatre heures d'agonie, je me présentai au tribunal d'un air calme et tranquille. Je restai environ dix minutes, pendant lesquelles on me fit diverses questions sur ce qui s'était passé aux Tuileries. Je répondis avec simplicité; et comme on allait me mettre en liberté, un de ces monstres, qui ne respirait que le carnage, m'interpella en me disant: «Vous étiez du voyage de Varennes?» — «Nous ne sommes ici, dit le président, que pour juger les crimes commis le 10 août.» Je pris alors la parole et je dis à cet homme: «Que voulez-vous savoir? je vous répondrai.» Honteux du peu d'effet que faisait sa question, il se tut; et le président, voyant le moment favorable pour me sauver, se pressa de mettre aux voix la question de ma libération ou de ma mort; et le cri de: *Vive la nation!* que je savais être celui du salut, m'apprit que j'étais sauvée. On me conduisit à la porte de la prison, et lorsque je fus au moment de passer le guichet, ces mêmes hommes, qui étaient prêts à me massacrer, se jetèrent sur moi pour m'embrasser et me féliciter d'avoir échappé au danger qui me menaçait. Cela me fit horreur, mais il n'y avait pas moyen de s'y refuser. J'en éprouvai une bien plus vive lorsque, sortant de la rue des Ballets pour entrer dans la rue Saint-Antoine, je vis comme une montagne de débris des corps de ceux qui avaient été massacrés, de vêtements déchirés et couverts de boue, entourés d'une populace furieuse qui voulait que je montasse dessus pour crier: *Vive la nation!* À ce spectacle, mes forces m'abandonnèrent, je me trouvai mal. Mes conducteurs crièrent pour moi, et je ne repris connaissance qu'en entrant dans un fiacre, dont on fit descendre un homme, qui, effrayé de tout ce qu'il voyait, ne se fit pas presser pour en sortir. Ce fiacre fut entouré de ces mêmes personnes qui étaient à côté de moi dans la cour de la Force. Trois d'entre eux se placèrent avec moi dans la voiture, deux autres à chaque portière et un autre à côté du cocher. Ils eurent pour moi, tout le long du chemin, des attentions inimaginables, recommandant au cocher d'éviter les rues où je pourrais trouver des objets effrayants, et ils me demandèrent où je voulais aller. Je me fis conduire chez cette bonne marquise de Lède, qui me reçut avec la tendresse d'une mère, et qui, dans l'excès de sa joie, voulait récompenser généreusement ceux qui m'avaient amenée chez elle. Quoique leur extérieur n'annonçât rien moins que l'opulence, nous ne pûmes les décider à rien accepter.

Pendant le chemin, je remarquai avec étonnement l'extrême désir qu'ils témoignaient de me voir en sûreté. Ils pressaient le cocher pour le faire aller plus vite, et chacun d'eux paraissait être personnellement intéressé à ma conservation. J'oubliais de dire que ceux qui refusèrent l'argent que je voulus leur donner, me dirent qu'ils avaient voulu me sauver, parce que j'étais innocente des crimes qui m'étaient imputés ; qu'ils se trouvaient heureux d'avoir réussi, et qu'ils ne voulaient rien recevoir, parce qu'on ne se faisait pas payer pour avoir été juste. Tout ce que je pus obtenir d'eux fut que chacun me donnât son nom, espérant pouvoir les récompenser un jour des services que j'en avais reçus.

Un jeune Marseillais, qui paraissait s'être vivement intéressé à mon sort, revint le lendemain savoir de mes nouvelles et m'engager à quitter Paris, où je ne serais pas en sûreté si les alliés approchaient. Je fis de nouvelles instances pour leur faire accepter une marque de reconnaissance, et je n'en ai plus entendu parler depuis. J'ai pu être utile à deux d'entre eux ; les deux autres sont probablement morts, car ils ne sont pas revenus chez moi.

Les expressions me manquent pour exprimer ma reconnaissance de tout ce que fit pour nous madame de Lède dans les cruelles circonstances où nous nous trouvions. Elle fut pour nous ce qu'aurait été la mère la plus tendre ; elle nous prodigua les soins les plus empressés et les plus touchants. Je l'avais toujours tendrement aimée ; je la soignais le mieux qu'il m'était possible, et elle me prouva qu'elle n'avait pas été insensible à mes soins. Son grand âge et sa grande faiblesse n'avaient point altéré la délicatesse de ses sentiments. Toujours bonne, douce, aimable, j'éprouvais auprès d'elle la seule consolation dont mon cœur pouvait être susceptible ; mais, hélas ! elle ne devait pas être de longue durée.

Il y avait à peine une heure que j'étais chez elle, lorsqu'on me dit qu'un homme demandait à me parler. C'était M. Hardy, qui, en m'assurant que ma chère Pauline se portait bien, ajouta qu'il ne voulait pas me dire encore où elle était, de peur que mon empressement à la revoir ne lui fût nuisible ; mais que s'il n'y avait pas d'inconvénient un peu plus tard, il me donnerait son adresse pour que je l'envoyasse chercher. Je voulus lui témoigner ma reconnaissance : « Ne parlez pas de cela, dit-il, vous m'affligeriez. » Je lui demandai au moins son adresse ; il me la refusa et s'éclipsa. Il revint deux heures après m'apporter le nom et la rue où logeait Babet des Hayes, qui était celle qui avait retiré Pauline. Madame la comtesse de Charry, fille de madame de Lupé, parvint à la trouver, et avant sept heures Pauline était entre mes bras ! On peut juger de l'émotion avec laquelle nous nous embrassâmes, et que de sentiments se confondirent dans notre première entrevue. Je ne pus soutenir tant d'assauts, et je tombai dans un abattement excessif. Cette bonne madame de Lède voulait que je prisse un peu de nourriture ; mais mon gosier était tellement serré, que je ne pouvais rien avaler. On me fit coucher, et je m'endormis d'excès de fatigue.

Il y avait à peine une heure que j'étais couchée, que ce Truchon, dont j'ai déjà parlé, vint nous demander que nous lui donnassions un petit mot d'écrit par lequel nous nous engagions à lui représenter Pauline quand il la demanderait. Pauline, ne voulant rien écrire sans mon aveu, entra dans ma chambre ; je me réveillai avec horreur, croyant, avec raison, entendre le son d'une de ces voix sinistres auxquelles mes oreilles n'étaient que trop accoutumées. Je lui donnai un mot insignifiant que je signai ; c'était tout ce qu'il voulait, et je n'en ai plus entendu parler. J'ai toujours cru qu'il voulait se faire un rempart de ce billet, si les choses tournaient en notre faveur, et M. Hardy n'en doutait pas. En sortant de la maison, il dit aux gens de madame de Lède qu'il ne fallait pas que Pauline en sortît sans son aveu, paroles qu'ils retinrent avec soin, car ils étaient tous de grands patriotes et avaient beaucoup de considération pour un membre de la Commune.

Nous étions, Pauline et moi, comblées de marques d'amitié de cette bonne madame de Lède. Je me faisais un bonheur de la soigner et de partager avec elle les dangers qu'elle pouvait courir, lorsque je vis arriver chez moi M. Hardy, qui m'engagea à quitter Paris, où nous n'étions pas en sûreté : « Non, lui dis-je, je ne quitterai pas madame de Lède, que je regarde comme une mère, dans l'état de faiblesse où la réduisent des événements beaucoup trop forts pour son âge ; je vivrai ou mourrai avec elle. » — « C'est fort bien pour vous, qui n'avez, dit-il, que les risques de chacun à courir, puisque vous avez été jugée et innocentée ; il n'en est pas de même pour mademoiselle Pauline, qui, ayant été sauvée de la prison, pourrait être reprise et y être reconduite. » Et il me répéta que c'était très-sérieusement qu'il me donnait le conseil de l'éloigner de Paris, le plus promptement possible et de manière que personne ne pût découvrir le lieu de sa retraite, et qu'il viendrait le lendemain savoir ma détermination.

J'étais au désespoir d'être obligée de quitter madame de Lède, dans un moment où je pouvais lui être si utile, et je ne savais comment lui annoncer l'impossibilité où je me trouvais de pouvoir rester plus longtemps chez elle. Elle me devina du premier mot ; et comme elle s'oubliait toujours pour s'occuper de ceux qu'elle aimait, elle fut la première à m'engager à presser mon départ. M. Hardy vint me revoir le lendemain, et je le priai de me choisir un endroit où je pusse vivre inconnue et en sûreté. Il me loua deux chambres à Vincennes et me dit que je pouvais, sans me compromettre, mener avec moi la vieille bonne de ma fille, et ma femme de chambre comme cuisinière, si elle voulait s'engager à en prendre le costume, et qu'il viendrait nous prendre le lendemain pour nous y mener. Je lui parlai de l'engagement pris avec Truchon ; il s'en moqua et nous confia qu'il était si peu accrédité, qu'il allait être obligé de quitter la Commune, et il rassura les gens de madame de Lède sur l'inquiétude qu'ils concevaient du départ de Pauline. J'embrassai, la mort dans l'âme, cette bonne et excellente parente. Un secret pressentiment m'avertissait que je ne la reverrais plus, et il ne me trompait pas ; car, un mois après, j'eus la douleur d'apprendre qu'elle n'existait plus.

Nous partîmes de Paris le 7 septembre, sur les quatre heures après midi, et nous nous fîmes conduire en fiacre dans un café, où M. Hardy nous avait donné rendez-vous. Nous renvoyâmes notre fiacre et nous en prîmes un autre, un peu plus loin, pour gagner Vincennes. Il était temps, car on commençait à établir des corps de garde sur les barrières de cette route. L'adresse de M. Hardy parvint à surmonter toutes les difficultés, et nous arrivâmes à bon port à Vincennes.

Il nous donna d'abord le conseil de ne pas sortir

et de ne pas nous mettre à la fenêtre, jusqu'à ce que nous fussions reconnues dans la maison pour être des gens calmes et tranquilles. Il nous dit qu'il viendrait nous voir de temps en temps, et qu'étant au courant de ce qui se passait, il nous ferait aller plus loin, s'il y avait du péril à rester si près de Paris. Il me promit de m'amener mon homme d'affaires, qui fut le seul dans la confidence du lieu de notre retraite. Ce fut pour moi une grande consolation. Il m'était fort attaché, et nous donna, dans tous les dangers que nous courûmes, des preuves de son entier dévouement.

Les précautions que nous prîmes pendant le courant de notre séjour à Vincennes s'adoucirent un peu à la longue. Nous nous promenions tous les jours dans de petits sentiers sous le bois de Vincennes, et nous allâmes même une fois à Paris voir une de mes sœurs, qui était religieuse et à qui la bonne madame de Lède avait loué un petit appartement, quand elle fut forcée de quitter son couvent. Nous ne vîmes personne d'ailleurs, et nous passâmes quatre mois à Vincennes dans une entière solitude, mais plongées dans la plus profonde douleur. Toutes nos pensées se portaient vers le Temple, et nous ne voulûmes jamais penser à quitter la France, tant qu'elle renfermerait des êtres qui nous étaient si chers, et que nous ne pouvions nous résoudre à perdre de vue.

Je n'ai point parlé des périls qu'éprouva Pauline après le départ du Roi, non plus que ceux qu'elle courut le 3 septembre, lorsqu'on la sauva des massacres de la Force. J'ai pensé qu'il serait plus intéressant de les lui laisser raconter à elle-même, et j'ai joint, en conséquence, à ces mémoires la lettre qu'elle écrivit à la comtesse de Sainte-Aldegonde, sa sœur, deux jours après sa sortie de l'affreuse prison de la Force.

COPIE D'UNE LETTRE

Écrite par mademoiselle Pauline de Tourzel, aujourd'hui comtesse de Béarn, à madame la comtesse de Sainte-Aldegonde, sa sœur, dans laquelle elle raconte sa sortie des Tuileries et de la prison de la Force, lors des massacres des 2 et 3 septembre, en date du 8 septembre 1792.

Je n'ai eu que le temps de vous dire, chère Joséphine, que ma mère et moi étions hors de Paris; mais je veux vous raconter aujourd'hui comment nous échappâmes aux plus affreux dangers. Une mort certaine en était le moindre, tant la crainte des horribles circonstances dont elle pouvait être accompagnée augmente encore ma frayeur.

Je reprendrai l'histoire d'un peu loin, c'est-à-dire du moment où la prison mit fin à notre correspondance. Vous savez que, le 10 août, ma mère accompagna la famille royale à l'Assemblée. Restée seule aux Tuileries, dans l'appartement du Roi, je m'attachai à la bonne princesse de Tarente, aux soins de laquelle ma mère m'avait recommandée; et nous nous promîmes, quels que fussent les événements, de ne nous jamais séparer l'une de l'autre.

Bientôt après le départ du Roi, commença une canonnade dirigée contre le château. Nous entendîmes siffler les balles d'une manière effrayante. Les carreaux cassés et les fenêtres brisées faisaient un vacarme épouvantable. Pour nous mettre un peu à l'abri et n'être point du côté où on tirait le canon, nous nous retirâmes dans l'appartement de la Reine, au rez-de-chaussée. Là, il nous vint à l'idée de fermer les volets et d'allumer toutes les bougies des lustres et des candélabres, espérant que, si les brigands venaient à forcer notre porte, l'étonnement que leur causerait tant de lumières nous sauverait du premier coup et nous laisserait le temps de parler.

À peine notre arrangement était-il fini, que nous entendîmes des cris affreux dans la chambre précédente, et un cliquetis d'armes qui ne nous annonçait que trop que le château était forcé et qu'il fallait s'armer de courage. Ce fut l'affaire d'un moment; les portes furent enfoncées, et des hommes, le sabre à la main et les yeux hors de la tête, se précipitèrent dans la salle. Ils s'arrêtèrent un moment, étonnés de ce qu'ils voyaient, et de ne trouver qu'une douzaine de femmes dans la chambre (plusieurs dames de la Reine, de Madame Élisabeth et de madame de Lamballe s'étaient réunies avec nous). Ces lumières, répétées dans les glaces, en contraste avec les lumières du jour, firent un tel effet sur ces brigands, qu'ils en restèrent stupéfaits. Plusieurs dames se trouvèrent mal, entre autres madame de Ginestous, qui avait tellement perdu la tête, qu'elle se mit à genoux en balbutiant les mots de pardon. Nous la fîmes taire; et, pendant que je la rassurais, cette bonne madame de Tarente priait un jeune Marseillais d'avoir pitié de la faiblesse de la tête de cette dame et de la prendre sous sa protection. Cet homme y consentit, et la tira aussitôt de la chambre; puis, revenant tout à coup à celle qui lui avait parlé pour unc autre, et frappé d'un tel courage dans une pareille circonstance, il lui dit: « Je sauverai cette dame, vous aussi et votre compagne. » Effectivement, il mit madame de Ginestous entre les mains d'un de ses camarades, puis il prit madame de Tarente et moi chacune sous le bras, et nous mena hors de l'appartement. En sortant de l'appartement, il nous fallut passer sur les corps de Diert, garçon de la chambre de la Reine, et de Pierre, un de ses valets de pied, qui, n'ayant jamais voulu abandonner la chambre de leur maîtresse, avaient été victimes de leur attachement. Cette vue nous serra le cœur, et nous nous regardâmes, madame de Tarente et moi, pensant que nous aurions peut-être bientôt le même sort. Après beaucoup de peines, cet homme parvint enfin à nous faire sortir du château par une petite porte, près des souterrains. Nous nous trouvâmes sur la terrasse, puis à la porte du pont Royal. Là, notre homme nous quitta, ayant, dit-il, rempli l'engagement de nous conduire sûrement hors des Tuileries.

Je pris alors le bras de madame de Tarente, qui, croyant se soustraire aux regards de la multitude, voulut, pour retourner chez elle, descendre sur le bord de la rivière. Nous marchions doucement, sans proférer une seule parole, lorsque nous entendîmes des cris affreux derrière nous; et, en nous retournant, nous aperçûmes une foule de brigands qui couraient sur nous le sabre à la main. Il en parut d'autres au même instant devant nous, sur le quai et par-dessus le parapet. Ces derniers nous couchaient en joue, en criant que nous étions les échappés des Tuileries. Pour la première fois de ma vie j'eus peur. Cette manière d'être massacrée me paraissait affreuse. Madame de Tarente parla à la multitude, et obtint que, sous escorte, nous serions conduites au district.

Il fallut traverser toute la place Louis XV, au milieu des morts et des mourants, car beaucoup de Suisses et de malheureux gentilshommes y avaient été massacrés. Nous étions suivies d'un peuple immense qui nous accablait d'injures, en nous conduisant au district de la rue Neuve-des-Capucines.

Nous nous fîmes connaître au président du district. C'était un homme honnête et qui jugea promptement tout ce qu'avait de pénible et de dangereux la position où nous nous trouvions. Il donna un reçu de nos personnes, dit très-haut que nous serions conduites en prison, et parvint, par cette assurance, à congédier ceux qui nous avaient amenées. Se trouvant seul avec nous, il nous assura de son intérêt, et nous promit qu'à la chute du jour il nous ferait reconduire chez nous. Effectivement, il nous donna, sur les huit heures et demie du soir, deux personnes sûres pour nous reconduire, et nous fit passer par une porte de derrière, pour éviter les assassins qui entouraient la maison. Nous arrivâmes enfin chez la duchesse de la Vallière, grand'mère de madame de Tarente, et chez laquelle elle logeait. Je demandai à cette bonne princesse de ne la pas quitter de la nuit, et je couchai sur un canapé dans sa chambre.

Le lundi 13, à huit heures du matin, pendant que nous causions ensemble de tout ce qui nous était arrivé, nous entendîmes frapper à la porte. C'était mon frère, qui, ayant passé deux nuits auprès du Roi aux Feuillants, venait nous en donner des nouvelles et me dire que la Reine avait demandé à ma mère que je vinsse la rejoindre, que le Roi l'avait demandé à Péthion, qui l'avait accordé, et que, dans une heure, il viendrait me chercher pour me conduire aux Feuillants. Cette nouvelle me fit un sensible plaisir. Je me trouvais heureuse de me retrouver avec ma mère, d'unir mon sort au sien et à celui de la famille royale.

J'arrivai à neuf heures aux Feuillants. Je ne puis exprimer la bonté avec laquelle je fus reçue du Roi et de la Reine. Ils me firent mille questions sur les personnes dont je pouvais leur donner des nouvelles; Mgr le Dauphin et Madame m'embrassèrent, en me témoignant une amitié touchante et me disant que nous ne nous séparerions plus.

Une demi-heure avant de quitter les Feuillants, Madame Élisabeth m'appela, m'emmena avec elle dans un cabinet, et me dit: «Chère Pauline, nous connaissons votre discrétion et votre attachement pour nous. J'ai une lettre de la plus grande importance dont je voudrais me débarrasser avant de partir d'ici; aidez-moi à la faire disparaître.» Nous prîmes cette lettre de huit pages, nous en déchirâmes quelques morceaux que nous essayâmes de broyer dans nos doigts et sous nos pieds; mais, comme ce moyen était très-long et qu'elle craignait qu'une trop longue absence ne donnât quelques soupçons, je pris une page de la lettre, je la mis dans ma bouche et je l'avalai. Madame Élisabeth en voulut faire autant, mais son cœur se soulevait; je m'en aperçus, et lui demandant les deux dernières pages de la lettre, je les avalai, de manière qu'il n'en resta aucun vestige. Nous rentrâmes dans la chambre, et l'heure du départ étant arrivée, la famille royale monta dans une voiture composée de la manière suivante:

Le Roi, la Reine, Mgr le Dauphin et Madame se placèrent dans le fond; Madame Élisabeth, Péthion et Manuel, sur le devant; madame la princesse de Lamballe, sur une banquette de portière avec ma mère; et moi avec Colonges, officier municipal, sur la banquette vis-à-vis. La voiture allait au petit pas. On traversa d'abord la place Vendôme, où la voiture s'arrêta. Et Manuel, faisant remarquer au Roi la statue de Louis XIV qui venait d'être renversée, eut l'insolence d'ajouter ces paroles: «Vous voyez comme le peuple traite les rois.» Le Roi rougit d'indignation; mais, se modérant à l'instant, il répondit avec un calme angélique: «Il est heureux, monsieur, que sa rage ne se porte que sur des objets inanimés. » Le plus profond silence suivit cette réponse et dura tout le long du chemin. On prit les boulevards, et le jour commençait à tomber lorsqu'on arriva au Temple.

La cour, la maison, le jardin, étaient illuminés, et cet air de fête contrastait terriblement avec la position de la famille royale. Le Roi, la Reine et nous entrâmes dans un fort beau salon, où l'on resta plus d'une heure sans pouvoir obtenir de réponse aux questions que l'on faisait pour savoir où étaient les appartements. On servit ensuite à souper, et l'on fut forcé de se mettre à table, quoique l'on n'eût guère envie de manger. Mgr le Dauphin tombait de sommeil et demandait à se coucher ; ma mère pressait vivement pour savoir où était la chambre qu'on lui destinait. On annonça enfin qu'on allait l'y conduire.

On alluma des torches, on fit traverser la cour, puis un souterrain ; on arriva enfin à la Tour du Temple, et nous y entrâmes par une petite porte, qui ressemblait fort à un guichet de prison. La Reine et Madame furent établies dans la même chambre, qui était séparée de celle de Mgr le Dauphin par une petite antichambre, dans laquelle couchait madame de Lamballe. Le Roi fut logé au second, et Madame Élisabeth, pour laquelle il n'y avait plus de chambre, dans une cuisine près celle du Roi, d'une saleté épouvantable. Cette bonne princesse dit à ma mère qu'elle se chargeait de moi, et elle fit effectivement mettre un lit de sangle pour moi à côté du sien. La chambre dans laquelle donnait cette cuisine était un corps de garde. On peut juger du bruit qui s'y faisait ; nous passâmes ainsi la nuit, sans pouvoir dormir un instant.

Le lendemain, à huit heures, nous descendîmes chez la Reine, qui était déjà levée, et dont la chambre devait servir de salon. On y passait les journées entières, et on ne remontait au second que pour se coucher. On n'était jamais seuls dans cette chambre ; un municipal y était toujours présent, et il était changé à toutes les heures.

Tous nos effets avaient été pillés dans notre appartement des Tuileries, et je ne possédais que la robe que j'avais sur le corps lors de ma sortie du château. Madame Élisabeth, à qui on venait d'en envoyer quelques-unes, m'en donna une des siennes. Comme elle ne pouvait aller à ma taille, nous nous occupâmes à la découdre pour la refaire. Tous les jours, la Reine, Madame et Madame Élisabeth avaient l'extrême bonté d'y travailler ; mais nous ne pûmes la finir avant de les quitter.

La nuit du 19 au 20 août, il était environ minuit lorsque nous entendîmes frapper à la porte de notre chambre, et on nous intima l'ordre de la Commune d'enlever du Temple madame la princesse de Lamballe, ma mère et moi. Madame Élisabeth se leva sur-le-champ, m'aida même à m'habiller, et me conduisit chez la Reine. Nous trouvâmes tout le monde sur pied, et le lit de Mgr le Dauphin déjà transporté dans la chambre de la Reine. Notre séparation d'avec la famille royale fut cruelle ; et quoique l'on nous assurât que nous reviendrions après avoir subi un interrogatoire, un instinct secret nous disait que nous les quittions au moins pour longtemps.

Nous traversâmes les souterrains aux flambeaux, et nous montâmes en fiacre à la porte du Temple. On nous conduisit d'abord à l'Hôtel de ville, et on nous établit dans une grande salle, séparées les unes des autres par un municipal, pour que nous ne pussions causer ensemble. Sur les trois heures du matin, la princesse de Lamballe fut appelée pour subir un interrogatoire. Il dura environ un quart d'heure, après lequel on appela ma mère. Je voulus la suivre ; on s'y opposa, disant que j'aurais aussi mon tour. Ma mère demanda, dans la salle d'interrogatoire, dont les séances étaient publiques, que je fusse ramenée auprès d'elle. Mais elle fut refusée très-durement, en lui disant que je ne courais aucun danger, étant sous la sauvegarde du peuple.

On vint enfin me chercher et on me conduisit à la salle d'interrogatoire. Là, montée sur une estrade, on était en présence d'une foule immense de peuple qui remplissait la salle; il y avait aussi des tribunes remplies d'hommes et de femmes. Billaud de Varennes nous questionnait, et un secrétaire écrivait nos réponses sur un grand registre. On me demanda mon âge, et on me questionna beaucoup sur la journée du 10 août, me disant de déclarer ce que j'avais vu et entendu dire au Roi, à la Reine et à la famille royale. Ils ne surent que ce que je voulus bien leur dire. Je n'avais nulle peur, et je me sentais soutenue par une main invisible, qui ne m'a jamais abandonnée et m'a toujours fait conserver ma tête et mon sang-froid au milieu des plus grands dangers.

Je demandai d'être réunie à ma mère et de ne la pas quitter. Plusieurs voix s'élevèrent pour dire: «Oui, oui!» D'autres murmurèrent, et, l'interrogatoire fini, on me fit descendre de l'estrade sur laquelle j'avais été interrogée, et après avoir traversé plusieurs corridors, je me vis ramener à ma mère, qui était bien inquiète de ce que j'allais devenir; elle était alors avec madame de Lamballe, et nous fûmes toutes trois réunies.

Nous restâmes dans le cabinet de Tallien jusqu'à midi, que l'on vint nous chercher pour nous conduire dans la prison de la Force. On nous fit monter dans un fiacre. Il était entouré de gendarmes et suivi d'un peuple immense. Un officier de gendarmerie était avec nous dans la voiture, qui n'arriva qu'à une heure et demie à la Force. Ce fut par le guichet donnant dans la rue des Ballets que nous entrâmes dans cette horrible prison. On nous fit passer d'abord par la salle du conseil, pendant qu'on inscrivait nos noms sur les registres de la prison.

Je n'oublierai jamais qu'un individu fort bien mis, qui se trouvait là, s'approcha de moi qui étais seule dans la chambre, et me dit : « Mademoiselle, votre position m'intéresse, et je vous donne le conseil de quitter vos petits airs de cour et d'être plus familière et plus affable. » Indignée de l'impertinence de ce monsieur, je le regardai fixement et lui répondis que telle j'avais été, telle je serais toujours ; que rien ne pouvait changer mon caractère, et que l'impression qu'il pouvait remarquer sur mon visage n'était autre chose que l'image de ce qui se passait dans mon cœur, indigné des horreurs que nous voyions. Il se tut et se retira fort mécontent. Ma mère rentra alors dans la chambre, mais ce ne fut pas pour longtemps. Nous fûmes toutes trois séparées. On conduisit ma mère dans un cachot et moi dans un autre ; je suppliai qu'on voulût bien nous réunir, mais on fut inexorable, et je me vis seule dans mon cachot.

Le guichetier vint m'apporter une cruche d'eau ; c'était un très-bon homme, qui, me voyant au désespoir d'être séparée de ma mère et ne sollicitant d'autre consolation que d'y être réunie, fut touché de ma situation, et, imaginant me faire plaisir, il me laissa son petit chien afin de me donner une distraction : « Mais surtout ne me trahissez pas, dit-il ; j'aurai l'air de l'avoir oublié par mégarde. »

À six heures du soir il revint me voir, et me trouvant toujours dans le même état de chagrin, il me dit : « Je vais vous confier un secret. Votre mère est dans le cabinet au-dessus du vôtre ; ainsi vous n'êtes pas loin d'elle ; d'ailleurs, ajouta-t-il, vous allez avoir, dans une heure, la visite de Manuel, procureur de la Commune, qui viendra s'assurer si tout est dans l'ordre ; n'ayez pas l'air de le savoir. »

J'entendis effectivement, quelque temps après, tirer

les verrous de la chambre voisine, puis ceux de la mienne, et je vis entrer trois hommes dans ma chambre, dont je reconnus très-bien l'un pour être ce même Manuel qui avait conduit le Roi au Temple. Il trouva ma chambre humide, et parla de m'en faire changer. Je saisis cette occasion pour lui dire que tout m'était égal, séparée de ma mère ; que la seule grâce que je sollicitais de lui particulièrement était de me réunir à elle. Je le lui demandai avec tant de vivacité qu'il m'en parut touché. Il eut l'air de réfléchir un moment, puis il dit : « Je dois revenir ici demain, nous verrons, et je ne vous oublierai pas. » Le pauvre guichetier, fermant la porte, me dit à voix basse : « Il est touché ; je lui ai vu les larmes aux yeux ; ayez courage : à demain. »

Ce bon François, car c'était le nom du guichetier, me donna de l'espoir, et me fit un bien que je ne puis exprimer. Je priai Dieu avec un calme et une tranquillité extrêmes, je me jetai tout habillée sur l'horrible grabat qui me servait de lit, et je m'endormis.

À sept heures du soir, je vis rentrer Manuel dans ma chambre ; il me dit qu'il allait me conduire chez ma mère. Je crus voir en lui un libérateur ; et quand j'aperçus ma pauvre mère si affligée, je me jetai entre ses bras, en croyant tous nos malheurs finis, puisque je me retrouvais auprès d'elle. Il fut si touché du bonheur que nous éprouvions et de la vivacité avec laquelle nous lui témoignions notre reconnaissance, que les larmes lui en vinrent aux yeux, et qu'il offrit à ma mère de la réunir à madame la princesse de Lamballe, et il fut la chercher sur-le-champ. Elle passa la nuit dans sa chambre, et je retournai dans la mienne pour cette seule nuit. Le lendemain, à huit heures du matin, Manuel vint nous chercher, et nous conduisit dans la chambre qui avait été donnée à madame de Lamballe et qui était plus saine et plus commode que les autres. Nous étions toutes les trois réunies, seules, et nous éprouvâmes un moment de bonheur de pouvoir partager ensemble nos infortunes.

Le lendemain matin, nous reçûmes un paquet venant du Temple ; c'étaient nos effets que nous renvoyait la Reine, laquelle, avec cette bonté qui ne se démentait jamais, nous fit dire qu'elle avait eu soin de les réunir elle-même. Parmi eux se trouvait cette robe de Madame Élisabeth dont je vous ai parlé plus haut. Elle est pour moi le gage d'un éternel souvenir ; je la garde avec un saint respect, et je la conserverai toute ma vie.

L'incommodité de notre logement, l'horreur de notre prison, le chagrin d'être séparées du Roi et de la famille royale, la sévérité avec laquelle cette séparation nous menaçait d'être traitées, m'attristaient fort, je l'avoue, et effrayaient extrêmement cette malheureuse princesse de Lamballe. Quant à ma mère, elle montrait cet admirable courage que vous lui avez vu dans de tristes circonstances de sa vie, courage qui, n'ôtant rien à la sensibilité, laissait cependant à son âme la tranquillité nécessaire pour faire usage de son esprit, si l'occasion s'en présentait. Elle lisait, travaillait et causait d'une manière aussi calme que si elle n'eût rien craint ; elle paraissait affligée, mais ne semblait pas même inquiète.

Nous étions depuis quinze jours dans ce triste séjour, lorsque, le 3 septembre, à une heure du matin, étant toutes trois couchées et dormant de ce sommeil qui laisse encore place à l'inquiétude, nous entendîmes les verrous de notre porte, et nous vîmes paraître un homme qui me dit : « Mademoiselle de Tourzel, levez-vous promptement et suivez-moi. » Je tremblais et ne répondais ni ne remuais : « Que voulez-vous faire de ma fille ? » dit ma mère à cet homme. — « Peu vous importe, répondit-il d'une manière qui me parut bien dure ; il faut qu'elle se lève. » — « Levez-vous, Pauline, me dit ma mère, et suivez-le. » Il n'y avait rien à faire que d'obéir. Je me levai lentement. Cet homme restait toujours dans la chambre, en répétant : « Dépêchez-vous donc. » — « Dépêchez-vous, Pauline », me dit aussi ma mère. J'étais habillée, mais je n'avais pas changé de place. J'allai alors à son lit et je pris sa main. Cet homme, ayant vu que j'étais levée, s'approcha, me prit par le bras et m'entraîna malgré moi : « Adieu, Pauline, que Dieu vous protège, vous bénisse ! » me cria ma mère. Je ne pouvais plus lui répondre ; deux grosses portes étaient déjà entre elle et moi, et cet homme m'entraînait toujours.

Comme nous descendions l'escalier, il entendit du bruit, et, d'un air inquiet et agité, il me fit entrer précipitamment dans un petit cachot, dont il ferma la porte à clef, et disparut. Ce cachot venait d'être occupé et était encore éclairé par un reste de bout de chandelle. Je la vis finir en moins d'un quart d'heure, et je ne puis vous exprimer ce que je ressentis et les réflexions sinistres que m'inspirait cette lueur, tantôt forte, tantôt mourante. Elle me représentait l'agonie, et me disposait à faire le sacrifice de ma vie, mieux que n'auraient pu faire les discours les plus touchants.

Je restai alors dans la plus profonde obscurité, et, quelque temps après, j'entendis ouvrir doucement ma porte ; je fus appelée, et à la lueur d'une petite lanterne, je vis entrer un homme que je reconnus pour être le même qui m'avait enfermée dans ce petit cachot, et qui était à la salle du conseil à notre entrée à la Force, et m'avait donné les conseils dont j'avais été si choquée.

Il me fit marcher doucement ; et, parvenu au bas de l'escalier, il me fit entrer dans une chambre, me montra un paquet et me dit de m'habiller dans ce que je trouverais dedans. Il referma ensuite la porte, et je restai immobile, sans agir ni presque penser.

Je ne sais combien de temps je restai dans cet état. Je n'en fus tirée que par le bruit de la porte qui s'ouvrit, et je vis paraître le même homme : « Quoi ! vous n'êtes pas encore habillée, me dit-il d'un air inquiet ; il y va de votre vie si vous ne sortez promptement d'ici. » Je regardai alors les habits qui étaient dans le paquet, et j'y vis des habits de paysanne. Ils me parurent assez larges pour aller par-dessus les miens, et je les eus passés en un instant. Cet homme me prit alors par le bras, et me fit sortir de la chambre. Je me laissai entraîner sans faire aucune question, aucune réflexion, et je voyais à peine ce qui se passait autour de moi. Lorsque nous fûmes hors des portes de la prison, j'aperçus, au plus beau clair de lune, une multitude prodigieuse de peuple, et je me vis entourée, dans le même moment, d'hommes armés de sabres, d'un air féroce, qui semblaient attendre quelque victime pour la sacrifier : « Voici un prisonnier que l'on sauve », crièrent-ils tous à la fois, en me menaçant de leurs sabres.

Ce même homme qui me conduisait faisait l'impossible pour les écarter de moi et se faire entendre. Je vis alors qu'il portait la marque qui distinguait les membres de la Commune de Paris. Cette marque lui donnait la possibilité de se faire écouter, et on le laissa parler. Il leur dit que je n'étais pas prisonnière, qu'une circonstance m'avait fait trouver à la Force, et qu'il venait m'en tirer par ordre supérieur, n'étant pas juste de faire périr les innocents avec les coupables.

Cette phrase me fit frémir pour ma mère, qui y était restée enfermée : les discours de mon libérateur (car je vis clairement que c'était ce rôle qu'entreprenait cet homme dont les manières m'avaient paru si dures) faisaient effet sur la multitude, et l'on allait me laisser passer, lorsqu'un soldat en uniforme de garde national s'avança et dit au peuple qu'on le trompait, que j'étais mademoiselle de Tourzel, et qu'il me reconnaissait très-bien, m'ayant vue mille fois aux Tuileries, chez Mgr le Dauphin, lorsqu'il y était de garde, et que mon sort ne devait pas être différent de celui des autres prisonniers.

La fureur qui s'était calmée redoubla alors tellement contre moi et mon protecteur, que je crus bien fermement être à mon dernier moment, et que le service qu'il avait voulu me rendre serait celui de me conduire à la mort au lieu de me laisser attendre. Il ne se rebuta point. Son adresse, son éloquence, ou peut-être mon bonheur, me tirèrent encore de ce danger, et nous nous trouvâmes libres de continuer notre chemin.

Nous pouvions encore rencontrer mille obstacles ; nous étions obligés de passer par des rues où nous devions rencontrer beaucoup de peuple ; j'étais bien connue et je courais le risque d'être encore arrêtée. Cette crainte détermina mon guide à me laisser dans une petite cour fort sombre, et par laquelle il ne devait passer personne, pour aller voir ce qui se passait dans les environs, et si nous pouvions continuer notre marche sans courir de nouveaux dangers. Il revint au bout d'une demi-heure, me disant qu'il croyait prudent de me faire changer de costume ; et il m'apporta un habit, un pantalon et une redingote dont il voulait me faire revêtir. Je n'étais guère tentée d'user de ce déguisement ; il me répugnait de périr sous des habits qui ne devaient pas être les miens ; je m'aperçus heureusement qu'il n'avait apporté ni souliers ni chapeau ; j'avais sur la tête un bonnet de nuit, des souliers de couleur aux pieds ; le déguisement devenait donc impossible, et je restai comme j'étais.

Pour sortir de cette petite cour, il fallait repasser

près des portes de la prison, qu'entouraient les assassins, ou traverser l'église du petit Saint-Antoine, dans laquelle se tenait une assemblée qui devait légaliser leurs crimes. L'un ou l'autre de ces deux passages était également dangereux pour moi.

Nous choisîmes celui de l'église, et je fus obligée de la traverser en passant par les bas côtés, et me traînant presque à terre pour n'être pas aperçue de ceux qui composaient l'assemblée.

Mon conducteur me fit entrer dans une petite chapelle d'un bas côté, et me plaçant derrière les débris d'un autel renversé, il me recommanda de ne pas remuer, quelque bruit que j'entendisse, et d'attendre son retour, qui serait le plus prompt possible. Je m'assis sur mes talons, et quoique j'entendisse un grand bruit et même des cris, je ne bougeai pas du lieu où il m'avait placée, résolue à y attendre le sort qui m'était destiné ; et me remettant entre les mains de la Providence, je m'y abandonnai avec confiance, résignée à attendre la mort, si tels étaient ses décrets.

Je fus très-longtemps dans cette chapelle ; je vis enfin arriver mon guide, et nous sortîmes de l'église avec les mêmes précautions que nous avions prises pour y entrer. Peu loin de là, mon libérateur (car je ne puis lui donner d'autre nom) s'arrêta devant une maison qu'il me dit être la sienne, me fit entrer dans une chambre, et, m'y ayant enfermée, me quitta sur-le-champ. J'eus un moment de joie en me retrouvant seule ; mais je n'en jouis pas longtemps ; le souvenir des périls que j'avais courus ne me montrait que trop ceux auxquels ma mère était exposée, et je restai livrée à la plus mortelle inquiétude. Je m'y abandonnais depuis plus d'une heure, lorsque M. Hardy rentra (car il est temps de vous nommer celui auquel nous devons la vie). Il me parut encore plus effrayé que je ne l'avais encore vu : « Vous êtes connue, me dit-il, on sait que je vous ai sauvée ; on veut vous ravoir, on croit que vous êtes ici ; on pourrait venir vous y prendre ; il en faut sortir tout de suite, mais non pas avec moi, ce serait vous exposer à un danger certain. Prenez ceci, me dit-il, en me montrant un chapeau avec un voile et un mantelet noir. Écoutez bien tout ce que je vais vous dire, et n'en oubliez pas la moindre chose. En sortant de cette porte, vous tournerez à droite, puis vous prendrez la première rue à gauche, qui vous conduira à une petite place où aboutissent trois rues ; vous prendrez celle du milieu, puis, auprès d'une fontaine, vous trouverez un passage qui vous conduira dans une autre grande rue ; vous trouverez un fiacre arrêté près d'une allée sombre. Cachez-vous dans cette allée, et vous n'y serez pas longtemps sans me voir paraître. Partez vite, et surtout n'oubliez pas ma leçon (qu'il me répéta encore une fois), car je ne saurais alors comment vous retrouver, et que deviendriez-vous ? » Je vis la crainte qu'il avait que je ne me ressouvinsse pas bien de tous les renseignements qu'il m'avait donnés ; et cette crainte, augmentant celle que j'avais déjà, me troubla tellement, qu'en sortant de sa maison je savais à peine si je devais tourner à droite ou à gauche ; comme il vit de sa fenêtre que j'hésitais, il me fit un signe, et je me souvins alors de tout ce qu'il m'avait dit.

Mes deux habillements l'un sur l'autre me donnaient une étrange figure ; mon air inquiet pouvait me faire paraître suspecte ; il me semblait que chacun me regardait avec étonnement. J'eus bien de la peine à arriver jusqu'à l'endroit où je devais trouver le fiacre, mais enfin je l'aperçus, et je ne puis vous dire la joie que j'en ressentis : je me crus pour lors absolument sauvée. Je me retirai dans l'allée sombre, attendant que M. Hardy parût. Il ne venait point ; j'étais depuis plus d'un quart d'heure dans cette allée ; mes craintes redoublèrent ; si j'y restais plus longtemps, je craignais de paraître suspecte aux gens du voisinage ; mais comment en sortir ? où aller ? Je ne connaissais pas le quartier dans lequel je me trouvais ; si je faisais la moindre question, je pouvais me trouver dans un grand danger.

Comme je méditais tristement sur le parti que je devais prendre, je vis venir M. Hardy avec un autre homme. Ils me firent monter dans le fiacre et y montèrent avec moi. L'inconnu se plaça sur le devant de la voiture et me demanda si je le connaissais. Je le regardai et lui dis : « Vous êtes, je crois, M. Billaud de Varennes qui m'avez interrogée à l'hôtel de ville. » — « Il est vrai, dit-il ; je vais vous conduire chez Danton et y prendre ses ordres à votre sujet. » Arrivés à la porte de Danton, ces messieurs descendirent de voiture, montèrent chez lui, et revinrent peu après en me disant : « Vous voilà sauvée ; il ne nous reste plus maintenant qu'à vous conduire dans un endroit où vous ne soyez pas connue ; autrement il pourrait encore ne pas être sûr. »

Je demandai à être menée chez la marquise de Lède, ma parente, femme d'un âge trop avancé pour que ma présence pût la compromettre. Billaud s'y opposa, à cause du grand nombre de domestiques qui étaient dans cette maison, dont plusieurs pouvaient ne pas être discrets sur mon arrivée dans la maison. Il me demanda d'en indiquer une plus obscure. Je me souvins alors de notre bonne Babet, notre fille de garde-robes ; je pensai que je ne pouvais être mieux que dans une maison pauvre et dans un quartier retiré. Billaud de Varennes (car c'était lui qui entrait dans tous les détails) me demanda le nom de la rue pour l'indiquer au cocher : je nommai la rue du Sépulcre. Ce nom, dans un moment tel que celui où nous étions, lui fit une grande impression, et je vis sur son visage un sentiment d'horreur de ce rapprochement avec tous les événements qui se passaient. Il dit un mot tout bas à M. Hardy, lui recommanda de me conduire chez cette pauvre fille, et disparut.

Pendant le chemin, je parlai de ma mère ; je demandai à M. Hardy si elle était encore en prison. Je voulais aller la rejoindre si elle y était encore, et plaider moi-même son innocence. Il me paraissait affreux de voir ma mère exposée à la mort à laquelle on venait de m'arracher. Moi sauvée et ma mère périr ! cette pensée me mettait hors de moi.

M. Hardy chercha à me calmer, et me fit remarquer que depuis le moment où il m'avait séparée d'elle, il n'avait été occupé que du soin de me sauver ; qu'il y avait malheureusement employé beaucoup de temps ; mais qu'il se flattait qu'il lui en resterait encore assez pour sauver ma mère ; qu'il allait sur-le-champ retourner à la prison, et qu'il ne regarderait sa mission comme finie, que lorsqu'il nous aurait réunies ; qu'il me demandait du calme, et qu'il avait tout espoir.

Il me laissa pénétrée de reconnaissance pour le danger qu'il avait couru afin de me sauver, et de l'espoir qu'il me donnait de tirer ma mère de tous ceux que je craignais pour elle.

Adieu, chère Joséphine, je suis si fatiguée que je ne puis plus écrire ; ma mère veut d'ailleurs vous raconter elle-même ce qui la regarde, et vous écrira demain.

Pauline, en racontant les tristes épreuves par lesquelles elle a passé, a négligé de vous dire la manière dont elle les a soutenues. Elle a bien prouvé que la patience et le courage peuvent s'allier à la douceur et à l'extrême jeunesse. Elle n'a pas montré, dit M. Hardy, un seul moment de faiblesse dans les dangers qu'elle a courus. Et je ne lui ai pas vu un instant d'humeur dans la prison, ni pendant les quatre mois que nous avons passés si tristement à Vincennes ; elle a adouci toutes mes peines, augmentant cependant les inquiétudes que j'éprouvais. L'idée de lui voir partager des périls dont son âge devait naturellement la mettre à l'abri, me tourmentait sans cesse, et m'empêchait de jouir du bonheur de l'avoir auprès de moi. Le Ciel eut pitié de nous ; il protégea son innocence et permit qu'elle fût la sauvegarde de sa mère. Sans ma chère Pauline, je n'existerais plus, et c'est une grande consolation pour une mère de devoir au courage et à la tendresse de sa fille le bonheur de se retrouver au milieu de tous ses enfants.

CHAPITRE XXIV
Années 1793-1795

Nous allâmes au mois de décembre nous établir à Abondant, château appartenant à mon fils, à une lieue et demie de la petite ville de Dreux. Nous n'étions qu'à dix-neuf lieues de Paris, et il ne fallait que six heures pour y retourner. Nous ne voulions pas nous éloigner davantage des objets de notre continuelle sollicitude, et nous y portâmes notre douleur et nos inquiétudes. La fin cruelle de notre bon et malheureux roi y mit le comble. Nous nous représentions l'état de la famille royale, et nous éprouvions une peine sensible de ne pouvoir lui faire parvenir l'expression de notre douleur et d'un attachement que rien ne pourrait affaiblir.

Nous eûmes, quinze jours après cette cruelle catastrophe, un petit moment de consolation. J'avais chargé une de mes femmes, mademoiselle Pion, personne de mérite et de beaucoup de tête, du soin des atours de Madame. Elle avait toujours continué, même depuis son entrée au Temple, de lui porter tous les objets nécessaires à son usage journalier. On lui fit dire de préparer promptement le deuil de cette princesse et de le lui porter sur-le-champ. Il était question, lorsqu'elle arriva au Temple, de raccommoder les robes de la Reine, qui étaient mal faites, et on lui demanda si elle pouvait s'en charger. Elle n'hésita pas, pensant qu'étant connue de la

Reine et de la famille royale, celle-ci verrait plus volontiers un visage qui ne lui était pas étranger. Elle fut employée pendant deux jours à cet ouvrage, et, comme elle ne pouvait quitter Paris à cause du service de Madame, elle trouva moyen de me faire savoir qu'elle aurait quelque chose à me dire relatif à la famille royale, si je pouvais arriver à Paris. M. Hardy me fit avoir un passe-port et me loua un petit appartement, rue Bourtibourg, au Marais, où Pauline et moi arrivâmes sur-le-champ. Elle me raconta comment elle était entrée au Temple, et m'assura que toute la famille royale se portait bien.

«Je ne puis vous dire, ajouta-t-elle, tout ce que j'éprouvai en voyant ma chétive personne faire briller sur le visage de cette auguste famille un rayon de consolation. Leurs regards m'en disaient plus que n'auraient pu faire leurs paroles; et Mgr le Dauphin, dont l'âge excusait les espiègleries, en profitait pour me faire, sous l'apparence d'un jeu, toutes les questions que pouvait désirer la famille royale. Il courait tantôt à moi, puis à la Reine, aux deux princesses, et même au municipal. Chaque fois qu'il s'approchait de moi, il ne manquait pas de me faire une question sur les personnes qui intéressaient la famille royale. Il me chargea de vous embrasser de sa part, ainsi que mademoiselle Pauline, n'oublia personne de ceux qu'il aimait, et jouait si bien son rôle qu'on ne pouvait se douter qu'il m'eût parlé.»

La bonne santé dont jouissaient les membres de la famille royale ne fut pas de longue durée. La jeune princesse eut un petit mal à la jambe qui finit par devenir sérieux; l'inquiétude et la douleur lui en avaient aigri le sang, et elle était très-souffrante. On fit venir Brunyer, médecin des enfants, qui la trouva manquant des objets les plus nécessaires, tels, entre autres, que du linge pour panser sa jambe, et il fut obligé d'en apporter de chez lui. Il vint nous voir plusieurs fois, pendant mon petit séjour à Paris, et se chargea de nos commissions verbales, mais jamais d'un mot écrit, de peur d'être fouillé et privé de la consolation de donner des soins à Madame. Nous en éprouvâmes une grande, Pauline et moi, de pouvoir parler avec lui de la famille royale, et de savoir exactement des nouvelles de cette jeune princesse. Il nous parla de sa douceur au milieu de sa profonde douleur, et de la patience avec laquelle elle souffrait. Il leur était si attaché, qu'il n'en parlait que les larmes aux yeux, et nous trouvions de la douceur à pleurer ensemble sur les malheurs de cette auguste famille[163].

Nous eûmes aussi le bonheur de voir l'abbé Edgeworth[164], pendant notre petit voyage de Paris. Le récit touchant qu'il nous fit des derniers moments de notre bon roi nous fit verser bien des larmes; nous l'écoutions avec le plus profond respect, et j'ai béni mille fois le Ciel de m'avoir permis de voir cet ange consolateur. Je ne fus pas assez heureuse pour voir M. l'abbé de Malesherbes, qui était alors à Malesherbes; mais je vis madame de Senozan, sa sœur, et j'appris que le Roi, en lui demandant ce que j'étais devenue, lui articula ces propres paroles qu'il me fit transmettre à Abondant. « Je désirerais que vous pussiez me donner des nouvelles de madame de Tourzel. Elle m'a tout sacrifié, et j'éprouverais une grande consolation si vous pouviez lui faire savoir combien j'ai été sensible à son attachement. » Souvenir précieux qui restera toujours gravé dans ce cœur dont il avait bien voulu apprécier les sentiments dans un si cruel moment.

On n'eut pas, dans la suite, pour notre pauvre petit roi les égards qu'on avait eus pour Madame. Ce jeune prince tomba malade au mois de mai[165], et on ne voulut pas lui donner d'autre médecin que celui des prisons. C'était heureusement Thierry, médecin du maréchal de Mouchy, ce qui me donna la facilité de le voir, et de savoir de lui-même des nouvelles de notre cher petit prince. Il était profondément touché de la situation de la famille royale ; il alla trouver Brunyer pour s'informer du tempérament de l'enfant, et correspondit avec lui tout le temps de la maladie. Elle ne fut pas de longue durée, et il fut promptement rétabli. On ne peut s'empêcher de regretter que le Ciel n'en ait pas alors disposé ; il lui aurait épargné les mauvais traitements qu'il éprouva, et l'affreuse captivité où il fut réduit, lors de sa séparation de la famille royale : barbarie sans exemple et qui l'a conduit au tombeau.

Il est impossible d'exprimer ce que nous souffrîmes quand nous apprîmes que le jeune roi avait été enlevé à la Reine, pour être mis dans l'appartement du Roi son père, sous la garde d'un nommé Simon[166], homme atroce et qui avait donné sa mesure au Temple, le jour où il y fut de garde comme commissaire. Je voyais jour et nuit ce pauvre petit prince seul dans cet affreux séjour, malgré sa jeunesse, ses grâces et tout ce qu'il avait de propre à exciter la pitié d'un être moins féroce, maltraité, menacé et dans un désespoir affreux. Je me représentais la profonde douleur dont était pénétrée la famille royale ; et les larmes me venaient continuellement aux yeux en regardant le portrait de ce cher petit prince, que j'ai toujours porté sur moi depuis le moment de notre séparation.

Nous n'étions pas encore au comble du malheur, et nous ne l'éprouvâmes que trop quand nous apprîmes que la Reine avait été conduite à la Conciergerie. Nous ne pouvions penser sans effroi aux suites de cette effroyable mesure ; mais tant qu'existent encore les personnes qui nous sont chères, il reste toujours un rayon d'espérance, que fait bien connaître le sentiment que l'on éprouve quand elles ne sont plus. Nous en fîmes la triste expérience en apprenant la fin héroïque de cette illustre et courageuse princesse. Je ne puis exprimer tout ce qui se passa alors dans mon âme ; la douleur de sa perte, l'inquiétude pour tout le reste de la famille royale me causa un si violent désespoir, que j'en pensai perdre la tête, et je n'aspirais qu'à rejoindre ceux dont la perte nous affligeait si sensiblement. Le Ciel en décida autrement, et nous sauva comme par miracle des dangers que nous courûmes sous le régime de la Terreur, dans les diverses prisons[167] où nous fûmes conduits au mois de mars 1794, et dont nous ne sortîmes qu'à la fin du mois d'octobre de la même année, trois mois après la mort de Robespierre.

Nous eûmes encore la douleur de pleurer Madame Élisabeth, cet ange de courage et de vertu. Elle était le soutien, l'appui et la consolation de Madame. Nous étions dans la plus vive inquiétude de cette jeune princesse. Nous nous représentions ce cœur si sensible, seule dans cette horrible tour, livrée à elle-même, sans consolation, et au milieu des peines les plus vives que le cœur puisse ressentir. Les nôtres étaient déchirés en pensant à sa situation et à celle de notre cher petit prince, traités l'un et l'autre avec une barbarie sans exemple, et privés même de la douceur de pleurer ensemble sur les malheurs dont ils étaient accablés. Non, nous n'avons jamais pensé à nous plaindre de notre sort ; nous étions trop occupés de celui du jeune roi et de Madame.

Quand nous fûmes sortis de prison, et que nous eûmes un peu plus de liberté, nous cherchâmes à avoir de leurs nouvelles ; mais on gardait un tel silence sur leur situation, que l'on ne pouvait former que des conjectures souvent démenties par les événements. M. Hue faisait l'impossible pour apprendre quelque chose sur ce qui les concernait, et venait ensuite, avec une obligeance extrême, me faire part de ce qu'il avait appris. Mais, malgré tous ses soins, il était si peu instruit de leur véritable situation, qu'il m'assura, huit jours avant la mort du jeune roi, qu'il était alors bien portant[168].

J'appris ce cruel événement hors de chez moi et sans aucune préparation. Je tombai alors dans un profond abattement ; tout me devint indifférent, et je ne sortis de cet état que lorsque j'appris que l'Assemblée avait laissé mettre quelqu'un auprès de Madame. Mon attachement pour elle me rendit des forces, et je me déterminai à faire toutes les démarches nécessaires afin d'obtenir, pour Pauline et pour moi, la faveur de partager de nouveau la captivité de cette jeune princesse. On m'indiqua un député nommé Pémartin, qu'on m'assura être un homme sensible, touché de sa situation et qui me donnerait de bons conseils sur la conduite à tenir pour parvenir à notre but. J'allai chez lui avec Pauline, et nous le trouvâmes tel qu'on nous l'avait dépeint. Il n'avait malheureusement aucun crédit, et ne put que nous indiquer les personnes auxquelles il fallait s'adresser. Il nous nomma Cambacérès, Bergoin, Gauthier de l'Ain et Boudin, tous membres du Comité de salut public. Les deux derniers, chargés de la partie de la police de ce Comité, étaient les plus influents. Nous commençâmes par aller chez Boudin, dont nous tirerions meilleur parti que des autres. J'appris avec plaisir qu'il n'avait pas voté la mort du Roi, et je m'en serais bien doutée à la manière dont il nous reçut. Il nous écouta avec attention, parut touché des malheurs de Madame, et je ne doute pas que nous n'eussions obtenu cette permission si elle avait uniquement dépendu de lui ; mais malheureusement son collègue Gauthier avait plus de crédit que lui. Il nous reçut d'abord assez bien, ainsi que Cambacérès et Bergoin ; mais ce dernier et Gauthier devinrent plus difficiles lorsqu'il fut question de l'échange de Madame. Ils commencèrent par élever quelques difficultés, qui augmentèrent encore quand M. de Chantereine, employé à la police, demanda pour sa femme ce que nous sollicitions avec tant d'ardeur. Ce Gauthier de l'Ain, qui la protégeait probablement, nous mit très-durement à la porte de son cabinet, quand nous revînmes chez lui, et nous laissa voir clairement, par le peu d'honnêteté avec lequel il nous traita, que nous n'avions plus rien à espérer; et nous apprîmes peu de jours après que madame de Chantereine[169] avait été mise auprès de Madame.

Nous ne perdîmes pas encore toute espérance, et nous nous occupâmes d'obtenir au moins la permission de la voir au Temple, puisqu'il n'y avait plus moyen de nous y enfermer. Nous retournâmes chez Boudin, qui nous laissa entrevoir la possibilité d'y réussir, et nous engagea à avoir un peu de patience et à ne pas nous décourager. Nous fûmes deux mois sans rien obtenir, au bout desquels une dame, que je ne connaissais pas, vint me trouver, et m'offrit de me faire avoir la permission d'entrer au Temple pour voir Madame, si je voulais l'y employer. Elle me dit qu'étant en mesure de me rendre ce service, elle s'en était fait un plaisir; mais que lui ayant été dit que j'avais renoncé à l'idée d'aller au Temple, elle était au moment d'abandonner ses démarches; que ne pouvant cependant pas me soupçonner capable d'une pareille indifférence, elle avait voulu s'en assurer par elle-même, et que tel était l'objet de sa visite. On jugera facilement de la vivacité avec laquelle je l'en dissuadai, et lui demandai de me procurer un bonheur auquel j'attachais tant de prix et dont j'aurais une reconnaissance éternelle. Je la priai seulement de me permettre de prévenir Boudin, qui avait été trop bien pour nous pour risquer de nous en faire un ennemi. Elle y consentit, et revint le soir même me dire que la permission était accordée et que je pouvais me la faire délivrer dès le lendemain. Je lui demandai comment je pourrais lui témoigner ma reconnaissance. Elle me répondit qu'elle était trop heureuse de pouvoir faire une chose qui devait être agréable à Madame ; qu'elle partait dans deux jours pour la Normandie, et qu'elle ne me demandait qu'un petit mot d'écrit quand j'aurais vu Madame, pour lui marquer ma satisfaction du bonheur qu'elle m'avait procuré, et qu'elle le viendrait chercher elle-même. Elle ne voulut pas me dire son nom, vint chercher le petit mot d'écrit, et je n'en ai jamais entendu parler depuis.

Nous allâmes, dès le lendemain, chez Boudin, et lui dîmes qu'on nous avait assuré que si nous renouvelions nos démarches auprès du Comité de salut public, nous pouvions espérer de voir Madame. Il nous dit que c'était vrai, et nous conseilla de nous adresser de nouveau à Gauthier de l'Ain, qui nous accorderait sur-le-champ la permission d'entrer au Temple. Nous étions à onze heures du matin au Comité de salut public, où Gauthier nous la remit lui-même. Elle nous donnait la faculté d'entrer au Temple trois fois par décade, et il nous fut enjoint de la laisser entre les mains des gardiens de Madame au Temple. Je demandai à Gauthier si Madame avait connaissance de toutes les pertes qu'elle avait faites ; il nous dit qu'il n'en savait rien ; et nous eûmes tout le long du chemin, du Comité, qui se tenait à l'hôtel de Brienne, jusqu'au Temple, l'inquiétude d'avoir peut-être à lui apprendre qu'elle avait perdu tout ce qui lui restait de plus cher au monde.

En arrivant au Temple, je remis ma permission aux deux gardiens de Madame, et je demandai à voir Madame de Chantereine en particulier. Elle me dit que Madame était instruite de tous ses malheurs, qu'elle nous attendait et que nous pouvions entrer. Je la priai de dire à Madame que nous étions à la porte. Je redoutais l'impression que pouvait produire sur cette princesse la vue des deux personnes qui, à son entrée au Temple, accompagnaient ce qu'elle avait de plus cher au monde, et dont elle était réduite à pleurer la perte ; mais heureusement la sensibilité qu'elle éprouva n'eut aucune suite fâcheuse. Elle vint à notre rencontre, nous embrassa tendrement, et nous conduisit à sa chambre, où nous confondîmes nos larmes sur les objets de ses regrets. Elle ne cessa de nous en parler, et nous fit le récit le plus touchant et le plus déchirant du moment où elle se sépara du Roi son père, dont elle était si tendrement aimée, et auquel elle était si attachée. Je ne puis ajouter au récit de Cléry qu'un trait, qui peint la grandeur d'âme de ce prince et son amour pour son peuple. Je laisse parler Madame.

« Mon père, avant de se séparer de nous pour jamais, nous fit promettre à tous de ne jamais penser à venger sa mort ; et il était bien assuré que nous regarderions comme sacré l'accomplissement de sa dernière volonté. Mais la grande jeunesse de mon frère lui fit désirer de produire sur lui une impression encore plus forte. Il le prit sur ses genoux et lui dit : "Mon fils, vous avez entendu ce que je viens de dire ; mais comme le serment est encore quelque chose de plus sacré que les paroles, jurez, en levant la main, que vous accomplirez la dernière volonté de votre père." Mon frère lui obéit fondant en larmes, et cette bonté si touchante fit encore redoubler les nôtres. »

On ne peut rien ajouter à une semblable réflexion dans un pareil moment.

Nous avions laissé Madame faible et délicate, et en la revoyant au bout de trois ans de malheurs sans exemple, nous fûmes bien étonnées de la trouver belle, grande et forte, et avec cet air de noblesse qui fait le caractère de sa figure. Nous fûmes frappées, Pauline et moi, d'y retrouver des traits du Roi, de la Reine, et même de Madame Élisabeth. Le Ciel, qui la destinait à être le modèle de ce courage qui, sans rien ôter à la sensibilité, rend cependant capable de grandes actions, ne permit pas qu'elle succombât sous le poids de tant de malheurs.

Madame en parlait avec une douceur angélique ; nous ne lui vîmes jamais un seul sentiment d'aigreur contre les auteurs de tous ses maux. Digne fille du Roi son père, elle plaignait encore les Français, et elle aimait toujours ce pays où elle était si malheureuse ; et sur ce que je lui disais que je ne pouvais m'empêcher de désirer sa sortie de France pour la voir délivrée de son affreuse captivité, elle me répondit avec l'accent de la douleur : « J'éprouve encore de la consolation, en habitant un pays où reposent les cendres de ceux que j'avais de plus cher au monde. » Et elle ajouta, fondant en larmes et du ton le plus déchirant : « J'aurais été plus heureuse de partager le sort de mes bien-aimés parents que d'être condamnée à les pleurer. » Qu'il était douloureux et touchant en même temps d'entendre s'exprimer ainsi une jeune princesse de quinze ans, qui, dans un âge où tout est espoir et bonheur, ne connaissait encore que la douleur et les larmes !

Elle nous parla avec attendrissement du jeune roi son frère, et des mauvais traitements qu'il essuyait journellement. Ce barbare Simon le maltraitait pour l'obliger à chanter la *Carmagnole* et des chansons détestables, de manière que les princesses pussent l'entendre ; et quoiqu'il eût le vin en horreur, il le forçait d'en boire lorsqu'il voulait l'enivrer. C'est ce qui arriva le jour où il lui fit dire devant Madame et Madame Élisabeth les horreurs dont il fut question dans le procès de notre malheureuse reine. À la fin de cette scène atroce, le malheureux petit prince, commençant à se désenivrer, s'approcha de sa sœur, et lui prit la main pour la baiser ; l'affreux Simon, qui s'en aperçut, lui envia cette légère consolation et l'emporta sur-le-champ, laissant les princesses dans la consternation de ce dont elles venaient d'être témoins.

Je ne pus m'empêcher de demander à Madame comment avec tant de sensibilité, et dans une si affreuse solitude, elle avait pu supporter tant de malheurs. Rien de si touchant que sa réponse, que je ne puis m'empêcher de transcrire :

« Sans religion, c'eût été impossible ; elle fut mon unique ressource, et me procura les seules consolations dont mon cœur pût être susceptible ; j'avais conservé les livres de piété de ma tante Élisabeth ; je les lisais, je repassais ses avis dans mon esprit, je cherchais à ne m'en pas écarter et à les suivre exactement. En m'embrassant pour la dernière fois et m'excitant au courage et à la résignation, elle me recommanda positivement de demander que l'on mît une femme auprès de moi. Quoique je préférasse infiniment ma solitude à celle que l'on y aurait mise alors, mon respect pour les volontés de ma tante ne me permit pas d'hésiter. On me refusa, et j'avoue que j'en suis bien aise.

« Ma tante, qui ne prévoyait que trop le malheur auquel j'étais destinée, m'avait accoutumée à me servir seule et à n'avoir besoin de personne. Elle avait arrangé ma vie de manière à en employer toutes les heures : le soin de ma chambre, la prière, la lecture, le travail, tout était classé. Elle m'avait habituée à faire mon lit seule, me coiffer, me lacer, m'habiller, et elle n'avait, de plus, rien négligé de ce qui pouvait entretenir ma santé. Elle me faisait jeter de l'eau pour rafraîchir l'air de ma chambre, et avait exigé, en outre, que je marchasse avec une grande vitesse pendant une heure, la montre à la main, pour empêcher la stagnation des humeurs. »

Ces détails si intéressants à entendre de la bouche même de Madame nous faisaient fondre en larmes ; nous admirions le courage de cette sainte princesse et cette prévoyance qui s'étendait sur tout ce qui pouvait être utile à Madame. Elle fut la consolation de son auguste famille et nommément de la Reine, qui, moins pieuse qu'elle en entrant au Temple, eut le bonheur d'imiter cet ange de vertu. Non contente de s'occuper de ceux qui lui étaient chers, elle employa ses derniers moments à préparer à paraître devant Dieu les personnes condamnées à partager son sort ; et elle exerça la charité la plus héroïque jusqu'à l'instant où elle alla recevoir les récompenses promises à une vertu aussi éclatante et aussi éprouvée que l'avait été celle de cette vertueuse et sainte princesse.

Madame eut bien de la peine à se persuader qu'elle en était privée pour toujours. Elle n'avait jamais pu croire qu'on pût pousser la fureur jusqu'à attenter aux jours d'une princesse qui ne pouvait avoir eu aucune part au gouvernement et dont on respectait tellement la vertu, qu'un profond silence l'accompagna de la Conciergerie jusqu'à la barrière de Monceaux. Il n'en était pas de même de la Reine ; elle l'avait vue trop en butte aux méchancetés ; on redoutait trop son courage et son titre de mère du jeune roi, pour qu'elle pût se flatter de se retrouver un jour entre ses bras. Aussi ses adieux furent-ils déchirants.

Cette jeune princesse, depuis sa séparation d'avec Madame Élisabeth, passa près de quinze mois seule, livrée à sa douleur et aux plus tristes réflexions, n'ayant d'autre livre que les *Voyages* de La Harpe, qu'elle lut et relut plusieurs fois, manquant de tout, ne demandant rien, et raccommodant elle-même jusqu'à ses bas et ses souliers. Elle fut visitée quelquefois par des commissaires de la Convention ; ses réponses furent si courtes et si laconiques, qu'ils ne prolongeaient pas la visite. Il semblait que le Ciel eût imprimé sur elle le sceau de sa protection, car ils éprouvaient tous un sentiment de respect dont aucun ne s'écarta un seul instant. Quand elle entendait battre la générale, elle éprouvait un rayon d'espérance ; car, dans sa triste situation et sans crainte de la mort, tout changement ne pouvait que lui être favorable. Elle se crut un jour au bout de ses peines, et vit arriver la mort avec le calme de l'innocence et de la vertu. Elle se trouva mal jusqu'à perdre connaissance, et se réveilla comme d'un profond sommeil, sans savoir combien de temps elle était restée dans ce triste état. Malgré tout son courage, elle nous avoua qu'elle était si fatiguée de sa profonde solitude, qu'elle se disait à elle-même : « Si l'on finit par mettre auprès de moi une personne qui ne soit pas un monstre, je sens que je ne pourrai m'empêcher de l'aimer. »

Dans cette disposition, elle vit arriver avec plaisir au Temple madame de Chantereine. Celle-ci ne manquait pas d'esprit et paraissait avoir reçu de l'éducation. Elle savait l'italien, ce qui avait été agréable à Madame, à qui on l'avait fait apprendre pendant son éducation. Elle était adroite et brodait bien, ce qui était une ressource pour cette jeune princesse, à qui elle donnait des leçons de broderie. Mais, élevée dans une petite ville de province, dans la société de laquelle elle brillait, elle y avait pris un ton de suffisance et une si grande idée de son mérite, qu'elle croyait devoir être le mentor de Madame, et prendre avec elle un ton de familiarité dont la bonté de cette princesse l'empêchait de s'apercevoir. Nous cherchions, Pauline et moi, à lui montrer le respect qu'elle lui devait par celui que nous lui témoignions ; mais ce fut inutilement. Elle avait si peu d'idée des convenances, qu'elle se croyait autorisée à prendre des airs d'autorité qui nous faisaient mal à voir. Elle était, de plus, très susceptible, aimait qu'on lui fît la cour, et nous regarda de très-mauvais œil, quand elle vit que nous nous bornions vis-à-vis d'elle aux seuls égards de politesse. Madame l'avait prise en amitié, et lui donna les soins les plus touchants dans une violente attaque de nerfs qu'elle éprouva un jour où nous étions au Temple. Elle paraissait s'être attachée à Madame, et dans les circonstances où l'on se trouvait, on devait être heureux de voir auprès d'elle une personne qui paraissait lui être agréable et à qui on ne pouvait refuser des qualités.

Elle nous laissa seules avec Madame dans les premières visites que nous rendîmes à cette princesse ; mais elle se mit ensuite presque toujours en tiers avec nous, et nous la vîmes moins à notre aise, surtout après le 13 vendémiaire ; car craignant alors de se compromettre, elle fut moins complaisante qu'elle ne l'avait été d'abord. Je trouvai cependant le moyen de mettre Madame au courant de ce qu'il lui importait de savoir, et de lui remettre une lettre du Roi. C'était la réponse à une lettre bien touchante que Madame lui avait écrite le lendemain du jour où je la vis pour la première fois. Le Roi lui parlait en père le plus tendre, et elle aurait bien désiré garder sa lettre, mais il n'y avait pas moyen. Je courais risque de la vie chaque fois que je me chargeais d'une de ses correspondances, et il en eût été de même si on eût trouvé chez Madame une lettre de Sa Majesté. Elle la brûla, à son grand regret, et j'éprouvai une peine sensible à lui en demander le sacrifice.

J'avais écrit au Roi le lendemain du jour où j'eus le bonheur de voir Madame pour la première fois.

J'en reçus une réponse pleine de bonté, que j'ai également regretté de n'avoir pu conserver. Il me chargeait de pressentir Madame sur le désir qu'il avait de lui voir épouser Mgr le duc d'Angoulême. Ce mariage s'alliait si bien à l'attachement qu'elle conservait pour son auguste famille, et même pour cette France qui l'avait si maltraitée, qu'elle y était portée d'elle-même. Un motif bien puissant pour son cœur vint encore à l'appui : c'était le vœu bien prononcé du Roi son père et de la Reine de conclure ce mariage à l'instant de la rentrée des princes, et je lui rapportai les propres paroles de la Reine, quand Leurs Majestés me donnèrent la marque de confiance de me parler de leurs projets à cet égard :

« On s'est plu, me dit cette princesse, à donner à mes frères des impressions défavorables au sentiment que nous leur portons. Nous leur prouverons le contraire en donnant sur-le-champ la main de ma fille au duc d'Angoulême, malgré sa grande jeunesse, qui aurait pu nous faire désirer d'en retarder le moment. »

Elle entra, de plus, dans le détail de petits arrangements qui y étaient relatifs, et dont je fis part à Madame pour confirmer la vérité de mon récit. Elle parut étonnée qu'ils ne lui en eussent jamais parlé, et je lui fis sentir que c'était une mesure de prudence de leur part de ne pas occuper son imagination de pensées de mariage, qui auraient pu nuire à l'application qu'exigeaient ses études.

L'idée d'unir ses malheurs à ceux de sa famille et d'être encore utile à son pays, en prévenant les prétentions qu'aurait pu former un prince étranger à l'occasion de son mariage, fit encore une grande impression sur l'esprit de Madame. Elle me fit mille questions sur Mgr le duc d'Angoulême, auxquelles je ne pus répondre, vu l'ignorance où nous étions de ce qui se passait hors de France ; car nous étions obligées, Pauline et moi, d'user d'une grande circonspection pour ne pas perdre l'espoir de l'accompagner à Vienne.

Elle me demanda, dès le premier jour de notre entrée au Temple, des nouvelles de toutes les personnes qui lui avaient été attachées, ainsi qu'à la Reine et à la famille royale, et nommément des jeunes personnes qu'elle voyait chez moi. Son cœur n'oubliait rien de ce qui pouvait les intéresser. Elle était aussi sensiblement touchée de l'intérêt qu'on mettait à lui prouver l'attachement qu'elle inspirait. Les fenêtres qui donnaient sur le jardin du Temple ne désemplissaient pas à l'heure de sa promenade. On faisait de la musique dans les environs ; on y chantait des romances dont on ne pouvait dissimuler qu'elle fût l'objet. Ce sentiment qu'on lui portait était une consolation pour son cœur affligé ; mais, après le 13 vendémiaire, il ne fut plus possible de les exprimer aussi visiblement.

Je demandai un jour à Madame si elle n'avait jamais été incommodée pendant le temps de sa profonde solitude : « Ma personne m'occupait si peu, dit-elle, que je n'y faisais pas grande attention. » Ce fut alors qu'elle nous parla de cet évanouissement dont j'ai fait mention plus haut, en y ajoutant des réflexions si touchantes sur le peu de cas qu'elle faisait de la vie, qu'on ne pouvait l'entendre sans être profondément ému. Je ne puis rappeler ces détails sans attendrissement, mais je me reprocherais de ne pas faire connaître le courage et la générosité de cette jeune princesse. Loin de se plaindre de tout ce qu'elle avait eu à souffrir dans cette horrible tour, qui lui rappelait tant de malheurs, elle n'en parlait jamais d'elle-même ; et son souvenir ne put jamais effacer de son cœur l'amour d'un pays qui lui fut toujours cher.

Elle nous dit qu'après le 9 thermidor on eut plus

d'attentions pour elle. On chargea du soin de sa personne et de celle du jeune roi un nommé Laurent, qui fut mieux pour elle que pour lui, car le sort du jeune prince ne fut véritablement amélioré que lorsqu'il eut été remplacé par Lasne et Gomin, que l'on nomma commissaires du Temple. Ils trouvèrent ce malheureux petit prince dans un état affreux, et dans les détails duquel je ne me sens pas le courage d'entrer. Ils se trouvent d'ailleurs dans d'autres ouvrages où ce fait est rapporté avec beaucoup d'exactitude.

Lasne était un franc soldat, loyal et sans ambition ; il se bornait à répondre aux questions qu'on lui faisait, et ne parlait de Madame qu'avec le plus profond respect[170]. Gomin avait plus d'esprit que Lasne, mais moins de franchise et plus d'ambition. Il faisait sa cour à madame de Chantereine, dans l'espoir qu'elle pourrait lui être utile ; et il lui avait persuadé qu'il était de très-bonne famille, quoiqu'il fût fils tout simplement du garde de madame de Nicolaï. Ces deux gardiens étaient bien pour Madame, qui se louait de leur conduite, et ils paraissaient lui être fort attachés.

J'interromps un moment ce qui regarde Madame pour parler de ce que j'appris au Temple concernant le jeune roi, dont je parlais souvent à Gomin et à Lasne, et je joindrai à ces détails le récit de sa mort et des précautions que je pris pour m'assurer de sa réalité, dont je ne puis conserver le plus léger doute. Il me paraît utile d'en donner la preuve à ceux qui liraient ces *Mémoires*.

Gomin me dit que, lorsqu'on leur avait remis le jeune prince entre les mains, il était dans un état d'abandon qui faisait mal à voir, et dont il éprouvait les plus fâcheux inconvénients. Il était tombé dans un état d'absorbement continuel, parlant peu, ne voulant ni marcher ni s'occuper de quoi que ce pût être. Il avait cependant quelques éclairs de génie surprenants. Il aimait à quitter sa chambre, et on lui faisait plaisir quand on le portait dans la chambre du Conseil et qu'on l'asseyait auprès de la fenêtre. Le pauvre Gomin, qui, malgré sa bonne volonté, ne s'entendait pas au soin des malades, ne s'aperçut pas d'abord que cet état d'absorbement tenait à une maladie dont le pauvre petit prince était atteint, et qui était la suite des mauvais traitements, du défaut d'air et d'exercices plus nécessaires à cet enfant qu'à tout autre; car, en parlant de la beauté de son visage qui s'est conservée au-delà même de sa vie, il faisait l'éloge de deux petites pommes rouges qu'il avait sur les joues, et qui n'annonçaient que trop la fièvre interne qui le consumait. Il ne tarda cependant pas à s'apercevoir qu'il avait des grosseurs à toutes les articulations, et il demanda à plusieurs reprises qu'on lui fît voir un médecin. On ne tint aucun compte de ses instances, et on ne lui envoya Desault, chirurgien en chef de l'Hôtel-Dieu, que lorsque les secours lui étaient devenus totalement inutiles.

Desault éprouva la plus vive émotion en voyant l'état déplorable où était réduit cet auguste et malheureux enfant. Il avait le plus grand désir de le rappeler à la vie et y employait tous ses soins. Il n'avait que cette pensée dans l'esprit, ne dormait ni jour ni nuit, et passait tout son temps à chercher s'il ne pourrait trouver quelque moyen d'y parvenir. Son imagination s'échauffa tellement, que sa santé s'en ressentit. Il éprouva une fonte d'humeur considérable. La crainte de se voir remplacer par un individu qui ne partagerait pas ses sentiments lui fit prendre les moyens de l'arrêter; ses humeurs s'enflammèrent, et il fut atteint d'une dysenterie qui le conduisit en peu de jours au tombeau. Pelletan, qui lui succéda dans la place de chirurgien-major de l'Hôtel-Dieu, fut envoyé au Temple pour le remplacer. L'enfant était mourant ; il ne put qu'adoucir ses souffrances, et peu de jours après le jeune roi n'existait plus.

Ne pouvant soutenir l'idée d'une perte qui m'était aussi sensible, et conservant quelques doutes sur sa réalité, je voulus m'assurer positivement s'il fallait perdre tout espoir. Je connaissais depuis mon enfance le médecin Jeanroi, vieillard de plus de quatre-vingts ans, d'une probité peu commune et profondément attaché à la famille royale. Il avait été choisi pour assister à l'ouverture du corps du jeune roi ; et pouvant compter sur la vérité de son témoignage comme sur le mien propre, je le fis prier de passer chez moi. Sa réputation l'avait fait choisir par les membres de la Convention pour fortifier de sa signature la preuve que le jeune roi n'avait point été empoisonné. Ce brave homme refusa d'abord de se rendre au Temple pour constater les causes de sa mort, les avertissant que, s'il apercevait la moindre trace de poison, il en ferait mention au risque même de sa vie : « Vous êtes précisément l'homme qu'il nous est essentiel d'avoir, lui dirent-ils, et c'est pour cette raison que nous vous avons préféré à tout autre. » Ils n'avaient pas eu besoin d'employer le poison ; la barbarie de leur conduite vis-à-vis d'un enfant de cet âge devait immanquablement le conduire au tombeau. Sa bonne constitution prolongea son supplice ; la malpropreté dans laquelle on le laissait volontairement, et le défaut d'air et d'exercice, lui avaient dissous le sang et vicié toutes les humeurs. Ce jeune prince, que j'avais quitté dans un état si frais et si sain, était dans un état affreux, suite nécessaire de la cruelle vie à laquelle des êtres aussi corrompus qu'impitoyables l'avaient condamné. Sa jeunesse, sa beauté et ses grâces n'avaient pu attendrir la dureté de leurs cœurs.

Je demandai à Jeanroi s'il l'avait bien connu avant son entrée au Temple. Il me dit qu'il l'avait vu rarement, et ajouta, les larmes aux yeux, que la figure de cet enfant, dont les ombres de la mort n'avaient point altéré les traits, était si belle et si intéressante, qu'elle était toujours présente à sa pensée, et qu'il reconnaîtrait parfaitement le jeune prince si on lui en montrait un portrait. Je lui en fis voir un frappant que j'avais heureusement conservé. « On ne peut s'y méprendre, dit-il, fondant en larmes, c'est lui-même, et on ne peut le méconnaître[171]. »

Ce témoignage fut encore fortifié par celui de Pelletan, qui, appelé chez moi en consultation quelques années après la mort de Jeanroi, fut frappé de la ressemblance d'un buste qu'il trouva sur ma cheminée avec celle de ce cher petit prince, et quoiqu'il n'eût aucun signe qui pût le faire reconnaître, il s'écria en le voyant : « C'est le Dauphin ; ah ! qu'il est ressemblant ! » et il répéta le propos de Jeanroi : « Les ombres de la mort n'avaient point altéré la beauté de ses traits[172]. » Il ajouta qu'il ne l'avait vu que bien peu, qu'il était mourant, insensible à tout, excepté aux soins qu'on lui rendait, dont il était encore touché.

Il m'était impossible de former le plus léger doute sur le témoignage de deux personnes aussi recommandables. Il ne me restait plus qu'à pleurer la mort de mon cher petit prince. Je le fis encore avec plus de certitude, lorsque le hasard me fournit une dernière preuve, qu'on pouvait regarder comme irrécusable, même avant le témoignage de Pelletan.

Madame nous offrit un jour de nous mener dans l'appartement du Roi ; elle y entra, suivie de Pauline, avec un saint respect. La perte du jeune roi était encore si récente, que je ne me sentis pas le courage de revoir un lieu où il avait tant souffert, et je priai Madame de me permettre de ne l'y pas accompagner. J'entrai dans les appartements de la petite tour, et je fus bien aise de ne pas avoir eu la même faiblesse. Après avoir revu les lieux que Pauline et moi avions quittés avec tant de regrets, Madame nous mena à la bibliothèque, et nous y passâmes l'après-midi. Elle se mit à causer avec Pauline et me dit: «Si vous aviez la curiosité de feuilleter le registre qui est sur cette table, vous y verriez le compte rendu par les commissaires depuis notre entrée au Temple.» Je ne me fis pas prier et je me mis sur-le-champ à feuilleter et à examiner ce registre. J'y vis, jour par jour, les comptes rendus à la Convention sur les augustes prisonniers. Ils ne me confirmèrent que trop qu'on ne pouvait raisonnablement conserver le plus léger espoir sur la vie du jeune roi. Comme je craignais que le temps me manquât, je m'attachai d'abord à examiner ce qui regardait notre jeune roi. J'y vis tous les progrès de sa maladie, les détails de ses derniers moments[173], et même ceux qui concernaient sa sépulture[174]. Quand j'eus fini cette triste lecture et que je commençais à reprendre ce qui concernait la famille royale, Gomin entra dans la bibliothèque, et me voyant le registre entre les mains, il s'emporta violemment, me reprocha très-aigrement l'imprudence de ma conduite, et me menaça de s'en plaindre. Madame, avec sa bonté ordinaire, s'avoua coupable de m'avoir donné le registre, et lui dit qu'il lui ferait de la peine de pousser les choses plus loin. La peur de se compromettre lui tournait la tête, et il appela son confrère Lasne pour savoir s'il pouvait accéder à ce que Madame désirait. Lasne lui conseilla de ne rien faire qui pût lui faire de la peine, et de se contenter de me faire promettre de ne dire à personne que j'eusse vu le registre et rien de ce qu'il pouvait contenir. J'ai tenu fidèlement ma promesse jusqu'au moment où parut ce dernier petit imposteur qui se disait M. le Dauphin, et où je crus utile de confondre son imposture par le récit de tout ce que je viens d'écrire de relatif à notre jeune roi[175]. Il ne pouvait plus d'abord y avoir d'inconvénient pour Lasne et pour Gomin, et je n'ai jamais compris comment ce dernier avait été si affligé de me voir lire un registre qui n'était qu'à son avantage, puisqu'il prouvait évidemment qu'il n'avait rien négligé pour procurer au jeune prince les secours qui lui ont été si constamment refusés.

Sa mort avait fait une grande sensation, et avait opéré un changement sensible dans l'opinion publique, qui en accusait les conventionnels. Inquiets de leur sort, si la France renouvelait la majorité de ses députés, ils proposèrent de décréter que leur renouvellement ne se ferait que par tiers. Cette proposition fut débattue, et le décret qu'ils prononcèrent pour son admission ne passa que par une fraude manifeste. Mais n'étant plus assez forts pour se livrer à leur génie persécuteur, ils nous laissaient assez tranquilles. Je profitai de ce calme pour faire regarder ma permission de rentrer au Temple comme de trois fois par semaine, au lieu de décade, et nous y allâmes ainsi régulièrement jusqu'au 13 vendémiaire, où il devint nécessaire de nous renfermer strictement dans la lettre de la permission qui nous avait été accordée.

Le mouvement qui existait dans Paris dès le commencement de cette journée, et qui était la suite de celui qu'il y avait eu la veille dans toutes les sections de cette ville, nous décida, Pauline et moi, à aller au Temple pour nous trouver auprès de Madame à tout événement[176].

Nous étions, ainsi qu'elle, dans une grande agitation, n'osant nous livrer à l'espérance, lorsque Gomin vint nous avertir qu'on tirait le canon, et qu'étant monté sur la plate-forme de la Tour, il y avait entendu une grande fusillade. Il devenait évident, puisque nous n'entendions parler de rien, que les événements n'étaient pas en notre faveur, et Gomin nous fit observer qu'il serait imprudent d'attendre la nuit fermée pour rentrer chez nous. Nous reculions toujours, ne pouvant nous déterminer à quitter Madame ; il fallut cependant bien nous décider. Elle nous dit adieu bien tristement, pensant aux malheurs que pourrait occasionner cette fatale journée, et nous lui promîmes de revenir le lendemain, pour peu qu'il y en eût de possibilité.

Nous cheminâmes en silence, et dans une grande inquiétude sur ce qui se passait dans les rues de Paris. Nous ne vîmes rien d'effrayant jusqu'à la place de Grève, où il y avait une foule énorme qui se pressait et s'étouffait pour se sauver plus vite. Nous demandâmes à un homme qui paraissait plus calme que les autres si nous pouvions passer les ponts sans danger pour retourner au faubourg Saint-Germain. Il nous conseilla de nous éloigner des quais, de passer promptement le pont Notre-Dame, et de nous enfoncer dans l'intérieur de Paris. Le passage du pont était effrayant ; on voyait la fumée et la lueur des canons qui ne discontinuaient pas de tirer ; mais une fois rentrées dans les rues, nous ne rencontrâmes qui que ce soit. Chacun s'était renfermé dans sa maison, et nous vîmes pour la première fois dans la rue du Colombier quelques personnes rassemblées, mais qui ne purent nous dire ce qui se passait. Nous ne le sûmes qu'en arrivant chez la duchesse de Charost, ma fille, qui était dans une mortelle inquiétude de ne pas entendre parler de nous. Nous ne revînmes chez elle qu'à neuf heures du soir, et elle éprouva une grande joie de nous revoir saines et sauves.

Nous retournâmes au Temple le lendemain, Madame nous vit arriver avec grand plaisir. Elle était inquiète de ce qui se passait dans la ville et de notre retour. Nous ne pûmes lui apprendre que des événements affligeants. La Convention, qui mourait de peur de voir marcher sur elle les sections, avait perdu la tête ; entrait qui voulait au Comité de salut public et y donnait son avis. Bonaparte, qui avait examiné avec soin tout ce qui se passait, et qui avait vu le peu d'ordre qu'il y avait dans tous les mouvements des sections et la terreur qui régnait dans tous les esprits, promit à la Convention de faire tourner cette journée à son avantage, si elle voulait lui laisser la direction de la conduite à tenir. Elle y consentit. Il fit venir sur-le-champ des canons qu'il établit rue Saint-Honoré, et fit tirer à mitraille sur les troupes des sections et les dispersa en un moment. Ce fut l'époque du commencement de sa fortune. La frayeur et la stupeur prirent alors la place de l'espérance ; les soldats insultaient les passants, et chacun frémissait des suites que pourrait avoir cette cruelle journée.

Malgré le mouvement qui existait dans Paris, nous continuâmes nos courses au Temple paisiblement et sans éprouver le moindre inconvénient. Nous y allions à pied, seules et sans domestique, et nous n'en revenions qu'à la nuit, pour prolonger le plus longtemps possible le temps que nous passions avec Madame. Nous nous promenions avec elle dans le jardin, quand le temps le permettait, et nous faisions ensuite sa partie de reversi. Nous lui apportâmes un peu de tapisserie, et nous faisions tout ce qui dépendait de nous pour lui procurer un peu de distraction.

Nous n'eûmes pas à nous reprocher de ne pas avoir fait toutes les démarches possibles pour parvenir à accompagner Madame à Vienne. Nous revîmes Cambacérès et tous les membres des divers comités de qui cette permission pouvait dépendre, et nous avions tout espoir de réussir, lorsque, le 8 novembre, la force armée, accompagnée de deux commissaires de police, arriva chez moi à huit heures du matin, avec ordre de m'arrêter ; et ne m'y trouvant point, les deux commissaires s'établirent dans ma chambre jusqu'à mon retour. J'étais sortie de très-bonne heure, et je rentrais tranquillement pour déjeuner, lorsque la femme de notre suisse m'avertit de ce qui se passait. Je rebroussai chemin et j'allai chez mon homme d'affaires, rue de Bagneux, petite rue dans un quartier peu fréquenté, pour me donner le temps de réfléchir sur ce qu'exigeait ma position.

Je savais qu'on avait arrêté la personne qui avait la correspondance du Roi, laquelle avait dans ses papiers une lettre que j'écrivais à Sa Majesté, en lui en envoyant une de Madame. J'avais, de plus, chez moi le manuscrit de l'ouvrage de M. Hue, qui avait insisté pour que je prisse le temps de le lire, malgré l'inquiétude que je lui avais témoignée d'en être dépositaire. Tout cela me tourmentait extrêmement et me mettait dans une grande incertitude sur le parti que je devais prendre, lorsque madame de Charost, à qui j'avais trouvé moyen de faire savoir l'endroit où j'étais retirée, me fit dire qu'elle avait soustrait le manuscrit, qui était en sûreté. De son côté, mon brave homme d'affaires, qui avait été avertir M. Hue de ce qui venait d'arriver en le rassurant sur le sort de son manuscrit, m'apporta aussi l'heureuse nouvelle que la personne chargée de la correspondance du Roi avait été mise en liberté et était déjà loin de Paris. N'ayant plus rien de positif à redouter et ne voulant pas que l'on pût dire que je m'étais cachée dans le moment où j'avais l'espoir d'accompagner Madame, je revins chez moi, au risque de ce qui pouvait en arriver. Je fus avertie par d'excellentes personnes de mon quartier, que je rencontrai dans la rue, que la force armée était chez moi, et qui ne comprirent pas que je pusse volontairement m'exposer à tomber en pareilles mains.

Dès que je fus de retour chez moi, les commissaires de police firent l'inventaire de mes papiers. Comme je n'en avais conservé aucun, j'étais parfaitement tranquille sur le résultat de cette mesure, et je dînai tranquillement chez moi avant de me rendre à l'hôtel de Brienne, où se tenait le Comité de salut public, qui ne s'ouvrait qu'à six heures. Mes deux filles, la duchesse de Charost et Pauline, ne voulurent point m'abandonner, et me suivirent à ce Comité, qui, quoique supprimé, continuait encore ses fonctions. On nous fit attendre une grande heure avant de m'interroger, et il n'y eut pas de moyen qu'on n'employât pour m'effrayer. C'était précisément le jour où l'on avait fait périr le pauvre Lemaître, accusé de correspondance tendant à rappeler en France la maison de Bourbon, et l'on ne m'épargna aucun des détails de cette triste journée, ajoutant que l'on userait dorénavant de la plus grande sévérité envers tous les royalistes, même pour les dames à chapeaux, ayant grand soin de me fixer en tenant ces aimables propos. Ils finirent par renvoyer mes filles, lorsque je fus prête à paraître devant ceux qui devaient m'interroger.

On me fit subir un interrogatoire de plus de deux heures, et il est impossible d'imaginer des questions plus captieuses et plus sottes que celles qui formèrent la matière de cet interrogatoire. Ils me supposaient en correspondance avec l'Empereur et avec toutes les puissances qui s'intéressaient à la maison de Bourbon; ils voulaient savoir le nom de toutes les personnes que je connaissais dans Paris, et ils me firent mille questions sur ce qui concernait Madame, me demandant ce que je lui disais lorsque j'étais seule avec elle, quels étaient ses occupations et ses sentiments. Ces derniers, que je leur exprimai hardiment, ne pouvaient que les faire rougir. Ils étaient enragés de ne pouvoir me prendre en défaut. Plusieurs me menaçaient, et un d'entre eux, plus violent que les autres, me dit en gesticulant fortement : « Vous nous guettez comme le chat guette la souris ; je vais bientôt vous confondre par toutes les preuves que je vais produire contre vous. » — « Quand vous me les aurez fait connaître, lui répondis-je, je verrai ce que j'aurai à y répondre. » Ils s'arrêtaient de temps en temps pour signer des mandats d'arrêt, passant et repassant devant moi pour essayer de me troubler. N'en ayant pu venir à bout, ils terminèrent enfin ce bel interrogatoire, qu'ils trouvèrent eux-mêmes si pitoyable, qu'ils refusèrent de m'en donner la copie, quoique je fusse en droit de l'obtenir.

Je fus conduite à onze heures du soir au collège des Quatre Nations, dont on avait fait une prison, et je restai trois fois vingt-quatre heures au secret. Au bout de ce temps, la nouvelle Assemblée, dont le tiers renouvelé était bien composé, demanda que l'on fît sur ma personne l'application de la nouvelle Constitution ; et comme elle exigeait que sous deux ou trois fois vingt-quatre heures au plus tard le prévenu fût interrogé par le juge de paix de sa section, qui avait le droit de décider s'il y avait matière ou non à accusation, on me mena chez le juge de paix de notre section. C'était, heureusement pour moi, un honnête homme, et il se conduisit comme tel. Un des députés, qui avait assisté à mon interrogatoire, le lui apporta lui-même, et lui demanda si, sur l'exposé des faits qui en faisaient la matière, il n'y pouvait pas trouver quelque motif d'accusation. Le juge de paix lui répondit sans hésiter que c'était impossible, tant qu'on n'en produirait pas d'une autre nature. Il insista sans plus de succès ; et le juge Violette, indigné, trouva moyen de me faire dire que je fusse parfaitement tranquille, que je serais renvoyée chez moi. Le député, mécontent de la réponse, parvint à faire rendre un décret qui laissait sous le joug de l'accusation toute personne saisie d'un mandat d'arrêt, quoique justifiée par son interrogatoire, jusqu'à ce que le jury d'accusation l'eût acquittée définitivement. Le juge de paix me donna copie de l'interrogatoire qu'il m'avait fait subir, et j'y vis avec douleur qu'on n'avait pas eu plus d'égards pour Madame, et que c'était sur la conformité de ses réponses avec les miennes, dans l'interrogatoire qu'on lui avait fait subir, que j'avais été mise en liberté.

Je connaissais trop Madame pour avoir mis en doute sa discrétion, et je n'avais nulle inquiétude d'être compromise par ses réponses. Cette nouvelle persécution fut la suite d'une intrigue particulière, dont le but était de m'empêcher de suivre Madame à Vienne, et d'avoir un prétexte pour faire dire à l'Empereur que je n'avais pu l'y accompagner, étant sous le poids d'une accusation. Je n'en ferai pas connaître les auteurs, ce qui me regarde personnellement ne pouvant avoir d'intérêt qu'autant que cela a quelque rapport avec la famille royale. Je me doutais bien que nous ne rentrerions plus au Temple ; mais comme on n'avait pas révoqué notre permission d'y entrer, nous y retournâmes, Pauline et moi, comme à l'ordinaire, quoique plusieurs personnes, par intérêt pour nous, voulussent nous en détourner, nous avertissant qu'elles avaient entendu dire que c'était bien ma faute si j'avais été arrêtée, que je ne pouvais m'en prendre qu'à l'indiscrétion de ma conduite avec Madame. Selon eux, j'exaltais son imagination, en lui donnant des idées de mariage avec Mgr le duc d'Angoulême, et mon désir de retourner près d'elle pourrait avoir des suites fâcheuses pour moi. Je me moquai de ces propos, et je me serais reproché toute ma vie de m'être condamnée moi-même à une privation aussi sensible. Arrivées au Temple, on nous fit attendre dans la loge du portier, où Gomin vint nous signifier la défense de nous y recevoir à l'avenir[177].

Nous ne pûmes exprimer, même par écrit, à Madame les sentiments que nous éprouvions. Gomin fut seul notre interprète ; et de ce moment jusqu'à son départ nous fûmes privées de toute correspondance avec elle ; nous n'apprîmes son départ que par les journaux. M. Hue, qui avait obtenu la permission de l'aller rejoindre à la frontière pour rester auprès d'elle à Vienne, vint nous voir avant son départ, et se chargea de nos commissions verbales. Madame m'écrivit d'Huningue, avant de quitter la France. Je conserve précieusement cette lettre, ainsi que celle que j'en reçus de Calais, à sa rentrée en France, comme des monuments précieux de ses bontés pour moi et de la justice qu'elle n'a cessé de rendre au profond attachement que je lui ai voué jusqu'à mon dernier soupir.

Quand Madame fut partie, on me conseilla de faire des démarches pour obtenir le jugement du jury d'accusation, et de m'adresser à M. Benezech, ministre de l'intérieur, qui avait été la chercher au Temple pour la remettre entre les mains de madame de Soucy[178] et de M. Méchin, que l'Assemblée avait nommés pour la conduire à la frontière. Je saisis avec empressement cette occasion d'apprendre de lui quelques détails sur le voyage de Madame, et j'allai chez lui avec Pauline. Il nous parla de cette princesse avec le plus profond respect et en homme touché de ses malheurs et du courage avec lequel elle les supportait. Il était étonné de l'attachement qu'elle conservait pour la France et de l'impression de douleur qu'elle éprouvait en la quittant ; il était encore attendri en parlant de la sensibilité avec laquelle elle remerciait les personnes qui l'avaient soignée au Temple, et de cette indulgente bonté qui n'avait conservé aucun ressentiment de tout ce qu'elle avait souffert pendant sa captivité. Elle lui laissa le sentiment d'une profonde estime. Et comment s'en défendre quand on voyait une princesse aussi jeune, capable d'aussi grands efforts sur elle-même ? Elle les avait puisés dans les grands principes qui fortifièrent le grand caractère que le Ciel lui avait donné en partage.

J'eus le bonheur de recevoir plusieurs lettres de Madame pendant son séjour en pays étranger, et une, entre autres, qui n'a pu être lue sans respect et sans attendrissement, même par des personnes d'une opinion douteuse, lesquelles ne pouvaient revenir de sa grandeur d'âme et de la sensibilité avec laquelle elle exprimait des sentiments si opposés à ceux que lui prêtaient les ennemis de la maison de Bourbon.

Les persécutions que j'éprouvai dans la suite et que l'on fit rejaillir sur mes enfants, et notamment sur la marquise de Tourzel, ma belle-fille, et la duchesse de Charost, ma fille, ont trop peu d'intérêt pour être rappelées dans un ouvrage uniquement consacré à rendre hommage à la mémoire de nos augustes et malheureux souverains, à rappeler leurs souffrances, cette extrême bonté qui ne les abandonna jamais, et faire connaître en même temps le beau caractère qu'a développé Madame, à peine sortie de l'enfance, dans toutes les circonstances d'une vie aussi éprouvée que la sienne[179].

FRAGMENTS

Sur l'arrivée et le mariage de Madame à Mittau, écrits par M. l'abbé de Tressan à un de ses amis, après en avoir été témoin.

7 JUIN 1799

Je suis arrivé ici, il y a quelques jours, avec milord Folkestone ; et malgré le peu de temps qui me reste pour compléter notre voyage, nous n'avons pu résister au désir d'être témoins de l'arrivée de Madame à Mittau. Les bontés du Roi nous autorisent à y rester jusqu'après le mariage de cette princesse avec Mgr le duc d'Angoulême.

Il nous serait impossible de peindre tous les sentiments qui nous animent ; mais, puisque tous les détails qui tiennent à cet ange consolateur intéressent la religion, l'honneur et la sensibilité de toutes les âmes honnêtes, nous allons recueillir nos souvenirs et nos pensées pour que vous puissiez leur donner quelque ordre, et nous vous prions, milord et moi, de citer de cette lettre tout ce que vous croirez capable d'inspirer les sentiments que nous éprouvons.

Vous vous rappelez l'événement dirigé par le Ciel

qui vint adoucir les larmes que répandait l'héritier de saint Louis, de Louis XII et de Henri IV sur les malheurs de la France et de sa famille. Quelque sérénité ne reparut sur son front qu'au moment où il apprit que Madame se rendait à Vienne ; son cœur soupira plus librement lorsqu'il la vit dans cet asile ; et aidé, comme il se plaît à le répéter, d'un ami fidèle, que le temps où nous vivons ne permet pas de nommer, il réunit tous ses soins et ses efforts pour obéir aux vues de la Providence, qui lui confiait le soin de veiller sur l'auguste fille de Louis XVI.

Il ne resta pas un moment incertain sur le choix de l'époux qu'il désirait voir accepter par Madame. Jamais son cœur paternel et français ne put soutenir l'idée de la voir séparée de la France, quelque nécessaire qu'il parût être de lui donner un appui et de la sauver du dénûment qui la menace encore. Madame fut la première à désirer un mariage qui lui permît d'unir son sort à celui de sa famille ; et, conservant dans son cœur un sentiment profond pour cette France qui l'avait rendue si malheureuse, elle y donna son approbation. Le Roi s'occupa alors uniquement d'obtenir que cette princesse vînt s'unir aux larmes, aux espérances et aux sentiments de l'héritier de son nom. Les vœux du Roi furent exaucés, Madame est dans ses bras ; c'est là qu'elle réclame ses droits à l'amour des Français et qu'elle forme des vœux ardents pour leur bonheur ; car de ses longs et terribles malheurs, il ne lui reste que l'extrême besoin de faire des heureux.

Dès que le Roi eut levé tous les obstacles qui s'opposaient à ses désirs, il instruisit la Reine qu'il allait unir bientôt ses enfants adoptifs, et lui demanda de venir l'aider à les rendre heureux. La Reine accourut. Elle est à Mittau depuis le 4 de ce mois ; elle voit tous les regards satisfaits de sa présence, et les vœux qu'elle entend former pour son bonheur lui prouvent combien les Français qui l'entourent ont de dévouement et d'amour pour leurs maîtres.

Le lendemain du retour de la Reine, le Roi se mit en voiture pour aller au-devant de Madame. Une route longue et pénible n'avait point altéré ses forces ; elle ne souffrait que du retard qui la tenait encore éloignée du Roi. Dès que les voitures furent un peu rapprochées, Madame commanda d'arrêter et descendit rapidement ; on voulut essayer de la soutenir, mais s'échappant avec une incroyable légèreté, elle courait à travers les tourbillons de poussière vers le Roi, qui, les bras tendus, accourait pour la serrer contre son cœur. Les efforts du Roi pour la soutenir ne purent l'empêcher de se jeter à ses pieds. Il se précipita pour la relever, et on l'entendit s'écrier : « Je vous vois enfin, je suis heureuse ; voilà votre enfant ; veillez sur moi, soyez mon père. » Ah ! Français, que n'étiez-vous là pour voir pleurer votre Roi ! vous auriez senti que celui qui verse des larmes ne peut être l'ennemi de personne ; vous auriez senti que vos regrets, votre repentir, votre amour, pouvaient seuls ajouter au bonheur qu'il éprouvait en ce moment.

Le Roi, sans proférer une parole, serra Madame contre son sein, et lui présenta le duc d'Angoulême. Ce jeune prince, retenu par le respect, ne put s'exprimer que par des larmes, qu'il laissa tomber sur les mains de sa cousine en les pressant contre ses lèvres.

On se remit en voiture, et bientôt après Madame arriva. Aussitôt que le Roi aperçut ceux de ses serviteurs qui volaient au-devant de lui, il s'écria rayonnant de bonheur : « La voilà ! » et il la conduisit auprès de la Reine.

À l'instant, le château retentit de cris de joie. On se précipitait ; il n'existait plus de consigne, plus de séparation ; il ne semblait plus y avoir qu'un sanctuaire, où tous les cœurs allaient se réunir. Les regards avides restaient fixés sur les appartements de la Reine. Ce ne fut qu'après que Madame eut présenté ses hommages à Sa Majesté, que, conduite par le Roi, elle vint se montrer à nos yeux, trop inondés de larmes pour conserver la puissance de distinguer ses traits.

Le premier mouvement du Roi, en apercevant la foule qui l'environnait, fut de conduire Madame auprès de l'homme inspiré qui dit à Louis XVI : « Fils de saint Louis, montez au ciel. » Ce fut à lui le premier à qui il présenta Madame. Des larmes coulèrent de tous les yeux, et le silence fut universel. À ce premier mouvement de la reconnaissance, un second succéda. Le Roi conduisit Madame au milieu de ses gardes : « Voilà, dit-il, les fidèles gardes de ceux que vous pleurez ; leur âge, leurs blessures et leurs larmes vous disent tout ce que je voudrais exprimer. » Il se retourna ensuite vers nous tous, en disant : « Enfin, elle est à nous, nous ne la quitterons plus, et nous ne sommes plus étrangers au bonheur. »

N'attendez pas que je vous répète nos vœux, nos pensées, nos questions ; suppléez à tout le désordre de nos sentiments.

Madame rentra dans son appartement pour s'acquitter d'un devoir aussi cher que juste, celui d'exprimer sa reconnaissance à S. M. l'empereur de Russie. Dès les premiers pas qu'elle avait faits dans son empire, elle avait reçu les preuves les plus nobles et les plus empressées de son intérêt, et le cœur de Madame avait senti tout ce qu'elle devait au cœur auguste et généreux auquel le Ciel a confié la puissance et donné la volonté de secourir les rois malheureux.

Après avoir rempli ce devoir, Madame demanda l'abbé Edgeworth. Dès qu'elle fut seule avec ce dernier consolateur du Roi son père, ses larmes coulèrent en abondance, et les mouvements de son cœur furent si violents, qu'elle fut prête à s'évanouir. L'abbé Edgeworth effrayé voulut appeler : « Ah ! laissez-moi pleurer avec vous, lui dit Madame ; ces larmes en votre présence me soulagent. » Elle n'avait alors pour témoin que le Ciel et celui qu'elle regardait comme son interprète. Pas une plainte n'échappa de son cœur ; M. l'abbé Edgeworth n'a vu que des larmes. C'est de lui-même que je tiens ce récit ; il m'a permis de le citer, il sait que sa modestie personnelle doit céder à la nécessité de faire connaître cette âme pure et céleste.

La famille royale dîna dans son intérieur, et nous eûmes à cinq heures du soir l'honneur d'être présentés à Madame. Ce fut alors seulement que nous pûmes considérer l'ensemble de ses traits. Il semble que le Ciel ait voulu joindre à la fraîcheur, à la grâce, à la beauté, un caractère sacré pour le rendre plus cher et plus vénérable aux Français, en retraçant sur sa physionomie les traits de Louis XVI, de Marie-Antoinette et de Madame Élisabeth. Ces ressemblances augustes sont si grandes, que nous sentions le besoin d'invoquer ceux qu'elle rappelait.

Ces souvenirs, et la présence de Madame, semblaient unir le ciel et la terre, et toutes les fois qu'elle voudra parler en leur nom, son âme douce et généreuse forcera tous les sentiments à se modeler sur les siens.

FIN

NOTES

1. Cette place fut d'abord occupée par la princesse de Guéménée qui dut donner sa démission en 1782 : son mari, le prince de Guéménée avait fait banqueroute. Marie-Antoinette s'empressa de donner ce poste à sa chère amie, la duchesse de Polignac. La belle-sœur de cette dernière, la comtesse Diane de Polignac, nous dit à ce propos, dans ses *Mémoires* : « La Duchesse eut de la peine à se déterminer à prendre une place pénible et qu'elle voulait remplir avec la plus grande exactitude : mais la reconnaissance qu'elle devait à la reine et son dévouement à tout ce qui pouvait lui plaire eurent bientôt succédé à ce petit mouvement d'égoïsme. » (Comtesse Diane de Polignac, *Mémoires sur la vie et le caractère de Madame la Duchesse de Polignac*.)

C'est le 26 juillet 1789 que Mme de Tourzel succède à Mme de Polignac qui vient d'émigrer, et à qui Marie-Antoinette écrira le 12 août de la même année les lignes suivantes : « Vous savez sûrement la nomination de Mme de Tourzel ; elle a bien coûté à mon cœur ; mais, du moment que vous aviez donné votre démission, et que ce n'était plus l'amitié et la confiance qui présidaient à leur éducation, j'ai voulu du moins que ce fût une personne de grande vertu. »

2. Louis-Charles, duc de Normandie, né le 27 mars 1785. Devient Dauphin à la mort de son frère en juin 1789. Pour Mme de Tourzel, comme on le verra à la fin de ses *Mémoires*, le Dauphin est bien mort au Temple.

3. Marie-Thérèse-Charlotte, dite Madame Royale, 1778-1851. Unique survivante de la famille royale. Épouse le duc d'Angoulême qui, à l'abdication de Charles X, devient Louis XIX et transmet aussitôt sa couronne au duc de Bordeaux, Henri V. Ainsi, Madame Royale avait été reine pendant quelques instants.

4. Comte d'Estaing. Élu par les bourgeois de Versailles commandant de la garde nationale.

5. D'après Michelet, cette invitation ne fut pas aussi générale que le prétend Mme de Tourzel. Il écrit dans son *Histoire de la Révolution française*: « L'invitation faite à quelques-uns des officiers les flatta moins encore qu'elle mécontenta les autres. »

6. Tous les témoignages de l'époque s'accordent à nommer comme porteur du billet de M. de Saint-Priest, le marquis de Courvières accompagné de quatre détachements de gardes du corps pour protéger le retour du roi. Mme de Tourzel dont la mémoire, par ailleurs, est d'une précision redoutable, semble s'être trompée sur le nom de ce porteur dont elle fait M. de la Devèze.

7. François-Emmanuel Guinard, comte de Saint-Priest (1735-1821). Officier, ambassadeur. Ministre sans portefeuille du cabinet dirigé par Necker de 1788 à 1789. Secrétaire d'État et en 1790, ministre de l'Intérieur. Attaqué à la fois par les partis de droite et ceux de gauche, il donne sa démission et émigre. Il revient en France en 1814. À l'exemple de Mme de Tourzel, M. de Saint-Priest a aussi écrit ses *Mémoires*.

8. M. de Savonnières mourut des suites de sa blessure, le 8 février 1790.

9. Antoine-Marie de Gramont (1775-1836). Capitaine des gardes du corps et gendre de l'ancienne gouvernante des enfants de France, la duchesse de Polignac.

10. Jean-Joseph Mounier (1758-1806). Juge royal. Député aux États généraux. Promoteur du serment du jeu de Paume. Il démissionne deux jours après les journées d'Octobre et émigre un peu plus tard. Revient en France. Bonaparte le nomme préfet, puis au Conseil d'État.

11. La jeune Louison Chabry avait été chargée de parler au roi. Elle en fut tellement émue qu'elle parvint à peine à dire « du pain » et tomba évanouie. Tout se termina le plus heureusement du monde ainsi que le rapporte la même Louison Chabry dans sa déposition: « Sa Majesté m'a fait donner du vin dans un grand gobelet d'or. On m'a fait respirer des eaux spiritueuses. »

12. Fureur qui manqua être meurtrière: on voulut pendre les malheureuses déléguées avec leurs jarretelles; on les accusait d'avoir trahi et reçu de l'argent du roi. Il est vrai qu'elles avaient reçu quelques louis, sept exactement, offerts par Louis XVI. Mais elles n'avaient point trahi comme l'enten-

daient leurs compagnes. Pour prouver complètement leur innocence, les déléguées durent retourner chez le roi afin d'en obtenir un écrit pour faire venir du blé et lever tout obstacle à l'approvisionnement de Paris. Ce qui leur fut accordé.

13. Marie-Joseph-Paul-Yves-Roch-Gilbert Motier, marquis de La Fayette (1757-1834). Celui qui est devenu un héros pour les Américains, semble avoir accepté la Révolution « d'un cœur léger ». Député aux États généraux, jouissant d'une énorme popularité due à ses idées libérales, il était, à l'époque qu'évoque Mme de Tourzel, commandant général de la garde nationale parisienne.

14. Les deux victimes s'appelaient M. des Huttes et M. de Varicourt.

15. Mme de Tourzel accompagne ce surnom, dans ses *Mémoires*, de la note suivante : « Ce scélérat s'appelait Jourdan, et figura depuis dans les diverses scènes de carnage de la Révolution, et nommément dans les massacres d'Avignon, comme nous le dirons en son lieu » tandis que Michelet porte sur ce même personnage un jugement moins sévère : « Ce misérable, que quelques-uns prirent pour un fameux brigand du Midi, était tout simplement un modèle de l'académie de peinture ; pour ce jour, il avait mis un costume pittoresque d'esclave antique, qui étonna tout le monde et ajouta à la peur. »

16. M. Miomendre de Sainte-Marie est mort en émigration, et je ne l'ai pas vu depuis cette horrible journée. M. de Beaurepaire venait faire sa cour au Roi et à la Reine aussi souvent qu'il le put sans danger. M. le Dauphin voulut le voir dans mon appartement, et le fit prier d'y venir dès qu'il le sut à Paris. Il se jeta dans ses bras, l'embrassa, et lui dit : « Que je vous ai d'obligation d'avoir sauvé maman ! » Puis se tournant de mon côté : « Madame, dit cet aimable enfant, je vous prie de lui donner à dîner ; je descends de bonne heure, et je le verrai plus longtemps. » (Note de Mme de Tourzel.)

17. Le témoignage de Mme de Tourzel, à ce sujet, ne coïncide pas avec celui de Mme Campan qui écrit : « Il n'est pas vrai que les brigands aient pénétré jusqu'à la chambre de la reine, et percé de coups d'épée ses matelas. Les gardes du corps réfugiés furent les seuls qui entrèrent dans cette chambre. »

18. Les deux gardes du corps tués à Versailles, le matin du 6 octobre, et dont les têtes furent portées sur des piques, se nommaient MM. des Huttes et de Varicourt. Ce dernier était frère d'un curé de Gest, député à l'Assemblée nationale, qui se

conduisit très bien, et de madame de Villette, appelée par Voltaire belle et bonne. (Note de Mme de Tourzel.)

19. Il s'agit de Philippe-Égalité, le futur régicide.

20. Stéphanie-Félicité Ducrest de Saint-Aubin, comtesse de Genlis. Elle était la maîtresse du duc d'Orléans et la gouvernante de ses enfants. On comprend l'indignation de la vertueuse Mme de Tourzel.

21. Bailly (1736-1793). Garde des tableaux du roi, membre de l'Académie Française, premier président de l'Assemblée Nationale constituante et maire de Paris. Il mourut sur l'échafaud.

22. François-Alexandre-Frédéric, duc de Liancourt (1747-1827). Grand maître de garde-robe du roi. Député de la noblesse aux États généraux. Il défendait la monarchie constitutionnelle et voulait concilier les idées nouvelles avec l'Ancien Régime. Avant d'émigrer, le duc de Liancourt mit sa fortune à la disposition du roi. Il revint en France après le 18 Brumaire et passa le reste de sa vie à s'occuper d'œuvres de charité. Après la mort de son cousin, le duc de La Rochefoucauld, il en prit le titre.

23. Mme la princesse de Chimay, fille du maréchal de Fitz-James, était une personne d'un vrai mérite. Sa conduite distinguée, sa douceur et sa vertu la firent aimer et estimer généralement ; et, quand elle quitta la Cour, elle fut non seulement regrettée des personnes de sa société, mais encore de toutes celles qui avaient des rapports avec elle dans la place qu'elle occupait.

24. Philippine-Marie-Hélène de France, Mme Élisabeth, était née à Versailles le 3 mai 1764. Elle avait donc, au moment des journées d'octobre, vingt-cinq ans et mourra cinq ans plus tard sur l'échafaud.

25. Il s'agit ici du comte et de la comtesse de Provence, le futur Louis XVIII.

26. Jean-Baptiste de Gouvion (1747-1792). Il fit la guerre en Amérique sous les ordres de La Fayette. Fut élu député de l'Assemblée législative. Il donna sa démission en août 1792. Il rejoignit alors l'armée de La Fayette et fut mortellement blessé devant Maubeuge.

27. Antoine-Joseph Santerre (1734-1808). Brasseur dans le faubourg Saint-Antoine, il avait acquis une grande influence dans son quartier et en dirigea les habitants lors des émeutes du 20 juin. Il se distingua ensuite pendant la journée du 10 août et fut nommé après l'assassinat de Mandat, comman-

dant de la garde nationale. Ce fut en cette qualité qu'il accompagna la famille royale au Temple. Lors de l'exécution de Louis XVI, les journaux du temps annoncèrent que c'était Santerre qui, par un roulement de tambour, avait empêché le roi de parler au peuple. Envoyé à la tête de nouveaux bataillons contre les Vendéens révoltés, il fut battu et on le crut mort. On écrivit alors l'épitaphe suivante :

Ci-gît le général Santerre.
Qui n'eut de Mars que la bière.

Devenu impopulaire, Santerre résida à Paris et y mourut paisiblement et ignoré à l'âge de soixante-cinq ans.

28. « Ce ne fut point à Paris, mais en entrant dans les rues de Versailles, et dans un endroit appelé les Quatre-Bornes, que furent massacrés le duc de Brissac et les autres prisonniers d'Orléans. Cette ville, qui était excellente, avait donné plus d'une fois à M. de Brissac les moyens de se sauver de sa prison : mais il s'y refusa toujours, dans la crainte de compromettre notre malheureux souverain. On lui renouvela les instances qui lui avaient été faites, lorsque l'emprisonnement du roi au Temple ne rendait plus sa sortie susceptible des mêmes inconvénients. Mais pénétré de la crainte d'augmenter la rage des ennemis de Sa Majesté, il préféra courir pour sa propre personne des dangers qu'il ne pouvait se dissimuler, et mourut avec un courage digne de son nom et une fermeté peu commune. » (Note de Mme de Tourzel.)

29. Pauline-Joséphine de Tourzel (1771-1839). Partage le sort de sa mère et accompagne au Temple la famille royale. Échappe « miraculeusement », selon la propre expression de Mme de Tourzel, aux massacres de Septembre. Épouse en 1797 le comte de Béarn. Louis XVIII la nomme dame d'honneur de la duchesse d'Angoulême.

30. On accusait ce boulanger, du nom de François, d'accaparer la farine et de faire pour les députés, du pain de qualité supérieure.

31. Horace-Gabriel Riquetti, comte de Mirabeau (1749-1791). Il était le fils du marquis de Mirabeau, l'un des propagateurs des doctrines économiques en France. Malgré une jeunesse scandaleuse, il fut élu député du Tiers-État à Aix et à Marseille. Arrivé à Paris, Mirabeau fut appelé ironiquement le « comte plébéien ». Aristocrate par goût, il devint, selon l'expression de Necker, tribun par choix. Le 23 juin 1789, il prononça devant l'Assemblée ces fameuses paroles : « Nous sommes

ici par la puissance du peuple, on ne nous en arrachera que par la puissance des baïonnettes. » Ce fut Mirabeau qui contribua le plus à la formation des districts ou sections de Paris, et de la garde nationale. Il eut aussi une grande influence dans la création des assignats et la vente des biens ecclésiastiques. La Cour essaya de le gagner à sa cause par des largesses diverses, et y parvint. Le peuple l'apprit en 1793 et dispersa ses restes qui avaient été déposés à sa mort au Panthéon.

32. Jacques-Mathieu Augeard (1731-1805). À la fin de 1789, il avait conçu un plan pour faire évader le roi et le conduire à Metz. Découvert, il fut amené au tribunal du Châtelet et acquitté par les juges. Après Varennes, Augeard part en émigration. Dans ses *Mémoires*, publiés en 1866 par E. Bavoux, il écrit : « Coblentz, c'est un cloaque d'intrigues, de cabales, de sottises, de dépradations, de singeries de l'ancienne cour. »

33. Thomas Mahy de Favras (1714-1791). Il n'avait pas le titre de marquis et entra dans la compagnie des gardes du corps du comte de Provence. Monsieur lui confia la réalisation de son projet de faire enlever le roi, ce qui aurait provoqué une révolte à Paris et aurait permis au futur Louis XVIII de se proclamer régent du royaume. La confirmation de son titre de marquis et 500 000 livres étaient sa récompense. Le banquier Chomel à qui Favras avait confié ses projets de faire évader le roi, en même temps que le maire de Paris et le commandant général de la garde parisienne seraient assassinés, le dénonça à La Fayette. Favras fut arrêté. Le tribunal du Châtelet fut chargé de son procès. Assuré par le comte de Provence de ne courir aucun danger, Favras mit celui-ci hors de cause et revendiqua l'entière responsabilité du complot.

34. La Reine avait raison ainsi que le confirme une anecdote que la baronne d'Oberkich rapporte dans ses *Mémoires* : « En voyant cette princesse si grandie et si embellie, je l'ai trouvée charmante, et, accoutumée que je suis à la liberté des cours d'Allemagne, je n'ai pas pu m'empêcher de le dire. Cette liberté déplut à Madame Royale, et je le vis à l'instant sur son visage. Son regard si fier s'alluma, ses traits se contractèrent, et elle me répliqua aussitôt sans hésitation : "Je suis charmée, madame la baronne, que vous me trouviez ainsi, mais je suis étonnée de vous l'entendre dire." Je restai tout interdite, et j'allais me confondre en excuses, lorsque Mme de Mackau m'arrêta, et reprit avec un grand sang-froid : "Ne vous excusez pas, madame, Madame Royale est fille de France, et elle ne fera jamais passer le bonheur d'être aimée après les

exigences de l'étiquette." » Précisons que Madame Royale était alors âgée de sept ans et demi.

35. Privilèges qui venaient du contrat de mariage d'Anne de Bretagne !

36. Jacques-Antoine-Marie de Cazalès (1758-180,5). Officier dans le régiment de dragons de Jarnac. Député de la noblesse aux États généraux. Grand défenseur de la monarchie, il émigre après la fuite à Varennes. Mais apprenant le procès de Louis XVI, M. de Cazalès demande à la Convention l'autorisation de venir défendre son roi. La Convention refuse. A publié une *Défense de Louis XVI*.

37. Pierre-Joseph-Victor, baron de Besenval (1721-1791). Parvint rapidement au premier rang de l'armée. Il faisait partie du cercle intime de la reine qui l'écoutait et suivait ses conseils. Nommé aux veilles de juillet 1789, commandant des troupes réunies à Paris, le baron de Besenval adopte une attitude passive, ce qui évite de grands massacres. Acquitté par le tribunal du Châtelet, il mourut en pleine Terreur, mais de mort naturelle.

38. Claude-Antoine-Gabriel, duc de Choiseul (1769-1838). Colonel du régiment de Royal-Dragons au moment de la Révolution. Mme de Tourzel fait allusion ici à la conduite du duc pendant la fuite à Varennes.

39. Pierre-Victor Malouet (1740-1814). Député du Tiers-État aux États généraux. Devient l'un des dirigeants du parti royaliste. Émigré, revient en France après le 18 Brumaire.

40. Louis-Alexandre, duc de La Rochefoucauld d'Enville. Élu député aux États généraux, il reçut avec enthousiasme les idées révolutionnaires. Épouvanté par la tournure que prenaient les événements, le duc de La Rochefoucauld essaya de se maintenir dans les rangs de la gauche à l'Assemblée. Devenu membre du directoire du département, il participe à toutes les mesures contre-révolutionnaires. Après la journée du 10 août, le duc donna sa démission, essaya de fuir mais fut découvert et massacré.

41. Jean Siffrein Maury (1746-1817). Fils d'un cordonnier, il entre dans les ordres. Doué d'une grande facilité de parole, il s'adonne à l'éloquence sacrée. Élu député à l'Assemblée, l'abbé Maury avait toujours le dernier mot. Monarchiste déclaré, et ennemi de la Révolution, il courait de grands risques. Il émigre en Italie où le pape le comble d'honneurs. Quand Napoléon devint empereur, l'abbé Maury lui offrit ses services et fut déclaré cardinal français. Retourne, pendant la Restau-

ration, à Rome où le pape le met en prison et lui retire ses bénéfices. Le pape finit par pardonner à l'abbé Maury.

42. François-Hector, comte d'Albert de Rioms (1728-1802). Émigré en 1791, revient en France sous le Consulat.

43. À propos de cette exécution et de la douleur qu'en éprouve la reine, Mme Campan écrit dans ses *Mémoires* : « Le dimanche qui suivit cette exécution, M. de La Villeurnoy vint le matin chez moi, me dire qu'il devait ce jour même conduire, au dîner public du roi et de la reine, la veuve Favras et son fils, en deuil l'un et l'autre de ce brave Français immolé pour son roi, et tous les royalistes s'attendaient à voir la reine combler de ses bienfaits la famille de cet infortuné. Je fis tout ce qui dépendait de moi pour empêcher cette démarche ; je prévis l'effet qu'elle produirait sur le cœur sensible de la reine, et la contrainte douloureuse qu'elle éprouverait, ayant l'horrible Santerre, commandant de bataillon de la garde parisienne, derrière son fauteuil, pendant le temps de son dîner.

« Lorsque le dîner fut fini (...) elle [la reine] se jeta sur un fauteuil, et me dit qu'elle venait pleurer tout à son aise, avec moi sur l'ineptie des exagérés du parti du roi : "Il faut périr, disait-elle, quand on est attaqué par des gens qui réunissent tous les talents à tous les crimes, et défendu par des gens fort estimables, mais qui n'ont aucune idée juste de notre position." »

44. Joseph Barnave (1761-1793). Avocat d'origine protestante. Député de Grenoble aux États généraux. Fait partie du groupe des Feuillants opposé au groupe des Jacobins. Désigné par l'Assemblée avec Pétion et Latour-Maubourg pour amener la famille royale à Paris, après son arrestation à Varennes. Conquis par la reine, Barnave fait le possible pour l'amener à accepter la Constitution et chercher un appui dans son parti. Découragé par le double jeu de la reine, il abandonne la partie et quitte Paris. Un document trouvé après le 10 août dans le secrétaire de la reine permit son inculpation. Il fut guillotiné le 19 novembre 1793.

Barnave avait écrit à Marie-Antoinette ces lignes prémonitoires : « (...) mais je suis bien sûr de payer de ma vie l'intérêt que vos malheurs m'ont inspiré et les services que j'ai voulu vous rendre. Je demande pour toute récompense l'honneur de baiser votre main ».

45. Jérôme Pétion de Villeneuve (1756-1794). Avocat à Chartres. Député aux États généraux, il se fait remarquer par sa facilité de parole. Opposé à la Cour, Pétion s'attache à Robespierre qui dira de lui : « C'est lui de tous les hommes que

j'ai aimé et estimé le plus depuis l'Assemblée Nationale Constituante. » Pétion accompagna Barnave et Latour-Maubourg, pour ramener le roi à Paris, après la fuite à Varennes. Il fut l'un des sept députés à demander la mise en jugement du roi. Le 14 novembre 1792, Pétion fut nommé maire de Paris : on le préféra à La Fayette et à Dandré qui prétendaient au même poste. C'est pendant sa magistrature que les hommes qui, jusqu'à ce moment, n'avaient pas fait partie de la garde nationale, furent introduits dans ses rangs, avec des piques, au lieu de fusils. Mêlé dans le complot des Girondins, Pétion s'enfuit dans la Gironde où il ne trouva pas d'asile. On finit par découvrir son cadavre à moitié dévoré par les loups, dans un champ.

46. Situé en face de l'École de Médecine dans l'ancien couvent des Cordeliers, d'où son nom. « Les Cordeliers étaient un club de Paris. Les Jacobins, une immense association qui s'étendait sur la France » (Michelet).

Marat, Desmoulins, Hébert, Fabre d'Églantine, Danton, Legendre, tous habitaient le district des Cordeliers. C'est pour cela qu'ils fondèrent leur club qui n'était qu'un complément de l'assemblée de leur district.

47. Alexandre de Lameth (1760-1829). Combat en Amérique avec La Fayette. Élu député de la noblesse de Péronne aux États généraux, attaque les fondements de l'Ancien Régime avec violence. Apeuré par le tour que prennent les événements, Lameth change d'opinion. Partisan d'une monarchie constitutionnelle, il forme avec Barnave et Duport un Triumvirat. Partage la fuite de La Fayette et reste trois ans dans les prisons autrichiennes. Rentre en France après le 18 Brumaire.

Son nom est inséparable de celui de son frère Charles (1757-1832). Député de la noblesse d'Artois aux États généraux. Mme Roland écrit, à son propos, dans ses *Portraits et Anecdotes* (v. *Mémoires*, dans cette même collection) : « Les séduisants Lameth ne me séduisirent point ; ces jeunes tribuns cachaient leur médiocrité sous quelques phrases politiques volées à l'abbé Sieyès dans les comités qu'ils avaient, au commencement, tenus chez La Borde, à Versailles, et ils sentaient encore l'écolier. Mais je compris combien ils séduisaient un peuple ignorant, aussi sensible à la flatterie qu'un peuple imbécile ; et, s'ils savaient peu de chose, il faut convenir qu'ils avaient l'art de le faire valoir. »

48. Jacques Necker, ministre des Finances et principal ministre d'État sous Louis XVI, naquit à Genève, le 30 septembre 1732, d'une famille ancienne, originaire du nord de

l'Allemagne. Destiné au commerce par ses parents, il mit vingt ans à établir une brillante fortune. Nommé par la république de Genève son résident à la Cour de France, il eut avec le duc de Choiseul des rapports d'affaire et de société. C'est ainsi qu'au milieu de l'affaissement du crédit public, et à la veille d'une guerre déjà résolue pour la cause américaine, le roi, sur les propositions de Maurepas alors ministre de l'Intérieur, appela Necker à la tête de l'administration des Finances. Necker occupa ce ministère par deux fois en 1776 et en 1788, ce qui fut ainsi apprécié : « La postérité dira du premier ministère de Necker, que, s'il n'eût pas été interrompu, il eût porté la gloire du prince et la prospérité du peuple au plus haut degré. Elle dira du second, que Necker a été le médecin appelé trop tard au lit du malade frappé à mort, et dont la famille désolée a, dans son respectable désespoir, accusé le médecin, quand il ne fallait accuser que le mal. » Il mourut à Genève le 9 avril 1804. On sait qu'il était le père de la fameuse Mme de Staël.

49. Camus, Grégoire et Lanjuinais furent les principaux promoteurs de la constitution civile du clergé. Michelet a dit que ces hommes poussèrent l'Assemblée à « organiser l'Église chrétienne, sans croire au christianisme ».

50. Le 12 juillet 1790.

51. Jacques-Guillaume Thouret (1746-1794). Avocat sous l'Ancien Régime, envoie en 1788, un mémoire au roi au nom des avocats de Normandie demandant une constitution, le vote par tête et l'accession de tous les Français à la fonction publique. Député aux États généraux, il y a un rôle assez important. En 1791, Thouret fut nommé juge au tribunal de Cassation. Dénoncé comme complice d'un complot contre Danton, il meurt sur l'échafaud.

52. André-Boniface-Luis Riquetti, vicomte de Mirabeau (1754-1792). Jeunesse aussi scandaleuse que celle de son frère. Se distingue par un penchant à l'ivrognerie qui le fait surnommer Mirabeau-Tonneau. La noblesse de la sénéchaussée de Limoges en fait son député aux États généraux. Il fait étalage de ses sentiments monarchiques. Part en émigration.

53. Armand-Marc, comte de Montmorin Saint-Hérem (1745-1792). Ambassadeur. Ministre des Affaires étrangères en février 1787. Renvoyé en juillet 1789. Rappelé après la journée du 14 juillet, il quitte le ministère en 1791. Forme un conseil privé qui s'appelle comité autrichien. Fut massacré le 2 septembre 1792.

54. Décret du 22 mai 1790.

55. Le sincère attachement de M. de Saint-Priest ne l'empêche pas de porter un sévère jugement sur le roi : « On a souvent dit que Louis XVI avait une très bonne judiciaire [un bon jugement] et s'il se fût décidé d'après son propre avis, il aurait mieux gouverné. Ce que je puis dire, c'est que pendant deux ans révolus que j'ai siégé dans son Conseil d'État, je ne lui ai jamais entendu émettre une opinion. Il n'était pas rare de l'y voir dormir. » (*Mémoires* du comte de Saint-Priest.)

56. Silvie de Thiard de Byrsi, duchesse de Fitz-James. Dame du palais. Marie-Antoinette avait pour elle une grande amitié. Émigre à Bruxelles en 1789. Quand la Reine fut menacée, la duchesse de Fitz-James voulut retourner à Paris. Elle en fut dissuadée par Fersen au nom même de la Reine.

57. Louise-Emmanuelle de Chatillon, princesse de Tarente. Grande amie de la Reine. Reste aux Tuileries après le départ de la famille royale le 10 août. Fait preuve d'un immense courage comme le rapporte dans ses *Mémoires*, Pauline de Tourzel. Après les massacres de Septembre, elle quitta la France et se réfugia en Russie où elle fut bien accueillie par l'impératrice Catherine. La princesse de Tarente mourut en 1814 à Saint-Pétersbourg.

58. Louis-Marie, vicomte de Noailles (1756-1804). Fit la guerre en Amérique aux côtés de son beau-frère La Fayette. Député aux États généraux pour la noblesse de Nemours. Penche vers la gauche. Commandant dans l'armée du Nord, le vicomte de Noailles ne s'entend pas avec ses troupes et donne sa démission. Part en émigration muni d'un passeport donné par la commune de Paris.

59. Matthieu-Jean-Félicité, duc de Montmorency-Laval (1767-1826). Colonel et grand bailli de Montfort-l'Amaury. Député aux États généraux pour la noblesse de son bailliage. Après le 10 août, part en Suisse. Rentre en France en 1795.

60. Nîmes avait présenté une motion signée par 1 500 citoyens catholiques de la ville.

61. Le comtat d'Avignon avait été vendu au Saint-Siège par Jeanne de Naples en 1348.

62. Arthur, comte de Dillon (1750-1794). Colonel propriétaire du régiment de Dillon. Gouverneur de l'île de Tabago en 1786. Élu député aux États généraux pour les colons de la Martinique résidant à Paris. Nommé général adjoint de La Fayette. Après le 10 août, fait jurer à ses soldats fidélité au roi. Privé de son commandement, puis réintégré dans sa charge, et à nouveau destitué et accusé de trahison en 1792. À nouveau

réintégré et définitivement suspendu en 1793, le jour même de l'assassinat de Marat. La Convention décrète l'arrestation du général Dillon qui reste neuf mois en prison avant d'être jugé.

63. La fuite eut lieu la nuit même de la fête du 13 au 14 juillet. M. de Bonne-Savardin fut à nouveau arrêté le 28 juillet à Châlons-sur-Marne.

64. L'Assemblée avait augmenté la solde de la troupe qui, en mai, n'avait pas encore reçu cette augmentation.

65. Le chevalier Guyot de Malseigne, maréchal de camp. Émigre peu après l'affaire de Nancy. Fit la campagne contre la France dans l'armée des Princes en 1792.

66. François-Claude-Amour, marquis de Bouillé (1739-1800). Combat en Amérique. Gouverneur des Trois-Évêchés d'Alsace et de Franche-Comté. Fit l'impossible pour assurer la fuite de la famille royale. Après l'échec de son projet, il quitte la France et offre au comte de Provence les fonds qu'il avait reçus du roi. Il meurt à Londres.

Le marquis de Bouillé, dans ses *Mémoires*, accuse Mme de Tourzel d'avoir contribué à l'échec de la fuite à Varennes en s'obstinant à suivre le dauphin alors qu'un militaire aurait été plus utile à sa place dans la fameuse berline. Mme de Tourzel déclare que la reine fut la seule qui lui fit part de ce voyage et qu'il ne fut jamais question de la remplacer par qui que ce fût. « Je n'aurais pas insisté si la reine m'eût témoigné un pareil désir. J'avais d'ailleurs la ressource de prendre la place de l'une des deux femmes de chambre qui accompagnaient la famille royale dans la voiture de suite. En pareil cas, l'attachement ne consulte ni les convenances ni les droits, et j'aurais concilié le devoir que m'imposait ma place de ne jamais quitter Mgr le Dauphin avec le désir que Leurs Majestés m'auraient manifesté de se faire accompagner par une personne dont les services eussent pu leur être plus utiles que les miens. » Note de Mme de Tourzel à qui ces griefs supposés étaient très pénibles ainsi qu'au reste de sa famille. L'une de ses filles, la comtesse de Sainte-Aldegonde estimait que M. de Bouillé n'avait porté ses accusations que pour mieux diminuer ses propres responsabilités. « M. de Bouillé, disait-elle, avait besoin de trouver des raisons pour atténuer les reproches que l'on était en droit de lui adresser, soit à lui-même, à cause des dispositions défectueuses qu'il avait prises, soit à son fils, qui paraît avoir manqué de présence d'esprit et de décision. »

67. « Il était Breton et avait puisé dans sa famille le courage et la générosité qu'il montra dans cette circonstance. Son père

et la plus grande partie de sa famille furent victimes de leur attachement à la royauté sous la Terreur, en 1795. » (Note de Mme de Tourzel.)

68. « M. Pascalis fut victime de son courage dans les horreurs qui se commirent en 1791 ; il fut un des premiers que massacrèrent les scélérats qui désolèrent ces contrées, en lui reprochant la fermeté et la noblesse de sa conduite lors de la destruction des Parlements. » (Note de Mme de Tourzel.)

69. « M. Duport du Tertre, ancien avocat au Parlement, était devenu électeur, officier municipal et administrateur de la police. M. de Lessart était un ancien maître des requêtes, et M. Du Portail, militaire, avait servi sous M. de la Fayette dans la guerre d'Amérique. » (Note de Mme de Tourzel.)

70. « Or, dès le 10 juillet 1790, le pape avait écrit au roi : "S'il était à votre disposition de renoncer même à des droits inhérent à la prérogative royale, vous n'avez pas le droit d'aliéner en rien, ni d'abandonner ce qui est dû à Dieu et à l'Église, dont vous êtes le fils aîné. » Cet avertissement avait été réitéré le 13 septembre de la même année ; et enfin, le 13 avril 1791, le pape, dans un bref aux cardinaux, avait qualifié de schisme le serment prêté à la constitution civile du clergé." » (Note de la comtesse de Béarn, née Pauline de Tourzel, dans *Souvenirs de quarante ans*.)

71. « On m'a assuré, sans que je puisse cependant en répondre, que les ministres avaient intercepté la réponse du pape, et ne l'avaient pas voulu donner au Roi pour pouvoir obtenir plus facilement la sanction d'un décret auquel ils attachaient tant de prix. » (Note de Mme de Tourzel.)

72. Plusieurs décrets et particulièrement l'un du 30 novembre, sollicités par les mêmes Jacobins reconnaissaient aux citoyens le droit de se réunir pour conférer des affaires publiques, et encore plus, le droit aux sociétés de s'affilier entre elles.

73. « La nouvelle Constitution détruisait ce qu'on appelait les honneurs et les prérogatives qui y étaient attachées. La duchesse de Duras donna sa démission de la place de dame du palais, ne voulant pas perdre à la cour son droit au tabouret. Cette démarche affligea la reine qui se voyait abandonnée pour des privilèges perdus, quand ses droits étaient si violemment attaqués. » (Mme Campan, *Mémoires*.)

74. Décret du 15 mai 1791 donnant aux gens de couleur résidant dans les colonies et nés de père libre l'égalité de droits avec les blancs.

75. Décret du 5 juin 1791.

76. «Je ne puis passer sous silence le reproche que me font M. de Bouillé, dans ses *Mémoires*, et M. de Royou, dans son *Histoire de France*, lorsqu'ils prétendent que l'opiniâtreté que j'ai mise à suivre Mgr le Dauphin dans le voyage de Varennes a empêché le roi de prendre dans sa voiture un militaire distingué. La reine, qui fut la seule qui me fit part de ce voyage, ne m'a jamais dit qu'il en fut question, et ne me parla que de l'obstacle de ma santé. Je n'aurais certainement pas insisté si elle m'eût témoigné un pareil désir. J'avais d'ailleurs la ressource de prendre la place d'une des deux femmes qui accompagnaient la famille royale dans la voiture de suite. En pareil cas, l'attachement ne consulte ni les convenances ni les droits, et j'avais alors concilié le devoir que m'imposait ma place, de ne jamais quitter Mgr le Dauphin, avec le désir que Leurs Majestés auraient manifesté de se faire accompagner par une personne dont les services eussent pu leur être plus utiles que les miens». (Note de Mme de Tourzel.)

77. Il s'agissait de Mme de Rocherueil qui figure dans l'État Général des gages, des logements... des officiers de service de la reine, comme «porte-chaise d'affaires», autrement dit, chargée du soin de la chaise-percée. Mme de Rocherueil était la maîtresse de M. de Gouvion dont il est question dans ce même passage.

78. «Après le retour de Varennes, le maire de Paris remit à la reine une dénonciation de la femme de garde-robe, datée du 21 mai, où elle déclarait qu'il se faisait des préparatifs aux Tuileries pour un départ; qu'on avait cru qu'elle ne devinerait pas le motif de l'envoi du nécessaire de la reine à Bruxelles, mais que l'annonce d'un présent fait par sa Majesté à sa sœur, n'était qu'un prétexte (...).» (Mme Campan, *Mémoires*.)

79. Jean-Baptiste Gouvion. Nommé par La Fayette major-général de la garde nationale parisienne.

80. Axel, comte de Fersen (1755-1810). Né en Suède. Colonel du régiment français de Royal-Bavière, puis propriétaire du régiment de Royal-Suédois en France. Après l'échec à Varennes de la fuite du roi qu'il avait longuement préparée, il se fixe à Bruxelles et reste en correspondance constante avec Marie-Antoinette. Ne rentre en Suède qu'après la mort de la reine. En 1810, accusé d'avoir empoisonné le prince héritier, il fut assassiné.

81. Dans les Archives du ministère de la Guerre, contrôle des gardes du corps du roi, figurent ces gardes appartenant

tous trois à la compagnie de Beauvau: François-Florent de Valory, né à Phalsbourg, reçu le 24 janvier 1773, présenté par M. Dauger, aide-major de la compagnie; Jean-François de Malden, reçu le 25 août 1777 à l'âge de vingt ans, présenté par son frère, garde du roi; François-Melchior de Moustier de Bermont reçu le 24 mars 1773, présenté par M. Gibert, garde.

82. Mme Campan était aussi dans le secret du voyage et elle put ainsi écrire dans ses *Mémoires*: «Dès le mois de mars de la même année, la reine s'occupa des préparatifs de son départ. Je passai ce mois auprès d'elle, et j'exécutai une grande partie des ordres secrets qu'elle me donna à ce sujet. Je la voyais avec peine occupée de soins qui me semblaient inutiles et même dangereux, et lui fis observer que la reine de France trouverait des chemises et des robes partout. Mes observations furent infructueuses: elle voulut avoir à Bruxelles un trousseau complet, tant pour elle que pour ses enfants. Je sortais seule, et presque déguisée, pour acheter et faire faire ce trousseau.»

83. Le témoignage de Mme de Tourzel ne coïncide pas avec ceux de Moustier et de Valory qui, dans leur relation de la fuite à Varennes, racontent que le roi s'arrêta plusieurs fois. Pendant l'un de ses arrêts, Louis XVI dit à Moustier qui s'efforçait de le «cacher»: «Je ne crois plus cela nécessaire, mon voyage paraît à l'abri de tout accident.» De son côté, Valory montre le roi «causant avec beaucoup de monde qui l'entourait, et parlant à des passants sur les moissons».

84. La berline, commandée par M. de Fersen, était peinte en jaune et vert et, à l'intérieur, doublée de velours d'Utrecht blanc. Elle contenait: «deux cuisinières en tôle de fer, une cantine pouvant contenir huit bouteilles, deux pots de chambre en cuir bouilli, deux fourches ferrées pour maintenir la berline dans les montagnes»... Curieux destin de cette berline qui devint diligence et brûla dans la nuit du 5 au 6 janvier 1795...

85. Les partenaires de la fuite à Varennes poussèrent le scrupule jusqu'à se donner des noms: si Mme de Tourzel s'appelait Mme de Korff, la reine répondait au nom de Mme Rochet, le roi était M. Durand, Mme Élisabeth, Rosalie. Le dauphin et Madame Royale avaient reçu comme prénoms Amélie et Aglaé.

86. Par contre, Madame Royale note qu'à Châlons, «on fut reconnu tout à fait; beaucoup de monde louait Dieu de voir le roi et faisait des vœux pour sa fuite». De même, Fersen note dans son journal: «À Châlons, ils furent reconnus, un homme

en avertit le maire qui prit le parti de lui dire que s'il en était sûr il n'avait qu'à le publier, mais qu'il serait responsable des suites. »

87. M. de Bouillé avait placé les troupes pour protéger la famille royale de la façon suivante : à Pont-de-Somme-Vesle, quarante hussards commandés par le duc de Choiseul ; à Sainte-Menehould, quarante dragons commandés par le capitaine d'Andouins ; à Clermont, cent quarante dragons commandés par le comte de Damas. À Varennes, soixante hussards commandés par le fils de M. de Bouillé et à Dun, cent hussards commandés par le chef d'escadron, M. Deslon.

88. La conduite du duc de Choiseul est inconcevable. Devant un retard de deux heures, chose qui n'est pas extraordinaire pour un aussi long parcours et en tenant compte des difficultés de la route, il oublie toutes les consignes reçues : attendre l'arrivée du roi, envoyer aussitôt un courrier aux autres détachements annonçant la venue prochaine des voyageurs, suivre la berline jusqu'à la laisser sous la protection des dragons du capitaine d'Andouins, protégeant ensuite avec ses hussards la route de Paris pour empêcher une possible poursuite. Prenant donc prétexte de ce retard de deux heures, le duc de Choiseul abandonne son poste.

89. Tout dans cette affaire manque du plus élémentaire sens commun, frôlant parfois l'extravagance. La crainte d'être privée des services de son coiffeur fait oublier à la reine toute autre considération et elle n'hésite pas à confier à Léonard, en plus de ses diamants, les destins de la monarchie. Parti de Paris avec le duc de Choiseul, il est chargé par ce dernier d'avertir les détachements de Sainte-Menehould et de Clermont que le roi ne passerait pas.

90. Léonard, après avoir averti les chefs des détachements de Sainte-Menehould et de Clermont, comme l'avait commandé M. de Choiseul, va prendre, de sa propre initiative, une décision qui aura des conséquences fatales. Arrivé à Varennes, il dit à MM. de Bouillé et de Raigecourt que le roi et la reine, après avoir quitté Paris, n'avaient pas pu continuer leur voyage et conseille aux deux officiers de partir. Conséquence : les deux officiers ne placent pas les relais à l'entrée de la ville comme il en avait été convenu.

91. M. d'Andouins, après le départ de la berline, fut conduit à l'hôtel de ville où le conseil municipal était assemblé. L'officier, invité à montrer ses ordres, affirma qu'il était seulement chargé d'assurer le passage d'un convoi d'argent, attendu à

Châlons. Arrêté plus tard, M. d'Andouins est obligé de désarmer sa troupe et est emprisonné avec son lieutenant Lacour.

92. « Le fait de Drouet reconnaissant le roi, dans la berline, en comparant son visage avec la vignette d'un assignat reçu en paiement de la main même de Louis XVI, est évidemment une invention qui ne germa que plus tard dans l'imagination du maître de poste. À ne s'en tenir qu'aux termes des documents officiels (procès-verbaux de la municipalité de Sainte-Menehould), il ressort simplement "qu'un carrosse, non autrement remarquable et précédé d'un cabriolet dans lequel étaient deux personnes du sexe, aurait attiré l'attention de quelques particuliers et principalement celle du sieur Drouet, maître de la poste aux chevaux, où ces voitures se seraient arrêtées pour relayer". Ce n'est guère qu'une heure et demie après le passage de la berline que les municipaux se transportèrent chez Drouet "pour s'enquérir de ce qu'il avait remarqué". Ils trouvèrent Drouet "se disposant à faire part de ses soupçons à la municipalité". De ses soupçons... c'est donc qu'il n'avait pas reconnu le roi : et sa préoccupation de s'informer du signalement de Louis XVI prouve surabondamment qu'il ne l'avait jamais vu auparavant. D'ailleurs, s'il l'avait reconnu avec certitude, comme il s'en est vanté plus tard, d'où vient qu'il ne s'est pas opposé au départ des fugitifs, plutôt que d'attendre qu'ils aient pris une avance considérable et de risquer — très courageusement d'ailleurs —, sa vie à les poursuivre dans une forêt qu'il pouvait croire sillonnée en tous sens par des détachements armés.

« Le vrai c'est que l'attention de Drouet, comme celle de tous les assistants, se porta beaucoup plus sur les dragons que sur la berline et qu'il ne commença à soupçonner le rang des voyageurs qu'en même temps que ce soupçon se répandait dans toute la ville. La nouvelle, tout à coup, circula dans Sainte-Menehould, que "c'était le roi", de même qu'elle avait été annoncée, à tous les relais, depuis la connaissance de Chaintrix. » (Note de G. Lenotre dans son livre *le Drame de Varennes*.)

Précisons que Jean-Baptiste Drouet était né en 1763 et qu'il mourut en 1824. Fils du maître de poste de Sainte-Menehould, après avoir été sept ans dans l'armée, il revint chez son père et prit la direction des postes. Il refusa les trente mille livres offertes en récompense par l'assemblée pour son rôle dans la détention du roi. Drouet se distingua particulièrement le 4 septembre 1793, approuvant la mise en accusation de la reine et l'extermination des suspects: la Terreur commençait. Commissaire de la Convention à l'armée commandée par La Fayette, il y est fait prisonnier par les Autrichiens et dénoncé comme le maître de poste qui avait arrêté le roi, et enfermé dans la forteresse de Spielberg d'où il essaie de s'échapper. En 1795, il fut échangé, avec les autres commissaires, contre Madame Royale. À la Restauration, Drouet fut proscrit et revint en France sous un faux nom.

93. Charles-César, comte de Damas (1758-1839). Gentilhomme du comte de Provence. Essaye avec Bouillé d'assurer la fuite de la famille royale. Arrêté à Varennes, il fut conduit à Paris, et mis en accusation. Quand le roi accepta la Constitution, le comte de Damas bénéficia de l'amnistie accordée à ceux qui avaient participé à la fuite à Varennes. Émigre. Louis XVIII le fait général et pair de France.

94. «Georges, député de la ville de Varennes, vint présenter à l'Assemblée Leblanc et Poucin, qui avaient arrêté la voiture du Roi et menacé de tirer dessus. Ils en furent parfaitement accueillis; et l'abbé Grégoire, qui la présidait en ce moment, les assura que Varennes serait à jamais célèbre, et que les Français reconnaissants se rallieraient tous autour de ses murs, si jamais elle se trouvait attaquée.» (Note de Mme de Tourzel.)

95. «L'officier municipal faisant fonction de maire, Pultier, quelques-uns de ses collègues et même le procureur de la commune, tenaient pour certain que le passeport qu'on leur présentait était valable et devait suffire pour permettre aux voyageurs de continuer leur route: la plupart même applaudissaient à cette mesure. Ce fut Drouet qui s'y opposa avec un tel acharnement, en interpellant les officiers municipaux, les personnes déjà amassées, les voyageurs eux-mêmes, en s'emportant comme un furieux, en effrayant ces pauvres gens de leur responsabilité, en leur répétant sous toutes les formes: "Je suis sûr que la voiture arrêtée par vous contient le roi et sa famille; si vous le laissez passer en pays étranger, vous vous rendez coupable du crime de trahison..." qu'il ramena tout le monde, de gré ou de force, à son avis.» (Victor Fournel, *L'Événement de Varennes.*)

96. Ce n'est pas Mangin, mais Destez, juge au tribunal, qui s'était marié à Versailles et y avait vu souvent la famille royale, qui va reconnaître le roi. Selon une tradition orale, recueillie à Varennes en 1838 par Victor Hugo, ce fut bien Destez qui aborda le roi en disant «Bonjour, sire». Et Hugo de commenter: «Ce *Bonjour, sire,* ce fut pour Louis XVI, pour Marie-

Antoinette, et pour Mme Élisabeth la guillotine, pour le dauphin l'agonie du Temple ; pour Madame Royale, l'extinction de sa race et l'exil. »

97. « La conduite de M. de Goguelat étonna tout le monde. C'était un homme grand, froid, réfléchi, et que l'on pouvait supposer capable de modérer l'esprit impétueux et irréfléchi du duc de Choiseul. Personne ne put concevoir les raisons qui l'empêchèrent de le détourner d'un parti aussi dangereux que celui qu'il prit au Pont-de-Sommevel, ou tout au moins de n'avoir pas trouvé quelque moyen d'en faire avertir le roi, dans le cas où un accident aurait retardé son voyage, accident qui ne fut malheureusement que trop vrai. Mais ce qui est impardonnable et qu'on ne concevra jamais, c'est d'avoir osé prendre sur soi, comme paraît l'avoir fait M. de Choiseul, de faire dire aux officiers qui étaient dans le secret du voyage qu'il était manqué, sans en avoir la certitude absolue. » (Note de Mme de Tourzel.)

98. Cet avis est partagé par M. de Choiseul et M. de Damas. M. de Choiseul a écrit : « ... Nous avons vu les véritables et estimables sentiments de ce valeureux jeune homme (Romeuf), sa douleur de la mission dont il fut chargé malgré lui, son projet de retarder son arrivée, s'il n'avait pas rencontré M. Bayon sur la route, et sa volonté, si cet officier n'y eut pas mis d'obstacles, de nous aider à suspendre le départ du roi... Il était impossible de l'entendre et de conserver le moindre doute sur son véritable attachement au roi et à la reine ; la pensée seule d'avoir été soupçonné par elle d'avoir volontairement accepté cette désastreuse commission le portait au désespoir. » De son côté, M. de Damas a écrit : « M. de Romeuf avait l'air consterné, sa conduite avec nous et ses discours, depuis ce fatal moment, m'ont donné lieu de croire qu'il était entraîné par son compagnon de voyage, qu'il remplissait cette commission avec répugnance et qu'il aurait souhaité trouver la famille royale hors de portée d'être rejointe. »

Qui était M. de Romeuf ? Né à La Voulte le 26 septembre 1766, il devint aide de camp de la garde nationale parisienne en septembre 1789, puis capitaine au 12e dragons. Prisonnier de guerre avec La Fayette, il fut ensuite employé à l'armée d'Égypte et bloqué à Malte en 1798. De retour en France, il fut nommé chef d'escadron en 1800, puis général de brigade, chef d'état-major du 1er corps de la Grande Armée et baron d'Empire. Il fut tué à la Moskowa.

99. M. de Choiseul est beaucoup plus sévère pour Baillon

qu'il ne l'est pour Romeuf: « M. Baillon joua un rôle de fausseté: il eut l'air de s'attendrir sur la situation du roi et promit d'employer tous ses efforts pour diriger son départ. Cependant, il ne fit autre chose que d'aller, de venir, de remonter et descendre sans cesse pour dire au peuple que le roi refusait de s'en aller et prenait mille prétextes pour donner à M. de Bouillé le temps d'arriver. Il revenait ensuite et s'affligeait devant le roi des clameurs et des instances du peuple qui demandait à grands cris le départ. »

100. « Un motif bien noble engagea M. de Dampierre à s'exposer aux dangers qui lui coûtèrent la vie. Il voulut prouver au roi que la Nation était loin de partager les sentiments des misérables qui entouraient sa voiture, et que ses malheurs ne portaient aucune atteinte aux sentiments de ses fidèles sujets, toujours prêts à se sacrifier pour lui prouver leur respect et leur attachement. » (Note de Mme de Tourzel.)

101. « M. de Cazotte était fils de M. de Cazotte, homme aimable, littérateur agréable, et tellement connu pour son attachement au roi et à la famille royale, qu'il fut incarcéré à l'Abbaye après le 10 août, et destiné à être une des victimes du massacre projeté. Le courage, la présence d'esprit et la tendresse filiale d'Élisabeth Cazotte, sa fille, qui s'était enfermée avec lui, firent une telle impression sur les assassins de cette prison, qu'ils les mirent tous deux en liberté. Mais, arrêté de nouveau deux jours après sa sortie de l'Abbaye, par l'ordre des scélérats qui composaient le tribunal du 10 août, ils lui firent subir le même sort qu'à MM. de Bachmann et de La Porte, victimes dans la place du Carrousel, en face du château des Tuileries. M. de Cazotte émigra après la mort de son père, servit avec distinction dans le régiment Loyal émigrants, fit partie des malheureuses expéditions de Quiberon et de l'île Dieu, et ne rentra en France, ayant toujours servi dans les armées, qu'en 1802, après le licenciement du régiment d'artillerie dans lequel il servait. Rempli d'esprit et de probité, héritier des sentiments de son père, dont toute la fortune a été confisquée, il n'a, pour élever sa nombreuse famille, qu'un revenu bien modique. Mais, uniquement occupé de ses devoirs, il jouit de l'estime de toutes les personnes à portée d'apprécier ses qualités et ses vertus. Il m'a dit, depuis, que la garde nationale d'Épernay avait été chassée par les factieux, et que ce fut à la tête de celle de Pierry qu'il arriva à Épernay, et qu'étant sûr des gens qu'il amenait, il espérait s'en servir utilement. » (Note de Mme de Tourzel.)

102. Dans le mémoire inédit qu'il a laissé sur le voyage à Varennes, Pétion, sans crainte du ridicule, prétend que Mme Élisabeth était tombée amoureuse de lui. Il s'était simplement mépris sur un geste de Mme Élisabeth qui avait appuyé son bras contre le sien. Cet « abandon » était largement justifié par la fatigue et l'entassement de tant de personnes dans la berline.

103. François Hue (1757-1819). Premier valet de chambre du dauphin, en 1781. Accompagne la famille royale au Temple. Échappe aux massacres de Septembre. Accompagne Madame Royale à Vienne. Devient commissaire général de la maison de Louis XVIII. (Voir dans cette même collection, en grand format, Cléry, *Journal de ce qui s'est passé au Temple.*)

104. Adrien Duport (1759-1798). Conseiller au Parlement de Paris. Fait partie du Triumvirat avec Barnave et Alexandre Lameth. Complètement discrédité auprès des révolutionnaires après la découverte de ses intrigues avec la Cour. Il abandonne Paris au lendemain du 10 août. Arrêté en route, Duport fut mis en prison. S'évade grâce à Danton et émigre.

105. Antoine-Balthazar, baron d'André (1759-1825). Conseiller au Parlement d'Aix et député de la Provence aux États généraux. Il émigre en Allemagne où il devient un agent royaliste à la solde de l'Angleterre. Nommé directeur général de la police et intendant de la maison du roi à la Restauration.

106. L'accord entre Marie-Antoinette et Mme Élisabeth (qui prenait le parti des princes émigrés) n'est pas aussi parfait, à cette époque, que le signale Mme de Tourzel. Les malheurs rapprocheront plus tard la reine et sa belle-sœur. En attendant, Marie-Antoinette écrit à Fersen, le 31 octobre 1791 : « C'est un enfer que notre intérieur, il n'y a pas moyen d'y rien dire avec les meilleures intentions du monde. Ma sœur est tellement indiscrète, entourée d'intrigants et surtout dominée par ses frères au-dehors, qu'il n'y a pas moyen de se parler, ou il faudrait quereller tout le jour. »

107. « M. de Briges partit de Paris dès qu'il eut appris le départ du roi, et ayant eu quelques données pour croire que ce prince avait pris la route de Châlons, il se rendait dans cette ville lorsque M. de Romeuf y entrait de son côté. Il y fut mis en état d'arrestation et n'en sortit qu'après l'acceptation de la Constitution. Il était un des plus fidèles serviteurs du roi, et périt à la funeste expédition de Quiberon en 1795. » (Note de Mme de Tourzel.)

108. Le couvent des Feuillants, qui était voisin des Tuile-

ries, avait été bâti en 1587 par Henri III. Les nonces y descendaient quelques jours en arrivant à Paris. À la Révolution, ce couvent, proche de l'Assemblée nationale, devint un lieu de réunion du club ou de la Société des amis de la Constitution. Les fondateurs en étaient La Fayette, Bailly, Duport, les frères Lameth, le duc de La Rochefoucauld. C'était le lieu de leurs séances et dès lors, on désigna ce club sous le nom de Feuillants, par opposition à celui des Jacobins. Le 28 mars 1791, un attroupement assiégea le club et les membres en furent chassés à coups de pierres. Il n'est plus question, après le 10 août, du club des Feuillants.

109. On ne sait pas exactement qui donna l'ordre de tirer. Bailly dit lui-même qu'il était « vivement affecté de voir que des imprudents avaient fait feu ».

110. Un mois après le procès de Marie-Antoinette commençait celui de Bailly que l'on accusa d'être « servilement vendu au tyran, il n'a pas rougi d'employer les moyens les plus odieux pour étouffer la voix du peuple (...) qui l'avait investi de sa confiance ». En signe d'expiation, Bailly fut condamné à être exécuté, non pas sur la place de la Révolution, mais au Champ-de-Mars, dit de la Fédération où étaient tombés ceux que l'on considérait comme ses victimes. (Voir dans cette même collection, en grand format, *Actes du tribunal révolutionnaire*, présentés par Gérard Walter.)

111. Jusqu'à l'arrestation du roi à Varennes, Sauce avait connu une vie tranquille. Pour le rôle qu'il y avait joué, il connut même une gloire momentanée. Sauce avait reçu en récompense décrétée par l'Assemblée Nationale vingt mille livres qu'il dut, peu à peu, abandonner à ses concitoyens jaloux. Ses malheurs ne faisaient que commencer. Accusé à la fois par les royalistes et les révolutionnaires, il fut destitué de ses charges, réduit à la misère et obligé de quitter Varennes pour Saint-Mihiel, où il mourut en 1825, « objet de la réprobation générale ».

112. Témoignage confirmé par Mme Campan dans ses *Mémoires* : « Enfin j'espérais revoir sur le visage de mes augustes maîtres ce calme qui, depuis si longtemps, en était effacé. La suite les quitta dans le salon ; la reine salua les dames avec précipitation, et rentra fort émue. Le roi la suivait et, se jetant dans un fauteuil, il porta un mouchoir sur ses yeux. "Ah, madame, s'écria-t-il, avec une voix entrecoupée par ses larmes, pourquoi avez-vous assisté à cette séance, pour être témoin ?..." Je n'entendis que ces mots ; pénétrée de leur

douleur et de la nécessité d'en respecter l'effusion, je me retirai, frappée du contraste de ces cris de joie au-dehors du palais avec la douleur profonde qui existait dans l'intérieur du souverain. »

113. Malgré cela, Louis XVI écrivait à Frédéric-Guillaume, roi de Prusse : « Malgré l'acceptation que j'ai faite de la nouvelle Constitution, les factieux montrent ouvertement le projet de détruire entièrement les restes de la monarchie. Je viens de m'adresser à l'Empereur, à l'Impératrice de Russie, aux Rois d'Espagne et de Suède, et je leur présente l'idée d'un Congrès des principales puissances de l'Europe, appuyé d'une force armée, comme la meilleure manière d'arrêter ici les factieux, donner les moyens de rétablir un ordre de choses plus désirable et empêcher que le mal qui nous travaille puisse gagner les autres États d'Europe. » De son côté, Marie-Antoinette écrivait à Mercy : « Que mon frère se persuade donc bien que toutes les démarches ostensibles que nous sommes obligés de faire, tiennent à notre position ; qu'il faut à quel prix que ce soit, gagner ici la confiance de la majorité, mais que nous ne voulons, ni ne pouvons tenir à une Constitution qui fait le malheur et la perte de tout le royaume. »

114. L'impératrice de Russie renvoie, sans l'ouvrir, la lettre par laquelle le roi annonçait à toutes les puissances l'acceptation de la Constitution. Elle envoie un ambassadeur aux émigrés de Coblence.

115. Le 14 septembre 1791, Avignon et le Comtat Venaissin sont réunis à la France.

116. Voir la note 74, p. 241.

117. Par décret du 31 octobre 1791.

118. Le 3 décembre 1791, Monsieur répondait au roi : « Le comte de Vergennes m'a remis de la part de Votre Majesté une lettre. (...) Je l'ai lue avec le respect que je dois à l'écriture et au seing de Votre Majesté. L'ordre qu'elle contient de me rendre auprès de la personne de Votre Majesté n'est pas l'expression libre de sa volonté, et mon bonheur, mon devoir, ma tendresse même, me défendent également d'y obéir... » Et voici la réponse du comte d'Artois : « ... Presque toutes les décisions rappelées dans cette lettre m'ont donné une nouvelle preuve de la captivité morale et physique où nos ennemis osent retenir Votre Majesté. D'après cet exposé, Votre Majesté trouvera simple que, fidèle à mon devoir et aux lois de l'honneur, je n'obéisse pas à des ordres évidemment arrachés par la violence. »

Après ces réponses, le roi fait un dernier effort pour convaincre ses frères de revenir en France. Il envoie M. de Goguelat avec de nouvelles lettres et des instructions à donner de vive voix, assurant qu'il n'agissait que selon sa propre volonté. M. de Goguelat part à la fin décembre 1791. Il n'obtient aucun résultat et revient, horrifié de l'esprit qui règne chez les émigrés et de l'irrévérence avec laquelle Louis XVI est traité : on l'appelle de plus belle, le « pauvre homme », le « soliveau » et le « béat ».

119. Louis-Marie-Jacques, comte de Narbonne (1755-1813). Une grande ressemblance physique avec Louis XV et la protection de ce dernier firent croire qu'il en était le fils naturel. Colonel du régiment de Piémont à la veille de la Révolution. Il se fait nommer, par son patriotisme, commandant en chef de toutes les gardes nationales du département du Doubs. Ce qui ne l'empêche pas de faciliter le départ de ses protectrices, Mme Victoire et Mme Adélaïde. Ministre de la Guerre en 1791 pendant trois mois. Émigre et revient après le 18 Brumaire.

120. « Ce Sevestre était architecte du roi. Oubliant tout ce qu'il devait à ce prince, il était devenu jacobin forcené, ce qui lui valut d'être nommé membre de la Convention, où il eut la scélératesse de voter la mort de son Roi, son bienfaiteur. » (Note de Mme de Tourzel.)

121. Jean-Marie Roland de La Platière (1734-1793). Inspecteur général des manufactures de Lyon. Envoyé à Paris pour exposer, devant l'Assemblée constituante, la difficile situation de l'industrie provoquée par les événements révolutionnaires. Son emploi est supprimé. Il retourne à Paris où commence sa carrière politique due en grande partie à sa femme.

122. Jean de Lacoste (1730-1820). Avocat au Parlement de Bordeaux. Envoyé aux Antilles pour organiser le nouveau régime colonial. Doit répondre de sa gestion devant le tribunal criminel qui l'acquitte.

123. Charles-François Duperrier, dit Dumouriez (1739-1823). Fils d'un commissaire de guerre. Cornette de cavalerie. Plus tard, capitaine. Réformé, passe en Italie et offre ses services à Paoli contre les Génois. Finit par collaborer avec ces derniers. Rentre de nouveau en France. Y obtient de M. de Choiseul une gratification et une mission secrète à la cour de Madrid, puis à celle de Lisbonne. Est envoyé en Pologne avec de forts subsides pour fomenter un soulèvement et maintenir le parti de l'opposition. Imposé comme ministre par les Girondins, Dumouriez veut imiter Mirabeau et sauver la monarchie

La reine n'a aucune confiance en lui. Comme le dira Marie-Antoinette à Mme Campan : « On ne peut pas croire aux promesses d'un traître. »

124. Étienne Clavière (1735-1793). Fils d'un riche commerçant de Genève. Se voue à la spéculation. Fervent propagateur des idées libérales. Ce qui lui permet de se créer de nombreuses relations. Détenu en 1782 comme chef du parti démocrate de Genève, Clavière se réfugie en Irlande. Voyage beaucoup, et rencontre Mirabeau à Paris. Devient son collaborateur pour la partie financière. S'inscrit aux Jacobins. Partage le sort des Girondins, mais son nom ne figure pas sur la liste des vingt-deux Girondins envoyés au tribunal en octobre 1793. Son acte d'accusation date du 8 décembre. Il se suicide dans sa cellule.

125. L'empereur meurt le 1er mars 1792. « La reine était sortie lorsque la nouvelle en parvint aux Tuileries. À son retour, je lui remis la lettre qui la lui annonçait. Elle s'écria que l'empereur avait été empoisonné ; qu'elle avait remarqué et conservé une gazette où l'empereur Léopold s'étant déclaré pour la coalition, on disait, en parlant de lui, qu'une croûte de pâté pouvait arranger cette affaire. » (Mme Campan, *Mémoires*.)

126. Le 29 mars 1792. Fersen écrivait à la reine le 17 avril de la même année : « Vous aurez déjà reçu la triste et accablante nouvelle de la mort du roi. Vous perdez en lui un ferme appui, un bon allié... »

127. « Je ne puis m'empêcher de citer, à cette occasion, l'éloge de Madame par Durdent : "Louis XVI et la reine étaient époux depuis huit années sans qu'aucun gage de leur union eût comblé leurs vœux et ceux des Français. Enfin le 19 décembre 1778, le Ciel leur accorda le plus rare, le plus précieux des présents, dont jamais parents aient pu s'enorgueillir : Marie-Thérèse-Charlotte, dite Madame, aujourd'hui duchesse d'Angoulême, naquit au château de Versailles ; Madame, dont le nom sera dans les siècles les plus reculés, comme il l'est parmi nous, l'emblème de toutes les vertus ; Madame, célébrée dans les chaumières comme dans les palais, aux extrémités de l'Europe comme au sein de la France, que l'on peut louer sans crainte d'être accusé d'adulation, parce que sa gloire est devenue depuis longtemps une gloire historique, et que jeune encore, la postérité a déjà commencé pour elle." » (Note de Mme de Tourzel.)

128. Jean-Marie Collot, dit Collot d'Herbois (1749-1796). Sous le pseudonyme de D'Herbois, parcourt la France pendant quinze ans à la tête de sa compagnie théâtrale, représen-

tant les classiques français et étrangers. Se fixe à Paris en 1789. Compose une pièce, *la Famille patriote ou la Fédération*, qui a un grand succès. Membre des Jacobins, « devient l'un de ces défenseurs officieux, bénévoles, que la société mettait à la disposition des patriotes opprimés » (Gérard Walter, *Histoire des Jacobins*). Aspire au ministère de l'Intérieur en 1792, mais Mme Roland s'y oppose. Gérard Walter le considère avec Billaud-Varennes et peut-être encore plus, comme le principal responsable de la chute de Robespierre, donc de la faillite de la Révolution. Déporté à la Guyane en Thermidor, il y mourut, victime des fièvres.

129. Est-ce naturel, comme le prétend Mme de Tourzel, ou le résultat de l'éducation de Marie-Antoinette qui faisait copier à son fils des pages entières de « Fuir le mensonge est un devoir » ?

130. Marie-Thérèse-Louise de Savoie-Carignan, princesse de Lamballe (1749-1792). Épouse le fils du duc de Penthièvre, Louis-Stanislas de Bourbon-Penthièvre, prince de Lamballe qui meurt un an après.

Quitte la cour de Louis XV pour vivre avec son beau-père qui l'aimait comme sa propre fille. Revient à Versailles pour les fêtes du mariage du dauphin avec Marie-Antoinette. Une amitié naquit aussitôt entre la dauphine et la princesse de Lamballe.

Devenue reine de France, Marie-Antoinette rétablit, pour elle, la charge de surintendante de sa maison. Exclue du cercle de la reine, la princesse de Lamballe abandonna la Cour en 1780, n'y paraissant que lorsque les obligations de sa charge l'exigeaient. Dès le début de la Révolution se rapprocha de la reine et devint l'amie des mauvais jours. Avertie de la fuite à Varennes dans la nuit du 20 juin, par un billet de la reine, elle part aussitôt pour l'Angleterre. Le reste de sa vie est parfaitement raconté ici par Mme de Tourzel qui sera d'ailleurs sa dernière compagne à la prison de la Force.

131. Jeanne-Louise Campan (1752-1822). Son père, premier commis au département des Affaires étrangères, lui fit donner une brillante éducation. Obtient la place de lectrice de Mesdames, filles de Louis XV. Elle y rencontre Marie-Antoinette encore dauphine. Épouse le fils de M. Campan, secrétaire du cabinet de la reine. Devient première femme de chambre de Marie-Antoinette et jouit de la confiance de cette dernière qui l'emploie en diverses missions. Ne parvient pas à suivre au Temple la famille royale. Sous la Terreur, se cache dans la val-

lée de Chevreuse. Sous le Directoire, Mme Campan ouvre à Saint-Germain-en-Laye un pensionnat de jeunes filles qui connaît une grande vogue. Bonaparte lui confie la direction d'une maison d'éducation à Écouen, destinée aux filles de ses soldats. À la Restauration, cette maison est supprimée. Les Bourbons, la duchesse d'Angoulême en tête, « battent froid » à Mme Campan qui doit se retirer à Mantes près de l'une de ses anciennes élèves pour y finir ses jours. A écrit des *Mémoires sur la vie privée de Marie-Antoinette*.

132. Le comte de La Marck écrit à Mercy-Argenteau, à ce sujet : « On veut soulever la question de la régence et celle du divorce du roi (...). Il faut convenir que le pouvoir qu'il [La Fayette] exerce en ce moment est fort dangereux, parce que sa mauvaise foi égale son incapacité. Il a eu, il y a peu de jours, une longue conférence avec la reine : il a employé les moyens les plus odieux pour jeter le trouble dans son âme, et il a été jusqu'à lui dire que, pour obtenir le divorce, on la rechercherait en adultère. » Sur le même sujet, l'ambassadeur d'Espagne, Fernan-Nuñez écrit : « Ils ont réussi à faire venir à Paris Mme de La Motte et ils menacent la reine d'une révision de son infâme procès. Ils parlent d'instituer le divorce et d'obtenir par là que le roi se sépare d'elle, qu'on la mette en jugement pour l'attitude qu'on lui impute et qu'on l'enferme dans un couvent pour le restant de ses jours. »

133. Louis-Pierre Manuel (1751-1793). Fils du portier de collège des Doctrinaires à Montargis. Précepteur dans une famille parisienne. Son livre, *Coup d'œil philosophique sur le règne de Louis*, lui valut de passer quelques mois à la Bastille. Après le 14 juillet, il écrit une série d'histoires appelée *la Bastille dévoilée* qui a un grand succès. Nommé en 1791 procureur de la Commune. Lors du procès du roi, s'oppose à la peine de mort. Donne sa démission après la sentence. Réfugié dans son pays, il est ramené à Paris pour y être guillotiné.

134. Mmes de Lamballe, de Tarente, de La Roche-Aymon, de Tourzel et de Mackau entouraient la reine.

135. Guillaume Chrétien de Lamoignon de Malesherbes (1721-1794). Ministre de Louis XVI avant la Révolution. Défend le roi devant la Convention. Accusé de conspirer contre la République, il est guillotiné.

136. Le roi et surtout la reine avaient une telle aversion pour La Fayette que celle-ci avait dit : « Plutôt que d'être sauvés par lui, il valait mieux périr. »

137. Cette déclaration formulée le 4 juin, et votée le 11, ne

fut proclamée que le 22 juin en grande cérémonie et apparat, sur les places de Paris et de la province.

138. Le dévouement de Mme de Tourzel lui fait oublier sans doute un certain aspect du caractère du dauphin sur lequel la reine écrivait le 24 juillet 1789: «... Il est très indiscret, il répète aisément ce qu'il a entendu dire, et souvent sans vouloir mentir il y ajoute ce que son imagination lui a fait voir, c'est son plus grand défaut, et sur lequel il faut bien le corriger...»

139. Là encore, Mme de Tourzel sublime le caractère du dauphin. On connaît trop les atroces déclarations arrachées à ce dernier par Hébert et qui provoquèrent le fameux: «J'en appelle à toutes les mères», de Marie-Antoinette.

140. La duchesse d'Orléans avait chargé la princesse de Lamballe de demander au duc, son mari, la séparation officielle. Le duc accepta à condition que la demande fût faite par la duchesse elle-même. La princesse de Lamballe écrivit alors au duc d'Orléans: «Les circonstances, mon frère, relatives à vos affaires avec ma belle-sœur, ne me permettent pas de vous recevoir. Je suis fâchée que vous preniez la peine de venir à ma porte et qu'elle vous fût fermée... Adieu, mon frère, je souhaite que vous puissiez être heureux après avoir fait le malheur de toute votre famille.»

141. Pierre-Louis Rœderer (1754-1835). Conseiller au Parlement de Metz. Député aux États généraux, s'occupe surtout des questions financières. Nommé procureur général-syndic du département, sa conduite au 10 août fut sévèrement jugée par la Commune. Privé de son poste, il devient journaliste. Quitte Paris et y revient après la chute de Robespierre.

142. Rœderer décrit ainsi la conduite de la reine lors de cette journée: «La reine, dans cette nuit fatale, n'eut rien de viril, rien d'héroïque, rien d'affecté, ni de romanesque: je ne lui ai vu ni emportement, ni désespoir, ni esprit de vengeance. Elle fut femme, mère, épouse en péril; elle craignit, elle espéra, s'affligea et se rassura.»

143. Du fait de son mariage, la princesse de Lamballe était arrière-petite-fille par alliance de Louis XIV.

144. Selon Michelet, c'était le moment attendu par la Cour et pour lequel on avait engagé le combat. La foule ayant été vaincue ou découragée, la garnison se replierait vers l'Assemblée Nationale et le roi libéré et entouré de ses troupes quitterait Paris.

145. Les diamants de la reine avaient été confiés à Léonard lors de la fuite à Varennes et les diamants de la couronne

avaient été réclamés par le commissaire de l'Assemblée. « Sa Majesté garda uniquement une parure de perles et une paire de boucles d'oreilles, et beaucoup de bijoux de fantaisie qui ne valaient pas la peine d'être emballés. Ils étaient restés dans la commode de Sa Majesté aux Tuileries. » (Mme Campan, *Mémoires*.)

146. L'ancien couvent des Feuillants abritait les dépendances de l'Assemblée. La famille royale s'y vit attribuer les cellules dont disposait l'architecte de la salle des séances.

147. Faisant partie de l'antique monastère des Templiers, la tour où fut enfermée la famille royale fut bâtie par le frère Hubert qui mourut en 1122. Après la captivité de la famille royale, le Temple devint prison d'État. La tour fut démolie en 1811, et le palais en 1848.

148. Le comte d'Artois avait succédé au prince de Conti à la charge de grand prieur, et gouvernait l'enclos du Temple.

149. Mme Auguier, sœur de Mme Campan et mère de la future maréchale Ney. Mme Auguier avait toujours donné des preuves de grand dévouement à la reine. Au retour de Varennes, elle courut aux Tuileries. Arrêtée par les sentinelles, injuriée par les poissardes, elle s'écria : « ... Je suis attachée à la reine depuis l'âge de quinze ans ; elle m'a dotée et mariée ; je l'ai servie puissante et heureuse. Elle est infortunée en ce moment, dois-je l'abandonner ?... — Elle a raison, s'écrièrent les poissardes, elle ne doit pas abandonner sa maîtresse ; faisons-la entrer. » (Mme Campan, *Mémoires*.)

Mme Auguier avait prêté à la reine les 25 louis d'or qui furent confisqués à Marie-Antoinette, lors de son transfert du Temple à la Conciergerie. Arrêtée, Mme Auguier se suicida.

150. Le salon des quatre glaces est reproduit par d'Ollivier dans son tableau *le Thé à l'anglaise* et où l'on voit Mozart enfant jouer du clavecin.

151. Dans son émotion, Mme de Tourzel prit pour un souterrain ce qui n'était qu'une galerie couverte, longue de soixante-huit mètres qui unissait le palais à la tour. Cette galerie servait jadis au prince de Conti de bibliothèque et de musée.

152. Résidence de M. Berthélemy, archiviste de l'ordre du Temple. Il fut expulsé de son appartement en quelques minutes, malgré ses véhémentes protestations. Ses meubles servirent à orner les appartements arrangés pour la famille royale dans la grande tour.

153. Jacques Nicolas Billaud-Varennes (1762-1819). Né à

La Rochelle. Entre dans la congrégation de l'Oratoire et devient préfet des études à Juilly. Lié avec Danton, Marat et Robespierre, devient l'un des membres actifs du club des Jacobins. Nommé substitut du procureur de la Commune, et membre du Comité de salut public. On l'accuse d'avoir conçu et fait exécuter, en accord avec Danton, les massacres de Septembre. Député à la Convention nationale, il ne cesse de réclamer la mort de Louis XVI. Déporté à la Guyane en 1795, il réussit à s'évader, vingt ans après et meurt à Saint-Domingue.

154. « Mme la princesse de Lamballe était sujette à des attaques de nerfs qui la rendaient très-malade. La reine, craignant qu'il ne lui en prît au Temple, fit l'impossible pour l'engager à rester chez elle. Un commencement d'attaque qu'elle eut dans la loge du logographe, et qui l'obligea de la quitter pendant quelques heures qu'elle passa dans le bâtiment des Feuillants, parut favorable à la reine pour redoubler ses instances ; mais comme ce mouvement de nerfs n'eut aucune suite, elle insista pour rester avec Sa Majesté, qui paraissait avoir un pressentiment de sa destinée ; et sur ce que je lui parlais de la peine qu'avait eue la reine, en la voyant persister dans sa résolution, elle m'avoua que si son attaque avait eu sa suite ordinaire, elle aurait tellement senti l'impossibilité de se risquer à subir une captivité, qu'elle aurait été chez M. le duc de Penthièvre aussitôt qu'elle aurait été remise, et serait partie de là pour l'Angleterre. Qu'il est douloureux de lui avoir vu payer tant de dévouement par une fin aussi déplorable !

« M. le duc de Penthièvre, qui l'aimait tendrement, fit l'impossible pour la sauver. Il se faisait envoyer d'heure en heure des courriers pour en savoir des nouvelles. Il faisait chaque jour offrir à la Commune des sommes énormes. Il en vint même jusqu'à offrir la moitié de sa fortune. (Je tiens ceci de M. Mars, sous-préfet de Dreux et membre du conseil.) La mort de Mme de Lamballe plongea le prince dans la plus profonde douleur ; celle du roi y mit le comble. Sa santé dépérit de jour en jour, et il succomba peu après sous le poids de tant de douleurs, qu'il n'eut pas la force de supporter. » (Note de Mme de Tourzel.)

155. La Force, prison destinée spécialement aux filles publiques.

156. Louis-Jean-Marie de Bourbon, duc de Penthièvre (1725-1793). Dernier héritier des fils légitimés de Louis XIV et de Mme de Montespan. À la mort de son père, le comte de Toulouse, devient grand amiral et grand veneur. Gouverneur de

Bretagne et commandant du régiment qui porte son nom. Se maintenant en dehors des affaires publiques, et grâce aussi à son extrême charité, il conserva une grande popularité. Les habitants d'Eu le nommèrent commandant de la garde nationale en 1789. Il meurt à Vernon le 4 mars 1793.

157. Voici la description des malaises de la princesse de Lamballe par son médecin Saiffert : « Les ébranlements convulsifs duraient deux heures vingt minutes. Quand ils cessaient, une somnolence complète leur succédait. Les membres de la malade devenaient si raides qu'ils gardaient la position dans laquelle je les assujettissais et le pouls qui pendant la cure donnait soixante-deux à soixante-cinq battements plus ou moins capricants baissait jusqu'à cinquante-six pulsations à peine perceptibles. Cet état léthargique durait sept heures vingt minutes.

« Ce temps écoulé, la malade jetait un sifflement guttural suivi d'un triple clignement des paupières puis elle ouvrait les yeux. Elle semblait dans un état d'ivresse. Complètement revenue à elle, elle se plaignait seulement de courbatures dans tous ses membres. »

158. Dans *Souvenirs de quarante ans* de la comtesse de Béarn, se trouve reproduite une lettre de Mme de Tourzel à l'une de ses filles, la comtesse de Sainte-Aldegonde, où ces mêmes faits sont rapportés de façon légèrement différente. « Quelques gens d'aussi mauvaise mine que ceux qui m'entouraient arrivent alors de l'autre côté de la cour pour me demander de venir au secours d'une femme qui se trouvait mal (...) Cette femme, qui était celle du premier valet de chambre du roi (Mme de Septeuil), étant revenue à elle, fut emmenée hors de la cour. Il n'y restait plus que moi qu'on vint prendre peu de temps après. L'infortunée princesse de Lamballe avait disparu pendant que je répondais aux questions des gens qui m'entouraient. »

159. Certains auteurs prétendent que cet interrogatoire n'a pas eu lieu et que Mme de Lamballe fut livrée évanouie aux massacreurs de septembre. Le témoignage du docteur de la princesse, Saiffert, est formel : « Deux gardiens de la prison que je connaissais parfaitement m'affirmèrent chacun séparément que la princesse avait été traînée devant les juges complètement évanouie. »

160. Dans une lettre écrite quelques jours après les massacres de Septembre, Mme de Tourzel déclare : « Il n'y avait pas longtemps que j'étais dans cette cour lorsqu'il y entra un

homme de beaucoup moins mauvaise mine que ceux qui étaient là ; sa figure paraissait sombre, mais non pas cruelle. Il fit deux ou trois fois le tour de la cour. Au dernier tour, il passa fort près de moi et, sans tourner la tête de mon côté, il me dit : "Votre fille est sauvée..." Il continua son chemin et sortit de la cour. »

161. Enfermée dans la prison de l'Abbaye, la princesse de Tarente fit preuve, pendant les massacres de Septembre, d'un dévouement héroïque à la reine. « La princesse se sauva elle-même par l'héroïsme de sa vertu. Depuis deux jours et deux nuits, elle attendait la mort au milieu des victimes qu'on égorgeait sans relâche. (...) On veut qu'elle confirme par son témoignage les calomnies dont on se servait pour immoler la reine ; loin de là, elle réfute, au péril de sa vie, tous ces mensonges avec une admirable présence d'esprit. Les juges-bourreaux s'étonnent eux-mêmes de son courage ; ils admirent celle qu'ils allaient égorger... et ils ordonnent qu'on la conduise en prison. À ces mots, la voix de la princesse s'exalte ; elle demande la mort ou la liberté à l'instant même, et les spectateurs la ramènent en triomphe chez elle. » (Note du comte de Béarn dans *Souvenirs de quarante ans*.)

162. « Rien de plus beau que la conduite de Brunyer. Il s'était fait une petite fortune qu'il ménageait avec grand soin, ce qui lui avait donné une réputation d'avarice ; mais, après le 10 août, sa bourse fut constamment ouverte à tous les serviteurs de la famille royale qui n'avaient jamais dévié ; et quoiqu'il eût sujet d'être mécontent du jugement qu'en portait la reine dans un petit écrit qui se trouvait chez cette princesse, il ne lui en fut pas moins dévoué jusqu'à son tombeau. Quand Madame eut quitté la France, n'écoutant que son zèle, il voulut l'aller rejoindre, quoique accablé d'infirmités, et ce ne fut que par la considération de l'embarras qu'il lui causerait, qu'on parvint à l'en dissuader. Appelé comme témoin dans le procès de notre auguste et infortunée souveraine, il se conduisit avec tout le respect qu'il lui devait, sans s'embarrasser du danger que lui faisaient courir les manières respectueuses qu'on lui reprochait d'avoir employées vis-à-vis de la famille royale quand il fut appelé au Temple pour soigner Madame. Il était si ému de la position dans laquelle il voyait la reine, que lorsqu'on lui parla de ses correspondances secrètes avec elle pendant ses visites au Temple, il oublia de dire qu'il n'était jamais entré dans sa chambre qu'avec un municipal qui ne le quittait pas d'un instant. Cette courageuse princesse, qui sentit que cette omission pourrait lui nuire, prit alors la parole

pour rappeler ce que le docteur oubliait de dire. La situation critique dans laquelle elle se trouvait ne l'empêchait pas d'écouter avec la plus grande attention ce qui pouvait intéresser les personnes qui lui étaient attachées, pour les disculper des accusations qu'on pouvait former contre elles. On lui demanda quelle était la personne qui l'avait suivie à Varennes : "Mme de Tourzel, gouvernante de mes enfants, que nous avons obligée de nous suivre." Quel courage dans un pareil moment ! et serait-il possible de ne pas conserver un souvenir profond d'une princesse aussi dévouée à ceux qui avaient été à portée d'apprécier tant de grandes et héroïques qualités ? » (Note de Mme de Tourzel.)

163. Edgeworth de Firmont (1745-1807). Fils d'un pasteur anglais converti au catholicisme. Chapelain de Mme Élisabeth. Assiste le roi dans ses derniers moments. Le comte de Provence en fait ensuite son chapelain. Meurt à Mittau. (Voir dans la même collection, en grand format, son récit des derniers instants de Louis XVI, *in* Cléry, *Journal de ce qui s'est passé au Temple*.)

164. Le jeune roi s'était blessé en jouant avec un bâton. La reine désirait consulter, à ce sujet, le docteur Pipelet. La Commune refusa et prétendit que le malade serait soigné par le médecin ordinaire des prisons, Thierry, qui avait diagnostiqué « un relâchement du témoin gauche », autrement dit, du testicule gauche. La reine insista et obtint Pipelet qui fut conduit au Temple où les municipaux lui ordonnèrent de « constater que l'enfant a dans le sang un vice qui doit le faire périr ». Ces mêmes municipaux lui signalent particulièrement le mal local dont ils imputent l'origine à l'impudeur de la mère. Pipelet qui ne se laisse pas intimider reconnaît que « le prince est parfaitement sain » et qu'il s'est blessé en chevauchant un bâton. C'est cette maladie qui donnera à Hébert l'idée de faire déclarer le fils contre sa mère.

165. Antoine Simon (1736-1794). Cordonnier, membre de la Commune. Il fut guillotiné le 10 Thermidor.

Il semble que le jugement de Mme de Tourzel sur Simon soit quelque peu exagéré. Simon ne maltraita pas le jeune prince autant qu'on voulut bien le croire au temps de la Restauration : Pipelet qui jouissait, comme nous l'avons vu dans la note précédente, de la confiance de la reine, et Thierry, qui a droit aux éloges de Mme de Tourzel, visitèrent à plusieurs reprises l'enfant chez les Simon. Ces deux médecins ne notèrent aucune trace de sévice. On sait que Simon acheta pour son « pupille » une volière avec des oiseaux. Le cordonnier et sa femme veillaient aussi à la propreté du dauphin : les mémoires des blanchisseurs attestent que son linge était constamment renouvelé. On trouve même dans les comptes mention d'« un thermomètre pour les bains ».

166. Mme de Tourzel, son fils et ses filles, Pauline et la duchesse de Charost, furent d'abord enfermés au couvent des Bénédictines anglaises pendant cinq mois. Mme de Tourzel et ses filles furent conduites ensuite à la prison de Port-Libre, ancien Port-Royal-des-Champs où elles restèrent deux mois avant d'être libérées au 9 Thermidor.

167. 8 juin 1795. Date de la mort légale de Louis XVII.

168. Mme de Chanterenne, Madeleine La Rochette (1765-1838). La fiche de renseignements au Comité de salut public spécifie qu'elle a été « élevée avec soin, que ses costumes étaient doux et honnêtes, son extérieur décent, et que les travaux amusants et utiles de son sexe avaient été jusqu'à présent les seules occupations de sa vie ». Madame Royale s'attachera bientôt à sa compagne qu'elle appellera Reinette. Mme de Chanterenne reçut jusqu'à sa mort, une pension de trois mille francs versée par la duchesse d'Angoulême.

169. « Après le départ du Temple de Madame, on fit de ce monument une prison d'État dont Lasne fut nommé concierge. Tous les prisonniers s'en sont généralement loués, malgré son exactitude à remplir les fonctions de sa place. Je n'en fus pas étonnée d'après sa conduite à mon égard, dont je rendrai compte dans le courant de ces *Mémoires*. » (Note de Mme de Tourzel.)

170. « L'enfant était au lit, écrit un commissaire civil de garde au Temple qui avait obtenu l'autorisation de pénétrer dans la chambre du prisonnier, et demeura une heure sans bouger ; enfin, devinant la présence d'un étranger, il demanda d'une voix faible qui "c'était". N'ayant pas reçu de réponse, il sortit ses jambes des couvertures, s'assit sur le bord du matelas et demeura là dans une posture stupéfiante. Le commissaire fut très étonné de la grande taille du détenu et de ce qu'elle aurait dû être s'il se fût tenu debout. Le visage du malheureux était couvert d'ulcères et de boutons et il paraissait aussi qu'il avait des croûtes de gale derrière la tête. Il rentra dans son lit, gardant toujours un silence farouche, se couvrit jusqu'au nez, tenant fixés sur le visiteur des yeux qu'il ferma à diverses reprises durant plusieurs minutes. Deux ou trois fois, il remua les lèvres comme s'il voulait parler, mais l'articula-

tion n'était que souffle où l'on ne pouvait rien distinguer. (...) Le plus pitoyable être humain que j'aie jamais vu. » (Récit publié par G. Lenotre, *le Roi Louis XVII*.)

Autre témoignage : « Grâce à Louis Hastier, qui a pu consulter le manuscrit inédit appartenant à la comtesse Jean de Pange, nous savons quelles furent les impressions du médecin. » (Le docteur Desault, médecin-chef de l'Hôtel-Dieu.)

« J'ai trouvé un enfant idiot, mourant, victime de la misère la plus abjecte, de l'abandon le plus complet, un être abruti par les traitements les plus cruels et qu'il est impossible de rappeler à l'existence (...) j'ai fait ce que j'ai pu pour lui témoigner de l'intérêt, gagner sa confiance, le ranimer, le réchauffer ! Il m'a regardé tristement et a courbé la tête sans vouloir répondre ! » (André Castelot, *Louis XVII et l'énigme du Temple*.)

Le portrait conservé par Mme de Tourzel datait sans doute de quelques années avant. L'image du prince devait être assez différente de celle de ses derniers jours décrite par les deux témoins que nous venons de citer. Dans ces conditions, comment Jeanroi a-t-il pu reconnaître le dauphin, comme le prétend Mme de Tourzel ?

171. Mêmes arguments que dans la note précédente : Pelletan, comme Jeanroi, est abusé par son émotion et il semble bien que les « ombres de la mort » avaient fortement « altéré la beauté » du dauphin.

172. « Si ce document servit de base à la conviction de la noble dame (Mme de Tourzel), c'est qu'elle n'y vit rien de ce qu'il contient ; il établit qu'un enfant est mort au Temple, mais il témoigne implicitement presque à chaque ligne, que cet enfant n'était pas le dauphin. » (G. Lenotre, *Louis XVII et l'énigme du Temple*.)

173. « Le curé de Sainte-Marguerite, feu M. Dubois, m'a dit plusieurs fois et nommément peu de temps avant sa mort, que le suisse de cette paroisse, qui avait été témoin de l'inhumation du jeune roi, ainsi que les porteurs du corps et le fossoyeur, pouvaient donner des renseignements précis sur l'endroit du cimetière où reposaient les cendres du jeune roi. » (Note de Mme de Tourzel.)

Le problème n'est pas aussi simple que le présente Mme de Tourzel : quand, sous la Restauration, on voulut savoir où avait été enterré le dauphin, cinq « possibles » endroits furent trouvés : « L'enquête des agents de M. Decazes se heurtait donc à quatre versions : la fosse commune, l'emplacement désigné par Voisin, celui indiqué par Dusser, et la translation clandestine opérée par Bétrancourt. Il s'en produisit une cinquième : Toussaint Charpentier, jardinier-chef du Luxembourg, vint déclarer que, trois jours après l'inhumation à Sainte-Marguerite, la bière de l'enfant royal avait été transportée au cimetière de Clamart et enterrée, lui témoin, en présence de quelques membres du comité de la section. » (G. Lenotre, *Louis XVII et l'énigme du Temple*.)

174. Il semble que Mme de Tourzel soit la seule de sa famille à croire que Louis XVII était mort au Temple. Dans ses *Souvenirs de quarante ans*, Pauline de Tourzel affecte à plusieurs reprises de passer sous silence le nom du dauphin dans l'énumération des deuils qui ont frappé Madame Royale : « Madame était seule ; le roi, la reine, Mme Élisabeth, tout avait péri autour d'elle, tout avait disparu (...) Étions-nous destinées à lui apprendre que, après avoir perdu son père, elle avait aussi perdu sa mère, et Mme Élisabeth ? » Comme on le voit, il n'est pas question du dauphin. Le témoignage de Madame Royale est encore plus concluant. Au lendemain de l'une de ses conversations avec Mme de Tourzel et sa fille, elle écrit à Louis XVIII : « C'est celle dont ils ont fait périr le père, la mère et la tante qui vous demande à genoux, pour les Français, la grâce et la paix. »

175. « Paris se trouvait alors, ainsi que toute la France, excédé du joug de la Convention, et il se serait estimé heureux de se retrouver sous le gouvernement de son souverain légitime. Les sections de Paris se montrèrent même avec plus de courage qu'on n'en aurait osé attendre ; mais comme il n'y avait pas d'ensemble dans leur conduite, ni personne qui pût en imposer de manière à réunir tous les esprits sous une même direction, cette bonne volonté devint inutile. Il est hors de doute que s'il y eût eu un chef pour diriger ce mouvement, la contre-révolution se serait opérée par la France elle-même et sans le secours de personne. On m'a assuré qu'à cette époque Pichegru avait offert à Mgr le prince de Condé de venir (mais seul) prendre le commandement de son armée, dont il pourrait disposer autrement, voulant avoir à lui seul l'honneur de la Restauration ; mais ce prince, qui ne connaissait pas assez Pichegru pour s'y fier totalement, n'osa risquer de quitter la sienne, et nous perdîmes une des plus belles occasions qui se soient présentées pendant le cours de cette malheureuse révolution. » (Note de Mme de Tourzel.)

176. « On a souvent répété qu'un des motifs de la rigueur dont on avait usé envers nous avait été de nous empêcher de

suivre la princesse à Vienne, parce qu'on supposait que ma mère serait favorable au désir de l'empereur de ménager un mariage entre Madame et un archiduc, alliance appréhendée par les chefs de la République française. » (Comtesse de Béarn, née Pauline de Tourzel, *Souvenirs de quarante ans*.)

177. Mme de Soucy, fille de l'ancienne sous-gouvernante de Madame Royale, Mme de Mackau, dut remplacer sa mère, malade, et accompagner à Vienne, l'« orpheline du Temple ».

178. Mme de Tourzel, ses filles et belle-fille, furent exilées de Paris par ordre de Napoléon. Cet exil dura quatre ans. C'est Pauline de Tourzel qui obtint la grâce de sa famille. (Rappelons qu'elle avait épousé le comte de Béarn, chambellan de l'empereur.)

« L'empereur me fit une réception gracieuse ; mais feignant d'ignorer le motif de ma démarche, il me demanda quel était l'objet de ma visite. J'exposai ce que je désirais si vivement et depuis si longtemps.

« Avec quelle anxiété, j'attendais la réponse. Elle fut favorable. Il m'accordait le retour de ma mère, de ma famille. Mon cœur se rouvrit au bonheur (...) Après ces quatre ans d'exil qui nous avaient séparés, nous nous retrouvâmes donc encore une fois tous à Paris. Nous pûmes avec sécurité, avec tranquillité reprendre cette vie de famille qui était pour nos cœurs d'un si grand prix, car le monde s'était beaucoup rétréci pour nous. Passant l'été à la campagne, l'hiver à Paris, nous vécûmes ainsi, en trouvant le bonheur dans notre intérieur... » (*Souvenirs de quarante ans*.)

INDEX

Composition Interligne.
Impression Société Nouvelle Firmin-Didot
à Mesnil-sur-l'Estrée, le 15 mars 2005.
Dépôt légal : mars 2005.
Numéro d'imprimeur : 72712.

ISBN 2-7152-2475-3/Imprimé en France.

127921